CHONGWENGUAN

读古人书　友天下士

百余年前，崇文书局于武昌正觉寺开馆刻书，成晚清四大书局之一。所刻经籍，镌工精雅，数量众多，流布甚广，影响巨大。为赓续前贤，倡明国学，弘扬文化，本局现致力于传统典籍的出版。既专事文献整理，效力学术；亦重文化普及，面向大众。或经学，或史论，或诸子，或诗词，各成系列，统一标识，名之为"崇文馆"。

崇文馆

中国古典诗词校注评丛书

曹植全集【汇校汇注汇评】

林久贵　周玉容　编著

长江出版传媒　崇文书局

中国古典诗词校注评丛书
编撰委员会

前 言

一

曹植，字子建，曹操第四子，与魏文帝曹丕为同母兄弟。东汉献帝初平三年（192）生，魏明帝太和六年（232）病故，终年四十一岁。明人胡应麟在《诗薮·续编》卷一中说："古今才人早慧者，多寡大成；大成者未必早慧。兼斯二者，独魏陈思。"曹植在与曹丕的立储斗争中失败，其后屡受排挤，太和六年（232）二月，徙封陈王，死后谥曰"思"，后世因称"陈思王"。

曹植是三国时期著名文学家，作为建安文学的代表人物之一与集大成者，他在两晋南北朝时期，被推尊到文章典范的地位。其代表作有《洛神赋》《白马篇》《七哀诗》等。后人因其文学上的造诣而将他与曹操、曹丕合称为"三曹"。南朝宋文学家谢灵运有"天下才有一石，曹子建独占八斗"的评价。文学批评家钟嵘亦赞曹植"骨气奇高，词采华茂，情兼雅怨，体被文质，粲溢今古，卓尔不群"，并在《诗品》中把他列为品第最高的诗人。王士祯尝论汉魏以来二千年间诗家堪称"仙才"者，曹植、李白、苏轼三人耳。

二

曹植作品，据赵幼文所作《曹植集校注》书中列目，有二百余篇（首）。他的文学成就表现在多方面，而诗歌创作成就尤为突出，对中国诗歌的发展产生了极为深远的影响。

曹植现存诗歌八十多首，在建安诗人中，他的诗歌数量是最多的。他的诗歌创作与他一生特有的遭遇是密不可分的，可以说，他的诗歌创作是他一生思想、遭遇的写照。根据他一生的境况，其诗歌创作可分为前、后两个不同时期，建安二十五年（220）曹操之死，成为他一生的重要转折时期。前期，他备受曹操的宠爱，可以说是春风得意，因而在其诗篇中表达出对生活充满激情，对理想、前程充满信心。后期，由于受到曹丕父子的猜忌与排挤，他壮志难酬，因此，这时的诗篇多愤懑之情，但对理想壮志的追求仍未泯灭。

曹植的诗歌富有创造性，其中有的诗是模仿乐府民歌的表现手法来写的，如《美女篇》，有的诗是"依前曲改作新歌"，但更多的则是摆脱了乐府的束缚。由于他认为"古曲多谬误""异代之文，未必相袭"，因而他要创造自己的文学。同时，他的诗歌描写深刻、细腻，手法非常高明。无论是对人物形象、人物内心世界的刻画，还是对事物、景物的描写，都是极细腻、动人的。比如《名都篇》，通过一系列细节的描写，将少年骑射的场景和技艺栩栩如生地展现在读者面前。

一首好诗，不仅要有积极的思想内涵、深广的社会内容，还应有丰富的艺术形式来表现，其中精美的语言是必不可少的。曹植在这方面也为我们树立了典范，其诗词采华茂、工于起调、属对精工、注重炼字的语言文字特色，也使他的诗篇千古之后仍能震撼人心。

三

曹植在文学史上影响巨大，对于曹植和"三曹"及其作品进行研究的著作很多。传记年谱类的有：刘维崇《曹植评传》（台北黎明文化事业出版社，1977年版）、张可礼《三曹年谱》（齐鲁书社，1983年版）、王巍《三曹评传》（辽宁古籍出版社，1995年版）、张作耀《曹操评传：附曹丕、曹植评传》（南京大学出版社，2011年版）等。

文集编选注评类的有:余冠英选注《三曹诗选》(人民文学出版社,1979 年版)、赵幼文《曹植集校注》(人民文学出版社,1984 年版)、陈庆元《三曹诗选评》(上海古籍出版社,2002 年版)、张可礼等编选《曹操 曹丕 曹植集》(凤凰出版社,2009 年版)等。

本书在参考以上著作的基础上,对曹植作品进行了全面收集,残篇佚文也都收入编中。同时,参考诸本,对曹植作品原文进行了校注,每篇作品前写有题解,对该作品的写作时间、缘由以及艺术风格有简要的介绍,作品之后列有历代文学评论家对该作品的评点,对读者了解曹植及其作品当有一定帮助。

凡　例

　　一、本书根据文体形式将曹植作品分类编排，并将其残篇佚文附在最末。

　　二、本书以张溥《汉魏六朝百三家集》中的《陈思王集》（此后简称张溥本）、严可均《全上古三代秦汉三国六朝文》（此后简称《全三国文》）、涵芬楼《续古逸丛书》本《曹子建文集》（此后简称《续古逸丛书》本）、丁晏《曹集铨评》等为参考进行校勘。

　　三、本书每篇作品均有题解，对该作品的写作时间、缘由以及艺术风格有简要介绍，作品之后选列有历代文学评论家对该作品的评点。原文中的繁体字、异体字，一般均改为通行简体字，以便阅读。

　　四、本书"汇评"部分参考了河北师范学院中文系古典文学教研组《三曹资料汇编》（中华书局，1980年版）、赵幼文《曹植集校注》（人民文学出版社，1984年版）、傅亚庶《三曹诗文全集译注》（吉林文史出版社，1997年版）、韩格平等《全魏晋赋校注》（吉林文史出版社，2008年版）、张可礼等《曹操 曹丕 曹植集》（凤凰出版社，2009年版）、张作耀《曹操评传：附曹丕、曹植评传》（南京大学出版社，2011年版）等著作。

目　录

古　诗

乐府诗

赋

建安年间

颂

序

赞

铭

章

表

黄初年间

太和年间

诔

书

哀　辞

论

讴

说

碑

附 录

古诗
建安年间

斗　鸡

　　游目极妙伎,清听厌宫商①。主人寂无为,众宾进乐方②。长筵坐戏客,斗鸡观闲房③。群雄正翕赫,双翘自飞扬④。挥羽邀清风⑤,悍目发朱光。觜落轻毛散,严距往往伤⑥。长鸣入青云,扇翼独翱翔⑦。愿蒙狸膏助,常得擅此场⑧。

【题解】

　　本诗是一首叹咏斗鸡的作品,《乐府诗集》卷六十四将其收入《杂曲歌辞》,一作《斗鸡篇》。斗鸡是古代的一种娱乐方式,起源很早,在春秋战国时期就已经流行。本篇主要写曹氏兄弟与众宾客观赏斗鸡取乐的场景,重在表现斗鸡的勇猛神态,语言细致传神,使雄鸡的形象跃然纸上。刘桢、应玚都有《斗鸡诗》流传于世。应玚诗云:"兄弟游戏场,命驾迎众宾。"据此判断,此诗作于建安中后期曹丕尚未称帝之前。关于本诗的作年,一说作于建安十六年(211)曹丕未任五官中郎将之前,一说作于建安二十五年(220),今从前说。

【注释】

　　①游目:放眼纵观。极:穷尽。妙伎:指优美的舞蹈。宫商:音乐;乐曲。中国古代将音乐分为宫、商、角、徵、羽五个音阶,常用"宫商"代指音乐。

　　②主人:指曹丕、曹植兄弟。无为:无所事事。乐方:指供娱乐的方式。

　　③筵:竹席。古人席地而坐,而铺在地上供人坐的竹席往往不止一层,紧挨地面的一层叫筵,筵上面的一层叫席。筵长席短,故曰长筵。戏客:指

1

④翕(xī)赫：指气势勇猛之状。翘：指鸡尾上的长羽。《说文》："翘，尾长毛也。"《艺文类聚》卷九十一作"翅"。

⑤邀清：《艺文类聚》《初学记》引俱作"激流"。邀：发。清风：急风。

⑥觜：同"嘴"，指斗鸡的嘴。严距：指锐利的鸡爪。《汉书·五行志》颜师古注："距，鸡附足骨，斗时所用刺之。"

⑦长鸣：指斗鸡时，获胜的一方先鸣叫。《尸子》："战如斗鸡，胜者先鸣。"翱翔：指得胜之鸡在场上来回走动。

⑧狸膏：指狸的脂膏。据说斗鸡时将狸膏涂抹在鸡的头部，可使对方胆怯，进而更易战胜对方。一说在鸡的头部涂上狸膏可减少被啄时的痛苦。擅场：指在搏斗时，强者胜弱者，取得压倒性的胜利。张衡《东京赋》："秦政利嘴长距，终得擅场。"

【汇评】

明·谢榛：陈思王《白马篇》："俯身散马蹄。"此能尽驰马之状；《斗鸡》诗："觜落轻毛散。"善形容斗鸡之势。"俯""落"二字有力，一"散"字相应，然造语太工，六朝之渐也。（《四溟诗话》卷四）

明·胡应麟：子建《七哀》《三良》《观斗鸡》《赠徐干》，仲宣、公干并赋，而优劣自见。（《诗薮·内编》卷二）

清·宝香山人：《春秋左氏传》云："季、郈之鸡斗，季氏介其鸡，郈氏为之金距。"杜预云："捣芥子播其羽也。"或云"以胶沙播之为介鸡"。《邺都故事》云："魏明帝太和中，筑斗鸡台。赵王石虎亦以芥羽漆沙，斗鸡于此。"故曹植诗云"斗鸡东郊道，走马长楸间"是也。"长鸣"二语有托。状得生动，笔态横逸。（《三家诗·曹集》卷一）

清·陈祚明："挥羽"六语生动，咏小物须如此生动始佳。"觜落轻毛散"，摘出咏之，似齐、梁、隋、唐语。通前后读下，殊不觉纤且轻，以通篇气厚也。（《采菽堂古诗选》卷六）

公　宴

公子敬爱客，终宴不知疲①。清夜游西园，飞盖相追随②。

明月澄清景,列宿正参差③。秋兰被长坂,朱华冒绿池④。潜鱼跃清波,好鸟鸣高枝。神飙接丹毂,轻辇随风移⑤。飘飘放志意⑥,千秋长若斯。

【题解】

公宴,指群臣参加朝廷的宴会或下僚参加公卿高官的宴会。本诗是曹植参加其兄曹丕举办的宴会时的诗作,为和曹丕《芙蓉池诗》而作。与其同时的王粲、阮瑀、刘桢、应玚等人皆有同题之作。本篇虽题作《公宴》,但实际所写乃众人夜游铜爵园时的所见所感。诗中描绘了铜爵园的优美夜景,从侧面衬托出曹氏兄弟与文人宾客充满快意的生活。本诗遣词精炼,对仗严谨而工整。

【注释】

①公子:指曹丕。李善注:"公子谓文帝,时武帝在,谓五官中郎也。"敬爱:应玚《侍五官中郎将建章台集诗》:"公子敬爱客,乐饮不知疲。"终宴:宴会结束。

②西园:指铜爵园。飞盖:形容马车行进得很快。盖:车盖,此处代指车。

③景:同"影",光。列宿:指群星。参差:不齐貌。

④秋兰:指生长在水边的一种香草,秋时盛开。长坂:长坡。朱华:指芙蓉。冒:覆盖。张衡《东京赋》:"芙蓉覆水,秋兰被涯。"

⑤神飙:指疾风。毂:指车轮中心的部分,有圆孔,可插轴。以朱砂涂之,故曰丹毂。辇(niǎn):指古代用人拉的车。后多指帝王或皇室贵族所乘之车。

⑥飘飘:指行为举止无拘无束。放:放纵。志意:指感情。

【汇评】

南宋·范晞文:子建《公宴》诗云:"清夜游西园,飞盖相追随。明月澄清景,列宿正参差。秋兰被长坂,朱华冒绿池。潜鱼跃清波,好鸟鸣高枝。"读之犹想见其景也。是时刘公干、王仲宣亦有诗。……皆直写其事。今人虽

毕力竭思，不能到也。（《对床夜语》卷一）

明·谢榛：子建诗多有虚字用工处，唐人诗眼本于此尔。若"朱华冒绿池""时雨静飞尘""松子久吾欺""列坐竟长筵""严霜依玉除""远望周千里"，其平仄妥帖，尚有古意。（《四溟诗话》卷二）

清·宝香山人：此在邺宫与兄丕宴饮，武帝在，故称丕为公子。起处真是雅颂衣钵。"终宴不知疲"句，从浑璞中露出刻骨镂心处。"神飙"二语，写得出，画不出。（《三家诗·曹集》卷一）

清·王夫之：《公宴》《侍坐》拖沓如肥人度暑，一令旁观者眉重，而识趣卑下，往往以流俗语入吟咏，几为方干、杜荀鹤一流人作俑，而潘尼、沈约、骆宾王、李颀，皆其嫡系。（《船山古体诗评选》卷四）

清·陈祚明：建安正格，以秀逸为长。（《采菽堂古诗选》卷六）

侍太子坐

白日曜青春，时雨静飞尘①。寒冰辟炎景②，凉风飘我身。清醴盈金觞，肴馔纵横陈③。齐人进奇乐，歌者出西秦④。翩翩我公子，机巧忽若神⑤。

【题解】

这是一首游宴诗，是作者参加太子曹丕举行的宴会时所作。诗中描绘了宴席之丰盛、歌舞之美妙，反映了贵族子弟们富足享乐的生活。关于该诗的创作时间，有以下两种不同的观点：一种是因拘泥于诗题中的"太子"二字，认为作于曹丕登太子之位后的建安二十三年（218）夏天；第二种观点则认为该诗与王粲《公宴诗》是同时之作，且与曹丕《与吴质书》中所述宴乐景象相同，故当作于建安十六年（211）前后。

【注释】

①青春：指春天。春天草木茂盛，其色呈青绿色，故称。此指雨后日出，炎热消解，可爱如春。时：《太平御览》卷五百三十九作"微"。静：澄净。一

说指安静。

②寒冰：指古人冬天藏冰，夏天用它来降暑。辟：通"避"，去。炎景：日光。

③清醴：清甜的酒，此指美酒。金觞：酒杯。馔：食物。

④齐：古代的诸侯国，疆域在今山东和河北一带。乐：音乐。一说指舞女。歌者：善歌之人。西秦：秦国旧地，在今陕西一带。黄节注："《列子》曰：'薛谭学讴于秦青，未穷青之技，自谓尽之，遂辞归。秦青弗止，饯于郊衢，抚节悲歌，声振林木，响遏行云。薛谭乃谢，求反，终身不敢言归。'张湛注曰：'二人，秦国之善歌者。'"

⑤翩翩：自得貌。公子：指曹丕。机巧：指弹棋的技艺。曹丕《典论·自叙》："余于他戏弄之事少所喜，唯弹棋略尽其巧，少为之赋。"

【汇评】

清·宝香山人：兄丕也。立言得体，善颂非谀。炎夏情景写得尤妙。（《三家诗·曹集》卷一）

送应氏二首

其一

步登北邙阪，遥望洛阳山①。洛阳何寂寞，宫室尽烧焚②。垣墙皆顿擗③，荆棘上参天。不见旧耆老④，但睹新少年。侧足无行迳，荒畴不复田⑤。游子久不归，不识陌与阡⑥。中野何萧条⑦，千里无人烟。念我平生亲，气结不能言⑧。

【题解】

应氏当指应玚（字德琏）、应璩（字休琏）两兄弟，俱建安时期的诗人，其中应玚为"建安七子"之一。本诗作于建安十六年（211）。其年七月，曹植随父西征马超，从邺城出发，经过洛阳，得以与应氏兄弟见面。此时，应氏兄弟将北上，曹植作诗饯别二人。本诗着重写董卓之乱后洛阳的荒凉残败、老人多亡的景象,反映战争给社会以及人民带来的深重灾难。最后二句,直接抒写离别时的依依惜别和气结难言的伤感情绪。

【注释】

①北邙(máng):指邙山,亦作"北芒"。因在洛阳城北,故称。汉时的王公贵族多葬于此,因此容易引起文人的兴叹。阪:指斜坡。洛阳山:指洛阳周围的群山。

②寂寞:指沉寂。宫室尽烧焚:《三国志·魏书·董卓传》:"初平元年(190)二月,乃徙天子都长安。焚烧洛阳宫室,悉发掘陵墓,取宝物。"

③顿擗(pǐ):塌坏断裂。

④耆(qí)老:老年人。古人活到六十岁称耆,七十岁称老。

⑤迳:同"径",小路。畴:指熟田,即耕种过的田地。田:指耕种,用如动词。

⑥游子:离家远游的人,此指应氏兄弟。阡陌:田间小路。南北曰阡,东西曰陌。

⑦中野:郊野之中。

⑧我:指作者代游子即应氏兄弟设辞,非作者自称。平生亲:指应氏的家人。气结:指因悲哀而气郁结于胸。

其二

清时难屡得,嘉会不可常①。天地无终极,人命若朝霜②。愿得展嬿婉,我友之朔方③。亲昵并集送,置酒此河阳④。中馈岂独薄,宾饮不尽觞⑤。爱至望苦深,岂不愧中肠⑥。山川阻且远,别促会日长。愿为比翼鸟,施翮起高翔⑦。

【题解】

这首诗写送别应氏兄弟时的依依不舍。本诗仅写离别之时杯酒依依,不忍分离的光景,由此可见他们平日之亲近程度。全篇笔调忧郁婉转,屈曲入情,蕴含深沉的悲戚之情。

【注释】

①清时:指政治清平的时代。嘉会:美好的聚会。

②朝露:犹言朝露,用以比喻人生之短促。曹操《短歌行》:"譬如朝露,去日苦多。"

③嬿婉(yàn wǎn):友好和美。我友:指应氏兄弟。之:去;到;往。朔方:北方。

④亲昵:亲近之人。昵:《续古逸丛书》本卷五作"暱","昵"与"暱"同,意近。河阳:指河之北,此指孟津渡,在今河南孟州南。一说在今河南孟州西。

⑤中馈:古代进食物给尊长者称"馈",妇人于家中主持馈食之事称主"中馈",此指饯行的酒食。觞:饮酒器。

⑥爱至:指爱到情感的极限。中肠:即内心。

⑦比翼鸟:传说中的一种鸟。《尔雅·释地》:"南方有比翼鸟焉,不比不飞,其名谓之鹣鹣。"郭璞注:"似凫,青赤色,一目一翼,相得乃飞。"此处用以比喻形影不离的朋友。施翮(hé):展翅。

【汇评】

明·胡应麟:《送应氏》《赠王粲》等篇,全法苏、李,词藻气骨有余,而清和婉顺不足。然东西京后,惟斯人得其具体。(《诗薮·内编》卷二)

又云:"愿为比翼鸟,施翮起高翔",即"思为双飞燕,衔泥巢君屋"也。子建诗学《十九首》,此类不一,而汉诗自然,魏诗造作,优劣俱见。(同上)

清·宝香山人:刘良云:"送璩、玚兄弟。时董卓迁献帝于西京,洛阳被烧,故多言荒芜之事。"("步登北邙坂"篇)少陵《无家别》从此作来。("清时难屡得"篇)岂嫌中馈薄而不尽觞乎?别酒从此宛转,妙甚。(《三家诗·曹集》卷一)

清·宋长白:魏文帝诗:"回头四向望,眼中无故人。"陈思王诗:"不见旧耆老,但睹新少年。"每于羁旅淹留之处,乍还乡井,讽咏此言,不自觉其酸风贯眸子也。(《柳亭诗话》卷五)

赠丁仪王粲

从军度函谷,驱马过西京①。山岑高无极,泾渭扬浊清②。

壮哉帝王居,佳丽殊百城③。员阙出浮云,承露概泰清④。皇佐扬天惠⑤,四海无交兵。权家虽爱胜,全国为令名⑥。君子在末位,不能歌德声⑦。丁生怨在朝,王子欢自营⑧。欢怨非贞则,中和诚可经⑨。

【题解】

　　本篇乃规劝丁仪、王粲之作。前八句,记征途中见到的壮丽之景,用较多的笔墨盛赞长安之雄伟壮丽。次四句,直接歌颂曹操此次征战之功绩。接着进一步述及丁、王二人,规劝他们不要因为个人地位的贵贱而有所抱怨,也不要因为个人私事而忘却胸中大志,而应代之以"中和"之道来处世。关于这首诗的写作时间,目前存在三种说法:李善认为作于建安二十年(215)曹植随父曹操西征张鲁时;一说作于建安十六年(211),曹植从曹操西征马超、韩遂,平定关中,北围安定,招降杨秋之后;一说建安二十年,曹植虽未从征张鲁,但据图经之类而作此诗。本文认为作于建安十六年较为合理。

【注释】

　　①函谷:指函谷关,建于春秋战国时期,旧称秦关。东自崤山,西至潼津,大山中裂,有路如槽,深险如函,故称。汉时所置函谷关在今河南新安东北,离秦关三百里,称汉关。魏时的函谷关在今河南灵宝东北,距秦关十里,称新关。此指汉关。西京:指西汉都城长安。

　　②山岑:山峰。泾渭:指泾水和渭水。泾水是渭水的一条支流,源于宁夏六盘山东麓,经陕西至西安高陵入渭水,也称泾河。渭水出自甘肃渭源,入陕西汇合泾水后入黄河。浊清:旧称泾水浊,渭水清,二水合流时清浊分明,故称。扬:分明。

　　③帝王居:指西汉都城长安。长安为秦汉时的都城,故称。佳丽:宏伟壮丽。殊:超过。

　　④员阙:即圆阙,又名别凤阙。汉武帝时修建章宫,于宫门北造圆阙,高二十五丈,上有铜凤凰。(见《三辅故事》)承露:汉武帝好神仙之术,妄想服用甘露来延年益寿,于建章宫内建造承露盘,上有仙人掌承露。《三辅故

事》:"建章宫承露盘,高二十丈,大七围,以铜为之。上有仙人掌承露。"概:同"扢",摩擦。泰清:指上天。

⑤皇佐:指曹操。当时曹操尚位丞相,故称。天惠:指君主的恩惠。

⑥权家:指兵家。兵家重权谋之术,故称。全国:保全国家。《孙子兵法》云:用兵时使敌方不战而降,让敌方国家不遭受破坏才是上策,而攻破敌国则是其次。此指曹操接受杨秋的投降,并复其爵位。令名:指美名。令:善;好。

⑦君子:有德行的人,此指丁仪和王粲。在末位:指官职卑微。此时的丁仪和王粲皆丞相掾,官位卑微。不能歌德声:指歌颂人时要与地位相配,因此丁仪和王粲没有资格歌颂曹操的功绩。

⑧丁生:指丁仪。怨在朝:指当时丁仪虽然在朝任职,但官职低微,丁仪为此常常心生抱怨。王子:指王粲。欢自营:以经营自己的事业为乐。

⑨贞:正。中和:不偏不倚;适中。《礼记·中庸》:"喜怒哀乐之未发,谓之中;发而皆中节,谓之和。"黄节注:"可法之谓则,可常之谓经。"

【汇评】

清·沈德潜:诗以议论胜,末进以中和,古人规箴有体。家令谓子建"函京"之作指此。(《古诗源》卷五)

清·陈祚明:此首意晦,无佳致。"怨在朝""欢自营",不知作何语。以《文选》所收,且结构亦成格,故不删。(《采菽堂古诗选》卷六)

清·刘熙载:曹子建《赠丁仪王粲》有云:"欢怨非贞则,中和诚可经",此意足推《风》《雅》正宗。至骨气情采,则钟仲伟论之备矣。(《艺概》卷二《诗概》)

三　良

功名不可为,忠义我所安①。秦穆先下世,三臣皆自残②。生时等荣乐,既没同忧患③。谁言捐躯易,杀身诚独难。揽涕登君墓,临穴仰天叹④。长夜何冥冥⑤!一往不复还。黄鸟为悲鸣^⑥，哀哉伤肺肝。

【题解】

这是一首咏叹三良的咏史诗。三良，春秋时秦国子车氏的三个儿子——奄息、仲行、鍼虎，皆为秦国良臣，时国人称之为三良。秦穆公死后，以一百七十人殉葬，其中便有子车氏的三个儿子。建安十六年(211)曹植随军西征马超时曾到关中，故此篇当为经过秦穆公墓地，有感于历史上三良殉葬之事，而作此悼三良之作。作者对于三良之行为，一方面痛惜其杀身，另一方面则赞颂三良的忠义之举。

【注释】

①功名不可为：指古人有举事在人，成事在天的观念。李善注："言功立不由于己，故不可为也。"我：指三良。所安：所乐。

②秦穆：指秦穆公，名任好，春秋五霸之一。下世：死亡；去世。三臣：指三良。自残：自杀，此指殉葬。

③荣乐：荣华逸乐。此二句意指秦穆公生前与群臣饮酒时曾说："生共此乐，死共此哀。"奄息等便许诺。等到秦穆公薨后，他们都自杀了。

④揽涕：拭泪。君墓：指三良之墓。穴：墓穴。

⑤长夜：指人死之后，如长夜一般，永不见天日。何：语中助词。冥冥：昏暗。

⑥黄鸟：鸟名，今称黄雀、黄莺。此指《诗·秦风·黄鸟》篇。其序曰："《黄鸟》，哀三良也。国人刺穆公以人从死，而作是诗也。"悲鸣：《黄鸟篇》中每章皆有"交交黄鸟"句。

【汇评】

南宋·吴子良：君子进退存亡，要不失正而已，岂苟谓匹夫之谅哉！论者罕能知此，如王仲宣云："结发事明君，受恩良不訾。临没要之死，焉得不相随。"曹子建亦云："生时等荣乐，既没同忧患。"若然，则是三良者，特荆轲、聂政之徒耳。（《吴氏诗话》卷下）

清·何焯：此秦公子高上书"臣请从死，愿葬骊山之足"者也，魏祚安得

长。"功名"一联,是说自家话。(《义门读书记·文选》卷二)

离友二首

乡人有夏侯威者,少有成人之风①。余尚其为人,与之昵好②。王师振旅,送予于魏邦③。心有眷然,为之陨涕④,乃作《离友》之诗。其辞曰:

其一

王旅旋兮背故乡,彼君子兮笃人纲⑤,媵予行兮归朔方⑥。驰原隰兮寻旧疆,车载奔兮马繁骧⑦,涉浮济兮泛轻航⑧。迄魏都兮息兰房,展宴好兮惟乐康⑨。

【题解】

出自《初学记》卷十八。据《三国志·魏书·武帝纪》所载:建安十七年(212),曹操率军东征孙权。次年,曹操封魏公,回到故乡谯县,曹丕、曹植兄弟从行。此时,曹植得以与友人夏侯威相会。四月,曹植随军还邺,夏侯威将其一直送至邺城。本诗当作于由谯返邺之后,主要写夏侯威送曹植返邺的情景,表现了朋友之间深挚的友谊,笔触轻松流畅。关于此诗创作的时间,一说是夏侯威送曹植回邺城,临别时曹植作此诗以相赠。

【注释】

①夏侯威:字季权,沛国谯(今安徽亳州)人,曹操部将夏侯渊之子,官至兖州刺史,封关内侯。与曹植同乡,故曰乡人。成人之风:具有成年人的风度。

②尚:推崇。昵好:亲近友好。

③王师:王者之师,此指曹操的军队。振旅:指班师回军。魏邦:魏国,此指邺城。据《三国志·魏书·武帝纪》所载:建安十八年(213),曹操被册

封为魏公,建立魏国,冀州之河东、河内、魏郡等十郡皆为其封土。

④眷然:眷恋之貌。陨涕:流泪。

⑤旋:指回师。背故乡:指离开故乡谯县。彼君子:指夏侯威。笃:厚。人纲:为人处世的纲常伦理,此指友情。

⑥媵(yìng):陪送。朔方:北方,此指邺城。因邺城在谯县北,故称。

⑦原隰(xí):广平而低湿之地。《尔雅·释地》:"广平曰原,下湿曰隰。"旧疆:指邺城。载:词缀,嵌于动词之前。繁:多。骧(xiāng):急驰。

⑧涉:渡河。浮济:指顺着济水而行。济:济水,古水名。源于河南济源王屋山,东南注入黄河。《禹贡》:"导沇水,东流为济,入于河。"由谯北归邺城,要经过济水。

⑨迄:抵达。兰房:幽雅的宫室,此指王宫。展:扩展。宴好:指欢乐而结好。乐康:安乐。

其二

凉风肃兮白露滋,木感气兮条叶辞①。临渌水兮登重基,折秋华兮采灵芝②,寻永归兮赠所思③。感隔离兮会无期,伊郁悒兮情不怡④。

日匿景兮天微阴,经回路兮造北林⑤。

【题解】

篇中描述的景物皆秋日景物,疑与前诗非一时所作。故本首诗与序当作于建安十八年(213)秋夏侯威离开邺城踏上归乡旅程,与诗人临别之时。诗人选取了秋风、落叶等景物,抒发离别时的依依不舍与悲戚之情。对于"所思"之人,赵幼文先生说"似非怀念夏侯威者"。

【注释】

①凉风:秋风。肃:清寒。滋:盛。气:寒气。条叶辞:指树叶脱落。

②渌水:清澈的水。重基:犹言高山。秋华:秋天盛开的花。一说指菊花。

③寻:不久。所思:所思念之人,此指夏侯威。

④伊:语气词。郁悒:忧伤愁闷。怡:快乐。

⑤景:日光。造:到;去。北林:北边的树林。又《诗·秦风·晨风》:"䮙
彼晨风,郁彼北林。"毛传:"北林,林名也。"本句出自《初学记》卷十八。

【汇评】

清·宝香山人:"凉风肃兮白露滋"篇,本集止载前一首,梅圣俞考《艺
文》附入。《初学记》载二句云:"日匿景兮天微阴,经回路兮造北林。"当别有
一首也。似古辞,似《琴操》。(《三家诗·曹集》卷一)

杂诗六首

其一

高台多悲风,朝日照北林①。之子在万里,江湖迥且深②。
方舟安可极,离思故难任③。孤雁飞南游,过庭长哀吟④。翘思
慕远人,愿欲托遗音⑤。形影忽不见,翩翩伤我心⑥。

【题解】

《杂诗》六首,自《文选》以来,均以为是组诗,其实它们并非作者一时一
地之作,且各首之间并无联系。这六首诗原来可能都有各自的题目,但后来
失传了,编者为了方便整理,便把它们编录在了一起。现依《文选》次序排
列。本篇乃怀人之作,疑所怀之人是其异母弟曹彪。李善认为本诗乃"别京
以后,在鄄城思乡而作"。黄初三年(222),曹丕先后封曹彪为弋阳王和吴
王,同年四月曹植封鄄城王。次年,曹植与曹彪俱朝会京师,归藩后曹植便
徙封雍丘王。本诗当是该年作者与吴王离别回鄄城后,思念曹彪而作。黄
节《曹子建诗注》:"此诗第一首似作于徙封雍丘之前。"一说作于黄初三年至
黄初五年(224)之间。

【注释】

①悲风:凄厉的风。李善注:"《新语》曰:高台,喻京师;悲风,言教令。"北林:北边的树林。一说指树林的名字,《诗·秦风·晨风》:"鴥彼晨风,郁彼北林。"一说北林言狭,比喻小人。李善注:"《新语》曰:朝日,喻君之明;照北林,言狭,比喻小人。"

②之子:那个人,此指所怀之人。迥:远。李善注:"江湖喻小人隔蔽。"

③方舟:两船相并,此指舟船。极:至;到达。任:承担;负荷。

④哀吟:哀鸣。

⑤翘思:挂念;想念。远人:所怀之人。托遗音:寄送音信。

⑥形影:指孤雁的形影。翩翩:鸟疾飞貌。

【汇评】

南宋·张戒:韵有不可及者,曹子建是也……文章古今迥然不同,钟嵘《诗品》以古诗第一,子建次之,此论诚然。观子建"明月照高楼""高台多悲风""南国有佳人""惊风飘白日""谒帝承明庐"等篇,铿锵音节,抑扬态度,温润清和,金声而玉振之,辞不迫切,而意已独至,与《三百五篇》异世同律,此所谓韵不可及也。(《岁寒堂诗话》卷上)

明·胡应麟:子建杂诗,全法《十九首》意象,规模酷肖,而奇警绝到弗如。(《诗薮·内编》卷二)

清·宝香山人:李善云:"此六篇并托喻,伤政急,朋友道绝,贤人为人窃势。"("高台多悲风"篇)淡远耐思。(《三家诗·曹集》卷一)

清·沈德潜:陈思极工起调,如"惊风飘白日,忽然归西山",如"明月照高楼,流光正徘徊",如"高台多悲风,朝日照北林",皆高唱也。(《说诗晬语》卷上)

清·王夫之:不能作景语,又何能作情语耶?古人绝唱句多景语,如"高台多悲风""蝴蝶飞南园""池塘生春草""亭皋木叶下""芙蓉露下落",皆是也,而情寓其中矣。以写景之心理言情,则身心中独喻之微,轻安拈出。(《姜斋诗话》卷下)

清·陈祚明:("高台多悲风"篇)此章似是怀白马王。(《采菽堂古诗选》卷六)

清·张玉谷:"杂诗"七首,皆伤怀忠见忌,不得近君也。("高台多悲风"篇)此首隐言君听不聪,己终恋主,可作诸首之冒。首二于兴意中比出国乱主昏之象,最工远势。"之子"四句,接叙己之被放,路远思深,略逗怀忠心事。后六申言陈悃无由而心伤也。却从孤雁飞鸣忽然不见中插叙而出,不特连者断之,局法变动,且藉此添得色泽矣,妙妙。(《古诗赏析》卷九)

清·方东树:"高台多悲风"二句,兴象自然,无限托意,横着顿住。"之子"四句,文势与上忽离。"孤雁"二句,横接。"翘思"句接"离思","形影"句双结"孤雁"与"人"作收。文法高妙,宋以后,人不知此矣。(《昭昧詹言》卷二)

其二

转蓬离本根,飘飙随长风①。何意回飙举②,吹我入云中。高高上无极,天路安可穷③?类此游客子④,捐躯远从戎。毛褐不掩形,薇藿常不充⑤。去去莫复道,沈忧令人老⑥。

【题解】

本诗借飘飞的转蓬比喻在外从戎的游子飘零流离、衣食不继的困顿境况,表现了诗人对"游客子"的深切同情,同时借以抒发自己屡遭迁徙的身世飘零之感。本诗以转蓬喻人,由人及物,两者相得益彰,意蕴深沉,所表现的内容具有普遍的社会现实意义。赵幼文疑本篇作于太和二年(228)。

【注释】

①转蓬:蓬草,又称飞蓬。叶子似柳叶,根短。秋天干枯后,随风飞旋。李善注引《说苑》:"鲁哀公曰:'秋蓬恶其本根,美其枝叶。秋风一起,根本拔矣。'"长风:远风。

②何意:怎能料到。回飙:指大旋风。举:起。

③无极:没有边际。天路:高远的路。穷:尽。

④类:类似。游客子:指漂泊在外的人。游客:《艺文类聚》卷八十二作"流宕"。流宕:流浪。

⑤毛褐:用粗毛或粗麻制成的短衣,贫者所服。褐:粗布,此指粗布衣服。掩形:蔽体。薇藿:薇和藿,野菜。贫者常用以充饥。薇:草名,又名大巢菜、野豌豆等。花呈紫红色,结有扁荚,可食。藿:豆类植物的叶子。

⑥去去:丢开。此二句意指丢开这些不要谈了吧,以免沉重的忧伤催人老。

【汇评】

清·宝香山人:("转蓬离本根"篇)转接醒豁。"何意"下六句是一气。(《三家诗·曹集》卷一)

清·沈德潜:陈思最工起调,如"高台多悲风""转蓬离本根"之类是也。(《古诗源》卷五)

清·陈祚明:("转蓬离本根"篇)"转蓬"之喻,常以自况。"毛褐"二句,当不至若是之甚。想尔时服御裁削,亦自不得如意耳。诗固不憎甚言。(《采菽堂古诗选》卷六)

清·张玉谷:此首伤己之迁徙无常,甚贫困也。从戎客子,特托言耳。前六突从飘蓬随风吹举,了无着落,为客子凌空写照,笔意最超。"类此"四句,逆落客子,只说捐躯从戎饥寒之苦。迁徙无常意,前路已透,何庸费笔也。末二忽然作宽解语,换韵陡收,更极矫变。(《古诗赏析》卷九)

清·丁晏:结语换韵,如变徵声。(《曹集铨评》)

其三

西北有织妇,绮缟何缤纷①。清晨秉机杼,日昃不成文②。太息终长夜,悲啸入青云③。妾身守空闺,良人行从军④。自期三年归,今已历九春⑤。飞鸟绕树翔,嗷嗷鸣索群⑥。愿为南流景⑦,驰光见我君。

【题解】

本篇写织妇独守空闺,思念从军日久未归的丈夫。诗以织女星、飞鸟等意象起兴,表现了织妇久织不成纹,空闺独守,苦苦等待丈夫归家的痛苦心情。一说本诗的主旨是借思夫之辞,托思君之情。

【注释】

①织妇:织女星,此指从事织作的女子。绮:华丽的丝织品。缟:白色的生绢。缤纷:杂乱貌。

②清:张溥本卷二十七、《续古逸丛书》本作"明"。秉:持。机杼:指织布机。日昃(zè):指太阳西斜。《太平御览》卷八百一十六作"日暮"。文:纹理。李善注:"言忧甚而志乱。"

③太息:长叹。悲啸:悲声长叹。

④闺:《玉台新咏》卷二、《艺文类聚》卷三十二作"房"。良人:古时女子对丈夫的称呼。

⑤九春:三年。李善注:"一岁三春,故以三年为九春,言已过期也。"

⑥飞:《玉台新咏》《艺文类聚》作"孤"。嗷(jiào)嗷:悲鸣声。索群:寻找伴侣。

⑦景:指阳光。

【汇评】

清·宝香山人:似山势起伏,欲断还连。(《三家诗·曹集》卷一)

清·陈祚明:应亦思君之念,托之夫妇。"清晨"二句,得"不盈顷筐"之意。(《采菽堂古诗选》卷六)

其四

南国有佳人,容华若桃李①。朝游江北岸,夕宿潇湘沚②。时俗薄朱颜③,谁为发皓齿。俯仰岁将暮,荣曜难久恃④。

【题解】

本诗通篇以佳人为喻,借佳人的姿容绝世而不被世人赏识,比喻自己不被世用,抒写了诗人怀才不遇的身世之感,寄寓了自己盛年空逝、抱负难展的悲哀。关于诗中"佳人"所指,黄节认为指曹彪,当时曹彪被封吴王,藩地在江南,曾几次遭改封,与诗中"朝游江北""夕宿潇湘"等寓意相同。

①南国:指江南。佳人:美人。容华:美女的容貌。

②潇湘:潇水和湘水的并称。潇水和湘水于湖南零陵西北汇合。《玉台新咏》卷二作"湘川"。沚:水中小洲。此二句意指佳人朝游、夕宿之地相异,形容生活迁徙不定。

③薄:轻视;不重视。朱颜:指美貌之人,此指不重视有才德的人。

④俯仰:指低头仰头之间,形容时间之短。俯:低头。张溥本卷二十七作"俛"。俛:同"俯",指屈身、低头。荣曜:花开绚丽貌,此指佳人姣好的容貌。久恃:久留。

【汇评】

元·刘履:比也。……此亦自言才美足以有用,今但游息闲散之地,不见顾重于当世,将恐时移岁改,功业未建,遂湮没而无闻焉,故借佳人为喻以自伤也。(《选诗补注》卷二)

清·宝香山人:不惟为时俗所薄,在己亦难久恃,怨极而哀。(《三家诗·曹集》卷一)

清·陈祚明:简切有情。(《采菽堂古诗选》卷六)

清·张玉谷:此首伤己之徒抱奇才,仆仆移藩,无人调护君侧,而年将老也。通体以佳人作比,首二自矜,中四自惜,末二自慨,音促韵长。(《古诗赏析》卷九)

其五

仆夫早严驾,吾行将远游①。远游欲何之?吴国为我仇②。将骋万里途,东路安足由③!江介多悲风,淮泗驰急流④。愿欲一轻济,惜哉无方舟⑤。闲居非吾志,甘心赴国忧⑥。

【题解】

这是一首述志诗。当作于太和二年(228),是年曹休攻吴之事以战败告终,魏国损失惨重。曹植有感于此,乃作本诗。一说可能与《赠白马王彪》是同时之作,即黄初四年(223)七月于归藩途中所作。本诗通过慷慨激昂之词,抒发了诗人希望建功立业的人生志向,同时也蕴含了远处藩地,抱负不可展的悲愤之情。全篇意气昂扬,波澜起伏,感奋人心,同时交织着希望与失望的矛盾心理,凸显出理想与现实的反差。

【注释】

①仆夫:驾车之人。严驾:整治车驾。行将:即将;将要。

②吴国:指东吴政权。据《三国志·魏书·贾逵传》所载,太和二年(228),吴将周鲂诈诱魏将曹休引兵迎鲂,曹休途遇陆逊伏击,全军覆没。

③足:值得。由:行。黄节注:"植于黄初四年徙封雍丘,来朝洛阳,欲从征孙权,不愿东归,故曰'东路安足由'也。"

④江介:江畔;江岸。淮泗:淮水和泗水,时流经魏国南境,是南征孙权必经之河流。

⑤济:渡水。方舟:船只,此处比喻权柄。

⑥国忧:国家的忧患,此指吴蜀政权的存在。

【汇评】

元·刘履:赋而兼比也。……此言殉国之志如此,惜无兵权以遂所施也。(《选诗补注》卷二)

明·都穆:曹子建《杂诗》云:"闲居非吾志,甘心赴国忧。"又云:"国仇亮不塞,甘心思丧元。"老瞒而有是儿,宁不助其奸雄!(《南濠诗话》)

清·宝香山人:陈思每欲建勋吴蜀,恨无征伐之权。意见诗篇,所以上求自试表之亟亟也。六篇深得比兴之法,能于委曲中得舒怀抱。(《三家诗·曹集》卷一)

黄节:盖黄初四年,吴仍未下,观《魏志》是年裴注丙午诏书可知。文帝征吴,不得已而休兵。植徙封雍丘后,见江表未平,思渡淮、泗以勤王,故有此诗。(《曹子建诗注》)

其六

飞观百余尺,临牖御棂轩①。远望周千里,朝夕见平原②。

烈士多悲心,小人偷自闲③。国仇亮不塞,甘心思丧元④。抚剑
西南望,思欲赴太山⑤。弦急悲声发,聆我慷慨言⑥。

【题解】

本诗是一首言志诗。当作于建安十九年(214)七月,时曹操南征孙权,
令曹植留守邺城。本篇从登高凭栏写起,引发出诗人忧国忧民的情怀,抒发
了作者甘愿为国捐躯的报国之志和壮志难酬的悲愤之情。作者直抒胸臆,
雄浑悲壮、慷慨激越之辞贯穿全篇。

【注释】

①飞观:高耸的宫阙。牖(yǒu):墙上的窗户。先秦时多用牖而少用窗。
段玉裁《说文解字注》:"在墙曰牖,在屋曰窗。"御:依倚;靠着。棂(líng)轩:
有窗格的长廊。

②周:遍。朝夕:早晚。

③烈士:有志气和抱负的人。悲心:忧国之情思以及怀才不遇之哀伤。
小人:指一般人。偷:苟且。张溥本卷二十七作"媮"。媮:同"偷"。

④国仇:此指魏国的仇敌吴国。亮:确实;诚然。不塞:指未报。丧元:
丢掉脑袋,此指献身。《孟子·滕文公下》:"志士不忘在沟壑,勇士不忘丧
其元。"

⑤抚剑:按剑;仗剑。西南:此指魏之仇敌蜀国。太山:泰山,此指东吴。
一说古人迷信人死后会魂归泰山,故"赴太山"即指捐躯,另说指赴泰山报
功。逯钦立:"《文选》注所引二句,辞义贯注,当为一联。据此'抚剑西南望'
句下至少尚缺一句,《文选》此诗盖节录也。"

⑥弦急:指琴声急促。慷慨言:慷慨的言辞。《文选·陆机〈门有车马客
行〉》:"慷慨惟平生,俛仰独悲伤。"李善注引《说文》:"慷慨,壮士不得志于
心也。"

【汇评】

元·刘履:赋也。……此因登高望远,感而多悲,惟常以二方未克为念,
愿捐躯以报国,是以目瞻西蜀,心想东吴,而此志不遂,无以舒吾愤激之怀。

且如弦之急者,其发声也悲,则我之出言也,自不能不慷慨耳。(《选诗补注》卷二)

明·胡应麟:"飞观百余尺,临牖御棂轩",即"两宫遥相望,双阙百余尺"也。(《诗薮·内编》卷二)

清·王夫之:清回纯净,然使李太白为之,发蒙振落耳。(《船山古体诗评选》卷四)

赠王粲

端坐苦愁思,揽衣起西游①。树木发春华,清池激长流②。中有孤鸳鸯,哀鸣求匹俦③。我愿执此鸟,惜哉无轻舟④。欲归忘故道,顾望但怀愁⑤。悲风鸣我侧,羲和逝不留⑥。重阴润万物,何惧泽不周⑦。谁令君多念,遂使怀百忧⑧。

【题解】

王粲,字仲宣,山阳高平(在今山东邹城西南)人,工诗善文,"建安七子"之一。建安十三年(208),任丞相掾属,受爵关内侯。魏国建立后,以军谋祭酒拜侍中。王粲曾作诗给曹植,叙其不得志之情。本诗乃曹植劝慰王粲之作。"赠王粲"实为"拟王粲"或"答王粲"。于劝慰中表现了对王粲真挚的关怀,并抒发自己的愁思。本诗作于建安二十二年(217)。

【注释】

①端坐:正襟危坐。揽衣:提起衣衫。西游:指游西园。

②清池:指邺城西苑中的玄武池。据《三国志·魏书·武帝纪》所载,建安十三年春,曹操返回邺城,作玄武池以训练水师。

③孤鸳鸯:比喻孤独的王粲。鸳鸯:鸟名,似野鸭,体形较小,雌雄偶居不分离,古称匹鸟。《诗·小雅·鸳鸯》:"鸳鸯于飞,毕之罗之。"毛传:"鸳鸯,匹鸟也。"匹俦:伴侣;配偶。此指志同道合之人。

④执:接近;靠近。惜:痛惜。无轻舟:此处比喻没有机会接近王粲,隐

含自己没有权势帮助王粲达成心愿。李善注:"言愿执鸟而无轻舟。以喻己之思粲,而无良会也。"

⑤故道:旧路。顾:回头。

⑥羲和:古代神话传说中的人物,相传其为日御之神,此处意指时光飞逝,人生不再来。逝:消逝。

⑦重阴:此处比喻曹操。古人信阴阳五行之说,常以其与人事相比附,言臣为阴,君为阳。时曹操身为丞相,故称。泽:恩惠;恩泽。周:遍。

⑧君:古时对对方的尊称,此指王粲。

【汇评】

清·宝香山人:有心无力,奈何? 先为感叹,后复宽解,诗有开阖。(《三家诗·曹集》卷一)

清·王夫之:曲引清发,动止感人,乃可不愧作者。子建横得大名,酌其定品,正在陈琳、阮瑀之下。(《船山古体诗评选》卷一)

清·陈祚明:同是代伤失职之思,此篇更清婉。"重阴"句与"良田无晚岁"意同,而造语能异。(《采菽堂古诗选》卷六)

赠徐干

惊风飘白日①,忽然归西山。圆景光未满,众星灿以繁②。志士营世业,小人亦不闲③。聊且夜行游,游彼双阙间④。文昌郁云兴,迎风高中天⑤。春鸠鸣飞栋,流飙激棂轩⑥。顾念蓬室士⑦,贫贱诚足怜。薇藿弗充虚,皮褐犹不全⑧。慷慨有悲心,兴文自成篇⑨。宝弃怨何人,和氏有其愆⑩。弹冠俟知己,知己谁不然⑪。良田无晚岁,膏泽多丰年⑫。亮怀玙璠美,积久德愈宣⑬。亲交义在敦,申章复何言⑭!

【题解】

本诗是曹植夜游邺宫时的即兴之作,旨在劝勉其好友徐干尽快出仕。徐干,字伟长,北海(今山东寿光东南)人,"建安七子"之一。少时不乐仕进,恬淡寡欲。曾为司空军谋祭酒掾属,五官中郎将文学。曹植于诗中劝勉徐干积极出仕,言徐干乃一介有志之士,虽沉沦于蓬室,缺衣少食,不被世所用,但凭其优秀的才德,终将功成名就,流露出其对徐干真挚而深厚的友情。本诗当作于建安二十一年(216)至二十二年(217)间。

【注释】

①惊风:急风。司马相如《上林赋》:"然后扬节而上浮,凌惊风,历骇焱,乘虚无,与神俱。"

②圆景:指月亮。景:通"影"。光未满:指月亮未圆。以:而且。

③世业:可以传世的功业。小人:与"志士"对举,此指一般人。一说是曹植对自己的戏称。

④聊且:姑且。双阙:指古时宫殿正门两侧的楼观。

⑤文昌:邺都魏宫的正殿名。迎风:指迎风观。中天:半空中。

⑥鸼:鸟名,形如野鸽。飞栋:指高耸的屋檐。流飙:狂风。飙:《续古逸丛书》本卷五作"焱",飙、焱古通用。棂(líng)轩:指有窗格的长廊。一说指阑干。

⑦蓬室士:贫贱之士,此指徐干。

⑧薇藋:指薇和藋,俱野菜名,可食。充虚:充饥。皮褐:羊裘短衣。

⑨慷慨:愤懑不得志,一作"忼慨"。兴文自成篇:指徐干所著的《中论》二十余篇。

⑩宝:指和氏璧,此处比喻徐干。此二句化用《韩非子·和氏篇》和氏献璧的典故,劝说徐干出仕,指出有才德而不出仕就等于怀璞不献。愆:过失。

⑪弹冠:弹掉冠上的灰尘,意在为出仕做官做准备。《汉书·王吉传》:"吉与贡禹为友,世称'王阳在位,贡公弹冠'。言其取舍同也。"颜师古注:"弹冠者,言入仕也。"俟:等待。然:如此;这样。

⑫晚岁:指收获迟。膏泽:肥沃的土地,此处比喻有才德之人。

⑬亮:果然。玙璠(yú fán)美:此处比喻徐干美好的才德。玙璠:美玉。

宣:显著。

⑭亲交:好朋友。敦:敦促;劝勉。申章:指赠予此诗。此二句言知己之间重在交情深厚,除了赠予这首诗外,还有什么好说的呢!

【汇评】

清·宝香山人:刘良云:"子建与徐干俱不见用,有怨刺之意,故为此诗。"非穷愁不能著书,今人写得极滥,用意不用字,妙妙。渊明时为之。(《三家诗·曹集》卷一)

清·王夫之:如"良田无晚岁,膏泽多丰年""亮怀璠玙美,积久德愈宣",以腐重之辞,写鄙秽之情,风雅至此,扫地尽矣。(《船山古体诗评选》卷四)

清·陈祚明:友谊真至。"知己谁不然",亦寓不试之感。"良田"以下,慰勉有古风。(《采菽堂古诗选》卷六)

赠丁仪

初秋凉气发,庭树微销落①。凝霜依玉除,清风飘飞阁②。朝云不归山,霖雨成川泽③。黍稷委畴陇④,农夫安所获?在贵多忘贱⑤,为恩谁能博。狐白足御冬,焉念无衣客⑥!思慕延陵子,宝剑非所惜⑦。子其宁尔心⑧,亲交义不薄。

【题解】

丁仪,字正礼,沛国(今安徽濉溪)人,曾为曹操掾属官。他和丁廙、杨修等人皆与曹植友好。曹操曾想将女儿嫁给他,后因曹丕阻挠,未成,丁仪由此记恨曹丕。曹操一度想立曹植为太子,丁仪有意促成其事,因而遭曹丕忌恨。曹丕嗣位后不久便杀害了丁仪及其弟弟丁廙。此诗当作于曹丕为魏王后不久。曹植作此诗安慰丁仪,让丁仪放宽心,并表达其对丁仪遭遇的同情和心有余而力不足的歉疚,体现了其与丁仪之间深厚的情谊。

【注释】

①销落:凋落;衰落。柳宗元《早梅》:"寒英坐销落,何用慰远客?"

②玉除:用玉石砌成的台阶。飞阁:高高的楼阁。

③朝云不归山:古人认为云是从山石中生出来的,日暮时云不归山,便会下连绵大雨。霖:连降三天以上的雨。《说文》:"霖,雨三日以往。"

④黍稷:指黍和稷,皆为古代主要的农作物,此指庄稼和粮食。委:同"萎",弃。畴陇:田地。

⑤贵、贱:指地位的高与低。

⑥狐白:指狐狸腋下的白色皮毛,此指珍贵的狐裘。《晏子春秋·内篇谏上》:"景公之时,雨雪三日而不霁,公被狐白之裘,坐堂侧陛。晏子入见,立有间,公曰:'怪哉! 雨雪三日而天不寒。'晏子对曰:'天不寒乎?'公笑。晏子曰:'婴闻古之贤君饱而知人之饥,温而知人之寒,逸而知人之劳。今君不知也。'"

⑦延陵子:指春秋时吴国公子季札。据《新序·节士篇》记载:有一次季札要出使晋国,途经徐国。徐君很喜爱季札佩戴的宝剑,心里想要却并不说。季札明白他的心思,决定送给他,但由于出使不能没有佩剑,所以当时没有说出来,打算在完成使命返回时,再将宝剑赠予徐君。但等他回来时,徐君已死,季子便将宝剑挂在徐君坟前的树上,痛哭而去。此处借延陵子的典故说自己绝对不会忘记与丁仪的友情。

⑧子:指古人对男子的尊称,此指丁仪。其:还是。宁:安宁;宁静。

【汇评】

明·胡应麟:"明月照高楼,流光正徘徊",谢灵运"清辉能娱人,游子澹忘归"祖之。"凝霜依玉除,清风飘飞阁",谢玄晖"金波丽鸼鹊,玉绳低建章"祖之。然"明月高楼",去汉尚不远;"凝霜飞阁",不惟兆端齐、宋,抑且门户梁、陈。(《诗薮·内编》卷二)

清·宝香山人:李善云:"与都亭侯丁廙,今云仪,误也。《魏略》曰:'丁仪字正礼,太祖辟为掾。'"吕向云:"《魏志》仪有文才,子建赠以此诗,有怨刺之意。"写雨景,写连日雨景,俱妙。陈思不得于兄,宁能援引朝士,诗故感慨。(《三家诗·曹集》卷一)

清·陈祚明:"在贵忘贱",必有所指。引延陵挂剑事,不可解。"朝云"二句,清新。(《采菽堂古诗选》卷六)

清·张玉谷:此慰丁不得意之诗。前八即秋景之萧瑟阴霾,田荒无获,写出方正不容影子。"在贵"四句突接"贵多忘贱,为恩谁博",揭出惜丁本意。加以暖者忘寒,比喻托醒,便不单薄。末四方以知己宁无,转合慰勉之意,援古作证,似自任,亦似冀人,何等忠厚。(《古诗赏析》卷八)

清·方东树:起写潦年,以起丁之困。"在贵"四句,过接。此诗清警而自具沉雄,"微阴翳阳景"篇略同。大约子建皆中锋,学之不能得其厚重雄阔高峻,而得其陈意陈语陈句,则失之板实。(《昭昧詹言》卷二)

赠丁廙

嘉宾填城阙,丰膳出中厨①。吾与二三子,曲宴此城隅②。秦筝发西气,齐瑟扬东讴③。肴来不虚归④,觞至反无余。我岂狎异人,朋友与我俱⑤。大国多良材,譬海出明珠。君子义休偫,小人德无储⑥。积善有余庆,荣枯立可须⑦。滔荡固大节,世俗多所拘⑧。君子通大道,无愿为世儒⑨。

【题解】

这首诗是作者赠丁廙之作。《艺文类聚》卷三十九、《太平御览》卷五百三十九均题作《与丁廙》。丁廙,字敬礼,丁仪之弟,建安中曾任黄门侍郎,与其兄皆同曹植友善。本诗前半部分叙写私宴时音乐美妙动人,酒肴丰盛,几个亲朋近友融洽欢畅的场面。后半部分主要表达了希望好友丁廙做一个胸怀坦荡、固守大节的人,多积义修德,不要像世俗之人一样,寡德少善,拘于小节。

【注释】

①填:充满。阙:《释名·释宫室》:"阙在门两旁,中央阙然为道也。"中厨:内厨。

②二三子:几个人,此指自己的几个好友。曲宴:指私人宴会。城隅:城角,此指城墙上的角楼。

26

③秦筝:指古代秦地(今陕西一带)的一种弦乐器,似瑟。相传古筝本五弦,后经秦人蒙恬改为十二弦,以木易竹,唐以后加十三弦(见朱骏声《说文通训定声》)。西气:一作"西音",指秦声。陕西多激越高亢之曲调。瑟:弦乐器,有五十弦、二十五弦、二十三弦、十九弦之别,春秋时期齐国都城临淄多见此种乐器,故后世名之曰"齐瑟"。东讴:指齐歌。

④不虚归:指食之且尽。

⑤狎(xiá):亲近。《礼记·曲礼上》:"贤者,狎而敬之。"异人:他人。《诗·小雅·頍(kuǐ)弁》:"岂伊异人,兄弟匪他。"此二句意指参宴之人俱是兄弟,没有别人。

⑥休偫(zhì):美好完备。无储:很少;不多。李善注:"言君子之义美而且具,小人之德寡而无储也。"

⑦余庆:指行善积德,造福后代。荣枯:指草木的繁荣枯朽,此处比喻人之贵贱、穷达。立可须:犹言可立而待。

⑧滔荡:广大貌。世俗:社会风气。世:张溥本卷二十七、《续古逸丛书》本卷五作"时"。此二句意指君子须固守大节,拘于小节者,乃世俗之人。

⑨世儒:指世俗儒人。李善注:"《论衡》曰:'说经者为世儒。'"

【汇评】

清·吴淇:子建与诸子,皆伤其不遇,而敬礼年最少,故止有勖勉之词。其曰"滔荡固大节",晋室放诞之风,已肇于此矣。(《六朝选诗定论》卷五)

清·宝香山人:《文士传》云:"繁字敬礼,仪之弟也,为黄门侍郎。"极平常语,出自子建口中,落落错错,俱成锦绣。无为小人儒,用得化极。(《三家诗·曹集》卷一)

清·王夫之:又如"积善有余庆,荣枯立可须",居然一乡约老叟壁上语。至云"肴来不虚归,觞至反无余",则谗涎喷人,止堪为悲田院作谱耳。古今人瞳眬双眼,生为此儿埋没。其父篡祚,其子篡名,无将之诛,当不下于阿瞒。(《船山古体诗评选》卷四)

黄初年间

责　躬

臣植言：臣自抱衅归藩①，刻肌刻骨，追思罪戾②，昼分而食，夜分而寝③。诚以天网不可重罹，圣恩难可再恃④。窃感《相鼠》之篇无礼遄死之义⑤，形影相吊，五情愧赧⑥。以罪弃生，则违古贤夕改之劝⑦；忍垢苟全，则犯诗人胡颜之讥⑧。伏惟陛下德象天地，恩隆父母⑨，施畅春风，泽如时雨⑩。是以不别荆棘者，庆云之惠也⑪；七子均养者，鸤鸠之仁也⑫；舍罪责功者，明君之举也；矜愚爱能者⑬，慈父之恩也，是以愚臣徘徊于恩泽而不敢自弃者也⑭。前奉诏书，臣等绝朝⑮，心离志绝，自分黄耇永无执圭之望⑯。不图圣诏，猥垂齿召⑰。至止之日，驰心辇毂⑱。僻处西馆，未奉阙庭⑲。踊跃之怀，瞻望反侧⑳，不胜犬马恋主之情，谨拜表，并献诗二首㉑。词旨浅末，不足采览，贵露下情，冒颜以闻。臣植诚惶诚恐，顿首顿首，死罪死罪。

於穆显考，时惟武皇㉒。受命于天，宁济四方㉓。朱旗所拂，九土披攘㉔。玄化滂流，荒服来王㉕。超商越周，与唐比踪㉖。笃生我皇，奕世载聪㉗。武则肃烈，文则时雍㉘。受禅于汉，君临万邦㉙。万邦既化，率由旧则㉚。广命懿亲，以藩王国㉛。帝曰尔侯，君兹青土㉜。奄有海滨，方周于鲁㉝。车服有辉，旗章有叙㉞。济济隽义，我弼我辅㉟。伊予小子，恃宠骄盈㊱。举挂时网，动乱国经㊲。作藩作屏，先轨是隳㊳。傲我皇使,犯我朝仪㊴。国有典刑,我削我黜㊵。将寘于理,元凶是率㊶。明明天子,时惟笃类㊷。不忍我刑,暴之朝肆㊸。违彼执宪㊹,哀予小子。改封兖邑,于河之滨㊺。股肱弗置㊻,有君无臣。荒淫之阙,谁弼余身㊼!茕茕仆夫,于彼冀方㊽。嗟予小子,乃罹斯殃。赫赫天子㊾,恩不遗物。冠我玄冕,要我朱绂㊿。光光天使㉛,我荣我华。剖符授玉,王爵是加㉜。仰齿金玺,俯执圣策㉝。皇恩过隆,祗承怵惕㉞。咨我小子,顽凶是婴㉟。逝惭陵墓,存愧阙庭㊱。匪敢傲德㊲,实恩是恃。威灵改加,足以没齿㊳。昊天罔极,生命不图㊴。常惧颠沛,抱罪黄垆㊵。愿蒙矢石,建旗东岳㊶。庶立毫厘㊷,微功自赎。危躯授命,知足免戾㊸。甘赴江湘,奋戈吴越㊹。天启其衷,得会京畿㊺。迟奉圣颜㊻,如渴如饥。心之云慕,怆矣其悲㊼。天高听卑,皇肯照微㊽!

【题解】

本诗作于黄初四年(223)。《责躬》(还有《应诏》)及表,最早见于《三国志·魏书·陈思王植传》,无题。《文选》分别题作《上责躬应诏诗表》《责躬诗》《应诏诗》(文字略有不同)。张溥本于表类载录此表,题作《上责躬诗表》,于诗类又并载表与诗。影宋本亦将表与诗分而置之,分别题作《责躬》《上责躬诗表》。此处将表与诗合为一处。据《三国志·魏书·陈思王植传》:黄初四年,曹植徙封雍丘,其年朝京师,曹植上表献诗。《责躬》不是一般的应制诗,而是诗人在屡遭贬谪、深受政治迫害之后,多年郁积的集反省悔过、感恩戴德和理想抱负等复杂思想感情于一身的真情吐露。于诗中,诗人悔过自责,但真正涉及的具体罪责只是"傲我皇使,犯我朝仪"。他对曹丕多有赞颂之词,但也流露出了不满情绪,且多浮词虚饰,缺乏诚意。在诗的最后部分,诗人仍不忘吐露自己的理想,希望曹丕能给自己输力国君、为国立功的机会。全诗情辞低沉徘徊,谦卑恳切,慷慨悲壮,读来令人叹惋。

【注释】

①抱衅:抱罪。归藩:指前往徙封之地。黄节注:"此《表》云'抱衅归藩','藩'指鄄城,谓改封鄄城侯后为王机、仓辑等所诬,废居于邺,旋诏还鄄城也。"一说指雍丘。

②刻肌刻骨:指其痛苦铭心刻骨。罪戾:罪过。

③昼分:指日中之时。夜分:指夜半之时。分:等分。古时以漏刻计时,昼漏和夜漏各五十刻,故言"昼分""夜分"。

④天网:国家法制。罹(lí):遭受。恃:依靠。

⑤窃:私下。《续古逸丛书》本卷八作"切",非。感:想到。《相鼠》:《诗·鄘风》篇名,诗曰:"相鼠有体,人而无礼。人而无礼,胡不遄死?"古人常赋之以刺无礼。遄(chuán):迅速。

⑥吊:慰问。五情:指喜、怒、哀、乐、怨五种感情。愧赧(nǎn):因羞愧而面红耳赤。

⑦违:违背。《续古逸丛书》本作"为",非。古贤:古代的贤能之人,此指曾子。夕改之劝:李善注:"曾子曰:'君子朝有过,夕改则与之;夕有过,朝改则与之。'"

⑧垢:通"诟",耻辱。苟全:苟全性命。诗人:指《诗·鄘风·相鼠》的作者。胡颜:指有何面目,意指十分惭愧。李善注:"即上'胡不遄死'之义。《毛诗》谓何颜而不速死也。"

⑨隆:胜过;超过。李善注:"《尚书》:'天子作民父母。'"

⑩施:施恩。泽:恩泽。

⑪不别:指不分别。荆棘:此处比喻没有用而且有害的事物。庆云:卿云;景云。

⑫鸤(shī)鸠:即今之布谷鸟。《诗·曹风·鸤鸠》:"鸤鸠在桑,其子七兮。淑人君子,其仪一兮。"《序》曰:"鸤鸠之养其子,且从上下,暮从下上,平均如一。"

⑬矜:怜悯。

⑭自弃:自甘落后,不求上进。

⑮臣等:指任城王曹彰和吴王曹彪等人。绝朝:禁止朝会。《三国志·

魏书·明帝纪》:"先帝著令,不欲使诸王在京都者,谓幼主在位,母后摄政,防微以渐,关诸盛衰也。"

⑯心离志绝:信念、意图都已破灭。自分(fèn):私下考虑。黄耇(gǒu):老年人。执圭:古时诸侯朝见天子,必须以手持圭。此指朝见文帝曹丕。圭:古代的一种玉制礼器。

⑰不图:没料想到。猥:自谦之词,犹辱,此指承蒙。一说指委曲。垂:下达。系下对上的一种敬辞。齿召:录用征召。齿:录用。

⑱辇毂:皇帝所乘之车。毂:指车轮中心的圆木。

⑲西馆:即《应诏》诗中所云之"西墉"。阙庭:指天子所居之处。

⑳反侧:心情忐忑难安貌。

㉑表:指《上责躬应诏诗表》。献诗二首:指《责躬》和《应诏》二诗。

㉒於(wū):赞叹之词。穆:美好。显考:古人对亡父的美称,此指死去的曹操。时:此;这。惟:语中助词。武皇:指曹操。

㉓宁济:安定。

㉔朱旗:指汉朝旗帜。汉以火德王,故尚赤色,旌旗等皆为赤色。时曹操尚为汉臣,故称。此代指曹操的军队。九土:九州。披攘:臣服。

㉕玄化:指道德教化。滂流:广布流传。荒服:指边远地区的人们。古五服之一,指离京城二千五百里的地区,为五服中最远之地。来王:指前来称臣。

㉖超商越周:指商周皆以武力征服天下,故云超越。李善注:"商、周用师,故云超越。唐虞禅让,故云比踪。"唐:指唐尧之治。

㉗笃生:指得天独厚,生来就不平凡。笃:笃厚。我皇:指曹丕。奕世:指一代接一代。载:语气词。聪:圣明。

㉘肃烈:威严。时雍:亲善;调和。

㉙受禅于汉:指建安二十五年(220)冬,曹丕废汉献帝,自立为帝,改年号延康为黄初。万邦:指天下。

㉚率:遵循。旧则:旧有的法则。则:《续古逸丛书》本卷五作"章"。旧章犹旧则。

㉛懿亲:至亲,此指兄弟。懿:美好。藩:捍卫;保卫。

㉜帝:指魏文帝曹丕。一说疑指武帝曹操。侯:指临淄侯曹植。青土:指临淄。曹魏时期,临淄属齐郡,在旧青州境内。

㉝奄有:包括;覆盖。方周于鲁:指像鲁国之于周朝那样。鲁国是周朝的一个姬姓诸侯国,开国之君为周公旦之子伯禽。此指曹植对于魏国来说为最亲。方:比方。

㉞叙:次序,此指贵贱的等次。李善注:"《礼记》曰:'以为旗章,以别贵贱。'"

㉟济济:形容数量之多。隽乂(yì):德才兼备之人。弼辅:辅佐君主的重臣。

㊱伊:发语词。小子:指曹植。恃宠:指恃曹操的宠爱。骄盈:骄傲自满。

㊲举:行为举止。挂:触犯。时网、国经:皆指法律制度。

㊳作藩作屏:指诸侯国作为京都的藩篱屏障。先轨:先王所定之法令制度。隳(huī):毁坏;废弃。

㊴皇使:指监国使者。《三国志·魏书·陈思王植传》:"植与诸侯并就国。黄初二年,监国谒者灌均希指,奏'植醉酒悖慢,劫胁使者'。有司请治罪,帝以太后故,贬爵安乡侯。其年改封鄄城侯。"

㊵削、黜:均指曹植遭贬爵之事。削:指削减食邑之数。建安二十二年(217)曹植"增置邑五千,并前万户",黄初三年(222)"立为鄄城王,食邑二千五百户"。黜:贬爵,此指曹植由县侯降为乡侯。

㊶寘:交送。理:指古代的治狱之官。率:类别。

㊷天子:指魏文帝曹丕。笃类:指厚于兄弟。

㊸朝肆:指陈尸之处。古时有罪被杀者,大夫以上陈尸于朝,士以下陈尸于市。肆:市集。

㊹执宪:执法之人。

㊺改封兖邑:指黄初二年(221)曹植贬爵安乡侯,又改封鄄城侯之事。曹魏时鄄城属东郡,在兖州境内。河:指黄河。

㊻股肱(gōng):比喻辅佐得力之人,此指曹植的亲信。

㊼荒淫之阙:指徙封之地。弼:帮助;辅佐。

㊽茕茕:孤独貌。仆夫:驾车之人,此为曹植的自称。于:前往。冀方:指邺城。曹植改封鄄城王后,又为人诬陷,遭禁于邺都。邺都旧属冀州,故称。

㊾赫赫:显赫。

㊿玄冕:指黑色官冕,为古代礼冠。一说指古时天子祭祀时所穿的衣服。大夫助祭亦穿玄冕。朱绂(fú):指古代系佩玉和官印的红色绶带。

(51)天使:《续古逸丛书》本作"大使"。

(52)剖符:指古代帝王分封诸侯、功臣时,以竹符为信符,将其剖分为二,君臣各执其一。后因以"剖符""剖竹"为分封、授官之称。玉:圭。这里指君主分封诸侯的凭证。

(53)齿:承受。金玺:用黄金制成的印,此指诸侯王之印玺。圣策:指君王分封诸侯的策书。

(54)怵惕:恐惧。

(55)咨:语气词。婴:缠绕;围绕。

(56)逝:死亡。陵墓:指曹操。阙庭:朝廷,此指曹丕。此二句意指死后愧对曹操,生时有愧于曹丕。

(57)傲德:指不尊敬兄长。《贾子》:"弟敬爱兄谓之悌,反悌为傲。"

(58)威灵:威严。没齿:指终其天年。

(59)昊天罔极:指父母尊长的养育之恩深广,想要报答却无从行动。此处比喻曹丕对自己深厚的恩德。语出《诗·小雅·蓼莪》:"父兮生我,母兮鞠我,拊我蓄我,长我育我,顾我复我,出入腹我。欲报之德,昊天罔极。"图:谋划。

(60)颠沛:僵仆在地上。黄垆(lú):黄泉,此处比喻死亡。

(61)蒙:遭受。东岳:李善注:"东岳,镇吴之境。子建《诗》曰:'我心常怫郁,思欲赴太山。'"一说指泰山。古人认为人死后魂归泰山。

(62)毫厘:微小。

(63)免戾:免去罪责。

(64)江湘、吴越:均指代东吴。一说此处比喻南方战场。

(65)启:开启。衷:内心。京畿:指京都洛阳。

⑥迟奉：犹言侍奉。圣颜：指曹丕。

⑥云：语气词。怆：悲伤貌。其：语气词。

⑥天高听卑：指皇帝高高在上，但一样可以不失察、不失听。皇：指文帝曹丕。肯：可以。微：低贱，此指曹植自己。

【汇评】

南宋·刘克庄：曹植以盖代之才，他人犹爱之，况于父乎？使其少加智巧，夺嫡犹反手尔。植素无此念，深自敛退，虽丁仪等坐诛，辞不连植。黄初之世，数有贬削，方且作诗责躬。上表求自试，兄不见察，而不敢废恭顺之义，卒以此自全，可谓仁且智矣。《文中子》曰："至哉思王，以天下让！"真笃论也。（《后村先生大全集》卷一百七十三）

明·胡应麟：子建《责躬》一章，词义高古，几并二韦。（《诗薮·内编》卷一）

明·张溥：余读陈思王《责躬》《应诏》诗，泫然悲之，以为伯奇履霜，崔子渡河之属。（《汉魏六朝百三家集题辞》）

清·宝香山人：自责处毫无怨尤，而究不能挽回疑忌之心。以天下让之私曲，微文中子，几不白于古今。（《三家诗·曹集》卷一）

清·何焯：《责躬》《应诏》诗表，表与诗俱载本传，时封雍丘王。二篇词义之美，汉、魏以来不可多见。《责躬诗》"恩不遗物"，谓复立为鄄城王也。注非。"愿蒙矢石"四句，此即求自试表之意，同气一体，冀可感动，立功报国，即不虚此生，未可律以自晦免猜之常也。（《义门读书记·文选》卷二）

清·陈祚明：《责躬诗》自叙条次，微寓伤感。"股肱弗置"，可知侍卫之缺。"匪敢傲德"句，言之得体。然反观其意，则"匪敢傲德"知由少恩也。末愿以微功自赎，虽素志如此，但嫌疑中讵肯委以事权，况用兵之地乎？此为不智。"迟奉圣颜"，"迟"，去声，待也。是时犹未得觐，故深饥渴之思。后人每用"迟"字作平声，非。（《采菽堂古诗选》卷六）

应　诏

肃承明诏，应会皇都①。星陈凤驾，秣马脂车②。命彼掌徒,肃我征旅③。朝发鸾台,夕宿兰渚④。芒芒原隰,祁祁士女⑤。经彼公田,乐我稷黍⑥。爰有樛木,重阴匪息⑦。虽有糇粮,饥不遑食⑧。望城不过,面邑不游⑨。仆夫警策,平路是由⑩。玄驷蔼蔼,扬镳漂沫⑪。流风翼衡,轻云承盖⑫。涉涧之滨,缘山之隈⑬。遵彼河浒,黄阪是阶⑭。西济关谷⑮,或降或升。骎骎倦路,载寝载兴⑯。将朝圣皇,匪敢晏宁⑰。弭节长骛,指日遄征⑱。前驱举燧,后乘抗旌⑲。轮不辍运,鸾无废声⑳。爰暨帝室,税此西墉㉑。嘉诏未赐,朝觐莫从。仰瞻城阈,俯惟阙庭㉒。长怀永慕,忧心如酲㉓。

【题解】

《太平御览》卷七百七十五作《应制》。此篇的写作时间和背景与《责躬》相同,属同时之作。《三国志·魏书·陈思王植传》:"四年,徙封雍丘王。其年,朝京都。上疏曰……"又云:"帝嘉其辞义,优诏答勉之。"《文选·左思〈魏都赋〉》注云:"文帝《答曹植诏》曰:'所献诗二篇,微显成章。'"足以证明本诗是黄初四年(223)入京朝见文帝时所作。本篇主要写临行前的准备,路途中的车马奔驰毫无懈怠,以及到京后的遭遇,表现了诗人的心情由急切喜悦转向焦灼忧惧的渐变过程。

【注释】

①肃:恭敬。承:承奉。明诏:指魏文帝曹丕令诸王进京朝会的诏书。会:朝会。皇都:指洛阳。

②夙:早。秣马:喂马、饲马。脂车:指将脂膏涂于轮轴,以起到润滑的作用。

③掌徒:指掌管徒役事务的官吏,此指主管徒役的人。肃:警戒;戒备。

④鸾台、兰渚:对汉宫殿高台的美称,非实指。李善注:"鸾台、兰渚以美言之。"

⑤芒芒:广阔貌。原隰(xí):广阔而低湿的地方。祁祁:众多貌。

⑥公田:指古代的井田制度,把土地划分成九个区域,成"井"字形,其中

间的区域即是"公田"。其田利用民力耕种,所获之物全部上缴统治者。此指曹魏时代的屯田。稷黍:泛指农作物。稷:高粱。黍:黄米。

⑦爰:语气词。樛(jiū)木:指枝条向下弯曲的树木。重阴:浓荫。

⑧糇(hóu)粮:干粮。不遑:无闲暇时间。

⑨面:面向;朝向。

⑩警策:指扬鞭策马。由:行走。

⑪玄:黑色。驷:指驾车的四匹马。蔼蔼:整齐貌。镳(biāo):勒马的嚼子。《文选·傅毅〈舞赋〉》李善注:"镳,马勒旁铁也。马举首而横走,动镳则飞马口之沫也。"

⑫流风:急风。翼衡:指风从车辕端横木的两侧吹过,就像托扶着马车一样。翼:托扶。衡:指辕端横木。承:举。

⑬隈(wēi):山路弯曲之处。

⑭河浒:河边。阪:坡。《续古逸丛书》本卷五作"坂",阪与坂同。阶:经过;经由。

⑮济:渡过。张溥本卷二十七作"跻"。关:指西关。李注:"陆机《洛阳记》曰:'洛阳有四关,东成皋,南伊阙,北孟津,西函谷。'"谷:指大谷,又称"大谷口""水泉口",在今洛阳南。

⑯骈骖(fēi cān):指拉车的四匹马中在辕外的两匹马,左边的叫骖,右边的叫骈。此处代指四匹马。载:语气词。寝:停下。兴:行进;前进。

⑰晏宁:安宁,此指停车休息。

⑱弭节:驾车。一说指羲和。骛:奔驰;飞驰。指日:计算时日。遄征:急行。

⑲燧:火把;火炬。赵幼文:"案燧疑为旞(suì)字之形误。"旞:指古代系有五色羽毛的旗帜,插在导车之上。后乘:后车。抗旌:举着旌旗。

⑳辍:停止。废:停罢;停止。

㉑爰:语气词。暨:到达。税:停止;休止。西墉:即前《责躬诗表》之"西馆"。一说疑指洛阳金墉城。《太平御览》卷一百七十六引《洛阳地记》:"洛阳城内西北角有金墉城,东北角有楼高百尺,魏文帝造也。"

㉒城阈(yù):指城门上的横枋(fāng)。《说文》:"阈,门楣也。"阈庭:

36

宫廷。

㉓醒(chéng):指酒醒后神志不清有如患病的感觉。《诗·小雅·节南山》:"忧心如醒,谁秉国成?"

【汇评】

明·胡应麟:《应诏》赡而不冗,整而有序,得繁简文质之中,绝可师法。(《诗薮·内编》卷一)

明·许学夷:子建、仲宣四言,其体出于二韦。然二韦意虽矜持,而典则庄严,古色照映,犹有古词人风范。子建、仲宣则才思逸发,华藻烂然,自是词人手笔,然仲宣较子建才力不啻什伯也。子建《朔风》五章,《应诏》五章,《责躬》十一章,仲宣《赠蔡子笃》四章,《赠士孙文始》七章,《赠文叔良》五章,《思亲》七章,诸家皆不能分。(《诗源辨体》卷四)

清·宝香山人:李周翰云:"应诏来京师,于道所见,对诏而作。"写出兼程倍道,倦不能息,饥不暇食,赴君父之召如此,而未得一见,忧心溢于纸上。(《三家诗·曹集》卷一)

清·陈祚明:此首较流动,写途路劳辛,来朝之诚如此。而徘徊邸舍,得觐与否尚未可必,疑畏之忠,如何可言。(《采菽堂古诗选》卷六)

七步诗

煮豆然豆萁①,漉豉以为汁②。萁在釜下然③,豆在釜中泣。本是同根生,相煎何太急!

【题解】

本诗最早见于南朝宋刘义庆编纂的《世说新语·文学篇》,该书云魏文帝命曹植七步内成诗,若不成就处死,曹植应声便成此诗。文帝听后觉得很羞愧。齐梁时期任昉《齐竟陵文宣王行状》、昭明太子萧统《锦带书十二月启·中吕四月》、《北史·魏收传》等,都曾提及曹植七步作诗之事。《世说新语》所载六句,后《初学记》卷十著录四句:"煮豆燃豆萁,豆在釜中泣。本是同根生,相煎何太急!"张溥本卷二十七根据《世说新语》所载为正文,又以四句者为附注。由此可知,本诗有六句和四句两种文本流传于世,有详略之异。有学者认为《世说新语》所载近于附会之言,不一定真实,另外,本诗是否确系曹植本人所作,尚无定论,今姑附于此,存疑。本书所录六句,诗中以其、豆相煎比喻骨肉相残,形象而真切地反映了骨肉相残的冷酷事实,并抒发了作者的愤慨之情。

【注释】

①然豆其:《世说新语》作"持作羹"。然:同"燃",燃烧。其:豆茎;豆梗。

②漉:过滤。豉(chǐ):豆豉,此指煮熟的豆子。

③在:张溥本作"向"。釜:古代的一种炊具,如同现在的锅。

【汇评】

宋·佚名:曹子建《七步诗》,世传:"煮豆然豆其,豆在釜中泣。"一本云:"其在釜下燃,豆在釜中泣。"其工拙浅深,必有以辨之者。(《漫叟诗话》)

明·徐祯卿:《垓下》之歌,出自流离;"煮豆"之诗,成于草率;命词慷慨,并自奇工。此则深情素气,激而成言,诗之权例也。(《谈艺录》)

明·王世贞:巧迟拙速,摛辞与用兵,故绝不同。语曰:"枚皋拙速,相如工迟。"……盖有工而速者,如淮南王、祢正平、陈思王、王子安、李太白之流,差足伦耳。然《鹦鹉》一挥,《子虚》百日,"煮豆"七步,《三都》十年,不妨兼美。(《艺苑卮言》卷八)

明·胡应麟:"煮豆",虽七步而成,第小诗耳,不足尽所长也。(《诗薮·杂编》卷三)

清·黄子云:子建《七步诗》在当时窘迫中构此,果佳矣,大雅则未也。末俗无知,喜其易于入耳,往往家传而户诵。学者慎勿堕入彀中,堕则沦为解缙、唐寅矣。(《野鸿诗稿》)

清·陈祚明:窘急中至性语,自然流出。繁简二本并佳。多二语,便觉淋漓似乐府;少二语,简切似古诗。(《采菽堂古诗选》卷六)

清·张玉谷:主意只在末二,唤醒警切。然前路不纡徐引入,则急促无味矣,故取此六句者。(《古诗赏析》卷九)

赠白马王彪

黄初四年五月①，白马王、任城王与余俱朝京师，会节气②。到洛阳，任城王薨③。至七月，与白马王还国④。后有司以二王归藩，道路宜异宿止，意毒恨之⑤。盖以大别在数日，是用自剖⑥，与王辞焉，愤而成篇。

谒帝承明庐，逝将归旧疆⑦。清晨发皇邑，日夕过首阳⑧。伊洛广且深，欲济川无梁⑨。泛舟越洪涛，怨彼东路长⑩。顾瞻恋城阙，引领情内伤⑪。

太谷何寥廓，山树郁苍苍⑫。霖雨泥我涂，流潦浩纵横⑬。中逵绝无轨，改辙登高冈⑭。修坂造云日，我马玄以黄⑮。

玄黄犹能进，我思郁以纡⑯。郁纡将何念，亲爱在离居⑰。本图相与偕，中更不克俱⑱。鸱枭鸣衡轭，豺狼当路衢⑲。苍蝇间白黑，谗巧令亲疏⑳。欲还绝无蹊，揽辔止踟蹰㉑。

踟蹰亦何留？相思无终极。秋风发微凉，寒蝉鸣我侧㉒。原野何萧条，白日忽西匿。归鸟赴乔林，翩翩厉羽翼㉔。孤兽走索群，衔草不遑食㉕。感物伤我怀，抚心长太息㉖。

太息将何为？天命与我违㉗。奈何念同生，一往形不归㉘。孤魂翔故域，灵柩寄京师㉙。存者忽复过，亡殁身自衰㉚。人生处一世，去若朝露晞㉛。年在桑榆间，景响不能追㉜。自顾非金石，咄唶令心悲㉝。

心悲动我神，弃置莫复陈㉞。丈夫志四海，万里犹比邻㉟。恩爱苟不亏，在远分日亲㊱。何必同衾帱，然后展殷勤㊲。忧思成疾疢，无乃儿女仁㊳。仓卒骨肉情㊴，能不怀苦辛！

苦辛何虑思？天命信可疑㊵。虚无求列仙，松子久吾欺㊶。

变故在斯须,百年谁能持^㊷？离别永无会,执手将何时？王其
爱玉体,俱享黄发期^㊸。收泪即长路,援笔从此辞^㊹。

【题解】

这是一首赠别诗,乃临别曹彪时作。白马王,指曹植的异母弟曹彪,字
朱虎。白马,在今河南滑县东。黄初四年(223),曹植与白马王曹彪、任城
王曹彰同到京师洛阳朝会,而曹彰不幸暴死洛阳。曹植痛感曹彰之死,又有感
于归藩时想与曹彪同路,而遭到监国者的阻挠,"愤而成篇",作成本篇。本
诗最早见于《三国志·魏书·陈思王植传》裴松之注引《魏氏春秋》,无题亦
无序。序文最早见于《文选》卷二十四。李善注:"《集》云'于圈城作'。"据此
可知本诗原题作《于圈城作》,现题乃萧统根据序文所改。严可均《全三国
文》分序与诗为二,于序题作《于圈城作赠白马王彪诗序》。《续古逸丛书》本
卷五无序。全诗抒写了作者所遭遇的生死之戚、离别之苦、政治迫害之愤,
抒发了人生无常,生命短暂的感慨。全篇辞真意切,悲苦沉痛。

【注释】

①黄初:魏文帝年号。五:张溥本卷二十七作"正",非。

②任城王:指曹彰,字子文,曹植同母兄。黄初三年(222)封任城王。任
城:县名,在今山东济宁。京师:指洛阳。会节气:指参加迎节气的典礼。魏
制,每年立春、立夏、立秋和立冬四个节气前的第十八天,各诸侯藩王都要到
京师来和皇帝一同举行迎节气的典礼,参与朝会,称会节气。

③薨(hōng):古代诸侯之死称薨。曹彰封王爵,故死称薨。

④还国:指回封地。

⑤有司:指古代分职责设立官职,各司其职。此指魏文帝派往各封地监
督诸侯藩王的监国使者。异宿止:指不得同行同宿。毒恨:痛恨。张溥本作
"每恨",非。

⑥大别:长久的分别。自剖:自明心迹,抒发情怀。

⑦谒:拜见;朝见。承明:指当时天子所居,寝息之所,此指魏文帝的宫
殿。《三国志·魏书·文帝纪》裴松之注:"案诸书记,是时帝居北宫,以建始

殿朝群臣,门曰承明。陈思王植诗曰谒帝承明庐是也。"逝:语气词。旧疆:指曹植的封地鄄城,故地在今山东鄄城北。

⑧皇邑:皇都,此指洛阳。首阳:山名,在洛阳东北。李善注:"陆机《洛阳记》曰:'首阳山在洛阳东北,去洛二十里,为邙山最高处。日光先照,故称首阳。'"

⑨伊洛:伊水和洛水。伊水源于河南熊耳山,于偃师入洛水。洛水又称洛河,源于陕西洛南县冢岭山,流经洛阳,于河南巩义入黄河。广:裴松之注引《魏氏春秋》作"旷"。济:渡水。

⑩东路:指洛阳到鄄城之路。因鄄城在洛阳东,故称。

⑪顾瞻:回头眺望。城阙:指洛阳。引领:指伸长脖颈极目远望,形容殷勤期盼之情态。

⑫太谷:山谷名,即通谷。寥廓:空阔广远貌。郁:繁盛貌。苍苍:指因草木长得茂盛而呈现出深绿色。苍:青色。

⑬霖雨:指连降三日以上的雨。泥:动词,指使道路泥泞。涂:同"途",道路。潦:路上的积水。

⑭中逵:道路交错之处,此指路中。绝:断。轨:车迹。改辙:改道。

⑮修坂:长坡。造:至;到达。我马玄以黄:《诗·周南·卷耳》:"陟彼高冈,我马玄黄。"玄黄:指马生病。

⑯郁以纡:心情郁结,忧愁苦闷。以:语中助词。

⑰亲爱:亲爱的人,此指白马王曹彪。在:将要。离居:指分开宿止。

⑱本图:原打算。相与偕:指与曹彪同行。中更:中道有变。克:能。

⑲鸱(chī)枭:鸟名,亦称"鸱鸮"。传说枭食母,故古人认为它是一种不祥之鸟。此处比喻小人。衡轭(è):此代指车。衡:指辕前的横木。轭:指衡两旁下面用以扼住马颈的曲木。豺狼:此处比喻小人。路衢:指四通八达的道路。此二句意指奸邪小人在皇帝面前拨弄是非,离间兄弟之间的感情。

⑳苍蝇间黑白:《诗·小雅·青蝇》:"营营青蝇,止于樊。岂弟君子,无信谗言。"郑玄笺:"蝇之为虫,汙白使黑,汙黑使白。喻佞人变乱善恶也。"故此处比喻小人颠倒是非。间:毁谤。谗巧:谗言巧语。亲疏:指亲近之人变为疏远之人。

㉑蹊:指道路。《艺文类聚》卷二十一作"径"。蹊、径意近。揽辔:手揽缰绳。踟蹰:犹豫、徘徊之貌。

㉒寒蝉:蝉的一种,又称寒螿、寒蜩,较一般蝉为小,青赤色,秋天始鸣,声音低微。李善注:"蔡邕《月令章句》曰:寒蝉应阴而鸣,鸣则天凉,故谓之寒蝉也。"

㉓西匿:夕阳西下。匿:隐藏。

㉔乔林:树木高大的树林。翩翩:鸟飞轻捷貌。厉:疾貌。此二句裴注引《魏氏春秋》置于"孤兽"二句下。

㉕索:寻找。遑:闲暇。

㉖抚心:捶胸。太息:即叹息。裴注引《魏氏春秋》作"叹息",下句同。

㉗天命:上天的旨意,此指曹彰之死。

㉘同生:同胞兄弟,此指曹彰。一往:比喻死亡。一说指去洛阳。

㉙孤魂:指曹彰的灵魂。故域:指曹彰生前的封地任城。灵柩(jiù):棺材。

㉚存者:指曹植和白马王曹彪。忽:裴注引《魏氏春秋》作"勿"。殁:死亡。裴注、张溥本俱作"没"。没、殁意近,皆指死亡。此二句意指活着的人行将死亡,而死去的人的形体也将衰朽。

㉛去若朝露晞:比喻人生之短促。去:裴注作"忽",疑是。晞:干。

㉜桑榆:指日暮,此处比喻晚年。《太平御览》卷三引《淮南子》:"日西垂,景在树端,谓之桑榆。"一说指桑、榆二星。景:指日光。响:指声音。此二句意指时光飞逝,人到暮年,即使是光和声都无法追赶。

㉝自顾:自念。非金石:指不像金石般坚固不老。咄喵(duō jiè):叹息。喵:裴注作"咤"。

㉞陈:说。

㉟比邻:即近邻。比:指古代五家为比。

㊱苟:如果。分:指感情。

㊲衾帱:指被子和床帐,此处泛指卧具。《说文》:"衾,大被。"段玉裁注:"寝衣为小被,则衾是大被。"同衾帱极言亲密之状。殷勤:指委婉屈曲之情意。

㊳疾疢(chèn):疾病。疢:张溥本、《续古逸丛书》本卷五作"疹"。疹乃疢之通假字。儿女仁:儿女情,此指兄弟之间的亲情。《韩诗外传》卷四:"爱由情出谓之仁。"

㊴仓卒:突然、急剧的变故,此指曹彰之死。骨肉情:指兄弟之间的亲情。

㊵信:确实;的确。

㊶虚无:清静无欲,无爱无恶。列仙:诸仙;众仙。松子:赤松子,传说中的仙人。

㊷变故:灾祸,此指曹彰之死。斯须:转瞬之间。《续古逸丛书》本作"须臾"。此处斯须、须臾意同。百年:寿终。《吕氏春秋》:"人之寿,久之不过百,中寿不过六十。"

㊸王:指白马王曹彪。其:语中助词,还是。爱:珍惜。黄发:老人,此指高寿。老年人头发由白变黄,是长寿的象征。

㊹泪:裴注作"涕"。即:就;踏上。长路:指漫漫归途。路:裴注作"涂",涂同途。援笔:提笔。

【汇评】

南朝梁·钟嵘:陈思《赠弟》、仲宣《七哀》、公干《思友》、阮籍《咏怀》……斯皆五言之警策者也。所以谓篇章之珠泽,文采之邓林。(《诗品》)

南宋·张戒:陶渊明云:"世间有乔松,于今定何闻?"此则初出于无意。曹子建云:"虚无求列仙,松子久吾欺。"此语虽甚工,而意乃怨怒。古诗云:"服食求列仙,多为药所误。"可谓辞不迫切,而意已独至也。(《岁寒堂诗话》卷上)

明·李梦阳:余读植诗,至瑟调《怨歌》《赠白马》《浮萍》等篇,暨观《求试》《审举》等表,未尝不泫然出涕也。曰:"嗟乎! 植,其音宛,其情危,其言愤切而有余悲,殆处危疑之际者乎。"余于是知魏之不竞矣。(李梦阳、王士贞评点《曹子建集》卷首)

明·许学夷:子建《赠白马王彪》,体既端庄,语复雅炼,尽见作者之功。少时读之,了不知其妙也。元美极称之,谓悲婉宏壮,情事理境,无所不有。(《诗源辨体》卷四)

明·王世贞：子建"谒帝承明庐""明月照高楼"，子桓"西北有浮云""秋风萧瑟"，非邺中诸子可及，仲宣、公干远在下风。吾每至"谒帝"一章，便数十过不可了，悲惋宏壮，情事理境，无所不有。(《艺苑卮言》卷三)

清·宋长白："何必同衾帱，然后展殷勤"，陈思王句也。"未言心先醉，不在接杯酒"，陶靖节句也。四语参伍读之，殊觉超旷入神。(《柳亭诗话》卷二)

清·沈德潜：《文王》七章，语意相承而下，陈思《赠白马王》诗、颜延之《秋胡行》祖其遗法。(《说诗晬语》卷上)

七　哀

明月照高楼，流光正徘徊①。上有愁思妇，悲叹有余哀。借问叹者谁？言是宕子妻②。君行踰十年③，孤妾常独栖。君若清路尘，妾若浊水泥④。浮沈各异势，会合何时谐？愿为西南风，长逝入君怀⑤。君怀良不开，贱妾当何依⑥？

膏沐谁为容，明镜暗不治⑦。

南方有鄣气⑧，晨鸟不得飞。

【题解】

胡克家刻本《文选》卷二十三选录此诗，并将其列入"哀伤类"，题为《七哀》。《宋书·乐志》题作《明月诗》。《乐府诗集》卷四十一将其收入《相和歌辞·楚调曲》，并于此诗载二首，俱题作《怨诗行》：一首为"晋乐所奏"，较本诗多十四句，分为七解；一首是"本辞"，即本诗。张溥本卷二十七于"诗类"收本辞，题作《七哀诗》；于"乐府类"收晋乐，题作《怨诗行》。《宋书·乐志》所载乃十四句"晋乐所奏"。今于本辞之后附以晋乐所奏《怨诗行》。"七"，为古代的一种乐府新题，起源于汉末，其名来源不详，余冠英认为可能与音乐有关。六臣注《文选》吕向曰："七哀谓痛而哀，义而哀，感而哀，怨而哀，耳目闻见而哀，口叹而哀，鼻酸而哀也。"本篇描写独守空闺之思妇月夜思念在外远游的丈夫的哀怨。有人认为本篇寄寓了作者的身世之感，抒发了诗人对身遭迫害的愤怨与不平。全诗情辞缠绵悱恻,哀婉动人。

【注释】

①流光:指月光明亮澄净,晃动如流水。李善注:"夫皎月流辉,轮无辍照,以其余光未没,似若徘徊。前觉以为文外傍情,斯言当矣。"

②借问:向旁人探问。宕子:在外漂泊,久而未归的人。唐刘长卿《别宕子怨》:"关山别宕子,风月守空闺。"宕:同"荡"。

③君:古时妻子对丈夫的尊称。踰:超过。

④清路尘、浊水泥:黄节《曹子建诗注》:"清路尘与浊水泥是一物,浮为尘,沈为泥,故下云浮沈异势,指尘泥也。"

⑤西南风:夏天的风。李善注:"《古诗》曰:'从风入君怀,四坐莫不叹。'"杨慎:"西南坤地。坤,妻道。故愿为此风,飞入夫怀。"长逝:长飞。

⑥良:诚然;确实。《艺文类聚》卷三十二作"时"。贱妾当:《艺文类聚》作"妾心将"。

⑦膏沐:梳妆打扮。暗:暗淡无光。治:磨拭。此二句《文选》刘休玄《拟古诗》李善注引《七哀》诗。

⑧郫:同"瘴"。瘴气:指能致病的湿热之气。此二句《文选》鲍明远《苦热行》李善注引《七哀》诗。

【汇评】

唐·吴兢:《七哀》起于汉末,如曹植"明月照高楼",王仲宣"南登灞陵岸",皆《七哀》之一也。(《乐府古题要解》卷下)

南宋·吕本中:曹子建《七哀诗》之类,宏大深远,非复作诗者所能及,此盖未始有意于言语之间也。(《苕溪渔隐丛话》前集卷四十九引)

明·胡应麟:晋乐府奏子建"明月照高楼"诗,中四句云:"北风行萧萧,烈烈入吾耳。心中念故人,泪堕不能止。"陈王本辞所无,殊类魏武语也。(《诗薮·内编》卷一)

明·许学夷:汉人乐府五言……体既轶荡,而语史真率。……子建《七哀》《种葛》《浮萍》而外,体既整秩,而语皆构结。盖汉人本叙事之诗,子建则事由创撰,故有异耳。较之汉人已甚失其体矣。(《诗源辨体》卷四)

清·沈德潜:陈思极工起调……如"明月照高楼,流光正徘徊"……皆高

唱也。后谢玄晖"大江流日夜，客心悲未央"，极苍苍莽莽之致。(《说诗晬语》卷上)

清·方东树：起八句，原题叙事。"明月"二句，兴象自然。"君若清路尘"以下，语语紧健，转转入深，妙绪不穷。收句忽转一意。古人收句往往另换意、换势、换笔，或兜转，或放开，多留弦外之音、不尽之意。(《昭昧詹言》卷二)

附：晋乐所奏《怨诗行》

明月照高楼，流光正徘徊。上有愁思妇，悲叹有余哀。一解。
借问叹者谁？自云宕子妻。夫行踰十载，贱妾常独栖。二解。
念君过于渴，思君剧于饥。君作高山柏，妾为浊水泥。三解。
北风行萧萧，烈烈入吾耳。心中念故人，泪堕不能止。四解。
浮沈各异路，会合当何谐？愿作东北风，吹我入君怀。五解。
君怀常不开，贱妾当何依？恩情中道绝，流止任东西。六解。
我欲竟此曲，此曲悲且长。今日乐相乐，别后莫相忘。七解。

矫　志

芝桂虽香，难以饵鱼①；尸位素餐，难以成名②。磁石引铁，于金不连③；大朝举士，愚不闻焉。抱璧途乞，无为贵宝④；履仁遭祸⑤，无为贵道。鹓雏远害⑥，不羞卑栖；灵虬避难⑦，不耻污泥。都蔗虽甘，杖之必折⑧；巧言虽美⑨，用之必灭。□□□□，□□□□；济济唐朝，万邦作孚⑩。逢蒙虽巧⑪，必得良弓；圣主虽知，必得英雄⑫。螳螂见叹，齐士轻战⑬；越王轼蛙，国以死献⑭。道远知骥，世伪知贤；□□□□，□□□□⑮。覆之焘之，顺天之矩⑯。泽如凯风⑰，惠如时雨。口为禁闼，舌为发机⑱；门机之闾，楛矢不追⑲。

46

【题解】

本诗有缺佚。全篇皆用比喻,每四句为一节,前两句比喻,后两句叙主旨。内容多但不复杂,用意非常明显,主要有四个方面:一是尊居高位之人,不能徒有虚名,当有所作为;二是要远身避害;三是国君当任人唯贤,亲贤臣,远小人;四是言行举止要特别谨慎。这些都表现了曹植有志难申的苦闷和忧谗畏讥的艰难处境。

【注释】

①芝桂:《续古逸丛书》本卷五作"芳桂"。香:《艺文类聚》卷四十一作"芳"。饵鱼:充当鱼饵。《太平御览》卷八百三十四引《阙子》:"鲁人有好钓者,以桂为饵,锻黄金之钩,错以银碧,垂翡翠之纶,其持竿处位即是,然其得鱼不几矣。故曰:钓之务不在芳饵,事之急不在辩言。"鱼:张溥本卷二十七作"烹",影宋本卷五作"兼"。此处比喻虽有高名美言,但无实际才能的人是没有用的。

②尸位:指空居其位而无所作为。素餐:指无功而受禄,不劳而食。东汉王充《论衡·量知篇》:"素者,空也;空虚无德,餐人之禄,故曰素餐。无道艺之业,不晓政治,默坐朝廷,不能言事,与尸无异,故曰尸位。然则文吏所谓尸位素餐者也。"成名:成事。名:《艺文类聚》《续古逸丛书》本俱作"居"。居:家。

③金:铜。《淮南子·说山训》:"慈石能引铁,及其于铜,则不行也。"此二句比喻朝廷只招纳贤士,从不招揽无用不贤之人。

④璧:古代的一种玉器,扁平,圆形,中心有孔。途:道路。无为:成不了。

⑤遘祸:遭遇祸患。遘:《艺文类聚》作"遭"。遭、遘意同。祸:《续古逸丛书》本作"福",非。

⑥鹓(yuān)雏:凤。《庄子·秋水》:"惠子相梁,庄子往见之。或谓惠子曰:'庄子来,欲代子相。'于是惠子恐,搜于国中三日三夜。庄子往见之,曰:'南方有鸟,其名为鹓雏,子知之乎?夫鹓雏发于南海而飞于北海,非梧桐不止,非练实不食,非醴泉不饮。于是鸱得腐鼠,鹓雏过之,仰而视之曰:"吓!"今子欲以子之梁国而吓我邪?'"远害:避害。

⑦灵虬:神龙。《广雅·释鱼》:"有鳞曰蛟龙,有翼曰应龙,有角曰虬龙,无角曰螭龙。"

⑧都蔗:即甘蔗。杖之:以甘蔗为手杖。西汉刘向《杖铭》:"都蔗虽甘,殆不可杖。佞人悦己,亦不可相。"

⑨巧言:好听但虚伪的话。

⑩济济:众盛貌。唐朝:指传说中的唐尧时代。万邦:天下各地。孚:威信。《诗·大雅·文王》:"仪刑文王,万邦作孚。"郑玄笺:"仪法文王之事,则天下咸信而顺之。"

⑪逢蒙:古之善射者。或谓其曾学射于后羿,尽后羿之道。

⑫圣:《艺文类聚》《续古逸丛书》本俱作"贤"。知:智慧。《续古逸丛书》本作"智"。知、智,乃古今字。必得:《艺文类聚》作"亦待"。

⑬螳螂:昆虫名。见叹:受到赞叹。《韩诗外传》卷八:"齐庄公出猎,有螳蜋举足将搏其轮,问其御曰:'此何虫也?'御曰:'此是螳蜋也。其为虫,知进而不知退,不量力而轻就敌。'庄公曰:'以为人,必为天下勇士矣。'于是回车避之,而勇士归之。"轻战:指不怕死。

⑭轼:指古代车厢前用作扶手的横木,此指扶轼敬礼。《韩非子·内储说上》:"越王虑伐吴,欲人之轻死也,出见怒蛙,乃为之式。从者曰:'奚敬于此?'王曰:'为其有气故也。'明年之请以头献王者岁十余人。"

⑮黄节注:"《文选》任彦升《宣德皇后令》李善注引曹植《矫志诗》:'仁虎匿爪,神龙隐鳞。'为此节之佚句。"

⑯覆之焘(dào)之:指天无不涵盖。焘:通"帱",覆盖。《礼记·中庸》:"辟如天地之无不持载,无不覆帱。"张溥本作"帱",《续古逸丛书》本作"寿"。矩:法则。此二句意指上天涵盖一切,且有自己公正的法则。

⑰凯风:南风。

⑱为:如字之意。发机:弩上发射的机关。《说苑·谈丛》:"口者关也,舌者机也,出言不当,四马不能追。口者关也,舌者兵也,出言不当,反自伤也。"

⑲阖:开。《方言》:"开户,楚谓之阖。"影宋本作"关"。楛(hù)矢:指用楛木作杆的箭。

【汇评】

明·谭元春:全篇似古逸诗、古铭、古谣及子书中锻炼佳语。亦四言古最高之格。(《古诗归》卷七)

明·钟惺:曹氏四言入乐府则妙,入古诗则弱。此篇情事崎岖,语脉参错,而气甚高古,盖古诗而乐府者也。(同上)

清·宝香山人:四言诗能如此变法,是善学《三百篇》。畅而醒便是风人结处,质直之言耳流丽异常,非八斗才耶?(《三家诗·曹集》卷一)

清·陈祚明:段段用比语起,别成一格,都不法《三百篇》语,矫健奇功……自饶古致。篇法四句作一章,各抒意旨。"济济"二句单,若是阙文。"道远"二句单,亦不可解,然故名语。"抱璧涂乞",语古。"都蔗虽甘",意新。(《采菽堂古诗选》卷六)

太和年间

喜 雨

天覆何弥广！苞育此群生①。弃之必憔悴,惠之则滋荣②。庆云从北来,郁述西南征③。时雨中夜降,长雷周我庭④。嘉种盈膏壤,登秋必有成⑤。

太和二年大旱,三麦不收,百姓分于饥饿⑥。

【题解】

本诗描绘了久旱逢雨时的欣喜之情。诗人叙写了中夜"庆云"北来降雨的过程,并预示秋天必定丰收,进一步深化了喜雨的感情。有人认为本诗是借天象征国君,寄托了诗人希望曹叡能重用自己,从而实现抱负的理想。本诗当作于太和二年(228)夏。"太和"以下三句《北堂书钞》卷一百五十六引《喜雨诗》。《北堂书钞》卷一百五十六引本诗有序,诸家各本均列为佚文,孔广陶《北堂书钞校注》,丁晏、黄节均疑其为本诗序文。本书保守起见,一仍其旧,将其视为佚文,列于正文之下。

【注释】

①何:语中助词。苞育:即包育,包覆长养。苞:通"包"。群生:万物。

②憔悴:衰萎;枯槁。憔:指脸黄瘦萎靡之貌。二"之"字,均指上句中的"群生"。滋荣:生长繁茂。

③庆云:景云,也称卿云、五色云,古人以之为祥瑞之气。清孔尚任《桃花扇·先声》:"见了祥瑞一十二种……河出图,洛出书,景星明,庆云现,甘露降,膏雨零,凤凰集,麒麟游,蓂荚发,芝草生,海无波,黄河清。"郁述:指烟云浮动上升貌。西南征:指夏日北风起则雨,西南风则晴,云向西南浮动则

将雨。

④中夜:半夜。周:环绕。庭:《续古逸丛书》本卷五作"廷"。廷、庭意同。

⑤嘉种:嘉禾。盈:满。《艺文类聚》卷三作"获"。膏壤:肥沃的土壤。登秋:秋收之时。一说入秋。必:《艺文类聚》作"毕"。

⑥太和:魏明帝曹叡年号。三麦:指三秋之麦,即九月间的麦子。

【汇评】

清·宝香山人:"时雨"二语,子美亦能为之,无此自然。(《三家诗·曹集》卷一)

清·陈祚明:极率意作,亦有致。"郁述",字活。"周我庭",状雷声,生动。味"弃之"二句,以触处宣其所寄也。(《采菽堂古诗选》卷六)

黄节:太和二年五月大旱,则此诗是夏令所作,因大旱而喜雨耳。诗言"庆云从北来,郁述西南征",是未雨之风。夏以北风则雨,西南风则不雨,故云之西南征者,雨候也。(《曹子建诗注》)

朔　风

仰彼朔风,用怀魏都①,愿骋代马,倏忽北徂②。凯风永至,思彼蛮方③,愿随越鸟④,翻飞南翔。四气代谢,悬景运周⑤,别如俯仰,脱若三秋⑥。昔我初迁,朱华未希⑦,今我旋止,素雪云飞⑧。俯降千仞,仰登天阻⑨,风飘蓬飞,载离寒暑⑩。千仞易陟,天阻可越,昔我同袍,今永乖别⑪。子好芳草,岂忘尔贻⑫;繁华将茂,秋霜悴之⑬。君不垂眷,岂云其诚⑭?秋兰可喻,桂树冬荣⑮。弦歌荡思,谁与销忧⑯?临川慕思,何为泛舟?岂无和乐,游非我邻⑰,谁忘泛舟,愧无榜人⑱。

【题解】

曹植本有"戮力上国,流惠下民,建永世之业,流金石之功"的宏大志向,并一再表示愿意辅佐明君,以展报效之志,但曹丕父子不但不信任和重用他,反而一再地迫害他。对此诗人深感痛苦、无奈和不满。诗人或自铸词句,或化用前人诗文中的词句或意象,或借用典故,或运用对仗和比喻,抒发了自己身处藩地的复杂情思,流露出了屡遭迁徙的不幸和有志不展的幽怨,同时还有忠贞心迹的吐露和焦灼的期盼。明冯惟讷《古诗纪》和清陈祚明《采菽堂古诗选》皆将其分为五章。

关于这首诗的写作时间,诸说各异,李周翰认为是转封东阿王期间,在藩感邺风思归而作。刘履认为是黄初四年(223)还雍丘而作。朱绪曾认为是太和二年(228)复还雍丘而作。黄节认为是黄初六年(225)在雍丘而作。此外还有黄初二年(221)、太和元年(227)、太和三年(229)等说法。赵幼文认为作于建安二十二年(217)之后。余冠英云:"这诗作于回到雍丘的时候。他本是多感的人,这一次变迁免不了又引起一番伤感。这诗除悲叹'蓬转'的生活外又伤悼逝者,怀念远人。怨忠诚不被明帝所谅解,怨闲居坐废,怀抱利器无可施展。"今从余冠英之说,故将其置于此处。

【注释】

①朔风:北风。三国魏阮籍《咏怀》:"朔风厉严寒,阴气下微霜。"用:因而。魏都:指魏的旧都邺城。曹丕即位后,迁都洛阳,但邺城仍为魏都之一。

②代:指古之代郡,旧地在今山西东北一带,盛产良马。倏忽:迅疾貌,此指马奔腾之迅急。徂:前往。

③蛮方:南方,此指吴国。

④越鸟:越国所产的鸟,此指南方之鸟。古代越国在今江浙一带,与吴国比邻。

⑤四气:一年四季。代谢:依次交替。悬景:日月。运周:日月运行周而复始。

⑥脱:离开。三秋:三季,此为虚指,形容时间很长。

⑦朱华:指荷花。未希:还未凋零败落。

⑧旋止:归来,此指回到雍丘。止:语气词。素雪:指白雪。云:语气词。

⑨千仞:代指深谷,形容极深。仞:古以八尺为一仞。天阻:天然险阻,此指高山。

⑩载:语气词,无意义。离:经历、经过。《诗·小雅·小明》:"二月初吉,载离寒暑。"毛传:"初吉,朔日也。"郑玄笺:"乃以二月朔日始行,至今则更夏暑冬寒矣。"

⑪同袍:至亲之人。朱绪曾认为此指曹丕,黄节以为指任城王。赵幼文:"然考汉魏未见以同袍释为兄弟者。"乖别:离别;分离。一说此指黄初四年(223)曹彰暴死于都城洛阳之事。一说指挚友王粲之死事。

⑫贻:给予;赠送。

⑬繁华:指百花,此喻君子。秋霜:比喻小人。悴:衰败;枯萎,此指伤害。

⑭眷:眷顾。此二句意指即使君王不眷顾我,我的忠诚也不会因之而改变。

⑮喻:言说。李善注:"兰以秋馥,可以喻言,桂以冬荣,可以喻性。"此二句意指自己的忠诚可以用秋兰和冬桂来作比。

⑯荡思:荡涤忧思。销:通"消",消解。

⑰和乐:指弦歌。邻:指亲近、志同道合之人。此二句意指并非无人与我和歌,只是他们都不是我的亲近之人。

⑱榜人:指划船之人,此处比喻亲近之人。李善注:"言岂忘泛舟以相从乎,愧无榜人,所以不济也。"

【汇评】

南齐·萧子显:若陈思《代马》群章,……四言之美,前超后绝。(《南齐书》卷五十二)

清·吴淇:孙鑛云:"凡四言诗,写情事太切,便类箴铭。此篇比兴多驾空凌虚,全以意趣胜,故是诗家本色。"张平子《四愁诗》从《招魂》来,省二。此诗起处从《四愁》来,又省二。首四句,一南一北,写心之忧惚不定。"四气"四句,一昔一今,写时之荏苒易逝。"俯降"八句,一上一下,写同袍之别。一寒一暑,写同袍之别之久。"子好"八句,曰"子好",曰"岂忘",则是臣未尝忘君,君未尝忘臣,"繁华将茂,秋霜悴之",归罪于宵小之谗间。君子四句,又归罪于己,言君之不眷,非君之故,亦非小人谗间之,我之诚有未至耳。"秋兰"二句,愈劝其诚也。思是因,风是缘,代马越鸟是想。想之所结在北,遂成一代马"倏忽北徂"之象;想之所结在南,遂成一越鸟"翻飞南翔"之象,"愿骋""愿随",总是妄想,虚而非实。(《六朝诗选定论》卷六)

清·宝香山人:拟古人诗,如绘如刻,则生气全无。妙在借人杼机,织我锦绣,自成一代风雅,切勿学泥塑人与活人争长也。(《三家诗·曹集》卷一)

清·沈德潜:言君虽不垂眷,而己岂得不言其诚乎?故下接"秋兰"云云。结意和平夷愉,诗中正则。(《古诗源》卷五)

元 会

初岁元祚,吉日惟良①。乃为佳会,宴此高堂②。尊卑列叙,典而有章③。衣裳鲜洁,黼黻玄黄④。清酤盈爵,中坐腾光⑤。珍膳杂遝,充溢圆方⑥。笙磬既设,筝瑟俱张⑦。悲歌厉响,咀嚼清商⑧。俯视文轩,仰瞻华梁⑨。愿保兹善,千载为常⑩。欢笑尽娱,乐哉未央⑪。皇家荣贵,寿考无疆⑫。

【题解】

本诗《太平御览》卷二十九作《正会》。《续古逸丛书》本卷五、张溥本卷二十七将其收入诗类,张本又于补遗类收之,较诗类多八句,今删并。古代元旦,宫廷有规模宏大而隆重的贺岁之礼,君主于此时朝会群臣,故称正会,也称元会。本诗是曹植参加元会时所写,诗中描写了一场盛大的正会礼,作者通过繁复的物象铺陈,渲染出礼仪之庄重、宴饮之欢畅、音乐之美妙,可见宴会热闹华美的景象,于诗的最后陈述赞美之辞。对于此诗写作时日,有不同的说法:朱绪曾、丁晏、黄节、古直诸家都定于黄初五年(224)到六年(225)之间;赵幼文认为作于太和六年(232)正月;还有人说作于黄初元年(220);亦有人说作于黄初三年(222)。今从赵幼文之说。

【注释】

①初岁:指正月。元:始。祚:福。吉日:指朔日,即夏历初一。良:首;头。

②佳会:盛会。《艺文类聚》卷四作"嘉"。嘉会:美好的宴会。高堂:指高大的厅堂。

③典:礼制。章:制度;程序。丁晏曰:"此二句程脱,依《御览》二十九补。"《续古逸丛书》本、张溥本皆无此二句。

④黼黻(fǔ fú):指古代衣服上刺绣的花纹,此处代指衮服。《大戴礼记·五帝德篇》:"黄帝黼黻衣,大带黼裳。"注:"白与黑谓之黼,若斧文。黑与青谓之黻,若两巳相戾。"玄:黑色,此指冕。黄:指裳。

⑤清酤:清酒。酤:《说文》:"一宿酒也。"此处泛指美酒。中坐:座中。腾光:指光彩浮动。丁晏曰:"此二句程脱,依《御览》补。"

⑥珍膳:珍美的食物。杂遝(tà):众多杂乱之貌。圆方:古代的一种食器。

⑦张:施弦。

⑧厉响:声音激昂高亢。咀嚼:指吟唱。商:商声,古代五音之一。因其调凄清悲凉,故称。此处代指音乐。丁晏曰:"以上四句程脱,依《御览》补。"

⑨文轩:指用彩画雕饰的栏杆。华梁:指绘有花纹的屋梁。

⑩善:《续古逸丛书》本作"喜"。为:如;好像。

⑪未央:未尽。

⑫家:《艺文类聚》、张溥本作"室"。荣贵:《北堂书钞》卷一百五十五作"华贵"。寿考:年寿。考无疆:《北堂书钞》作"若东王"。

【汇评】

清·宝香山人:《晋书·礼志》:"汉仪有正会礼,正旦……受贺,公侯以下执贽来庭,二千石以上升殿称万岁,然后作乐宴飨。"魏帝都邺,正会文昌殿,用汉仪。(《三家诗·曹集》卷一)

时期未定

闺情二首

其一

揽衣出中闺，逍遥步两楹①。闲房何寂寞，绿草被阶庭②。空穴自生风，百鸟翔南征③。春思安可忘，忧戚与君并④。佳人在远道，妾身单且茕⑤。欢会难再逢，芝兰不重荣⑥。人皆弃旧爱，君岂若平生⑦。寄松为女萝，依水如浮萍⑧。赍身奉衿带，朝夕不堕倾⑨。傥终顾盼恩，永副我中情⑩。

【题解】

本篇《玉台新咏》题作《杂诗》。《艺文类聚》将此诗著录于《人部·闺情》类，无题。朱绪曾曰："宋人从《类聚·人部》闺情采入，遂题曰'闺情'。"本诗写闺中妇女对在外丈夫的思念、疑虑和期望。全诗围绕着思念丈夫这一主旨，曲折深入，情真意切。后人多认为此诗以夫妇比喻君臣，委婉地表达了作者希望君主眷顾的情思，迫切期盼建立良好的君臣关系，并吐露自己对君王将始终保持坚贞。关于该诗的作年，黄节认为作于太和三年(229)作者徙封东阿王后，是怀念明帝之作；邓永康认为作于黄初六年(225)至黄初七年(226)之间。今从赵幼文之说，将其置于时期未定诗作之列。

【注释】

①揽：持。中闺：即闺中。楹：指厅堂前的柱子。《楚辞·九叹·愍命》王逸注："两楹之间，户牖之前，尊者所处也。"

②闲房：空阔的房屋。何：《续古逸丛书》本卷五作"向"，非。寂寞：寂静无声。寞：《艺文类聚》卷三十二作"寥"。阶：张溥本卷二十七作"堦"。堦：

同"阶"。

③空穴:门户的孔洞。穴:张溥本作"室",非。翔:飞。张溥本、《续古逸丛书》本俱作"翩"。此处翔、翩意同。

④忧戚:忧惧。君:张溥本作"我"。并:相从;一同。

⑤佳人:古时妻子对丈夫的尊称,犹良人。黄节注:"此诗,佳人谓明帝也。"单、茕:俱指孤单、孤独。

⑥逢:遇到。《艺文类聚》作"遇"。芝兰:灵芝与兰草。

⑦平生:平素;往常。此指恩爱之前。一说指少年之时。

⑧寄:依附。为:如同。女萝:植物名,即松萝,俗称菟丝,亦作女罗。多依附在松树上,成丝状下垂。《诗·小雅·颊弁》:"茑与女萝,施于松柏。"

⑨赍(jī)身:委身;托身。衿:衣领,此处代指衣服。

⑩顾盼:眷恋;顾念。盼:《艺文类聚》《续古逸丛书》本俱作"眄"。副:符合。中情:内心感情。

其二

有一美人①,被服纤罗。妖姿艳丽,翁若春华②。红颜㷸晔,云髻嵯峨③。弹琴抚节④,为我弦歌。清浊齐均,既亮且和⑤。取乐今日,遑恤其他⑥。

【题解】

本诗描写一歌女为诗人弦歌之事。诗人以细腻的笔触,从各方面描写了歌女之美。眼见美丽的女子,耳听悦耳的琴音弦歌,诗人沉溺其中,往日的忧愁顿时抛诸脑后,无暇"遑恤"。本篇无词语堆砌之病,寥寥数语,美女之形,跃然纸上。

【注释】

①一美:《艺文类聚》卷十八作"美一"。

②妖姿:妍美的姿容。翁:蓬勃貌。

③㷸晔:光彩美盛貌。云:形容多。髻:发髻。嵯峨:高耸貌。

④抚节:打拍子。

⑤清浊:指清音与浊音。齐均:一致协调。亮:指声音清亮。和:指节拍和谐。

⑥遑恤:无暇忧愁他事。遑:闲暇,此指无暇。恤:忧愁。

【汇评】

清·宝香山人:("揽衣出中闺"篇)多望幸之思。("有美一人"篇)调促韵长,后世人不能下一字。(《三家诗·曹集》卷一)

清·陈祚明:亦寄感慨。(《采菽堂古诗选》卷六)

又云:("揽衣出中闺"篇)当亦思君之怀。"空室自生风",佳句,超脱。"人皆"二句,忠厚之情,惓惓不忘,冀幸见遇殊者。"寄松"二句,言托命之重,岂有他心。(《采菽堂古诗选》卷六)

清·张玉谷:("揽衣出中闺"篇)此首代作闺怨,亦自比思君之无已也。首八从空闺寂寞,触景添忧叙起。"佳人"六句,点明人远身单,会难时去之痛。而时去突用芝兰作比,奇!接入"人皆"十字,怨其负心,妙在负心,妙在仍能翻空放活。"寄松"四句,深明己心不二,插喻引入,便觉敷腴。末二以终望垂顾副情作收,一篇结穴。(《古诗赏析》卷九)

情　诗

微阴翳阳景①,清风飘我衣。游鱼潜绿水,翔鸟薄天飞②。眇眇客行士③,遥役不得归。始出严霜结,今来白露晞④。游子叹《黍离》,处者歌《式微》⑤。慷慨对嘉宾,凄怆内伤悲。

【题解】

本篇《玉台新咏》题作《杂诗》,主写征夫思归之情。诗先从眼前景物写起,借游鱼、飞鸟反衬征夫羁于徭役而不得归乡的忧伤,继而写征夫思归、亲人盼归,最后以直抒征夫的感伤作结。全诗情真意笃,凄怆伤悲。

【注释】

①翳:遮蔽。阳景:日光。

②薄:迫近;接近;靠近。

③眇眇:遥远。客行士:指远行在外的客子。

④严霜结:指冬季。白露晞:指春天。

⑤《黍离》:《诗·王风》中的篇名。据《毛诗序》所云,本诗为东周大夫行役来到西周故都镐京,见宗庙宫室旧址处长满了野草,他忍不住感慨西周之倾覆,于是作了《黍离》这首诗。本诗引用《黍离》只取行役之义。处者:指家乡的亲人。《式微》:《诗·邶风》篇名。诗中有"式微,式微,胡不归"句。《毛诗序》以为其乃魏侯流亡卫国,随行的臣属劝其归国,作此诗。后以赋《式微》表示思归之意。本篇引用此诗只取劝归之义。

【汇评】

宋·范晞文:《诗》云:"昔我往矣,杨柳依依;今我来思,雨雪霏霏。"东坡谓韩退之"始去杏飞蜂,及归柳嘶蜇(zhá)"与《诗》意同。子建云:"昔我初迁,朱华未希。今我旋止,素雪云飞。"又:"始出严霜结,今来白露晞。"王正长云:"昔往仓庚鸣,今来蟋蟀吟。"颜延年云:"昔辞秋未素,今也岁载华。"退之又居其后也。(《对床夜语》卷一)

明·谢榛:魏文帝曰:"梧桐攀凤翼,云雨散洪池。"曹子建曰:"游鱼潜绿水,翔鸟薄天飞。"……以上虽为律句,全篇高古。及灵运古律相半,至谢朓全为律矣。(《四溟诗话》卷一)

明·张凤翼:《情诗》此诗有不忘汉宫室之意。子建所以不得于文帝者,大都以此,非独以才见嫉也。(《文选纂注》卷十二)

明·许学夷:谢茂秦谓《古诗十九首》,不作意,是家常话;子建"游鱼潜绿水,翔鸟薄天飞",是官话。予谓拟之未当。若子建《赠白马王》诗,则全是官话也,然当官自不可无,此《风》《雅》之辨。(《诗源辨体》卷四)

清·吴淇:凡情诗皆借闺房儿女之私,以写臣不得于君之思。子建此诗,旧注为忠君忧国之情,甚至以为不忘汉室,何其迂也。大抵子建平生,只为不得于文帝,常有忧生之嗟,因借遥役思归之情,以喻其忧谗畏讥,进退维谷之意。"阳景",喻武帝;"微阴",喻文帝。谓之微者,履霜之惧也。"清风"，即凉风，喻群小见凌之渐也。"游鱼"，本欲游也，乃不敢游而潜绿水；"翔鸟"，本欲集也，乃不敢集而薄天飞。即殷仲文所云"渊无恬鳞，林无静柯"之意。"遥役"，言其远。"不得归"，言其久。而以"眇眇"二字，著于"鱼潜"云云之下，危之也。"严霜结""白露晞"，乃重阴冱寒之时，己之往来，皆适当其时，所谓坚冰至也。要知始往今来，不是喜得其归，亦不是纪其岁月之久，只用"出"字"来"字，引起下文。言始之出也，将以游也，游叹《黍离》，则无国可依。今之来也，将以居也，居歌《式微》，则无家可归。此诗此情，真可悲伤。然伤悲亦止在心内自转，对宾客强作慷慨之态。在宾止见我之慷慨，以我为云云，岂能知我中心之凄怆哉！(《六朝选诗定论》卷五)

杂 诗

悠悠远行客^①，去家千余里。出亦无所之，入亦无所止^②。浮云翳日光^③，悲风动地起。

【题解】

丁晏："本集杂诗两见，然前六首《文选》所收，当无佚句，故附此二首后。"本诗写在外漂泊的游子孤独无依的境况，隐含了作者屡遭迫害、数次迁徙的身世之感。当是作者后期的作品。

【注释】

①悠悠：指长久。

②之：到；往。入：指返家。止：指止息之地。

③翳：遮蔽。

【汇评】

清·陈祚明：六语耳。三、四尽淋漓之情。五、六景物荒瑟，情不胜言，寄之于景。此长篇妙法，不谓六语中能之。出亦无所之，入亦无所止，烦冤瞀惑，写忧至此，始极。(《采菽堂古诗选》卷六)

杂　诗

美玉生盘石,宝剑出龙渊①。帝王临朝服,秉此威百蛮②。
□□历见贵,杂糅□刀间③。

【题解】

此篇以美玉起兴,以宝剑为喻,说明有才德之人,隐没于普通人中,不易
为他人所识。

【注释】

①盘石:指大石。龙渊:地名,即浙江龙泉,其南有剑池湖,相传古铸剑
大师欧冶子于此处铸剑,号为龙渊,唐朝讳渊,于是改为龙泉。

②服:佩。秉:持。百蛮:指古时对南方各少数民族的总称。此指天下
四方。

③此二句傅亚庶《三曹诗文全集译注》作"历久不见贵,杂糅刀刃间",是
据《北堂书钞》卷一百二十二孔广陶《校注》补入。

失　题

皇考建世业①,余从征四方。栉风而沐雨,万里蒙露霜②。
剑戟不离手,铠甲为衣裳。

【题解】

本诗见《太平御览》卷三百三十九,句有遗脱。诗中叙写了军队征战时
不避风雨,奔波劳累的艰苦,以及战士们一往无前的英勇形象,赞颂了军队
将士征战沙场的大无畏精神。

【注释】

①皇考:指曹操。世业:指帝王之业。

②栉:梳子、篦子的总称。此二句意指在外行军打仗,风吹雨淋,很艰苦。

失　题

双鹤俱远游,相失东海旁①;雄飞窜北朔,雌惊赴南湘②。弃我交颈欢③,离别各异方。不惜万里道,但恐天网张④。

【题解】

这是一首寓言诗,最早见于《艺文类聚》卷九十《鸟部·玄鹄门》,共八句。《初学记》卷十八"离别第十七"著录前六句,均无题,文字有所不同。本诗借写双鹤失失比喻兄弟之相离,从史实、情调看,当是写同曹彪离别时的感伤和担心再次身遭迫害的忧惧。通篇用比,形象单纯,言语悲苦。

【注释】

①俱:一起。失:指离失。

②窜:逃窜。朔:北方。南湘:指南方。湘:指湘江,发源于广西,流经湖南,注入洞庭湖。

③交颈:颈与颈相互依摩,多为雌雄动物间的一种亲昵表示。此指亲昵表现。《庄子·马蹄》:"夫马,陆居则食草饮水,喜则交颈相靡,怒则分背相踶。"

④天网:指上天设置的罗网。此处比喻法网。

逸　诗

妒　诗

嗟尔同衾①,曾不是志。宁彼冶容,安此妒忌②。

【注释】

①衾:被子。《说文》:"衾,大被。"段玉裁注:"寝衣为小被,则衾是大被。"

②冶容:指艳丽的容貌。古乐府《子夜歌》:"冶容多姿鬓,芳香已盈路。"妒忌:指因为别人比自己好而忌恨。《诗·召南·小星序》:"夫人无妒忌之行。"郑玄笺:"以色曰妒,以行曰忌。"

芙蓉池

逍遥芙蓉池,翩翩戏轻舟。南杨双栖鹄①,北柳有鸣鸠②。

【注释】

①鹄:鸿鹄,又名"黄鹄",俗称天鹅。水鸟,形体像鹅,但比鹅稍大,鸣声洪亮,擅飞。

②鸠.鸟名。《说文》:"鸠,鹘鸠也。"

【汇评】

明·许学夷:子建五言四句,如"逍遥芙蓉池""庆云未时兴"二篇,较之汉人,始见作用之迹。(《诗源辨体》卷四)

言　志

庆云未时兴,云龙潜作鱼①。神鸾失其俦,还从燕雀居②。

【注释】

①庆云:五色云。详见《喜雨》注。云龙:即龙。《易·乾》:"云从龙,风从虎,圣人作而万物睹。"孔颖达疏:"龙是水畜,云是水气,故龙吟则景云出,是云从龙也。"故称。

②鸾:古代传说中凤凰一类的神鸟。《说文》:"鸾,赤神灵之精也,赤色,五彩,鸡形,鸣中五音。"《广雅》:"鸾鸟,凤皇属也。"俦:伴侣。燕雀:指燕和雀,泛指小鸟。亦作"燕爵"。可用以比喻地位卑微之人。

离别诗

人远精神近,寤寐梦容光①。

【注释】

①寤寐:睡觉。

杂　诗

离思一何深①。

【注释】

①此句《文选》卷三十一陆士衡《赴洛诗》李善注引《杂诗》。

失　题

一顾千金重,何必珠玉钱①。

【注释】

①此二句《文选》卷三十谢灵运《和王主簿怨情诗》李善注引。

寡妇诗①

高坟郁兮巍巍,松柏森兮成行②。

【注释】

①此二句《文选》卷二十三谢灵运《庐陵王墓下作》李善注引《寡妇诗》。严可均《全三国文》入赋类,盖以文中"兮"字为据。此仍按旧本入诗类。

②森:阴沉幽暗。

失　题

游鸟翔故巢,狐死反丘穴①。我信归旧乡,安得惮离别②。

【注释】

①"游鸟"以下四句《北堂书钞》卷一百五十八引为植作。丘穴:指狐出生之地。传言狐狸将死,头必朝向出生的山丘。

②信:确实。惮:害怕。

失　题

高谈虚论,问彼道原^①。

【注释】

①此二句《文选》谢灵运《拟邺中集诗》李善注引。道:指道家之道。原:本。

失　题

弹筝奋逸响,新声妙入神^①。

【注释】

①丁晏《曹集铨评》:"此二句见《古诗十九首》,《书钞》引为植作,当别有据,姑附录以广异闻。"

失　题

华屏列曜,藻帐垂阴^①。

【注释】

①此二句《北堂书钞》卷一百三十二引为植作。曜:光芒。藻:一种水草。阴:同"荫"。

失　题

寒鸧蒸麑[①]。

【注释】

①《北堂书钞》卷一百四十五引为植作。鸧(cāng):指鸧鹒鸟,又称黄鹂。麑(ní):幼鹿。

失　题

秋商气转微凉[①]。

【注释】

①《北堂书钞》卷一百五十四引为植作。商:商星。

失　题

长铗鸣鞘弓[①]。

【注释】

①《太平御览》卷三百四十六引为植作。长铗(jiá):长剑。鞘:刀剑套。

失　题

金樽玉杯,不能使薄酒更厚[①]。

【注释】

①此二句见《文选》江文通《望荆山诗》李善注。

失 题

乌鸟起舞,凤凰吹笙①。

【注释】

①此二句《北堂书钞》卷一百十引为植作。笙:竹管乐器,大者十九簧,小者十三簧。

失 题

鲂腴熊掌,豹胎龟肠①。

【注释】

①此二句《北堂书钞》卷一百四十二引为植作。鲂(fáng):又名鳊鱼。腴:指鱼腹。

失 题

橙橘枇杷,甘蔗代出。

【注释】

①此二句《太平御览》卷九百七十一引为植作。

失　题

身轻蝉翼,恩重泰山。

【注释】

①此二句见《文选》潘安仁《河阳县诗》李善注。

乐府诗
建安年间

弃妇篇

石榴植前庭,绿叶摇缥青①。丹华灼烈烈,璀采有光荣②。光荣晔流离,可以处淑灵③。有鸟飞来集,拊翼以悲鸣④。悲鸣夫何为?丹华实不成⑤。拊心长叹息,无子当归宁⑥。有子月经天⑦,无子若流星。天月相终始,流星没无精⑧。栖迟失所宜,下与瓦石并⑨。忧怀从中来,叹息通鸡鸣⑩。反侧不能寐,逍遥于前庭⑪。踟蹰还入房,肃肃帷幕声⑫。搴帷更摄带,抚弦调鸣筝⑬。慷慨有余音,要妙悲且清⑭。收泪长叹息,何以负神灵?招摇待霜露⑮,何必春夏成。晚获为良实,愿君安且宁⑯。

【题解】

本篇《玉台新咏》卷二题作《弃妇诗》,《曹集铨评》卷五将其编入乐府类。本篇以弃妇致其夫君的口吻来写,用舒缓而感伤的笔调,叙述了自己因无子而愁思满怀,唯恐被抛弃的思绪。通过对这一妇女孤苦形象的描写,反映了封建礼教重压下妇女的不幸命运,具有一定的社会意义。本篇是曹植前期的作品,盖有感于平虏将军刘勋因妻子王宋无子而抛弃之而作。朱绪曾曰:"《玉台新咏》云:'王宋者,平虏将军刘勋妻也。入门二十余年。后勋悦山阳司马氏女,以宋无子,出之。'王粲、子建,俱有《出妇赋》,子建又有《弃妇篇》,皆为刘勋妻王氏而作也。"赵幼文亦持相同看法。当是曹植前期的作品。

①缥(piāo):指淡青色。石榴之叶表面呈深绿色,背面呈青白色,被风吹动,现淡青色的叶背,故称。

②丹华:指红色的石榴花。灼:形容花开之盛。烈烈:形容石榴花红艳如火。璀采:即璀璨。

③晔:指光彩。流离:即火齐珠,色泽呈黄赤色,此处借以形容石榴花绚丽夺目貌。淑灵:即神灵,此指翠鸟。

④集:指栖息、栖止。拊翼:指拍打双翅。以:而。

⑤实:果实。此处喻子。

⑥拊心:捶胸。归宁:指古时已嫁女子与夫君离异后回到娘家。《诗·周南·葛覃》:"害澣害否,归宁父母。"古时丈夫休弃妻子的情况有七种,其中之一便是无子。

⑦经:运行。

⑧没:泯灭;湮灭。精:指光明。

⑨栖迟:栖息;安身。《诗·陈风·衡门》:"衡门之下,可以栖迟。"瓦石:此处比喻卑贱。

⑩忧怀:即忧愁、忧思。中:指内心。通:至。

⑪逍遥:指彷徨、徘徊。

⑫踟蹰:徘徊。肃肃:帷幕之声。

⑬搴:掀起;撩起。摄带:指系好衣带。调鸣:《玉台新咏》卷二作"弹素"。

⑭慷慨:即悲叹。此指悲凉之音。要妙:形容音声之缥缈。《文选·左思〈魏都赋〉》:"干戚羽旄之饰好,清讴微吟之要妙。"

⑮招摇:山名,传说招摇山上长有桂树。此处代指桂树。《山海经·南山经》:"鹊山,其首曰招摇,临于西海之上,多桂。"

⑯良实:赵幼文曰:"古代传说:桂子冬天成熟,实大如枣,食之可以长生,故称之曰良实。且具大器晚成之意。"

【汇评】

明·钟惺:怨矣,却无一字尤人。(《古诗归》卷七)

清·沈德潜:曹子建《弃妇篇》,笔妙何减《长门》。然二十四语中,重二"庭"韵、二"灵"韵、二"鸣"韵、二"成"韵。古人虽有之,不得引为口实。(《说诗晬语》卷下)

又云:怨而委之于命,可谓怨矣。结希恩万一,情愈悲,词愈苦。篇中用韵,二"庭"字,二"灵"字,二"鸣"字,二"成"字,二"宁"字。(《古诗源》卷五)

清·陈祚明:兴意婉转而下,其曲如此,甚佳。"有子"四句,比拟警切,神到之语,直追汉人。"反侧"以下,写无聊失意、爱恋徘徊之情,俨然如睹。坐立不宁,出入百反,诚可哀也。结希恩万一,情愈真,词愈苦。(《采菽堂古诗选》卷六)

清·张玉谷:此代为弃妇语夫之辞,其亦有悟君之意也。首十意述己之容颜美好,不幸无子也,却就石榴华而不实,凭空比起。鸟代树言,人揣鸟意,用笔奇甚。"拊心"八句,提破无子当归本旨,随就有子者两两相形,以见弃捐之痛。"忧怀"十句,叙将归未归,辗转无聊情事。只就夜说,夜可该日也,带出弹筝要妙,亦以表己技能。末六自反无辜,终期有子,而冀夫无遽弃也。亦用晚获良实比喻作收,章法与篇首相配。(《古诗赏析》卷九)

野田黄雀行

高树多悲风,海水扬其波①。利剑不在掌,结友何须多②!不见篱间雀,见鹞自投罗③。罗家得雀喜,少年见雀悲④。拔剑捎罗网,黄雀得飞飞⑤。飞飞摩苍天⑥,来下谢少年。

【题解】

《野田黄雀行》属乐府歌辞。本篇《乐府诗集》收入《相和歌辞·瑟调曲》中,郭茂倩云:"汉鼓吹铙歌亦有《黄雀行》,不知与此同否?"本篇乃曹植自命新题的抒情之作,大约作于黄初元年(220)。本篇写黄雀不幸触网,少年拔剑破网救之,以及黄雀对少年的感恩。作者以少年救雀之事为喻,抒发了自己的朋友身逢危难而自己无力解救的悲愤、无奈之情。赵幼文云:"疑植此篇,盖因仪之被囚而希有权力者为之营救而作也。"诗多用比喻,形象鲜活,文字浅显却颇有深意。

【注释】

①高树:高大的树木。一说象征曹丕政权。悲风:指疾劲之风。一说此指严峻的法制。海水:赵幼文云:"海水比喻群臣。"扬其波:赵幼文云:"扬其波谓推波助澜,扩大迫害。"

②利剑:锋利的剑,此处比喻权势。掌:即手。结友:结识的朋友。

③篱:竹篱笆。鹞(yào):详见《鹞雀赋》注。罗:捕鸟的网。

④罗家:指张网捕雀的人。少年:指曹植期望中的援助者。

⑤捎:破除,此指挑破。飞飞:形容雀飞轻捷状。

⑥摩:迫近;接近。《续古逸丛书》本卷六作"磨",非。

【汇评】

明·徐祯卿:气本尚壮,亦忌锐逸。魏祖云:"老骥伏枥,志在千里。烈士暮年,壮心不已。"犹暧暧也。思王《野田黄雀行》,譬如锥出囊中,大索露矣。(《谈艺录》)

明·谭元春:储光羲《野田黄雀行》以外数首,皆出于此。无君子心肠,无仙佛行径,无少年意气,而长于风雅者,未之有也。"来下谢少年",语态如小鸟低声,说得众生有情有义。(《古诗归》卷七)

清·宝香山人:短篇以气味转折胜。(《三家诗·曹集》卷二)

清·王夫之:"罗家得雀喜"二语,偷势设色,尤妙在平叙中入转一结,悠然如春风之微歇。子建乐府见于集者四十三篇,所可读者此二首耳。余皆累垂郎当,如蠹桃苦李,繁然满枝,虽朵颐人,食指不能为之一动。(《船山古体诗评选》卷一)

清·沈德潜:是游侠,亦是仁人。语悲而音爽。(《古诗源》卷五)

清·陈祚明:此应自比黄雀,望援于人,语悲而调爽。或亦有感于亲友之蒙难,心伤莫救。(《采菽堂古诗选》卷六)

清·朱乾:自悲友朋在难,无力援救而作,犹前诗"久要不可忘"四句意也。前以望诸人,此以责己也。"风波"以喻险患,"利剑"以喻济难之权。(《乐府正义》卷八)

黄初年间

盘石篇

　　盘盘山巅石,飘飖涧底蓬①。我本泰山人,何为客淮东②?兼葭弥斥土,林木无芬重③。岸岩若崩缺,湖水何汹汹!蚌蛤被滨涯,光采如锦虹④;高波凌云霄,浮气象螭龙⑤。鲸脊若丘陵⑥,须若山上松。呼吸吞船楫,澎濞戏中鸿⑦。方舟寻高价,珍宝丽以通⑧。一举必千里,乘飔举帆幢⑨。经危履险阻,未知命所钟⑩。常恐沉黄垆,下与鼋鳖同⑪。南极苍梧野,游眄穷九江⑫。中夜指参辰,欲师当定从⑬!仰天长叹息,思想怀故邦⑭。乘桴何所志?吁嗟我孔公⑮!

【题解】

　　《乐府诗集》卷六十四将本篇收录于《杂曲歌辞》。《文选·木玄虚〈海赋〉》李善注引曹植"蚌蛤被滨涯,光采如锦虹"二句,题作《齐瑟行》。今存乐府诗中,以《盘石篇》名题者,只有本篇。本诗当是曹植自创的乐府新题,以篇首二字名题。诗写乘舟泛海,经危履险,怀想故乡,抒发了诗人自伤废弃,向往重回故邦建功立业的忧伤之情。此诗当作于黄初四年(223)徙封雍丘后。

【注释】

　　①盘盘:巨大貌。《续古逸丛书》本卷六、《曹集考异》作"盘石"。盘:通"磐"。飘飖:《曹集考异》作"飘飘"。飘飖:飞貌。

　　②泰山人:曹植生于东武阳,先后徙封平原、临淄、鄄城,都在山东境内,故自谓泰山人。张溥本卷二十七、《续古逸丛书》本俱作"太山"。太山,即泰

山。客:客居,此指客居藩地。淮东:指雍丘,即今之杞县。黄初四年(223),曹植徙封雍丘。淮:《乐府诗集》作"海",疑误。

③蒹葭(jiān jiā):泛指芦苇。蒹:没有长穗的芦荻。《乐府诗集》《续古逸丛书》本俱作"蕳"。蕳:即芄兰,一种草。于此无义。葭:初生的芦苇。弥:充满。斥土:盐碱地。芬重:繁茂貌。芬:《乐府诗集》、张溥本《续古逸丛书》本俱作"分"。分、芬古通。

④蚌蛤(gé):指蚌和蛤,皆海中带壳的软体动物。形长的称蚌,形圆的称蛤。诗文中常混用以称蚌。滨涯:指湖边。采:张溥本、《续古逸丛书》本俱作"彩"。采:同"彩"。锦虹:锦绣和虹霓。

⑤螭龙:泛指龙。螭:古代传说中没有角的龙。

⑥鲸:鲸鱼。魏武帝《四时食制》:"东海有大鱼如山,长五六里,谓之鲸鲵,次有如屋者。时死岸上,膏流九顷。其须一丈,广三尺,厚六寸,瞳子如三升碗。大骨可为矛矜。"脊:《续古逸丛书》本作"羹",非。

⑦船栖:小船。栖:指小船上的桅杆。澎濞(bì):波浪澎湃之声。《史记·司马相如列传》:"横流逆折,转腾潎冽,澎濞沆瀣。"中:符合,此指如同。赵幼文云:"中鸿,疑即《海赋》之冲融。李注:'冲融,深广貌。'"

⑧高价:指奇珍异宝。丽:附着。通:流通。

⑨飔(sī):急风。幢:旗杆,此处借指旗帜。赵幼文云:"幢当作橦。……即悬帆之竿。"

⑩钟:聚集,此指遭遇。

⑪黄垆:黄土。《淮南子·览冥训》:"考其功烈,上际九天,下契黄垆,名声被后世,光辉重万物。"高诱注:"上与九天交接,下契至黄垆。黄泉下垆土也。"此处比喻死亡。鼋(yuán):鳖类动物,亦称绿团鱼,俗称癞头鼋。鳖:水生爬行动物,形状像龟,肉可食,甲可入药。亦称甲鱼、团鱼,俗称王八。

⑫极:至。苍梧:指湖南九疑山一带。相传舜南巡死于苍梧之野。九疑山,又名苍梧山,在今湖南宁远南。《山海经·海内经》云:"南方苍梧之丘,苍梧之渊,其中有九嶷山,舜之所葬,在长沙零陵界中。"郭璞注:"其山九溪皆相似,故云'九疑'。"游眄:指目光转盼。九江:指今江西省地。应劭《汉书注》:"江自庐江、浔阳分为九也。"

⑬参辰：星名，指参星和辰星。辰星在东，参星在西，此出彼没，永不相见。欲师当定从：指欲归家乡，师参则从参，师辰则从辰。

⑭叹息：张溥本、《续古逸丛书》本俱作"太息"。太息：叹息。思想：想念；思念。

⑮桴：竹木筏。孔公：孔子。《论语·公冶长篇》："子曰：'道不行，乘桴浮于海。'"

【汇评】

清·宝香山人：托言无所不至。"方舟"句，又比想其时，亦有蒯生之流，故云从师。其怀故邦者，言其兄系绍父基业，昔日甘于推让，岂肯复萌异志以相残乎，随发乘桴之慨云。（《三家诗·曹集》卷二）

清·陈祚明：起四句，一篇之意已出，后乃极力写之。"蒹葭"以下，其地之物则如此；"方舟"以下，其地之人则如此，我独何为而在此地乎？不极写，令荒异感慨之怀不尽。"欲师当定从"，"师"当作"归"。（《采菽堂古诗选》卷六）

清·朱乾：植以不得留宿卫，言归东藩，非其本怀，故托喻乘桴经危履险，惓故邦，仰天而长叹也。屈子远游，临眺旧乡，仆夫心悲。王校书以谓忠信之笃，仁义之厚。余于子建亦云。（《乐府正义》卷十二）

仙人篇

　　仙人揽六著，对博太山隅①。湘娥拊琴瑟，秦女吹笙竽②。玉樽盈桂酒，河伯献神鱼③。四海一何局，九州安所如④？韩终与王乔，要我于天衢⑤。万里不足步，轻举凌太虚⑥。飞腾踰景云⑦，高风吹我躯。回驾观紫微，与帝合灵符⑧。阊阖正嵯峨，双阙万丈余⑨。玉树扶道生，白虎夹门枢⑩。驱风游四海，东过王母庐⑪。俯观五岳间，人生如寄居⑫。潜光养羽翼，进趋且徐徐⑬。不见轩辕氏，乘龙出鼎湖⑭？徘徊九天上，与尔长相须⑮。

《乐府诗集》将本篇列入《杂曲歌辞》。郭茂倩曰:"《乐府广题》曰:'秦始皇三十六年,使博士为《仙真人诗》,游行天下,令乐人歌之。'"《仙真人诗》,久佚。在今存的乐府诗中,以《仙人篇》名题者,仅有此篇。此题当是曹植据篇首"仙人"二字自拟。这是一首游仙诗,诗中的神仙世界缥缈瑰丽,作者通过描写与仙人同游的情景,在歌颂自由的背后,流露出自己对拘束于藩邑的不满情绪,以及求自试无门的愤懑之情。诗文对仗工整,声韵协调,意境开阔,文辞壮丽。

【注释】

①揽:《续古逸丛书》本卷六作"览"。览:通"揽",把持、把握。六著:亦作六箸,古代的一种博弈用具,以竹为之。此指博戏。对博:指两人对局进行游戏。赵幼文:"案《古博经》:'两人相对坐向局。局分为十二道,两头当中名为水。用棋十二枚,六白六黑;又用鱼二枚置于水中。其掷采以琼为之。琼方寸三分,长寸五分,锐其头,钻刻琼四面为眼,亦名为齿。二人互掷采行棋。棋行到处即竖之,名曰骁棋;即入水食鱼,名曰牵鱼。每牵一鱼获二筹,翻一鱼获三筹。'"博:《续古逸丛书》本作"博"。博乃博之伪字。隅:角落,此指山角。

②湘娥:传说中的湘水女神。秦女:指秦穆公的女儿弄玉。相传秦穆公时,有个名叫萧史的人善吹箫,弄玉很喜欢他,于是秦穆公便把弄玉嫁给了他。后来萧史教弄玉吹箫,作凤鸣,引来凤凰止息于其屋。后二人乘凤飞仙而去。(见《列仙传》)《艺文类聚》卷四十二作"素女"。笙竽:指笙和竽,均为古时乐器。

③玉樽:玉制的酒杯。桂酒:《楚辞·九歌》王逸注:"切桂以置酒中也。"此指美酒。河伯:黄河之神。神鱼:指黄河鲤鱼。因黄河盛产鲤鱼,鲤鱼越过龙门则成龙,故称。

④四海:指天下。《尔雅·释地》:"九夷、八狄、七戎、六蛮,谓之四海。"局:局促;狭隘而不得舒展。九州:古时的中原地区,黄河流域一带地区,此指天下。如:前往。

⑤韩终:传说中的仙人,又作"韩众"。相传其曾为秦始皇求过不死之

药。《史记·秦始皇本纪》:"因使韩终、侯公、石生求仙人不死之药。"要:邀请。天衢:指天路。

⑥凌:升。太虚:指空寂玄奥之境,此指上天。

⑦景云:卿云;庆云。

⑧观:《艺文类聚》作"过"。紫微:星座名,三垣之一。《晋书·天文志上》:"紫宫垣十五星,其西蕃七,东蕃八,在北斗北。一曰紫微,大帝之座也,天子之常居于也,主命主度也。"此指天帝所居之处。帝:天帝。灵符:神符。古时天子分封诸侯,符可用作信物,上面刻有文字,双方各持半符。诸侯来朝,将其所持之半符与国家保存之半符相合,作为其身份的凭证。

⑨阊阖:指天门。《说文》:"阊,天门也。楚人名门曰阊阖。"嵯峨:高峻貌,此处形容天门之高。

⑩玉树:传说中的仙树。扶道生:缘路而生,夹道而生。白虎:神话中的仁兽。一说指星宿名。枢:指门斗。

⑪王母:西王母,居昆仑瑶池,为女神之首。

⑫人:《续古逸丛书》本作"民"。寄居:指人生短促,有如寄居之客。

⑬潜光:隐藏光芒,此指隐居。一说比喻怀才不显扬。养羽翼:指做好羽化登仙的准备。唐马总《意林》:"得道者生六翮于臂,长毛羽于腹,飞无阶之苍天,度无穷之世俗。"进趋:进取;追求。趋:《乐府诗集》作"趣"。徐徐:安稳貌。

⑭轩辕氏:指黄帝。传说其居于轩辕丘,故名。《乐府诗集》《续古逸丛书》本作"昔轩辕"。乘:《乐府诗集》《续古逸丛书》本作"升"。鼎湖:指传说黄帝乘龙飞仙之处。详见前注。

⑮九天:九重天。上:《乐府诗集》作"下"。须:等待。

【汇评】

宋·郭茂倩:《乐府广题》曰:"秦始皇三十六年使博士为《仙真人诗》,游行天下,令乐人歌之。曹植《仙人篇》曰:'仙人揽六著',言人生如寄,当养羽翼徘徊九天,以从韩终、王乔于天衢也。"齐陆瑜又有《仙人揽六著篇》,盖出于此。(《乐府诗集》卷六十四)

清·宝香山人:曹植《仙人篇》曰:"仙人揽六著。"言人生如寄,当养羽翼徘徊九天，以从韩终、王乔于天衢也。齐陆瑜又有《仙人揽六著》篇，盖出于此。游仙诗至此，真是"轻举凌太虚"，觉后人所作，俱是屋下架梁。(《三家诗·曹集》卷二)

清·宋长白：陈思王诗："四海一何局，九州安所如。"即"谓天盖高，谓地盖厚，我瞻四方，蹙蹙靡所骋"注脚，想其意味，当是鄄城移东阿时也。(《柳亭诗话》卷五)

清·陈祚明：超世之意弥道，而典物凑泊，其驱役缛采，若挹河取燧，此孟德、子桓所不能也。(《采菽堂古诗选》卷六)

清·朱乾：托意仙人，志在养晦待时，意必有圣人如轩辕者，然后出而应之。所谓"达可行于天下而后行之"者也，较《五游》《远游》意更远矣。……游仙诸诗嫌九州之局促，思假道于天衢，大抵骚人才士不得志于时，藉此以写胸中之牢落，故君子亦有取焉。若秦皇使博士为《仙真人诗》，游行天下，令乐人歌之，乃其惑也；后人尤而效之，惑之惑也。诗虽工，何取哉！(《乐府正义》卷十二)

游　仙

人生不满百，岁岁少欢娱①。意欲奋六翮，排雾陵紫虚②。蝉蜕同松乔，翻迹登鼎湖③。翱翔九天上，骋辔远行游。东观扶桑曜，西临弱水流④。北极登玄渚，南翔陟丹丘⑤。

【题解】

本篇《乐府诗集》未载。《艺文类聚》卷七十八录此诗，题作《游仙诗》。黄节《曹子建诗注》将其列入乐府诗中。黄节云："是游仙之作始自屈原。其后若《乐府古辞》之《董逃行》《步出夏门行》《王子乔》，及魏武之《气出唱》《陌上桑》《秋胡行》，文帝之《折杨柳行》等篇，相继而作。而子建《游仙》《五游》《远游》诸篇，则尤极意模仿屈原者也。"诗中慨叹人生短暂，忧愁多而欢乐少，并希望能够借助神仙之事来宣泄自己的愁苦情怀。

①岁岁:《艺文类聚》作"戚戚",疑是。戚戚:愁苦貌。

②六翮(hé):指鸟的健羽。《论衡·无形篇》:"图仙人之形,体生毛,臂变为翼,行于云,则年增矣,千岁不死。"紫虚:指天空。

③蝉蜕:指蝉从粪壤中蜕皮而出。此处比喻脱离尘世而羽化成仙。松乔:赤松子和王子乔,俱为传说中的仙人。翻:飞貌。鼎湖:《史记·封禅书》:"黄帝采首山铜,铸鼎于荆山下。鼎既成,有龙垂胡髯下迎黄帝。黄帝上骑,群臣后宫从上者七十余人,龙乃上去。余小臣不得上,乃悉持龙髯,龙髯拔,堕,堕黄帝之弓。百姓仰望黄帝既上天,乃抱其弓与胡髯号,故后世因名其处曰鼎湖,其弓曰乌号。"

④扶桑:神树之名,又名"扶木""榑木",传说日出于其下。《十洲记》:"扶桑在碧海中。树长数千丈,一千余围,两干同根,更相依倚,日所出处。"曜:指日光。弱水:古水名。古人认为其水弱不能载舟,故称弱水。古时称弱水者甚多,其所处地古今记载不一。一说指西方绝远之处。《后汉书·西域传·大秦国》:"或云其国西有弱水、流沙,近西王母所居处,几于日所入也。"

⑤玄:黑色。渚:水中小洲。陟:登。丹丘:指传说中神仙所居之地,相传其地昼夜常明。《楚辞·远游》:"仍羽人于丹丘兮,留不死之旧乡。"

【汇评】

明·胡应麟:"人生不满百,戚戚少欢娱",即"生年不满百,常怀千岁忧"也。(《诗薮·内编》卷二)

清·宝香山人:曰东西南北,同《木兰辞》。以之作结,更觉有力。(《三家诗·曹集》卷二)

清·陈祚明:亦是有托而慕神仙。末排四语,排宕。(《采菽堂古诗选》卷六)

升天行二首

其一

乘跻追术士,远之蓬莱山①。灵液飞素波②,兰桂上参天。玄豹游其下,翔鹍戏其巅③。乘风忽登举,仿佛见众仙。

【题解】

《升天行》属乐府古题,《文选》郭景纯《游仙诗》李善注引作《苦寒行》,《乐府诗集》卷六十三将其列入《杂曲歌辞》。郭茂倩云:"《乐府解题》曰:'曹植又有《上仙箓》与《神游》《五游》《龙欲升天》等篇,皆伤人世不永,俗情险艰,当求神仙,翱翔六合之外,与《飞龙》《仙人》《远游篇》《前缓声歌》同意。'"今存乐府诗中,最早用《升天行》作题的人是曹植。本诗主要写蓬莱仙境,写山、水、树、禽、兽,描绘出一幅恬静自然的画面,反映出作者想借助神仙世界来排解现实世界的苦闷的心理。

【注释】

①乘跻(juē):道家所谓的飞行之术。《抱朴子·杂应篇》:"凡乘跻,道有三法:一曰龙跻,二曰虎跻,三曰鹿卢跻。"跻:方士所穿的草鞋。术士:方术之士。蓬莱山:传说中的海上三仙山之一。相传渤海之中有蓬莱、方丈、瀛洲三座仙山,其上有仙人居住和长生不老药。相传秦始皇统一六国后,慕名来到渤海寻找仙山,求长生不死之药。而随行的方士以"蓬莱"为其中一座仙岛命名。

②灵液:仙液;神水。《文选·郭璞〈游仙诗〉》:"圆丘有奇草,钟山出灵液。"李善注:"灵液,谓玉膏之属也。"素波:白浪。

③玄豹:黑豹,指神话传说中的一种神兽。鹍(kūn):鹍鸡,凤凰的别名。《淮南子·览冥训》高诱注:"鹍鸡,凤皇之别名。"

其二

扶桑之所出,乃在朝阳谿^①。中心陵苍昊,布叶盖天涯^②。
日出登东干,既夕没西枝。愿得纤阳辔,回日使东驰^③。

【题解】

本首主写扶桑神树,并且希望驾日车的羲和能将车往回勒,表现了时光易逝、时不我待的生命意识。本篇倾注了作者的思想,含蓄地折射出了他精神上的苦闷。

【注释】

①扶桑:见前《游仙》注。朝阳谿:疑即《尧典》中的旸谷,指传说中的日出之地。

②中心:指树干。苍昊:天。《尔雅·释天》:"春为苍天,夏为昊天。"

③纤:松缓。阳辔(pèi):指羲和为日御车之马辔,此处借指日车。辔:缰绳。

【汇评】

明·胡应麟:汉仙诗,若《上元》《太真》《马明》,皆浮艳太过,古质意象毫不复存,俱后人伪作也。汉乐府中如《王子乔》及《仙人骑白鹿》等,虽间作丽语,然古意浑郁其间。次则子建《五游》《升天》诸作,辞藻宏富,而骨气苍然。(《诗薮·内编》卷一)

又云:太冲《咏史》,景纯《游仙》,皆晋人杰作。……景纯《游仙》,盖本汉诸仙诗,及思王《五游》《升天》诸作。而气骨词藻,率远逊前人,非左敌也。(《诗薮·外编》卷四)

明·张溥:既读《升天》《远游》《仙人》《飞龙》诸篇,又何翩然退征,览思方外也。(《汉魏六朝百三家集题辞》)

清·宝香山人:有奇趣。(《三家诗·曹集》卷二)

清·陈祚明:("乘跻追术士"篇)落落。("扶桑之所出"篇)此近于俳,扶桑一大至此。(《采菽堂古诗选》卷六)

清·朱乾:读"扶桑之所出",惓惓向君。有子建之忠而不用,宜魏祚之不昌。(《乐府正义》卷十二)

浮萍篇

浮萍寄清水^①，随风东西流。结发辞严亲，来为君子仇^②。恪勤在朝夕，无端获罪尤^③。在昔蒙恩惠，和乐如瑟琴^④。何意今摧颓，旷若商与参^⑤。茱萸自有芳，不若桂与兰^⑥。新人虽可爱^⑦，不若故人欢。行云有反期，君恩傥中还。慊慊仰天叹，愁心将何愬^⑧？日月不恒处，人生忽若寓^⑨。悲风来入帷^⑩，泪下如垂露。散箧造新衣，裁缝纨与素^⑪。

【题解】

《浮萍篇》属乐府诗题。《乐府诗集》卷三十五将其收入《相和歌辞·清调曲》，题作《蒲生行·浮萍篇》。《艺文类聚》卷四十一作《蒲生行》。黄节认为此篇与"蒲生"无关，不当冠以"蒲生行"三字。旧说本篇乃诗人和甄后所作，朱绪曾辨之甚详。（见《曹集考异》）本篇写一痴情女子无辜被弃的不幸遭遇和复杂的心态，借弃妇之语寄托了自己企盼君臣修好，恢复旧恩的拳拳情意。诗中恰到好处地运用了比兴的手法，以"茱萸"比喻新人，以"兰桂"比喻故人，暗含新人不如故人之意，贴切自然。

【注释】

①浮萍：指浮在水面的一种草本植物，叶浮于水面，须根在水下，花呈白色，可入药。清：《艺文类聚》卷四十一作"绿"。

②结发：指束发以示成年。古代男子二十岁加冠，女子十五岁盘发插笄，以示成年，而加冠、用笄都要束发，故称。严亲：指父母。君子：古时妻子对丈夫的尊称。仇：配偶。

③恪勤：恭谨勤劳。无端获罪：《艺文类聚》作"中牛狱怨"。尤：罪过。

④在昔：曾经。一说指初婚之时。和乐如瑟琴：指夫妻之间的感情如琴瑟合奏一般和谐。语出《诗·小雅·棠棣》："妻子好合，如鼓瑟琴。"

⑤摧颓：指失意。商与参：指商星和参星。商星在东，参星在西，此出彼

没,永不相见。

⑥茱萸:植物名,落叶小乔木,开小黄花,红色果实,味酸,香气辛烈,可入药。此二句言茱萸香气虽然浓烈,但不如兰桂馨香之淡远。

⑦新:《艺文类聚》《续古逸丛书》本卷六作"佳"。可爱:《艺文类聚》《续古逸丛书》本作"成列"。

⑧慊慊:怨恨不满貌。愬:诉说,"诉"之异体字。

⑨不:《乐府诗集》作"无"。人:《艺文类聚》作"所"。寓:寄寓。

⑩帷:《乐府诗集》作"怀"。疑作"怀"字,是。

⑪散、新:《乐府诗集》作"发""裳"。箧:小箱子。纨:细白的绢。素:没有染色的生绢。

【汇评】

明·许学夷:子建乐府五言《种葛》《浮萍》二篇,或谓于汉人五言为近,非也。汉人委婉悠圆,有才不露,子建二篇则才思逸发,情态不穷。王敬美谓子建始为宏肆,多生情态,是也。学者于此能别,方可与论《十九首》矣。(《诗源辨体》卷四)

清·宝香山人:写出恋恋之情,言辞温厚。(《三家诗·曹集》卷二)

清·朱乾:此拟甄后作也。篇中绝无感甄意,则感甄之说荒矣。(《乐府正义》卷七)

种葛篇

种葛南山下,葛藟自成阴①。与君初婚时,结发恩意深②。欢爱在枕席,宿昔同衣衾③。窃慕《棠棣》篇,好乐如瑟琴④。行年将晚暮,佳人怀异心⑤。恩纪旷不接,我情遂抑沉⑥。出门当何顾,徘徊步北林⑦。下有交颈兽,仰见双栖禽⑧。攀枝长叹息,泪下沾罗衿。良马知我悲,延颈对我吟⑨。昔为同池鱼,今为商与参⑩。往古皆欢遇⑪,我独困于今。弃置委天命,悠悠安可任⑫!

【题解】

《种葛篇》属乐府诗题。《乐府诗集》卷六十四将其收入《杂曲歌辞》。无古辞,用篇首二字名题。以"种葛"名篇的乐府诗可能是曹植新创。本篇表面叙写思夫之辞,实则借夫之弃妻比喻君之弃臣,寄托了曹丕与作者之间早已无骨肉情意可言的忧伤。全诗基调悲戚,情辞委婉温厚,耐人寻味。

【注释】

①葛藟(lěi):植物名,又称"千岁藟"。《左传·文公七年》杨伯峻注:"葛藟为一物……亦单名藟,亦名千岁藟、藥芜、萹蓄、苣瓜、巨荒,属葡萄科,为自生之蔓性植物。"葛:豆科,多年生草本植物,茎长二三丈,附着于他物之上,花呈紫红色。根可制成淀粉,亦可入药。藟与葛形状很相似,仅茎干较粗壮。二物相近,故诗人往往连用。

②婚时:《艺文类聚》卷四十二作"定婚"。结发:古代礼制,成婚之夜,男左女右共髻束发。意:《艺文类聚》卷四十二、《续古逸丛书》本卷六作"义"。

③宿昔:早晚。

④《棠棣》:《诗·小雅》篇名,又名《常棣》。其诗云:"妻子好合,如鼓瑟琴。"诗中以棠棣比喻兄弟,言兄弟间应该互相友爱。如:《乐府诗集》《续古逸丛书》本作"和"。

⑤行年:历年。晚暮:比喻年纪将老。佳人:指丈夫。

⑥恩纪:恩爱;恩情。旷:长久。接:连续。抑沉:失落。

⑦顾:思念;怀念。北林:北边的树林。

⑧交颈兽:指下文所说的"良马"。《庄子·马蹄篇》:"(马)喜则交颈相靡。"双栖禽:指比翼鸟。

⑨延颈:伸长脖子。对:《乐府诗集》《续古逸丛书》本作"代"。作"代"义长。

⑩同池鱼:此处比喻相亲爱。商与参:指商星和参星。此处取永不相见之意。

⑪欢遇:即欢媾,详见《感婚赋》注。

⑫委:交付;托付。天命:命运。悠悠:指忧伤。任:寄托。

明·谢榛:凡诗用"恩"字,不粗则俗,难于造句。陈思王"恩纪旷不接",梁武帝"笼鸟易为恩",谢玄晖"恩变龙庭长",张正见"谗新恩易尽",苏廷硕"戈甲为恩轻",杜子美"漏网辱殊恩",窦叔向"恩深犬马知",高蟾"君恩秋后叶,日日向人疏",李义山"但保红颜莫保恩",此皆句法新奇,变俗为雅,名家自能吻合。(《四溟诗话》卷四)

明·许学夷:子建乐府五言,《七哀》《种葛》《浮萍》《美女》而外,较汉人声气为雄,正非乐府语耳。(《诗源辨体》卷四)

清·宝香山人:慕君之心如此作方妙。(《三家诗·曹集》卷二)

清·陈祚明:流丽如意。(《采菽堂古诗选》卷六)

清·朱乾:晚暮弃妻,尤为可怜,《楚辞·悲回风》曰:"惟佳人兮永都。"王逸注:"佳人,谓怀襄王也。"此托夫妇之好不中,以比君臣,佳人谓夫。徐伯臣谓夫为妻之所弃,若汉朱买臣者,非也。(《乐府正义》卷十二)

苦思行

绿萝缘玉树,光耀粲相辉①。下有两真人②,举翅翻高飞。我心何踊跃,思欲攀云追③。郁郁西岳巅,石室青青与天连④。中有耆年一隐士⑤,须发皆皓然,策杖从我游,教我要忘言⑥。

【题解】

《苦思行》是曹植自创的乐府新题。《乐府诗集》卷六十三将本诗收入《杂曲歌辞》中。本篇主写诗人求仙不得,遇一隐士,教他"要忘言"。表写求仙而不得之事,实写自己领悟了只有少说话才能远险避害的道理,反映出了作者在多次遭受政治迫害之后忧谗畏讥的心理。

【注释】

①绿萝:松萝,又名"女萝",藤属植物,多附生于松柏等树上。缘:攀缘。玉树:对树的美称。粲相辉:指绿萝与玉树的光彩相互辉映。

②真人:指道家所谓的修真得道之人,此指仙人。

③踊跃:跳跃。攀云:援引青云而上升。

④西岳:华山。石室:指岩石所结成的洞穴。一说此指传说中的神仙洞府。青青:《乐府诗集》卷六十三作"青葱",《艺文类聚》卷四十一、《续古逸丛书》本卷六作"青匆"。

⑤耆年:老年人。

⑥策:拄。我:《艺文类聚》作"吾"。忘言:保持缄默。语本《庄子·外物》:"言者所以在意,得意而忘言。"此指为安身免祸而保持沉默。

【汇评】

清·宝香山人:"忘言"句,才结出苦心。(《三家诗·曹集》卷二)

清·陈祚明:笔自古。"郁郁""青葱"句,并有生致。(《采菽堂古诗选》卷六)

清·朱乾:子建多历忧患,苦思所以藏身之固,计欲攀云随真人而不可得,托言隐士教以忘言,盖安身之道,守默为要也。(《乐府正义》卷十二)

鞞舞歌五首

汉灵帝西园鼓吹有李坚者①,能鞞舞,遭乱西随段颎②。先帝闻其旧有技③,召之。坚既中废,兼古曲多谬误④,异代之文,未必相袭⑤,故依前曲⑥,改作新歌五篇。不敢充之黄门,近以成下国之陋乐焉⑦。

【题解】

《鞞舞歌》属乐府旧题,属《舞曲歌辞·杂舞》。鞞舞,古代的一种舞蹈。表演时,手执鞞鼓歌舞,未详所起,汉代已用于宴享,三国时歌词已散佚,隋时犹存,但已不执鞞。据《乐府诗集》卷五十三所引《古今乐录》载,汉曲有五篇:一曰《关东有贤女》,二曰《章和二年中》,三曰《乐久长》,四曰《四方皇》,五曰《殿前生桂树》,汉章帝所作。曹植依汉曲"改作新歌五篇":《圣皇篇》

《灵芝篇》《大魏篇》《精微篇》《孟冬篇》。魏明帝亦作有魏曲五首：一为《明明魏皇帝》，二为《大和有圣帝》，三为《魏历长》，四为《天生烝民》，五为《为君既不易》，以代汉曲，其辞亡佚。

【注释】

①西园：指东汉的皇家园林，在洛阳。汉灵帝中平五年(188)八月，初置西园八校尉。鼓吹：指军乐。鼓吹源于我国古代的北狄民族，汉初军队多用之，后渐渐作为宴乐用于朝廷。

②能：《太平御览》卷五百七十四作"善"。遭乱：遭逢董卓之乱。段颎(jiǒng)：武威人，曾任中郎将、安南将军，封阆乡侯，官至大鸿胪，建安七年(202)病卒。颎：《太平御览》作"煨"。

③先帝：指魏武帝曹操。一说指魏文帝。

④中废：中途停止。当时李坚已七十余岁，又停止长时间练习，故云。古：《太平御览》作"故"。

⑤文：指歌辞。袭：沿袭。

⑥前曲：指汉曲《关东有贤女》《章和二年中》《乐久长》《四方皇》和《殿前生桂树》五篇。

⑦黄门：宫门。《通典·职官三》："凡禁门黄闼，故号黄门。"下国：古时天子之国称上国，诸侯之国称下国。

圣皇篇

圣皇应历数，正康帝道休①。九州咸宾服，威德洞八幽②。三公奏诸公，不得久淹留③。藩位任至重，旧章咸率由④。侍臣有文奏，陛下体仁慈⑤。沉吟有爱恋，不忍听可之⑥。迫有官典宪，不得顾恩私⑦。诸王当就国，玺绶何累缞⑧！便时舍外殿，宫省寂无人⑨。主上增顾念，皇母怀苦辛⑩。何以为赠赐，倾府竭宝珍⑪。文钱百亿万，采帛若烟云⑫。乘舆服御物⑬，锦罗与金银。龙旂垂九旒，羽盖参班轮⑭。诸王自计念，无功荷厚德⑮。思一效筋力,糜躯以报国⑯。鸿胪拥节卫,副使随经营⑰。贵戚并出送,夹道交辐轵⑱。车服齐整设,韡晔耀天精⑲。武骑卫前后,鼓吹箫笳声⑳。祖道魏东门㉑,泪下沾冠缨。扳盖因内顾,俛仰慕同生㉒。行行将日暮,何时还阙庭?车轮为徘徊,四马踌躇鸣㉓。路人尚酸鼻,何况骨肉情㉔。

【题解】

《宋书·乐志》云:"当《章和二年中》。"这首诗为《鞞舞歌》五篇之一,当作于黄初四年(223)由京都洛阳返归藩国时,作地洛阳。而赵幼文先生认为本篇所述乃延康元年(220)诸侯就国之追述,作地在邺城。全诗用深婉的笔调,主写离京之盛况,末写母子兄弟离别的悲伤,于字里行间流露出作者被迫离京的隐痛。

【注释】

①圣皇:指魏文帝曹丕。应历数:指顺应上天改朝换代的气数。正康:正直平康。一说正康即政康。帝道:指皇帝治理国家的准则。休:美好。

②宾服:臣服。洞:深入,此指到达。八幽:八方幽远之地。

③三公:此指司徒华歆、司空王朗、太尉贾诩。诸公:指曹植、曹彰和曹彪等,《乐府诗集》作"诸王"。淹留:停留;逗留;滞留。

④旧章:旧的典章制度。率由:见《责躬诗》注。

⑤侍臣:皇帝左右之辅臣。赵幼文云:"考曹魏制度:通事郎主持诏书起草。其次为黄门郎。诏书由黄门郎署名之后,通事郎乃署名。然后将奏诏送入宫,读与皇帝听。皇帝若同意,即代皇帝签署。三公奏书,亦由通事郎省阅,始送皇帝。"陛下:指曹丕。体:性情;生性。

⑥沉吟:迟疑不决。可:同意。其为汉魏时制诏用语。

⑦典宪:国家的法制。恩私:恩爱、恩宠,为汉魏间常用语,此指兄弟之情。

⑧玺绶:古代印玺上所系的彩色丝带,此处借指印玺。累缞(cuī):与"葳蕤"义同,繁盛之貌。

⑨便时:即时。舍:居住。宫省:指诸侯王在京所居之地。汉制皇帝所居之地曰禁中,诸公所居之地曰省中。

⑩主上:指曹丕。皇母:指卞太后。

⑪府:指藏钱财宝物之处。

⑫文钱:此处泛指钱。因钱上有文字,故称。亿:十万。烟云:形容众多之貌。

⑬乘舆:古时帝王所乘之车,此处代指皇帝。御物:帝王专用之物。

⑭龙旂:指画有两龙蟠结的旗帜,是天子仪仗之一。古时天子之旗画升龙,公侯之旗画降龙。旒(liú):指古代旗帜边缘悬垂的装饰品。魏晋制度中帝旗九旒,公旗八旒,侯旗七旒。此用九旒赐诸侯王,表示曹丕对兄弟的特别恩遇。羽盖:用翠鸟羽毛装饰的车盖。参:与。班轮:用朱漆绘上图案的车轮。

⑮计念:考虑。荷:承受;蒙受。

⑯效:献。筋力:犹言能力。糜躯:粉身碎骨,此指献出生命。

⑰鸿胪:官名,指掌管诸侯封拜、朝贡行礼等职的官员。拥节:持节。副使:指鸿胪丞。经营:指往来奔走照料。

⑱辎軿(píng):辎车和軿车的并称,均有帷屏。辎:有后辕,宫中女执事人所乘之车。軿:无后辕,四面遮蔽,公主或王妃所乘之车。此处泛指车乘。

⑲铧晔:光明盛大貌。天精:指太阳。

⑳武骑:指保卫京师的羽林军。箫笳:管乐器名。笳即胡笳。

㉑祖道:指古人于出行前祭祀路神,设宴饮,此指饯行。魏东门:指邺城东门。一说指洛阳东门。

㉒扳:挽。盖:车盖。内顾:回头看。俛:同“俯”,指俯身。

㉓四马:汉魏制度,太子及诸侯王车驾四马。

㉔路人:陌生人。骨肉情:指手足亲情。

【汇评】

明·钟惺:世上俗恶人不足言。文帝一肚文雅,有甄后为之妻,陈思为之弟,除却骨肉,文章中亦宜有臭味,而毫不能有所感动回旋,真不可解也。(《古诗归》卷七)

又云：此与《赠白马王彪》同一音旨，而深婉柔厚过之。人称彼遗此，何也？（同上）

清·沈德潜：处猜嫌疑贰之际，以执法归臣下，以恩赐归君上，此立言最得体处。王摩诘诗云："执政方持法，明君无此心。"深得斯旨。"何以为赠赐"一段，极形君赐之盛，若夸耀不绝口者，然其情愈悲矣。（《古诗源》卷五）

清·陈祚明：煌煌大篇，结构甚整，情辞兼擅其至。（《采菽堂古诗选》卷六）

清·朱乾：曹丕薄于骨肉，甫即位，即遣其弟鄢陵侯彰等就国。受禅之后，名为进爵诸弟为王，而皆寄地空名，国有老兵百余人以为守卫，隔绝千里之外，不听朝聘。设防辅监国之官，以伺察之。虽有王侯之号，而侪于匹夫，皆思为匹夫而不能得。法既峻切，过恶日闻，其时如植者，尤惴惴不免。篇中一语不露，而至于路人酸鼻，则其所为玺绶之宠，赐予之厚，武卫之盛，祖伐之荣，特文具而已，乌睹所谓封建亲戚以为藩屏者乎？（《乐府正义》卷十一）

灵芝篇

灵芝生玉池，朱草被洛滨①。荣华相晃耀，光采晔若神②。古时有虞舜，父母顽且嚚③；尽孝于田垄，烝烝不违仁④。伯瑜年七十，彩衣以娱亲⑤；慈母笞不痛，歔欷涕沾巾⑥。丁兰少失母，自伤早孤茕⑦；刻木当严亲，朝夕致三牲⑧。暴子见陵侮，犯罪以亡形⑨，丈人为泣血，免戾全其名⑩。董永遭家贫，父老财无遗⑪，举假以供养，佣作致甘肥⑫。责家填门至，不知何用归⑬！天灵感至德，神女为秉机⑭。岁月不安居，呜呼我皇考⑮！生我既已晚，弃我何其早⑯！《蓼莪》谁所兴？念之令人老⑰。退咏南风诗，洒泪满袆抱⑱。乱曰⑲：圣皇君四海，德教朝夕宣⑳。万国咸礼让，百姓家肃虔㉑。庠序不失仪，孝弟处中田㉒。

户有曾闵子，比屋皆仁贤㉒。鬈龀无夭齿，黄发尽其年㉔。陛下三万岁，慈母亦复然㉕。

【题解】

《宋书·乐志》云："当《殿前生桂树》。"本篇历数古代孝子之事迹，表现了作者内心深挚的孝思。末段多赞誉曹丕之辞，歌颂其政治教化之功。本篇情辞哀切率直，表达了作者对亲情的珍视和看重，读来令人生悲。当作于黄初三年(222)。

【注释】

①玉池：指灵芝池。《三国志·魏书·文帝纪》："黄初三年穿灵芝池。"朱草：一种枝叶都是红色的草，可作染料。方士附会以为瑞草。古称圣王恩德惠及草木，因生朱草于野，故古人以为瑞草。洛滨：洛水之滨。

②荣华：指花。《尔雅·释草》："木谓之华，草谓之荣。"晃耀：指花之色相互辉映。晔：指花光彩炫目。

③顽：愚昧顽劣。嚚(yín)：暴虐奸诈。《尚书·尧典》："岳曰：瞽子，父顽，母嚚，象傲。"

④田垄：相传舜曾耕稼于历山(在今何地说法不一)。烝烝：孝德淳厚高尚。不违仁：不违反仁爱的道德准则。

⑤伯瑜：即韩伯俞，古代有名的孝子。《说苑·建本》："伯俞有过，其母笞之，泣，其母曰：'他日笞子，未尝见泣，今泣何也？'对曰：'他日俞得罪，笞尝痛。今母之力衰，不能使痛，是以泣也。'"此处不及彩衣之事。一说即俗传之老莱子，其有穿彩衣娱亲之事。黄节注："朱绪曾曰：《困学纪闻》云：采衣娱亲，今人但知老莱之事而不知伯俞。按此即《说苑》韩伯俞泣杖之事，但彼无'采衣'二字。"

⑥歔欷：小声抽泣。

⑦丁兰：汉代河内郡(今河南焦作)人。孤茕：孤独。

⑧严亲：指父母。相传其父母早亡，于是其将木头雕刻成双亲的形状，如同他们在世一般侍奉着，朝夕定省。事见《初学记》所载《逸人传》。本篇

所述丁兰之事,与《孝子传》所载故事有所出入,概所据不一。三牲:指用作祭品的牛、羊、猪,俗称大三牲。

⑨暴子:暴虐之人,此指张叔。陵侮:凌辱;压迫。亡:通"忘",忘记。形:通"刑",刑法、法度。

⑩丈人:指丁兰所祀之木像。戾:罪行;罪过。传张叔醉酒后,以杖敲击木像之头。丁兰还家,见其像不悦,遂问妻子。妻子俱告之,丁兰即杀张叔。丁兰被捕时,向木像告别,木像眼中流下泪来。郡县知其事,以其至孝能通达神灵而免其罪责。

⑪董永:山东千乘(今山东高青)人。事见《太平御览》卷四百一十一所载刘向《孝子传》。

⑫举假:犹言借贷。佣作:给人当雇工。佣:卖力。

⑬责家:债主。责:同"债"。填门:填塞门户,形容人很多。何用归:指不知用何物来偿还债务。

⑭秉机:持机织布。按此篇所述董永之事与《孝子传》所述故事有出入,盖所据不一,而与晋干宝《搜神记》所载故事相似,盖同一所传。

⑮岁月不安居:指岁月如流,时不再来。

⑯既:既然。曹植生时,曹操已三十七岁,曹操卒时,曹植二十八岁,故说。

⑰《蓼莪》:《诗·小雅》篇名。该诗表达了子女对已故父母的怀念、感恩、歌颂、忏悔等百感交集的复杂情感。诗云:"蓼蓼者莪,匪我伊蒿。哀哀父母,生我劬劳。"老:指忧思之深。

⑱南风诗:指《诗·邶风·凯风》。其诗云:"凯风自南,吹彼棘心;棘心夭夭,母氏劬劳。"袆抱:指上衣胸前的部分。

⑲乱曰:古代辞赋篇末总括全篇要旨的话。

⑳圣皇:指曹丕。君:统治。宣:颁布。

㉑肃虔:恭敬严整。

㉒庠序:学校。《孟子·梁惠王上》:"谨庠序之教,申之以孝悌之义。"孝弟:指孝敬父母,敬爱兄长。弟:通"悌"。中田:田中。

㉓曾闵:指曾参和闵子骞。《史记·仲尼弟子列传》:"曾参,南武城人,

93

字子舆。少孔子四十六岁。孔子以为能通孝道,故授之业。作《孝经》。死于鲁。……闵损,字子骞,少孔子十五岁。孔子曰:'孝哉闵子骞!人不间于其父母昆弟之言。'"比屋:一户挨着一户。

㉔髫龀(chèn):幼童;儿童。髫:指小孩下垂的短发;龀:指小孩换牙。夭齿:短命。夭:少。黄发:指老人。

㉕陛下:指曹丕。慈母:指其母卞太后。

【汇评】

清·宋长白:子建《灵芝篇》:"伯瑜年七十,彩衣以娱亲,慈母笞不痛,歔欷涕沾巾。"《困学纪闻》曰:"今人但知老莱子,不知伯瑜。"按:原诗又有"丁兰""董永",乃后人所竞传者。以之入诗,自思王始。(《柳亭诗话》卷十八)

清·陈祚明:此篇率直少佳,致呼考呼母,亦欲动陛下听耶? 其音节自古。(《采菽堂古诗选》卷六)

清·朱乾:孙盛曰:"魏王丕处哀而设宴乐,居始而随化基,及至受禅,显纳二女。由此言之,不孝孰甚焉。王龄之不遐,下世之期促,识者知之。""髫乱黄发"之句,颂之,实讽之也。此篇所以动其良心,最为哀切矣。(《乐府正义》卷十一)

大魏篇

大魏应灵符,天禄方甫始①。圣德致泰和,神明为驱使②。左右为供养,中殿宜皇子③。陛下长寿考,群臣拜贺咸悦喜。积善有余庆,宠禄固天常④。众喜填门至⑤,臣子蒙福祥。无患及阳遂,辅翼我圣皇⑥。众吉咸集会,凶邪奸恶并灭亡。黄鹄游殿前,神鼎周四阿⑦。玉马充乘舆,芝盖树九华⑧。白虎戏西除,舍利从辟邪⑨。骐骥蹑足舞,凤皇拊翼歌⑩。丰年大置酒,玉樽列广庭⑪。乐饮过三爵,朱颜暴已形⑫。式宴不违礼,君臣歌《鹿鸣》⑬。乐人舞鼙鼓,百官雷忭赞若惊⑭。储礼如江海,积善若陵山。皇嗣繁且炽,孙子列曾玄⑮。群臣咸称万岁,陛下长寿乐年。御酒停未饮,贵戚跪东厢⑯。侍人承颜色,奉进金玉觞⑰。此酒亦真酒⑱,福禄当圣皇。陛下临轩笑⑲,左右咸欢康。杯来一何迟,群僚以次行⑳。赏赐累千亿,百官并富昌。

【题解】

《宋书·乐志》云:"当《汉吉昌》。"本篇前半部分极意歌颂国泰民安,群祥众福毕至,后半部分主要描写飨宴群臣时的盛大场面,通过叙述宴享仪式,祝愿大魏福禄康乐绵延万世。本篇的创作时间应在黄初元年(220)。

【注释】

①应灵符:指曹丕代汉称帝,是承上天的符命。天禄:天赐的福禄。此指帝位。甫始:开始。

②泰和:指社会安定、政治清和。神明:指天地众神。

③左右:近臣,仆从。供养:侍奉;奉养。中殿:即殿中。

④积善:指积善之家。余庆:指留给子孙后代的福泽。天常:天之常道。

⑤喜:《宋书·乐志》作"善"。善字义胜。

⑥无患:无灾祸。阳遂:指政治清平,时和岁丰。圣皇:指魏文帝曹丕。

⑦黄鹄:指天鹅。《汉书·昭帝纪》:"黄鹄下建章宫太液池中。"四阿:指宫殿之四角。《文选·班固〈西都赋〉》李善注:"阿,庭之曲也。"

⑧玉马:指古人认为皇帝清明尊贤则玉马前来。九华:指九茎开花的灵芝。

⑨除:指宫殿的台阶。舍利、辟邪:皆兽名。

⑩骐骥:千里马,骏马。骥:《宋书·乐志》作"骐"。骐骥:即麒麟,为传说中的神兽。白虎、舍利、辟邪、骐骥、凤皇,俱指汉代宫廷杂技节目,诸禽兽由艺人扮演。赵幼文《曹植集校注》云:"是汉代宫廷杂技节目。……附翼歌以上四句,是魏王朝承袭汉代正月朔日朝贺之仪式,故亦有技人装饰舍利、辟邪、麒麟、凤凰形象,于殿前舞蹈歌唱。"

⑪大置酒:朱绪曾曰:"汉太乐食举十三曲,十一日大置,此即'大置酒'

所本也。"玉:《宋书·乐志》作"王",非。

⑫三爵:三杯酒。《礼记·玉藻》:"君子之饮酒也,受一爵而色酒如也,二爵而言言斯,礼已三爵而油油以退。"暴:显露。形:见。

⑬式宴:宴饮,亦作"式燕"。《诗·小雅·鹿鸣》:"我有旨酒,嘉宾式燕以敖。"郑玄笺:"式,用也。"式:语气词。不违礼:不失礼。《鹿鸣》:《诗·小雅》篇名。《文献通考·乐考十四》:"曹孟德平刘表而得汉雅乐郎杜夔,夔老矣,久不肄习。所得于三百篇者惟《鹿鸣》《驺虞》《伐檀》《文王》四篇而已,余声不传。"

⑭鼖鼓:鼙鼓舞。雷忭:疑当作"雷抃"。雷抃:犹今语掌声如雷。《文选·马融〈长笛赋〉》:"搏拊雷抃。"李善注:"《说文》曰:抃,抚手也。"赞:赞美。

⑮繁、炽:皆指昌盛。曾玄:曾孙和玄孙。《尔雅·释亲》:"孙之子为曾孙,曾孙之子为玄孙。"此指父、子、孙、曾孙、玄孙五世。

⑯御酒:指进献给帝王的酒。《宋书·礼志》:"登歌乐升,太官又行御酒。御酒升阶,太官令跪授侍郎,侍郎跪进御坐前。"东厢:指大飨礼时群臣处在东。

⑰侍人:指谒者。《宋书·礼志》:"谒者引王诣樽酌寿酒,跪授侍中,侍中跪置御坐前。王还自酌,置位前。谒者跪奏:藩王臣某等奉觞再拜上千万岁寿。侍中曰:觞已上。百官伏称万岁,四厢乐作,百官再拜,已饮,又再拜。谒者引诸王等还本位。"

⑱真酒:黄节注:"'真'犹正也,真酒:正酒也。"赵幼文校注:"疑真酒或即仙酒之代称。"

⑲临轩:指倚在殿堂栏阑板上向下望。

⑳群僚:百官。次行:指百官传杯以饮。《宋书·礼志》:"行御酒后,乃行百官酒。"一说指宴会结束后,百官按品级依次退席。

【汇评】

清·朱乾:篇中多称愿之辞,见时和年丰,诸祥毕至,君臣康乐,欲至万年。至于贵戚之臣,国同休戚,根本之地,不宜泛薄,即《通亲亲表》意也。(《乐府正义》卷十一)

精微篇

　　精微烂金石,至心动神明①。杞妻哭死夫,梁山为之倾②。子丹西质秦,乌白马角生③。邹衍囚燕市,繁霜为夏零④。关东有贤女,自字苏来卿⑤,壮年报父仇,身没垂功名。女休逢赦书,白刃几在颈⑥。俱上列仙籍,去死独就生⑦。太仓令有罪,远征当就拘⑧,自悲居无男,祸至无与俱⑨。缇萦痛父言,荷担西上书⑩,盘桓北阙下,泣泪何涟如⑪!乞得并姊弟,没身赎父躯⑫。汉文感其义,肉刑法用除⑬。其父得以免,辩义在《列图》⑭。多男亦何为!一女足成居⑮。简子南渡河,津吏废舟船⑯。执法将加刑,女娟拥棹前⑰。妾父闻君来,将涉不测渊⑱,长惧风波起,祷祝祭名川⑲。备礼飨神祇,为君求福先⑳。不胜醮祀诚,教令犯罚艰㉑。君必欲加诛,乞使知罪愆㉒。妾愿以身代,至诚感苍天。国君高其义,其父用赦原㉓。《河激》奏中流,简子知其贤㉔;归聘为夫人,荣宠超后先㉕。辩女解父命,何况健少年!黄初发和气,明堂德教施㉖。治道致太平,礼乐风俗移。刑措民无枉,怨女复何为㉗!圣皇长寿考,景福常来仪㉘。

【题解】

　　本篇乃拟汉曲《关东有贤女》之作。诗中多列叙古代含冤之人,及诸女为父报仇及辩解之事,因他们拥有至诚之心,冤情终被昭雪的故事,说明精诚所至,定能感天动人,同时于诗句中隐含了作者遭受的屈辱,具有讽谏之义。这首诗当作于黄初六年(225)至黄初七年(226)间。

【注释】

　　①精微:真诚。《后汉书·广陵思王荆传》:"精诚所加,金石为开。"至

心:诚挚之心。此二句意指精诚到极深微的程度可以使金石糜烂,至诚之心可以感动神灵。

②杞妻:齐杞梁殖之妻。《列女传·齐杞梁妻传》:"齐杞梁殖之妻也。庄公袭莒,殖战而死,杞梁之妻乃就其夫之尸于城下而哭之。内诚动人,道路过者莫不为之挥涕,十日而城为之崩。"据《左传·襄公二十三年》所载,齐伐莒,杞梁战死。齐庄公率军回来时,遇杞梁妻哭迎丈夫的灵柩于城外。并无哭城之说。到了西汉刘向时方才增加哭城的情节。后演变为孟姜女哭长城的故事。梁山为之倾:事未详,传说中哭而崩之城一说为齐城,一说为杞城,但无哭倒梁山之说,或诗人别有所本。李白《东海有勇妇》有"梁山感杞妻,恸哭为之倾"句,盖出于此。

③子丹:燕太子丹。质:做人质。《燕子丹》卷上:"燕太子丹质于秦,秦王遇之无礼,不得意,欲求归。秦王不听,谬言曰:令乌白头,马生角,乃可许耳。丹仰天叹,乌即白头,马生角。秦王不得已而遣之。"乌白:指乌鸦白头。马角生:指马头生角。

④邹衍:战国末期齐国临淄人,是阴阳学派的创始人与代表人物,五行学说创始人,时人称其"谈天衍",又称邹子。据《后汉书·刘瑜传》章怀注引《淮南子》所载,邹衍当时历游各国,由齐至燕,后事燕惠王,竭诚尽忠,但为人所逸,被惠王拘捕下狱。邹衍仰天而叹,虽值夏季,天为之降霜。零:降落。

⑤关东:指函谷关以东之地,即今河南、山东部分地区。自字:犹言自名。苏来卿:指汉曲《关东有贤女》篇所咏人物,其事不详。

⑥女休:人名,姓秦,名休。事见左延年《秦女休行》。其文讲述了女休为宗族报仇,在洛阳集市上刺死仇人,被官府处以死刑,在临刑之时遇赦的故事。

⑦仙籍:死人名册的委婉说法。去死:就刑,此指苏来卿就刑。就生:此指女休遇赦。

⑧太仓令:指管理太仓(国家粮库)的官吏,此指汉文帝时齐国太仓令淳于意。征:召。就拘:接受逮捕。

⑨居:平时。俱:陪伴;相偕。

⑩缇萦:淳于意之女,汉代孝女。荷担:挑起担子。西:指西去长安。汉文帝时,太仓令淳于意获罪进了长安的监狱。其女缇萦随父到长安,上书请入身为官婢,以赎父亲的罪过。汉文帝怜惜她,下令废除肉刑,淳于意也被免去罪责。

⑪盘桓:犹言徘徊。北阙:指长安未央宫北面的阙名,汉代上书言事者皆至北阙下。涟如:泪流不断貌。

⑫姊弟:姊妹们。没身:指成为官府的奴婢。此二句意指请允许她以一人之身兼代姊妹们成为奴仆来赎父亲的罪过。

⑬汉文:指汉文帝。用除:因此而废除。

⑭《列图》:指《列女传图》,刘向所编,有颂有图。缇萦事见《列女传·辩通传》《史记·仓公列传》。

⑮成居:犹言成事。

⑯简子:指战国时晋国的赵简子,嬴姓,原名鞅,后名志父,谥号"简",史书多称之为赵简子,亦称赵简主。南渡河:指赵简子将伐楚,南渡黄河。津吏:指古时管理渡口、桥梁的官吏。废舟船:指管理渡口的官吏因醉酒延误简子渡河之事。

⑰加刑:加以杀戮。女娟:指渡口官吏之女。拥:抱。棹:船桨。

⑱不测渊:深不可测的河水。

⑲长:《宋书·乐志》作"畏"。祷祝:指向神灵祈祷之言。名川:大川,此指黄河。

⑳飨:指供奉鬼神。神祇:神灵,此指黄河河神。天神曰神,地神曰祇。福先:指吉祥。

㉑釂(jiào)祀诚:指很有诚意地喝下祭祀后剩下的酒。釂:饮尽杯中酒。《说文》:"釂,饮酒尽也。"一说指独饮。教:《宋书·乐志》作"至",至字义胜。至:通"致",致使。艰:指遭难。

㉒罪愆:罪过;过失。

㉓国君:此指赵简子。《仪礼·丧服》郑玄注:"天子诸侯及卿大夫有地者,皆曰君。"高:尊崇;敬重。用:因此。赦原:赦免。

㉔《河激》:古歌名,春秋时人赵女娟所作,辞见《列女传·辩通传》。

㉕归聘为夫人：《列女传·辩通传》："简子将渡，用楫者少一人，娟攘卷捼楫而请……中流为简子发《河激》之歌……简子归，乃纳币于父母，而立以为夫人。"荣宠：指光荣尊贵。超后先：指胜过前后之人。

㉖辩女：指能言善辩的女子，此指女娟善于辩说。

㉗黄初：魏文帝年号。明堂：指古时帝王宣明教化之地。

㉘刑措：刑法被搁置不用，此指百姓不再有冤枉之事。怨女：指上述诸位女子。

㉙景福：洪福；大福。《诗·小雅·楚茨》："以为酒食，以享以祀，以妥以侑，以介景福。"来仪：来到。仪：来。

【汇评】

清·宋长白：陈思王《精微篇》有云："关东有贤女，自字苏来卿。壮年报父仇，身没垂功名。女休逢赦书，白刃几在颈。俱上列仙籍，去死独就生。"左延年亦有《秦女休行》，中云："生为燕王妇，今为诏狱囚。"延年作于黄初中，当是子建同时事也。但所云"燕王妇"，史传未详。至苏来卿，非入思王文集，并无由识其姓氏。乃知庞娥亲、谢小娥辈，流传万古者，正不易易耳。（《柳亭诗话》卷七）

清·朱乾：苏来卿、秦女休，俱是为父报雠，看其连叙申缩之妙，非圣于文者不能……曹丕篡汉，废献帝为山阳公，纳其二女，三纲之伦无论矣。而仇女在前，祸生肘腋，亦可寒心。篇中累序诸女报父仇及赦父命，使听者凛然于言外，此植以诗讽谏之微义也，益知《独漉篇》为山阳作已。呜呼！生乎千载而下，不反复讽咏，沉潜体味，其何以得古人之用心哉！（《乐府正义》卷十一）

孟冬篇

孟冬十月，阴气厉清①。武官诚田，讲旅统兵②。元龟袭吉，元光著明③。蚩尤跸路，风弭雨停④。乘舆启行，鸾鸣幽轧⑤。虎贲采骑，飞象珥鹖⑥。钟鼓铿锵，箫管嘈喝⑦。万骑齐镳⑧,千乘等盖。夷山填谷,平林涤薮⑨。张罗万里⑩,尽其飞走。趩趩狡兔,扬白跳翰⑪;猎以青骹,掩以修竿⑫。韩卢宋鹊,呈才骋足⑬。噬不尽绁,牵麋掎鹿⑭。魏氏发机,养基抚弦⑮,都卢寻高⑯,搜索猴猿。庆忌孟贲,蹈谷超峦⑰。张目决眦,发怒穿冠⑱。顿熊扼虎,蹴豹搏狼⑲。气有余势,负象而趋。获车既盈,日侧乐终。罢役解徒,大飨离宫⑳。乱曰㉑:圣皇临飞轩,论功校猎徒㉒。死禽积如京㉓,流血成沟渠。明诏大劳赐,大官供有无㉔。走马行酒醴,驱车布肉鱼㉕。鸣鼓举觞爵,击钟醽无余㉖。绝网纵麟麑,弛罩出凤雏㉗。收功在羽校,威灵振鬼区㉘。陛下长欢乐,永世合天符㉙。

【题解】

《宋书·乐志》云:"当《狡兔》。"本诗主要写田猎之事。全诗描写了田猎的规模之大,叙述了从猎官兵动作之勇猛,气势之高昂,近景描写与全景描写相结合,层次分明,气魄宏大。这首舞歌兼具娱乐和提醒君主训练士卒、做好打仗准备的功用。

【注释】

①孟冬:指冬季的第一个月,即农历十月。阴气:寒气。厉清:肃杀。

②诫田:下令田猎。诫:通"戒",敕令。一说指告请。田:田猎。讲:操练;训练。

③元龟袭吉:指用大龟占卜出现吉利的兆纹。元龟:大龟。袭:调和、协和。吉:吉兆。元光:指彗星。《史记·孝武本纪》:"二元以长星曰元光。"著明:指星光明亮。

④蚩尤:指我国上古时代九黎族的部落酋长,勇猛善战。此指勇猛的武士。跸(bì)路:清路。古代帝王出行时,前面有人开路清道,禁止他人通行。弭:停止。

⑤乘舆:帝王所乘之车。鸾:通"銮",銮铃。幽轧:象声词,形容车行时

101

发出的抑扬有节奏的声音。

⑥虎贲:官职名,掌管帝王出入时的保卫工作。采骑:指身穿彩色衣服的骑马侍从。飞象:指用象牙装饰的车子疾驰如飞。珥鹖:指头插鹖羽的武士。珥:戴;插。鹖:详见《鹖赋》注。

⑦铿锵:响亮悦耳的声音。嘈喝:管弦所发出的声音。

⑧齐镳(biāo):指猎徒并驾齐驱。镳:详见《应诏诗》注。

⑨夷:削平。填:充塞。涤:打扫,此指荡涤。薮(sǒu):水少而草木茂盛的湖泽。

⑩罗:捕鸟兽用的网。

⑪趯趯(tì):跳跃。《诗·召南·草虫》:"喓喓草虫,趯趯阜螽;未见君子,忧心忡忡。"扬白:指兔足奔跑跳跃时的动作。白:指兔脚上长的白毛。翰:长毛。

⑫青骹(qiāo):指鹰之青胫者。掩:套取。修:长。

⑬韩卢:指战国时韩国所产的黑色猎犬,又称韩子卢。《战国策·齐策三》:"韩子卢者,天下之疾犬也。"宋鹊:指春秋时产自宋国的白色猎犬。呈:呈现;表现。

⑭绁(xiè):系牲畜的绳索,此指牵引猎犬的绳索。麋:麋鹿,比鹿大。掎(jǐ):指从后拉住。

⑮魏氏:指大魏,古代善射之人。《吴越春秋》:"陈音曰:黄帝作弓,以备四方。后有楚狐父,以其道传羿,羿传逢蒙,蒙传楚琴氏,琴氏传大魏。"机:指弩牙。养基:指春秋时楚之善射者养由基。弦:弓弦。

⑯都卢:指广东地区的少数民族,国中之人善攀援。一说指都卢国,在南海一带。寻:缘。

⑰庆忌:春秋时吴国勇士,吴王僚之子。《吴越春秋·阖闾内传》:"吴王曰:庆忌之勇,世所闻也……走追奔兽,手接飞鸟。"孟贲:春秋时卫国勇士。蹹:踩;踏。

⑱眦:眼角,此指眼眶。发怒:指头发向上竖起有如愤怒一般。此二句形容勇士勇猛之状。

⑲顿:指抓住头向地猛击。扼:用力掐住。蹴:踢倒。搏:捕捉。貙

(chū):一种虎类猛兽,似狸而大。

　　⑳大飨:举行盛大的宴会。离宫:指帝王在正式宫殿外别筑的宫室,与正式宫殿相离。

　　㉑乱曰:详见《鞞舞歌·灵芝篇》注。

　　㉒校:校点所获猎物的数目。徒:指随行田猎的军兵。

　　㉓京:指高大的土堆。

　　㉔大官:指大官令,是古时掌管皇帝饮食宴享的官员。

　　㉕走:跑。此二句意指飨宴从猎之人于旷野中,酒肴均用车马载着并散布着。

　　㉖觯爵:觯和爵俱为古代的酒器。釂(jiào):饮尽杯中之酒。

　　㉗绝:斩断。纵麟麑(ní):指放走幼兽。弛:松开;解开。罩:捕鸟之网。出凤雏:指放走幼禽。

　　㉘羽校:犹言检阅士卒。鬼区:指荒远之地。

　　㉙天符:天意。

【汇评】

　　清·朱乾:谏猎也。丕虽好田,不至如是之甚,观"张罗万里,尽其飞走"之语,荒于田极矣。案明帝时猎法严峻,杀禁地鹿走者身死,财产没官……廷尉高柔上疏曰:"百姓供役,田者既灭,复有鹿暴,所伤不赀,至于荥阳左右,周数百里,略无所入。"此诗当作于此时也。(《乐府正义》卷十一)

　　清·朱嘉征:汉《鼓吹曲》为朝会燕射之歌,未尝全用诔词。魏犹近古。子建作颂中有规,吐辞成响,其文则微,可谓气变丝桐,志形金石者。(《乐府广序》卷八)

太和年间

怨歌行

为君既不易，为臣良独难①。忠信事不显，乃有见疑患②。周公佐文武，金縢功不刊③。推心辅王室，二叔反流言④。待罪居东国，泫涕常流连⑤。皇灵大动变，震雷风且寒⑥。拔树偃秋稼，天威不可干⑦。素服开金縢，感悟求其端⑧。公旦事既显，成王乃哀叹⑩。吾欲竟此曲⑪，此曲悲且长。今日乐相乐，别后莫相忘。

【题解】

《怨歌行》为乐府诗题。此篇《乐府诗集》卷四十二列入《相和歌辞·楚调曲》。作者是否是曹植，历来颇有争议，《北堂书钞》卷二十九作魏文帝诗，《太平御览》卷六百二十三作古诗，《技录》和《乐府题解》将其列为古辞。《艺文类聚》卷四十一和《乐府诗集》都作曹植诗，各本《曹子建集》都收有此诗，今从之。太和二年(228)明帝巡行长安，洛阳曾有谣言称明帝死于长安，群臣欲迎立曹植，致使明帝对曹植的猜忌加深。此时的曹植与周公当时的处境相似，而诗人的遭遇不便明示，故通篇以周公之事自比，借古抒怀，抒发自身信而见疑、忠而被谤的愤慨，希望明帝能消除对他的疑忌。全篇情辞含蓄隽永，意味深长。

【注释】

①良：确实。此二句语出《论语·子路》："人之言曰：'为君难，为臣不易。'"

②不显：不明白；不清楚。乃：竟然。见疑：被猜疑。《史记·屈原列

104

传》:"信而见疑,忠而被谤,能无怨乎?"

③周公:周公旦。公:《艺文类聚》《续古逸丛书》本卷六作"周旦"。金縢(téng):指用金属封口的柜子。刊:磨灭。《尚书·金縢篇》孔颖达疏:"武王有疾,周公作策书告神,请代武王死。事毕,纳书于金縢之匮。"后成王打开金縢看到策书,为周公的忠诚所感动,恭迎周公归国。

④室:《艺文类聚》《续古逸丛书》本作"政",政字义胜。二叔:指周公之兄管叔姬鲜和弟弟蔡叔姬度。流言:指管蔡散布周公要篡夺王位的谣言。《史记·鲁周公世家》:"管叔及其群弟流言于国曰:周公将不利于成王。"

⑤待罪:等候处罚。居东国:指周成王听信二叔的谗言,周公遂借征徐戎避祸,因留不归。一说"东国"指东都洛阳。泫涕:流泪。泫:《艺文类聚》《续古逸丛书》本作"泣"。常流:《艺文类聚》作"当留"。当,系常之形误,留、流古通。流连:泪流不断貌。

⑥皇灵:指天帝。大动变:指天降灾异。《尚书·金縢篇》:"秋,大熟,未获,天大雷电以风,禾尽偃,大木斯拔,邦人大恐。"古人迷信,常以自然灾害附会政治,雷雨大风、拔树偃禾等都被视为对成王的警示。

⑦偃:仰面而倒。干:抗拒。

⑧素服:指居丧或遭遇凶事时穿的素色衣服。此指成王和群臣身穿素服,在恐惧中打开金縢,想从中寻找灾异的起因,意外发现了周公曾写的策书。端:原委。

⑩哀叹:觉悟感动。《尚书·金縢篇》:"王执书以泣曰:'其勿穆卜! 昔公勤劳王家,惟予冲人弗及知。今天动威以彰周公之德,惟朕小子其新逆,我国家礼亦宜之。'"

⑪竟:终。"吾欲"四句,乃乐府歌辞中常见套语。

【汇评】

元·刘履:《怨歌行》赋也。……子建在雍丘时,常自愤怨抱利器而无所施,上疏求自试,明帝既不报,及徙东阿,复上疏言禁锢明时,兄弟乖绝,恩纪之违,甚于路人,愿入侍左右,承答圣问。其年冬,诏诸王朝,此诗之作,其在入朝之后,燕享之时乎? 子建于明帝为叔父,故借周公之事,陈古以讽今,庶其有感焉。惜乎终不见信,虽复加封于陈,亦隆奖虚名而已!(《选诗补注》

卷二）

明·胡应麟：旧谓古辞，《文章正宗》作子建。今观前"为君既不易"十余语，诚然。至"皇灵大动变"等，不类子建，恐是汉末人作。（《诗薮·内编》卷三）

清·宝香山人：毫不费力，震雷烈风如在目前。（《三家诗·曹集》卷二）

清·沈德潜："忠信事不显"，言忠信之心不欲人知也，如周公纳祝词于匮中之类。末四句竟用成语，古人不忌。（《古诗源》卷五）

清·陈祚明：本言为臣，反从为君发端，便作一折，辞并古。托感甚明。末四句袭用成语耳，然置此处，悲凉入听。（《采菽堂古诗选》卷六）

清·方东树：韩公常学此。起八句感慨沉痛，桓伊为谢安诵之，安为泣下。其感人深矣。惟后半衍周公事太多，虽陈思有托而然，而后人宜忌之。（《昭昧詹言》卷二）

惟汉行

太极定二仪，清浊始以形①。三光照八极②，天道甚著明。为人立君长，欲以遂其生③。行仁章以瑞④，变故诫骄盈。神高而听卑，报若响应声⑤。明主敬细微，三季瞢天经⑥。二皇称至化，盛哉唐虞庭⑦。禹汤继厥德⑧，周亦致太平。在昔怀帝京，日昃不敢宁⑨。济济在公朝⑩，万载驰其名。

【题解】

本篇《乐府诗集》卷二十七列入《相和歌辞·相和曲》。黄节注："魏武帝《薤露行》曰：'惟汉二十二世，所任诚不良。'子建拟之，作《惟汉行》。"本篇重在申诉作者立功求名的愿望，期望获得明帝的任用。黄节《曹子建诗注》谓作于黄初年间。赵幼文疑作于太和元年（227）之时。

【注释】

①太极：指天地未分前最原始的混沌之气。《淮南子·览冥训》高诱注：

"太极,天地始形之时也。"二仪:天地。清浊:指天地阴阳二气。清者为天,浊者为地。《列子·天瑞》:"清轻者上为天,浊重者下为地,冲和气者为人;故天地含精,万物化生。"

②三光:指日、月、星辰。八极:八方极远之地。

③遂:孕育。此二句语本《左传·襄公十四年》:"天生民而立之君,使司牧之,勿使失性。"

④章:彰显;显现。瑞:祥瑞。

⑤神高而听卑:指上天处高位但能明察下情。《淮南子·道应训》:"天之处高而听卑。"报:回报。若响应声:《汉书·董仲舒传》云:"夫善恶之相从,如景乡之应形声也。"赵幼文:"政善则嘉瑞臻,福祥至。政恶则妖异见。其报应甚速。"

⑥细微:指低贱之人。三季:指夏桀、殷纣、周幽王。瞢(méng):目不明,此处形容昏庸。天经:天之常则。

⑦二皇:指伏羲、神农。化:治理。唐虞庭:指唐尧、虞舜之世朝廷人才济济。

⑧厥:其;他的;他们的。

⑨日昃:太阳西斜。

⑩济济:庄重恭敬貌。《诗·大雅·文王之什》:"济济多士,文王以宁。"

【汇评】

清·宝香山人:不忘汉君,情隐意彰。可怜陈思所以不得意于其兄也。(《三家诗·曹集》卷二)

清·陈祚明:伤不得佐理于朝,故曰"在昔"。(《采菽堂古诗选》卷六)

清·吴汝纶:言己恐君有骄盈,故怀帝京而不敢宁。既不能至京,则惟望朝臣能忠于国,济济驰名后世也。(《古诗钞》)

当墙欲高行

龙欲升天须浮云,人之仕进待中人①。众口可以铄金②,谗言三至,慈母不亲③。 愦愦俗间④,不辨伪真。愿欲披心自说陈,君门以九重,道远河无津⑤。

【题解】

《当墙欲高行》为乐府诗题,古辞已佚。此篇是曹植拟乐府古题而作。《乐府诗集》卷六十一收入《杂曲歌辞》。全诗抒发了作者因遭小人诬谗而不被任用,又无法向上陈说的悲伤。运用"众口铄金"和"曾母投杼"两个典故,痛斥众谗惑听,混淆真伪,委婉地发泄了自己的愤怒怨恨之情。本诗句式或长或短,错落有致。当是曹植后期的作品,具体时间有待考定。一说作于太和二年(228)曹叡行幸长安之时。

【注释】

①须:凭借;依靠。仕进:入仕做官。中人:指君王左右有权势的朝臣。一说指介绍人。

②众口铄金:古代成语,指众人的言论能熔化金属,比喻谣言之多,可以混淆他人之视听。《国语·周语下》:"众心成城,众口铄金。"铄:销熔。

③此二句引述曾参之事,《战国策·秦策二》:"昔者曾子处费。费人有与曾子同名族者而杀人。人告曾子母曰:'曾参杀人。'曾子之母曰:'吾子不杀人。'织自若。有顷焉,人又曰:'曾参杀人。'其母尚织自若也。顷之,一人又告之曰:'曾参杀人。'其母惧,投杼逾墙而走。"

④愦愦:糊涂。《续古逸丛书》本卷六作"愤愤"。俗间:世间。

⑤披心:自剖内心。君门以九重:宋玉《九辩》:"岂不郁陶而思君兮?君之门以九重。"此指国君深居难见,故身受谗言而无处申辩。无津:没有渡口,此指渡船或桥梁。

【汇评】

清·宝香山人:骨肉之间,仕进犹如此。"谗言三至,慈母不亲",毫无谤讟其上语。(《三家诗·曹集》卷二)

清·陈祚明:明明自慨,切至浏亮。起句托兴警动。(《采菽堂古诗选》卷六)

清·朱乾:《春秋传》曰:"人之有墙,以蔽恶也。"今以蔽明,喻君门九重不得自由也。(《乐府正义》卷十一)

清·张玉谷:此伤谗间不能获上之诗。首二,先言获上必先推荐,反振而起。一句比,一句赋,笔势突兀。"众口"五句,转落众谗惑听之可畏,醒出篇主。末二着身致慨,无路自明,独用长句,愈觉矫健。陈王诗多词条丰满者,如此与《野田黄雀行》等篇,则又以短劲胜。(《古诗赏析》卷九)

鰕䱇篇

鰕䱇游潢潦①,不知江海流。燕雀戏藩柴,安识鸿鹄游②?世士此诚明,大德固无俦③。驾言登五岳,然后小陵丘④。俯观上路人,势利惟是谋⑤。高念翼皇家,远怀柔九州⑥。抚剑而雷音⑦,猛气纵横浮。泛泊徒嗷嗷,谁知壮士忧⑧!

【题解】

《鰕䱇篇》为乐府诗题,以篇首二字名题,是曹植自创的新题乐府,《乐府诗集》卷三十收入《相和歌辞·平调曲》。《乐府解题》曰:"曹植拟《长歌行》为《鰕䱇》。"本篇是一首言志之作,作者以江海、鸿鹄、五岳自比,以鰕䱇、燕雀、丘陵比喻世俗势利之人,抒写了自己忠心辅佐皇室的理想和拯世济物的抱负,以及不被世俗之士了解的忧愤之情。当是太和年间作品。

【注释】

①鰕:一种小鱼。䱇:同"鳝",黄鳝一类的动物。潢(huáng):小水坑。潦:指雨水。

②燕雀:指燕和雀,泛指小鸟,此处用以比喻庸俗浅薄之人。藩柴:篱笆。鸿鹄:即鹄,俗称大鹅,常用以比喻志向远大之人。鹄:《艺文类聚》卷四十二作"鹤"。鹤、鹄古通。

③此诚明:《续古逸丛书》本卷六作"诚明性"。固:必然。《艺文类聚》作"故"。无俦:没有伴侣、朋友。

④言：语中助词。小：认为……小。《孟子·尽心上》："孟子曰：'孔子登东山而小鲁，登泰山而小天下。'"

⑤上路人：指在仕途上奔走营私的人，此指官吏。势利惟是谋：《续古逸丛书》本作"势利是谋仇"。

⑥高念翼：《续古逸丛书》本作"仇高念"。高念：崇高的信念。翼：辅佐；辅助。皇家：皇室，此指魏室。柔：安定；安抚。九州：天下。古时将中国分为九州，但说法不一。《尚书·禹贡》作冀、兖、青、徐、扬、荆、豫、梁和雍州；《尔雅·释地》有幽、营州而无青、梁二州；《周礼·夏官·职方》有幽、并州而无徐、梁州。

⑦抚：按。雷音：雷鸣般的声音，此指愤叱之音。音：《续古逸丛书》本作"息"。

⑧汎泊：指世上游荡混日子的人。汎：通"泛"，指漂浮。泊：停泊。徒：空。嗷嗷：呼叫声。壮士：诗人自指。

【汇评】

明·胡应麟：《虾䱭篇》，太冲《咏史》所自出也。（《诗薮·内编》卷二）

清·宋长白：隔句对始于曹子建《虾䱭篇》，即《小雅》"昔我往矣，杨柳依依"之章法也。（《柳亭诗话》卷十）

清·陈祚明：子建自以宗臣，每怀忧国伤人，不识是时宗藩，奉身寡过、禄爵而已。起语浩然，抒此壮慨。（《采菽堂古诗选》卷六）

清·方东树：此诗笔仗警句，后惟韩公常拟之。"驾言"二句，韩公常学此。"上路"，即指富贵显人。"仇高"，言酬答高厚也。"泛泊徒嗷嗷"，古今流俗凡夫皆若是，思之可叹。刘邵《人物志》称为"风人"，与此同义，言随风转逐，不能自止立也。观子建胸次如此，亦是功名中人。当日武侯自拟，亦止及管、乐，古人虑材而供，量己而言，不似后人浮夸，而实用不酬也。吾故谓谢康乐以"道情"称其祖为浮夸也。（《昭昧詹言》卷二）

吁嗟篇

吁嗟此转蓬，居世何独然①。长去本根逝，宿夜无休闲②。

东西经七陌,南北越九阡③。卒遇回风起④,吹我入云间。自谓终天路,忽然下沉泉⑤。惊飙接我出,故归彼中田⑥。当南而更北,谓东而反西。宕宕当何依⑦?忽亡而复存。飘飘周八泽,连翩历五山⑧。流转无恒处⑨,谁知吾苦艰!愿为中林草,秋随野火燔⑩。糜灭岂不痛,愿与株荄连⑪。

【题解】

《吁嗟篇》属乐府诗题。本篇《乐府诗集》卷三十三收入《相和歌辞·清调曲》,其云:"曹植拟《苦寒行》为《吁嗟》。"《三国志·魏书·陈思王植传》裴松之注称此篇为"琴瑟调歌"。《太平御览》卷五百七十三作"琴调歌"。《古诗纪》卷二十三注作"瑟调飞蓬篇"。曹丕称帝后,曹植被迫经常流离播迁。全篇托言"转蓬",抒写自己迁徙不定的苦楚生活和骨肉分离之苦。诗中人称的变化,突然而自然,使转蓬与作者自身融为一体,直接生动,淋漓尽致。关于本乐府的作年,裴松之认为作于太和三年(229)曹植徙封东阿王后,赵幼文疑作于自浚仪返雍丘之时。

【注释】

①吁嗟:感叹之词。转蓬:蓬草。详见《感节赋》注。此处作者借以象征自身的处境。居世:处世;在世。然:如此;这样。

②长去:远离。逝:往。宿夜:早晚。宿:裴松之注作"夙"。夜:《艺文类聚》卷四十二作"昔"。

③七陌、九阡:指地域之辽远。陌、阡:皆指田间小路。东西曰陌,南北曰阡。

④卒遇:突然遭遇。回风:旋风。

⑤然:裴松之注作"焉"。忽然、忽焉,皆有突然之义。泉:裴松之注、《乐府诗集》俱作"渊",系唐人避讳所改,作"渊"字是。

⑥惊飙:突发的狂风。中田:田中。

⑦宕宕:即"荡荡",飘荡无定止之貌。

⑧八泽:泛指各地的江湖沼泽,此指漂泊地区之远。我国古代有八大水

泽,《淮南子·墬形训》:"自东北方曰大泽,曰无通;东方曰大渚,曰少海;东南方曰具区,曰元泽;南方曰大梦,曰浩泽;西南方曰渚资,曰丹泽;西方曰九区,曰泉泽;西北方曰大夏,曰海泽;北方曰大冥,曰寒泽;凡八殥。八泽之云,是雨九州。"一说指八薮。《汉书·严助传》颜师古注:"八薮谓鲁有大野,晋有大陆,秦有阳纡,宋有孟诸,楚有云梦,吴越之间有具区,齐有海隅,郑有莆田,赵之钜鹿,燕之昭余。"五山:五岳。一说指华山、首山、太室、泰山、东莱。此指高山峻岭。

⑨流转:指移徙。恒处:固定之地。

⑩中林:林中。燔:烧。

⑪糜灭:糜烂。株荄:指草根。裴松之注作"林叶",《太平御览》作"株叶"。

【汇评】

清·宝香山人:犹然《十九首》遗风,只是畅郁流丽过之,人以不及古处在此,不知正是善学古人。(《三家诗·曹集》卷二)

清·陈祚明:写转蓬飘荡,淋漓生动,笔墨飞舞,千秋绝调。糜灭不惜,痛切殊深,早有见于本枝不固之患矣。如此诗托讽情旨,何减《三百篇》,不独"煮豆"之诗称至性也。(《采菽堂古诗选》卷六)

清·沈德潜:时法制待藩国峻迫,植十一年三徙都,故云。迁转之痛,至愿归糜灭,情事有不忍言者矣。此而不怨,是愈疏也。陈思之怨,为独得其正云。(《古诗源》卷五)

清·张玉谷:时法制待藩国峻迫,植于十一年中三徙其国,故作此自伤。通体用比。首四提清转蓬独苦,"去本根""无休闲",全局领起。"东西"十六句,细细铺叙,四方无定,忽高忽下,若亡若存,历泽经山,流转无恒之慨。插入回风惊飙,暗指谗间,收到莫知苦艰,则暗指君上之不恤也。末四以草随火灭,愿与根连,反衬转蓬去根之痛,真乃警动异常。(《古诗赏析》卷九)

美女篇

美女妖且闲,采桑歧路间①。柔条纷冉冉,落叶何翩翩②。

攘袖见素手,皓腕约金环③。头上金爵钗,腰佩翠琅玕④。明珠交玉体,珊瑚间木难⑤。罗衣何飘飘,轻裾随风还⑥。顾盼遗光采⑦,长啸气若兰。行徒用息驾⑧,休者以忘餐。借问女何居?乃在城南端。青楼临大路,高门结重关⑨。容华耀朝日,谁不希令颜⑩。媒氏何所营,玉帛不时安⑪。佳人慕高义,求贤良独难⑫。众人徒嗷嗷,安知彼所观⑬。盛年处房室,中夜起长叹⑭。

【题解】

《美女篇》是曹植自创的乐府诗题,以篇首二字为题,《乐府诗集》卷六十三将其收入《杂曲歌辞·齐瑟行》。影宋本卷六题作《美女行》。本篇乃作者借美女以自况之作,用美女因"慕高义"而盛年未嫁,比喻自己正值盛年,却怀才不遇,表达了作者壮志难酬的苦闷,抒发不为世所用的慨叹。全诗基调沉郁,含蓄隽永,结尾处,颇具悲剧气氛。

【注释】

①妖且闲:美丽而优雅。闲:通"娴",娴雅。歧路:岔路。

②柔:《北堂书钞》卷一百三十六作"弱"。纷:《北堂书钞》作"日",《初学记》卷十九作"芬"。落叶:《初学记》作"叶落"。

③攘:挽起;抒起。约:束;套着。金环:金手镯。环:《初学记》作"镮"。

④上:《北堂书钞》作"带",《太平御览》卷七百十八作"插",又作"戴"。金爵:《艺文类聚》卷十八作"三爵",《太平御览》作"合欢"。爵钗:雀形的发钗。琅玕(láng gān):一种类似玉的美石。东汉张衡《四愁诗》:"美人赠我金琅玕,何以报之双玉盘。"

⑤交:接合。间:夹杂。木难:宝珠名。《文选》李善注引《南越志》:"木难,金翅鸟沫所成碧色珠也。"一说即祖母绿,是一种出于大秦国的珠宝。

⑥飘飘:《文选》卷二十七、《初学记》俱作"飘飖"。裾:衣襟。还:通"旋",摆动。

⑦盼:《续古逸丛书》本卷六作"眄"。眄:斜视。

⑧行徒:行路之人。用:因而。息驾:停车。

⑨青楼:指用青漆涂饰的楼房,为古代女子居处的通称。唐朝以后青楼多指妓女所居。重关:指两道门闩,此处极言门户之严紧。

⑩容华、令颜:俱指美好的容颜。耀:《艺文类聚》作"晖"。希:钦慕。

⑪媒氏:媒人。营:做事情。玉帛:指定婚行聘之礼。安:定,此指行聘订婚。

⑫良:确实;实在。

⑬嗷嗷:众口愁怨之声。徒:空。《文选》作"何"。观:《玉台新咏》作"欢"。欢:喜好。

⑭盛年:青春盛年之时。处房室:指未出嫁。中夜:夜半。

【汇评】

宋·王观国:曹子建《美女篇》:"明珠交玉体,珊瑚间木难。"又曰:"佳人慕高义,求贤良独难。"一篇押二"难"字。(《学林》卷八)

宋·郭茂倩:"美女"者,以喻君子。言君子有美行,愿得明君而事之;若不遇时,虽见征求,终不屈也。(《乐府诗集》卷六十三)

元·刘履:比也。……子建志在辅君匡济,策功垂名,乃不克遂,虽授爵封而其心犹为不仕,故托处女以寓怨慕之情焉。其言妖闲皓素,以喻才质之美;服饰珍丽,以比己德之盛;至于文采外著,芳誉日流,而为众所希慕如此。况谓居青楼高门,近城南而临大路,则非疏远而难知者,何为见弃,不以时而币聘之乎?其实为君所忌不得亲用,今但归咎于媒荐之人,盖不敢斥言也。且古之贤者必择有道之邦然后入仕,犹佳人之择配而慕夫高义者焉。惟子建以魏室至亲,义当与国同其休戚,虽欲他求,其可得乎?此所以为求贤独难,而其所见亦岂众人所能知哉?夫盛年不嫁,将恐失时,故惟中夜长叹而已。孟子所谓"不得于君,则热中",其子建之谓欤。(《选诗补注》卷二)

明·胡应麟:子建《名都》《白马》《美女》诸篇,辞极赡丽,然句颇尚工,语多致饰。(《诗薮·内编》卷二)

明·谭元春:有才人不必其为朋友,有色人不必其为妻妾,赞叹爱慕,千古一情。汉武帝曰:"恨不与此人同时。"予读陈思《美女篇》,辄抱此想。(《古诗归》卷七)

明·钟惺:《美女篇》缉《洛神》之余材而成之,自为凄丽之调,真是才子。

（《古诗归》卷七）

　　清·宝香山人："行徒"二语,即与沉鱼落雁同,用意而不用字法。(《三家诗·曹集》卷二)

　　清·王尧衢:子建求自试而不见用,如美女之不见售,故以为比。首极言女姿容之美,服饰之华,流盼生彩,而嘘气若兰,以其在歧路采桑之际,能令行者息车,休者忘食,争羡女之工容绝世矣。继问女居何处,楼临大路,高闲重门,则非寒女可知,喻己之王室懿亲也。奈此荣华耀日,令善之颜,谁不希慕,彼媒氏者舍此安求,而不及时以玉帛见聘哉? 以比己不见用,盖由荐引之无人也。彼佳人者,求贤慕义,不忘从人,宁守十年不字之贞,而难于苟合。嗷嗷众口,安知彼之所见哉? 徒负芳华,独处自叹,亦所不惜耳。诗中虽有怨望之情,而不失之浅露,此立言之妙也。(《古唐诗合解》卷三)

　　清·沈德潜:美女者,以喻君子,言君子有美行,愿得贤君而事之,若不遇时,虽见征求,终不屈也。写美女如见君子品节,此不专以华缛胜人。(《古诗源》卷五)

　　清·袁枚:曹子建《美女篇》押二"难"字,谢康乐《述祖德诗》押二"人"字,阮公《咏怀》押二"归"字。以故,杜甫《饮中八仙歌》、香山《渭村退居》、昌黎《寄孟郊诗》,皆沿袭之。(《随园诗话》卷十五)

飞龙篇

　　晨游太山,云雾窈窕①。忽逢二童,颜色鲜好②。乘彼白鹿,手翳芝草③。我知真人,长跪问道④。西登玉堂,金楼复道⑤。授我仙药,神皇所造⑥。教我服食,还精补脑⑦。寿同金石,永世难老⑧。

　　芝盖翩翩⑨。

　　南经丹穴⑩,积阳所生;煎石流砾,品物无形⑪。

本篇主要叙写求长生成仙之事。篇中诗人晨游泰山,途遇两仙,仙人赐予作者仙药,其药可保人"寿同金石,永世难老"。暗含作者对求仙问道之事的讽刺,但未道破。郭茂倩云:"《楚辞·离骚》曰:'为余驾飞龙兮,杂瑶象以为车。'曹植《飞龙篇》亦言求仙者乘飞龙而升天,与《楚辞》同意。按:琴曲亦有《飞龙引》。"

【注释】

①太:《续古逸丛书》本卷六作"泰"。太、泰古通。窈窕:雾气缭绕幽远貌。

②二童:即《苦思行》中的两真人,详见彼注。颜色:容貌气色。

③白鹿:传说仙人多骑白鹿,古以为祥瑞之物。翳:覆盖;遮蔽。芝草:灵芝,古时以为瑞草,服之可成仙。

④真人:仙人。长跪:直身而跪。古人常席地而坐,坐时两膝着席上,而臀部坐于足跟部。若跪则伸直腰身,以示庄敬。道:指长生之术。

⑤玉堂:指仙人所居之处。一说昆仑山有碧玉之堂,乃西王母所居之处。复道:指宫中楼阁上下皆以走廊连接,相互通达。

⑥仙:《艺文类聚》卷四十二作"此"。神皇:疑指神农。所:《艺文类聚》作"可"。

⑦服食:服食丹药。还精补脑:指道家所修的养生延年之术,要领在于阴阳相互补充。晋葛洪《抱朴子·释滞》:"房中之法十余家,或以补救伤损,或以攻治众病,或以采阴益阳,或以增年延寿,其大要在于还精补脑一事耳。"

⑧永世:犹言长年。

⑨芝盖:用芝草装饰的车盖,此指仙人所乘之车。此句《文选》陆士衡《前缓声歌》李善注引《飞龙篇》。

⑩丹穴:传说中的地名。《淮南子·汜论训》:"丹穴太蒙。"高诱注:"丹穴,南方当日之下也;太蒙,西方日所入处也。"

⑪煎石流砾:指石头因在炽热的太阳下烤晒而粉碎成沙砾。以上四句《北堂书钞》卷一百五十八引《飞龙篇》。

清·陈祚明:笔既高秀,率作亦复大难。起六句,更有生动之致。(《采菽堂古诗选》卷六)

桂之树行

桂之树,桂之树,桂生一何丽佳^①!扬朱华而翠叶^②,流芳布天涯。上有栖鸾,下有蟠螭^③。桂之树,得道之真人,咸来会讲仙,教尔服食日精^④。要道甚省不烦^⑤,淡泊无为自然。乘蹻万里之外,去留随意所欲存^⑥。高高上际于众外,下下乃穷极地天^⑦。

【题解】

《桂之树行》属乐府诗题。本篇用篇首三字名题,《乐府诗集》卷六十一将其收入《杂曲歌辞》。同题之作,今存仅本篇。本篇是一首游仙诗,诗中描绘了以桂树为标志的仙境,借仙人聚会讲仙布道,教以淡泊、无为、自然的处世之法,描画了升仙得道的乐趣。当是曹丕、曹叡父子当政时期所作。

【注释】

①丽佳:即佳丽,此处倒文协韵。

②扬:披、举。《续古逸丛书》本卷六作"杨"。

③鸾:指传说中凤凰一类的鸟。《广雅》:"鸾鸟,凤皇属也。"蟠螭:蟠龙,盘曲的龙。蟠:盘曲。《续古逸丛书》本作"盘"。螭:指古代传说中一种没有角的龙。

④真人:道家称修真得道之人,此指成仙之人。会:聚会。日精:指朝霞。方士认为日是霞之实,霞是日之精。

⑤要道:至道,此指成仙长生之术。淡泊无为自然:都是道家的主要思想,也是道家的处世之法。淡泊:指恬淡寡欲,不追名逐利。无为:指道家主张清静虚无,顺应自然。

⑥乘跻:指道家所谓的飞行术。详见《升天行》注。存:想念。

⑦众外:指一切事物之外,即天地之外。一说指高空。

【汇评】

明·谢榛:凡"山河""廊庙"之类,颠倒通用。若"天地",不可倒用,倒则为《泰》卦。曹子建《桂之树行》曰:"下下乃穷极地天。"岂别有见耶?又如"诗酒""儿女"皆两物也,倒则为一矣。(《四溟诗话》卷四)

清·宋长白:按《抱朴子》云:"跻有三法:一龙,二气,三辘轳。"盖导引术也。木华《海赋》:"乘跻绝往。"(《柳亭诗话》卷四)

清·陈祚明:命意琢句,纵横自恣。(《采菽堂古诗选》卷六)

清·朱乾:置身功名之外,托桂树以淹留,亦小山丛桂之作也。王逸曰:"桂树芬香,以兴屈原之忠贞。"此亦以芬香自比。桂久服通神,桂父服之成仙。"高高""下下",犹《远游》志也。(《乐府正义》卷十二)

平陵东

　　阊阖开,天衢通,被我羽衣乘飞龙①。乘飞龙,与仙期,东上蓬莱采灵芝②。灵芝采之可服食,年若王父无终极③。

【题解】

《平陵东》属乐府歌辞。《乐府诗集》卷二十八将本篇收入《相和歌辞·相和曲》。崔豹《古今注》曰:"《平陵东》,汉翟义门人所作也。"《乐府解题》曰:"义,丞相方进之少子,字文仲,为东郡太守。以王莽篡汉,起兵诛之,不克而见害。门人作歌以怨之也。"曹植本篇与此事无关,仅用其题而另树新意,是一首游仙诗,表现了作者钦羡神仙,想要飞升入天的愿望,以求从现实中解脱出来。

【注释】

①阊阖:传说中的天门。详见《仙人篇》注。天衢:天路。羽衣:仙人所穿的衣服。飞龙:指仙人所乘的神龙。《庄子·逍遥游》:"藐姑射之山,有神

人居焉……乘云气,御飞龙,而游乎四海之外。"

②蓬莱:传说渤海中的三座神山之一。详见《升天行》注。采:《续古逸丛书》本卷六作"採"。采、採古今字。

③王父:神仙名,即东王父。详见《登台赋》注。无终:张溥本卷二十七作"终无",非。

【汇评】

清·朱乾:言神仙事,非言神仙也。言翟公当乱世,不得其死。若"闾阖开,天衢通",则君子得时行道之日。君臣相保,年若王父,《射乌辞》所谓"陛下寿万年,臣为两千石"也。故亦以《平陵东》题之。(《乐府正义》卷五)

五游咏

九州不足步,愿得凌云翔。逍遥八纮外,游目历遐荒①。披我丹霞衣,袭我素霓裳②。华盖芳晻蔼,六龙仰天骧③。曜灵未移景,倏忽造昊苍④。阊阖启丹扉,双阙曜朱光⑤。徘徊文昌殿,登陟太微堂⑥。上帝休西棂,群后集东厢⑦。带我琼瑶佩,漱我沆瀣浆⑧。踟蹰玩灵芝,徙倚弄华芳⑨。王子奉仙药,羡门进奇方⑩。服食享遐纪⑪,延寿保无疆。

【题解】

《五游咏》属乐府诗题。此篇《乐府诗集》卷六十四收入《杂曲歌辞》,题作《五游》。五游指游遍地上九州四方之后,上游天界。本篇作者从古代神仙传说中选材,编织幻境,想象自己凌云遨游,游目骋怀于遐荒之中,抒写了对延年长寿的期羡,并以此发泄在不得自由、动辄得咎的人世所积蓄的愤懑之情。本诗笔触生动,想象瑰奇,令人心迷目眩。

【注释】

①八纮(hóng):八方极远之地。《淮南子·墬形训》:"九州之外,乃有八

殡……八殡之外,而有八纮,亦方千里。"高诱注:"纮,维也。维落天地而为之表,故曰纮也。"遐荒:指边远荒僻之地。

②丹霞衣、素霓裳:俱指神仙家想象神仙所穿的衣裳。袭:穿。

③芳:《艺文类聚》卷七十八作"纷"。晻蔼:蓊郁茂盛之貌。六龙:指传说神仙出行常用六龙拉车。骧:指马昂首疾驰。

④曜灵:指太阳。景:同"影",日影。倏忽:迅疾。造:至;到达。昊苍:苍天。

⑤阊阖:天门。扉:门扇。双阙:指天门外的两座望楼。

⑥文昌殿、太微堂:俱为天上殿堂名。文昌:星名,在北斗魁前,共有六星,成半月之形。太微:星垣名,三垣之一。

⑦休:《艺文类聚》《续古逸丛书》本卷六俱作"伏"。椺:窗椺,此指带窗的房室。群后:群臣公卿。古代帝王与臣下宴饮,王位在西,臣位在东。一说指四方诸侯及九州牧伯。

⑧琼瑶:美玉。《诗·卫风·木瓜》:"投我以木桃,报之以琼瑶。"沆瀣(hàng xiè):指夜半所降的水汽,清露之类,仙人所饮。屈原《楚辞·远游》:"餐六气而饮沆瀣兮,漱正阳而含朝霞。"

⑨踟蹰:徘徊。徙倚:流连徘徊。华芳:指香草。

⑩王子:指仙人王子乔。羡门:指传说中的仙人羡门子高。《史记·秦始皇本纪》:"始皇之碣石,使燕人卢生求羡门、高誓。"韦昭注:"古仙人也。"

⑪遐纪:指高龄、高寿。

【汇评】

清·宝香山人:"曜灵"等句,六朝人屡拟之,俱未入室。(《三家诗·曹集》卷二)

清·陈祚明:此有托而言神仙者,观"九州不足步"五字,其不得志于今之天下也审矣。无已,其游仙乎? 其源本于灵均。有托之言,便须作致,盖皆设言,非情实。夫既设言之矣,宁若实有是事者之与为庄语乎? "六龙"句,"仰天"字,趣;六龙齐仰首,可观也。"曜灵"二句,写捷疾无理,孰是天也,而倏忽可造乎? "双阙"句,空中造阙,如见斑璘。"上帝"二句,"休"字、"集"字,佳;或僾于上,或簇于傍,若果有之,而"休"字更有致。起四句,傲睨

一世,作诗之意在此。(《采菽堂古诗选》卷六)

清•朱乾:天不可阶而升也,我非斯人之徒与而谁与?世虽乱可以治,所贵有人以挽回之。然后三纲沦者复正,九法斁者复修,此补天立极之说也。若子建《五游》诸篇,长往不返,无故乡之思焉。君子谓傅之忧世也切,曹之虑世也深。屈子《远游》为后世游仙诗之祖,君子重其志而玮其词,谓其才可辅世,而忠不见谅于君,无所控诉托配仙人,东西南北入于无何有之乡,千古悲之。相如拟之为《大人赋》,志在于投世主之好,其文则丽,其志则淫。此邪正之分野,学者于此可以识去取矣。"五游"者,合中州东西南北而五,亦远游意也。(《乐府正义》卷十二)

远游篇

远游临四海,俯仰观洪波。大鱼若曲陵,乘浪相经过①。灵鳌戴方丈,神岳俨嵯峨②。仙人翔其隅,玉女戏其阿③。琼蕊可疗饥,仰首吸朝霞④。昆仑本吾宅,中州非我家⑤。将归谒东父,一举超流沙⑥。鼓翼舞时风,长啸激清歌⑦。金石固易弊⑧,日月同光华。齐年与天地,万乘安足多⑨!

【题解】

《远游篇》属乐府诗题。此篇《乐府诗集》卷六十四列入《杂曲歌辞》,《艺文类聚》卷七十八将此诗"灵鳌戴方丈"八句,题作《远游诗》。屈原有《楚辞•远游》篇。本篇即取屈子《远游》之意。曹植的身世遭际,与屈原有相似之处,他何尝不是屡遭谗害,不容于世,思欲济世而不能,无处申诉。这首诗借言游仙以抒发内心郁结的忧愤之情,诗中作者不仅钦羡神仙世界,还用神仙世界来否定人世,表现了作者对现实的不满和蔑视。

【注释】

①曲陵:起伏的山丘,此指大鱼的脊背高低如山丘。乘:《乐府诗集》《续古逸丛书》本卷六俱作"承"。承、乘义通。经过:指大鱼在海中游来游去。

121

②灵鳌:指传说中的巨龟。《楚辞·天问》:"鳌戴山抃,何以安之?"王逸注:"击手曰抃。《列仙传》曰:有巨灵之鳌,背负蓬莱之山而抃舞,戏沧海之中,独何以安之乎?"方丈:指传说渤海中的三座仙山之一。据《列子·汤问》载,渤海中原有五神山,名岱舆、员峤、方壶、瀛洲、蓬莱。五山不相连,漂浮于海上,仙人恨所居之山常随波上下往还,就向天帝求助。于是天帝"乃命禺强使巨鳌十五举首而戴之。迭为三番,六万岁一交焉,五山始峙而不动"。龙伯国人一次钓去其中六只鳌,致使岱舆、员峤两座神山沉入海底,只剩下三座神山,即蓬莱、瀛洲和方壶。神岳:仙山,此指仙山方丈。俨:耸立。嵯峨:高峻貌。

③隅:山角。玉女:仙女。一说指传说中的太华山神女。阿:指山之转弯处。

④琼蕊:指传说中琼树的花蕊,状如玉屑,食之可长生。一说指玉英。古时有食玉英之说,能长生。吸:《乐府诗集》作"漱",《艺文类聚》卷七十八作"嗽"。

⑤昆仑:山名,即昆仑山,传说为神仙所居之地。中州:指中国。

⑥谒:拜见。东父:传说中的神仙东王父。流沙:沙漠。

⑦鼓:搧动。舞时风:指随和风舞动。激:扬。清歌:高歌。

⑧弊:毁坏。

⑨万乘:指拥有万辆兵车的大国,此处代指天子。周制,天子地方千里,兵车万乘,诸侯地方百里,兵车千乘,故称天子为万乘。安足多:哪里值得称赞。多:赞美。

【汇评】

清·宝香山人:达人不讳死,哲人多忧生,偶说胸中兴趣,非不容于世而作如是想也。(《三家诗·曹集》卷二)

清·陈祚明:亦与《五游》同旨。"乘浪"句,活。"灵鳌"数语,趣。"仙人""玉女""琼蕊""朝霞",几许境界,一巨鳌载之而来矣。"昆仑"二句,即《五游》起四句意,置篇中以见变宕。末四句,浩然远慨,子桓猜疑之心,腐鼠一吓耳。(《采菽堂古诗选》卷六)

清·宋长白:曹子建怀才自负,局促藩邦,欲从征而未能,求自试而不可。因借以名篇云："远游临四海,俯仰观洪波。……昆仑本吾宅,中州非我家。……将归谒东父,一举超流沙……齐年与天地,万乘安足多。"东父者,东王父也。(《柳亭诗话》卷三)

清·方东树:气体宏放,高妙恢阔,胜景纯。景纯警妙,而局面阔大不及此。大约陈思才大学富,力厚思周,每有一篇,如周公制作,不可更易。非如他家以小慧单美,取悦耳目也。"曲陵""时风"用字法,非饾饤所知。"金石"四句,总咏叹之,若继《大人赋》而言。(《昭昧詹言》卷二)

驱车篇

驱车挥弩马,东到奉高城①。神哉彼泰山!五岳显其名②。隆高贯云霓,嵯峨出太清③。周流二六候,间置十二亭④。上下涌醴泉,玉石扬华英⑤。东北望吴野,西眺观日精⑥。魂神所系属,逝者感斯征⑦。王者以归天,效厥元功成⑧。历代无不遵,礼祀有品程⑨。探策或长短,唯德享利贞⑩。封者七十帝,轩皇元独灵⑪。餐霞漱沆瀣,毛羽被身形⑫。发举蹈虚廓,径庭升窈冥⑬。同寿东父年,旷代永长生⑭。

【题解】

本篇取篇首二字为题,《乐府诗集》卷六十四收入《杂曲歌辞》。诗中讽劝君王要遵古封禅,修德敬天,以求长生。曹植不笃信天命和神仙之说,但他心中的愤怨之情、报国之思无处投递,因而只能借助求仙来寻求慰藉、解脱。一说曹植仙趣颇浓,真实地反映了他思想的另一面。

【注释】

①挥:《续古逸丛书》本卷六作"掸"。掸:提。东到:自东阿前往。奉高在东阿东面,故云东到。奉高城:奉高县,在今山东泰安境内,古代帝王封禅之地。汉武帝元封初年(前110)置奉高县,泰山郡移治奉高。东汉、三国魏、

晋因之。

②彼：语中助词。显：《续古逸丛书》本作"专"。

③隆：大。贯：穿过。太清：指天。

④周流：流行周遍。二六：十二。候：指望楼。《诗纪》卷十三作"堠"。堠：指古代计里程的土堆，五里单堠，十里双堠。亭：指古代每十里为一亭。

⑤上下：《续古逸丛书》本作"上有"。醴泉：甘甜的泉水。玉石：美石。《本草纲目》："紫、白二石英俱生泰山。"华英：指玉石的光彩。

⑥望吴野：指登上泰山，可望见江苏平原。今本《韩诗外传》逸文载有孔子与颜回登泰山以望吴门之事。吴野：指江浙一带地区。日精：指太阳。一说指泰山之上的日观。

⑦魂神：魂灵。传说人死后魂魄归于泰山。系属：连接。感斯征：指感慨于魂赴泰山之事。

⑧归天：指归功天地。效：致使。元功：大功。

⑨祀：指封禅时的祀礼。《续古逸丛书》本作"记"。品程：指礼仪规定。品：指俎豆珪璧之数。程：指献酬之礼。

⑩探策：取策。或长短：指占卜之事。古指泰山有金箧玉策，能知人寿命之长短。享：指接受。利贞《易经·乾·文言》传："利者义之和也，贞者事之干也。"

⑪七十帝：指古书言封泰山、禅梁父之君，有七十二家、七十余家、七十四家之别。此处盖举整数而言。《史记·封禅书》："管仲曰：古者封泰山、禅梁父者七十二家，而夷吾所记者十有二焉。"轩皇：轩辕黄帝。《史记·封禅书》："齐人公孙卿曰：封禅七十二王，唯黄帝得上泰山封。"元：首；第一个。灵：神灵。《汉书·郊祀志》："申公曰：'汉帝亦当上封，上封则能仙登天矣。黄帝万诸侯，而神灵之封君七千。'"

⑫餐霞：指食朝霞。朝霞：详见《远游篇》注。毛羽：详见《仙人篇》注。

⑬发举：指飞升之意。虚廓：指高空。径庭：直往不顾他貌、径直貌。窈冥：深邃貌。

⑭东父：仙人东王父。详见《登台赋》注。旷代：隔世，形容历时久远。

【汇评】

清·陈祚明:典称。(《采菽堂古诗选》卷六)

清·方东树:此典礼大篇,同于《清庙》之颂,无可以为悦耳目者。诵之久,自见一段古穆严庄气象。起四句点题,"隆高"十句说山,"王者"以下,言王者封禅之事。(《昭昧詹言》卷二)

泰山梁甫行

八方各异气,千里殊风雨^①。剧哉边海民,寄身于草野^②。妻子象禽兽,行止依林阻^③。柴门何萧条,狐兔翔我宇^④。

【题解】

《泰山梁甫行》,一作《梁甫行》,属汉乐府曲调名,原为葬歌,古辞已佚。嵇康《琴赋》李善注引左思《齐都赋》注:"东武、太山,皆齐之土风谣歌,讴吟之曲名也。"本篇最早见于《艺文类聚》卷四十一。《乐府诗集》卷四十一将其列入《相和歌辞·楚调曲》,题作《泰山梁甫行》,其云:"曹植改《泰山梁甫篇》为《八方》。"《文选》嵇康《琴赋》李善注曰:"曹植有《太山梁甫行》。"梁甫,泰山旁的小山。此处作者只是借用乐府旧题,写荒远之地贫民的困苦生活,是曹植反映民间疾苦的一篇重要的作品。诗歌采用齐地民歌的形式,不作雕饰,语言自然质朴。关于这首诗的创作时间,有两种说法:一说作于建安十二年(207)曹植从父北征三郡乌桓途中,一说作于明帝之时。今从后说。

【注释】

①八方:指东南西北与东南、东北、西南、西北这八个方向。异气:不同的风俗。殊:不同。

②剧:指困苦。草野:郊野之地。

③行止:泛指生活。林阻:山林险阻之地。

④柴门:指用零碎的木条或树枝做成的简陋之门。翔:指止息。宇:指住处。

明·钟惺：亦是仁人心眼，看出写出。（《古诗归》卷七）

清·宝香山人：此悯贤人隐而不用于世也。"异气""殊风"，言荣辱之各殊异也。比而兴也。（《三家诗·曹集》卷二）

清·陈祚明：写得萧瑟，岂徒封临淄时作耶？（《采菽堂古诗选》卷六）

清·朱乾：亦以咏齐之风土也。此诗殆作于封东阿鄄城之日乎？吾闻君子不鄙夷其民，斯民也，三代之所以直道而行也。山泽之民，木石鹿豕为伍，盖其常然。顾性非有异也，得贤君而治之，皆盛民也。今无矜恤之心，而有鄙夷之意，子建亦昧于素位之义矣。（《乐府正义》卷九）

白马篇

白马饰金羁，连翩西北驰①。借问谁家子？幽并游侠儿②。少小去乡邑，扬声沙漠垂③。宿昔秉良弓，楛矢何参差④。控弦破左的，右发摧月支⑤。仰手接飞猱，俯身散马蹄⑥。狡捷过猴猿，勇剽若豹螭⑦。边城多警急，虏骑数迁移⑧。羽檄从北来，厉马登高堤⑨。长驱蹈匈奴，左顾陵鲜卑⑩。弃身锋刃端，性命安可怀⑪？父母且不顾，何言子与妻！名在壮士籍，不得中顾私⑫。捐躯赴国难，视死忽如归⑬。

【题解】

《白马篇》属乐府诗题。本篇《乐府诗集》卷六十三列入《杂曲歌辞·齐瑟行》。无古辞，是曹植自创的乐府新题，以篇首二字作题，《太平御览》卷三百五十九题作《游侠篇》。本篇是一首游侠诗，描写了一个武艺高强、狡捷勇敢、忠心无私的游侠少年形象。人们多认为此诗是作者借游侠以自况，抒写了作者对建金石之功，留永世之名的理想与抱负，是作者甘愿捐躯报国之心事的屈曲吐露。全诗多用夸饰、铺陈、对偶的句式，情怀慷慨，意气昂扬。

【注释】

①金羁:金饰的马络头。连翩:迅急貌。

②幽并:幽州和并州的并称,均为古州名。幽州故地约在今河北北部、北京市至辽宁西南一带地区。并州故地约在今山西中北部、河北中部以及内蒙古自治区的一部分地区。古代幽并二州多豪侠之士。游侠儿:豪侠之士。

③去:离开。声:《艺文类聚》卷四十二、《续古逸丛书》本卷六作"名"。垂:同"陲",边陲。

④宿昔:同"夙夕",早晚。楛(hù)矢:指用楛木作为箭杆的箭。参差:不整齐貌。

⑤控:引;拉;张。的:靶子。右发:《太平御览》卷七百四十六作"发矢"。摧:指射裂。月支:一种箭靶,又名"素支"。

⑥接:迎射。猱(náo):猿猴类动物,善攀缘腾跃。飞:形容动作敏捷。一说飞猱是一种箭靶。散:指射碎。马蹄:一种箭靶。三国魏邯郸淳《艺经·马射》:"马射左边为月支二枚,马蹄三枚也。"

⑦猴猿:《乐府诗集》作"猨猴"。剽(piāo):形容行动轻捷。螭(chī):传说中的一种似龙的黄色猛兽。《说文》:"螭,若龙而黄,北方谓之地蝼,从虫,离声,或无角曰螭。"

⑧虏骑:指古时对北方匈奴、鲜卑骑兵的称呼。《文选》卷二十七作"胡虏"。迁移:指举兵入侵。

⑨羽檄:古代的一种军事文书,插鸟羽以示紧急,必须快速传递。厉马:指急策马。

⑩蹈:践踏。匈奴:我国古代北方的少数民族之一,游牧民族。陵:踏。鲜卑:我国古代的一个少数民族。

⑪弃:《艺文类聚》《乐府诗集》作"寄"。寄身:委身;置身。怀:怜惜。

⑫名在壮士籍:《艺文类聚》卷四十二作"高名在壮籍"。仕:《义选》作"编"。籍:簿籍,此指战士的花名册。中:心中。顾:顾念。私:私情。

⑬捐躯:献身。如:《艺文类聚》作"若"。

127

【汇评】

唐·吴兢:右曹植"白马饰金羁",鲍照"白马骍角弓",沈约"白马紫金鞍",皆言边塞征战之状。(《乐府古题要解》卷下)

宋·郭茂倩:"白马"者,见乘白马而为此曲。言人当立功、立事,尽力为国,不可念私也。(《乐府诗集》卷六十三)

明·谢榛:《白马篇》曰:"白马饰金羁,连翩西北驰。借问谁家子?幽并游侠儿。"此类盛唐绝句。(《四溟诗话》卷一)

明·胡应麟:曹公"月明星稀",四言之变也;子建《名都》《白马》,乐府之变也;士衡《吴趋》《塘上》,五言之变也。(《诗薮·内编》卷二)

又云:《名都》《白马》诸篇,已有绮靡意,而文犹与质错也。(《诗薮·外编》卷二)

清·宝香山人:前半幅敷衍处是赋体,人可能之。至"俯身散马蹄"以下,少陵前、后《出塞》数语足以该之。且辞藻精警,结句一语未完复作一语,何等力量。(《三家诗·曹集》卷二)

清·沈德潜:白马者,言人当立功为国,不可念私也。(《古诗源》卷五)

清·陈祚明:"参差",字活。"左的""右发",变宕不板。"仰手""俯身",状貌生动如睹,而"俯身"句尤佳。"散马蹄","散"字活甚,有声有势,历乱而去,而马上人身容飘忽,轻捷可知。缀词序景,须于此等字法尽心体究,方不重滞。"弃身"以下,慷慨激昂。(《采菽堂古诗选》卷六)

清·朱乾:此寓意于幽并游侠,实自况也……篇中所云"捐躯赴难,视死如归",亦子建素志,非泛述矣。(《乐府正义》卷十二)

清·方东树:此篇奇警。后来杜公《出塞》诸什,实脱胎于此。明远《代出自蓟北门行》《结客少年场》《幽并重骑射》皆模此,而实出自屈子《九歌·国殇》也。(《昭昧詹言》卷二)

豫章行二首

其一

穷达难豫图,祸福信亦然①。虞舜不逢尧,耕耘处中田②。

太公不遭文,渔钓终渭川③。不见鲁孔丘,穷困陈蔡间④。周公下白屋,天下称其贤⑤。

【题解】

《豫章行》属乐府诗题。本篇《乐府诗集》卷三十四收入《相和歌辞·清调曲》。《乐府解题》云:"曹植拟《豫章行》为穷达。"本诗借史发议论,表面讨论人生之穷达、祸福难以预料,实则表达了诗人坚守其志之决心,并希望执政者能像周公那样礼贤下士,选拔人才,使贤德之人得以输力于明君,以施展报效国家的抱负。全篇多用历史典故,以叙事代说理,古质深厚。

【注释】

①豫图:事先预料。信:确实;诚然。

②虞舜:传说中的上古明君,五帝之一,姓姚,名重华,字都君,谥"舜",因其先国在虞,故称虞舜。相传舜曾耕种于历山,渔猎于雷泽,在黄河之滨制陶,品德高尚,以孝闻名。此二句意指如果舜没有碰到尧,他将毕生耕作于田中。详见《史记·五帝本纪》。

③太公:即吕尚,字子牙,一名望,时人尊称"太公望",世称"姜太公"。文:指周文王。终:终老。谓:《艺文类聚》卷四十一作"经"。川:指渭水。吕尚晚年穷困,曾垂钓于渭水之滨。一次,周文王到渭水边打猎,遇到吕尚,交谈后,便请他辅佐周。详见《史记·齐太公世家》。

④鲁孔丘:即孔子,名丘,春秋时鲁国人。陈、蔡:俱为春秋时诸侯国名。陈在今河南、安徽一带,蔡在今河南上蔡、新蔡一带。据《史记·孔子世家》记载,孔子为了实现自己的政治主张,罢官后周游列国,到了陈、蔡两国之间,楚国派人来聘请他。陈、蔡两国的大夫怕孔子到楚国后对自己国家不利,就派兵围困孔子,孔子粮绝,随行的弟子也饿得站不起来。

⑤周公:即周公旦,姓姬名旦,也称叔旦,周文王姬昌第四子,武王弟,成王之叔。曾辅佐武王灭商。武王崩,成王年幼,由其摄政。因其封地在周,故称周公或周公旦。后多作为贤圣的典范。下白屋:指礼贤贫寒之士。《韩诗外传》云:"吾文王之子,武王之弟,成王之叔父也,又相天下,吾于天下亦

不轻矣！然一沐三握发，一饭三吐哺，犹恐失天下之士。"白屋：指以白茅盖顶的房屋，古代为贫民所居。

其二

鸳鸯自朋亲，不若比翼连①。他人虽同盟，骨肉天性然②。周公穆康叔，管蔡则流言③。子臧让千乘，季札慕其贤④。

本篇是作者自明心志之作。本诗前半部分讲天下之亲，莫若骨肉之亲；后半部分则借周公、子臧让国的贤德来自明心迹，含蓄地表达自己没有争权夺利之意，有的只是亲睦兄弟的忠心，并且希望曹丕父子能够解除对自己的疑忌，进而给其报效国家、辅佐君王的机会。

【注释】

①鸳鸯：鸟名。旧传雌雄偶居不离。此处比喻志同道合的朋友。自：自然，此指天性。朋亲：指成对而相处。比翼：比翼鸟，此处比喻兄弟。此二句意指鸳鸯虽雌雄同居，朝夕不分离，然不似比翼鸟，不比不飞。

②骨肉：此处比喻兄弟。天性：天生。

③穆：同"睦"，和睦、亲厚。康叔：指姬封，又称卫康叔、康叔封，周武王之同母弟，初封于康，故称康叔。管蔡：指武王弟姬鲜（封于管）和姬度（封于蔡）。流言：已见前注。

④子臧：春秋时曹国公子。曹宣公死后，子臧之兄曹成公杀太子以自立，诸侯和曹人皆反对曹成公自立，众人要立子臧为君，子臧逃往宋国。千乘：古时一车四马为一乘，春秋战国时的诸侯国，小者称千乘之国，大者称万乘之国。此指君位。季札：春秋时吴国公子。其父吴王死后，长子诸樊要让位于他，季札不受，引子臧之例拒绝说："札虽不才，愿附于子臧，以无失节。"

【汇评】

清·宝香山人：二首潸潸写去，而畏祸忧心毕现。（"鸳鸯自朋亲"篇）辞简意深。（《三家诗·曹集》卷二）

清·陈祚明：（"穷达难豫图"篇）八句四事，喜其变宕，有驱策之方。（"鸳鸯自朋亲"篇）读此章始知前章是兴，意非所重也。二章相合，宾主反正，使览者可悟而不可罪。起二句，托兴警切，成名言。（《采菽堂古诗选》卷六）

清·朱乾：（"穷达难豫图"篇）古辞："会为舟船墦。"材大而小用，此大匠之过也，与南山松之为官殿梁者异矣。子建踵之为《穷达篇》，即其《求自试表》意也。（"鸳鸯自朋亲"篇）古辞："枝叶自捐。"与子建《吁嗟篇》"糜灭岂不痛，愿与株叶连"同意，即其求通亲亲表意也。（《乐府正义》卷七）

丹霞蔽日行

纣为昏乱，虐残忠正①。周室何隆？一门三圣②。牧野致功，天亦革命③。汉祚之兴，阶秦之衰④。虽有南面，王道陵夷⑤。炎光再幽，珍灭无遗⑥。

【题解】

本篇是一首讽谏之作，《乐府诗集》卷三十七将其列入《相和歌辞·瑟调曲》。诗以周室之兴盛与商纣之昏乱为题材，表现出对昏庸无德的统治者的不满，对圣德君主的敬仰，篇末还对汉室的未来表示担忧。一说本篇以商纣残害忠良，暗示了魏氏统治集团疏远宗亲，摧残骨肉之事。当是太和年间的作品。

【注释】

①纣：即商纣王，商代最后一任君主，名辛，帝乙之子，是历史上有名的暴君，史称纣王。虐残忠正：指残害忠诚正直之人。《艺文类聚》卷四十一、《乐府诗集》俱作"戕忠虐正"。

②周室：指周王朝。一门三圣：指周文王、周武王和周公三人。

③牧野：古地名，在今河南淇县南、卫河北，新乡附近。周武王与反殷诸侯会师，与商纣军队决战于此，纣军大败，纣王自尽，商朝灭亡。革命：指实

施变革以应上天之命。革:改。命:指顺应天命。《易经·革卦·彖辞》:"汤武革命,顺乎天而应乎人。"

④祚:指封建王朝的基业。《艺文类聚》《乐府诗集》《续古逸丛书》本作"祖"。汉祖:指刘邦。阶秦:《续古逸丛书》本作"秦阶",非。阶:因。

⑤南面:指君位,此指称帝。古时帝王面南而坐,故以南面为帝王之代词。陵夷:指衰落、颓败。

⑥炎光:指汉王朝。按古代五行之说,汉属火德。幽:昏暗。此指王莽篡汉与董卓擅权之事。殄灭:指灭绝。殄:《续古逸丛书》本作"忽"。

【汇评】

清·宝香山人:魏文帝诗云:"丹霞蔽日,彩虹垂天。"明帝《步出夏门行》亦云。(《三家诗·曹集》卷二)

清·陈祚明:词旨隐约,殆不可寻味。"虽有"二句,乃疏远同姓之嗟也。(《采菽堂古诗选》卷六)

清·朱乾:此诗有微词焉。言以纣之无道,周之盛德,虽行放伐,而天亦革命,享国长久,不必禅让也。汉无文、武之德,不过阶秦之衰,虽名正言顺,南面称帝,而终三百年,忽灭无遗,况掩耳盗铃而得之者乎?"炎光再幽",盖悲汉之亡也。而魏祚之不永,于言外见之矣。呜呼!植其贤矣哉。《魏志·苏则传》:"禅代事起,子建发服悲泣。"(《乐府正义》卷八)

当欲游南山行

东海广且深,由卑下百川①。五岳虽高大,不逆垢与尘②。良木不十围,洪条无所因③。长者能博爱,天下寄其身④。大匠无弃材,船车用不均⑤。锥刀各异能,何所独却前⑥。嘉善而矜愚,大圣亦同然⑦。仁者各寿考,四坐咸万年⑧。

【题解】

此篇《乐府诗集》卷六十一列入《杂曲歌辞》。有古辞,已失传。黄节《曹子建诗注》曰："以子建此篇'当'字,知必有古辞也。"本篇是一首议论朝廷用人之作,全诗用六个比喻,结合议论和叙事,表达了作者希望当政者有宽大的胸襟,广揽贤才,量才任使,人尽其用,不使人才有所偏废,只有这样,政权才能巩固,国家才能强大。

【注释】

①卑:处于低下之位。下百川:使百川之水流入其中。

②逆:抗拒;拒绝。李斯《谏逐客书》:"是以泰山不让土壤,故能成其大。"

③十围:形容树木粗大。围:两只胳膊合起来的长度。洪条:粗大的树枝。

④寄身:托身;委身。

⑤不均:不同。

⑥各异能:各具不同的功能。却前:进退。

⑦嘉善:鼓励好人。矜:怜悯。大圣:指孔子。《论语·子张篇》:"子曰:嘉善而矜不能。"

⑧仁者:指曹叡。各:《艺文类聚》卷四十二作"必"。寿考:长寿;高寿。《诗·大雅·棫朴》:"周王寿考,遐不作人。"郑玄笺:"文王是时九十余矣,故云寿考。"此二句具有颂祷之意,是乐府之常例。

【汇评】

清·宝香山人:发语必透骨,犹射之必贯札也。(《三家诗·曹集》卷二)

清·陈祚明:并缘不见容于子桓,作此恳恳之词。比赋互见,语特切至,亦复高古。此并直致,非修词也。(《采菽堂古诗选》卷六)

清·朱乾:言南山长育草木,大人长育人材,颂仁者之寿亦如南山也。(《乐府正义》卷十二)

清·吴汝纶:此诗怨魏帝之不能容己也。(《古诗钞》)

当事君行

人生有所贵尚,出门各异情①。朱紫更相夺色,雅郑异音声②。好恶随所爱憎，追举逐声名③。百心可事一君，巧诈宁拙诚④。

【题解】

《当事君行》属乐府诗题。本篇《乐府诗集》卷六十一列入《杂曲歌辞》。有古辞，已佚。本篇概括地揭示了当时社会上存在的善美与丑恶相夺，雅声与郑声混淆，好恶随意，追名逐利的社会风气。诗的最后，引用两个古代谚语，提出整顿这种风气的方法：专一，拙诚。全篇八句，六言和五言相间，有变化而又整齐。

【注释】

①贵尚：尊重；崇尚。出门：指步入社会。异情：指思想不同，观念各异。

②朱：大红色，古以为正色，比喻美善。紫：古以为间色，比喻丑恶。雅郑：雅乐和郑声。古代儒家以雅乐为正声，以郑声为淫邪之音。《论语·阳货篇》："恶紫之夺朱也，恶郑声之乱雅乐也。"

③声名：《续古逸丛书》本作"虚名"，疑是。虚名：无实之名。

④百心可事一君：此指百心不能事一君。《晏子春秋·内篇·问下》："梁丘据问晏子曰：'子事三君，君不同心，而子俱顺焉，仁心固多心乎？'晏子对曰：'婴闻之，顺爱不懈，可以使百姓，强暴不忠，不可以使一人。一心可以事百君，三心不可以事一君。'仲尼闻之曰：'小子识之！晏子以一心事百君者也。'"巧诈宁拙诚：指与其巧诈，不如拙诚。《说苑·谈丛》："智而用私，不如愚而用公。故曰：巧伪不如拙诚。"

【汇评】

清·宋长白：曹子建《事君行》曰："百心可事一君，巧诈宁拙诚。"……《魏志》曰："植每欲求别见，幸冀试用，终不能得，常汲汲无欢。"……其汲汲者以此。（《柳亭诗话》卷十八）

又云：曹子建《当事君行》，上六言，下五言，共八句。此格特创。（《柳亭诗话》卷二十一）

清·陈祚明：不知谁有憎恶而作此语。语甚老。（《采菽堂古诗选》

卷六)

清·朱乾:《事君行》不传。此言人情爱憎,党同伐异,但逐虚名。事君之道,惟自尽其心,宁拙诚为众所恶,毋巧诈为众所爱也。"追"如"追收印绶"之追。"举",用也。《魏志》称植任性而行,不自雕饰。丕御之以术,矫情自饰,宫人左右,并为称说,故遂定为太子。然则丕之巧诈,诚不如植之拙诚也。晏子曰:"一心可以事百君,三心不可以事一君。"(《乐府正义》卷十二)

薤露行

天地无穷极,阴阳转相因①。人居一世间,忽若风吹尘。愿得展功勤,输力于明君②。怀此王佐才,慷慨独不群③。鳞介尊神龙,走兽宗麒麟④。虫兽犹知德⑤,何况于士人。孔氏删《诗》《书》,王业粲已分⑥。骋我径寸翰,流藻垂华芬⑦。

【题解】

《薤露行》属乐府诗题,原是送葬时唱的挽歌。晋崔豹《古今注》云:"《薤露》《蒿里》,并丧歌也。出田横门人,横自杀,门人伤之,为之悲歌,言人命如薤上之露,易晞灭也,亦谓人死,魂魄归于蒿里……至孝武时,李延年乃分为二曲,《薤露》送王公贵人,《蒿里》送士大夫庶人,使挽枢者歌之,世呼为挽歌。"本篇《乐府诗集》卷二十七列入《相和歌辞·相和曲》。《乐府解题》曰:"曹植拟《薤露行》为《天地》。"本篇是曹植借乐府旧题发一己心志之作,是一首咏怀言志之作。开篇从慨叹人生短促写起,继而表明心志,希望能建功立业,"输力于明君",如果这一志向难以实现,便退而立言,以求垂名后世。细细品味其情辞,于豪迈中蕴含着道不尽的心酸。当是曹植后期的作品。

【注释】

①阴阳:指日月。古时以月为阴,日为阳。一说指寒暑。转相因:交相更替转化。

②功勤:功劳。输力:奉献力量。

135

③王佐才:指辅佐帝王的才能。独不群:卓尔独立,不同于流俗。

④鳞介:泛指有鳞甲的水生动物。龙:《说文》:"龙,鳞虫之长。"汉蔡邕《郭有道碑序》:"犹百川之归巨海,鳞介之宗龟龙也。"麒麟:古代传说中的一种仁兽、瑞兽。外形像鹿,头上有角,全身布满鳞甲,尾巴像牛。与凤、龟、龙共称为"四灵"。雄称麒,雌称麟。

⑤虫兽:指鳞甲与走兽类。犹:尚且。《续古逸丛书》本作"岂",非。

⑥孔氏:孔子,名丘,字仲尼。据《史记·孔子世家》记载,古传的诗有三千余篇,孔子删其重复,留下三百零五篇,编成《诗经》。据孔安国《尚书序》说,孔子曾编定《尚书》一百〇二篇。王业:王者之事业。粲:明白;明了。

⑦径寸:径长一寸。翰:笔。藻:文采。垂:流布。华芬:指文章。

【汇评】

清·宝香山人:起二句,说尽一部易理。自任不凡以天下让者,非纵酒疏狂人也。(《三家诗·曹集》卷二)

清·陈祚明:应是自寄思恋之怀,故慨然于年命之不侔。缠绵悱恻。(《采菽堂古诗选》卷六)

清·吴汝纶:此诗言人命易尽,欲输力于时而不能,将著文垂后,以希孔子也。(《古诗钞》)

箜篌引①

置酒高殿上,亲友从我游②。中厨办丰膳,烹羊宰肥牛③。秦筝何慷慨,齐瑟和且柔④。阳阿奏奇舞,京洛出名讴⑤。乐饮过三爵,缓带倾庶羞⑥。主称千金寿,宾奉万年酬⑦。久要不可忘,薄终义所尤⑧。谦谦君子德,磬折何所求⑨。惊风飘白日,光景驰西流⑩。盛时不再来,百年忽我遒⑪。生存华屋处,零落归山丘⑫。先民谁不死,知命复何忧⑬。

【题解】

《箜篌引》属歌辞。《乐府诗集》载有两首,云一曲为晋乐所奏,一曲为本辞,即为本篇,并将本篇列入《相和歌辞·瑟调曲》,题作《野田黄雀行》,《宋书·乐志》同。王僧虔《技录》又题为《门有车马客行置酒篇》,《文选》卷二十七、《艺文类聚》卷四十二皆题作《箜篌引》。本篇后附晋乐所奏之曲,以资备览。关于《箜篌引》古曲的来源,崔豹《古今注》:"朝鲜津卒霍里子高妻丽玉所作也。子高晨起,刺船而棹,有一白首狂夫,被发提壶,乱流而渡。其妻随呼止之,不及,遂堕河死。于是援箜篌而鼓之,作《公无渡河》之曲,声甚凄怆。曲终,自投河而死。霍里子高还,以其声语妻丽玉,玉伤之,乃引箜篌而写其声,闻者莫不堕泪饮泣焉。丽玉以其曲传邻女丽容,名曰《箜篌引》焉。"曹植此诗与古辞原意无关,是一篇独具特色的游宴诗,写宴飨亲友之乐及引发对生命的感慨。它通过酒宴上的乐极哀来的感情变化,感叹时光易逝,人生短促,最后用乐天知命来宽慰自己和亲友,表现了诗人对人生意义、生死大关的思考。

【注释】

①箜篌(kōng hóu):古代拨弦乐器名,十三弦。

②友:《乐府诗集》作"交"。

③中厨:内厨。宰:办治。

④秦筝:详见《赠丁廙》注。筝:弦乐器。瑟:弦乐器。

⑤阳阿:地名,在今山西晋城一带。汉成帝皇后赵飞燕舞姿绝伦,入宫前曾在阳阿公主家学歌舞。故此处一说指古之名倡阳阿,后因以称舞名。京洛:指京师洛阳。曹丕建都洛阳。名讴:指著名的歌者。一说指名曲。

⑥三爵:三杯酒。古代礼制,臣侍君饮,超三爵即为无礼。《左传·宣公二年》:"臣侍君宴,过三爵,非礼也。"爵:古时的一种酒器,雀形。倾:尽。庶羞:各种美味佳肴。

⑦称:举起。千金寿:指战国时鲁仲连为赵国解除秦兵之围,平原君以千金为鲁仲连祝寿。见《战国策·赵策》。后以为祝贺之辞。奉:进献。万年酬:指祝福对方长寿作为答谢。此二句写主人和宾客相互祝福。

⑧久要:旧约。《论语·宪问篇》:"久要不忘平生之言,亦可以为成人

137

矣。"薄终义所尤:指开始时看重而最终轻视友情的,要为道义所责难。义:道义。尤:非难。

⑨谦谦:谦逊貌。磬折:弯腰以表谦恭,此指礼贤下士。磬:古代的一种打击乐器,悬于架上,形如曲尺。张溥本卷二十七作"罄",非。何所:《文选》作"欲何"。

⑩惊风:疾风。光景:指日光。

⑪盛时:盛年之时。不再来:《文选》作"不可再"。百年:一生;终身。道:尽。

⑫存:《文选》作"在"。华屋:指彩绘之屋。零落:比喻死亡。

⑬先民:指故人。知命:知天命。

【汇评】

唐·吴兢:右晋乐奏魏曹植《置酒高殿上》。始言丰膳乐饮,盛宾主之献酬,中言欢乐极而悲,嗟盛时不再,终归于知命而不复忧焉。(《乐府古题要解》卷上)

宋·范晞文:《诗》曰:"山有漆,隰有栗。子有酒食,何不日鼓瑟,且以喜乐,且以永日。宛其死矣,他人入室。"悲其君有酒食鼓瑟之不能乐,犹有国而弗治,则将为他人之所有也。曹子建乐府曰:"置酒高殿上,亲友从我游。秦筝何慷慨,齐瑟和且柔。主称千金寿,宾奉万年酬。"又:"盛时不可再,百年忽我道。生存华堂处,零落归山丘。"有诗人为乐之意而无其讽。(《对床夜语》卷一)

明·胡应麟:乐府自魏失传,文人拟作,多与题左,前辈历有辩论。愚意当时但取声调之谐,不必词义之合也。其文士之词,亦未必尽为本题而作……陈思"置酒高殿上"题曰《箜篌引》,一作《野田黄雀行》,读其词皆不合,盖本《公宴》之类,后人取填二曲耳。(《诗薮·内编》卷一)

清·宝香山人:奇新句多以寻常目之。(《三家诗·曹集》卷二)

清·叶燮:谢灵运高自位置,而推曹植之才独得八斗,殊不可解。植独《美女篇》可为汉魏压卷,《箜篌引》次之,余者语意俱平,无警绝处。(《原诗·外篇上》)

清·宋长白:即《公无渡河曲》。朝鲜津卒霍里子高之妻丽玉,为披发狂

138

夫渡河而作。《曹子建集》有此题，曰："置酒高殿上，亲交从我游，秦筝何慷慨，齐瑟和且柔。"借题写意，与原调绝不相承。盖古人乐府，原有不拘者。刘熙《释名》曰："箜篌出桑间濮上之地，师涓为晋平公鼓之。"盖仅述近事也。《史记·封禅书》曰："公孙卿为武帝言，太帝使素女鼓五十弦瑟，悲，帝禁不止。故破其瑟为二十五弦。"唐诗："二十五弦弹夜月。"即其制也。（《柳亭诗话》卷二）

附：晋乐所奏 四解

置酒高殿上，亲交从我游。中厨办丰膳，烹羊宰肥牛。秦筝何慷慨，齐瑟和且柔。一解。

阳阿奏奇舞，京洛出名讴。乐饮过三爵，缓带倾庶羞。主称千金寿，宾奉万年酬。二解。

久要不可忘，薄终义所尤。谦谦君子德，磬折欲何求？盛时不再来，百年忽我遒。三解。

惊风飘白日，光景驰西流。生存华屋处，零落归山丘。先民谁不死，知命复何忧。四解。

当车以驾行

欢坐玉殿^①，会诸贵客。侍者行觞^②，主人离席。顾视东西厢，丝竹与鞞铎^③。不醉无归来^④，明灯以继夕。

【题解】

本篇《乐府诗集》卷六十一列入《杂曲歌辞》，古辞已佚。作者叙述了宴飨宾客时的场面与盛况。本篇前半部分为四言，后半部分为五言，富于变化。疑作于太和年间在东阿之时。

【注释】

①欢坐：《续古逸丛书》本作"坐"，疑阙字。

②行觞:依次行酒。觞:酒杯。

③东西厢:指正殿两旁的宫室。丝竹:弦乐器与竹管乐器,此指相和歌。鞞:与"鼙"同,小鼓。铎:古代乐器,大铃。此指汉魏时的舞蹈名,舞者持鞞、铎随曲而舞。

④不醉无归:《诗·小雅·湛露》:"厌厌夜饮,不醉无归。"

【汇评】

清·陈祚明:数语不作意,然自雅。(《采菽堂古诗选》卷六)

清·朱乾:题云《车以驾》是客欲去而留之也。客赋"醉言归",主人歌"露未晞",正此意。(《乐府正义》卷十二)

当来日大难

日苦短,乐有余,乃置玉樽办东厨①。广情故,心相于②。阖门置酒,和乐欣欣③。游马后来,辕车解轮④。今日同堂,出门异乡。别易会难,各尽杯觞。

【题解】

乐府古辞《善哉行》首句云:"来日大难。"曹植此篇取以名题,并袭用其乐调,乃拟《善哉行》之作。本篇《乐府诗集》卷三十六列入《相和歌辞·瑟调曲》。《乐府解题》云:"曹植拟《善哉行》为《日苦短》。"本篇写宴乐之事,抒发了宴请朋友时的快乐,离别时的感伤,于欢乐中含有悲凉的愁绪。语句参差,错落有致。

【注释】

①玉樽:玉制的酒器,此指精美贵重的酒器。东厨:厨房。古时厨房多设于东方,故称。

②情故:指开阔情愫。相于:相厚。

③阖门:关门;闭门。欣欣:欢乐貌。

④游马:指骑马的人。辕车解轮:比喻主人盛情挽留客人。

【汇评】

明·钟惺:和媚款曲,缠绵纸外。(《古诗归》卷七)

明·徐世溥:"今日同堂,出门异乡。别易会难,各尽杯觞。""劝君更尽一杯酒,西出阳关无故人。""异方惊会面,终宴惜征途。"数语一类也,而子建语爽俊,摩诘语峻冷,老杜语惨淡。譬之一琴二手,宫商异曲;一曲两弹,疾徐殊奏。(《榆溪诗话》)

清·宝香山人:后来做离别诗者,有如简妙浑厚否?(《三家诗·曹集》卷二)

清·王夫之:于景得景易,于事得景难,于情得景尤难。"游马后来,辕车解轮",事之景也。"今之同堂,出门异乡",情之景也。子建而长如此,即许之天才流丽可矣。(《船山古体诗评选》卷一)

清·陈祚明:"今日"八字,情至恳恻,千古送别之怀,不能外此二语。诗至此,性情至到,何必多言。(《采菽堂古诗选》卷六)

清·朱乾:"出门异乡",见来日之难矣。按曹植《当来日大难》,李白《来日大难》,皆拟古辞《善哉行》也。故《乐府解题》曰:"曹植拟《善哉行》为《日苦短》。植取古辞'今日相会,皆当喜欢'意,为《当来日大难》。白取古辞'仙人王乔,奉药一丸'意,为《来日大难》篇。当,代也。言以此篇代《来日大难》也。凡言"当"者,并同。(《乐府正义》卷八)

清·张玉谷:此留亲友燕饮为乐之诗。起二以及时行乐意领入,峭甚。中八正叙饮酒高会,以阛门剔起外来,引动结意。末四致慨别易会难,仍收转饮酒作结。(《古诗赏析》卷九)

妾薄命二首

其一

携玉手,喜同车,比上云阁飞除①。钓台蹇产清虚,池塘灵沼可娱②。仰泛龙舟绿波,俯擢神草枝柯③。想彼宓妃洛河,退咏汉女湘娥④。

【题解】

《妾薄命》属乐府诗题。此篇《乐府诗集》卷六十二列入《杂曲歌辞》,作二首。《续古逸丛书》本亦作二首,《艺文类聚》卷四十一合为一首。本篇虽题作《妾薄命》,但其内容却与诗题无关,主要写游园时所见。篇中作者与美女临高阁,登钓台,泛舟行乐,写实与幻想交织,语言平和。当作于太和五年(231)冬应诏入京都洛阳之时。

【注释】

①比上:并上。云阁:形容阁楼之高。阁:《艺文类聚》作"閣"。赵幼文《曹植集校注》云:"云閣,疑指陵云台,曹丕黄初二年建。"飞除:指高楼的台阶。

②钓台:指钓鱼台。蹇产:形容高而曲折。清虚:疑指天空。灵沼:指灵芝池,黄初五年(224)所造。

③绿:《艺文类聚》作"淥",非。擢:指采摘。神草:指灵芝。一说指荷花。枝柯:枝条。

④宓妃:传说中的洛水女神。详见《洛神赋》注。洛河:洛水,也称"洛川"。汉女:汉水女神。湘娥:湘水女神。

其二

日月既逝西藏,更会兰室洞房①。华灯步障舒光,皎若日出扶桑②。促樽合坐行觞③。主人起舞娑盘,能者穴触别端④。腾觚飞爵阑干,同量等色齐颜⑤。任意交属所欢,朱颜发外形兰⑥。袖随礼容极情,妙舞仙仙体轻⑦。裳解履遗绝缨,俛仰笑喧无呈⑧。览持佳人玉颜,齐举金爵翠盘⑨。手形罗袖良难⑩,腕弱不胜珠环。坐者叹息舒颜⑪。御巾裹粉君傍,中有霍纳、都梁⑫,鸡舌、五味杂香,进者何人齐姜⑬,恩重爱深难忘。召延亲好宴私⑭,但歌杯来何迟。客赋既醉言归,主人称露未晞⑮。

还行秋殿层楼,御辇□从好仇,□□入侍君王,□□玉闳椒房,丹帷楚组连纲⑯。

【题解】

本篇写夜晚纵情酒宴歌舞的奢侈淫乱生活,铺陈淋漓,极情尽致,非常浓艳。从侧面反映出上层统治者的荒淫、放纵无度的生活。关于此诗的作年,一说当是曹植前期的作品,一说作于明帝之时。赵幼文云:"此篇描写太和五年入朝,所见权贵纵情歌舞,征逐声色的荒淫腐烂生活面貌。"

【注释】

①月既逝:《艺文类聚》卷四十一作"既逝矣",疑是。更会:复会。指白天的欢会延续到夜晚。兰室洞房:环境优雅深邃的房室。

②华灯:雕刻精美的灯台,此指灯光。《玉台新咏》卷九作"花烛"。步障:指长帷。《艺文类聚》作"先置"。舒光:散发光芒。《玉台新咏》作"辉煌",疑是。扶桑:传说中的神树,相传日出于其下。

③樽:古时的饮酒器。《艺文类聚》作"酒",疑非。合坐:同坐。行觞:行酒;传杯。

④娑(suō)盘:即婆娑,形容轻旋优美的舞姿。能者:指客人中善舞之人。穴触别端:黄节《曹子建诗注》:"言侧则相触,正则相分,盖舞态。犹傅毅《舞赋》所谓'若竦若倾,飞散合并'也。"

⑤腾觚:举起酒杯。觚:古代酒器。爵:亦为古时的饮酒器。一升的曰爵,二升的曰觚。阑干:横斜貌。量:酒量。色、颜:俱指容貌。

⑥所欢:指女子。形兰:兰形,此指美女体态之美如兰花。

⑦礼容:指体态。情:通"精",精妙。妙:《艺文类聚》作"屡"。仙仙:舞貌。《诗·小雅·宾之初筵》:"舍其坐迁,屡舞仙仙。"

⑧裳解:解裳。《艺文类聚》作"解裳"。履遗:指鞋子掉了。《史记·滑稽列传》:"男女同席,履舄交错……罗襦襟解,微闻芗泽。"绝缨:扯断结冠的带子。用以形容聚会时的男女之间举止随意,不拘礼节。《说苑·复恩》:"楚庄王赐群臣酒,日暮酒酣,灯烛灭,乃有人引美人之衣者。美人援绝其冠缨,告王曰:'今者烛灭,有引妾衣者,妾援得其冠缨持之,趣火来上,视绝缨者。'王曰:'赐人酒,使醉失礼,奈何欲显妇人之节而辱士乎?'乃命左右曰:

'今日与寡人饮，不绝冠缨者不欢。'群臣百有余人，皆绝去其冠缨而上火，卒尽欢而罢。俛：通"俯"。无呈：没有法度。呈：通"程"，指法度。

⑨览：疑通"揽"，持。揽持：复义词，用手拥持。翠盘：指饰玉之盘。盘：《艺文类聚》作"槃"。"盘"本作"槃"。

⑩形：显露。良难：甚难。此句意指玉手见于罗袖之外甚是不易。

⑪坐者：指宾客。舒颜：舒展面色。

⑫御：戴。裛(yì)粉：指衣香之气。霍纳：藿香，茎和叶都有香味，可入药，有清凉解热、健胃止吐的功效，叶子可作调味剂、香料。都梁：亦称"都梁香"，香料名。一说指兰花。

⑬鸡舌：即丁香，亦称鸡舌香。五味：香料名。齐姜：春秋时卫侯之妻，以美貌著称。此指年轻而美好的女子。《诗·陈风·衡门》："岂其取妻，必齐之姜！"

⑭宴私：指宴而尽其私恩。

⑮晞：干。《文选·张衡〈南都赋〉》："客赋醉言归，主称露未晞。"

⑯玉闼：华美的门。椒房：以花椒子和泥涂于壁的宫殿，取温暖、芬芳、多子之义。以上五句，《北堂书钞》卷一百三十二作《姜薄幸》。丁晏《曹集铨评》云："张收入补遗，作还行秋殿，入侍君王，椒房丹帷，楚组连纲。标为古词。今移附于此。"

【汇评】

唐·吴兢：右曹植"日月既逝西藏"，盖恨宴私之欢不久，如梁简文"名都多丽质"，伤良人不返，王嫱远聘，卢姬嫁迟。嫱即王昭君也（《乐府古题要解》卷下）。

明·钟惺：妮妮自叙，不尽情不已。看其音节抚弄停放，迟则生媚，促则生衰，极顾步低昂之妙。（《古诗归》卷七）

又云：极风流人，生极富贵家，处极无聊地，方能作此想，穷此趣。（同上）

清·宝香山人："携玉手"篇，源出屈原，流则李白，词曲之祖。（"日月既逝"篇）前用淳于髡(kūn)语，"同量"等语，孰复能拟，更变宋玉《神女》诗赋，而以繁弦急管按之。奇绝奇绝，可谓青出于蓝。李贺得力于此，世视之为诡

语，皆不读书之故。(《三家诗·曹集》卷二)

清·朱乾:("携玉手"篇)此诗为卫子夫、赵飞燕一流而设，言外含红颜不久贮意。("日月既逝西藏"篇)通首不言薄命，而薄命自见。上有《关雎》《鹊巢》，下有《采蘋》《采蘩》，端庄恭俭，助成内教，此女士之行也。今以玉颜淑貌，侪于歌舞之场，以邀客醉，非薄命而何？何必更言色衰爱弛也。唐李端诗云:"畴者将歌邀客醉，如今欲舞对君羞。忍怀贱妾平生曲，独上襄阳旧酒楼。"是以将歌邀客为胜于襄阳酒楼也，岂识薄命意哉？两诗俱从得意时写到极情尽致，言外之意，含而不露，令人自思，所以为妙。自汉以后，此音绝响久矣，必如太白诗"以色事他人，能得几时好"，才是此题此诗也。(《乐府正义》卷十二)

名都篇

名都多妖女，京洛出少年①。宝剑直千金②，被服丽且鲜。斗鸡东郊道，走马长楸间③。驰骋未能半④，双兔过我前。揽弓捷鸣镝，长驱上南山⑤。左挽因右发，一纵两禽连⑥。余巧未及展，仰手接飞鸢⑦。观者咸称善，众工归我妍⑧。我归宴平乐，美酒斗十千⑨。脍鲤臇胎鰕，炮鳖炙熊蹯⑩。鸣俦啸匹侣，列坐竟长筵⑪。连翩击鞠壤⑫，巧捷惟万端。白日西南驰，光景不可攀⑬。云散还城邑⑭，清晨复来还。

【题解】

本篇《乐府诗集》卷六十三列入《杂曲歌辞·齐瑟行》。无古辞。本篇是曹植新创的乐府诗，取篇首二字名题。这首诗用第一人称，以细腻的笔触，描绘了都市子弟斗鸡、赛马、射击、宴饮、蹴鞠、击壤等奢华纵逸的生活，是作者少年时贵公子生活的真实写照。关于本篇的创作时间，赵幼文云:"疑此篇记录了太和入京之所见。"

【注释】

①名都:指大城市、著名城市,此指洛阳。妖:妍丽。《艺文类聚》卷四十二作"丽"。京洛:指京都洛阳。

②直:通"值",价值。

③东郊:《艺文类聚》作"长安",非。《邺都故事》:"魏明帝大和中,筑斗鸡台。"走马:骑马驰逐。长楸:高大的楸树。古人植楸树于大道两旁,故称长楸间。此指大道。

④驰骋:竞相奔驰。《艺文类聚》作"驱驰",《乐府诗集》《续古逸丛书》本卷六俱作"驰驱",《文选》卷二十七作"驰驰"。

⑤捷:引;搭;取。《太平御览》卷七百四十六作"挟"。鸣镝:指响箭。因矢发射时有声音,故称。长驱上:《续古逸丛书》本作"驱上彼"。南山:指位于洛阳之南的群山。赵幼文云:"疑即大石山。"大石山在古都洛阳。

⑥纵:发射。两禽:指上文中的双兔。禽:对鸟兽的统称。

⑦接:仰射。鸢(yuān):鸟名,又名老鹰。

⑧众工:指善射之人。归我妍:指称赞我的箭法之精妙。

⑨我归:《艺文类聚》《续古逸丛书》本俱作"归来"。平乐:宫观名,指平乐观。东汉都洛阳,明帝将长安之飞廉、铜马移至洛阳西门外,置平乐观。斗十千:指一斗酒,价值十千文。此处形容酒贵。

⑩脍(kuài):细切的肉。臇(juǎn):少汁的羹。胎鰕(xiā):虾仁。邱英生、高爽注:"胎鰕,鰕仁。"炮、炙:俱指烧烤。炮:《文选》作"寒",疑是。熊蹯:熊掌。

⑪鸣、啸:俱有呼唤之意。俦、侣:俱指伙伴、朋友。竟:穷尽。长筵:竹席。详见《斗鸡》注。

⑫连翩:连续而迅疾。击鞠壤:指蹴鞠和击壤,古代的两种游戏。鞠是一种用来踢打玩耍的皮球,最早是结毛而成,后来在囊中填充毛物为之,到了宋代才有充气的皮球,类似于今天的足球。壤以两块木板做成,一头宽,一头尖,游戏时首先将一块木板侧放在地,在离该板三四十步之外的地方用另一块木板击打它,击中者为胜。

⑬攀:指追、赶。一说意指留。

146

⑭云散:指如浮云般四散开来。

【汇评】

宋·郭茂倩:"名都"者,邯郸、临淄之类也。以刺时人骑射之妙、游骋之乐,而无忧国之心也。(《乐府诗集》卷六十三)

元·刘履:赋也。……子建见京城之士女佩服盛丽,相与游戏于郊外,而骋其射艺之精,极其宴技之乐,惟日不足,不自知其为非,故赋此以刺之也。(《选诗补注》卷二)

清·吴淇:凡人作名都诗,必搜求名都一切物事,杂错以炫博。而子建只单单推出一少年作个标子,以例其余。下写行乐处,如环无端,却有独茧抽丝之妙。于名都中,只出得一少年。于少年中,只出得两件事:一曰驰骋,一曰饮宴。却说中间一事不了又一事,一日不了又一日。只是一片牢骚抑郁,借以消遣岁月,如狮在笼中,一片雄心无有泄处,只是弄球度日。其自效之意,可谓深切著明矣。(《六朝选诗定论》卷五)

清·宝香山人:"名都"二语,写尽风俗,不必《三都》《两京》。后幅用《七发》如神,结更悠然。(《三家诗·曹集》卷二)

清·沈德潜:名都者,邯郸、临淄之类也。以刺时人骑射之妙,游骋之乐,而无忧国之心也。《名都》《白马》二篇,敷陈藻彩,所谓修辞之章也。起句以妖女陪少年,乃客意也。(《古诗源》卷五)

清·方东树:《名都》《美女》二篇,今皆为习熟陈言,不得再拟。(《昭昧詹言》卷二)

门有万里客

门有万里客,问君何乡人?褰裳起从之,果得心所亲①。挽衣对我泣,太息前自陈②:本是朔方士,今为吴越民③。行行将复行,去去适西秦④。

【题解】

《门有万里客》是曹植从乐府古题《门有车马客行》中自创的乐府诗题，以首句名题，《乐府诗集》卷四十将其收入《相和歌辞·瑟调曲》，题作《门有万里客行》。汉魏之际战乱频仍，人民流离失所，遭受着深重的苦难。同时，太和年间，曹叡政权连年用兵，征蜀御吴，给人民带来深重的苦难和兵役之苦。本篇借"万里客"——征夫戍卒自陈的方式加以抒情，揭示了战争、徭役给人民带来的苦难，同时对徒役之人的遭遇寄予了深挚的同情。全诗开门见山，语言质朴。

【注释】

①褰(qiān)裳：撩起下裳。裳：指遮蔽下体的衣裙，不是裤子，男女皆可穿。《诗·郑风·褰裳》："子惠思我，褰裳涉溱。"

②衣：《乐府诗集》、《艺文类聚》卷二十九、《续古逸丛书》本卷六作"裳"。太息：叹息。

③朔方：北方。吴越：指春秋吴越故地，在今江浙一带，泛指南方。此指曹魏派往攻打或防守吴国的士兵。

④西秦：此指西蜀。

【汇评】

唐·吴兢：右曹植等，皆言问讯其客，或得故旧乡里，或驾自京师，备叙市朝迁谢，亲戚雕丧之意也。（《乐府古题要解》卷上）

宋·郭茂倩：《古今乐录》曰："王僧虔《技录》云：'《门有车马客行》，歌东阿王"置酒"一篇。'"《乐府解题》曰："曹植等《门有车马客行》皆言问讯其客，或得故旧乡里，或驾自京师，备叙市朝迁谢，亲友雕丧之意也。"按：曹植又有《门有万里客》，亦与此同。（《乐府诗集》卷四十）

清·宝香山人：巧合万里程数。（《三家诗·曹集》卷二）

清·陈祚明：徙封奔走，或是自况，或他王亦然。直序不加一语，悲情深至。人赏子建诗，以其才藻，不知爱其清真。如此篇与《吁嗟篇》，纵笔直写，有何华腴耶？然固情至之上作也。（《采菽堂古诗选》卷六）

清·朱乾：此题从《门有车马客行》出，而取意自别。郭氏称与《门有车马客行》同者,误也。若使果同,则如《技录》所称,何不即歌此篇,而必歌《置酒》一篇乎?盖《门有车马客行》是古题,而《门有万里客》则子建从古题自出新题也。(《乐府正义》卷八)

逸　诗

艳　歌^①

出自蓟北门,遥望胡地桑^②。枝枝自相值,叶叶自相当。

【注释】

①逯本题作《艳歌行》。《艳歌行》为汉乐府古辞,属《相和歌辞·瑟调曲》,一作《古艳歌》,亦可直云《艳歌》。

②蓟:古代燕国京都,在今北京西南。胡地:古代泛称北方和西方各族居住的地方。

【汇评】

清·王夫之:正可无恨。(《船山古体诗评选》卷三)

清·宋长白:宋子侯:"花花自相对,叶叶自相当。"曹子建:"枝枝自相植,叶叶自相当。"……古人成句,不嫌相袭如此。(《柳亭诗话》卷二十九)

述　仙

游将升云烟。羽人绝仿佛,丹丘徒空筌^①。

【注释】

①此三句《文选》谢灵运《入华子冈诗》李善注引此句。

150

亟出行

蒙雾犯风尘^①。

【注释】

①《文选》谢脁《和王著作八公山诗》李善注引。

对酒行^①

含生蒙泽,草木茂延^②。

【注释】

①《对酒行》,又称《对酒歌》,《乐府诗集》卷二十七列入《相和歌辞·相和曲》。《乐府解题》:"魏乐奏武帝所赋《对酒歌太平》,其旨言王者德泽广被,政理人和,万物咸遂。"

②《文选》任彦升《到大司马记室笺》李善注引。

秋胡行

歌以永言,大魏承天玑^①。

【注释】

①《文选》颜延年《宋文皇帝元皇后哀策文》李善注引。永:通"咏",指念诵。天玑:同"天机",指造化的奥秘。

151

对酒歌①

蒲鞭苇杖示有刑②。

【注释】

①丁晏《曹集铨评》曰:"《书钞》三十五引作赋。"

②《文选》沈休文《安陆昭王牌文》李善注引。丁晏《曹集铨评》:"《书钞》作苇杖示刑。"蒲鞭、苇杖:指以蒲草为鞭,以芦苇为杖。

忿　志

舜流共工①。

【注释】

①《北堂书钞》卷四十五录入。舜:帝舜,"五帝"之一。流:流放;放逐。共工:传说为帝尧时大臣,"四凶"之一。因其淫辟,舜奏请尧,将其流放到幽州。

西仪篇

帝者化八极,养万物,和阴阳。阴阳和,凤至河洛翔①。

【注释】

①此五句《初学记》卷六录入。

乐　府

口厌常珍,乃购麟凰①。熊蹯豹胎,百品异方。蕙肴兰籍,五味杂香②。

【注释】

①购:购求。

②此六句《北堂书钞》卷一百四十二录入。

长歌行①

墨出青松之烟,笔出狡兔之翰②。古人感鸟迹③,文字有改判。

【注释】

①《长歌行》:乐府《相和歌辞·平调曲》名。崔豹《古今注》:"长歌、短歌,言人寿命长短,各有定分,不可妄求。"今存古辞二首。本诗乃拟之曲调,内容与古辞无涉。

②青松之烟:古代写字,初以笔梃点漆,汉以后多用松烟、桐煤制墨,故曰出青松之烟。翰:鸟羽,此指兔身细长的毫毛。

③鸟迹:古代的一种字体,称鸟虫书,篆书的变体,因其像虫鸟之形而得名。此四句《北堂书钞》卷一百四十录入。

苦热行①

行游到日南,经历交址乡②。苦热但曝露,越夷水中藏③。

①《苦热行》:乐府曲调名。此四句《乐府诗集》卷六十五入《杂曲歌辞》。《乐府解题》曰:"《苦热行》备言流金铄石火山炎海之艰难也。"

②日南:地名,即秦之象郡,汉武帝元鼎六年(前111)更名,因其地在南方而称,古属交州。交址:即交趾,指五岭以南一带地方。相传其地人卧时头外向,足在内而相交,故称。

③曝露:指暴露肌肤。越夷:即百越,指古时居住在粤闽地区的少数民族。

结客篇

结客少年场,报怨洛北芒①。

利剑鸣手中,一击两尸僵②。

【注释】

①《文选》鲍明远《结客少年场行》李善注引。北芒:即北邙山,又称"邙山",洛阳城北之山,为汉时王公贵族陵墓群的所在地。

②《文选》张景阳《杂诗》李善注引。僵:扑倒。

陌上桑

望云际,有真人,安得轻举继清尘①。执电鞭,驰飞麟②。

【注释】

①真人:道家所谓得道成仙之人。清尘:指清净无为之境。

②电鞭:以闪电为鞭。飞麟:指飞行的麒麟。以上五句《太平御览》卷三百五十九录入。

天地篇

复为时所拘,羁绁作微臣^①。

【注释】

①羁绁:指系犬马的工具,此指受人牵制。《国语·晋语四》:"从者为羁绁之仆。"注曰:"马曰羁,犬曰绁。"此二句《文选》卷三十一录入。

乐府歌

胶漆至坚^①,浸之则离;皎皎素丝^②,随染色移。君不我弃,谗人所为^③。

【注释】

①胶漆,即胶和漆,亦指黏结之物。用以比喻事物的牢固结合。

②素丝:白丝。

③我弃:即弃我。此六句《太平御览》卷七百六十六引。

乐　府

市肉取肥^①,沽酒取醇。交觞接杯,以致殷勤。

【注释】

①市:动词,指买。此四句《太平御览》卷八百二十八引。

乐府歌

所赍千金之宝剑,通犀文玉间碧玙①。翡翠饰鸡璧,标首明月珠②。

【注释】

①赍(jī):赠送。之宝:丁晏《曹集铨评》:"张脱之宝二字,据《书钞》一百二十二引补。"通犀:犀牛角的一种,又名"通天犀",古时为蛮方贡品。文玉:丁晏《曹集铨评》:"张脱此二字,据《书钞》补。"间:夹杂。碧玙:美玉。

②鸡璧:疑当作"碧鸡"。碧鸡:青绿色的玉石。标:戴。

乐府歌

巢许蔑四海①,商贾争一钱。

【注释】

①巢许:指巢父和许由。相传二人俱为帝尧时隐士。巢父于树筑巢而居,故时人称其"巢父"。时尧先后让位于巢父与许由,皆不受。此二句《太平御览》卷八百三十六引。

妾薄相行

齐歌楚舞纷纷,歌声上彻青云①。
辀轾飞毂交轮②。

【注释】

①《文选》左太冲《吴都赋》李善注引。

②《文选》陆士衡《长安有狭邪行》李善注引。辒辌：一种有帷盖的车子，妇女所乘。

赋

建安年间

感婚赋

阳气动兮淑清，百卉郁兮含英①。春风起兮萧条，蛰虫出兮悲鸣②。顾有怀兮妖娆，用搔首兮屏营③。登清台以荡志，伏高轩而游情④。悲良媒之不顾，惧欢媾之不成⑤。慨仰首而太息，风飘飘以动缨⑥。

【题解】

本赋写一位怀春少女有意嫁人，而媒人不顾，婚事难成的惆怅。全篇语调凄凉婉转，有比有兴，以良媒比喻君主，以少女比喻自己，抒发了作者有志不遂而心有郁结的愁苦情绪。当是曹植前期作品。

【注释】

①阳气：指春天万物复苏，充满生长之气。《管子·形势解》："春者，阳气始上，故万物生。"《淮南子·天文训》："阳气胜则散而为雨露，阴气胜则凝而为霜雪。"淑清：明朗。含英：含苞待放。《古诗十九首·冉冉孤生竹》："伤彼蕙兰花，含英扬光辉。"

②萧条：凋零。蛰虫：藏在泥土中过冬的虫子。《礼记·月令》："(孟春之月)东风解冻，蛰虫始振。"《吕氏春秋·音律》："南吕之月，蛰虫入穴。"

③妖娆：娇媚。娆：《艺文类聚》卷四十作"人"，《续古逸丛书》本卷三作"饶"。搔首：用手挠发，形容若有所思的样子。《诗·邶风·静女》："爱而不见，搔首踟蹰。"搔：张溥本卷二十六作"骚"。屏(bīng)营：指惶恐、彷徨。白居易《答桐花诗》："无人解赏爱，有客独屏营。"

④清台:高台。汉代又称灵台,即观天文之台。《三辅黄图·台榭》:"汉灵台,在长安西北八里,汉始曰清台,本为候者观阴阳天文之变,更名曰灵台。"此指清雅的台榭。荡志:指驰骋心志,放纵性情。《楚辞·九章·思美人》:"吾将荡志而愉乐兮,遵江夏以娱忧。"轩:指有窗户的长廊。

⑤欢媾(gòu):犹言欢合,此处比喻婚事。《说文》:"媾,重婚也。"

⑥太息:叹息。飘飘:《艺文类聚》作"飘飖"。

【汇评】

赵幼文:案赋句佚落过甚,就其残存部分探索,似为曹植青年时期,有所恋慕而志不遂,发为篇章,以抒写内心苦闷情绪之作。(《曹植集校注》卷一)

愍志赋

或人有好邻人之女者①,时无良媒,礼不成焉,彼女遂行适人②。有言之于予者③,予心感焉,乃作赋曰:

窃托音于往昔,迄来春之不从。思同游而无路,情壅隔而靡通。哀莫哀于永绝④,悲莫悲于生离。岂良时之难俟?痛予质之日亏⑤。登高楼以临下,望所欢之攸居⑥。去君子之清宇,归小人之蓬庐⑦。欲轻飞而从之,迫礼防之我拘⑧。

妾秽宗之陋女⑨,蒙日月之余辉。委薄躯于贵戚⑩,奉公子之裳衣。

【题解】

本篇描写男女之间纯真的恋慕之情。他们想要突破封建礼教的束缚,却又表现出有所顾忌的复杂心理,显示了其对婚姻自由的渴慕。此篇线索清晰明了,情感细腻动人。"妾秽"四句出自《北堂书钞》卷八十四,丁晏认为是《愍志赋》的"篇首脱文",而朱绪曾则将其置于正文之首,今附于此处。该残句以女子的口吻自述,述说即使嫁入贵戚豪门,却深有悲戚无奈之感。

①或人：某一个人。

②适人：指女子嫁与他人。《仪礼·丧服》："(小功)大夫之妾为庶子适人者。"郑玄注："君之庶子，女子子也。庶女子子在室大功，其嫁于大夫亦大功。"

③予：《艺文类聚》卷三十、《续古逸丛书》本卷二、严可均《全三国文》卷十三作"余"。下同。

④永绝：永远诀别。

⑤良时：美好时光。此指婚期。俟：等待。质：指身体。

⑥攸：指所居之处，此处与"居"为同义连用。

⑦清宇：清静之屋。蓬庐：茅屋。《淮南子·本经训》："民之专室蓬庐，无所归宿。"

⑧礼防：指礼法。古时男女婚配，若没有父母的同意，且没有媒人牵线，是不合礼法的。《诗·齐风·南山》："取妻如之何？必告父母。……取妻如之何？匪媒不得。"

⑨秽宗：地位卑下的宗族。陋女：容貌不佳的女子。

⑩薄躯：卑贱的生命，谦辞。

出妇赋

妾十五而束带①，辞父母而适人。以才薄之陋质，奉君子之清尘②。承颜色以接意，恐疏贱而不亲③。悦新婚而忘妾，哀爱惠之中零④。遂摧颓而失望，退幽屏于下庭⑤。痛一旦而见弃，心切切以悲惊⑥。衣入门之初服，背床室而出征⑦。攀仆御而登车，左右悲而失声。嗟冤结而无诉⑧，乃愁苦以长穷。恨无愆而见弃，悼君施之不终⑨。

【题解】

这是一篇弃妇辞,以第一人称讲述了女主人公成年即嫁,诚惶诚恐地侍奉丈夫,丈夫却另觅新欢,最终将其抛弃的不幸命运。篇中直写女主人公被弃的经历,抒发了委屈怨怒之情。末四句直接谴责丈夫的变心,而这也是作者心迹的表露,表明了作者对女性不幸遭遇的深切同情。全篇文辞不假雕饰、平白质朴,情感鲜明浓烈,感人至深。

【注释】

①十五:指成年许嫁之时。周代规定女子在订婚后、出嫁前行笄礼,一般在十五岁举行,此时女子盘发插笄,以示成人,可以许嫁了。《礼记·内则》:"女子……十有五年而笄,二十而嫁。"束带:指整饰衣冠,束紧衣带,以示恭敬。

②陋质:指女子纤弱的身体。《艺文类聚》卷三十、《续古逸丛书》本卷三作"质陋"。君子:指其丈夫。清尘:指人行走时身后扬起的尘埃,或车后扬起的灰尘。此处用于对人的敬称。

③疏:疏远。贱:指容貌及出身受到轻视。

④爱惠:恩惠。中零:中途凋零。此指中途移情别恋。

⑤摧颓:指失去恩宠。幽屏:幽僻之处。下庭:犹言下堂,此指女子被丈夫遗弃。《后汉书·宋弘传》:"弘曰:'臣闻贫贱之知不可忘,糟糠之妻不下堂。'"

⑥一旦:一朝,此处形容时间短。刀刀(dāo dāo):指忧伤、悲痛的样子。《艺文类聚》《续古逸丛书》本俱作"怛怛"。《文选·王粲〈登楼赋〉》:"心凄怆以感发兮,意忉怛而憯恻。"李周翰注:"忉怛,犹凄怆也。"

⑦衣:动词,穿。入门:指出嫁之时。背:离开。出征:出行。此指被丈夫抛弃而离开家。

⑧冤结:指内心抑郁。《楚辞·九章·悲回风》:"悲回风之摇蕙兮,心冤结而内伤。"

⑨愆:过失。悼:悲痛、哀伤。

161

静思赋

夫何美女之娴妖,红颜晔而流光①。卓特出而无匹,呈才好其莫当②。性通畅以聪惠,行嬺密而妍详③。荫高岑以翳日,临绿水之清流④。秋风起于中林,离鸟鸣而相求⑤。愁惨惨以增伤悲,予安能乎淹留⑥。

【题解】

本篇是曹植前期的作品,当作于建安十六年(211)左右。作者描写了一个品德美好却茕然独处的美女形象。全篇基调看似轻松,实则用笔凝重,结尾四句颇具悲戚的气氛。关于此篇的主旨,有人以为是作者借美女盛年独处空房,象征自己怀才不遇的身世际遇,以抒发不为世用的慨叹。

【注释】

①娴妖:性格柔美沉静,外貌妍丽。晔:光彩。

②出:超凡脱俗、卓尔不群。呈:显露。其:推测之辞。

③聪惠:即聪慧,指聪明有智慧。惠、慧古通。嬺密:美好细致,形容女子走路时的姿态。妍详:安详。

④绿:《艺文类聚》卷十八作"渌"。

⑤中林:即林中。离鸟:离散的鸟。

⑥淹留:羁留、久留。《楚辞·离骚》:"时缤纷其变易兮,又何可以淹留?"

九华扇赋

昔吾先君常侍得奉汉桓帝,时赐尚方竹扇①。其扇不方不圆,其中结成文②,名曰九华扇。故为赋。其辞曰:

有神区之名竹,生不周之高岑③。对绿水之素波,背玄涧之重深④。体虚畅以立干⑤,播翠叶以成林。形五离而九析,篾牦解而缕分⑥。效虬龙之蜿蟬,法虹霓之氤氲⑦。摅微妙以历时,结九层之华文⑧。尔乃浸以芷若,拂以江蓠⑨,摇以五香,濯以兰池⑩。因形致好,不常厥仪⑪。方不应矩⑫,圆不中规。随皓腕以徐转,发惠风之微寒⑬。时清气以方厉,纷飘动乎绮纨⑭。

【题解】

九华扇,古扇名,西汉成帝时已有九华扇行世,其形介于方、圆之间,被朝廷用作赏赐之物。据《三国志·魏书·武帝纪》注引《续汉书》所载,曹植的曾祖父曹腾历事安帝、顺帝、冲帝、质帝与桓帝。顺帝即位,为小黄门,升中常侍。后得幸汉桓帝,封费亭侯,升大长秋,帝赐其九华扇一把。时曹植得以亲见此扇,心有所感,发而为文,作成此赋。作者用描述性的语句,说明了制作九华扇的过程,具体细致,极少修饰性的词句。

【注释】

①先君常侍:指曹植的曾祖父曹腾。《三国志·魏书·武帝纪》:"桓帝世,曹腾为中常侍大长秋,封费亭侯。"尚方:指古代掌管制造帝王御用器物的官署。秦代始设尚方令,汉末分左、中、右尚方,唐朝时称为"尚署"。

②结:指扇骨连接的地方。

③神区:指神人所居之地。不周:即传说中的不周山,相传在昆仑山的西北处。《淮南子·天文训》:"昔者共工与颛顼争为帝,怒而触不周之山,天柱折,地维绝。"

④对:面向。素波:白浪。玄涧:深涧、深渊。

⑤虚畅:指竹子中空而笔直。立干:犹言成材。

⑥离:指剖分。析:指劈开。五离、九析,指将竹子剖分成竹片。篾:劈成条的竹片。牦:指牦牛尾。《说文》:"牦,牦牛尾也。"此处用以形容篾条很细。《续古逸丛书》本卷三作"厘",牦、厘古通。此二句意指先将竹子剖分成

163

竹片,进而将竹片剖成很细的竹丝。

⑦效:模仿、模拟。虬龙:传说中龙。《楚辞·天问》王逸注:"无角曰虬,有角曰龙。"此处用以形容篾条弯曲的形状。蜿蝉:指盘曲之貌。氤氲(yīn yūn):联绵词,指烟云弥漫之貌。

⑧摅(shū):犹言抒发、表达。此二句意指编制竹扇需要长时间精妙的构思,扇面上的花纹一层连一层,极其精细。

⑨芷若:指白芷和杜若,都是香草名。江蓠:指川芎,香草名。因产自四川的最佳,故称川芎。

⑩五香:即青木香,又作五木香,烧之能产生浓郁的香味。《本草纲目·草三·木香》引唐王悬河《三洞珠囊》:"五香者,即青木香也。一株五根,一茎五枝,一枝五叶,叶间五节,故名五香,烧之能上彻九天也。"后又称茴香、花椒、大料、桂皮、丁香五种调味香料为五香。兰池:指兰池之水。

⑪此二句意指因九华扇的形状世上罕见,故称其为珍品。

⑫应:符合。

⑬皓腕:指洁白的手腕。徐转:缓慢地摇动。惠风:和风。

⑭清气:凉风。绮纨:泛指绣有花纹的丝帛衣服。绮:指有花纹的细绫。纨(wán):轻细的生绢。

离思赋

建安十六年,大军西讨马超①,太子留监国,植时从焉②。意有忆恋,遂作《离思赋》云③。

在肇秋之嘉月,将曜师而西旗④。余抱疾以宾从,扶衡轸而不怡⑤。虑征期之方至,伤无阶以告辞⑥。念慈君之光惠,庶没命而不疑⑦。欲毕力于旌麾,将何心而远之⑧。愿我君之自爱,为皇朝而宝己⑨。水重深而鱼悦,林修茂而鸟喜⑩。

164

【题解】

本赋作于建安十六年(211)秋七月曹操西征马超前夕,时曹植抱病从征,其兄曹丕留守邺城。曹丕《感离赋》可证,其序曰:"建安十六年,上西征,余居守,老母、诸弟皆从……"本篇表现出了作者随军出征,眷念家乡、故都,故系之笔端,以抒发心中之感触。

【注释】

①马超:字孟起。东汉末年随父马腾起兵。建安十六年(211),攻潼关,为曹操所败,还据凉州,后归降刘备。

②太子:指曹丕。《三国志·魏书·武帝纪》云:"十六年春正月,天子命公世子丕为五官中郎将,置官署,为丞相副。"立为太子是建安二十二年(217)之事。赵幼文认为"太子"是"世子"之误。监国:指监管国事、处理国政。古代君王出行,太子留守,代行处理国政,故称"监国"。《左传·闵公二年》:"君行则守,有守则从,从曰抚军,守曰监国,古之制也。"

③忆恋:思念。忆:《艺文类聚》卷二十一作"怀"。赋云:《艺文类聚》作"之赋",《续古逸丛书》本卷一作"赋之"。

④肇秋:初秋,指农历七月。《初学记》卷三引南朝梁元帝《纂要》:"七月:孟秋、首秋、上秋、肇秋、兰秋。"嘉月:指美好的月份,即建安十七年(212)秋七月。汉王褒《九怀·危俊》:"陶嘉月兮总驾,搴玉英兮自修。"曜师:指公开出兵,炫耀武力,有耀武扬威之意。西旗:指西征马超。

⑤宾从:侍从之人,此指随军出征。宾:通"傧"。衡轸:衡,指辕前横木;轸,指车后横木。此处泛指车乘。怡:快乐。

⑥阶:理由、原因。《国语·周语中》:"夫婚姻,祸福之阶也。"

⑦慈君:指曹操。庶:希望。没命:献出生命。

⑧旌麾:军中用来指挥将士进退的帅旗。此指征战。远之:远离死亡。《吕氏春秋·不苟论》:"臣闻忠臣毕其忠,而不敢远其死。"

⑨我君:指曹操。皇朝:古人对本朝的尊称。因曹操此时尚为汉臣,故此指汉朝。宝己:珍爱自己。

⑩此二句盖本自《吕氏春秋·功名》:"水泉深则鱼鳖归之,树木盛则飞鸟归之,庶草茂则禽兽归之,人主贤则豪杰归之。"

明·谢榛:子美《秋野》诗:"水深鱼极乐,林茂鸟知归。"此适会物情,殊有天趣。然本于子建《离思赋》:"水重深而鱼悦,林修茂而鸟喜。"二家辞同工异,则老杜之苦心可见矣。(《四溟诗话》卷四)

清·宋长白:《淮南子》:"水深则鱼聚,木茂而鸟乐。"写出鱼鸟性情。曹子建《离思赋》:"水重深而鱼悦,林修茂而鸟喜。"全用其意。(《柳亭诗话》卷一)

登台赋

从明后而嬉游兮,登层台以娱情①。见天府之广开兮,观圣德之所营②。建高门之嵯峨兮,浮双阙乎太清③。立中天之华观兮,连飞阁乎西城④。临漳川之长流兮,望园果之滋荣⑤。仰春风之和穆兮⑥,听百鸟之悲鸣。天功恒其既立兮,家愿得而获逞⑦。扬仁化于宇内兮,尽肃恭于上京⑧。虽桓文之为盛兮,岂足方乎圣明⑨。休矣美矣⑩!惠泽远扬。翼佐我皇家兮⑪,宁彼四方。同天地之矩量兮⑫,齐日月之辉光。永贵尊而无极兮,等年寿于东王⑬。

【题解】

据《三国志·魏书·武帝纪》记载,建安十五年(210)冬,曹操于邺城修建铜爵台。因城而建,高十丈,周围房室达一百二十间,又于楼顶置铜雀,高一丈五尺,舒翼若飞,神态逼真。(唐以前"爵""雀"通用)。又引漳河水通其下,流入玄武池,用以操练水军。建安十七年(212)春,曹操、曹丕、曹植等铜爵台,命曹丕、曹植各作《登台赋》。曹丕《登台赋》序曰:"建安十七年春,游西园,登铜爵台,命余兄弟并作其词。"故本赋作于建安十七年(212)。此篇为歌功颂德之作。作者不直写铜爵台,而是借写周围景物来反衬铜爵台的雄伟壮观,文辞华美可观,气势恢宏壮美,层次分明,后十四句赞颂了曹操高尚的品德和显赫的功绩。

【注释】

①明后:贤明的君主。此处指其父曹操。层台:指铜爵台(亦称铜雀台)。登层:《续古逸丛书》本卷三作"聊登"。

②天府:指物产丰饶之地。此指登铜爵台所望邺城周围的地区。《全三国文》作"太府"。圣:指曹操。营:统治。

③高门:指邺城七城门之一——凤阳门。邺城有七座城门,南三座,东西各一座,北两座。南城门之一名凤阳门,高二十五丈,上面六层都是反宇,向阳下开两扇门。铜爵台离此不到七八里,在台上可遥望此门(见《邺中记》)。双阙:古时殿前两旁的楼观。此指文昌殿外端门左右的楼观。太清:指天空。此指双阙高耸入云。

④中天:高空之中。李善注:"《列子》曰:'周穆王筑台,号曰中天之台。'"华观:指迎风观。西城:指邺都北城的西面。据潘眉《三国志考证》记载,邺城只有南北二城,并无西城。铜爵台处于北城的西北角,且与周围的楼阁相接,故此处说"连飞阁乎西城"。

⑤漳川:指漳水。据郦道元《水经注·谷水注》:"魏武又以郡国之旧,引漳流自邺城西东入,径铜爵台下,伏流入城,东注,谓之长明沟也。"园:指铜爵园,影宋本作"众"。

⑥和穆:温和。

⑦天功:大功,此指曹操的功业。裴松之《三国志注》作"天云",《艺文类聚》卷六十二作"天工"。恒:永久。《三国志注》作"垣",《艺文类聚》作"坦",《续古逸丛书》本作"怛"。家愿:指曹氏家族一统天下的愿望。逞:实现。

⑧仁化:仁德教化。宇内:天下。肃恭:指敬奉汉室。上京:指许昌,是汉献帝所居之地。

⑨桓义:春秋时期的齐桓公和晋义公。曹操《让县自明本志令》云:"齐桓、晋文所以垂称至今日者,以其兵势广大,犹能奉事周室也。"方:比拟。圣明:指曹操。

⑩休:美善。

⑪翼佐:辅佐、佐助。皇家:指汉朝皇室。

⑫矩量:度量。《三国志注》作"规量"。

⑬东王:传说中的仙人东王父。

娱宾赋

感夏日之炎景兮①,游曲观之清凉。遂衎宾而高会兮,丹帏晔以四张②。办中厨之丰膳兮,作齐郑之妍倡③。文人骋其妙说兮,飞轻翰而成章④。谈在昔之清风兮,总贤圣之纪纲⑤。欣公子之高义兮⑥,德芬芳其若兰。扬仁恩于白屋兮,逾周公之弃餐⑦。听仁风以忘忧兮,美酒清而肴干⑧。

【题解】

这是一首宴会诗,描写了作者当时与贵族子弟及文人学士宴饮时的盛大场面。他们饮酒作乐,吟诗作赋,谈古说今,评论历代兴亡之道,气氛热烈而和谐,是当时贵族子弟浪漫生活的真实写照。本篇语言明朗流畅,充满了轻松愉悦的感情。本诗当作于建安中叶,是曹植前期的作品。

【注释】

①炎景:指炎热的阳光。

②衎(kàn)宾:指与宾客和乐。衎:和乐。《诗·小雅·南有嘉鱼》:"嘉宾式燕以衎。"高会:指盛大的宴会。《战国策·秦策三》:"于是使唐睢载音乐,予之五千金,居武安,高会相与饮。"

③办:准备。中厨:内厨。作:演奏。齐郑:指周朝时的诸侯国齐国和郑国,在今山东河南一带。妍倡:优美的音乐。

④飞:指书写速度之快。

⑤清风:清正的风纪、仁恩的教化。《诗·大雅·荡之什》:"吉甫作颂,穆如清风。"张衡《东京赋》:"清风协于玄德,淳化通于自然。"总:概括。纪纲:指政令、法律等。

⑥公子:指曹丕。

⑦白屋:以白茅盖顶的屋子,平民所居,此指平民、寒士。《汉书·萧望之传》:"将军以功德辅幼主,将以流大化,致于治平,是以天下之士延颈企踵,争愿自效,以辅高明。今士见者皆先露索挟持,恐非周公相成王躬吐握之礼,致白屋之意。"周公:指周公旦,姬姓,名旦,西周初期杰出的政治家、军事家和思想家及诗人、学者,周文王之子,武王之弟,成王之叔。因其封地在周,故称周公或周公旦。弃餐:《史记·鲁周公世家》:"然我(周公)一沐三捉发,一饭三吐哺,起以待士,犹恐失天下之贤人。"说的是周公时刻注意谦诚,礼下贤士,唯恐失去天下的高才贤能。

⑧仁风:指仁者之言。肴干:《礼记·聘义》有"酒清,人渴而不敢饮也;肉干,人饥而不敢食也"句。

释思赋

家弟出养族父郎中①,伊予以兄弟之爱②,心有恋然,作此赋以赠之。

彼朋友之离别,犹求思乎《白驹》③。况同生之义绝,重背亲而为疏④。乐鸳鸯之同池,羡比翼之共林⑤。亮根异其何戚,痛别干之伤心⑥。

【题解】

本篇是曹植有感于异母弟曹整出嗣叔父一事而作。文中追忆了兄弟间深挚的情谊,情辞真挚感人,充满了对族弟的眷恋之情。文中以鸳鸯、比翼鸟比喻兄弟情之深厚,难分难舍。本赋有脱佚。

【注释】

①家弟:指曹植的异母弟曹整。族父:指曹植的叔父曹绍。因其膝下无子,故将曹整过继给他。

②伊:语气词。

③《白驹》：《诗·小雅》篇名。对于该诗的意义，《毛传》认为是大夫刺宣王不能留用贤能之人。朱熹《诗集传》云："为此诗者，以贤者之去而不可留。"明清以后，有人以为是武王饯送箕子之诗；有人以为是君王欲留贤者而不得，因而放归山林所赐之诗。汉魏时期，蔡邕《琴操》云："《白驹》者，失朋友之所作也。"此处同蔡邕之说，指挽留惜别之友。

④同生：指同父所生。义绝：指亲兄弟的关系断绝。"义绝"本是中国古代的一种离婚方式。背亲为疏：背离至亲而成为生疏之人。过继之后，曹整称其生父为叔父，故称"背亲为疏"。

⑤鸳鸯：水鸟，雌雄偶居不离。《诗·小雅·鸳鸯》："鸳鸯于飞，毕之罗之。"郑玄笺："言其止则相偶，飞则为双。"比翼：即比翼鸟，此处用以比喻形影不离的朋友。

⑥根异：指本是同根，而今却要分离。别干：指分支。此指他们将要处于不同的家庭。晋左思《魏都赋》："本枝别干，蕃屏皇家。勇若任城，才若东阿。"

鹦鹉赋

美中州之令鸟，越众类之殊名①。感阳和而振翼，遁太阴以存形②。遇旅人之严网，残六翮而无遗③。身挂滞于重笼，孤雌鸣而独归④。岂予身之足惜，怜众雏之未飞⑤。分糜躯以润镬，何全济之敢希⑥。蒙含育之厚德，奉君子之光辉⑦。怨身轻而施重，恐往惠之中亏⑧。常戢心以怀惧，虽处安其若危⑨。永哀鸣以报德，庶终来而不疲⑩。

【题解】

这是一篇咏物赋，借物抒怀，用凄婉悲怆的笔调，描写了鹦鹉有嘉名却被网罗囚禁于王公贵族家、雌鸟哀鸣归巢的悲惨遭遇，比喻乱世中有志之士寄人篱下、苟且图存的那种屈曲苦闷心理。与曹植同时的祢衡、应玚、陈琳、王粲、阮瑀均有同题之作,见《艺文类聚·鸟部》。虽然本篇模仿祢衡的痕迹很明显,但在描写上比祢衡之赋更加生动,更形象地渲染了自己的真情实感。阮瑀逝于建安十七年(212),故本赋当作于阮瑀去世之前。

【注释】

①中州:《艺文类聚》卷九十一、《续古逸丛书》本卷四作"洲中"。洲:水中小块陆地。《尔雅·释水》:"水中可居者曰洲。"越:《艺文类聚》作"超"。超、越义同,都有超过、胜过之意。

②阳和:春天的暖气。太阴:极盛的阴气,此指冬季极阴寒之时。存形:藏匿踪迹以安身于世。

③旅人:古代掌管宰杀烹饪之事的官员。《仪礼·公食大夫礼》:"雍人以俎入,陈于鼎南。旅人南面加匕于鼎,退。"郑玄注:"旅人,雍人之属,旅食者也。"六翮:鸟之健羽。而:《续古逸丛书》本作"之"。

④挂滞:囚禁。笼:鸟笼。《续古逸丛书》本作"椑",《艺文类聚》作"绁"。

⑤予身:指雌鸟一己之身。此二句盖本祢衡《鹦鹉赋》"匪余年之足惜,愍众雏之无知"句。

⑥分:甘愿。糜躯:糜烂之躯,此指献出生命。镬(huò):古时的无足大鼎,用以烹饪食物。全济:保全性命。

⑦含育:养育。"奉君子之光辉"句与祢衡《鹦鹉赋》"侍君子之光仪"句义同。

⑧施重:恩施之重。往惠:旧恩。亏:亏损。

⑨戢:收敛。出于衡赋"逼之不惧,抚之不惊。宁顺从以远害,不违迕以丧生"句。

⑩庶:愿意。来:赵幼文云:"疑当训为勤。《尔雅·释诂》:'来,勤也。'"祢衡《鹦鹉赋》:"期守死以报德……庶弥久而不渝。"与此句意近。

愁霖赋

迎朔风而爰迈兮,雨微微而逮行①。悼朝阳之隐曜兮,怨北辰之潜精②。车结辙以盘桓兮,马蹢躅以悲鸣③。攀扶桑而仰观兮,假九日于天皇④。瞻沈云之泱漭兮,哀吾愿之不将⑤。

【题解】

本赋当作于建安十八年(213)返邺途中。据《三国志·魏书·武帝纪》所载,建安十七年(212)冬十月,曹操东征孙权,曹丕、曹植随行,于次年春四月返邺,故诗中有"迎朔风而爰迈兮"句。曹丕、应场皆作有《愁霖赋》。本篇描述了战争生活的艰苦,作者用毫不夸张的笔触,记载了这一真实的场景。

【注释】

①朔风:北风。爰:而;于是。迈:行走、行进。微微:形容细雨蒙蒙之状。逯行:信步而行;缓行。

②隐曜:日光隐匿不见。北辰:北斗星。潜精:隐蔽光辉。

③结辙:车马的辙迹回旋交错。盘桓:逗留不进、徘徊不前。蹢躅(zhí zhú):止步不前。宋玉《神女赋》:"奋长袖以正衽兮,立蹢躅而不安。"

④扶桑:传说中的一种神木,相传日出其下,因谓其为日出之处。九日:古代神话传说天有十日,尧使后羿射去九日。《山海经·海外东经》:"下有汤谷,汤谷上有扶桑,十日所浴,在黑齿北,居水中。有大木,九日居下枝,一日居上枝。"天皇:指天帝。传说远古有三皇,即天皇、地皇、泰皇,而天皇为三皇之首。

⑤沈云:浓云;积云。《艺文类聚》卷二、严可均《全三国文》卷十三作"沉云"。沉、沈古通用。泱漭(yǎng mǎng):弥漫、广大连绵之貌。不将:不能实现。

归思赋

背故乡而迁徂,将遥憩乎北滨①。经平常之旧居,感荒坏而莫振②。城邑寂以空虚,草木秽而荆榛③。嗟乔木之无阴,处原野其何为④!信乐土之足慕,忽并日而载驰⑤。

《三国志·魏书·武帝纪》云："十八年春正月,进军濡须口,攻破权江西营,获权都督公孙阳,乃引军还。……夏四月,至邺。"本赋是建安十八年(213),曹军返邺时经过谯县,曹植有感家乡荒凉的景象而作。又《三国志·魏书·武帝纪》云："建安七年春正月,公军谯。令曰:吾起义兵,为天下除暴乱。旧土人民,死丧略尽,国中终日行,不见所识,使吾凄怆伤怀。"汉末豪强混战,谯县受到重创,人民死亡惨重,田地大量荒芜,至建安十八年(213),仍然是"城邑寂以空虚"。本篇描述了战后谯县的真实情况,说明了故乡遭受战争破坏之重,兵灾之烈,表现了战争给社会带来的灾难之深重。

【注释】

①背:离开。故乡:指曹氏父子的家乡谯县。迁徂:指前往邺城。憩:休憩。北滨:曹植由谯县归邺城,是向北而行,故称北滨。此二句意指曹植将离开故乡谯县返回邺城,并将长期居住在那里。

②平常:指从前。振:恢复。

③秒:荒芜。荆榛:荆棘丛生,形容荒芜凄凉的景象。《艺文类聚》卷三十作"荆榛"。榛、榛,古时可通用。

④为:用。

⑤乐土:安乐之地。此指邺城。《诗·魏风·硕鼠》:"逝将去女,适彼乐土。"并日:指日夜兼程。载:语气词。

橘　赋

有朱橘之珍树,于鹑火之遐乡①。禀太阳之烈气,嘉杲日之休光②。体天然之素分,不迁徙于殊方③。播万里而遥植,列铜爵之园庭④。背江洲之暖气,处玄朔之肃清⑤。邦换壤别,爰用丧生⑥。处彼不凋,在此先零。朱实不衔,焉得素荣⑦!惜寒暑之不均,嗟华实之永乖⑧。仰凯风以倾叶,冀炎气之可怀⑨。飏鸣条以流响,希越鸟之来栖⑩。夫灵德之所感⑪,物无微而不

和。神盖幽而易激,信天道之不谌⑫。既萌根而弗干,谅结叶
而不华⑬。渐玄化而弗变,非彰德于邦家⑭。拊微条以叹息,哀
草木之难化⑮。

【题解】

　　张溥本卷二十六、《续古逸丛书》本卷四题俱作《植橘赋》,非。《艺文类
聚》卷八十六、《初学记》卷二十八、《太平御览》卷九百六十六皆无"植"字,今
从之。这是一首咏物赋,先写橘树美好的资质,来比喻君子高洁的品质,再
写橘树本性之难移,象征能坚持操行、贫贱不移之人。本篇立意明显,情文
并茂,借物抒怀,讲究雕饰和声律。

【注释】

　　①朱橘:《楚辞·橘颂》洪兴祖补注引《异物志》曰:"橘为树,白华赤实。
皮既馨香,又有善味。"鹑火:星次名。天南有七星宿,形如鸟伸着头,故名
鹑。其中的柳、星、张三星宿被称为鹑火,也叫鹑心。赵幼文云:"则鹑火指
粤地,故下文云'播万里而遥植'也。"遐乡:指远方,此指江南之地。

　　②嘉:乐;欢娱。杲(gǎo)日:明亮的日光。休光:美好的光华。三国魏
嵇康《琴赋》:"含天地之醇和兮,吸日月之休光。"

　　③素分:本分、本性。殊方:其他地方。

　　④播:迁移。遥:远。植:移植。

　　⑤江洲:指代南方的水乡之地。《艺文类聚》《续古逸丛书》本作"江川",
张溥本作"山川"。赵幼文云:"疑川或州字之形误,州为洲字之本字。"玄朔:
北方,此指邺城。肃清:肃杀冷清,此指北方严寒之气。

　　⑥爰:语气词。用:因;由;以。

　　⑦衔:含。张溥本作"衔",《续古逸丛书》本作"雕",《初学记》作"萌",又
作"凋",皆非。素荣:此指白色的橘花。《楚辞·九章·橘赋》:"绿叶素荣,
纷其可喜兮。"

　　⑧不均:不协调。乖:背离、不协调。

　　⑨凯风:南风。可:影宋本作"所"。

⑩飏:同"扬",扬举、飞扬。鸣条:指因风作响的橘枝。希:希求。《艺文类聚》《续古逸丛书》本作"晞"。《说文》:"晞,日干也。"于此无义。越鸟:指南方之鸟。一说是孔雀的别名,因生于南方,故名越鸟。

⑪灵德:威灵之德,此指曹操之恩德。

⑫激:鲜明。讹:伪。

⑬弗干:指不能茁壮成长。谅:确实、的确。不华:不开花结果。

⑭渐:浸润。玄化:圣德教化。《文选·左思〈魏都赋〉》:"玄化所甄,国风所禀。"彰德:彰显德性。

⑮微条:细枝。难化:很难改变本性。

叙愁赋

时家二女弟,故汉皇帝聘以为贵人①。家母见二弟愁思②,故令予作赋。曰:

嗟妾身之微薄,信未达乎义方③。遭母氏之圣善,奉恩化之弥长④。迄盛年而始立,修女职于衣裳⑤。承师保之明训,诵六列之篇章⑥。观图像之遗形,窃庶几乎皇英⑦。委微躯于帝室,充末列于椒房⑧。荷印绶之令服⑨,非陋才之所望。对床帐而太息,慕二亲以增伤⑩。扬罗袖而掩涕,起出户而彷徨。顾堂宇之旧处,悲一别之异乡⑪。

【题解】

曹操为了争取对汉室进一步的控制,于建安十八年(213)秋七月将三女嫁与汉献帝为贵人,本赋当作于此时。《三国志·魏书·武帝纪》:"(建安十八年)秋七月,始建魏社稷宗庙。天子聘公三女为贵人,少者待年于国。"古时王侯之女,若能成为皇妃,当为喜庆至极之事,但赋中的女子却充满了忧思,毫无喜悦满足之感。赋中作者委婉地表达了女子绵绵无尽的哀愁悲伤,从客观的角度揭露了封建专制婚姻的残酷性。

【注释】

①二女弟:指曹操的长女曹宪和次女曹节。《后汉书·献穆皇后传》:"建安十八年,操进三女宪、节、华为夫人,聘以束帛玄纁五万匹,小者待年于国。"时华因年幼待于封国,所聘者为宪与节,故赋称二女弟。贵人:地位仅次于皇后的女官名,授金印紫绶。

②家母:指曹植的生母卞氏。

③微薄:自谦之词,指才质低下。达:通达;通晓。义方:指为人行事的正道。晋葛洪《抱朴子·崇教》:"爱子欲教之义方,雕琢切磋,弗纳于邪伪。"

④圣善:聪慧贤良,品质美好。《诗·邶风·凯风》:"母氏圣善,我无令人。"毛传:"圣,睿也。"郑玄笺:"睿作圣,令,善也。母乃有睿知之善德。"此处用以称颂母亲的美好德行。恩化:抚养教化。

⑤盛年:青春盛壮之年。古时称女子自十五岁行笄礼至二十岁为盛年。晋陶潜《杂诗十二首》之六:"求我盛年欢,一毫无复意。"李公焕注:"男子自二十一至二十九则为盛年。"始立:指受聘为贵人之事。女职:指古时女子应当从事的纺织、缝纫等事。

⑥师保:古代担任辅导和协助帝王的官员,有师有保,故泛称"师保"。后亦指辅导和照料帝王子女的官员。《礼记·文王世子》:"师也者,教之以事而喻诸德者也。保也者,慎其身以辅翼之而归诸道者也。"六列之篇章:疑指《列女传》中的母仪、贤明、仁智、贞顺、节义、辩通六篇。丁翼《蔡伯喈女赋》:"披邓林之曜鲜,明六列之尚致。"孙星衍注:"案,六列,谓《列女》之母仪、贤明、仁智、贞顺、节义、辩通六传也。"六列:赵幼文谓:"疑'六'为'女'字之形误而乙。列女篇章,谓刘向所作《列女传》也。《列女传》有图……下句'观图画之遗形',正承此而言。"

⑦遗形:指遗留下来的形象。窃:指私下。庶几:希望,此指羡慕。皇英:指娥皇、女英。相传她们都是帝尧的女儿,后尧将二女许配给舜,娥皇为后,女英为妃。

⑧微躯:自谦之词,指卑贱之躯。椒房:指椒房殿,是西汉未央宫皇后居住的宫殿名,以椒和泥涂墙,取温、香、多子之义。《汉书·车千秋传》颜师古

注:"椒房,殿名,皇后所居也。"此处泛指后妃居住的宫室。

⑨荷:佩戴。印绂(fú):贵人所佩的金印紫绶。令服:美丽的衣服。

⑩二亲:即双亲。增:《续古逸丛书》本卷二作"憎",非,作"增"字是。

⑪顾:回首。之:到;前往。异乡:他乡,此指皇宫。

东征赋

建安十九年,王师东征吴寇①,余典禁兵,卫宫省②。然神武一举,东夷必克,想见振旅之盛③,故作赋一篇。

登城隅之飞观兮,望六师之所营④。幡旗转而心异兮,舟楫动而伤情⑤。顾身微而任显兮,愧责重而命轻⑥。嗟我愁其何为兮,心遥思而悬旌⑦。师旅凭皇穹之灵佑兮,亮元勋之必举⑧。挥朱旗以东指兮,横大江而莫御⑨。循戈橹于清流兮,氾云梯而容与⑩。禽元帅于中舟兮,振灵威于东野⑪。

【题解】

本赋《太平御览》卷三百三十六题作《征东赋》,主要写建安十九年(214)曹操东征孙权,曹植留守邺城之事。《三国志·魏书·武帝纪》:"建安十九年秋七月,公征孙权。"《三国志·魏书·陈思王植传》:"太祖征孙权,使植留守邺,戒之曰:'吾昔为顿邱令,年二十三。……今汝年亦二十三矣,可不勉欤!'"前八句为实写,后八句为虚写,虚实结合。赋句有残佚,非全文。

【注释】

①吴寇:指东吴孙权。

②典:主管。禁兵:警卫宫廷的军队。曹魏时期确立了以领军和护军将军为主体的禁卫武官制度。《历代兵制》:"初,曹公自置武卫营于相府,以领军主之。及文帝增置中营,于是有武卫、中垒二营,以领军将军并五校统之。"宫省:设于宫廷内的官署,此泛指宫廷。

③神武:英明威武。东夷:指东吴。《续古逸丛书》本卷一作"东吴"。振旅:整顿军队。

④城隅:城楼。飞观:指高耸的宫阙,此指城楼上的高台。六师:六军,此指王师。时曹操尚臣事汉献帝,假命出征,故称六师。《周礼·夏官》:"凡制军,万有二千五百人为军。王六军,大国三军,次国二军,小国一军。"所营:所求。

⑤幡旗:旗帜,此指军中的旗帜。心异:心情有变动。舟楫动:船只出动,此指水军出航。此次曹操东征,水陆并进,舟师集结于玄武池,经漳水入黄河,由黄河驶入淮河,故云。

⑥顾:只是。任显:指留守邺城的任务很光荣。命轻:生命之轻微。

⑦嗟:发语词。何为:即为何。悬旌:悬挂的旌旗,此处形容心神不定之状。《战国策·楚策一》:"寡人卧不安席,食不甘味,心摇摇如悬旌。"

⑧皇穹:上天。灵佑:神灵的助佑。亮:通"谅",诚信;确实。元勋:大功。举:功成。

⑨朱旗:红色的旗帜。古时阴阳家主"五德"之说,他们认为汉是以火德王天下。火呈红色,故汉时建朱旗。李善注:"汉火德,操为汉臣,故建朱旗,时献帝在故也。"御:抵抗。

⑩戈橹:犹戈船,古代战船的一种,此处泛指战船。橹:船桨。氾:同"泛",漂浮。云梯:古代攻城所用的长梯。容与:起伏貌。此指攻城之反复,拼杀之激烈。

⑪禽:通"擒",擒获。中舟:即舟中。灵威:神灵之威。东野:指江东吴国。

游观赋

静闲居而无事,将游目以自娱①。登北观而启路,涉云际之飞除②。从罴熊之武士,荷长戟而先驱③。罢若云归,会如雾聚④。车不及回,尘不获举⑤。奋袂成风,挥汗如雨⑥。

本篇残佚过甚,无法窥见其全意。从赋中"登北观而启路,涉云际之飞除",似作于在邺之时,又从"从熊罴之武士"等句探索,可以推知本赋作于建安十九年(214)秋作者留守邺城掌禁兵之时。

【注释】

①游目:目光转动,随意瞻望。娱:乐。

②北观:指铜爵台。启路:开路,此指车马前行。飞除:形容建筑物极高。除:台阶,即今之楼梯。

③罴(pí)熊:二者皆为猛兽名。此处形容武士勇猛英武之貌。先驱:先锋。

④罢:散开。云归:犹言云散,形容消失之快。雾聚:比喻将士如雾般迅速聚拢。

⑤回:掉转。举:飞扬;扬起。此二句亦言勇士动作之迅速。

⑥奋袂成风:众人挥动衣袖,可以形成风。挥汗如雨:众人挥汗,便像下雨一般,语出《战国策·齐策一》:"临淄之途,车毂击,人肩摩,连衽成帷,举袂成幕,挥汗成雨。"

蝉 赋

唯夫蝉之清素兮,潜厥类乎太阴①。在炎阳之仲夏兮,始游豫乎芳林②。实澹泊而寡欲兮,独怡乐而长吟③。声嗷嗷而弥厉兮,似贞士之介心④。内含和而弗食兮,与众物而无求⑤。栖高枝而仰首兮,嗽朝露之清流⑥。隐柔桑之稠叶兮,快闲居而遁暑⑦。苦黄雀之作害兮,患螳蜋之劲斧⑧。冀飘翔而远托兮,毒蜘蛛之网罟⑨。欲降身而卑窜兮⑩,惧草虫之袭予。免众难而弗获兮⑪,遥迁集乎宫宇。依名果之茂阴兮,托修干以静处⑫。有翩翩之狡童兮,步容与于园圃⑬。体离朱之聪视兮,姿才捷于狖猿⑭。条罔叶而不挽兮,树无干而不缘⑮。翳轻躯而奋进兮,跪侧足以自闲⑯。恐余身之惊骇兮,精曾眴而目连⑰。持柔竿之冉冉兮,运微黏而我缠⑱。欲翻飞而逾滞兮,知性命之长捐⑲。委厥体于膳夫,归炎炭而就燔⑳。秋霜纷以宵下㉑,晨风冽其过庭。气憯怛而薄躯,足攀木而失茎㉒。吟嘶哑以沮败,状枯槁以丧形㉓。乱曰㉔:《诗》叹鸣蜩,声嘒嘒兮㉕。盛阳则来,太阴逝兮㉖。皎皎贞素,侔夷节兮㉗。帝臣是戴,尚其洁兮㉘。

【题解】

本赋不仅是一篇咏物赋,而且是一篇寓意深刻的寓言赋。篇中作者歌咏鸣蝉淡泊寡欲,无求与物的品格,象征自己的高洁品质。以鸣蝉以身避害,终不能避开灭顶之灾,比喻自己现今危险的处境。以蝉入秋即亡,象征自己的悲剧性命运。鸣蝉命运的悲剧性,蕴含着作者对自身命运悲剧性的思考。

【注释】

①唯:发语词。清素:清白、清洁。素:《初学记》卷三十作“洁”。乎:《艺文类聚》卷九十七作“于”。太阴:指地下。蝉的幼虫居土中,从化成蛹到变成虫,大约两年的时间。

②炎阳:阳光最炽热的时候。仲夏:夏季的第二个月,即农历五月。五月夏蝉开始鸣叫。《礼记·月令》:“仲夏之月,……鹿角解,蝉始鸣,半夏生,木堇荣。”仲:《艺文类聚》作“中”。中夏:指五月。游豫:指游乐。乎:《艺文类聚》作“于”。

③澹泊:恬静而与世无争。澹:《续古逸丛书》本卷四作“淡”。怡乐:怡然;快乐。怡:《续古逸丛书》本卷四作“哈”。哈:笑。长吟:长鸣。

④嗷嗷:指蝉鸣声清晰而响亮。弥厉:(蝉鸣)一声高过一声。厉:声音高而急。贞士:志向坚定之人。之:《初学记》作“而”,疑非。介心:耿介高洁的品格。

180

⑤内含和:即上文"澹泊寡欲"之意。内含:内心怀有。和:指阴阳中和之气。与:结交。

⑥高:《初学记》作"乔"。嗽:吮吸。此指饮用。《艺文类聚》作"漱",嗽、漱都有吮吸、饮之意。《续古逸丛书》本作"赖",非。此二句比喻鸣蝉品质之高洁。

⑦快:高兴、乐意。闲居:即隐居。《初学记》作"㖞号",非。遁:逃;避。

⑧苦:患。螳蜋:同"螳螂",昆虫名,前足发达,形状如镰刀,高举时像人拿斧之形。《淮南子·时则训》高诱注:"螳蜋世谓之天马,一名齿肬,兖、豫谓之巨斧也。"《初学记》作"蟷蜋",《续古逸丛书》本作"蟷螂",张溥本卷二十六作"螂螳"。

⑨飘翔:飞翔。毒:痛恨。网罟(gǔ):蛛网。《说文》:"罟,网也。"

⑩卑窜:下藏。

⑪弗获:未被其天敌所获。

⑫阴:《初学记》作"荫"。修干:高树。

⑬狡童:外貌姣好的少年。《诗·郑风·山有扶苏》郑玄笺:"此狡,狡好之狡,谓有貌而无实者也。"狡,通"姣"。容与:指安逸自得貌。园圃:种植果木蔬菜的田地。此指果园。《说文》:"园,所以树果也。""圃,种菜曰圃。"

⑭体:凭借、依凭。离朱:即离娄。《孟子·离娄上》赵岐注:"离娄者,古之明目者,盖以为黄帝时人也。黄帝亡其玄珠,使离朱索之。离朱即离娄也,能视于百步之外,见秋毫之末。"姿才:资质才能。狝(xiǎn)猿:《续古逸丛书》本作"猿猴"。狝:秋天出猎,于此处句义不合,疑当作"猕"。

⑮罔:无。挽:牵引、牵拉。缘:攀缘。

⑯翳:遮蔽。躯:《续古逸丛书》本作"驱",非。进:《初学记》作"迅"。自闲:自我隐蔽、自我保护。

⑰余身:蝉之自称。余:《初学记》作"此",非。精:通"睛",眼睛。睨:斜视、注视。《初学记》作"睕",睕,穷视。目连:即目不转睛。

⑱持:《初学记》作"怪",非。冉冉:慢慢移动、渐进。《古诗十九首·冉冉孤竹生》:"冉冉孤竹生,结根泰山阿。"我缠:即缠我。

⑲翻飞:高飞。逾滞:指越挣扎粘得越紧。长捐:永弃,此指丢掉性命。

181

⑳委厥体：犹言弃身。膳夫：古时掌管宫廷饮食的官员。《周礼·天官》："膳夫，掌王之饮食膳羞，以养王及后世子。"此指厨师。归：投向；投入。燔：烤；烧。

㉑宵：夜。《艺文类聚》作"霄"。

㉒懆怛（cǎn dá）：忧伤痛苦。薄：迫近；接近。失茎：失足下坠。

㉓沮败：挫败。丧形：丧失性命。

㉔乱曰：古时文章最后用以总括全篇要旨的部分。乱：道理。

㉕鸣蜩：即鸣蝉。《诗·小雅·小弁》："菀彼柳斯，鸣蜩嘒嘒。"嘒嘒：蝉鸣声。

㉖逝：死亡。

㉗皎皎：高洁貌。贞素：坚贞清白的高洁品质。侔（móu）：相当、等同。夷：伯夷，商末孤竹国君的儿子。周朝建立以后，他和弟弟叔齐因不愿吃周朝的粮食而饿死在首阳山上。故后人称他们能忠于故国。《孟子·公孙丑上》："非其君不事，非其民不使；治则进，乱则退，伯夷也。"节：节操。《初学记》作"惠"，非。

㉘帝臣是戴：古代中常侍等官员的头冠上以蝉文为装饰。尚：钦慕；敬仰。

神龟赋

龟寿千岁。时有遗余龟者，数日而死，肌肉消尽，唯甲存焉。余感而赋之。曰：

嘉四灵之建德，各潜位乎一方①：苍龙虬于东岳，白虎啸于西冈②，玄武集于寒门，朱雀栖于南乡③。顺仁风以消息④，应圣时而后翔。嗟神龟之奇物，体乾坤之自然⑤。下夷方以则地，上规隆而法天⑥。顺阴阳以呼吸，藏景曜于重泉⑦。餐飞尘以实气⑧，饮不竭于朝露。步容趾以俯仰，时鸾回而鹤顾⑨。忽万载而不恤，周无疆于太素⑩。感白灵之翔骛，卒不免乎豫且⑪。

182

虽见珍于宗庙,罹刳剥之重辜⑫。欲愬怨于上帝⑬,将等愧乎游鱼。惧沈泥之逢殆,赴芳莲以巢居⑭。安玄云而好静,不淫翔而改度⑮。昔严周之抗节,援斯灵而托喻⑯。嗟禄运之屯蹇⑰,终遇获于江滨。归笼槛以幽处,遭淳美之仁人⑱。昼顾瞻以终日,夕抚顺而接晨⑲。遭淫灾以陨越,命剿绝而不振⑳。天道昧而未分,神明幽而难烛㉑。黄氏没于空泽,松乔化于扶木㉒。蛇折鳞于平皋,龙脱骨于深谷㉓。亮物类之迁化,疑斯灵之解壳㉔。

【题解】

本篇是一篇咏物赋。神龟能够自调阴阳,长寿万年,虽淡泊寡欲,与世无争,怡然独乐,但仍逃脱不了"罹刳剥之重辜"的悲剧性命运。作者从神龟之死,联想到万物都不能逃脱生死这一自然规律,从而对人们赖以信托的神明产生了怀疑,否定了神仙长生的思想。本赋语言清峻,感情沉郁,是借赋咏神龟之命运,喟叹自身之境遇。

【注释】

①嘉:赞美。四灵:神话中掌管四方的神灵苍龙、白虎、朱雀和玄武。《三辅黄图·未央宫》:"苍龙、白虎、朱雀、玄武,天之四灵,以正四方,王者制宫阙殿阁取法焉。"建:树立。潜位:隐蔽其所处。

②苍龙:古代二十八星宿中东方七宿的合称,即角、亢、氐、房、心、尾、箕七宿。虬:盘曲。白虎:指西方七宿的合称,即奎、娄、胃、昴(mǎo)、毕、觜(zī)、参七宿。

③玄武:北方七宿的合称,即斗、牛、女、虚、危、室、壁。《楚辞·远游》洪兴祖补注:"玄武,谓龟蛇。位在北方,故曰玄。身有鳞甲,故曰武。"寒门:指传说中北方极冷之地。《淮南子·墬形训》:"北极之山曰寒门。"高诱注:"积寒所在,故曰寒门。"《楚辞·远游》王逸注:"寒门,北极之门也。"朱雀:指南方七宿的合称,即井、鬼、柳、星、张、翼、轸。七宿相连呈鸟形,朱色象征火,而南方主火,故称。南乡:即南方。

④仁风:恩泽遍布之风。消息:即消长,此指或隐或现。古谓神灵凶年则隐,嘉年则现。

⑤嗟:嗟叹;赞叹。体:容纳。乾坤:天地。

⑥下:指龟的腹甲,即龟板。夷方:平坦方正。则:法。上:指龟壳。规隆:圆而隆起。《礼统》:"神龟之象,上圆法天,下方法地。"

⑦景曜:日月之光芒。重泉:水之极深处。

⑧餐:《艺文类聚》卷九十六作"食",《续古逸丛书》本卷四作"飡"。飡:当作湌,乃餐之异体字。实气:填补空虚,充虚之义。《墨子·辞过篇》:"其为食也,足以增气充虚,强体适腹而已矣。"

⑨容趾:舒缓的样子。鸾回、鹤顾:形容龟回首顾盼之貌。

⑩忽:忽视,轻视。不恤:不忧虑,不顾惜。周:至。太素:道家认为其代表天地未分前宇宙最原始的一种状态。东汉班固《白虎通义·天地》:"始起之天,始起先有太初,后有太始,形兆既成,名曰太素。"此指天地,意指其寿与天地齐。

⑪白灵:白龙。翔骜:飞行。豫且:春秋时宋国渔夫之名。西汉刘向《说苑·正谏》:"昔白龙下清泠之渊,化为鱼,渔者豫且射中其目。白龙上诉天帝,天帝曰:'当是之时,若安置而形?'白龙对曰:'我下清泠之渊,化为鱼。'天帝曰:'鱼固人之所射也,若是,豫且何罪?'"此乃植句所本。

⑫珍:《续古逸丛书》本作"尊"。罹:遭受。辜:肢解。《庄子·外物篇》:"仲尼曰:'神龟能见梦于元君,而不能避余且之网;知能七十二钻而无遗策,不能避刳肠之患。'"

⑬愬:同"诉",申诉、控诉,此指白龙上天申诉其受害之冤情。

⑭沈:同"沉",藏匿、潜伏。殆:危险。赴芳莲以巢居:指龟栖居于莲叶之上。《史记·龟策列传》:"余至江南,观其行事,问其长老,云龟千岁乃游莲叶之上,著百茎共一根。"

⑮玄云:高天之云,此处用以形容荷叶茂盛之貌。淫翔:指白龙下渊之事。《续古逸丛书》本作"注翔",非。度:准则、法度。

⑯严周:即庄周,因避汉明帝刘庄之讳而改姓。抗节:坚守节操。斯灵:神龟。《庄子·秋水篇》:"庄子钓于濮水,楚王使大夫二人往先焉,曰:'愿以

境内累矣!'庄子持竿不顾,曰:'吾闻楚有神龟,死已三千岁矣,王巾笥而藏之庙堂之上。此龟者,宁其死为留骨而贵乎?宁其生而曳尾于涂中乎?'二大夫曰:'宁生而曳尾涂中。'庄子曰:'往矣!吾将曳尾于涂中。'"

⑰禄运:命运。屯蹇:《周易》中《屯》卦和《蹇》卦的并称,含艰难困苦之意。

⑱幽处:幽居之处。淳美:性情善良仁慈。

⑲抚顺:犹言抚慰之意。

⑳淫灾:重灾。陨越:颠坠,此指死亡。剿绝:消亡,灭绝。振:救。

㉑烛:照。

㉒黄氏:即黄帝。没于空泽:王充《论衡·道虚篇》:"龙不升天,黄帝骑之,乃明黄帝不升天也。龙起云雨,因乘而行;云散雨止,降复入渊。如实,黄帝骑龙,随溺于渊也。"此句盖本之。松乔:指传说中的仙人赤松子和王子乔。详见《列仙传》。扶木:即扶桑,在旸谷,日所出之处。扶:《初学记》卷三十作"株",非。

㉓折鳞:犹今语之蜕皮。平皋:水边平展之地。脱:《初学记》作"蜕"。深:《续古逸丛书》本作"幽",幽、深义近。

㉔亮:通"谅",确实、的确。迁化:指人之死亡,物之消亡。疑:通"拟",相似。斯灵:神龟。

【汇评】

三国魏·陈琳:昨加恩辱命,并示《龟赋》,披览粲然。君侯体高世之才,秉青萍、干将之器,拂钟无声,应机立断,此乃天然异禀,非钻仰者所庶几也。音义既远,清辞妙句,焱绝焕炳,譬犹飞兔流星,超山越海,龙骥所不敢追,况于驽马,可得齐足!夫听《白雪》之音,观《绿水》之节,然后《东野》《巴人》蚩鄙益著。载欢载笑,欲罢不能。谨韫椟玩耽,以为吟颂。琳死罪死罪。(《答东阿王笺》)

清·丁晏:陈琳《答东阿王笺》:"并示《龟赋》,披览粲然。"即此赋也。王三十八岁徙封东阿,此赋在东阿时作。(《曹集铨评》卷三)

离缴雁赋

余游于玄武陂中^①，有雁离缴^②，不能复飞，顾命舟人追而得之，故怜而赋焉！

怜孤雁之偏特兮，情惆焉而内伤^③。寻淑类之殊异兮，禀上天之休祥^④。含中和之纯气兮，赴四节而征行^⑤。远玄冬于南裔兮，避炎夏于朔方^⑥。白露凄以飞扬兮，秋风发乎西商^⑦。感节运之复至兮，假魏道而翱翔^⑧。接羽翮以南北兮，情逸豫而永康^⑨。望范氏之发机兮，播纤缴以凌云^⑩。挂微躯之轻翼兮，忽颓落而离群^⑪。旅朋惊而鸣逝兮，徒矫首而莫闻^⑫。甘充君之下厨，膏函牛之鼎镬^⑬。蒙生全之顾复，何恩施之隆博^⑭。于是纵躯归命^⑮，无虑无求。饥食稻粱，渴饮清流^⑯。

【题解】

《初学记》卷三十作《缴雁赋》。大雁随着气候的变化而迁徙，它们离暑避寒，活动很有规律。然而其中一只罹难，受伤离群，性命之忧，不言自明，后承蒙善人的搭救，感激之情，溢于言表。作者以离群之孤雁自比，希望有人了解自己的不幸遭遇，同时，也表露出愿意过无欲无求、自由平淡的生活的心迹。

【注释】

①玄武陂：指玄武池岸畔。据《三国志·魏书·武帝纪》记载，建安十三年(208)春正月，曹操建玄武池以训练舟师。

②离：通"罹"，遭逢、蒙受。缴(zhuó)：系有丝绳的箭。《孟子·告子上》："一人虽听之，一心以为有鸿鹄将至，思援弓缴而射之，虽与之俱学，弗若之矣。"

③偏特：孤独，孤单。惆焉：感伤失意之貌。内伤：心伤。《楚辞·九

章·悲回风》:"悲回风之摇蕙兮,心冤结而内伤。"

④寻:寻觅、寻找。禀:承受。休祥:祥瑞,吉祥。

⑤含:《艺文类聚》卷九十一作"合"。中和:内心协和。儒家认为如能中和,则天地万物均能各得其所,达到和谐的境界。纯气:纯洁之气。四节:四时。

⑥玄冬:冬天。《汉书·扬雄传》注:"北方色黑,故曰玄冬。"南裔:指南境之地,南方。于:《初学记》作"兮",非。《艺文类聚》作"乎",于、乎意同。朔方:北方。

⑦白露:秋天的露水。西商:指西方。商:中国古代五音阶之一,其声悲凉哀怨。古人将五音与四季相配,以商音配秋季,故亦以西商代指秋季。

⑧节运:节气之运转变化。魏道:指邺城上空。

⑨接羽翩:雁群列队飞翔。逸豫:喜悦。

⑩望:怨恨、责怪。范氏:此处未详其所指。发机:弓弩上发射箭的机关。《淮南子·原道训》:"恬然则纵之,迫则用之。其纵之也若委衣,其用之也若发机。"播:发射。

⑪挂:勾住。颓落:下坠。

⑫旅朋:同飞之雁。逝:消逝。《续古逸丛书》本卷四作"远",非。矫首:仰首。

⑬下厨:下等的膳食。下,含有卑贱之意。膏:润泽、滋润。鼎镬:鼎、镬皆为煮食物的烹饪器具,其中鼎有足,镬无足。

⑭蒙:蒙受、承蒙。生全:指保全性命。顾复:救生之恩。《诗·小雅·蓼莪》:"父兮生我,母兮鞠我,拊我畜我,长我育我,顾我复我,出入腹我。"郑玄笺:"顾,旋视也;复,反复也。"恩施:恩惠。隆博:隆恩之广大。

⑮纵躯:犹言委命。归命:听命。

⑯稻粱:《续古逸丛书》本作"粱稻"。

酒　赋

余览扬雄《酒赋》,辞甚瑰玮,颇戏而不雅①。聊作《酒赋》,

粗究其终始。赋曰：

嘉仪氏之造思，亮兹美之独珍②。嗟曲蘖之殊味，
□□□□□③。仰酒旗之景曜，徵嘉号于天辰④。穆公酣而
兴霸，汉祖醉而蛇分⑤；穆生失醴而辞楚，侯嬴感爵而轻身⑥。
谅千钟之可慕，何百觚之足云⑦！其味有□□亮沂，久载休
名⑧。宜城醪醴，苍梧缥清⑨。或秋藏冬发，或春酝夏成⑩。或
云沸潮涌，或素蚁浮萍⑪。尔乃王孙公子，游侠翱翔⑫。将承欢
以接意，会陵云之朱堂⑬。献酬交错，宴笑无方⑭。于是饮者并
醉，纵横喧哗。或扬袂屡舞，或叩剑清歌⑮；或噘嗷辞觞⑯，或奋
爵横飞；或叹骊驹既驾，或称朝露未晞⑰。于斯时也，质者或
文，刚者或仁⑱；卑者忘贱，窭者忘贫⑲。和睚眦之宿憾，虽怨仇
其必亲⑳。于是矫俗先生闻之而叹曰㉑："噫！夫言何容易，此
乃淫荒之源，非作者之事㉒。若耽于觞酌，流情纵逸㉓，先王所
禁，君子所斥㉔。"

叙嘉宾之欢会，惟耽乐之既阕㉕。日晻暗于桑榆兮，命仆
夫而皆逝㉖。

安沉湎而为娱，非往圣之所述㉗。辟《酒诰》之明戒，同元
凶于三季㉘。

【题解】

以酒为题材而进行创作的，古代不乏其人，与作者同时的王粲亦作有
《酒赋》，其主旨与本赋相同，赋云："暨我中叶，酒流犹多，群庶崇饮，日富月
奢。"由此可见，汉魏之际，酗酒已经成为一种社会风气。而当时以粮食酿
酒，曹操为节约粮食，于建安十二年(207)，上表主张军中禁酒，严禁私自酿
酒、酗酒。曹植此赋写于曹操颁布禁酒令之后不久，继承禁酒令之意旨，历
叙酗酒的种种弊端和危害。本赋文有严重的残脱现象。

【注释】

①扬雄：字子云，西汉蜀郡成都（今成都郫县）人，著名辞赋家。其《酒赋》全文今不存。瑰玮：即瑰丽。戏：嘲弄。雅：正。

②仪氏：指仪狄。据《吕氏春秋》《战国策》等先秦典籍记载，仪狄是夏禹时发明酿酒之人，相传其为帝王之女。造思：发明酿酒的方法。亮：通"谅"，确实。兹美：此指美酒。

③曲蘖（qǔ niè）：制酒的酵母。此处代指美酒。"嗟曲蘖"句依《北堂书钞》卷一百四十八补入，"□□"句则从赵幼文之说。

④酒旗：酒旗星，在轩辕星南。《晋书·天文志上》："轩辕右角南三星曰酒旗，酒官之旗也，主宴飨饮食。"景曜：酒旗星光辉明亮。徽：应。《续古逸丛书》本卷四作"协"。嘉号：美名。天辰：酒旗星。

⑤穆公：指秦穆公，一作秦缪公，春秋时秦国国君，姓嬴，名任好。酣而兴霸：据《史记·秦本纪》记载，秦穆公丢失的良马，被岐山下的三百多个百姓捉来分吃了，官吏想要将他们法办。秦穆公说："君子不会因为牲畜的原因而伤害人。于是赦免了他们。后秦晋交战，穆公被晋军围困，那些百姓便拿着利器以死相救，以报答穆公的恩德，助穆公反败为胜。汉祖：指汉高祖刘邦。醉而蛇分：指刘邦任亭长时醉后斩蛇之事。据《史记·高祖纪》记载，有一次，刘邦押送劳工去骊山，乘着酒兴于夜间赶路。命令一人在前探路，那人见一大蛇挡道，还报刘邦。刘邦正醉意朦胧，拔剑便把大蛇斩为两段。蛇分为两半，道路遂开。此二句亦从《北堂书钞》补入，丁晏疑此乃"侯嬴感爵而轻身"句下脱文，此从赵幼文《曹植集校注》置于此处。

⑥穆生：西汉时人。失醴而辞楚：据《史记·楚元王交传》记载，楚元王刘交礼遇穆生，穆生不善饮酒，故每次宴饮时元王都为其设醴以示敬重。后刘戊嗣位，起初也常为穆生设醴，后来便忘了此事。这时穆生知道楚王已开始怠慢自己，故称病离开了楚国。失：影宋本作"以"，非。醴（lǐ）：指甜酒。侯嬴：指战国时魏国的隐士，家贫，七十岁方被人识而任用，为魏都城大梁夷门守门人。时信陵君闻其贤，专门设宴，亲请侯嬴，迎其为上宾。轻身：指秦军攻赵，赵求救于魏。由于受到秦王的威胁，魏王便持观望之态。信陵君几次请魏王出兵救赵，魏王仍按兵不动。后侯嬴向信陵君献窃符救赵之计，事

后,为之自杀身亡。事见《史记·信陵君传》。轻身:《续古逸丛书》本作"憎深"。

⑦谅:确实。千钟、百觚:皆指人的酒量很大。《孔丛子·儒服篇》:"平原君曰:'昔有遗谚:尧、舜千钟,孔子百觚。子路嗑嗑,尚饮十榼。古之圣贤,无不能饮者。'"钟、觚:皆是古代的饮酒器。

⑧此二句从丁晏《曹集铨评》及赵幼文《曹植集校注》说。严可均《全三国文》作"其味亮升",且注"当有误"。休名:美名。

⑨宜城:古地名,在今襄阳南。此地出产的美酒在魏晋时久负盛名。《太平寰宇记》:"山南东道襄州宜城出美酒,俗号为竹叶杯。"醪(láo):浊酒,是酒汁与酒糟混杂的酒。苍梧:地名,即今广西苍梧,古以盛产美酒而闻名。据史籍记载,魏晋时,此处出产一种名为"竹叶青"的美酒。张华《轻薄篇》:"苍梧竹叶青。"

⑩秋藏冬发:指秋天始酿,冬天方熟。春酝夏成:《周礼·天官冢宰·酒正》郑玄注:"清酒,今之中山冬酿接夏而成也。"

⑪云沸潮涌:形容曲米发酵时酒浆翻腾涌动之状。潮:《艺文类聚》卷七十二作"川",影宋本作"沸"。素蚁浮萍:指酒面上漂浮的白色泡沫。浮:《艺文类聚》作"如"。张衡《南都赋》:"醪敷径寸,浮蚁若萍。"李善注引《释名》:"酒有汎齐,浮蚁在上,汎汎然如萍之多者。"

⑫游侠:指能救人于急难的人。此指游荡之人。

⑬欢:《续古逸丛书》本作"芬"。接意:合意。之:《续古逸丛书》本作"于"。

⑭献酬:饮酒时主客之间相互酬劝、敬酒,此处泛指酌饮。献:指主人向宾客敬酒。酬:指主人答谢宾客的敬酒,并再次向宾客敬酒。《诗·小雅·楚茨》:"为宾为客,献酬交错,礼仪卒度,笑语卒获。"无方:指不拘礼节,举止随意。

⑮清歌:指没有乐器伴奏而歌。

⑯颦蹙(pín cù):皱眉蹙额。颦:古通"颦",皱眉。蹙:古通"蹙",皱额。《艺文类聚》作"蹴"。赵幼文:"案作颦蹴,是。或作颦蹙。"辞:推辞,此指谢绝喝酒。

190

⑰骊驹:纯黑色的马,亦泛指马。逸《诗》有《骊驹》篇,是告别之歌。诗云:"骊驹在门,仆夫具存;骊驹在路,仆夫整驾。"客人临去时歌《骊驹》,因而后人将告别之歌称为"骊歌"。朝露未晞:《诗·小雅·湛露》:"湛湛露斯,匪阳不晞。厌厌夜饮,不醉无归。"

⑱质者:指朴实之人。文:指雍容闲雅之态。刚者:指性格倔强之人。仁:指性情温和。

⑲窭(jù)者:指贫困之人。《诗·邶风·北门》:"终窭且贫,莫知我艰。"此二句意指地位低下之人忘却其卑贱,贫困之人忘记自身的困苦。

⑳睚眦(yá zì):瞋目怒视。《史记·范雎蔡泽列传》:"睚眦之怨必报。"宿憾:旧恨。此二句亦从《北堂书钞》补入。丁晏《曹集铨评》:"《书钞》一百四十八引《酒赋》,此疑窭者忘贫句下脱文。"此处从赵幼文《曹植集校注》。

㉑矫俗先生:指曹植设想的矫正风俗之人。

㉒作者:指著书立说之人,此指贤者。

㉓耽:沉迷、沉溺。逸:《艺文类聚》作"佚",佚可通"逸"。纵佚即纵情。

㉔先王:指夏禹。所禁:指夏禹疏远仪狄,杜绝美酒之事。斥:《艺文类聚》作"失"。赵幼文:"作失字是。失、佚协韵,作斥是失韵矣。"上八句据《曹集铨评》补。丁晏《曹集铨评》:"《韵补》四引《酒赋》。"

㉕阕(què):终了、终止。

㉖晻暗:日光渐渐暗淡。桑榆:日暮。逝:离开。

㉗沉湎:指沉湎于美酒。往圣之所述:指周公奉成王之命作《酒诰》之事。《酒诰》:谓周公颁布的戒酒之文。

㉘辟:开。元凶:指夏桀、商纣和周幽王。三季:指夏、商、周三代的末年。此上八句《韵补》卷四引《酒赋》。

闲居赋

何吾人之介特,去朋匹而无俦①。出靡时以娱志,入无乐以销忧②。何岁月之若骛,复民生之无常③。感阳春之发节,聊轻驾而远翔④。登高丘以延企,时薄暮而起雨⑤。仰归云以载奔,遇兰蕙之长圃⑥。冀芬芳之可服,结春薜以延伫⑦。入虚廓之闲馆,步生风之广庑⑧。践密迹之修除,即蔽景之玄宇⑨。翡翠翔于南枝,玄鹤鸣于北野⑩。青鱼跃于东沼,白鸟戏于西渚⑪。遂乃背通谷,对绿波,藉文茵,翳春华⑫。丹毂更驰,羽骑相过⑬。

恕寒风以开襟⑭。

愿同衾于寒女⑮。

【题解】

本篇首言自己的孤独,因身边没有朋友相伴而显得清冷悲伤。后写作者春日独自外出时所见之景。作者多选取寂静空旷之地的景物,给人以凄清悲凉之感。关于此赋的作年,赵幼文疑作于建安二十年(215)春,另一种观点是似作于曹丕立为太子之时,即建安二十二年(217),今从赵幼文说将其置于此处。赋文有脱佚。

【注释】

①介特:指孤独之人。东汉王逸《九思·怨上》:"哀吾兮介特,独处兮罔依。"朋匹:指志同道合之人,朋友。俦:同类、伴侣。

②靡时:犹言无时无刻。销忧:消除忧愁。

③若骛:指时光飞逝。民生:人生、寿命。《楚辞·离骚》:"民生各有所乐兮,余独好修以为常。"

④聊:姑且。远翔:远游。

⑤延企:伸长脖颈,踮起脚尖,观望远方。薄:接近、迫近。起:犹言兴、降。

⑥归云:指行云。载:语气词。遇:《艺文类聚》卷六十四作"过"。兰蕙:指兰和蕙,皆香草名。

⑦冀:希望。春薜:即杜衡,香草名。常用以比喻贤人、君子。《楚辞·离骚》:"畦留夷与揭车兮,杂杜衡与芳芷。"延伫:指久久地站立。伫:同

“仁”。

⑧虚廊:空廓。闲馆:指空旷而寂静的屋子。庑:高堂周围的廊屋。《说文》:"庑,堂下周屋。"《尔雅·释名》:"大屋曰庑。"

⑨密迩:贴近、临近、靠近。此指贴近身边。修除:长长的楼梯。蔽:遮蔽。玄:幽深。

⑩翡翠:鸟名,羽毛非常鲜艳,又称翠雀。《艺文类聚》作"翠鸟"。《楚辞·招魂》王逸注:"雄曰翡,雌曰翠。"洪兴祖补注:"翡,赤羽雀;翠,青羽雀。《异物志》云:翠鸟形如燕,赤而雄曰翡,青而雌曰翠。"玄鹤:即黑鹤。晋崔豹《古今注·鸟兽》:"鹤千岁则变苍,又二千岁变黑,所谓玄鹤也。"

⑪青鱼:颜色青黑的鱼,体细圆。沼:水池。渚:水中小块陆地。

⑫藉:指坐。文茵:指车中的虎皮坐褥,此处泛指华丽的坐垫。《诗·秦风·小戎》:"文茵畅毂,驾我骐馵。"毛传:"文茵,虎皮也。"

⑬丹毂:泛指华贵之车。毂:车轮中心的圆木,此泛指车。羽骑:羽林骑士,即宫廷禁卫骑兵。扬雄《羽猎赋》:"羽骑营营,昈分殊事。"

⑭愬:同"诉",傅亚庶认为:"此句疑为'仰归云以载奔'之下文,下复脱一句,以与'过兰蕙之长圃'句相承。"此句(《文选》潘安仁《西征赋》李善注引《闲居赋》)。

⑮寒女:指出身贫寒之女。此句《文选》郭泰机《答傅咸》诗李善注引《闲居赋》。

述行赋

寻曲路之南隅,观秦政之骊坟①。哀黔首之罹毒,酷始皇之为君②。濯余身于神井,伟汤液之若焚③。

恨西夏之不纲④。

【题解】

建安十六年(211)七月,曹植抱病随父西征马超,得以游骊山始皇陵,观温泉,追述秦之风纪。作者深感修建始皇陵这一工程给百姓带来的深重苦难,体现了作者对暴君秦始皇的痛恨和对苦难百姓的同情。赵幼文认为当作于建安二十年(215)曹植随父西征张鲁时所作,今从之,故附此。赋句有残脱。

【注释】

①寻:沿着。秦政:即秦始皇。骊坟:秦始皇陵在骊山之下,故称。在今陕西临潼东。

②黔首:指平民。黔:黑色。秦始皇时,衣服、旌旗等皆尚黑色,百姓皆头裹黑巾,故名。《史记·秦始皇本纪》:"二十六年……更民名曰黔首。"罹毒:遭受灾难。此指秦始皇征用民力修建皇陵之事。酷:痛恨。

③濯:洗涤。神井:指位于骊山下的温泉,即今华清池。民间神话有云:始皇游骊山娘娘庙,被女娲神像唾了一脸唾沫,后来被唾的地方生了烂疮。秦始皇只好又去娘娘庙焚香四十九天,以示其诚心。刚叩拜完,便接到一支写有"汤泉洗痂"四个字的竹签,而此时,骊山下恰巧出现了许多温泉。秦始皇便用泉水冲洗烂疮,不久便痊愈了。汤液:此指温泉水。

④西夏:指我国的西北地区。不纲:指不守法纪。此句《文选》潘安仁《西征赋》李善注引《述行赋》。

车渠椀赋

惟斯椀之所生,于凉风之峻湄①。采金光以定色,拟朝阳而发辉②。丰玄素之晔晔,带朱荣之葳蕤③。缊丝纶以肆采,藻繁布以相追④。翩飘飙而浮景,若惊鹄之双飞⑤。隐神璞于西野,弥百叶而莫希⑥。于时乃有明笃神后,广被仁声⑦。夷慕义而重使,献兹宝于斯庭⑧。命公输之巧匠,穷妍丽之殊形⑨。华色灿烂,文若点成⑩。郁蓊云蒸,蜿蜒龙征⑪。光如激电,景若浮星⑫。何神怪之巨伟,信一览而九惊⑬。虽离朱之聪目,犹炫曜而失精⑭。何明丽之可悦,超群宝而特章⑮。俟君子之闲燕,酌甘醴于斯觥⑯。既娱情而可贵，故永御而不忘⑰。

此篇乃咏物赋，所咏之物为车渠椀。车渠，西域出产的一种玉石，当地人将其加工成椀，成为一种食器，故称车渠椀。椀，严可均《全三国文》作"碗"。其纹理细腻柔和，一直被古人视为珍宝。小者可作为装饰物系于颈项，大者可制成器物。晋崔豹《古今注》："魏帝以车渠石为椀。"这些车渠石可能是建安二十年(215)曹操攻屠氏氏，平定凉州后，西域诸国献赠之物。或作于建安二十一年(216)中。本赋从多层次、多角度对车渠椀加以描述，以夸张、比拟等手法，展示车渠椀的精美。除曹植外，曹丕、王粲、应场、徐干等人都有同题之作传世。

【注释】

①凉风：即指阆风，传说中的仙山，在昆仑山之上。《楚辞·离骚》："朝吾将济于白水兮，登阆风而绁马。"王逸注："阆风，山名，在昆仑之上。"峻湄：陡峭的长有水草的水岸。湄：岸边水草相交之处。

②以：《艺文类聚》卷七十三作"而"。定色：指车渠石呈金黄色而成其为本色。拟：比较、相比。辉：《续古逸丛书》本卷三作"晖"。

③丰：充实。玄素：指黑、白二色。昤晔：光彩夺目貌。朱荣：红花。葳蕤：艳丽貌。

④缊(yùn)：积聚，通"蕴"。丝纶(lún)：泛指丝。粗于丝者为纶。《礼记·缁衣》："王言如丝，其出如纶。"肆：遍布。此指车渠石的纹理之细密，如同遍布的丝线般光彩夺目。藻：文采，此指纹理、花纹。

⑤翻飘飖：指玉石在日光下光彩闪动。浮景：光彩浮动。此二句意指玉石在日光之下光彩浮动，如高飞的惊鹄。

⑥璞：未经雕琢的玉石。弥：长久，此指经历。百叶：百世。

⑦明笃神后：《续古逸丛书》本作"笃神后"，赵幼文《曹植集校注》卷一作"笃厚神后"。明笃：指聪明仁厚。神后：指曹操。广被仁声：指仁义之声遍布。

⑧夷：指西方的少数民族。重使：指语言不通，经过辗转翻译。《汉书·

平帝纪》注:"译谓传言也。道路绝远,风俗殊隔,故累译而后乃通。"兹宝:指车渠玉石。斯庭:指邺城。

⑨公输:鲁般,春秋时人,为鲁国巧匠,姓公输,名般,大约生于周敬王十三年(公元前507),卒于周贞定王二十五年(公元前444)。穷:极尽。妍丽:美好貌。殊形:与众不同的形状。

⑩文:纹理。此指加工后的玉石呈现出自然的纹理。

⑪郁蓊:蓊郁,草木茂盛貌。蜿蜒:盘曲貌。严可均《全三国文》卷十四、《续古逸丛书》本作"蜿蝉"。

⑫激电:闪电。浮星:指闪烁的星光。

⑬神怪:奇珍异怪。巨伟:特别奇特。《太平御览》卷八百八作"瑰玮"。瑰玮:指事物珍贵奇异。

⑭聪目:指视力极好。犹:尚且。失精:失明,犹今语之眼花。精:通"睛",眼睛。

⑮章:同"彰",彰显、显露。

⑯俟:等待,于此无义,疑当作"侍",指陪同。燕:通"宴",宴饮。甘醴:指美酒。觥:古代酒器。《艺文类聚》作"觞"。觥、觞皆酒器。

⑰永御:永远使用。

迷迭香赋

播西都之丽草兮,应青春而凝晖①。流翠叶于纤柯兮,结微根于丹墀②。信繁华之速实兮,弗见凋于严霜。芳暮秋之幽兰兮,丽昆仑之芝英③。既经时而收采兮,遂幽杀以增芳④。去枝叶而特御兮,入绡縠之雾裳⑤。附玉体以行止兮,顺微风而舒光⑥。

【题解】

迷迭,植物名,产自西域,为常绿小灌木,叶片散发香气,佩之可以香衣,

196

燃之可以驱除蚊蚋、避邪气,制成香料后名"迷迭香"。除曹植外,魏文帝、王粲、应场、陈琳皆作有《迷迭赋》,见《艺文类聚》卷八十一《药香草部》上。文中以简洁的文字叙述了迷迭香移植到中原后的生长情况,语言朴素无雕饰,给人一种清新明快之感。

【注释】

①播:移植。西都:指西域之地,此指东汉都城洛阳。丽草:珍奇的草。应:顺应,适应。青春:指春天。《楚辞·大招》:"青春受谢,白日昭只。"王逸注:"青,东方春位,其色青也。"

②纤柯:细枝。丹墀(chí):宫殿的赤色石阶或赤色地面,此处代指邺城宫殿。《宋书·百官志上》:"殿以胡粉涂壁,画古贤烈士。以丹朱色地,谓之丹墀。"

③芝英:芝草的花。芝草的花呈紫红色,迷迭花类似之,呈蓝紫色,稍具光泽,故称。此二句意指迷迭如晚秋的兰花一样芬芳,如同昆仑上所长的芝草之花一样美丽。

④经时:历时。收采:采摘。幽杀以增芳:收采后,入袋密闭收藏,这样才能更好地留住其浓郁的芳香。

⑤特御:指独自使用。入:纳入,放入。绡縠(xiāo hú):轻纱之类的丝织品。雾裳:指像雾般轻薄的衣裳。

⑥舒光:指迷迭香发出淡淡的幽香。

槐　赋

羡良木之华丽,爰获贵于至尊①。凭文昌之华殿,森列峙乎端门②。观朱榱之振条,据文陛而结根③。扬沈阴以博覆,似明后之垂恩④。在季春以初茂,践朱夏而乃繁。覆阳精之炎景,散流耀以增鲜⑤。

【题解】

本篇《初学记》卷二十八、严可均《全三国文》卷十四均题作《槐树赋》。曹丕亦有《槐树赋》传世,赋序曰:"文昌殿中槐树,盛暑之时,余数游其下,美而赋之! 王粲直登贤门,小阁外亦有槐树,乃就使赋焉。"本赋写槐树因得天独厚的姿态,受宠于宫廷之中,并且依势"振条""结根",茁壮成长。诗中流露出作者的羡慕之情,表达出希望凭借其美好的品质而得到父王的恩宠,通过自己的努力,能够有所作为的美好愿望。据赵幼文考证,此赋当作于建安二十一年(216)夏,此时曹植兄弟二人与王粲都在邺。

【注释】

①良木:美好的树木,此指槐树。爰:于是;就。至尊:指曹操。

②文昌:指文昌殿,邺都魏宫的正殿。峙:立。端门:进入宫城区的南门。

③榱(cuī):指放在檩上架屋瓦的木条,即屋椽。《说文》:"秦名为屋椽,周谓之榱,齐鲁谓之桷。"之:《艺文类聚》卷八十八作"以"。振条:伸展枝条。据:依靠;凭借。文陛:指雕有花纹图案的石阶。

④博覆:广布;普遍覆盖。《初学记》作"溥",指广大,普遍。明后:指曹操。

⑤阳精:指太阳。流耀:流光。鲜:明亮。

大暑赋

炎帝掌节,祝融司方①,羲和按辔,南雀舞衡②。暎扶桑之高炽,燎九日之重光③。大暑赫其遂蒸,玄服革而尚黄④。蛇折鳞于灵窟,龙解角于皓苍⑤。遂乃温风赫曦⑥,草木垂干。山坼海沸,沙融砾烂⑦。飞鱼跃渚,潜鼋浮岸⑧。鸟张翼而远栖,兽交逝而云散⑨。于时黎庶徙倚,棋布叶分⑩。机女绝综,农夫释耘⑪。背暑者不群而齐迹⑫,向阴者不会而成群。于是大人迁居宅幽,绥神育灵⑬。云屋重构,闲房肃清⑭。寒泉涌流,玄木

198

奋荣⑮。积素冰于幽馆，气飞结而为霜⑯。奏《白雪》于琴瑟，朔风感而增凉⑰。

壮皇居之瑰玮兮，步八纮而为宇⑱。节四运之常气兮，踊太素之仪矩⑲。

【题解】

此赋作于建安二十一年（216）。《文选·杨修〈答临淄侯笺〉》李善注："植为《鹖鸟赋》，亦命修为之，而修辞让。植又作《大暑赋》，而修亦作之，竟日不敢献。"除杨修外，与曹植同期的王粲、陈琳和刘桢均有同题之作，当为同时应和之作。赋中描述夏天的暑气酷热对自然界带来的影响，给劳动人民带来的苦恼，以及帝王、诸侯在炎炎夏日的奢华生活。两种不同的生活场景，形成鲜明的对比。

【注释】

①炎帝：上古时一部落首领，亦是神话传说中主管夏令和南方的神，五行家谓其以火德王天下。《汉书·魏相传》："南方之神炎帝，乘离执衡司夏。"掌节：掌管时令。祝融：神名，相传其为帝喾时的火官，死后被尊为火神。司方：指主管南方。古人尊奉其为南方之神。

②羲和：驾驭日车的神。按辔：按住马缰，使马缓步而行。南雀：指朱雀、朱鸟，二十八星宿中南方七宿的总称。七宿相连呈鸟形，朱色象征火，而南方主火，故称。古人以之为南方之神。舞衡：指朱雀掌管南天星空之事。

③暎：同"映"，照射，映照。炽：昌盛。燎：灼烧；烘烤。

④赫：指暑气之盛。遂蒸：蒸腾；上升。王粲《大暑赋》："惟林钟之季月，重阳积而上升。"玄服：黑色衣服。《文选·宋玉〈高唐赋〉》李善注："冬王水，水色黑，故衣黑服。"革：更换。尚黄：崇尚黄色。《礼记·月令》："（季夏之月）衣黄衣，服黄玉。"此以服色之变，指气温由凉转热。

⑤折鳞：见《神龟赋》注。解角：指脱角。《说文》段玉裁注："《月令》仲夏之月日长至，鹿角解。"二字疑为互讹，当作"解鳞""折角"。灵窟：指灵穴。皓苍：指天。

⑥温风:热风。《礼记·月令》:"(季夏之月)温风始至,蟋蟀居壁,鹰乃学习,腐草为萤。"赫曦:指炎暑炽盛貌。《续古逸丛书》本卷三作"戏"。

⑦圻:裂开。砾:碎石。根据《说苑·君道篇》记载,商汤时天旱长达七年之久,以至于大山崩裂,河川枯竭,沙子熔化,石砾被烤烂。

⑧渚:水中小块陆地。鼋(yuán):鳖。

⑨交:共同。逝:离开,离去。

⑩黎庶:黎民百姓。徙倚:流连徘徊。《楚辞·远游》:"步徙倚而遥思兮,怊惝怳而乖怀。"棋布叶分:指人们像棋子和树叶一样居住分散。

⑪绝综(zèng):指停止织作。综:指古代织布机上带着经线上下交错以便梭子经过的装置。《说文》:"综,机缕也。"朱骏声曰:"谓机缕持丝者,屈绳制经,令得开合。"释耘:指放下农活。

⑫背:离开,逃离。齐迹:步调一致。

⑬大人:犹言王者,此指曹操。绥神育灵:即静气养神。绥:安宁;舒缓。

⑭云屋:高楼。闲房:无人居住的房屋。

⑮寒:清凉。玄木:指树干为黑色的树。

⑯幽馆:指藏冰之窖。

⑰《白雪》:古琴曲名,相传为春秋晋师旷所作。《淮南子·览冥训》:"昔者师旷奏《白雪》之音,而神物为之下降。"此处泛指优美的琴曲。朔风:北风。

⑱壮:感叹之意。八纮:犹言八极,指大地的极限。宇:宫宇。

⑲节:调节。四运:四季的交替。踰:超过。太素:上天。仪矩:法度。原无此二十六字,据《太平御览》卷一补。

鹖 赋

鹖之为禽猛气,其斗终无胜负,期于必死,遂赋之焉。

美遐圻之伟鸟,生太行之崇阳①。体贞刚之烈性,亮乾德之所辅②。戴毛角之双立,扬玄黄之劲羽③。甘沈陨而重辱,有节侠之仪矩④。降居擅泽,高处保岑⑤。游不同岭,栖必异林。若有翻雄骇游,孤雌惊翔⑥,则长鸣挑敌,鼓翼专场⑦。踰高越壑,双战只僵⑧。阶侍斯珥,俯耀文墀⑨,成武官之首饰,增庭燎之光辉⑩。

【题解】

鹖为猛禽,性情刚烈,勇于斗,至死方休,象征着勇猛英武。古代武官以鹖羽饰冠,有尚武之意。《鹖鸡赋》序:"鹖鸡猛气,其斗终无负,期于必死,今人以鹖为冠,像此也。"(见严可均《全三国文》引《大观本草》)本赋在于赞美鹖的刚烈、勇猛、至死方止的精神,表现出了鹖的特性,显露出了作者鼓励武士勇武的意旨。本篇作于建安二十一年(216)。

【注释】

①遐圻(qí):遥远的地方。伟鸟:珍奇之鸟。伟:赞美之辞。太行:太行山。嵓:通"岩",岩穴。

②体:包含。亮:信,确实。乾德:指刚健之德。乾:《艺文类聚》卷九十、《续古逸丛书》本卷四作"金"。《周易·说卦》:"乾为天,为圜,为君,为父,为玉,为金……"金德:指金属具有的贞刚品质。是乾、金意同。

③毛角:指毛和角。玄黄:指黑黄相杂之色。《尔雅》:"鹖似雉而大,黄黑色,故其名曰鹖。"

④沈陨:同"沉陨",埋没。此指死亡。节侠:有节操之士,此指重义轻生之人。仪矩:法度。此指风度。

⑤擅:独占,独据。岑:小而高的山。

⑥翻:鸟飞貌。骇:指马受惊,此指鸟受到惊扰。游:《艺文类聚》作"逝"。翔:飞。

⑦专场:此指独占此场,压倒群鹖。

⑧双战只僵:指两鹖相斗,直到其中一只战死乃止。

⑨阶侍:宫殿外立于台阶两旁的侍卫。斯珥:头上插戴鹖的羽毛。文墀:指在宫殿石阶上镂刻鹖的图案作为装饰。

⑩武官:指虎贲羽林。首饰:头上的装饰。《后汉书·舆服志下》:"五官、左右虎贲、羽林、五中郎将、羽林左右监皆冠鹖冠。"庭燎:古代庭中照明的火炬。《周礼·秋官·司烜氏》:"凡邦之大事,共坟烛庭燎。"郑玄注:"树于门外曰大烛,于门内曰庭燎,皆所以照众为明。"

【汇评】

东汉·杨修:今乃含王超陈,度越数子矣……观者骇视而拭目,听者倾首而竦耳,非夫体通性达,受之自然,其孰能至于此乎?……又尝亲见执事握牍持笔,有所造作,若成诵在心,借书于手,曾不斯须少留思虑。仲尼日月也,无得逾焉。修之仰望,殆如此矣。是以对《鹍》而辞,作《暑赋》弥日而不献……见西施之容,归憎其貌者也……伏想执事,不知其然,猥受顾锡,教使刊定。……今之赋颂,古诗之流,不更孔公,《风》《雅》无别耳。(《答临淄侯笺》)

宝刀赋

建安中,家父魏王乃命有司造宝刀五枚①,三年乃就,以龙、虎、熊、马、雀为识。太子得一,余及余弟饶阳侯各得一焉②。其余二枚,家王自杖之。赋曰③:

有皇汉之明后,思明达而玄通④。飞文藻以博致,扬武备以御凶⑤。乃炽火炎炉,融铁挺英⑥。乌获奋椎,欧冶是营⑦。扇景风以激气,飞光鉴于天庭⑧。爰告祠于太乙,乃感梦而通灵⑨。然后砺以五方之石,凿以中黄之壤⑩。规圆景以定环,摅神思而造像⑪。垂华纷之葳蕤,流翠采之滉瀁⑫。故其利陆斩犀革,水断龙角⑬。轻击浮截,刃不纤削⑭。踰南越之巨阙,超西楚之太阿⑮。实真人之攸御,永天禄而是荷⑯。

【题解】

本篇《北堂书钞》卷一百二十三题作《宝刀剑赋》。赵幼文:"赋惟述铸刀,未涉及剑,似剑字当删,作《宝刀赋》为是。"本赋是一篇咏刀之作,描述了宝刀的铸造过程,赞叹了铸造工艺之精良、刀刃的锋利程度,显露出作者对其的喜爱之情。据《三国志·魏书·武帝纪》所载,建安二十一年(216)夏五月,曹操封魏王;建安二十二年(217)冬十月,曹丕为魏太子。曹操《百辟刀令》:"往岁作百辟刀五枚,适成,先以一与五官将。其余四,吾诸子中有不好武而好文学者,将以次与之。"本赋当作于建安二十二年(217)。赋句有残脱。

【注释】

①宝刀:指百辟刀。

②太子:指曹丕。饶阳侯:指曹植的异母弟曹林。《三国志·魏书·武文世王公传》:"建安十六年封饶阳侯。"曹操曾作《百辟刀令》,令曰:"往岁作百辟刀五枚,适成,先以一与五官将,其余四,吾诸子中有不好武而好文学,将以次与之。"

③家王:指曹操。《三国志·魏书·武帝纪》:"建安二十一年五月,曹操为魏王。"以上十一字,据《太平御览》卷三百四十六补入。

④皇汉:大汉。皇:古人对本朝的尊称。明后:指曹操。明达:聪明通达。明:《艺文类聚》卷六十作"潜",《初学记》卷二十二作"冥"。玄通:与明达意同。

⑤飞:散布;广布。文藻:文辞;文章。博致:广招贤士,广罗人才。武备:军事准备。御凶:抵制暴乱。

⑥炽火:烧得很旺的火。挺英:指铁之精华。赵幼文曰:"挺字疑当作铤。"《论衡·率性篇》:"其本铤,山中之恒铁也。冶工锻炼,成为铦利。"英:精华。

⑦乌获:战国时期秦国的大力士,此处泛指大力士。椎:同"槌"。欧冶:欧冶子,战国时期著名的铸剑工,此指优秀的铸剑师。

⑧景风:和暖的风。鉴:照亮;映照。天庭:指天帝所处之地,此指天空。

⑨爰:于是。告祠:指祈祷。太乙:即太一,天神名。相传欧冶子铸剑时,在太乙等众仙的帮助下,拿出自己的本领,才造出了湛卢、纯钧、胜邪三把长剑,鱼肠、巨阙两把短剑。感梦于神灵:指于梦中得到来自神灵关于铸剑的启示。

⑩砺:磨。五方之石:指东南西北中各方之石。凿:擦拭。赵幼文曰:“凿与错通。《史记索隐》:‘晋出公名凿,《六国表》作错,是其证。’”中黄:国名。赵幼文注引《雷焕别传》:“君初经南昌,遣人取西山北岩下土二升,黄白色,拭剑光艳照耀,莫不惊愕。”此指刀剑制成后,用特殊的土将刀打磨得很光洁。

⑪规:规划。圆景:月亮。环:指把刀把铸成圆形。摅(shū):抒发;发表。神思:指奇妙的想象。思:《艺文类聚》作“功”。造像:成形。

⑫华纷:指宝刀上的纹理。葳蕤:草木华垂貌,此指宝刀的纹理很华美。流翠采:指宝刀浮现着湛蓝色的光芒。滉漭:闪烁貌。

⑬陆:地面。犀革:犀牛皮。《淮南子·修务训》:“夫纯钩、鱼肠之始下型,击则不能断,刺则不能入,及加之砥砺,摩其锋锷,则水断龙舟,陆剸犀甲。”

⑭轻击、浮截:皆形容用力不多。截:断。刃不纤削:指刀刃没有丝毫损坏。一说指砍削细小轻微之物,其刃不显得软弱无力。纤:《艺文类聚》作“瀸”,《续古逸丛书》本卷三作“流”。此二句极言宝刀之锋利。

⑮南越之巨阙:指春秋时代越王勾践所佩宝剑,相传为欧冶子所铸。西:《续古逸丛书》本、张溥本卷二十六作“有”。太:《续古逸丛书》本作“泰”,太阿,即泰阿剑。相传春秋之时,楚王命欧冶子、干将等人,铸造龙渊、太阿、工布三把宝剑,楚王持太阿剑率众击破敌军。

⑯真人:指道家认为修真得道之人,此指曹操。攸:语气词。御:《续古逸丛书》本作“遇”,非。天禄:天赐的福禄,此指王位。荷:担负,此指佩戴。

芙蓉赋

览百卉之英茂,无斯华之独灵[①]。结修根于重壤,泛清流而擢茎[②]。退润王宇,进文帝庭[③]。竦芳柯以从风,奋纤枝之璀璨[④]。其始荣也,皦若夜光寻扶桑[⑤];其扬辉也,晃若九日出旸谷[⑥]。芙蓉蹇产,菡萏星属[⑦]。丝条垂珠,丹荣吐绿[⑧]。焜焜韡铧,烂若龙烛⑨。观者终朝⑩,情犹未足。于是狡童媛女⑪,相与同游。擢素手于罗袖,接红葩于中流⑫。

【题解】

本篇《太平御览》卷九百九十九作《美芙蓉赋》,疑非。《文选》刘休玄《拟明月皎夜光篇》李善注引曹植《芙蓉赋》无"美"字。本赋乃咏叹芙蓉之作,篇中作者赞了荷花高雅纯洁、出淤泥而不染的高贵品质。描写层次分明,笔触细腻,用词生动形象,使荷花的形貌跃然纸上。

【注释】

①览:遍观。百卉:百花。英茂:华美。斯华:指荷花。灵:美好,此指荷花出淤泥而不染。

②修根:长根,此指藕。重壤:指地下。擢:抽发;生长。

③王宇:指曹操所居。润、文:皆有装饰、点缀之意。帝:指汉献帝。此二句据严可均《全三国文》卷十四补入。

④竦:挺立。芳柯:指荷之茎。纤枝:细枝。璀璨:光彩绚丽。此二句据《初学记》卷二十七补入。丁晏认为其下仍有佚句。

⑤皦:洁白。夜光:月亮。

⑥旸谷:传说中的日出之处。《初学记》作"汤谷",旸谷即汤谷。

⑦芙蓉:盛开的荷花,《太平御览》《初学记》俱作"芙蕖"。芙蓉、芙蕖俱为荷之别称。蹇产:盘曲貌。《太平御览》作"骞翔"。骞翔:即飞翔。菡萏(hàn dàn):未盛开的荷花,即荷花蓓蕾。《说文》:"华未发为菡萏,已发为芙蓉。"星属:指众星相连接,此处形容荷花的花朵很多。

⑧丝条:指荷花的花蕊。垂珠:指莲子。丹荣:指荷花。《初学记》作"丹茎"。吐绿:指莲房。莲房出于花瓣之中,故称吐绿。《文选·王延寿〈鲁灵光殿赋〉》:"绿房紫的。"李善注:"绿房,芰蕖之房,刻缯为之。"

⑨焜焜铧铧:光艳华美貌。龙烛:传说中烛龙所衔之烛。《山海经·大荒北经》:"西北海之外,赤水之北,有章尾山,有神,人面蛇身而赤,直目正乘,其瞑乃晦,其视乃明,……是烛九阴,是谓烛龙。"

⑩终朝:指早晨。《诗·小雅·采绿》:"终朝采绿,不盈一匊。"
⑪狡童:见《蝉赋》注。媛女:指美女。
⑫素:洁白。红葩:指红花。

节游赋

览宫宇之显丽,实大人之攸居①。建三台于前处,飘飞陛以凌虚②。连云阁以远径,营观榭于城隅③。亢高轩以回眺,缘云霓而结疏④。仰西岳之崧岑,临漳滏之清渠⑤。观靡靡而无终,何眇眇而难殊⑥。亮灵后之所处,非吾人之所庐⑦。于是仲春之月,百卉丛生,萋萋蔼蔼⑧,翠叶朱茎,竹林青葱,珍果含荣⑨。凯风发而时鸟讙,微波动而水虫鸣⑩。感气运之和顺,乐时泽之有成⑪。遂乃浮素盖,御骍骝⑫;命友生,携同俦⑬,诵风人之所叹,遂驾言而出游⑭。步北园而驰骛,庶翱翔以写忧⑮。望洪池之滉瀁⑯,遂降集乎轻舟。沈浮蚁于金罍,行觞爵于好仇⑰。丝竹发而响厉,悲风激于中流⑱。且容与以尽观,聊永日而忘愁⑲。嗟羲和之奋策,怨曜灵之无光⑳。念人生之不永,若春日之微霜㉑。谅遗名之可纪,信天命之无常㉒。愈志荡以淫游,非经国之大纲㉓。罢曲宴而旋服,遂言归乎旧房㉔。

【题解】

此篇写春日出游时的所见所感。开篇首写魏宫之宏伟壮观,虚实结合。中写园林美景,笔触渐细,给人清新明快之感。后写与友人泛舟游湖而兴人生不永、命运无常之慨叹。通篇所抒发的情感,喜中含忧,喜悦之感少而忧戚之情胜。与曹植同期的杨修有同题之作,见《艺文类聚》卷二十八。赵幼文:"考《艺文类聚》卷二十八杨修《节游赋》,未见王粲、徐干之作,疑此赋作于诸人逝世之后。"故本赋作于建安二十二年(217)瘟疫之后。

【注释】

①宫宇:指邺城宫殿。大人:指魏王曹操。攸居:所居之处。

②三台:指曹操在邺城建的铜爵、金凤、冰井三台。前处:指文昌殿前。飘飞陛:指三台之高,其台阶好像在空中飘动飞舞。

③云阁:阁名,秦二世胡亥所建。《文选·张衡〈东京赋〉》:"乃构阿房,起甘泉,结云阁,冠南山。"此以云阁比喻三台与文昌殿相连的空中阁道。远径:指径直而行。《文选·左思〈魏都赋〉》张载注:"三台与法殿,皆阁道相通。直行为径,周行为营。"营:环绕而行。观榭:犹楼台。北魏郦道元《水经注·漯水》:"魏神瑞三年,又建白楼,楼甚层竦,加观榭于其上,表里饰以石粉。"城隅:指邺城西北门楼。

④亢:面对。高轩:大堂左右高敞的有窗户的长廊。《文选·左思〈蜀都赋〉》:"开高轩以临山,列绮窗而瞰江。"李善注:"高轩,堂左右长廊之有窗者。"轩:《续古逸丛书》本卷一作"轻",非。回:《艺文类聚》作"迥"。迥:远。眺:《续古逸丛书》本作"跳",非。结:结构。疏:窗户。

⑤西岳:即西山。赵一清《三国志补注》:"按西山当为太行也。"朱绪曾《曹集考异》:"西岳,谓林虑山也。"崧岑:指高耸的大小山峰。《尔雅·释山》:"山大而高,崧;山小而高,岑。"此指邺城西方连绵起伏的山峰。临:由上向下。漳:漳水。滏:滏水,即今之滏阳河,自河北磁县西北滏山出,在张固与漳水合流。《战国策·赵策三》:"前漳、滏,右常山。"鲍彪注:"滏水在邺。"清渠:《三国志·魏书·武帝纪》:"建安十八年九月,凿渠引漳水入白沟以通河。"

⑥靡靡:指华美的建筑。《文选·司马相如〈长门赋〉》:"间徙倚于东厢兮,观夫靡靡而无穷。"眇眇:高远;辽远。张溥本卷二十六作"渺渺"。渺渺:幽远貌。殊:断绝。

⑦亮:通"谅",确实。灵后:指女神,此指曹操。庐:指居处。此二句本自汉班固《西都赋》:"实列仙之攸馆,非吾人之所宁。"

⑧萋萋、蔼蔼:皆草木茂盛貌。

⑨含荣:含苞待放。

⑩凯风:南风。《诗·邶风·凯风》:"凯风自南,吹彼棘心。"讙:通"欢",

欢喜、喜悦。微波：指铜爵园中之水。

⑪气运：气候的变迁，季节的更替。和顺：调和顺畅。《续古逸丛书》本作"和润"。时泽：犹时雨。有成：指丰收。

⑫浮：飘在上面，此处形容车飞快奔驰。素盖：白色的车盖。骅骝（huá liú）：指赤色的骏马，周穆王的八骏之一，此指骏马。

⑬友生：朋友。同俦：同伴。

⑭风人：古代专门采集民间歌谣、风俗等的官员，此指诗人。所叹：指《诗·邶风·泉水》："驾言出游，以写我忧。"驾言：出游；出行。驾：驾车。言：语气词。

⑮步：进入。北园：指玄武苑。驰骛：急行。庶：希望。写忧：《诗·卫风·竹竿》："淇水滺滺，桧楫松舟。驾言出游，以写我忧。"

⑯洪池：古时的池塘名。《文选·张衡〈东京赋〉》："于东则洪池清藥，渌水澹澹。"李善注："洪，池名也，在洛阳东三十里。"此指玄武池。滉漾（huàng yàng）：形容洪武池中之水广阔无边之状。漾：《艺文类聚》作"漾"。

⑰浮蚁：指酒面上的浮沫，此指美酒。金罍（léi）：古时大型的盛酒器。天子的罍用玉装饰，诸侯士大夫的用黄金装饰，士以下的则用梓装饰，以显等级。《诗·周南·卷耳》："我姑酌彼金罍。"此指酒盏。好仇：好友；同伴。《诗·周南·兔罝（jū）》："赳赳武夫，公侯好仇。"

⑱丝竹：弦乐器与管乐器的总称，此指音乐。响厉：高亢激越的声音。悲风：指凄凉之音。激：发。

⑲容与：安然自在貌。聊：姑且。永日：消磨时间。

⑳曜灵：指太阳。无光：黄昏日落之时。

㉑永：长久。春日微霜：指春日薄霜易消，比喻人的寿命之短暂。

㉒谅：确实；诚然。遗名：流名后世。纪：称述。无常：吉凶祸福难测。

㉓淫游：纵情游乐。《楚辞·离骚》："保厥美以骄傲兮，日康娱以淫游。"经国：治理国家。纲：法度；法则。

㉔曲宴：古代宫廷赐宴的一种。区别于正式的礼宴，是私人之间的宴会。旋：回；还。服：语气词。言：语气词。

黄初年间

喜霁赋

禹身誓于阳盱，卒锡圭而告成[①]。汤感旱于殷时，造桑林而敷诚[②]。动玉辂而云披，鸣銮铃而日阳[③]。指北极以为期，吾将倍道而兼行[④]。

【题解】

本篇当作于延康元年（220）曹丕将即帝位前夕。《初学记》卷二引《魏略·五行志》："延康元年，大霖雨五十余日，魏有天下乃霁，将受大禅之应也。"本赋残缺过甚，就仅存的文句来看，作者引用大禹治水、商汤祈雨之传说，似乎暗示着曹丕即将顺应天命而受禅之事，表达了作者期望君王能施行德政的愿望。

【注释】

①誓：发誓；立誓。《续古逸丛书》本卷三作"逝"，非。阳盱（gàn）：地名不详，盖字有误。《淮南子·修务训》："故禹之为水，以身解于阳盱（xū）之河。"高诱注："为治水解祷，以身为质。解，读解除之解。阳盱河盖在秦地。"《周礼·夏官司马·职方氏》："河内曰冀州，其山镇曰霍山，其泽薮曰杨纡。"孙诒让《周礼正义》："杨纡、杨陓、阳华、阳纡、阳盱声类并相近，惠（惠士奇）说以为一地，义似可通，惟所在地域则舛互殊甚……杨纡所在，汉时已不可考，故班郑并阙而不言，而旧说多强为傅合，悉无塙证，谨从盖阙，以竢知者。"赵幼文《曹植集校注》："盱当作盰，《铨评》误。阳盰疑即《尔雅·释地》十薮之秦有阳陓。"圭：指玄圭，古代可用以赏赐建功之人。《尚书·禹贡》："禹锡玄圭，告厥成功。"

②造:去;到。桑林:古地名,传说中商汤祈雨之地。相传该片树林能够兴云致雨。敷诚:表达诚心。《淮南子·修务训》:"汤旱,以身祷于桑山之林。"此句即用此典。

③玉辋(wǎng):对车轮的美称,此处代指帝王所乘之车。辋:古时车轮周围的框子。汉之前叫"牙"。云披:指乌云散开。銮铃:指系在马辔两旁的铃铛。日阳:太阳升起。

④北极:北极星。据赵幼文《校注》说,古代的占候家认为,如果釜星杂出,北极星变得明朗,那么天将晴好。倍道而兼行:急速前行。

白鹤赋

嗟皓丽之素鸟兮,含奇气之淑祥①。薄幽林以屏处兮,荫重景之余光②。狭单巢于弱条兮,惧冲风之难当③。无沙棠之逸志兮,欣六翮之不伤④。承邂逅之侥倖兮,得接翼于鸾皇⑤。同毛衣之气类兮,信休息之同行⑥。痛美会之中绝兮,遭严灾而逢殃⑦。共太息而祇惧兮,抑吞声而不扬⑧。伤本规之违忤⑨,怅离群而独处。恒窜伏以穷栖,独哀鸣而戢羽⑩。冀大纲之解结⑪,得奋翅而远游。聆雅琴之清韵,托六翮之末流。

【题解】

本赋是一篇咏物赋,并且通篇以白鹤自喻。以白鹤洁白美好的外形、善良的品性和超群的气质比喻自己高洁、卓尔不群的气质;以白鹤独居幽林,比喻自己与世无争的心境;以白鹤遭遇灾祸而离群独居,比喻自己遭遇政治迫害而不得不独处的困境;以白鹤想要奋翅远游比喻自己想要摆脱迫害,希望自己能过平安自由生活的美好愿望。全篇情辞低沉悲戚。当为黄初年间的作品。赵幼文先生认为或作于黄初二年(221)后。

【注释】

①皓丽:洁白美丽。素:白。奇气:特殊的气质。淑祥:品性善良。

②薄:通"迫",接近、迫近。幽林:幽僻的树林。屏处:隐蔽之处,此指隐藏之处。重景:重重的光华,此处比喻曹操。

③狭:狭窄,于此无义。朱绪曾云:"狭,通狎,习近之义。"赵幼文校注:"疑字当作挟。《尔雅·释言》:'挟,藏也。'"单巢:独巢。弱条:细枝。冲风:迅疾的大风。《楚辞·九歌·河伯》:"与女游兮九河,冲风起兮横波。"

④沙棠:传说中的一种树名。《山海经·西山经》:"(昆仑之丘)有木焉,其状如棠,黄华赤实,其味如李而无核,名曰沙棠,可以御水,食之使人不溺。"六翮:指白鹤的健羽。

⑤邂逅:不期而遇,意外相遇。侥倖:指意外免于灾祸。接翼:翅膀挨着翅膀,形容关系比较亲近。鸾皇:凤凰,也作"鸾凰"。《楚辞·离骚》:"鸾皇为余先戒兮,雷师告余以未具。"王逸注:"鸾皇,俊鸟也。皇,雌凤也。以喻仁智之士。"此处比喻曹丕。皇:张溥本卷二十六作"凰"。

⑥毛衣:指鸟的羽毛。气类:指气质相同的生物。气:《艺文类聚》卷九十作"系"。信:确实;诚然。

⑦美会:指从前安逸美好的生活。美:《初学记》卷三十作"良",良、美意同。中绝:中断。遘(gòu):遭遇。

⑧共:《续古逸丛书》本卷四作"并"。祇惧:恭谨。吞声:不敢出声。

⑨本规:指初衷。违忤:违背抵触。

⑩窜伏:逃匿;隐藏。戢(jí)羽:指收起双翅,停止飞翔,此指约束自己的行为。

⑪此句意指国家法纪所加的束缚得到解除。

【汇评】

赵幼文:此赋曹植借喻白鹤,象征自己品德的纯正。在曹丕即位之后,身受极为沉重之政治迫害,幽禁独处,死生莫测。唯一希望是如何能够解除法制的控制,争取人身自由,且借以消除曹丕疑忌心理。词语直抒胸臆,流露凄苦的情绪。而另一面,充分揭示统治者在私有观念支配下,骨肉相残的丑恶本质。(《曹植集校注》卷二)

玄畅赋

　　夫富者,非财也;贵者,非宝也。或有轻爵禄而重荣声者,或有反性命而徇功名者①。是以孔、老异旨,杨、墨殊义②。聊作斯赋,名曰《玄畅》③。庶以司马相如为《上林赋》,控引天地古今④,陶神知机,摛理表微⑤。

　　夫何希世之大人,馨天壤而作皇⑥。该仁圣之上义,据神位以统方⑦。补五帝之漏目,缀三代以维纲⑧。□□□□□□,组日际而来王⑨。侥余生之幸禄,遘九二之嘉祥⑩。上同契于稷卨,降合颖于伊望⑪。思荐宝以继佩,怨和璞之始镌⑫。思黄钟以协律,怨伶夔之不存⑬。嗟所图之莫合,怅蕴结而延伫⑭。希鹏举以抟天,蹶青云而奋羽⑮。舍余驷而改驾,任中才之展御⑯。望前轨而致策,顾后乘而安驱⑰。匪逞迈之短修,取全贞而保素⑱。弘道德以为宇,筑无怨以作藩⑲。播慈惠以为圃,耕柔顺以为田⑳。不愧景而惭魄,信乐天之何欲㉑。逸千载而流声,超遗黎而度俗㉒。

　　众才所归㉓。

【题解】

　　本赋标志着曹植思想的转变,文中作者概述了自己这一思想变化的过程。虽然建功立业仍然是曹植不变的人生追求,但兄弟之间长久集结的矛盾,政治环境的险恶,曹丕登帝位后对其屡施迫害,使他不得不首先考虑自己的人身安危,于苦闷中,仅能以保全性命、乐天知命的思想来安慰自己。本篇开头和结尾的情绪呈现出强烈的反差,真实地反映了作者的思想情感变化的历程。本篇似作于黄初二年(221)。

【注释】

①荣声:荣誉。反:《艺文类聚》卷二十六、严可均《全三国文》卷十三作"受"。疑字或误。而:《艺文类聚》《全三国文》作"以"。徇功名:为功名而献身。徇:《全三国文》作"殉"。

②孔、老:指孔子和老子。异旨:指孔子重视仁义,老子崇尚道德;儒家言人事,道家谈玄虚;儒者言名教,老庄谈自然。宗旨有异。杨:杨朱,先秦哲学家,战国时期魏国安邑(今山西芮城)人,字子居,反对儒墨,尤其反对墨子的"兼爱",主张"贵生""重己",重视个人生命的保存,反对人与人之间相互的侵夺。墨:墨翟,墨家创始人,主张兼爱、非攻、尚贤等观点,以兼爱为核心,以节用、尚贤为支点。《孟子·尽心上》:"杨子取为我,拔一毛而利天下,不为也。墨子兼爱,摩顶放踵利天下,为之。"

③玄畅:通幽抒意。

④庶:希望。司马相如:字长卿,四川蓬州(今南充蓬安)人,代表作《上林赋》。控引:操纵。

⑤陶神:陶冶性情。知机:预知事物的征兆。摛(chī)理:抒发事物的内理。表微:表达幽隐不显的事物。丁晏:"以上二十四字程、张脱,依《书钞》一百二补。"

⑥大人:指君主,此指曹丕。罄:极尽。天壤:天地。《管子·幼官》:"修春秋冬夏之常祭,食天壤山川之故祀,必以时。"此指曹丕代汉而建立魏朝。

⑦该:具备。上义:最高的品德。神位:指宗教里神仙的排位顺序,亦指旧时祭祀时设立的牌位。《淮南子·时则训》:"是月命太祝祷祀神位,占龟策,审卦兆,以察吉凶。"此处比喻帝位。方:指四方。

⑧五帝:指中国上古传说中的五位圣明的君主,说法不一,最流行的说法是黄帝、颛顼、帝喾、尧、舜和少昊、颛顼、帝喾、尧、舜这两种说法。漏目:指法典的不足之处。目:《续古逸丛书》本卷一作"月",非。三代:指夏、商、周。以:《艺文类聚》作"之",以犹"之"。纲:国家的政法制度。

⑨绲:通"亘",穷尽。日际:指太阳所照之地。来王:指朝见,觐见。此二句丁晏本列入佚文,今据严可均《全三国文》引《文选》颜延年《宋郊祀歌》李善注补,且置于"侥余生之幸禄"句上。

⑩九二:《易》卦爻位名,为阳爻的第二爻,指卦象自下而上第二位。《易经·乾卦》:"九二,见龙在田,利见大人。"孔颖达疏:"此以人事言之,用龙德在田似圣人已出在世,道德恩施能普遍也。"后因以"九二"比喻君德广被。此句意指曹丕准备登即帝位。嘉祥:指吉祥的征兆。

⑪同契:契合;相合。稷:姜嫄之子,帝舜时农官。因古代以稷为百谷之长,故奉稷为谷神。禼(xiè):有娀之子,舜时司徒官,商代始祖。禼是"契"的古字。降:下。合颖:指一茎生二穗。古人将这种现象视为祥瑞。伊:伊尹,一说名挚,商汤之相。尹为官名,相传生于伊水,故名伊尹。望:太公望,即吕尚,姓姜,名尚,字子牙。其先祖曾封于吕,故以吕为氏,故称吕尚。此二句意指向上当如稷、契一样辅佐虞舜,向下当如伊尹、吕尚一样辅佐殷周。

⑫继佩:指后续所佩之宝。和璞:美玉名,即和氏璧,此处泛指美玉。《战国策·秦策三》:"臣闻周有砥厄,宋有结绿,梁有悬黎,楚有和璞。"和:指卞和。璞:指未经雕琢的玉石。镌:凿刻。

⑬黄钟:古乐十二律之一,声调洪大响亮。伶、夔:相传为黄帝时的乐官伶伦和舜时的乐官夔。不存:犹言不察。

⑭嗟:嗟叹。《艺文类聚》作"考",非。图:指图谋之事。蕴结:形容心情抑郁之貌。延伫:延颈伫立。伫:通"仁",《艺文类聚》《续古逸丛书》本作"志",非。

⑮希:《艺文类聚》作"志"。抟天:指鸟类盘旋飞向高空。《庄子·逍遥游》:"《谐》之言曰:'鹏之徙于南冥也,水击三千里,抟(tuán)扶摇而上者九万里,去以六月息者也。'"《艺文类聚》作"补天",非。《续古逸丛书》本作"傅天",疑是。《诗·大雅·卷阿》:"凤凰于飞,翙翙其羽,亦傅于天。"郑笺:"傅犹戾也。"蹶青云:指升至青云之上。蹶:踏。

⑯舍余驷:《续古逸丛书》本作"企驷跃",非。舍:舍弃。中才:中等才能。汉司马迁《报任安书》:"夫以中才之人,事有关于宦竖,莫不伤气,而况于慷慨之士乎?"展:《艺文类聚》作"法"。

⑰前轨:前车。致策:扬鞭;挥鞭。安驱:慢步徐行。《楚辞·九歌·东君》:"抚余马兮安驱,夜皎皎兮既明。"

⑱逞迈:急行。短修:短长。全贞:保全自身。保素:保持朴素的本性。

214

⑲弘：发扬光大。以：《艺文类聚》作"而"。宇：房屋。无怨：指仁爱。藩：篱笆，此指屏障。

⑳囿：园林。柔顺：温柔和顺。

㉑景：同"影"，身影。信乐：《续古逸丛书》本作"言悬"，非。乐天：乐于顺应天命。

㉒逸：超越。流声：遗留名声。遗黎：后世百姓。明代有"遗黎故老"的成语，指前朝留下的经历世事变迁的人。

㉓本句《北堂书钞》卷二十九引《玄畅赋序》。

【汇评】

赵幼文：就其残存考查，此赋内容是曹植自述思想变迁的历程。当曹魏王朝缔造之初，热情洋溢争取作王朝政权中之重要助手，实现平素的政治抱负。但因过去争夺继承魏王地位，与曹丕发生不可调解的嫌怨，成了曹丕最疑忌的对象。这不仅平生愿望缺乏实现的可能性，反而遭遇着严酷的打击，遂致在黄初前期彷徨于死亡的边缘。在这样的境遇里，进取信念固然消沉，当前要求只是如何保全自己的生命而已。所以全贞保素之人生准则，与乎乐天委命的消极情绪，便处于意识中主导地位。（《曹植集校注》卷二）

九愁赋

嗟离思之难忘，心惨毒而含哀①。践南畿之末境，越引领之徘徊②。眷浮云以太息，愿攀登而无阶③。匪徇荣而愉乐，信旧都之可怀④。恨时王之谬听，受奸枉之虚辞⑤。扬天威以临下，忽放臣而不疑⑥。登高陵而反顾，心怀愁而荒悴⑦。念先宠之既隆，哀后施之不遂⑧。虽危亡之不豫，亮无远君之心⑨。刘桂兰而秣马，舍余车于西林⑩。愿接翼于归鸿，嗟高飞而莫攀⑪。因流景而寄言，响一绝而不还⑫。伤时俗之趋险，独怅望而长愁⑬。感龙鸾而匿迹，如吾身之不留⑭。窜江介之旷野，独

215

眇眇而泛舟⑮。思孤客之可悲，愍予身之翩翔⑯。岂天监之孔明，将时运之无常⑰。谓内思而自策，算乃昔之愆殃⑱。以忠言而见黜，信毋负于时王⑲。俗参差而不齐，岂毁誉之可同⑳。竞昏瞀以营私，害予身之奉公㉑。共朋党而妒贤，俾予济乎长江㉒。嗟大化之移易，悲性命之攸遭㉓。愁慊慊而继怀，恒惨惨而情挽㉔。旷年载而不回，长去君兮悠远㉕。御飞龙之蜿蜒，扬翠霓之华旌㉖。绝紫霄而高骛，飘弭节于天庭㉗。披轻云而下观，览九土之殊形㉘。顾南郢之邦壤，咸芜秽而倚倾㉙。骖盘桓而思服，仰御骧以悲鸣㉚。纡予袂而收涕，仆夫感以失声㉛。履先王之正路，岂淫径之可遵㉜！知犯君之招咎，耻干媚而求亲㉝。顾旋复之无轨，长自弃于遐滨㉞。与麋鹿以为群，宿林薮之葳蕤㉟。野萧条而极望㊱，旷千里而无人。民生期于必死㊲，何自苦以终身！宁作清水之沉泥，不为浊路之飞尘㊳。践蹊隧之危阻，登岩峣之高岑㊴。见失群之离兽，觌偏栖之孤禽㊵。怀愤激以切痛，若回刃之在心㊶。愁戚戚其无为㊷，游绿林而逍遥。临白水以悲啸，猿惊听而失条㊸。亮无怨而弃逐㊹，乃余行之所招。

【题解】

本篇铺叙了作者离京赴藩地时，一路悲伤的心境，抒写了自己被兄长误解、遭弃逐的痛苦，为自己的无辜与忠心辩白，于苦闷中包含着有志难伸的伤感之情。作者用细腻的笔触，描绘了自己途中心理起伏变化的整个过程。虚实结合，语言朴素，情感委婉曲折，时起时伏，表现了自己的悲痛情绪。本篇似作于黄初二年(221)或黄初四年(223)。

【注释】

①离思：忧思。惨毒：悲痛怨恨至极。

②南畿:指雍丘。雍丘在中都之地以南,故云"南畿"。末境:远境。越:远。《艺文类聚》卷三十五作"超"。引领:伸颈远望,形容殷切期待之貌。《孟子·梁惠王上》:"如有不嗜杀人者,则天下之民皆引领而望之矣。"

③眷:面对着。《续古逸丛书》本卷二作"卷",非。太息:长叹;深叹。《楚辞·离骚》:"长太息以掩涕兮,哀民生之多艰。"愿:希望。《续古逸丛书》本作"顾",非。

④徇荣:求荣。信:确实。旧都:邺城。

⑤时王:指曹丕。虚辞:不实之言。

⑥天威:指帝王的威严。临下:指向下看,此指统御臣下。放:流放,驱逐,此指曹植贬爵雍丘之事。

⑦高陵:指葬曹操之地,在邺城西三十里。《三国志·魏书·武帝纪》:"二月丁卯,葬高陵。"荒悴:指憔悴,忧愁。

⑧先宠:指曹操的宠爱。后施:指曹丕的恩惠。

⑨不豫:指不事先预料。《礼记·中庸》:"凡事豫则立,不豫则废。"亮:确实。君:指曹丕。

⑩刈:割。桂、兰:俱为带香气的植物,此处比喻贤人。秣马:饲马,喂马。舍:停止。

⑪归鸿:北归之雁,此处用以寄托思乡之情。嗟:叹词。

⑫流景:指归鸿飞逝之影。响:指鸿鸣叫之声。

⑬时俗:当下之社会风尚;流俗。《楚辞·离骚》:"固时俗之工巧兮,偭规矩而改错。"怅望:悲伤。《艺文类聚》作"惆怅"。长愁:即常愁。

⑭龙鸾:即龙与凤。古人谓龙凤当乱世则隐匿不见,治世则出现。此时曹植遭放逐,如同龙凤藏匿行踪一般。

⑮窜:放逐。江介:江岸。《楚辞·九章·哀郢》:"哀州土之平乐兮,悲江介之遗风。"泛:浮。《续古逸丛书》本作"沈",非。

⑯愍:哀叹。《续古逸丛书》本作"改",非。翩翔:指远行。

⑰天监:上天的监视。孔明:非常明晰明达。《文选·张衡〈思玄赋〉》:"彼天监之孔明兮,用棐忱而佑仁。"李善注:"监,视也;孔,甚也。"吕向注:"言天监视甚明,用辅佑诚信仁德矣。"将:且。时运:人的命运。

⑱内思:自我思考。自策:自我谋虑。算:指命运。乃昔:往日。愆殃:过失;祸患。

⑲见黜:罢斥,此指遭遇贬爵。时王:指曹丕。

⑳俗:时俗。岂毁誉之可同:指损毁与赞誉怎能取得同一呢?

㉑昏瞀(mào):愚昧无知。害:患。

㉒朋党:指因利益而结成私党。妬:忌。俾:使。济:横渡。

㉓大化:深入广远的政令教化。《新唐书·陈子昂传》:"陛下方兴大化,而太学久废,堂皇埃芜,《诗》《书》不闻,明诏尚未及之,愚臣所以私恨也。"移易:指变化。攸遭:所遇。攸:名词,放在动词之前构成名词性词组,相当于"所"。《尔雅》:"攸,所也。"《诗·大雅·皇矣》:"执讯连连,攸馘安安。"

㉔慊慊:形容心中愤恨不平之貌。继怀:不绝于怀。恒:常。《续古逸丛书》本作"惟",张溥本卷二十六作"怛"。惨惨:悲痛不安貌。《诗·小雅·正月》:"忧心惨惨,念国之为虐。"郑玄笺:"惨惨,犹戚戚也。"情挽:指情牵。

㉕旷:长久。兮:《艺文类聚》作"乎"。

㉖御:驾驭。飞龙:能飞的龙。《楚辞·九歌·湘君》:"驾飞龙兮北征,邅吾道兮洞庭。"蜿蜒:盘曲貌,此处形容龙飞行之貌。《艺文类聚》《续古逸丛书》本俱作"蜿蜿"。东汉张衡《西京赋》:"海鳞变而成龙,状蜿蜿以蝹蝹。"翠霓:彩虹。华旌:彩色的旗帜。

㉗绝:穿过。紫霄:指紫色之云。紫:《艺文类聚》作"九",《续古逸丛书》本作"气"。九霄:高空;云际。骛:急行。弭节:徐行。天庭:指天帝所居的宫廷,亦作"天廷"。

㉘披:拨开。九土:九州。殊形:指不同的形状。

㉙南郢(yǐng):南楚,此指雍丘。雍丘本是春秋时杞国的都城,在今河南杞县,后为楚国所灭。因其在楚国之南,故称。郢:古春秋时楚国的旧城,在今湖北荆州附近。邦壤:土地。芜秽:野草丛生。倾:倒塌;坍塌。

㉚骖:骖马。案驾车时在两边的马叫骖马,在中间驾车辕的叫服马。《诗·郑风·大叔于田》:"执辔如组,两骖如舞。"盘桓:指徘徊不前。思服:思念。骧:高举。此二句意指骖马因思乡而驻足不前,对着御者高举的马鞭而悲鸣。

218

㉛纡:屈曲。《续古逸丛书》本作"行",非。袂:衣袖。涕:眼泪。仆夫:车夫。失声:指悲痛至极而哽咽,哭不出声来。

㉜履:脚踏,此指践行。先王:指曹操。淫径:邪路;不正之路。遵:遵循。

㉝君:指曹丕。招咎:招致罪责。干媚:谄媚求宠。东汉张衡《思玄赋》:"欲巧笑以干媚兮,非余心之所尝。"

㉞顾:考虑到。旋复:回还。无轨:无路。退滨:指远地,此指其封地雍丘。

㉟以:《艺文类聚》作"而"。林薮:山林与水泽。葳蕤:草木丛杂之貌。

㊱极望:指极尽视力所及而望。

㊲民生:人生。

㊳清水:指清明的政治。沉泥:指沉入泥中,比喻社会地位低下。浊路:比喻混乱的政治。飞尘:比喻高显的地位。

㊴蹊隧:小路;小径。径:《续古逸丛书》本作"隧"。《庄子·马蹄》:"当是时也,山无蹊隧,泽无舟梁。"《艺文类聚》作"蹊径"。岩峣:险峻。

㊵觌(dí):看见;遇见。偏栖:独居。

㊶若回刃之在心:如利刃在心上回旋,痛楚至极。

㊷戚戚:形容忧伤之极。无为:无事可做。

㊸悲啸:悲切长号。失条:指由树上失足坠落。

㊹弃逐:遗弃放逐,此指徙居雍丘之事。

【汇评】

清·丁晏:楚骚之遗,风人之旨。托体楚骚,而同姓见疏,其志同其怨亦同也。文辞凄咽深婉,何减灵均。(《曹集铨评》)

赵幼文:此赋曹植铺叙自身所经历的困窘境遇,细致描绘当时由此而产生的复杂错综之心理。时而激烈,时而消沉,终而吐露自怨自艾的痛苦情绪。运用朴素的语言,系统地倾吐出来;而采取象征描写技巧,委婉曲折,达到文学艺术最高境界。因此明代沈嘉则说:"遭谗受诬,以致放逐,而瞻天恋阙之忱,耿耿不替。至于贞心亮节,矢志靡他,又可为臣子处变之法。若论文章,则伯仲屈平,贾、宋诸人未堪与俦。"丁晏在《铨评》中写着:"楚骚之遗,风人之旨。"又说："文辞凄咽深婉,何减灵均。"上述评语,具有一定的正确性。这是封建社会知识分子有其同一的感受,又何怪给予如此崇高的评价,不是没有原因的。(《曹植集校注》卷二)

洛神赋

黄初三年,余朝京师,还济洛川^①。古人有言,斯水之神名曰宓妃^②。感宋玉对楚王说神女之事^③,遂作斯赋。其词曰^④:

余从京域,言归东藩^⑤。背伊阙,越轘辕,经通谷,陵景山^⑥。日既西倾,车殆马烦^⑦。尔乃税驾乎蘅皋,秣驷乎芝田^⑧。容与乎阳林,流眄乎洛川^⑨。于是精移神骇,忽焉思散^⑩。俯则未察,仰以殊观^⑪。睹一丽人,于岩之畔。乃援御者而告之曰:"尔有觌于彼者乎？彼何人斯,若此之艳也!^⑫"御者对曰:"臣闻河洛之神,名曰宓妃。然则君王之所见也^⑬,无乃是乎？其状若何？臣愿闻之。"

余告之曰:"其形也,翩若惊鸿,婉若游龙^⑭。荣曜秋菊,华茂春松^⑮。仿佛兮若轻云之蔽月,飘飘兮若流风之回雪^⑯。远而望之,皎若太阳升朝霞;迫而察之,灼若芙蕖出渌波^⑰。秾纤得衷,修短合度^⑱。肩若削成,腰如约素^⑲。延颈秀项,皓质呈露。芳泽无加,铅华弗御^⑳。云髻峨峨,修眉联娟^㉑。丹唇外朗,皓齿内鲜^㉒。明眸善睐,靥辅承权^㉓。瓌姿艳逸,仪静体闲^㉔。柔情绰态,媚于语言^㉕。奇服旷世,骨像应图^㉖。披罗衣之璀粲兮,珥瑶碧之华琚^㉗。戴金翠之首饰^㉘,缀明珠以耀躯。践远游之文履,曳雾绡之轻裾^㉙。微幽兰之芳蔼兮,步踟蹰于山隅^㉚。

于是忽焉纵体,以遨以嬉。左倚采旄,右荫桂旗^㉛。攘皓腕于神浒兮，采湍濑之玄芝㉜。余情悦其淑美兮，心振荡而不怡㉝。无良媒以接欢兮，托微波而通辞㉞。愿诚素之先达兮，解玉佩以要之㉟。嗟佳人之信修兮，羌习礼而明诗。抗琼珶以和予兮，指潜渊而为期㊲。执眷眷之款实兮，惧斯灵之我欺㊳。感交甫之弃言兮，怅犹豫而狐疑㊴。收和颜而静志兮，申礼防以自持㊵。

于是洛灵感焉，徙倚傍徨㊶。神光离合，乍阴乍阳㊷。竦轻躯以鹤立㊸，若将飞而未翔。践椒涂之郁烈，步蘅薄而流芳㊹。超长吟以永慕兮，声哀厉而弥长㊺。尔乃众灵杂沓，命俦啸侣㊻。或戏清流，或翔神渚㊼。或采明珠，或拾翠羽。从南湘之二妃，携汉滨之游女㊽。叹匏瓜之无匹兮，咏牵牛之独处㊾。扬轻袿之猗靡兮，翳修袖以延伫㊿。体迅飞凫，飘忽若神○51。陵波微步，罗袜生尘○52。动无常则，若危若安。进止难期○53，若往若还。转眄流精，光润玉颜○54。含辞未吐，气若幽兰。华容婀娜，令我忘餐○55。于是屏翳收风，川后静波○56。冯夷鸣鼓，女娲清歌○57。腾文鱼以警乘，鸣玉鸾以偕逝○58。六龙俨其齐首，载云车之容裔○59。鲸鲵踊而夹毂○60，水禽翔而为卫。于是越北沚，过南冈，纡素领，回清阳○61。动朱唇以徐言，陈交接之大纲○62。恨人神之道殊兮，怨盛年之莫当○63。抗罗袂以掩涕兮，泪流襟之浪浪○64。悼良会之永绝兮，哀一逝而异乡。无微情以效爱兮，献江南之明珰○65。虽潜处于太阴，长寄心于君王○66。忽不悟其所舍，怅神宵而蔽光○67。于是背下陵高○68，足往神留。遗情想象，顾望怀愁。冀灵体之复形，御轻舟而上溯○69。浮长川而忘反，思绵绵而增慕。夜耿耿而不寐，霑繁霜而至曙○70。命仆夫而就驾，吾将归乎东路○71。揽騑辔以抗策○72，怅盘桓而不能去。

【题解】

本赋最早收录于《文选》卷十九。李善注引《记》称,曹植求甄逸女未遂,为曹丕所得。甄逸女后被曹丕皇后郭氏谗死,曹植有感而作《感甄赋》。魏明帝改题为《洛神赋》。此说与史实、情理难合,乃小说家附会之言,不足信。此赋通过幻想的形式,写人神相恋,终因人神道殊而含情痛别的故事。或以为假托洛神,寄心文帝,抒发了真情难通于文帝的政治苦闷。全赋多方着墨,极力描绘洛神之美,虚实结合,生动传神,辞采华茂。

【注释】

①黄初三年:黄初为魏文帝时的年号。黄初三年即公元 222 年。依《三国志·魏书·陈思王植传》《文纪》及《赠白马王彪》等诗序,曹植朝京师当在黄初四年(223)。但据《曹集考异》引东阿县鱼山《陈思王碑》(又作《曹植碑》《陈思王曹子建庙碑》《曹子建碑》)碑文记载,曹植于黄初三年(222)朝京师,面陈诽谤之罪,曹丕诏令其复国。一说是作者有意不写真实年代,以表明所写的是寓言而不是事实。京师:指洛阳。济:渡。洛川:洛水。

②斯水:洛水。宓(fú)妃:传说中的洛水神女。相传为伏羲之女,渡洛水时不幸溺亡,遂为洛水女神。

③宋玉:战国时期楚国人,或称其为屈原的弟子,曾为楚顷襄王大夫。神女之事:指宋玉在《高唐赋》和《神女赋》中所说巫山女神之事。

④词:《艺文类聚》卷七十九、胡克家刻本《文选》作"辞"。

⑤京域:京师,此指洛阳。言:语气词。东藩:黄初二年(221),封植为鄄城王。鄄城(今山东鄄城)在洛阳东北,故说东藩。

⑥伊阙:山名,又名阙塞山、龙门山,在洛阳东南。北魏郦道元《水经注·伊水》:"伊水又北入伊阙。昔大禹疏以通水,两山相对,望之若阙,伊水历其间北流,故谓之伊阙矣。"轘(huán)辕:山名,一名崿岭,在今河南偃师东南、巩义西南、登封西北。因地势险要,山路有十二曲,盘旋往还而得名。通谷:谷名,在洛阳东南五十里。李善注引华延《洛阳记》曰:"城南五十里有大谷,旧名通谷。"陵:登。景山:山名,在今河南偃师南。《诗·商颂·殷武》:"陟彼景山,松柏丸丸。"朱熹《集传》:"景,山名,商所都也。"

⑦殆:通"怠",疲倦。

222

⑧税驾:指解开马身上的绳具。蘅皋:长有杜衡的泽畔。蘅:香草名。秣驷:喂马。芝田:芝草所生之地。李善注引《十洲记》曰:"钟山仙家,耕田种芝草。"此处盖指长有鲜美芳草之地,非传说中的芝田。一说河南巩义西南有芝田镇,疑即其所指之地。

⑨容与:悠然闲舒貌。《楚辞·九歌·湘夫人》:"时不可兮骤得,聊逍遥兮容与。"阳林:古地名。李善注:"阳林一作杨林。地名,生多杨,因名之。"流眄:目光流转。眄:《续古逸丛书》本卷三作"盼"。此处眄、盼意同。

⑩骇:消散。忽焉:指急速貌。此二句言精神恍惚,思绪涣散。

⑪殊观:凝视。

⑫援:拉。斯:语气词。

⑬君王之所见也:胡刻本《文选》、严可均《全三国文》卷十三作"君王所见"。

⑭婉:通"蜿",蜿蜒盘曲貌。此二句比喻洛神优美、轻盈、婀娜的身姿,本自宋玉《神女赋》"婉若游龙乘云翔,翩翩然若鸿雁之惊,婉婉然如游龙之升"句。

⑮荣曜:繁荣光彩。华茂:华美茂盛。此二句用以形容洛神容光焕发,体态丰盈。李善注:"朱穆《郁金赋》曰:'比光荣于秋菊,齐英茂于春松。'"

⑯仿佛:朦胧看不太清楚。飘飖:动荡不定。回雪:像雪花般回旋的舞姿,此处比喻洛神轻盈优美的舞姿。清洪升《长生殿·偷曲》:"云翻袂影,飘然回雪舞风轻。"此二句形容洛神之行止若有若无仿佛像薄云遮住了明月,举止轻盈婀娜如同风卷雪花般回旋飞舞。

⑰皎:洁白光彩。灼:鲜明貌。芙蕖:荷花。《尔雅·释草》:"荷,芙渠。其茎茄,其叶蕸,其本蔤,其华菡萏,其实莲,其根藕,其中菂,菂中薏。"郭璞注:"(芙渠)别名芙蓉,江东呼荷。"

⑱秾:花木繁盛之貌,此处比喻人之丰腴貌。得衷:恰到好处。《续古逸丛书》本作"得中"。衷:意同"中"。修短:指高矮。合度:指合乎标准。此二句言洛神肥瘦适中,身材高矮刚好。李善注引宋玉《神女赋》曰:"秾不短,纤不长。"

⑲削成:指轮廓鲜明。约:缠束。素:细白的绢。此二句言洛神的双肩

223

很狭窄,有如刀削般,腰身圆润但不失苗条,宛如紧系的白绢。柳永《玉蝴蝶》:"出屏帏,倚风情态,约素腰肢。"

⑳芳泽:指古时妇女润发用的一种香油,此指化妆用的油脂。铅华:古时将铅烧成粉,可作化妆敷面之用。李善注:"《博物志》曰:'烧铅成胡粉。'张平子《定情赋》曰:'思在面为铅华兮,患离尘而无光。'"弗御:不用。此二句言洛神的美丽如同天成,无须任何修饰。

㉑云髻峨峨:如云般高耸的发髻。联娟:微曲貌。战国楚宋玉《神女赋》:"眉联娟以蛾扬兮,朱唇的其若丹。"李善注:"联娟,微曲貌。"

㉒丹:红。朗:鲜亮。

㉓善睐:美目顾盼。靥辅:颊边的微窝,即今语酒窝。《淮南子·说林训》:"靥辅在颊则好,在额则丑。"权:通"颧",即颧骨。酒窝在脸颊边近口处,颧骨下面,故曰承权。

㉔瓌:同"瑰",形容姿态美好。艳逸:美丽而不俗。《列仙传·江妃二女》:"灵妃艳逸,时见江湄,丽服微步,流盼生姿。"仪:指仪容举止。闲:同"娴",娴雅。

㉕绰:舒缓柔美。

㉖骨像应图:骨骼相貌符合画中的仙女之姿。宋玉《神女赋》:"骨法多奇,应君之相。"

㉗珥:古时的珠玉耳饰,此指佩戴。瑶、碧:皆美玉。《淮南子·泰族训》:"瑶碧玉珠,翡翠玳瑁,文彩明朗,润泽若濡。"华琚:有花纹的佩玉。

㉘翠:翡翠。

㉙践:穿。远游:古代的鞋履名,"远游履"的省称。李白《江上送女道士褚三清游南岳》:"足下远游履,凌波生素尘。"雾绡(xiāo):指轻薄似雾的纱。绡:指生丝织成的薄绸子。裾:即裙。宋玉《神女赋》曰:"动雾縠以徐步兮,拂墀(chí)声之珊珊。"山隅:山角。

㉚微:隐约。芳蔼:浓郁的芳香。李善注:"芳蔼,芳香晻蔼也。"

㉛采旄:指用旄牛尾作装饰的彩旗。《楚辞·远游》:"建雄虹之采旄兮,五色杂而炫耀。"桂旗:用桂木做旗杆的旗。《楚辞·九歌·山鬼》:"乘赤豹兮从文狸,辛夷车兮结桂旗。"王逸注:"结桂与辛夷以为车旗,言其香洁也。"

③攘:伸。神浒:指仙人游玩的水边,此指洛水。湍濑(lài):水流浅急之处。玄芝:黑芝,灵芝的一种,传说中的仙草。

③淑:善。振荡:不平静。

③接欢:沟通欢娱之情。微波:微微动荡的水波。

③诚素:真情实意,亦作"诚愫"。先达:指赶在他人之前对洛神表达自己的情感。要:同"邀",邀约。

③佳人:指洛神。信修:确实很美好。东汉张衡《思玄赋》:"伊中情之信修兮,慕古人之贞节。"羌:发语词。习礼而明诗:指洛神知书达礼,善于言辞。李善注:"习礼,谓立德。明诗,谓善言辞。"

③抗:举。琼:指赤玉。珶(dì):美玉名。和:应和。潜渊:深渊,此指洛神所居之处。

③眷眷:怀念。款:诚实。斯灵:指洛神。

③交甫:郑交甫。《文选·张衡〈南都赋〉》:"游女弄珠于汉皋之曲。"李善注引《神仙传》曰:"切仙一出,游于江滨,逢郑交甫。交甫不知何人也,目而挑之,女遂解佩与之。交甫行数步,空怀无佩,女亦不见。"弃言:指该女背弃诺言。狐疑:指因多疑而不能做出判断。

⑩和颜:亲和的脸色,此指爱慕的脸色。静志:平静激动的情绪。礼防:礼法的约束。见《憨志赋》注。自持:指自我控制。

⑪徙倚:低回。

⑫神光:指洛神的身影。离合:指若隐若现。乍阴乍阳:时明时暗。

⑬竦:耸。鹤立:指洛神的身姿像鹤一般挺立盼望。一说指独立。李善注:"边让《章华台赋》曰:'纵轻躯以迅赴,若离鹄之失群。'言如鹤鸟之立望。"

⑭椒涂:用花椒和泥涂饰的道路,具有浓郁的香气。吕向注:"椒涂,以椒泥饰道也。"涂:同"途",道路。郁烈:浓郁强烈。蘅薄:指杜衡丛生之处。薄:指草木丛生之地。流芳:芳香流动。

⑮超:惆然若有所思。厉:响亮。弥:长。

⑯众灵:众神。杂沓(tà):众多。命、啸:皆有呼引、呼唤之意。俦、侣:皆同伴之意。

㊼神渚:水中小洲的美称。或谓有神灵在此活动,故称。

㊽从:跟随。南湘二妃:指湘水女神。据《列女传·有虞二妃》记载,此二妃即帝尧的两个女儿,大女儿名娥皇,二女儿名女英。舜嗣天子之位后,封娥皇为后,女英为妃。相传舜在一次南巡途中死于苍梧之野,二妃前往寻夫,自投湘水而死,皆化为湘水之神。汉滨游女:指汉水女神,即郑交甫在汉水边所遇之二女。

㊾匏瓜:星名,又名天鸡,在河鼓星东。无匹:指匏瓜星不与他星临近。牵牛:牵牛星,又名天鼓,与织女星隔银河相望。

㊿袿(guī):指古时妇女所穿的华丽上衣、长襦,此指洛神的上衣。猗靡:轻柔飘忽貌。延伫:久立。

(51)凫:水鸟名,俗称野鸭。神:神奇莫测。

(52)微步:轻轻的步子。罗袜:丝织的袜子。李注:“陵波而袜生尘,言神人异也。……《淮南子》曰:圣足行于水,无迹也;众生行于霜,有迹也。”

(53)期:预料。

(54)眄(miǎn):斜视。光润:光泽温润。

(55)华容:美丽的容貌。

(56)屏翳:古代神话中的风神名。川后:传说中的河神。

(57)冯(píng)夷:水神名,此处泛指水神。女娲:神话中的女帝名,古人谓其最初发明笙簧。

(58)文鱼:一种能飞的鱼。玉銮:对车铃的美称。《楚辞·离骚》:“扬云霓之晻蔼兮,鸣玉鸾之啾啾。”偕逝:指一同离去。

(59)六龙:指驾车的龙。相传太阳神乘车,驾以六龙,羲和为御者。另古时天子的车为六匹马所驾,马身长达八尺可称为龙。云车:仙人所乘之车。容裔:安然自得貌。

(60)鲸鲵(ní):即鲸。雄的叫鲸,雌的叫鲵。

(61)沚:水中小洲。素领:白皙的颈项。清阳:指洛神清秀的眉目。清,指目;阳,同“扬”。《诗·郑风·野有蔓草》:“有美一人,清扬婉兮。”

(62)陈:陈述。交接之大纲:指交往的道理。

(63)盛年:青壮年。莫当:指无配偶。

㉔掩涕:掩面流泪。浪浪:形容泪流不断貌。李善注:"《楚辞》曰:'揽茹蕙以掩涕兮,沾余襟之浪浪。'"即此赋句所本。

㉕效爱:指表达爱意。珰:玉制的耳饰。

㉖太阴:幽暗之处,此指洛神所居之地。李善注:"太阴,众神之所居。"君王:指洛神对曹植的称呼。

㉗不悟:不知。舍:停止。宵:同"消",消失。

㉘背下:指从高处下来。陵:登。

㉙冀:希望。灵体:此指洛神。复形:重新出现。上沂:逆流而上。沂:通"溯"。

㉚耿耿:指烦躁不安、心事重重貌。《诗·邶风·柏舟》:"耿耿不寐,如有隐忧。"曙:天明。

㉛就驾:指即将启程。东路:指东去藩国之路。鄄城在洛阳东北,故曰东路。

㉜骓(fēi):指车辕两旁的马。辔:缰绳。抗策:扬鞭。

【汇评】

南朝梁·沈约:以《洛神》比陈思他赋,有似异手之作。故知天机启,则律吕自调;六情滞,则音律顿舛也。(《南齐书》卷五十二《陆厥传》)

南朝齐·陆厥:《长门》《上林》,殆非一家之赋;《洛神》《池雁》,便成二体之作。(《南齐书》卷五十二《陆厥传》引)

唐·李商隐:国事分明属灌均,西陵魂断夜来人。君王不得为天子,半为当时赋洛神。(《玉溪生诗笺注》卷五)

宋·刘克庄:《洛神赋》,子建寓言也,好事者乃造甄后事以实之。使果有之,当见诛于黄初之朝矣。唐彦谦云:"惊鸿瞥过游龙去,虚恼陈王一事无。"似为子建分疏者。(《后村先生大全集》卷一百七十三)

明·杨慎:韦应物《答徐秀才诗》云:"清诗舞艳雪,孤抱莹玄冰。"极其工致,而"艳雪"二字尤新。又《五弦行》云:"如伴风流萦艳雪,更逐落花飘御园。"又《乐燕行》:"艳雪凌空散,舞罗起徘徊。"屡用"艳雪"字而不厌其复也。或问予:"雪何言艳乎?"予曰:"曹子建《洛神赋》'流风回雪'比美人之飘摇,雪固自有艳也。"(《升庵诗话》卷十四)

227

明·王世贞："神光离合，乍阴乍阳""进止难期，若往若还。转眄流精，光润玉颜。含辞未吐，气若幽兰"，此子建之赋神女也。其妙处在意而不在象。然本自屈氏"满堂兮美人，忽独与余兮目成""既含睇兮又宜笑，子慕予兮善窈窕"，变法而为之者也。（《艺苑卮言》卷二）

又云：《洛神赋》，王右军、大令各书数十本，当是晋人极推之耳。清澈圆丽，《神女》之流。陈王诸赋，皆《小言》无及者。然此赋始名《感甄》，又以《蒲生》当其《塘上》。际此忌兄，而不自匿讳，何也？《蒲生》实不如《塘上》，令洛神见之，未免笑子建伧（cāng）父耳。（《艺苑卮言》卷三）

明·胡应麟：《洛神》《铜爵》诸篇，已有浏亮意，而质浸为文掩也。（《诗薮·外编》卷四）

清·吴景旭：曹植《洛神赋》："臣闻河洛之神，名曰宓妃。"吴旦生曰：屈子《天问》："妻彼洛嫔。"盖言羿梦与洛神宓女交也。子建改赋而名洛神，倘亦有托于此乎？"宓妃"，一作"虙妃"。《离骚》："求虙妃之所在。"注云："虙妃，伏羲氏女，溺洛水而死，遂为水神。"一作宓妃。刘向《九叹》云："迎宓妃于伊洛。"按《说文》："虙，房六反，虎行貌。宓，美毕反，安也。"《集韵》："虙与伏同。虙羲氏，盖姓也。宓与密同，亦姓也。俗作密，非是。"颜之推云："宓字从宀，虙子贱即伏羲之后。济南伏生，又子贱之后。"则知"虙""伏"古通用，俗书作"宓"，或加山而转为"密"之耳。（《历代诗话》卷十五）

清·何焯：韩诗："汉有游女。"薛君注："游女，汉神也。洛神之义本于此。"《离骚》："我令礼隆乘云兮，求虙妃之所在。"植既不得于君，因济洛川作为此赋，托辞虙妃以寄心文帝，其亦屈子之志也。自好事者造为感甄无稽之说，萧统遂类分入于情赋，于是植几为名教罪人。而后世大儒如朱子者，亦不加察，于众恶之余，以附之楚人之词之后，为尤可悲也。己不揆狂简，稍为发明其意，盖孤臣孽子所以操心而虑患者，犹若接于目而闻于耳也。萧粹可注太白诗云："《高唐》《神女》二赋乃宋玉寓言，《洛神》则子建拟之而作。惟太白知其托词而讥其不雅，可谓识见高远者矣。"是前人已有与予同者，自喜愈于无稽也。李善注："魏东阿王，汉末求甄逸女，既不遂。"按《魏志》，后三岁失父，后袁绍纳为中子熙妻，曹操平冀州，丕纳之于邺，安有子建尝求为妻之事。小说家不过因赋中"愿诚素之先达"二句而附会之。注又曰："黄初中入朝，帝示植甄后玉镂金带枕，植见之，不觉流涕，时已为郭后谗死，帝意亦寻悟，因令太子留宴饮，仍以枕赍植。"按示枕、赍枕，里老之所不为，况帝又方猜忌诸弟！留宴从容正不可得，感甄名赋，其为不恭，夫岂特酗酒悖慢劫胁使者之可比耶。注又曰："此枕是我在家时从嫁前与五官中郎将，今与君王。"按数语俚俗，不复有文义。注又曰："遣人献珠于王，王答以玉佩。"按此二句因玉佩、明珰之文而附会者，然忘其尚有"抗琼瑢以和余"句，何也？"黄初三年，余朝京师。"注谓《魏志》及诸诗序并云四年朝，此云三年，误。一云《魏志》三年不言植朝，盖《魏志》略也。按《魏志》，丕以延康元年十一月廿九日禅代，十一月改元黄初，陈思实以四年朝洛阳，而赋云三年者，不欲亟夺汉年，犹之发丧悲哭之志也，注家未喻其微旨。《责躬诗表》云："前奉诏书，臣等绝朝。"岂缘略也。"还济洛川"，即《赠白马王》诗所谓"伊洛广且深，欲济川无梁"也。"古人有言，斯水之神名曰宓妃。"既引古人之言，则非实有所感，而特假以托讽明矣。"经通谷"，注："华延《洛阳记》曰：'城南五十里有大谷，旧名通谷。'"按此即《赠白马王》诗所谓"大谷何寥廓"者是也。"然则君王所见，无乃是乎"，此设为御者谓植也。"践远游之文履"，注："繁钦《定情诗》曰：'何以消滞忧，足下双远游。'"此言未详其本。按同时人语，借以互证，当法此注。"无良媒以接欢兮"至"解玉佩以要之"，此四句即用《骚经》："解佩纕以要言兮，吾用蹇修以为理。""嗟佳人之信修兮"至"指潜渊而为期"，此四句又反《骚经》虽美而无礼之意，以明非文帝待己之薄，忠厚之至也。"执眷眷之款实兮"至"申礼防以自持"，子建作《箜篌引》，有："久要不可忘，薄终义所尤。谦谦君子德，磬折何所求。"此六句意与之同。景初中诏云："陈王克己慎行，以补前阙。"则植之自持者可知矣。"于是洛灵感焉"至"长寄心于君王"，子建《责躬》《应诏》二诗《表》云："前奉诏书，臣等绝朝，心离志绝，自分黄耇，永无执珪之望。不图圣诏，猥垂齿召。至止之日，心驰辇毂，僻处西馆，未奉阙庭，踊跃之怀，瞻望反仄。"盖文帝虽许其入朝，而犹未遽令见之也，故言宓妃虽已感悟，而神光离合，乍阴乍阳，己犹不得与交接。及己长吟永慕，哀厉弥甚，于是始见其随从众灵，微步而即我，然犹若危若安，若往若还。己则望其容华婀娜，而至于忘食，盖思之尤甚矣。于是宓妃始命收风静波，屈其尊以相交接，良会之难，至于如此。然即朝之后，其何必文帝之感悟而常常见之乎。故又云悼良会之永绝也，虽潜处于太阴，长寄心于君王。文帝以仇雠视其弟，而子建睠睠如此，不敢稍有怨怼，所以虽终不见用，亦卒能自全。黄初六年，文帝东征过雍丘，遂幸植宫，为兄弟如初，盖苟尽我所为，负罪引匿之道，君父未有不稍为感悟者。后之藩臣，往往以不学无术，自即于诛夷，悲夫。"恨神人之道殊兮，怨盛年之莫当"，神尊而人卑，喻君臣也。怨，植自怨也。盖即盛年不可再与盛年处房室之意。"献江南之明珰"，献于宓妃也。子建《赠白马王》诗曰："苍蝇间白黑，谗巧令亲疏。"以耳饰为献，盖望其无如《小弁》之所谓君子信谗者也。"虽潜处于太阴"，太阴犹言穷阴，自言所处之幽远也。君王谓宓妃，以喻文帝也，不必以上文之君臣为疑。"冀灵体之复形，御轻舟而上溯"，冀得复朝京师而见文帝也。（《义门读书记·文选》卷一）

清·马位：《洛神赋》大似《九歌》。（《秋窗随笔》）

清·朱乾：按《文选·洛神赋》注载子建感甄事，极为荒谬。袁熙之妻也，思王求之，五官中郎将求之，然犹曰"名分未定也"，迫名分既定，则俨然文帝之妃，明帝之母也，而子建犹眷眷不忘；子建在当日亦以文章自命者，奚丧心至此？且文帝独非人情乎，何为而赉以甄后之枕，及《洛神赋》成，居然敢以"感甄"为名？庶人之家，污其妻与母，死必报；岂有污其兄之妻而其兄晏然，污其兄子之母而兄子晏然，况身为帝王者乎？则其事之荒唐，或即出郭氏谗间之口，可怪后世读之者，乃恬不以为怪之也。然则感甄之说有因乎？曰：有之。按《魏志》，黄初三年，立植为鄄城王，所谓感甄者，必鄄城之"鄄"，非甄后之"甄"也。注：《集韵》：'鄄，音绢，同鄄，卫地，今齐阴鄄城，或作甄。'《史记·齐太公世家》："诸侯会桓公于甄。"又《田完世家》："昔日赵攻甄。"皆与"鄄"同。今读甄后《蒲生行》，倦倦于文帝而非有二心，子建拟《蒲生行》，亦款款于君恩而非有邪志。然则《洛神》一赋，乃其悲君臣之道否，哀骨肉之分离，托为神人永绝之词，潜处太阴，寄心君王，贞女之死靡他，忠臣有死无贰之志，小说家附会"感甄"，李善不知而误采之。不独污前人之行，亦且污后人之口。愚故因读《乐府》而附正之。（《乐府正义》卷十四）

清·潘德舆：即《洛神》一赋，亦纯是爱君恋阙之词。其赋以"朝京师，还济洛川"入手，以"潜处于太阴，寄心于君王"收场，情词亦至易见矣。盖魏文性残刻而薄宗支,子建遭谗谤而多哀惧,故形于诗者非一,而此亦其类也。首陈容色以表其才,次言信修以表其德,继以狐疑为忧,终以交结为愿,岂非诗人讽讬之常言哉?不解注此赋者,何以阑入甄后一事,致使忠爱之苦心,诬为禽兽之恶行,千古奇冤,莫大于此。予久持此论,后见近人张君若需《题陈思王墓》诗云:"白马诗篇悲逐客,惊鸿词赋比湘君。"卓识鸿议,瞽论一空,极快事也。(《养一斋诗话》卷二)

又云:子桓日夜欲杀其弟,而子建乃敢为"感甄"赋乎?甄死,子桓乃又以枕赐其弟乎?揆之情事,断无此理。义山则云:"宓妃留枕魏王才。"又曰:"来时西馆阻佳期,去后漳河隔梦思。"又曰:"宓妃漫结无穷恨,不为君王杀灌均。"又曰:"宓妃愁坐芝田馆,用尽陈王八斗才。"又曰:"君王不得为天子,半为当时赋洛神。"文人轻薄,不顾事之有无,作此谰语,而又喋喋不已,真可痛恨。作诗者所当力戒也。(《养一斋诗话》卷二)

清·丁晏:萧、钟二君,允为知己。自斯以后,称之者希矣。至其人品之高,志量之远,忠君爱国,情见乎辞。观于《洛神》《九咏》,屈灵均之嗣声;《求试》诸疏,刘更生之方驾;《与杨祖德书》,不以翰墨为勋绩,词赋为君子,其所见甚大,不仅以诗人目之。即以诗论,根乎学问,本乎性情,为建安七子之冠。后人不易学,抑亦不能学也。余暇日钞合一编,绅绎讽诵,聆于耳者,黄钟之元音也;咀于口者,太牢之厚味也;耀于目者,锦绣纂祖之章也;洽于心者,兴、观、群、怨之旨也。溯而上之,觉《国风》《小雅》之遗,温柔敦厚之教,去古未远。(《曹集铨评》附录)

清·刘熙载:曹子建《洛神赋》出于《湘君》《湘夫人》,而屈子深远矣。(《艺概》卷三《赋概》)

蝙蝠赋

吁何奸气,生兹蝙蝠①。形殊性诡,每变常式②。行不由足,飞不假翼③。明伏暗动,尽似鼠形④。谓鸟不似,二足为毛,飞而含齿⑤。巢不哺鷇,空不乳子⑥。不容毛群,斥逐羽族⑦。

下不蹈陆,上不冯木^⑧。

【题解】

　　蝙蝠,又名飞鼠,哺乳动物,形状似鼠,前后肢有薄膜与身体相连,夜间外出飞翔觅食。本篇作者以厌恶的口吻描写了蝙蝠的形貌、生活习性和生理特点,意在指责贬斥那些于阴暗之处活动的小人。

【注释】

　　①吁:惊讶之词。奸气:邪气。

　　②殊:与众不同。诡:怪异。常式:常规;法式。

　　③由:用。假:凭借。

　　④明伏暗动:指蝙蝠昼伏夜出。明:白昼。暗:夜晚。

　　⑤毛:指禽类。《尔雅·释鸟》:"二足而羽谓之禽,四足而毛谓之兽。"含齿:指口中有牙齿。

　　⑥鷇(kòu):指待母鸟哺乳的雏鸟。空:通"孔",洞穴。此二句意指蝙蝠巢居不哺乳雏鸟。

　　⑦毛群:指兽类。羽族:禽类。

　　⑧蹈:踩,踏。冯:通"凭",依仗,凭借。

鹞雀赋

　　鹞欲取雀^①。雀自言^②:"雀微贱,身体些小,肌肉瘠瘦^③,所得盖少。君欲相噉^④,实不足饱。"鹞得雀言,初不敢语。"顷来辖轲^⑤,资粮乏旅。三日不食,略思死鼠^⑥。今日相得,宁复置汝^⑦!"雀得鹞言,意甚佂营^⑧。"性命至重,雀鼠贪生。君得一食,我命是倾^⑨。皇天降监,贤者是听^⑩。"鹞得雀言,意甚怛愡^⑪。"当死毙雀,头如果蒜^⑫。不早首服,烈颈大唤^⑬。行人闻之,莫不往观。"雀得鹞言,意甚不移^⑭。依一枣树,藂藂多刺^⑮。

目如擘椒,跳萧二翅⑯。"我当死矣,略无可避。"鹞乃置雀,良久方去。二雀相逢,似是公姬⑰。相将入草⑱,共上一树。仍叙本末,辛苦相语⑲:"向者近出,为鹞所捕。赖我翻捷,体素便附⑳。说我辨语㉑,千条万句。欺恐舍长,令儿大怖㉒。我之得免,复胜于兔㉓。自今徙意,莫复相妒㉔。

言雀者但食牛矢中豆、马矢中粟㉕。

【题解】

本篇赋文讲述了麻雀和鹞生死搏斗的故事。本文采取对话与描写的表述形式,将鹞鹰与麻雀的心理情态和行为动作做了具体的描述,反映了弱肉强食这一残酷社会现实,最后以弱者以智取胜,重获自由的结局,表明了作者提倡世人要勇于抗争凶恶势力的意旨。

【注释】

①鹞:猛禽,似鹰而稍小。古名"鹞子""笼脱",今通称"鹞鹰""鹞子"。

②自言:指开始说。

③瘠瘦:瘦弱。《艺文类聚》卷九十一作"痟瘦"。痟:通"消",消瘦。

④君:指鹞。噉:食。

⑤轗(kǎn)轲:指困顿,不得志。

⑥略思:指开始想到。

⑦宁复置汝:意指难道还会放过你。

⑧忪营:惶恐不安;惊恐。

⑨倾:丧失,此指死亡。《太平御览》卷九百二十六作"隋倾"。

⑩降监:犹下视、俯察。东汉班固《东都赋》:"故下人号而上诉,上帝怀而降监,乃致命乎圣皇。"《艺文类聚》作"是鉴",《太平御览》作"是监"。是听:犹"听是",听鹞之言。

⑪怛惋:沮丧悲伤貌。怛:《艺文类聚》作"沮"。

⑫死毙:扑倒而死。毙:严可均《全三国文》卷十四、《艺文类聚》作"弊"。弊:此处同"毙",皆有倒毙、死亡之意。果蒜:蒜头。丁晏《曹集铨评》作"蒜

颗",疑是。

⑬首服:同"首伏",坦白服罪。烈:《艺文类聚》作"列",《太平御览》作"挨"。

⑭移:改变。

⑮薆薆(cóng nóng):蓊郁貌。薆:同"丛",聚集貌。薆:芦苇花。

⑯擘(bò)椒:裂开的花椒子,此处形容雀的眼睛圆而小。跳萧二翅:指扑腾着双翼。萧:《全三国文》作"跃",非。

⑰公妪(yù):雄雌。《说文》:"妪,母也。"

⑱相将:相伴;相随。

⑲辛苦相语:指互相倾诉辛苦。

⑳翻捷:动作敏捷迅速。体素便附:顺从自身具备的敏捷的天然素质。体素:体内的天然素质。便附:顺从依附。

㉑辨:《续古逸丛书》本卷四作"辩"。辨:通"辩",辩解。

㉒舍长:掌管守护客馆的人。后其语义色彩稍变,有轻辱之意。刘知几《史通·外篇·杂说中》:"曲相崇敬,标以处士、王孙;轻加侮辱,号以仆夫、舍长。"儿:此指对鹞的蔑称。

㉓兔:指狡兔。

㉔徙意:指改变想法。妒:忌恨。

㉕矢:通"屎",古代行文避亵,便以同音字替换。此句《太平御览》卷八百四十一引《鹞雀赋》。丁晏《曹集铨评》:"此疑自言雀微贱句下脱文。"

【汇评】

赵幼文:仅就现存部分进行探索,它展示了一幅雀与鹞生死搏斗的过程。曹植运用象征的技巧,将强凌弱这一社会现象,委婉曲折地予以揭露,为了形象地反映具有深刻意义的内容,就抛弃赋传统的铺张技巧和华靡辞藻,而采用对话和表述相结合的文学形式,将鹞与雀的动态、心情作了具体的表述,塑造了凶残与善良抗争的形象。曹植紧密地掌握这特殊的内容,寻求恰当的表现形式,因而取得内容与形式之高度和谐。(《曹植集校注》卷二)

太和年间

迁都赋

余初封平原,转出临淄①,中命鄄城,遂徙雍丘②,改邑浚仪,而末将适于东阿③。号则六易,居实三迁④。连遇瘠土,衣食不继⑤。

览乾元之兆域分,本人物乎上世⑥。纷混沌而未分,与禽兽乎无别⑦。啄蠡蜊而食蔬,摭皮毛以自蔽⑧。

【题解】

丁晏《曹集铨评》将本赋序与正文分属,序入"序"类,因正文辑自《文选》曹大家《东征赋》李善注,故入佚文。严可均《全三国文》卷十三将本序与正文合于一处,题曰《迁都赋并序》,今从之。因序系《迁都赋》语,故移入赋序后。序与赋文皆有佚失,就其仅存的文字来看,作者用简洁的语辞叙述了自己漂泊无定的身世,讲述了上古社会的生活,表现其在封地生活之艰苦。似作于太和三年(229)曹植徙封东阿王时。

【注释】

①平原:县名,在今山东平原西南。曹魏时平原县位于冀州的东南方,西面和北面以及东北面与冀州的阳平、清河、渤海郡和乐陵国相临,南面和东面与青州和兖州紧挨。建安十六年(211)曹植被封平原侯。临淄:指三国时的临淄县,属魏,隶属于齐郡,故城在今河南杞县在今山东淄博东北。建安十九年(214)曹植改封临淄侯。

②鄄城:地名,三国时属魏国兖州东郡鄄城县、济阴郡城阳县。在今山东菏泽北部。黄初二年(221)曹植改封鄄城侯。雍丘:地名,在今河南杞县。

黄初四年(223),曹植被封雍丘王。

③浚仪:地名,三国时为开封县。秦统一六国后,开封被降为浚仪县。而浚仪作为开封县的名称,一直沿用了八百年左右。在今河南开封西北。太和元年(227),曹植徙封浚仪王。东阿:东阿县,三国时为魏地,隶属东郡。故城在今山东阳谷东北。太和三年(229),曹植徙封东阿王。

④号:名称。六易:六次更换。三迁:指曹植徙封之地主要在鄄城、雍丘和浚仪三地。其被封平原侯、临淄王,皆未到任,仍居住在鄄城,故称三迁。

⑤瘠土:贫瘠之地,此指鄄城、雍丘和浚仪三地。继:接续。

⑥乾元:指上天。兆域:复义词,指疆域。本:最初。上世:远古时期。

⑦纷:杂乱。混沌:指传说中世界未被开辟之前天地未分、模糊一团的状态,此指其徙封之地,皆荒凉之地,有如天地初分之时的景象。

⑧椓(zhuó):敲。蠃(luó):通"蠃",果蠃。蜶:蛤蜊。摭:取。

怀亲赋

济阳南泽有先帝故营,遂停马住驾①,造斯赋焉。

猎平原而南骛②,睹先帝之旧营。步壁垒之常制,识旌麾之所停③。在官曹之典列,心仿佛于平生④。回骥首而永逝,赴修途以寻远⑤。情眷恋而顾怀,魂须臾而九反⑥。

【题解】

本赋前四句叙述了作者于狩猎途中,看到了从前先帝作战的军营,并识别出了父王曾住过的营帐。后六句作者就眼前所见之景,回想起自己随父王征战沙场的戎马生涯,反衬当下身居藩地,有志难伸的苦闷,流露出对过去生活的留恋。似作于太和三年(229)徙封东阿王之后。

【注释】

①济阳:县名,两汉时属陈留郡,故地在今河南开封东北。南泽:在今河南兰考东。先帝:指曹操。故营:指从前的军营壁垒。驾:马车。

②骛：疾行。

③步：徐行。常制：指旧时的形制。麾：用来指挥军队的旗帜，此指曹操所居之地。《艺文类聚》卷十八、严可均《全三国文》卷十三俱作"旗"。

④在：《初学记》卷十七、《全三国文》俱作"存"。官曹：官署。《三国志·蜀书·杜琼传》："古者名官职不言曹，始自汉已来，名官尽言曹，吏言属曹，卒言侍曹，此殆天意也。"典列：指常位。平生：指青年之时。

⑤回骥首：指调转马头。永逝：《续古逸丛书》本卷一作"来游"，非。逝：离开。寻远：前往远方。

⑥眷恋：《艺文类聚》《全三国文》作"眷眷"。顾怀：回头张望怀念。《楚辞·九歌·东君》："长太息兮将上，心低佪兮顾怀。"九反：指心事重重，不忍离去。

秋思赋

　　四节更王兮秋气悲，遥思惆怅兮若有遗①。原野萧条兮烟无依，云高气静兮露凝衣②。野草变色兮茎叶稀，鸣蜩抱木兮雁南飞③。西风悽惏兮朝夕臻，扇簟屏弃兮绨绤捐④。归室解裳兮步庭前，月光照怀兮星依天⑤。居一世兮芳景迁，松乔难慕兮谁能仙⑥？长短命也兮独何怨⑦！

【题解】

　　张溥本卷二十六"秋"作"愁"，《续古逸丛书》本卷二作《又愁思赋》。《初学记》卷三、严可均《全三国文》卷十三、《太平御览》卷二十五俱作《秋思赋》。今据改。本篇乃悲秋之作，选取烟、云气、露、草、鸣蜩等能表现秋天特征的意象，表现秋季的萧条凄凉。结尾表现了作者悲叹人生不永的心境。赵幼文认为"此赋系节录，而非全文，盖宋人自类书辑录编集而成，似作于太和时"。

237

①四节：四季、四时。节：《初学记》作"时"。王：通"旺"，旺盛。惝恍（tǎng huǎng）：失意惆怅貌。亦作"惝恍"。惝：《续古逸丛书》本作"倘"，非。

②萧条：草木凋零。烟无依：指烟消失无形。云高气静：《初学记》作"高云静气"。气静：气清。衣：张溥本作"玑"。

③鸣蜩：蝉。《诗·豳风·七月》："四季秀葽，五月鸣蜩。"孔颖达疏："《方言》曰：楚谓蝉为蜩，宋卫谓之螗，陈郑谓之蜋蜩，秦晋谓之蝉。是蜩、蝉一物方俗异名耳。"抱木：指秋天蝉抱木而不鸣。

④西风：秋风。凄悷：悲凉。臻：至。箑（shà）：箑莆，古书中所说的一种植物，叶大可作扇，此指扇子。《方言》："扇，自关而东谓之箑，自关而西谓之扇。"屏弃：指弃置不用。绤绤（chī xì）：葛布。细者曰绤，粗者曰绤。捐：弃。原无西风二句，今据《太平御览》、严可均《全三国文》补入。

⑤星依天：指秋天云薄气清，夜晚星光璀璨，犹如依天一样。

⑥一世：一生。唐杜甫《送樊二十三侍御赴汉中判官》："裴回悲生离，局促老一世。"一说指三十年。东汉王充《论衡·宣汉》："且孔子所谓一世，三十年也。"芳景：指少年时光。松乔：指仙人赤松子和王子乔。详见《神龟赋》注。

⑦短：《续古逸丛书》本作"寿"，非。愆：过错；罪过。《艺文类聚》卷三十五作"怨"，疑是。怨：憾恨。《续古逸丛书》本作"悲"。

【汇评】

明·许学夷：子建七言有《秋思咏》一篇，声调与子桓《燕歌行》相类。（《诗源辨体》卷四）

感节赋

携友生而游观①，尽宾主之所求。登高塽以永望，冀消日以忘忧②。欣阳春之潜润，乐时泽之惠休③。望候雁之翔集，想玄鸟之来游④。嗟征夫之长勤⑤，虽处逸而怀愁。惧天河之一回,没我身乎长流⑥。岂吾乡之足顾,恋祖宗之灵丘⑦。唯人生之忽过,若凿石之未燿⑧。慕牛山之哀泣,惧平仲之我笑⑨。折若华之翳日,庶朱光之常照⑩。愿寄躯于飞蓬,乘阳风而远飘⑪。亮吾志之不从,乃拊心以叹息⑫。青云郁其西翔,飞鸟翩而止匿⑬。欲纵体而从之,哀余身之无翼。大风隐其四起,扬黄尘之冥冥⑭。野兽惊以求群,草木纷其扬英⑮。见游鱼之潀溷⑯,感流波之悲声。内纡曲而潜结,心怛惕以中惊⑰。匪荣德之累身,恐年命之早零⑱。慕归全之明义,庶不忝其所生⑲。

商风入帷⑳。

【题解】

本赋写春日外出游览时的所见所感,于清新明快中夹杂着淡淡的忧伤。借写春日美景之匆匆流逝感叹美好的时光消逝太快,不可挽留,表达出内心的忧思。全篇笔调低沉忧郁,以时光流逝,反衬人生之短暂,同时结尾表现出作者渴望建功立业、名流后世的宿愿难以实现的苦闷和忧伤。当为太和年间之作。

【注释】

①友生:朋友。

②高墉:高城。永:长久。冀:希望。消日:指消磨一天的时光。

③潜润:逐渐浸润,此指春天的气息渐浓。时泽:指春雨。惠休:顺美。

④候雁:大雁。每年春分后北飞,秋分后南徙,迁徙有定时,故名候雁。玄鸟:指燕子。

⑤征夫:远行之人。毛传:"征夫,行人也。"长勤:即常勤,指不得休息。

⑥天河:银河。一:或许。回:回旋。长流:指天河。

⑦顾:顾念、怀念。灵丘:指坟墓。

⑧凿石之未燿:《抱朴子·内篇·勤求篇》:"凿石有余焰,年命已凋颓矣。"未燿:赵幼文疑"未"当作"末"。末燿:余光。

⑨牛山:山名,在今山东淄博临淄南。春秋时齐景公所泣之牛山,即为

此地。平仲:即晏婴,其字平仲。《晏子春秋·内篇·谏上》:"景公游于牛山,北临其国城而流涕曰:'若何滂滂去此而死乎!'艾孔、梁丘据皆从而泣,晏子独笑于旁。公收涕而顾晏子……晏子对曰:'使贤者常守之,则太公、桓公将常守之;使勇者常守之,则庄公、灵公将常守之矣。数君者将守之,则吾君安得此位而立焉?以其迭处之,迭去之。至于君也,而独为之流涕,是不仁也。不仁之君见一,谄谀之臣见二,此臣之所为独窃笑也。'"

⑩若华:指神树若木所开之花。若木为神话中生在日落之地的一种树。《山海经》:"灰野之山,有树青叶赤华,名曰若木,日所入处。"一说指扶桑。翳日:指留住时光。庶:希望。朱光:日光。常:《续古逸丛书》本卷一作"长"。

⑪飞蓬:飘飞的蓬草。《诗·卫风·伯兮》:"自伯之东,首如飞蓬。"阳风:指东风。

⑫拊心:指拍胸,表示哀痛。

⑬郁其:云气浓郁貌。止匿:栖息隐藏。止:《艺文类聚》卷二十八作"上",非。

⑭隐其:盛貌。冥冥:昏暗貌。

⑮野兽:《续古逸丛书》本作"鸟兽",非。求:索。扬英:犹今语之扬花,指落花。

⑯涔灂(cén zhuó):指鱼在水中出没貌。

⑰纡曲:郁闷。潜结:内心不舒畅貌。怛惕(dá tì):惊惧。《史记·孝文本纪》:"今朕夙兴夜寐,勤劳天下,忧苦万民,为之怛惕不安,未尝一日忘于心。"

⑱零:终了。

⑲归全:指善终而留有名声。《礼记·祭义》:"父母全而生之,子全而归之,可谓孝矣。"忝:侮辱。其:《艺文类聚》作"乎"。所生:指父母。

⑳此句《北堂书钞》卷一百五十三引《感节赋》。

临观赋

登高墉兮望四泽,临长流兮送远客①。春风畅兮气通灵,草含干兮木交茎②。丘陵崛兮松柏青,南园蕲兮果载荣③。乐时物之逸豫,悲予志之长违④。叹《东山》之恳勤,歌《式微》以咏归⑤。进无路以效公,退无隐以营私⑥。俯无鳞以游遁,仰无翼以翻飞⑦。

【题解】

作者于春日登高远望,呈现在眼前的是万物复苏,一片欣欣向荣的景象,面对所见,作者感慨自己远处藩地,而想要输力于明君,流名后世的夙愿则难以实现的现状。当作于太和年间的某个春天。

【注释】

①四泽:指四方。泽:指水草丛生之地。长流:指河水。

②气:气候。通灵:畅达美好。草含干:指野草萌发。木交茎:指树木长出新枝。

③崛:增高。薆(ài):草木茂盛貌。《文选·张衡〈西京赋〉》:"嘉卉灌丛,蔚若邓林,郁蓊薆荟,橚爽橉槮。"载:语气词。荣:开花。

④逸豫:逸乐;安乐。北宋欧阳修《新五代史·伶官传序》:"忧劳可以兴国,逸豫可以亡身,自然之理也。"违:违背;背离。

⑤《东山》:《诗·豳风》篇名。诗中表现战士在归途思念家乡和胜利回乡的喜悦心情。之:《艺文类聚》卷六十三作"以"。恳勤:诉说征夫的辛勤。《东山》诗序:"君子之于人,序其情而闵其劳。"《式微》:《诗·邶风》篇名。《毛诗》序:"黎侯寓于卫,其臣劝以归也。"其诗云:"式微,式微,胡不归? 微君之故,胡为乎中露!"朱熹集传:"式,发语词;微,犹衰也。"后多以歌《式微》表达思归之情切。咏:《续古逸丛书》木卷一作"诉",非。

⑥公:国家。《续古逸丛书》本、张溥本卷二十六作"功",非。无隐:不能隐身潜居。营私:图谋私利。

⑦鳞:指鱼。翼:指鸟。

潜志赋

潜大道以游志[①]，希往昔之遐烈[②]。矫贞亮以作矢[③]，当苑囿乎呈艺[④]。驱仁义以为禽[⑤]，必信忠而后发[⑥]。退隐身以灭迹[⑦]，进出世而取容[⑧]。且摧刚而和谋，接虔肃以静恭[⑨]。亮知荣而守辱[⑩]，匪天路以为通[⑪]。

【题解】

本赋阐述了自己看轻功名，追求明哲保身的人生态度。曹丕嗣位称帝后，曹植一直向其表露求自试的愿望，但曹丕一直对曹植存有疑忌之心，并施加连续不断的政治迫害，让曹植建功立业、输力国家社稷的愿望毫无实现的可能。曹植万念俱灰，心生消极的人生态度，转而选择退出功名纷争的旋涡，寻求明哲保身。此赋乃失意之作，是其人生遭际的真实反映。

【注释】

①大道：指立身处世的最高准则。游志：放心物外，驰想遐思。《楚辞·九辩》："愿赐不肖之躯而别离兮，放游志乎云中。"晋成公绥《啸赋》："将登箕山以抗节，浮沧海以游志。"

②遐烈：指前人的功绩成就。

③矫：矫正。贞亮：忠贞高尚的品行。宋玉《神女赋》："怀贞亮之洁清兮，卒与我乎相难。"诸葛亮《前出师表》："侍中尚书，长史参军，此悉贞亮死节之臣也。"

④当：隐藏。苑：《说文解字》："苑，所以养禽兽囿也。"囿：《说文解字》："囿，苑有垣也。"苑囿：园林。乎：张溥本作"之"，《历代赋汇》作"以"。呈艺：献艺。

⑤仁义：仁爱正义。《礼记·曲礼上》："道德仁义，非礼不成。"孔颖达疏："仁是施恩及物，义是裁断合宜。"禽：《尔雅·释鸟》："二足而羽谓之禽，四足而毛谓之兽。"孔颖达云："王用三驱，失前禽，则驱走者亦曰禽。"

⑥信忠:张溥本、《历代赋汇》作"忠信"。发:《易经·乾卦》:"六爻发挥,旁通情也。"孔颖达疏:"发谓发越也,挥谓挥散也。言六爻发越挥散,旁通万物之情也。"《易经·坤卦》:"发于事业。"疏曰:"宣发也。"这句意指必须自己先忠贞诚信,然后才能在此基础上有所发扬。

⑦灭迹:隐姓埋名。

⑧出世:指隐居。取容:指以讨好他人来保全性命。《吕氏春秋·似顺》:"夫顺令以取容者,众能之,而况铎(尹铎)欤?"高诱注:"容,说(悦)也。"

⑨虔肃:虔诚而严肃。《后汉书·黄琼传》:"遵稽古之鸿业,体虔肃以应天。"《艺文类聚》卷三十六作"处肃"。静恭:肃静恭敬。《韩诗外传》:"《诗》曰:'静恭尔位,好是正直。'"

⑩守辱:指屈身。

⑪天路:指天上之路。原作"徇天",今据《艺文类聚》改正。

幽思赋

倚高台之曲隅,处幽僻之闲深①。望翔云之悠悠,羌朝霁而夕阴②。顾秋华而零落③,感岁暮而伤心。观跃鱼于南沼,聆鸣鹤于北林④。搦素笔而慷慨,扬大雅之哀吟⑤。仰清风以叹息,寄余思于悲弦。信有心而在远⑥,重登高以临川。何余心之烦错⑦,宁翰墨之能传。

【题解】

张溥本卷二十六、严可均《全三国文》卷十三、丁晏《曹集铨评》皆收录此赋,俱认为其为曹植所作。赵幼文《曹植集校注》没有收录此赋,今从张溥本等补入。赋中作者虽倚高台、处幽僻、望翔云、观跃鱼、聆鸣鹤、搦素笔、扬大雅,但仍不能排遣胸中积郁的愁思与烦闷。作者以铺叙的手法,于自由恬淡之境中写自己的愁苦之深。

①曲隅:高台的拐角处。闲深:空阔而深邃之地。

②羌:句首助词,无义。《康熙字典》:"《屈原·离骚》'羌内恕己以量人兮'。《注》:'羌,楚人语辞也。'"

③秋华:秋天所开的花。东汉张衡《思玄赋》:"缡幽兰之秋华兮,又缀之以江蓠。"

④北林:北边的树林。

⑤搦(nuò):握;持。素:白色。大雅:《诗经》的组成部分之一,多为西周王室和贵族的作品,主要歌颂周王室的功绩,也有些反映厉王、幽王的昏庸暴虐和统治危机的作品。

⑥有心:指友人。

⑦烦错:烦闷。刘向《九叹·忧苦》:"聊须臾以时忘兮,心渐渐其烦错。"

慰子赋

　　彼凡人之相亲①,小离别而怀恋。况中殇之爱子②,乃千秋而不见。入空室而独倚,对孤帏而切叹③。痛人亡而物在,心何忍而复观。日晼晚而既没④,月代照而舒光。仰列星以至晨⑤,衣沾露而含霜⑥。惟逝者之日远,怆伤心而绝肠。

【题解】

　　本赋为悼念亡女之作。曹植有金瓠、行女二女,都在不足两岁时夭折,前后相隔不过三年。本篇文辞质朴,直抒胸臆,表现了作者的伤痛之深,读来句句为断肠之语。

【注释】

①相亲:相亲爱;相亲近。《管子·轻重丁》:"功臣之家……骨肉相亲。"

②中殇:指古时十二岁至十五岁便夭亡。殇:指未成年而亡。

③孤帏:《艺文类聚》卷三十四、严可均《全三国文》卷十三俱作"床帷"。

④婉晚:日将暮。屈原《楚辞·哀时命》:"白日婉晚其将入兮。"

⑤列星:夜晚天空中定时出现的恒星。《公羊传·庄公七年》:"恒星者何?列星也。"何休注:"恒,常也,常以时列见。"明何大复《织女赋》:"步列星之文履兮,缅素霞以为裳。"

⑥衣:《艺文类聚》作"方"。

藉田赋

夫凡人之为圃,各植其所好焉。好甘者植乎荠①,好苦者植乎荼②,好香者植乎兰,好辛者植乎蓼③。至于寡人之圃,无不植也。

名王亲枉千乘之体于陇亩之中④,执钼镢于畦町之侧⑤,尊趾勤于耒耜⑥,玉手劳于耕耘。

【题解】

本篇严可均《全三国文》题作《藉田赋》。丁晏《曹集铨评》认为"此二条皆不类赋语",故其将此二段列为《藉田说》佚文。张溥本卷二十六亦有《藉田赋》,但已根据《太平御览》定为《藉田说》脱文。今尚从严氏别立《藉田赋》一文,附于此处。"藉",通"籍"。藉田,即籍田,《汉书·文帝纪》颜师古注引韦昭曰:"藉,借也。借民力以治之,以奉宗庙,且以劝率天下,使务农也。"此二段即写"寡人""名王"亲自躬耕藉田与田中所植之物。

【注释】

①荠:荠菜,属十字花科一年生野生草本植物,味甜淡,全草可入药。《诗·邶风·谷风》:"谁谓荼苦,其甘如荠。"

②荼:苦菜,莒菜属和岜苣属类植物。《尔雅·释草》:"荼,苦菜。"

③蓼(liǎo):蓼科中部分植物的泛称,属一年生草本植物。叶披针形,花小,白色或浅红色。生长在水边或水中。茎叶味辛辣,可用以调味。

④名王:似指曹操。"名王"以下四句据《北堂书钞》卷九十一补入。

⑤钼(chú)：古同"锄"，一种农具。镢(jué)：一种形似镐的刨土工具。后多写作"镢"。畦町(qí tīng)：田垄；田界，此处泛指田园。谢灵运《山居赋》："畦町所艺，含蕊藉芳。"

⑥耒耜(lěi sì)：古代耕种时翻土的一种农具，像犁。耒是耒耜的柄，耜是耒耜下端的起土部分。也用可用作农具的总称。《孟子·滕文公上》："陈良之徒陈相，与其弟辛，负耒耜而自宋之滕。"

逸　文

悲命赋

哀魂灵之飞扬①。

【注释】

①此句《文选》江文通《别赋》李善注引《悲命赋》。

感时赋

惟淫雨之永降,旷三旬而未晞①。

【注释】

①淫雨:久雨。三旬:一个月。十日为一旬,故三旬合一月。晞:日晒;日照。《乐府诗集·长歌行》:"青青园中葵,朝露待日晞。"此二句《文选》鲍明远《苦热行》李善注引。

宴乐赋

神龟歌舞异俗,猨戏索上寻橦①。

【注释】

①异俗:不同于世俗。寻橦(chuáng):古代百戏之一。系一人手持或头

顶长竿,另外有数人缘竿而上,进行表演。唐王建《寻橦歌》:"人间百戏皆可学,寻橦不比诸余乐。"橦:指旗杆、竹竿之类。此二句《北堂书钞》卷一百一十三引《宴乐赋》。

洛阳赋

胡貉穴于紫闼兮,茅莠生于禁闱^①。本至尊之攸居^②,□于今之可悲。

【注释】

①貉:动物名,外形似狐狸,昼伏夜出,穴居。紫闼:指帝王的宫殿。茅莠:指野草。禁闱:指禁宫。"胡貉"以下四句《北堂书钞》卷一百五十八引《洛阳赋》。

②攸居:所居之处。

射雉赋

暮春之月,宿麦盈野^①,野雉群雊^②。

【注释】

①宿麦:冬麦。因秋冬之际种植,来年收获,即冬小麦。"暮春"以下三句《初学记》卷三引《射雉赋》。

②野雉群雊(gòu):严可均《全三国文》作"野雊群雉"。雉:野鸡。雄雉尾长,羽毛鲜艳美丽;雌雉尾较短,羽毛呈黄褐色,善走但不能久飞,能发出沙哑的声音。雊:野鸡鸣叫。商代时有"雊雉升鼎"的典故。

扇　赋

　　情骀荡而外得，心悦豫而内安①。增吴氏之姣好，发西子之玉颜②。

【注释】

　　①骀(dài)荡：舒缓放荡，无所拘束。悦豫：喜悦。
　　②吴氏：指春秋时吴国美女吴娃。《文选·枚乘〈七发〉》："使先施、征舒、阳文、段干、吴娃、闾娵、傅予之徒……嬿服而御。"李善注："皆美女也。"西子：指春秋时越国美女西施，或称"先施"，别名"夷光"。此处代称美女。此四句《初学记》卷十九、《太平御览》卷三百八十一皆引《扇赋》。

遥　逝①

　　哀秋气之可悲兮，凉风肃其严厉②。神龙盘于重泉兮，腾蛇蛰于幽穴③。

【注释】

　　①丁晏曰："此条气体近赋，而《书钞》未引作赋，无类可属，姑附于此。"
　　②肃：肃杀。
　　③重泉：指深渊。腾蛇：传说中一种能飞的蛇，亦作"螣蛇"。蛰：指冬眠。幽：深。

颂
建安年间

学官颂

自五帝典绝，三皇礼废^①，应期命世^②，齐贤等圣者，莫高于孔子也。故有若曰：出乎其类，拔乎其萃^③。诚所谓性与天道不可得而闻矣^④！

由也务学^⑤，名在前志。宰予昼寝，粪土作诫^⑥。过庭子弟，诗礼明记^⑦。歌以咏言，文以骋志^⑧。予今不述，后贤曷识^⑨。於铄尼父，生民之杰^⑩。性与天成，该圣备艺^⑪。德伦三五，配皇作烈^⑫。玄镜独鉴，神明昭晰^⑬。仁塞宇宙，志凌云霓。学者三千，莫不俊乂^⑭。

惟仁可凭，惟道足恃^⑮。钻仰弥高，请益不已^⑯。

言为世范，行为时矩^⑰。

【题解】

本篇张溥本卷二十六题作《孔庙颂》，严可均《全三国文》卷十七据《艺文类聚》卷三十八题作《学官颂》，丁晏《曹集铨评》、《续古逸丛书》本卷七俱题作《学官颂》。本篇是颂扬孔子盛德之辞，写法上多铺陈，语言精练。其言孔子之明德备艺可与三皇五帝相媲美，可见其对孔子的评价之高。考《三国志·魏书·高柔传》："太祖初兴，愍其如此，在于拨乱之际，并使郡县立教学之官。"可见作者写作之义，在于推广儒学，告诉统治者应以仁德教民、惠民。此颂有残佚。关于本颂的创作时间，一说作于建安中期，一说作于黄初二年

(221)，今从前说。

【注释】

①典:传说中的五帝之书。《尚书序》:"少昊、颛顼、高辛、唐、虞之书,谓之五典。"三皇:指传说上古的三个帝王,所指说法不一,常指伏羲、神农和燧人。《艺文类聚》《续古逸丛书》本俱作"三王"。三王:指夏、商、周。

②应期:应帝王出现的周期。命世:显名于当世。《孟子·公孙丑下》:"孟子曰:五百年必有王者兴,其间必有名世者。"

③有若:字子有,春秋时鲁国人,孔子弟子。其类:张溥本脱"其"字。其萃:张溥本脱"其"字。《孟子·公孙丑上》:"圣人之于民,亦类也。出于其类,拔乎其萃,自生民以来未有盛于孔子也。"

④性:人之本性。天道:大自然的规律与法则。《论语·公冶长》:"子贡曰:'夫子之文章,可得而闻也。夫子之言性与天道,不可得而闻也。'"

⑤由:仲由,字子路,又字季路,孔子弟子。《论语》中未见称述子路好学之语。疑当作"回"。回:颜回,孔子弟子。《论语·雍也》:"哀公问:弟子孰为好学? 孔子对曰:'有颜回者好学,不迁怒,不贰过。'"务:专心致志。

⑥宰予:字子我,孔子弟子,以长于辞令著称。《论语·公冶长》:"宰予昼寝。子曰:'朽木不可雕也,粪土之墙不可圬也。'"诫:警告;告诫。

⑦过庭子弟:指孔子之子孔鲤。《论语·季氏》:"尝独立,鲤趋而过庭,曰:'学《诗》乎?'对曰:'未也。''不学《诗》,无以言。'鲤退而学《诗》。他日又独立,鲤趋而过庭,曰:'学《礼》乎?'对曰:'未也。''不学《礼》,无以立。'鲤退而学礼。"子弟:《艺文类聚》作"之言"。诗礼:《艺文类聚》作"子弟"。

⑧咏言:吟咏。《尚书·舜典》:"诗言志,歌永言。"文:文章。骋志:展露心志;表达情感。

⑨曷识:指如何知晓。曷:通"何"。

⑩於铄:赞美之辞。於:发语词。铄:美好。尼父:对孔子的尊称。尼:孔子,字仲尼。父:古时对男子的美称。生民:人类。《孟子·公孙丑上》:"有若曰:'自生民以来,未有盛于孔子也。'"

⑪与:如同。该:具备。圣:仁德。

⑫伦:相等。三五:指三皇、五帝。配皇:指具有帝王之德而未居帝王之

251

位者。作烈:功业显赫。此二句意指孔子之圣德可比三皇五帝,虽未居帝位,但其功绩与帝王一样显赫。

⑬玄镜:明镜,此处象征独到高明的见解。鉴:照。昭晰:清晰,此指神之明哲。

⑭学者三千:相传孔子有三千弟子。《史记·孔子世家》:"孔子以《诗》《书》《礼》《乐》教,弟子盖三千焉,身通六艺者七十有二人。"俊乂:贤德。

⑮可:《续古逸丛书》本作"是"。疑当作可。

⑯钻:钻研。《论语·子罕》:"颜渊喟然而叹曰:仰之弥高,钻之弥坚。"邢昺疏:"言夫子之道高坚,不可穷尽……故仰而求之则益高,钻研求之则益坚。"请益:指已受教更向人请教。

⑰此二句《文选》沈休文《安陆昭王碑文》李善注引《学官颂》。意指言谈举止都能成为世人的榜样与时代之规范。

玄俗颂

玄俗妙识,饥饵神颖①。在阴倏游,即阳无景②。逍遥北岳,凌霄引领③。挥雾昊天,含神自静④。

【题解】

本篇乃赞颂仙人玄俗之作。相传玄俗有形而无影。赵幼文《曹植集校注》云:"曹植此颂,或在曹操封魏公之后,即建安中期。但史实散佚,不易确指颂的创作年代,暂附于此。"考《三国志·魏书·武帝纪》,建安十八年(213)五月,曹操被封魏公。本颂表现了作者对神仙世界、自由生活的向往之情。

【注释】

①玄俗:传说中的仙人。《列仙传》:"玄俗者,自言河间人也。饵巴豆,卖药都市,七丸一钱,治百病。"饵:食;吃。神颖:仙人所食之粮。

②游:《艺文类聚》卷七十八作"逝"。即阳无景:指在太阳下没有影子。

《列仙传》："王家老舍人自言:'父世见俗,俗形无影。'王乃呼俗,日中看,实无影。"《太平广记》卷六十:"玄俗得神仙之道,住河间已数百年。乡人言常见之,日中无影。"

　　③北岳:恒山。凌霄:指升空。

　　④含:隐藏。静:安宁。

太和年间

宜男花颂

草号宜男,既晔且贞①。其贞伊何?惟乾之嘉②。其晔伊何?绿叶丹花③。光采晃曜,配彼朝日④。君子耽乐⑤,好和琴瑟⑥。固作《螽斯》,惟立孔臧⑦。福齐大姒,永世克昌⑧!

【题解】

宜男花,萱草的别名。《风土记》:"宜男,草也。高六七尺,花如莲,宜怀妊妇人佩之,必生男。"晋嵇含《宜男花赋序》云:"宜男花者,世有之久矣。多殖幽皋曲隈之侧,或华林、玄圃,非衡门蓬宇所宜序也。荆楚之士,号曰'鹿葱',根苗可以荐于俎。世人多女欲求男者,取此草服之,尤良也。"此颂赞扬了宜男花可使家庭多子多福、夫妻和谐,宗族昌盛的品性。

【注释】

①晔:光彩。贞:品行正直。赵幼文《曹植集校注》云:"贞疑借作祯,《诗经·惟清篇》毛传:'祯,祥也。'"

②其:《艺文类聚》卷八十一作"厥"。伊:语中助词。乾:八卦中的乾卦,代表天,天为阳,故此处象征男子。嘉:善。

③花:赵幼文《曹植集校注》云:"花当作华,花为晋宋间后出字。"

④晃曜:闪耀;辉映。配:匹配。朝日:宜男花呈红色,如日出般光辉灿烂。

⑤耽乐:过度享乐,沉溺于享乐之中。《尚书·无逸》:"生则逸,不知稼穑之艰难,不闻小人之劳,惟耽乐之从。"

⑥好和琴瑟:指夫妻和谐,如琴瑟相协。《诗·小雅·棠棣》:"妻子好

合,如鼓瑟琴。"

⑦《螽(zhōng)斯》:《诗经》篇名。篇中以螽斯多而成群,比喻子孙众多。惟:《艺文类聚》《续古逸丛书》本卷七俱作"微"。孔臧:非常美好。

⑧齐:相等;等同。大姒:有莘氏之女,周文王之妻,武王之母。《诗·大雅·思齐》:"大姒嗣徽音,则百斯男。"世:指后世。

【汇评】

赵幼文:案此颂四句转韵如嘉花叶,日瑟叶,臧昌叶,惟为首两句仅一韵,疑有佚句。曹叡荒于女色,夺民间妇女,迫作嫔妃。高柔曾上疏谏:"顷皇子连多夭逝,熊罴之祥,又未感应,且以育精养神,专静为宝。"(《曹植集校注》卷三)

社　颂

余前封鄄城侯,转雍丘,皆遇荒土①。宅宇初造②,以府库尚丰,志在缮宫室③,务园圃而已,农桑一无所营④。经离十载,块然守空⑤,饥寒备尝。圣朝愍之,故封此县⑥。田则一州之膏腴,桑则天下之甲第⑦。故封此桑,以为田社⑧。乃作颂云:

於惟太社,官名后土⑨。是曰句龙,功著上古⑩。德配帝王,实为灵主⑪。克明播植,农正曰柱⑫。尊以作稷,丰年是与⑬。义与社同,方神北宇⑭。建国承家,莫不攸叙⑮。

【题解】

此颂《太平御览》卷五百三十二题作《赞社文》。《续古逸丛书》本卷七无序,仅有正文。曹植黄初二年(221)改封鄄城侯,至太和三年(229)正好"十载",文中又有"故封此县"等句,可知《社颂》当作于是年十二月至东阿之后。此文主在赞颂土谷之神,记叙其作序的原因,突出土谷之神在生活中的地位和作用。

【注释】

①鄄城:在今山东濮县东。曹植于黄初二年(221)改封鄄城侯。雍丘:在今河南杞县。黄初四年(223)七月曹植徙封雍丘。汉朝末年,鄄城、雍丘遭受严重的兵祸,土地荒芜。遇荒土:张溥本卷二十六作"欲为社"。

②初造:开始修建。

③缮宫室:张溥本作"善公夫"。缮:修补;整治。

④园圃:指种植果木蔬菜的园地。园:张溥本作"完"。农桑:农耕和蚕桑,此处指农业生产。一:皆;都。

⑤经离:经历。十载:赵幼文云:"十载疑当作七载。曹植自黄初二年至太和三年转封东阿止计七年。汉代七与十字多形近致误。"块然:孤独貌。

⑥愍:怜悯。此县:指东阿县,三国时为魏地,隶属东郡。

⑦州:兖州,三国时东阿县属兖州。膏腴:肥沃之土。甲第:最好的。

⑧封桑:封树。东阿县宜种桑树,故以桑为树。社:指古代立社种树,以为社之标志。

⑨於惟:叹辞。太社:指古代天子为祈福、报功而设的祭祀土地神的场所。后土:指土神或地神。

⑩句龙:社神名。《左传·昭公二十九年》:"共工氏有子曰句龙,为后土。后土为社。"上古:句龙约当五帝之一颛顼之世,故曰上古。

⑪帝王:五帝、三皇之属。王:《艺文类聚》卷三十九、《续古逸丛书》本俱作"皇"。灵主:神灵。此句句龙勤于土功,死后百姓奉以为神而祀之。

⑫克明:圣明。植:《初学记》卷十三作"殖"。农正:指古代掌管农事的官员。柱:人名。《左传·昭公二十九年传》:"有烈山氏之子曰柱,为稷,自夏以上祀之。周弃亦为稷,自商以来祀之。"柱:《续古逸丛书》本作"社",《初学记》、张溥本俱作"日举",严可均《全三国文》卷十七作"具举"。

⑬稷:五谷之神,此指柱。是与:与是,即保佑丰收。

⑭方神:指四方之神。北宇:指社坛、稷坛俱向北而立。

⑮攸:所。《艺文类聚》作"脩",《初学记》作"修"。叙:通"序",次序。

皇子生颂

　　於圣我后，宪章前志①。克纂二皇，三灵昭事②。祗肃郊庙，明德敬惠③。潜和积吉，钟天之厘④。嘉月令辰，笃生圣嗣⑤。天地降祥，储君应祉⑥。庆由一人，万国作喜⑦。喝喝万国，炎炎群生⑧。禀命我后，绥之则荣⑨。长为臣妾，终天之经⑩。仁圣奕代，永载明明⑪。同年上帝，休祥淑祯⑫。藩臣作颂，光流德声⑬。吁嗟卿士，祗承予听⑭。

【题解】

　　《艺文类聚》卷四十五题作《皇太子颂》。严可均《全三国文》卷十七题作《皇太子生颂》。太和年间，曹叡对外与吴蜀接连交兵，对内修宫殿，赋役繁重，百姓困苦。本篇表面以明帝喜得皇子为由作颂，歌功颂德，实则表明百姓的苦乐和国家的盛衰与否在于曹叡的施政措施，统治者应造福于百姓，这样魏王朝才能长治久安，代代相传。本篇行文屈曲委婉，以抒发一己之胸臆。此颂殆作于太子殷生后不久。

【注释】

　　①圣我：张溥本卷二十七作"我圣"，《艺文类聚》作"我皇"。我后：指魏明帝曹叡。宪章：效法。前志：指古代典籍。

　　②纂：继承。《艺文类聚》作"慕"。二皇：指曹操、曹丕。《初学记》作"三皇"。三灵：指日、月、星。昭：鲜明。

　　③祗肃：恭敬严肃。《尚书·太甲上》："社稷宗庙，罔不祗肃。"郊庙：指古代天子祭祀天地与祖先。郊：祭天地。庙：祀祖先。明德：崇明美好的德行。惠：仁爱。《续古逸丛书》本卷七作"忌"。

　　④和：《艺文类聚》作"阳"。潜阳：暗含阳气。积吉：多善。吉：《续古逸丛书》本作"石"。钟：聚集。厘：幸福。

　　⑤嘉月令辰：良时美辰。《三国志·魏书·明帝纪》："太和五年秋七月

257

乙酉,皇子殷生,大赦。"笃生:指生而不凡,得天独厚。圣嗣:指皇子殷。

⑥储君:指太子。时曹叡尚未有子,殷生,将立以为嗣,故曰储君。应祉:应天地之祥,当获此福。

⑦一人:指曹叡。作喜:犹言造福。《续古逸丛书》本作"作嘉"。

⑧喁喁:指群鱼之口露出水面呼吸,比喻困苦之状。此指百姓生活困苦,迫切希望得到拯济之貌。岌岌:危急貌。群生:百姓。

⑨绥:安抚。此二句意指百姓的生死禀受于曹叡,给予安抚则能使国家繁盛安康。

⑩臣妾:男为臣,女为妾,此指统治者役使的民众和藩属。《续古逸丛书》本作"臣职"。天之经:天道,此指国法。

⑪奕代:奕世;累世。明明:形容尊贵圣明之貌。

⑫同年上帝:指寿命与上帝相等。休祥、淑祯:俱指美好吉祥。

⑬藩臣:曹植自谓。光流:广布。

⑭祗承:恭敬接受。予听:即听予。

冬至献袜履颂

伏见旧仪①:国家冬至献履贡袜,所以迎福践长,先臣或为之颂②。臣既玩其嘉藻③,愿述朝庆。千载昌期,一阳嘉节④,四方交泰,万物昭苏⑤。亚岁迎祥,履长纳庆⑥。不胜感节,情系帷幄⑦,拜表奉贺,并献白纹履七量⑧,袜若干副。茅茨之陋,不足以入金门、登玉台也⑨。上表以闻⑩,谨献。

玉趾既御,履和蹈贞⑪。行与禄迈,动以祥并⑫。南阙北户,西巡王城⑬。翱翔万域,圣体浮轻⑭。

暑景舒长⑮。

本颂《太平御览》卷二十八题作《冬至献袜履颂表》,颂前之表另题作《贺东表》。《续古逸丛书》本卷七分颂与表为二,分别题作《冬至献袜颂》《冬至献袜颂表》。张溥本卷二十六亦分表与颂为二,分别题作《冬至献袜颂》《冬至献袜履表》。严可均《全三国文》卷十七只有"玉趾"以下八句,亦题作《冬至献袜颂》。今将表与颂合二为一,题作《冬至献袜履颂有表》。此颂表有佚句,就仅存文字看来,当为感节应制之作。当作于太和五年(231)冬至前。

【注释】

①旧仪:古代礼制,此指冬至之日献履袜的风俗。《宋书·礼志》:"冬至朝贺享礼,皆如元日之仪,又进履袜。"冬至献履袜的礼制,自汉迄于元魏,其俗犹存。

②践长:指年寿长久。先臣:东汉崔骃作有《袜铭》一篇,铭曰:"长履景福,至于亿年……"或即本颂所指,但曹植称曰颂,而不称之为铭,故未知曹植具体所指。

③玩:品习;品味。藻:文藻。

④昌期:指吉庆之时。一阳:指阳气始生。嘉节:指冬至。《孝经援神契》:"冬至阳气动。"

⑤交泰:指天地之气融合贯通,万物各遂其生。昭苏:苏醒。《礼记·乐记》:"蛰虫昭苏,羽者妪伏。"郑玄注:"昭,晓也。蛰虫以发出为晓,更息曰苏。"

⑥亚岁:指冬至称贺的仪式。明田汝成《西湖游览志余·熙朝盛事》:"冬至谓之亚岁,官府民间,各相庆贺,一如元日之仪。"履长:指冬至献履之事。《玉烛宝典》卷十一:"十一月建子,周之正月。冬至日,南极景极长,阴阳日月万物之始,律当黄钟,其管最长,故有履长之贺。"纳:接纳。

⑦节:节气。帷幄:指帝居,此指帝王。

⑧白:《初学记》卷四、张溥本、《续古逸丛书》本俱无"白"字。纹履:绣有花纹的鞋。七量:七双。《初学记》作"七纳"。

⑨茅茨:以茅草盖屋,比喻贫贱之家。金门、玉台:俱指帝王所居。丁晏:"以上十四字程脱,依《书钞》一百五十六补。"

⑩表:《初学记》《续古逸丛书》本俱作"献"。

⑪玉趾:指对人足的敬称。御:指履加于足。履、蹈:俱指践、踏。和:和平。贞:正直。

⑫迈:往。并:随同。

⑬阚(kuī):视。北户:古国名,汉魏时属日南郡,此指南方边远地区。《尔雅·释地》:"觚竹、北户、西王母、日下,谓之四荒。"邢昺疏:"北户者,即日南郡是也。颜师古曰:'言其在日之南,所谓北户以向日者。'"王城:指西王母国,约在今甘肃境内。

⑭万域:万国。浮轻:漂浮体轻。

⑮晷景:指日影。此句《北堂书钞》卷一百五十六引《冬至献袜履颂》。

时期未定

列女传颂

尚卑贵礼,永世作程①。

【题解】

《列女传》,乃西汉刘向所撰,列记古代妇女事迹一百零四则。此颂仅存二句,见《文选·新刻漏铭》李善注引,严可均《全三国文》卷十七于《文选·石关铭》注辑得此二句。《续古逸丛书》本无该颂。因本颂残佚过甚,难以窥见其中意旨。

【注释】

①程:指典范;榜样。

母仪颂

殷汤令妃,有莘之女①,仁教内修,度仪以处②。清谧后宫,九嫔有序③。伊为媵臣,遂作元辅④。

【题解】

《艺文类聚》卷十五引本颂并下《明贤颂》,均次于晋成公绥诗之后,未写作者姓名。成公绥诗与本颂内容相同,仅个别字有所区别。《初学记》卷十亦引,写明确系曹植所作。张溥本卷二十六题作《汤妃颂》,非。旧志俱载有曹植《列女传颂》一卷,而"母仪"本《列女传》旧题,故此颂盖曹植所作。本篇颂母仪,扬德声,以敦礼仪教化之义。

【注释】

①令:美善。有莘:古国名,故地在今河南开封,旧陈留东。一说在今山东曹县北。姒姓,夏禹之后。商汤取有莘之女。有:发语词。莘:夏代氏族之一。

②度:考虑;图谋。仪:《艺文类聚》《续古逸丛书》本作"义"。

③后宫:古代妃嫔所居之处。九嫔:宫中女官,亦为帝王之妃。历朝历代多有九嫔之制。《礼记·昏义》:"古者天子后立六宫、三夫人、九嫔、二十七世妇、八十一御妻,以听天下之内治,以明章妇顺,故天下内和而家理。"

④伊:伊尹,名伊,尹是官名,商汤时臣。其为汤妻的陪嫁奴隶,为商汤赏识,后助汤灭夏桀,被尊为阿衡。媵(yìng)臣:陪嫁之人。元辅:宰相。

明贤颂

於铄姜后,光配周宣①。非礼不动,非礼不言②。晏起失朝,永巷告愆③。王用勤政,万国以虔④。

【题解】

本颂《艺文类聚》卷十五作《贤明颂》,是,当据改。张溥本卷二十六作《姜后颂》,非。"贤明",乃《列女传》旧题,其中有"周宣姜后"篇,言姜后之"威仪抑抑",贤而有德。此颂亦赞颂姜后之辞,其创作时间未定。

【注释】

①於铄:赞美之辞。姜后:齐侯之女,周宣王之后。

②礼:《艺文类聚》《续古逸丛书》本卷七俱作"义"。《列女传》卷二:"周宣姜后者,齐侯之女也。贤而有德,事非礼不言,行非礼不动。"第二个"非"字,《续古逸丛书》本作"校"。

③晏起失朝:指早晨晚起耽误听朝之事。永巷:宫中署名。《列女传》:"宣王常夜卧而晏起,后夫人不出于房。姜后既出,乃脱簪珥,待罪于永巷,使其傅母通言于王曰:'妾不才,妾之淫心见矣!至使君王失礼而晏朝,以见

君王乐色而忘德也。夫苟乐色,必好奢穷欲,乱之所兴也。原乱之兴,从婢子起。敢请婢子之罪。'"

④用:因此。虔:恭敬。《列女传》:"(周宣王)遂复姜后而勤于政事。早朝晏退,卒成中兴之名。"

序

建安年间

画赞序

盖画者,鸟书之流也①。昔明德马后美于色,厚于德,帝用嘉之②。尝从观画,过虞舜之像,见娥皇、女英③,帝指之,戏后曰:"恨不得如此人为妃④!"又前见陶唐之像⑤,后指尧曰:"嗟乎! 群臣百寮恨不得戴君如是⑥。"帝顾而笑⑦。故夫画,所见多矣。上形太极混元之前,却列将来未萌之事⑧。观画者,见三皇五帝,莫不仰戴。见三季暴主⑨,莫不悲惋。见篡臣贼嗣⑩,莫不切齿。见高节妙士,莫不忘食。见忠节死难,莫不抗首⑪。见忠臣孝子⑫,莫不叹息。见淫夫妒妇,莫不侧目⑬。见令妃顺后,莫不嘉贵⑭。是知存乎鉴者何如也⑮。

【题解】

本篇张溥本卷二十六置于赞类,题作《画赞》,自"观画者"以下置于说类,题作《画说》。严可均《全三国文》卷十四题作《画赞(并序)》,《太平御览》卷七百五十作《画赞序》。今从《太平御览》作《画赞序》。本序以帝王之逸事起笔,通过人们对不同历史时期人物的评价,说明世人要以史为鉴,将画像作为品鉴的对象,自检自持。赵幼文疑此序作于魏宫建成之时,即建安十九年(214)之际。

【注释】

①鸟书:鸟虫书,书体的一种,古代象形文字,篆书的变体。多用以书写

以官号为符信的旗帜。流:流派。

②明德马后:指汉明帝刘庄之后,伏波将军马援之女,姓马,名不详。马氏品德醇厚,孝顺温和,汉明帝时被封贵人。死后谥曰"明德皇后"。帝:指汉明帝。用:因此;故而。

③娥皇、女英:相传俱为帝尧之女,帝舜之妃。

④人:张溥本无该字。

⑤陶唐:即唐尧,初封于陶,后徙于唐,故称。《太平御览》作"唐尧"。

⑥戴:尊奉;推崇。张溥本作"为",非。

⑦笑:《太平御览》作"咨嗟焉"。

⑧形:显现。太极:天地之初最原始的混沌之气。混元:指开天辟地之时。却列:后列。未萌:未发生。丁晏云:"《御览》一引《画赞序》。"此二句丁晏《曹集铨评》未列入正文,今据严可均《全三国文》补入。赵幼文云:"窃疑此二句当在句首,无文以资参订,姑从严氏附于此。"

⑨三季:指夏、商、周之末。暴主:指夏桀、商纣、周幽王。从"观画者"以下,丁晏《曹集铨评》列入"说类"。严可均云:"案此条亦《画赞序》也,张溥题为《画说》,非。"今从《全三国文》移正于此。

⑩篡臣:篡夺君权之臣。贼嗣:杀父自立为君之人。

⑪抗首:举头。

⑫忠:《太平御览》、严可均《全三国文》俱作"放"。孝:《太平御览》、严可均《全三国文》皆作"斥"。

⑬侧目:指侧目而视,形容愤恨之状。

⑭令:美善。嘉贵:赞美尊重。

⑮鉴:鉴戒。何如:《太平御览》作"图画"。

黄初年间

柳颂序

余以闲暇,驾言出游①,过友人杨德祖之家②。视其屋宇寥廓,庭中有一柳树,聊戏刊其枝叶③。故著斯文,表之遗翰④,遂因辞势,以讥当今之士⑤。

【题解】

本篇乃柳颂前之序文,写明了创作之因,以及想要达到的目的。赵幼文云:"建安末期,王朝内部展开王位继承权的斗争。丁仪兄弟等拥戴曹植,曹丕凭借其取得的政治地位,极意笼络士族,为之羽翼,相互陷害,势同水火。终于令杨修以倚注遇害,丁仪以希意族灭。修死后百余日而曹操死,操死于建安二十五年正月,修被杀在二十四年秋末冬初。"当作于建安年间。

【注释】

①驾:驾车。言:语中助词。《诗·邶风·泉水》:"驾言出游,以写我忧。"

②杨德祖:杨修,杨彪之子。其学问渊博,谦恭聪慧,建安中举孝廉,除郎中,后任丞相府主簿,与曹植交好。建安二十四年(219)秋,曹操以"前后漏泄言教,交关诸侯"等罪收杀之。

③刊:指削。

④斯文:指《柳颂》。遗翰:指余墨。

⑤辞势:文辞的气势。

郦生颂序

余道经郦生之墓①,聊驻马②,书此文于其碑侧也③。

【题解】

《北堂书钞》卷九十八作《郦生序颂》。郦生,即郦食其,陈留高阳(今河南杞县西南)人,秦时为陈留门吏。刘邦过高阳,郦食其往见,跟随刘邦。后为汉使规劝齐王归降,齐王以七十余城降汉。汉高祖四年(前203)韩信率军袭齐,齐王怒,认为被食其出卖,遂烹杀之。此序残缺甚众,仅存此数语。

【注释】

①郦生之墓:《括地志》:"在雍丘西南二十八里处。"

②聊:姑且。驻马:停车。张溥本卷二十六脱"马"。

③也:张溥本脱此字。

太和年间

前录自序

故君子之作也①,俨乎若高山,勃乎若浮云②。质素也如秋蓬,摛藻也如春葩③。汜乎洋洋,光乎皜皜④,与雅颂争流可也⑤。余少而好赋,其所尚也,雅好慷慨⑥,所著繁多。虽触类而作,然芜秽者众⑦,故删定别撰⑧,为《前录》七十八篇。

【题解】

本序《艺文类聚》卷五十五题作《文章序》,严可均《全三国文》卷十六作《前录序》。文学创作的质与文,是当时学术界普遍重视的问题。西汉以来,重质轻文的现象明显,文人过分强调文章内容在播扬德育教化上的作用,而忽视形式的重要性。作者本序提出写作应遵循文质俱佳的标准。曹植之赋文,就笔者所见,有篇目者四十七篇,距此序所言之数,佚失甚多。

【注释】

①作:文章;作品。

②俨乎:昂首貌,此处形容品格之高。勃乎:旺盛貌。

③质:文章的内容。素:朴素。秋蓬:秋蓬开白色花,故用以比喻文章内容的朴素。摛藻:铺陈翰藻。摛:舒展。藻:文采。

④汜:广大貌。洋洋:美盛貌。

⑤雅:指《诗经》中的《大雅》《小雅》。颂:谓《诗经》中的《周颂》等颂。争流:争上下。

⑥雅:平素。

⑦触类:接触相类似的事物。芜:内容芜杂。秽:遣词冗杂。

⑧别撰:另撰。

逸　文

慰情赋序

黄初八年正月^①,雨,而北风飘寒,园果堕冰^②,枝干摧折。

【注释】

①黄初八年正月:黄初七年(226)五月,曹丕卒于嘉福殿。其子曹叡即帝位,改黄初为太和,具体月份未详。朱绪曾《曹集考异》:"严可均云'八年'当是'六年'。"张可礼《三曹年谱》:"纪年史记无'黄初八年'。曹叡即位改黄初为太和,具体月份未详,当在是年正月。植赋序称'黄初八年正月',疑赋当作于是年正月改元前,故系于是,备考。"赵幼文:"黄初无八年,疑字误。"此数句出自《北堂书钞》卷一百五十六。

②园果堕冰:园里的果子脱落结冰。

禹庙赞序

有禹祠,植移于其城,城本名杞城^①。

【题解】

赵幼文云:"此序各本俱缺,据严可均《全三国文》补录。""此序仅存此三句。"禹庙,又称禹祠,在今杞县县城东部。朱绪曾云:"陈思王《袭封雍丘王表》云:'禹祠原在此城。'《禹庙赞》亦此时作。"故本赞序当作于曹植徙封雍丘王时。

【注释】

①杞城:指雍丘。

赞

建安年间

庖犠赞

木德风姓,八卦创焉①。龙瑞名官②,法地象天。庖厨祭祀,网罟鱼畋③。瑟以象时,神德通玄④。

【题解】

严可均《全三国文》卷十七题作《庖犠》,无"赞"字。庖犠,即伏犠,又名伏戏、宓犠,古代传说中的部落酋长。本篇主要赞颂伏犠画八卦、教民渔猎、取牺牲以供庖厨之事迹。

【注释】

①木德:五德之一。秦汉时的方士以金、木、水、火、土五行相生相克的道理附会王朝的兴衰,而伏犠以木德王天下。风姓:《帝王世纪》:"太昊帝庖犠氏,风姓也。"八卦:指《周易》中的具有象征意义的八种基本图形,分别是:乾、坤、兑、坎、离、巽、震、艮。相传为伏犠所创。

②瑞:吉兆。相传伏犠时有龙马自河中负图而出,为圣者受命之瑞,因以龙为官名。

③庖厨:肴馔。网罟(gǔ):指打鱼之事。《艺文类聚》卷十一、《续古逸丛书》本卷七俱作"罟网"。罟:渔网。畋:通"佃",猎取禽兽。

④瑟以象时,神德通玄:《续古逸丛书》本作"琴瑟以像,时神通玄"。《帝王世纪》:"伏犠作瑟三十六弦,象一年三百六十余日。"通玄:通达上天。玄:天。

女娲赞

古之国君,造簧作笙①。礼物未就,轩辕纂成②。或云二皇,人首蛇形③;神化七十,何德之灵④!

【题解】

严可均《全三国文》卷十七题作《女娲》。女娲,中国上古神话中的创世女神。传说她用黄土造人,并创造了万物;古时天崩地裂,其炼五色石以补天,断鳌足以立四方,平治洪水,驱杀猛兽,使人民得以安居。事见《淮南子·览冥训》。一说其为伏羲之妻。本篇主要为称颂女娲之辞。

【注释】

①国君:指女娲。《山海经·大荒西经》郭璞注:"女娲,古神女而帝者。"簧:笙中的薄竹片。古笙由簧片、笙管、斗子三部分构成。笙管长短不一,有十三至十九根不等。《礼记·明堂位》:"垂之和钟,叔之离磬,女娲之笙簧。"郑玄注:"笙簧,笙中之簧也……女娲作笙簧。"

②礼物:制度与器物。未就:未完成。纂成:继续完成。

③皇:《太平御览》卷七十八作"君"。二君:指伏羲、女娲。《帝王世纪》:"庖羲氏……蛇身人首。女娲氏……承庖羲制度,亦蛇身人首。"

④神化七十:传说女娲一日中出现七十种变化。《山海经·大荒西经》郭璞注:"人面蛇身,一日中七十变。"

神农赞

少典之胤,火德承木①。造为耒耜,导民播谷②。正为雅琴,以畅风俗③。

【题解】

本篇严可均《全三国文》卷十七题作《神农》。神农，传说中的上古帝王。相传其始教民众作耒耜，务农业。又传其曾尝百草，发现药材，以治疗疾病。是我国农耕经济、文化的创始人。本篇用简洁的语言，十分精练地概括了炎帝神农放火烧畲、制造农具、教民耕种和削桐作琴以期教化等多方面的辉煌创举。诗分两层，前两句交代炎帝神农来历、地位的不同凡响，后四句赞美其万世功绩。此篇赞颂炎帝神农氏为发展社会生产力所做出的不可磨灭的历史功绩。赵幼文《曹植集校注》云："各赞俱以八句四韵成篇，而此赞仅六句三韵，疑脱二句。"

【注释】

①少典之胤：指神农乃少典之后代。《太平御览》卷七十八引《帝王世纪》云："神农氏，姜姓也。母曰任姒，有蛴氏之女，名女登，为少典妃。"胤：后代；后嗣。火德承木：指神农以火德王天下。《帝王世纪》："炎帝人身牛首，长于姜水……有圣德，以火承木，位在南方，主夏，故谓之炎帝。"承：《续古逸丛书》本卷七作"成"，非。

②耒耜：古代耕种时用来松土的农具。详见《秋思赋》注。导：教导。张溥本卷二十六、《续古逸丛书》本俱作"遵"。

③雅：正音。《帝王世纪》："神农创五弦之琴。"畅：通。

黄帝赞

少典之孙，神明圣哲①。土德承火，赤帝是灭②。服牛乘马，衣裳是制③。云氏名官，功冠五帝④。

【题解】

本篇严可均《全三国文》卷十七题作《黄帝》。黄帝，传说中上古时期中原各族的共同祖先，五帝之首，少典之子，姓公孙，居轩辕之丘，故号轩辕氏。又居姬水，因改姓姬，称姬轩辕。国于有熊，亦称有熊氏。史载其以土德王

272

天下，而土呈黄色，故又称其黄帝。黄帝在位期间，播百谷草木，大力发展生产，始制衣冠，建舟车，创音律，创医学等。本篇乃赞颂黄帝之作。

【注释】

①少典之孙：司马迁《史记·五帝本纪》："黄帝者，少典之子，姓公孙，名曰轩辕。"此处疑有误。神明圣哲：指具有特殊的聪明才智。《史记·五帝本纪》："(黄帝)生而神灵，弱而能言，幼而徇齐，长而敦敏，成而登天。"

②土德：指轩辕氏黄帝以土德王天下。火：指神农氏。赤帝：亦指神农氏。黄帝与神农族战于阪泉之野，消灭了神农氏，即帝位。(见《大戴礼记·五帝德篇》)

③服：使用。乘：使用。是：语中助词。

④云氏名官：指以云纪事而名官。云氏：《艺文类聚》卷十一作"氏云"。《左传·昭公十七年》："郯子曰：昔者黄帝氏以云纪，故为云师而云名。"冠：指黄帝之位列于五帝之首。《艺文类聚》作"列"。

少昊赞

祖自轩辕，青阳之裔①。金德承土，仪凤帝世②。官鸟号名，殊职别系③。农正扈民，各有品制④。

【题解】

少昊，己姓，名挚，古代传说中的帝王，以金德王天下，故号金天氏。降居江水，邑于穷桑，登帝位，都曲阜，故又称穷桑氏。相传少昊曾以鸟名为官名。本篇乃赞颂少昊之辞，严可均《全三国文》卷十七题作《少昊》。

【注释】

①祖自轩辕：指少昊为轩辕之子。青阳之裔：指其为青阳之后裔。《史记·五帝本纪》："黄帝正妃生二子，其后皆有天下。其一曰玄嚣，是为青阳，降居江水。"可知少昊为玄嚣之子，黄帝之孙，玄嚣又名青阳，故曹植谓少昊为青阳之裔。《路史·后纪七·小昊》："小昊青阳氏，纪姓，名质，是为挚。

其父曰清,黄帝之五子,方雷氏之生也。胙土于清,是为青阳……"注曰:"青阳,少昊之父也,故《帝德考》云青阳之子曰挚。而曹植赞少昊云'青阳之裔',则少昊为青阳之子信矣。"

②金德承土:指黄帝以土德王天下,少昊代之,以金德王,故方士谓其金德承土。仪凤:凤鸟前来。传说少昊登帝位之时,适有凤鸟来翔,故称。

③官鸟号名:指以鸟名给官职命名。殊职别系:指以不同的鸟名来区分各官职,鸟名不同,官职相异。《左传·昭公十七年》:"我高祖少昊挚之立也,凤鸟适至,故纪于鸟,为鸟师而鸟名。"又云:"郯子曰:凤鸟氏,历正也;玄鸟氏,司分者也;伯赵氏,司至者也;青鸟氏,司启者也;丹鸟氏,司闭者也。"

④农正:古时掌管农事的官吏。扈民:指防止百姓怠于农业生产而使之努力从事生产活动。《左传·昭公十七年》:"九扈为九农正,扈民无淫者也。"品制:等级制度。

颛顼赞

昌意之子,祖自轩辕①。始诛九黎②,水德统天。以国为号,风化神宣③。威畅八极,靡不祗虔④。

【题解】

颛顼,号高阳氏,又称姬颛顼、帝颛顼、黑帝、玄帝,上古帝王,"五帝"之一。相传为黄帝之孙,昌意之子。生于若水,居于帝丘(今河南濮阳)。严可均《全三国文》卷十七题作《颛顼》。本颂主要赞颂了颛顼帝讨伐九黎族,教化万民,威德广播,天下咸恭敬臣服的光辉功绩。

【注释】

①昌意:上古传说中的人物,黄帝之子。相传黄帝娶西陵之女为正妃,生二子:其一曰玄嚣,其二曰昌意。《帝王世纪》:"颛顼,黄帝之孙,昌意之子。"自:《续古逸丛书》本卷七作"有"。

②九黎:上古传说部落族群。《国语·楚语下》:"及少皞之衰也,九黎乱

德……颛顼受之,乃命南正重司天以属神,命火正黎司地以属民,使复旧常,无相侵渎,是谓绝地天通。"韦昭注云:"九黎,黎氏九人,蚩尤之徒也。"

③以国为号:指所兴之地为一国之代号。据《古史考》载,颛顼的号亦是国号。《汉书·古今人表》师古注引张晏曰:"少昊以前,天下之号象其德,颛顼以来,天下之号因其名。高阳、高辛皆所兴之地名。"风化:政令。神宣:形容传播之远。

④威:威名。畅:通。八极:八方极远之地。祇虔:恭敬。

帝喾赞

祖自轩辕,玄嚣之裔①。生言其名,木德帝世②。抚宁天地,神圣灵察③。教弭四海,明并日月④。

【题解】

帝喾(kù),上古时期一位著名的部落联盟首领,据《史记·五帝本纪》所载,其为黄帝曾孙,玄嚣之孙,蟜极之子,帝颛顼之侄。因生于高辛,故号高辛氏。春秋战国时,被尊为"五帝"之一。本篇乃赞颂帝喾之作,严可均《全三国文》卷十七题作《帝喾》。

【注释】

①玄嚣:黄帝之子,正妃嫘祖所生。

②生:出生之时。据《史记·五帝本纪》所载,帝喾生而神异,初生便可自言其名。木德帝世:指帝喾以木德王天下。

③抚宁:安抚。神圣:指其聪明智慧超群。灵察:指具有卓越的洞察力。《史记·五帝本纪》:"(高辛)聪以知远,明以察微。"

④教:教化。弭:通"弥",广布。明并日月:指帝喾之圣德与日月同辉。

帝尧赞

火德统位,父则高辛①。克平共工,万国同尘②。调适阴阳③,其惠如春。巍巍成功,配天则神④。

【题解】

帝尧,上古帝王,"五帝"之一,姓伊祁,名放勋,帝喾之子,初封于陶,后封于唐,故号陶唐氏。《史记·五帝本纪》:"帝喾娶陈锋氏女,生放勋。娶娵訾氏女,生挚。帝喾崩,而挚代立。帝挚立,不善,而弟放勋立,是为帝尧。"其在位期间,平定共工之乱,制定历法,确立二分、二至,以366日为一年,每三年一闰月,用闰月调整历法与四季的关系。本篇乃赞颂帝尧功绩之作,严可均《全三国文》卷十七题作《帝尧》。

【注释】

①火德统位:相传帝尧承天受命之时正值五行中的火运。《帝王世纪》:"帝尧年二十而登帝位,以火承木。"父则高辛:指帝尧是帝喾之子。

②共工:帝尧时的一方氏族首领,为帝尧之臣,与驩兜、三苗、鲧并称"四凶",后被流放至幽州。《尚书·尧典》:"流共工于幽州。"克平:平定;制服;征服。同尘:比喻统一。一说指风俗一致。

③阴阳:指寒暑气候。

④巍巍:高大貌。配:《太平御览》卷八十作"则"。则:《太平御览》作"之"。则天:效法上天。

帝舜赞

颛顼之族,重瞳神圣①。克协顽瞽,应唐莅政②。除凶举俊,以齐七政③。应历受禅④,显天之命。

【题解】

舜,中国传说中父系氏族社会后期部落联盟首领,因受尧之禅让而称帝,"五帝"之一,姓姚,有虞氏,名重华,字都君,颛顼六世孙,生于姚墟(一说在山东菏泽,一说在河南濮阳,一说在浙江余姚),谥曰"舜",史称虞舜。本篇乃赞颂帝舜之行孝道，放逐"四凶"，举贤任能，在其治理下，政教大行于世等的辉煌功绩。本篇严可均《全三国文》卷十七题作《帝舜》。

【注释】

①颛顼之族：帝舜乃颛顼之六世孙。之：《艺文类聚》卷十一作"氏"，疑非。《史记·五帝本纪》："重华父曰瞽叟，瞽叟父曰桥牛，桥牛父曰句望，句望父曰敬康，敬康父曰穷蝉，穷蝉父曰帝颛顼，颛顼父曰昌意：以至舜七世矣。"重瞳：指目有两瞳子。《史记·项羽本纪》："吾闻之周生曰'舜目盖重瞳子'，又闻项羽亦重瞳子。"

②克：能。协：符合；统一。顽瞽(gǔ)：指舜的父亲瞽叟。因舜的父亲不能分辨善恶，故时人称之瞽，谓其如无目之人。唐：唐尧。莅政：到官任事。

③除凶：指帝舜将"四凶"族流放到四个荒远的地方。举俊：举荐有才德的人，此指舜启用了早有贤名的"八元""八恺"，使"八元"管理土地，使"八恺"管理教化之事。七政：指日、月与金、木、水、火、土五星。舜仰观天象，看自己的政教是否符合自然规律，合则反映政治措施恰当，不合则意味着存在缺陷，有待改进。

④应历：顺应天之历数。受禅：指接受尧禅让的帝位。

夏禹赞

吁嗟天子，拯世济民①。克卑宫室，致孝鬼神②。蔬食薄服，黻冕乃新③。厥德不回④，其诚可亲。亹亹其德，温温其仁⑤。尼称无间⑥，何德之纯！

舜居陇亩，明德上宣⑦。孝乎顽瞽，乂不格奸⑧。

舜将崩殂⑨，告天禅位。虞氏既没，三年礼毕⑩。

避隐商山，示不敢莅⑪。诸侯向己，乃奉天秩⑫。

【题解】

夏禹，姓姒，名文命，黄帝之玄孙，颛顼之孙，其父名鲧。初封夏伯，故又称"伯禹"，史称"夏禹"，又称"夏后氏"。受舜禅让而承帝位，为夏代开国君主。他最卓著的功绩，就是历来被传颂的治理滔天洪水，历时十年，"三过其门而不入"，终于战胜洪水，使民得以安居乐业。在位八年，后南巡途中崩于会稽（今浙江绍兴）。本篇乃赞颂夏禹之治理水患、至孝、厚德、仁爱之辞。本篇严可均《全三国文》卷十七题作《夏禹》。

【注释】

①吁嗟：感叹词，此处表示赞叹。天：《艺文类聚》卷十一、《太平御览》卷八十二俱作"夫"。夫子：指夏禹。拯世济民：指治理洪水之事。

②克：能够。卑宫室：卑处简陋之屋。致孝鬼神：指将祭品办得丰盛。

③蔬食：粗食。黻：古代的祭服。《艺文类聚》作"绂"。黻、绂古通。冕：指祭祀时所戴之礼帽。

④厥：其；他的。回：指奸邪。《诗·大雅·大明》："厥德不回，以受方国。"

⑤亹亹（wěi wěi）：勤勉不倦貌。温温：温柔和顺貌。

⑥尼：仲尼。无间：没有嫌隙，无可指责。《论语·泰伯篇》："子曰：禹吾无间然矣！菲饮食而致孝乎鬼神，恶衣服而致美乎黻冕，卑宫室而尽力乎沟洫，禹吾无间然矣！"

⑦舜居陇亩：夏禹曾"耕历山，渔雷泽，陶河滨，作什器于寿丘，就时于负夏"之事。上宣：流布广远。

⑧顽瞽：指其父瞽叟。义：才能出众。格奸：指舜处家庭之间，无所障塞。以上四句《韵补》二引《禹赞》。

⑨崩殂（cú）：死亡的委婉语。

⑩虞氏：指帝舜。礼：守丧之礼。《史记·五帝本纪》："（舜）十七年而崩。三年丧毕，禹亦乃让舜子，如舜让尧子。诸侯归之，然后禹践天子位。"以上四句《韵补》五引《禹赞》。

⑪避隐商山：据《史记·夏本纪》所载，舜死后，禹曾辞避帝舜之子商均于阳城，未有"避隐商山"之说，疑曹植所本有误。莅：通"涖"，即位。

⑫向：拥戴。天秩：指君位。以上四句《韵补》五引《禹赞》。

殷汤赞

殷汤代夏，诸侯振仰①。放桀鸣条，南面以王②。桑林之祷，炎灾克偿③。伊尹佐治，可谓贤相。

【题解】

殷汤，即商汤，又称武汤、天乙、成汤，甲骨文称唐、太乙，又称高祖乙，姓子，名履，商代的开国之君，契之后裔。本篇乃赞颂殷汤灭夏建商之功，桑林祷祝之真情，举贤任能之圣明。严可均《全三国文》卷十七题作《殷汤》。

【注释】

①代：《艺文类聚》作"伐"。振仰：振奋激昂，此指群心所向。

②放：流放。鸣条：古地名，相传商汤伐夏桀时战于此地。其地所在，众说纷纭。南面以王：指古时以坐北朝南为尊位，帝位面朝南。

③桑林：相传为殷汤祈雨之处。祷：指祭神求雨。炎灾：指旱灾。偿：回报。《帝王世纪》："汤自伐桀后，大旱七年，洛川竭，使人持三足鼎祝于山川曰：'……'殷史卜曰：'当以人祷。'汤曰：'吾所为请雨者，民也。若必以人祷，吾请自当。'遂斋戒剪发断爪，以己为牲，祷于桑林之社。"

汤祷桑林赞

惟殷之世，炎旱七年。汤祷桑林，祈福于天。剪发离爪，自以为牲①。皇灵感应，时雨以零②。

【题解】

本篇主要赞颂商汤祭神求雨之事，阐明如果有至诚之心，定能感动天地，使万物呈祥。《论衡·感虚篇》："(汤)祷辞曰：'余一人有罪，无及万夫。

万夫有罪,在余一人。无以一人之不敏,使上帝鬼神伤民之命。'"严可均《全三国文》卷十四题作《汤祷桑林》。

【注释】

①离爪:指捆绑双手。事见前注。牲:古代供祭祀的用品。

②皇灵:指天神。零:落。《论衡·感虚篇》:"上帝甚说,时雨乃至。"

周文王赞

於赫圣德①,实惟文王,三分有二,犹服事商②。化加虞芮,傍暨四方③。王业克昭,武嗣遂光④。

【题解】

周文王,姓姬,名昌,季历之子,其父死后,继承西伯之位,故又称西伯昌,周朝的奠基者。其在位期间,勤于政事,礼贤下士,广罗人才,形成了"天下三分,其二归周"的局势,为武王灭商奠定基础。武王建立周朝后,追尊其为文王。本篇乃赞颂周文王之作,严可均《全三国文》卷十七题作《周文王》。

【注释】

①於赫:赞美之辞。

②三分有二:指九州之地,除冀、兖、青三州属商纣外,其余六州皆属文王。服事商:指文王尚为商之臣属。

③虞:古国名,周古公亶父之子虞仲的后代,故地在今山西平陆县。芮:周文王时诸侯国,故地在今陕西大荔朝邑城南。《史记·周本纪》:"西伯阴行善,诸侯皆来决平。于是虞、芮之人有狱不能决,乃如周。入界,耕者皆让畔,民俗皆让长。虞、芮之人未见西伯,皆惭,相谓曰:'吾所争,周人所耻,何往为,祇取辱耳。'遂还,俱让而去。"傍暨:指普及。四:《艺文类聚》卷十二作"西",非。

④克:能够。昭:鲜明。武:指周武王。嗣:继承。光:发扬光大。

周武王赞

桓桓武王，继世灭殷[1]。咸任尚父，且作商臣[2]。功冒四海[3]，救世济民。天下宗周，万国是宾[4]。

【题解】

周武王，姓姬，名发，周文王次子。继承父亲遗志，于公元前 11 世纪灭商建周，是西周王朝的开国之君。本篇乃赞颂武王之辞，歌颂其灭商之功绩，任用贤能之圣明，救济万民之贤德。严可均《全三国文》卷十七题作《武王》。

【注释】

①桓桓：威武貌。继世：指继承文王之业。

②咸：遍。尚父：指吕望。《诗·大雅·大明》："维师尚父，时维鹰扬。"毛传："尚父，可尚可父。"且：暂且。

③冒：覆盖。《艺文类聚》卷十二、《续古逸丛书》本卷七俱作"加"。加：高。

④宗周：尊周。宾：臣服；归顺。

周公赞

成王即位，年尚幼稚[1]。周公居摄，四海慕利[2]。罚叛柔服，祥应仍至[3]。诵长反政，达夫忠义[4]。

【题解】

周公，姓姬，名旦，也称叔旦，周文王之子，武王之同母弟，成王之叔。因封地在周，故又称周公、周公旦，西周的政治家、军事家、思想家和教育家。

曾先后辅佐武王灭商,成王治国。《尚书·大传》云:"周公摄政,一年救乱,二年克殷,三年践奄,四年建侯卫,五年营成周,六年制礼乐,七年致政成王。"本篇乃赞颂周公协助成王治国的忠义品行、平定叛乱之卓著功绩。严可均《全三国文》卷十七题作《周公》。

【注释】

①幼稚:年龄小。周成王即位时,只有十二岁。

②居摄:指代天子处理国家政事。慕利:慕义,此处乃赞颂周公克己奉公之品行。

③罚叛:指讨伐管叔、蔡叔和霍叔等人勾结商纣之子武庚、商奄、徐戎等东方夷族发动的叛乱。柔服:安抚各地诸侯。祥应:吉祥的征兆。仍至:频至。

④诵:周成王之名。长:长大成人。反:通"返",交还。夫:语中助词。《艺文类聚》卷十二作"天"。

周成王赞

成王继武,贤圣保傅①。年虽幼稚,岐嶷有素②。初疑周公,终焉克寤③。旦奭佐治,遂致刑错④。

【题解】

周成王,姓姬,名诵,周文王之孙,武王之子。其即位时尚年少,由周公旦摄政、召公奭辅佐治理国家政事。亲政后,分封诸侯,命周公东征平定叛乱等等,采取一系列措施,加强西周王朝的统治。在其与子周康王统治期间,社会安定,人民安居乐业,被后世誉为"成康之治"。本篇乃赞颂周成王之辞。严可均《全三国文》卷十七题作《成王》。

【注释】

①贤:指召公奭,姬姓,名奭,周文王之子,与武王、周公为同父异母兄弟,又称召伯,也称召康公、召公。圣:指周公旦。保傅:指古代辅导天子和

诸侯子弟的官员。周成王时,召公任太保,周公任太傅,分陕而治,陕以西之地由召公管理,以东之地由周公治理。

②岐嶷(nì):峻茂之状,此指年幼聪慧、有知识。素:天赋。

③初疑周公:指成王即位后,由周公摄政,管叔、蔡叔散布流言,说周公将不利于成王,成王因而怀疑周公。事见《尚书·金滕篇》。克寤:能醒悟。

④旦奭:指周公旦和召公奭。刑错:刑法弃置不用。《史记·周本纪》:"故成康之际,天下安宁,刑措四十余年不用。"

汉高帝赞

屯云斩蛇,灵母告祥①。朱旗既抗,九野披攘②。禽婴克羽,扫灭英雄③。承机帝世,功著武汤④。

【题解】

汉高帝,即汉高祖刘邦,字季,沛郡丰邑中阳里(在今江苏丰县)人,布衣出身。起兵反秦时,人称沛公,后击败项羽,统一天下,建立汉朝,为西汉开国之君。死后庙号太祖,谥号"高皇帝",史称汉高祖、汉高帝、汉太祖高皇帝或汉太祖。本篇乃作者赞颂汉高祖之作。严可均《全三国文》卷十七题作《汉高帝》。《续古逸丛书》本无该赞。赵幼文《曹植集校注》卷一作《汉高祖赞》。

【注释】

①屯云:指帝王登基的祥瑞之兆。屯:聚积。云:云气。《史记·项羽本纪》:"吾令人望其气,皆为龙虎,成五采,此天子气也。"斩蛇:指汉高祖夜行醉酒斩蛇之事。《史记·高祖本纪》:"高祖被酒,夜径泽中,令一人行前。行前者还报曰:'前有大蛇当径,愿还。'高祖醉,曰:'壮士行何畏!'乃前,拔剑击斩蛇。蛇遂分为两,径开。行数里,醉,因卧。"灵母:神母。《史记·高祖本纪》:"后人来至蛇所,有一老妪夜哭。人问何哭,妪曰:'人杀吾子,故哭之。'人曰:'妪子何为见杀?'妪曰:'吾子,白帝子也,化为蛇,当道,今为赤帝

子斩之,故哭。'人乃以妪为不诚,欲苦之,妪因忽不见。"

②朱旗:赤旗,多指战旗。抗:举。九野:九州。披攘:臣服。

③离:通"擒",捉拿。婴:指秦王子婴,嬴姓,名子婴,秦朝最后一个统治者。羽:指项羽。英雄:指地方割据势力。

④承机:指高祖刘邦承天命夺得帝位。武汤:商汤和周武王的并称,他们都是以兵力取得帝位的代表。

汉文帝赞

孝文即位,爱物俭身①。骄吴抚越②,匈奴和亲。纳谏赦罪,以德让民③。殆至刑错,万国化淳④。

【题解】

汉文帝,刘恒,汉高祖之子,惠帝之庶弟。初为代王,吕后死,周勃、陈平平定诸吕之乱,迎立刘恒为帝。在位期间,以德服人,励精图治,采取一系列措施,稳定汉初封建统治秩序。其与子汉景帝创造了历史上著名的"文景之治"。死后庙号"太宗",谥号"孝文皇帝"。本篇乃赞颂汉文帝之躬行节俭、安抚周边少数民族、以德治民、废除肉刑的治国手段和历史功绩。严可均《全三国文》卷十七题作《文帝》。

【注释】

①孝文:指汉文帝刘恒。爱物:爱人民。俭身:自我约束。俭:《艺文类聚》卷十二作"检"。

②骄吴:指娇宠吴王濞。刘濞,西汉诸侯王,刘邦之侄,封吴王。抚越:指安抚南越王赵佗。文帝即位,一改吕后对南越的扼杀政策,采取安抚政策,并拜赵佗的兄弟做官,以德服之,后赵佗谢罪称臣。(见《史记·孝文本纪》)

③纳谏:采纳进谏之言。赦罪:指赦免张武等人收受贿赂之罪。让:严可均《全三国文》作"怀",疑是。怀:安抚归顺。

④殆:几乎。刑错:见前注。化淳:风俗淳朴。

汉景帝赞

景帝明德,继文之则①。肃清王室,克灭七国②。省役薄赋,百姓殷昌③。风移俗易,齐美成康④。

【题解】

汉景帝,高祖之孙刘启,文帝之子。在位十六年,死后谥号"孝景皇帝",无庙号。其在位期间,推行削藩政策,削诸侯封地,平定七国之乱,发展生产,减轻赋税,与其父文帝统治时期并称"文景之治"。本篇乃赞颂汉景帝之作。严可均《全三国文》卷十七作《景帝》。

【注释】

①文:指孝文帝。则:法制。

②七国:指西汉初期的吴王濞、楚王戊、赵王遂、胶西王昂、济南辟光、菑川贤、胶东雄渠所在的七个诸侯国。汉景帝三年(前154),七国以"诛晁错,清君侧"为借口,一齐发兵叛乱,景帝派太尉周亚夫、大将军窦婴率军镇压,三月平定叛乱。吴王濞为人所杀,楚王戊畏罪自杀,其余诸王皆被诛。

③省役:减轻人民负担的徭役,此指景帝在位时下令推迟男子开始服徭役的年龄,缩短服役的时间。薄赋:指实施三十税一的税制。殷昌:指物资丰裕,人口增加。

④齐美:比美。成康:周成王和康王。《汉书·景帝纪》:"周言成康,汉言文景,美矣!"

汉武帝赞

世宗光光,文武是攘①。威振百蛮,恢拓土疆②。简定律历,辨修旧章③。封天禅土,功越百王④。

汉武帝,景帝之子刘彻,其雄才大略,文治武功,功绩卓著,和秦始皇一起被后世并称为"秦皇汉武"。死后庙号"世宗",谥号"孝武皇帝"。本篇乃赞颂汉武帝之文治武功、开疆拓土、改革历法等的卓著功绩。严可均《全三国文》卷十七题作《武帝》。

【注释】

①世宗:汉武帝庙号。文武:指其文治武功。攮:疑当作"穰"。穰:丰盛貌。

②振:《艺文类聚》卷十二、《续古逸丛书》本卷七作"震"。百蛮:中国古代对南方少数民族的统称。恢拓土疆:指汉武帝在位期间,开疆拓土,大破匈奴,征服西域,西征大宛,东并朝鲜,南诛百越,通西南夷,奠定了今天中华民族的疆域版图。

③简定:选择确定。律:指古代用来正音的竹管,此指汉武帝以李延年为协律都尉以司正音之事。历:历法,此指汉武帝废秦历,施行《太初历》,改正朔,以正月为岁首。辨修旧章:指分别厘定原有的制度。

④封天:指汉武帝于元封元年(前110)登泰山封禅,祭天神。禅土:指禅梁甫以祀地神。即所谓"祭泰山而禅梁甫"之说。

姜嫄简狄赞

訾有四妃,子皆为王①。帝挚早崩,尧承天纲②。玄鸟大迹,殷周美祥③。稷契既生,翊化虞唐④。

【题解】

姜嫄,有邰氏之女,帝喾元妃,相传其履巨人之迹而生弃(即后稷)。后稷为周朝之始祖。简狄,有娀氏之女,帝喾次妃,相传其偶出行浴,吞玄鸟之卵而怀孕生契。契后为商朝之始祖。此即"天命玄鸟,降而生商"的故事。本篇乃赞颂此二妃之辞。严可均《全三国文》卷十七作《姜嫄简狄》。

【注释】

①喾:帝喾。有:《艺文类聚》卷十五作"卜"。四妃:指正妃有邰氏女姜嫄,次妃有娀氏女简狄,三妃陈丰氏女名庆都,四妃娵訾氏女常仪。庆都生帝尧,常仪生帝挚。

②帝挚:中国上古帝王之一,帝喾四妃常仪之子,号青阳氏。挚受帝喾之禅而继皇位,九年后禅让帝位于放勋,即帝尧。一说帝挚崩,尧方即位。早:张溥本卷二十六、《续古逸丛书》本卷七俱作"且"。承天纲:继帝位。

③玄鸟:即燕。相传简狄氏吞燕卵而生契,故上古传说中有"玄鸟生商"的故事。大迹:指姜嫄外出履巨人足迹而生弃之传说(见《诗·大雅·生民》)。美祥:吉兆。

④翊化:《艺文类聚》、《全三国文》卷十七、《续古逸丛书》本俱作"功显"。虞唐:唐尧与虞舜的并称,此指尧舜时代。后稷、契皆功著陶唐、虞之时。

班婕妤赞

有德有言①,实惟班婕。盈冲其骄,穷其厌悦②。在夷贞艰,在晋三接③。临飔端干,冲霜振叶④。

【题解】

班婕妤,汉代班况之女,班彪的姑姑,善辞赋,西汉女作家。其作品大部分已散佚,现仅存三篇,即《自悼赋》《捣素赋》和《怨歌行》(亦称《团扇歌》)。有见识,识大体,有德操,成帝时选入宫初为少使,后立为婕妤(汉代嫔妃之号),后被赵飞燕所潜谗,退处东宫。本篇乃赞颂班婕妤之作。严可均《全三国文》卷十七题作《班婕妤》。

【注释】

①有德有言:立德立言。德:德行。言:著述。

②盈冲其骄:《汉书·班婕妤传》:"成帝游于后庭,尝欲与婕妤同辇载。婕妤辞曰:'观古图画,贤圣之君皆有名臣在侧,三代末主乃有嬖女,今欲同

287

辇,得无近似之乎?'上善其言而止。太后闻指,喜曰:'古有樊姬,今有班婕妤。'"穷其厌悦:严可均《全三国文》《续古逸丛书》卷七俱作"穷悦其厌"。鸿嘉三年(前18),赵飞燕谗告班婕妤挟媚道诅咒后宫之人,言及皇帝。汉成帝竟听信谗言,对婕妤进行拷问。班婕妤却从容不迫地说:"我听说生死有命,富贵在天,正直之人尚未得福,奸邪之人还有什么希望呢?若是鬼神有知,岂肯听信没有信念的祈祷;若鬼神无知,诅咒有何益处!我非但不敢,并且不屑做这样的事。"(见《汉书·班婕妤传》)

③在夷贞艰:《续古逸丛书》本作"在汉夷贞"。夷:即《明夷》,《易经》卦名。《明夷》爻辞:"明夷,利艰贞。"后因以比喻昏君在上,贤人受难或不得志。贞艰:处境艰危而能守正不移。晋:《易经》卦名《晋卦》。《晋卦》爻辞:"康侯用锡马蕃庶,昼日三接。"《正义》云:"昼日三接,言非惟蒙福繁多,又被亲宠频数,一日之间,三度接见也。"以康侯受赐为喻,说明上进之臣为君王所赏识。

④飙、霜:皆用以比喻严酷的压力。冲:面对。端干、振叶:俱象征坚强正直的品质,不屈不挠的精神。

许由巢父池主赞

尧禅许由,巢父是耻①,秽其溷听②,临河洗耳。池主是让,以水为浊③。嗟此三士,清足厉俗④!

【题解】

《艺文类聚》卷三十六题作《许由巢父池主赞》,丁晏《曹集铨评》、赵幼文《曹植集校注》皆从之,今亦从之。张溥本卷二十六、《续古逸丛书》卷七俱题作《巢父赞》,严可均《全三国文》卷十七题作《巢父许由池主》。许由,传为尧时之隐士,字武仲。传尧欲以天下让之,坚辞不受,遁居于颍水之阳箕山之下。尧又召为九州长,由不愿听其言,洗耳于颍水之滨。巢父,传为尧时之高士,因筑巢而居,故时人称巢父。尧闻其贤,以天下让之,不受。本篇赞颂了许由、巢父、池主清高的节操。

【注释】

①巢父是耻:张守节《史记正义》引晋皇甫谧《高士传》云:"时其友巢父牵犊欲饮之,见由洗耳,问其故。对曰:'尧欲召我为九州长,恶闻其声,是故洗耳。'巢父曰:'子若处高岸深谷,人道不通,谁能见子?子故浮游,欲闻求其名誉。污我犊口。'牵犊上流饮之。"

②溷(hùn)听:污染了耳朵。

③池主:嵇康《高士传》云:"巢父闻由为尧所让,以为污,乃临池水而洗其耳。池主怒曰:'何以污我水。'"让:斥责。

④清足厉俗:指他们的高风亮节,足以针砭时弊,激励时俗。

卞随赞

汤将伐桀,谋于卞子①。既克让位,随以为耻②。薄于殷世,著自污已③。自投颍水,清风邈矣④!

【题解】

《艺文类聚》卷三十六题作《卞随赞》,今从之。张溥本卷二十六、《续古逸丛书》本卷七俱作《务光赞》,误。严可均《全三国文》卷十七题作《卞随》。卞随,夏末隐士。传商汤伐桀,曾和卞随商量,卞随拒而回答。汤胜桀后,欲以天下让,不受,认为受到污辱,遂投颍水而死(一说投稠水而死)。本篇乃赞颂卞随高尚节操之作。

【注释】

①卞子:即卞随。

②克:战胜。随以为耻:《庄子·让王》:"汤遂与伊尹谋伐桀,克之,以让卞随。卞随辞曰:'后之伐桀也谋乎我,必以我为贼也;胜桀而让我,必以我为贪也。吾生乎乱世,而无道之人再来漫我以其辱行,吾不忍数闻也。'乃自投稠水而死。"

③薄:轻视。著:附着。

④颍水:颍河,淮河最大支流。在安徽西北部及河南东部。《庄子·让王》作投稠水而死。邈:远。

商山四皓赞

嗟尔四皓,避秦隐形①。刘项之争,养志弗营②。不应朝聘,保节全贞。应命太子,汉嗣以宁③。

【题解】

商山四皓,皆秦汉时之隐士,分别是甪里先生周术、东园公唐秉、绮里季吴实和夏黄公崔广,皆为秦朝博士。他们德高望重、品行高洁,因避秦世之乱,隐居于商山,以待天下安定太平之时。汉高祖一统天下,延请四人出山,皆辞不受命。后高祖欲废太子刘盈,吕后用留侯张良之计,使刘盈迎接四皓出山,高祖见之,奉为上宾,打消废太子的念头,使刘盈得以保住太子之位。(见《汉书·王贡两龚鲍传》序)严可均《全三国文》卷十七题作《商山四皓》。本篇乃赞颂四皓薄名利,鄙财富,能进能退,能官能民,全贞保节的高尚品质。

【注释】

①隐形:隐居。

②刘项:即刘邦与项羽。养志:养心性。营:谋求。

③太子:指刘盈,后继帝位为汉惠帝。汉嗣以宁:指太子之位得以保全。

古冶子等赞

齐疆接子,勇节徇名①。虎门之搏,忽晏置蚌②。矜而自伐,轻死重分③。

古冶子,春秋时人,齐国勇士。齐景公时,齐国古冶子、公孙接、田开疆三位将军,功高盖主、狂妄自大,景公颇为顾忌,想除掉他们,却难以找到借口。后用晏婴之计,利用三人的弱点,用二桃杀掉了这三位勇士,这便是著名的"二桃杀三士"的故事。丁晏曰:"《晏子》载古冶子事景公,以勇力搏虎闻。诸葛孔明《梁甫吟》亦用古冶子事。"本篇乃赞颂古冶子、田开疆、公孙接的勇敢品质以及重名义轻生死的刚烈性情。严可均《全三国文》卷十七题作《田开疆公孙接古冶子》。

【注释】

①齐疆接子:指田开疆和公孙接。勇节:操行勇敢。徇名:为名而献身。

②虎门:指古代王宫的路寝门。齐景公时,栾氏、高氏、陈氏和鲍氏皆为齐国显族,新旧贵族之间矛盾激烈。时旧贵族的栾施、高强想挟持齐景公以令国人,与新贵族的陈无施、鲍国战于虎门。晏:指晏婴,齐景公之相。衅:间隙。

③矜:妄自尊大。自伐:自夸。重分:重名分。事见《晏子春秋·内篇谏下》。

三鼎赞

鼎质文精①,古之神器。黄帝是铸,以像太一②。能轻能重,知凶识吉。世衰则隐,世和则出③。

【题解】

张溥本卷二十六题作《黄帝三鼎赞》,严可均《全三国文》卷十七题作《黄帝三鼎》。相传黄帝曾铸三宝鼎,以代表天、地、人。《史记·封禅书》:"黄帝作宝鼎三,象天、地、人。"本篇乃赞颂黄帝所铸三鼎之质地精良、能预知凶险、识别吉兆,能以其隐现知社会之治乱。

①文:指鼎上的图案花纹。

②太一:指天神。《汉书·郊祀志》:"黄帝作宝鼎三,象太一。"一:张溥本作"乙",乙、一古通。《续古逸丛书》本卷七作"上",非。

③世和:太平之世。此二句意指神鼎乱世则隐,治世则显。

赤雀赞

西伯积德,天命攸顾①。赤雀衔书,爰集昌户②。瑞为天使,和气所致③。嗟尔后王,昌期而至④。

【题解】

《艺文类聚》卷十二题作《文王赤雀赞》,严可均《全三国文》卷十七题作《文王赤雀》,《续古逸丛书》本卷七作《赤雀赞》,今从之。相传周文王姬昌为西伯时,有赤色鸟衔丹书入酆郭,止于其户,授之以天命。后其子武王果然灭商建立周朝。后人遂以赤雀衔丹书至为帝王顺应天命之祥瑞。本篇乃赞颂赤雀之辞。

【注释】

①西伯:指周文王,其父季历死后,继承西伯之位,故又称西伯昌。攸:所。顾:眷顾。

②爰:语气词。集:落在。昌户:姬昌所住之户。

③瑞:祥瑞。天使:指赤雀。和气:祥和之气。

④昌期:昌盛之时。

吹云赞①

天地变化,是生神物。吹云吐润,浮气翕郁②。

【注释】

①此篇当有脱文,故此赞意义不明,不可究知。

②吐润:指降雨。气:《续古逸丛书》本卷七作"云"。蓊郁:云气浓密貌。

黄初年间

禹妻赞

禹娶涂山，土功是急①。惟启之生，过门不入②。女娇达义，勋庸是执③。成长圣嗣，天禄以袭④。

【题解】

禹妻，大禹之妻，涂山氏之女，名女娇，生子启。后启继承帝位。《尚书·皋陶谟》："予……娶于涂山。辛、壬、癸、甲，启呱呱而泣，予弗子，唯荒度土功。"《孟子·滕文公上》云："禹八年于外，三过其门而不入。"本篇以简短的语言，赞颂禹妻的明达事理，品行修为的美善，无私奉献的精神。严可均《全三国文》卷十七题作《禹妻》。

【注释】

①娶：《续古逸丛书》本卷七作"妻"。涂山：古代氏族之一，相传为夏禹取涂山氏之女及会盟诸侯之地。此指涂山氏族之女，夏禹之妻。土功：指平治水土之事。

②惟：《艺文类聚》卷十五、《全三国文》俱作"闻"。启：禹之子，姓姒，夏朝第二任君主。过门不入：据说夏禹八年在外治理水患，三过其家门而不入。《孟子·离娄下》："禹、稷当平世，三过其门而不入，孔子贤之。"

③女娇：指禹妻。《艺文类聚》引《列女传》："启母涂山之女者……曰女娇。"女娇达义：《续古逸丛书》本作"娇达明义"。勋庸：功绩显著。执：持。

④圣嗣：指启。《续古逸丛书》本作"望嗣"。天禄：天赐的福禄，此指帝位。

禹治水赞

嗟夫夏禹,实劳水功①。西凿龙门,疏河道江②。梁岐既
辟③,九州以同。天锡玄圭,奄有万邦④。

【题解】

本篇乃赞颂大禹平治水土、疏通九河、导引长江水域众水系,开垦梁山、
岐山一带土地等一系列功绩的作品。严可均《全三国文》卷十七题作《禹治
水》。

【注释】

①水功:水利之事。

②凿龙门:是大禹治水的重要工程之一。龙门在今陕西韩城东北和山
西河津西北之间。一说即洛阳龙门山。洛阳龙门山,又称伊阙。郦道元《水
经注》:"昔大禹疏龙门以通水,两山相对,望之若阙,伊水历其间,故谓之伊
阙。"疏河:指大禹疏通九河(事见《尔雅·释水》),并对济河、漯河加以疏通,
使黄河下游的水道得以畅通入海。河:一说指黄河。道江:指在长江流域,
凿通汝水、汉江,堵塞淮河、泗水,使水流入长江,然后入海。江:一说指
长江。

③梁岐:即梁山(在今陕西郃县、韩城二县之间)和岐山(在今陕西岐山
东北)。辟:指土地得以开垦、播植。

④玄圭:黑色的玉器,古代用以赏赐有功之人。此指禹治水成功,帝尧
赐以玄圭,以表彰其功。奄有:覆盖。

禹渡河赞

禹济于河①,黄龙负船。舟人并惧,禹叹仰天。予受大

运[②],勤功恤民,死亡命也！龙乃弭身[③]。

【题解】

据《水经注·江水注》所载从前大禹渡江时,有黄龙负舟而行。其文云:"又洲北有龙巢,地名也。昔禹南济江,黄龙夹舟,舟人五色无主,禹笑曰:'吾受命于天,竭力养民,生,性也,死,命也,何忧龙哉?'于是二龙弭鳞掉尾而去焉。"黄龙,谶纬家以为帝王将兴之祥兆。本篇写夏禹渡河的故事,赞颂夏禹勤于政事,体恤万民,继承帝位乃顺应天命之举。严可均《全三国文》卷十七题作《禹渡河》。

【注释】

①济:渡河。

②大运:指天命。《太平御览》卷八十二作"天运"。

③乃:《太平御览》作"闻"。弭身:转身离开,此指黄龙掉尾而离开。《淮南子·精神训》:"龙乃弭身掉尾而逃。"

逸　文

长乐观画赞①

妙哉平生,才巧若神。辞赋之作,华若望春②。

【注释】
①长乐:汉代宫殿名。
②此四句《北堂书钞》卷一百五引《叹赏》。

王陵赞①

从汉有功,少文任气②。高后封吕,直而不屈③。

【注释】
①王陵:西汉人,初与刘邦以兄弟相称,楚汉之争时,其率军千人投奔刘邦。
②少文:指少有文才。任气:指充满侠义之气。
③高后:吕后。封吕:指汉惠帝死后,吕后欲封诸吕为王。王陵反对吕后此举,后为吕后夺其相权,迁为太傅。王陵怒而称病不出,郁闷而死。此四句《韵补》卷四引《王陵赞》。

黼　赞

有皇子登,是临天位①。黼文字裳,组华于黼②。

①临:登。天位:帝位。

②黼:指古代礼服上绣的黑白相间的如"亞"形的花纹。此四句《韵补》卷四引《黼赞》。

王霸赞^①

壮气挺身奋节,所征必拔,谋显垂惠^②。

【注释】

①王霸:东汉颖川颍阳人,字元伯。随汉光武帝刘秀南征北战,先后受封为王乡侯、富波侯、向侯等。

②拔:攻克;战胜。垂惠:地名。王霸率军到垂惠征讨周建之事,详见《后汉书·王霸传》。此三句《韵补》卷四引《王霸赞》。

孔申赞^①

行有顺天,龙出河汉^②。雌雄各一,是扰是豢。

【注释】

①孔申:疑当指孔子的八世孙孔鲋,《汉书·儒林传论》作孔甲。

②河汉:指黄河和汉水。此四句《韵补》卷四引《孔申赞》。

298

铭
建安年间

宝刀铭

造兹宝刀,既砻既砺①。匪以尚武,予身是卫。麟角匪触,
鸾距匪蹴②。

【题解】

本铭主要写作者铸造宝刀的用处以及作者对其的珍视程度。曹植另有
《宝刀赋》,序云:"余及余弟饶阳侯各得一焉。"《三国志·魏书·武文世王公
传》:"建安十六年封饶阳侯。二十二年,徙封谯。"由此可知,《宝刀赋》作于
建安二十二年之前。王粲作有《刀铭》一篇,其铭曰:"侍中、关内侯臣粲言:
奉命作《刀铭》。"王粲所作铭与曹植赋乃同时之作。盖此铭与该赋作于
同时。

【注释】

①砻(mó)、砺:俱指磨,但有粗磨与细磨之分。

②匪触:《续古逸丛书》本卷七作"是触"。距:爪。蹴:踏;踩。

太和年间

承露盘铭

夫形能见者莫如高，物不朽者莫如金①，气之清者莫如露，盛之安者莫如盘②。皇帝乃诏有司③，铸铜建承露盘，在芳林园中。茎长十二丈④，大十围，上盘迳四尺九寸，下盘迳五尺。铜龙绕其根。龙身长一丈，背负两子。自立于芳林园，甘露乃降⑤。使臣为颂铭，铭曰：

岩岩承露，峻极太清⑥。神君礴魂，洪基岳停⑦。下潜醴泉，上受云英⑧。和气四充，翔风所经⑨。匪我明君，孰能经营⑩。近历阐度⑪，三光朗明。殊俗归义，祥瑞混并。鸾凤晨栖，甘露宵零。神物攸协⑫，高而不倾。奉戴巍巍，恭统神器⑬。固若露盘，长存永贵。贤圣继迹，奕世明德⑭。不忝先功，保兹皇极⑮。

垂祚亿兆，永荷天秩⑯。

弊之天壤，以显元功⑰。

【题解】

本篇张溥本卷二十六于颂类载之，于铭类亦载之，重复未检。严可均《全三国文》卷十九作《承露盘颂铭(并序)》。丁晏云："《魏略》云：'中尚方纯作玩弄之物，炫耀后园，建承露之盘。'《三辅黄图》：'长安洛城门又名鹳雀台门，外有汉武承露盘，在台上。魏明帝仿之。'子建当明帝太和六年十一月庚寅薨。此铭作于太和之时。"承露盘，西汉武帝时初造。武帝好神仙之道，在建章宫神明台上作承露盘以承甘露,以为服食可延年益寿。魏明帝曹叡仿汉武帝,于芳林园中建承露盘。本颂作于太和五年(231)冬入朝之时。作者通过对承露盘的赞颂,委婉地表达出要使大魏王朝如同承露盘一般,高而不倾,有"奕世明德",不辱先祖。铭,为古代的一种文体。本篇铭文寓谏言于赞颂之中,手法巧妙,意味深长。

【注释】

①金:铜。

②盛:指在器皿中。

③皇帝:指曹叡。有司:指古代设官分职,各有其职,故称。

④茎:承露盘的柱子。

⑤甘露:露水。

⑥岩岩:高峻貌。太清:指高空。

⑦君:严可均《全三国文》卷十九作"石",疑是。礧硊(léi wěi):大石。洪基:宏大的根基。岳停:指定于所在之地。

⑧醴泉:甘泉。云英:云气的精华,此指甘露。

⑨和气:阴阳冲和之气。翔风:景风。《艺文类聚》卷七十三作"翔凤"。

⑩君:《艺文类聚》作"后"。经营:筹划修建。

⑪近历:通晓历法。阐度:明白日月星辰的运行规律。

⑫神物:神明。协:护持。《艺文类聚》作"挟"。

⑬奉戴巍巍:恭奉高大的承露盘。统:治理。神器:指代表国家权力的器物,此指帝位。

⑭奕世:累世。

⑮不忝:不辱;不愧。《国语·周语》:"奕世载德,不忝前人。"先功:指先人建立的功业。皇极:指帝位。

⑯祚:福。亿兆:指万世之久。荷:接受。天秩:天禄,此指帝位。此二句《文选》沈休文《安陆昭王碑文》李善注引《露盘铭》。

⑰弊:通"蔽",覆盖。元功:大功。此二句《文选》沈休文《安陆昭王碑文》李善注引《露盘铭》。

章
黄初年间

封二子为公谢恩章

诏书封臣息男苗为高阳乡公,志为穆乡公①。臣伏自惟②：文无升堂庙胜之功,武无摧锋接刃之效③,天时运幸,得生贵门④。遇以亲戚,少荷光宠⑤。窃位列侯⑥,荣曜当世。顾影惭形,流汗反侧。洪恩罔极,云雨增加,既荣本干,枝叶并蒙⑦。苗、志小竖⑧,既顽且稚。猥荷列爵,并佩金紫⑨。施崇所加,惠及父子⑩。

【题解】

黄初三年(222),魏文帝诏封曹植二子为乡公,食邑三千五百户。丁晏《曹集铨评》云："《魏志》本传：'子志嗣。'裴注引《别传》：'帝受禅,改封鄄城公。'子苗不见于传。"章,为古代的一种文体,是臣下写给皇帝的一种书信。于本篇之中,作者陈述了自家父子两代蒙受恩惠的情况,认为自己文采武功皆不完备,而二子尚且幼稚,爵禄受之有愧。

【注释】

①息男:指亲生儿子。苗:曹植长子曹苗,曾封高阳乡公,早夭。志:曹植次子曹志,曾封穆乡公,少而好学,才行出众。曹植死后,曹志嗣位,徙封济北王。

②伏自惟:退身自思。

③升堂:指官吏登堂理事。庙胜:指古代用兵,预先制定的克敌制胜的

302

策略。功:《艺文类聚》卷五十一作"助",疑是。

④贵门:对皇室的敬称。

⑤遇:指皇帝对自己的恩遇。亲戚:指子弟。少:年少之时。荷:蒙受。

⑥窃位:犹言盗位,此指自己无才德而身居尊位。

⑦本干:曹植自喻。枝叶:比喻曹苗、曹志。

⑧小竖:指年龄未到二十岁的男子,古称未冠者。

⑨金紫:金印紫绶。

⑩所加:《艺文类聚》作"一门"。

太和年间

改封陈王谢恩章

臣既弊陋,守国无效①。自分削黜,以彰众诫②。不意天恩滂霈,润泽横流③,猥蒙加封④,茅土既优,爵赏必重⑤。非臣虚浅,所宜奉受。非臣灰身⑥,所能报答。

【题解】

陈王,即陈思王,是曹植受封的最后一个爵位。据《三国志·魏书·陈思王植传》所载,太和六年(232)二月,魏明帝曹叡以陈四县封植为陈王,邑三千五百户。本奏章乃曹植上书感谢朝廷加封之恩惠,多自谦之辞,以明皇恩之浩荡,纯为官样文章,与作者当时心中的真实感情不尽吻合。

【注释】

①弊陋:庸俗浅陋,此为自谦之词。国:指其封地东阿。效:功绩。

②自分:自知。削黜:《续古逸丛书》本卷八作"出削"。削:削减食邑户数。黜:贬官降爵。彰:指显示。诫:警告;劝诫。《续古逸丛书》本作"诚"。

③天恩:皇恩。滂霈(pèi):水流广大貌,此处用以比喻恩泽广大。润泽:此处比喻恩泽。

④猥:谦辞,犹言辱。加封:指封陈王之事。

⑤茅土:古代帝王祭祀之坛以五色土为之,分封诸侯时,按封地所在方向取坛上一色土,以茅包之,称为茅土,后指受封为侯王。爵:指时曹植由县王晋爵为郡王。赏:指赏赐食邑三千五百户。

⑥灰身:粉身碎骨,此指死亡。

表
建安年间

请祭先王表

　　臣虽比拜表，自计违远以来①，有踰旬日垂竟②。夏节方到③，臣悲伤有心。念先王公以夏至日终，是以家俗不以夏日祭④。至于先王，自可以今辰告祠⑤。臣虽卑鄙，实禀体于先王⑥。自臣虽贫窭⑦，蒙陛下厚赐，足供太牢之具⑧。臣欲祭先王于北河之上，羊猪牛臣自能办，杏者臣县自有⑨。先王喜食鳆鱼⑩，臣前以表，得徐州臧霸上鳆二百枚⑪，足以供事。乞请水瓜五枚，白柰二十枚⑫。计先王崩来，未能半岁⑬。臣实欲告敬，且欲复尽哀。

【题解】

　　《太平御览》卷五百二十六、严可均《全三国文》卷十五俱作《求祭先王表》。曹操于建安二十五年(220)春正月去世，故本篇当作于其父去世之后。文中曹植推陈情理，请求到北河上祭祀先王，所述之情，诚恳悲切，可见其孝心之至。而曹丕收到此表之后，以不合礼制为由拒绝其请求，其《答临淄侯植诏》曰："得月二十八日表，知侯推情，欲祭先王于河上。览省上下，悲伤感切，将欲遣礼，以纾侯敬恭之意。会博士鹿优等奏礼如此，故写以示下，开国承家，顾迫礼制，惟侯存心，与吾同之。"时逢博士鹿优、韩益等上书以为，按礼制要求，公子不得称先君，公子之子不得祖诸侯，谓不得立庙而祭也。礼又曰："庶子不得祭宗庙。"

【注释】

①比：近来。违远：远离。此指黄初元年(220)，曹植在文帝即位后，与各诸侯并就封国之事。

②旬：古时十天为一旬。垂：接近；快要。竟：完毕；结束。

③夏节：指夏至节。方：将。

④念：张溥本卷二十六脱此字。先王公：指曹嵩。以：张溥本脱此字。终：死。家俗：家庭习俗。

⑤先王：指曹操。祠：祭祀。

⑥禀：承受。

⑦自：即使。贫窭(jù)：贫乏、贫穷。

⑧太牢：古代祭祀，牛、羊、猪三者皆备。

⑨杏：张溥本脱此字。

⑩食：张溥本脱此字。鳆鱼：即鲍鱼，一种海生软体动物。张溥本脱"鱼"字。

⑪臧霸：字宣高，泰山华县(今山东费县)人。建安十二年(207)，因讨黄巾余贼徐和等有功，迁徐州刺史。曹丕即位，迁振东将军，进爵武安乡侯，都督青州诸军事。疑此时臧霸尚未受封，故植称徐州臧霸。上：《太平御览》卷八百八十九引作"遗"，疑是。遗：馈赠。鳆二：张溥本作"二鳆"。

⑫乞：张溥本脱此字。白柰二十枚：张溥本脱此五字。柰：果木名，又名"沙果"，俗称"花红"。有赤柰、白柰两种。卢谌《祭法》："夏祠法用柰。"

⑬未能：指不及。

黄初年间

庆文帝受禅表(1)

　　陛下以圣德龙飞,顺天革命①,允答神符,诞作民主②。乃祖先后③,积德累仁,世济其美,以暨于先王④。勤恤民隐,劬劳戮力⑤,以除其害⑥;经营四方,不遑启处⑦。是用隆兹福庆,光启于魏⑧。陛下承统,缵戎前绪⑨,克广德音,绥静内外⑩。绍先周之旧迹,袭文武之懿德⑪;保大定功,海内为一,岂不休哉⑫!

【题解】

　　本篇《艺文类聚》卷十三、《续古逸丛书》本卷八、严可均《全三国文》卷十五皆题作《庆文帝受禅章》。建安二十五年(220)春正月,曹操卒,曹丕嗣丞相魏王。三月,改延康元年。冬十月,曹丕称帝,废汉献帝为山阳公。十一月,改元黄初。本篇作于曹丕即位称帝后不久。文中以美好的言辞,赞颂曹丕即位乃顺天应命之举。

【注释】

　　①龙飞:比喻圣人的兴起或即位。《易·乾》:"飞龙在天,见利大人。"孔颖达疏:"若圣人有龙德,飞腾而居天位。"顺天革命:指实施变革以顺天命。《易·革》:"天地革而四时成,汤武革命,顺乎天而应乎人。"

　　②允答:信应。诞:发语词。民主:百姓之主。

　　③祖:效法。先后:指周代诸王。

　　④世济其美:指后世继承前代的美德。《左传·文公十八年》:"世济其美,不陨其名。"先王:指曹操。

　　⑤勤恤民隐:经常体恤百姓的痛苦。劬(qú)劳:辛勤;劳苦。《诗·小雅·

蓼莪》："哀哀父母,生我劬劳。"戮力:努力。

⑥除害:解除百姓的痛苦。

⑦经营:往来。不遑:无暇。启处:安居。《诗·小雅·采薇》："王事靡盬,不遑启处。"

⑧福庆:幸福吉祥。光启:光大开启。

⑨陛下:指曹丕。《续古逸丛书》本卷八脱"陛"字。缵戎前绪:继承发扬前人的功业。《诗·大雅·韩奕》："王亲命之,缵戎祖考,无废朕命。"张溥卷二十六作"赞成",非。

⑩德音:美好的声誉。绥静:安抚。

⑪绍:继承。先周:曹操自称曹姓,为曹叔振铎之后,曹叔振铎是周文王之子,故称"先周"。文武:指周文王、周武王。懿:美好。

⑫保大定功:保守帝位,安定王业。休:美。

庆文帝受禅表(2)

　　陛下以明圣之德,受天显命,良辰即祚①,以临天下,洪化宣流②,洋溢宇内。是以普天率土,莫不承风欣庆③,执贽奔走,奉贺阙下④。况臣亲体至戚⑤,怀欢踊跃。

【题解】

本篇张溥本卷二十七题作《庆受禅上礼表》,严可均《全三国文》卷十五题作《庆文帝受禅上礼章》,《续古逸丛书》本卷八题作《庆文帝受禅章》。本篇同为歌功颂德之文。

【注释】

①祚:帝位。

②洪化:指大恩。宣流:指广布。

③普:《全三国文》《续古逸丛书》本俱作"溥"。《诗·小雅·北山》："溥天之下,莫非王土。"承:接受。风:指曹丕即位的诏令。

④执贽:手持礼物。古代礼制,初次拜见尊长时需携礼物赠送给对方。
阙下:指帝王居住的宫廷。
⑤至戚:至亲之人,此指兄弟。

上九尾狐表

黄初元年十一月二十三日,于鄄城县北见众狐数十,首在后,大狐在中央,长七八尺,赤紫色,举头树尾①,尾甚长大,林列有枝甚多。然后知九尾狐。斯诚圣王德政和气所应也。

【题解】

此表据严可均《全三国文》引《开元占经》卷一百一十六补入。《三国志·魏书·陈思王植传》云:"其年(即黄初二年)改封鄄城侯。"而此表云"于鄄城县北",似有出入。赵幼文云:"植于丕即王位后,改封鄄城,史未言,盖略也。《植集》有《鄄城上九尾狐表》可证。"邓永康《曹子建先生植年表》亦云曹植于黄初元年封鄄城侯,而此篇即为凭证之一。古以九尾狐的出现为吉祥的征兆。本篇乃借九尾狐出现之事来歌功颂德。全文最后一句为主旨所在。当作于改封鄄城侯之后。

【注释】

①举头树尾:指昂头竖尾。

求出猎表

臣自招罪衅,徙居京师,待罪南宫①。
于七月伏鹿鸣尘②,四月五月射雉之际③,此正乐猎之时。

本篇张溥本卷二十六只后三句,题作《猎表》。赵幼文《曹植集校注》分为二题,前三句题作《猎表》,置于正文中,后三句题作《求出猎表》,置于逸文中。今从严可均《全三国文》卷十五置于一题之下。《三国志·魏书·陈思王植传》云:"(黄初)二年,监国谒者灌均希指,奏植醉酒悖慢,劫胁使者。有司请治罪。"据邓永康考证,黄初二年(221),曹植为王机、仓辑等所谮,获罪,迁于京师,废置南宫,至黄初三年(222)立为鄄城王,始遭释放,而此事《三国志·魏书》未载。本篇当作于黄初二年(221)。

【注释】

①罪衅:罪行。京师:指洛阳。此三句《文选》曹植《责躬诗》李善注引《求出猎表》。

②尘:此处不可解,疑当作"麀"。麀:母鹿。秋天为鹿交配的季节,交配时,雄鹿鸣叫,雌鹿闻声驰往。

③雉:野鸡。四月、五月,为野鸡的交配期。此指可依据鹿雉交配时发出的鸣叫声来追捕猎物。

初封安乡侯表

臣抱罪即道①,忧惶恐怖,不知刑罪当所限齐②。陛下哀愍臣身,不听有司所执③,待之过厚,即日于延津受安乡侯印绶④。奉诏之日,且惧且悲:惧于不修,始违宪法⑤;悲于不慎,速此贬退⑥。上增陛下垂念,下遗太后见忧⑦。臣自知罪深责重,受恩无量,精魂飞散,忘躯殒命⑧。

【题解】

《艺文类聚》卷五十一、严可均《全三国文》卷十五俱题作《谢初封安乡侯表》,张溥本卷二十六、《续古逸丛书》本卷八俱无"谢"字,今从之。据《三国志·魏书》所载,黄初二年(221),监国者灌均希指,奏曹植醉酒悖慢,劫胁使者,请有司治罪,因太后卞氏故,贬爵安乡侯。安乡,在今河北省晋州东。本篇乃黄初二年(221)曹植在惊慌恐惧中写给文帝的谢表。

【注释】

①即道:指上归藩之路。

②限齐:指界限、范围。

③陛下:指魏文帝曹丕。《三国志·魏书·方技传》:"时帝欲治弟植之罪,逼于太后,但加贬爵。"

④延津:在今河南延津北。

⑤修:指自修善心。宪法:指国家法令。

⑥速:指招致,招惹。

⑦垂念:指下念。太后:指曹植的生母卞氏。

⑧忘躯:指死亡。忘:通"亡"。《续古逸丛书》本卷八于最后衍"云"字。

封鄄城王谢表

臣愚駑垢秽,才质疵下①,过受陛下日月之恩②,不能摧身碎首,以答陛下厚德。而狂悖发露,始干天宪③。自分放弃④,抱罪终身,苟贪视息,无复睎幸⑤。不悟圣恩爵以非望,枯木生叶,白骨更肉,非臣罪戾所当宜蒙⑥。俯仰惭惶,五内战悸⑦。奉诏之日,悲喜参至。虽因拜章陈答圣恩,下情未展⑧。

【题解】

本篇《续古逸丛书》本缺。张溥本卷二十七"鄄"误为"甄",误。《三国志·魏书·陈思王植传》云:"(黄初二年)其年改封鄄城侯。三年,立为鄄城王,邑二千五百户。"当作于黄初三年(222)封鄄城王后,作者由侯爵升王爵,故上表以谢恩。文中多自谦之辞,多加赞颂了其对文帝之厚德深恩。

【注释】

①愚驽:指知识浅薄,才能低劣。疵:通"呰",毛病,此指薄弱、低劣。

②日月之恩:指曹丕指恩惠如日月般无私地照耀天地。

③狂悖:狂妄悖理。发:举。露:暴露;显露。干:触犯。天宪:国法。

④自分:自愿。放弃:指流放。

⑤晞:指希望。《艺文类聚》卷五十一作"睎"。幸:宠幸。

⑥蒙:蒙受。

⑦五内:五脏,此指内心。悸:恐惧。

⑧下情:指自己的感情。未展:未能完全陈述出来。

龙见贺表

臣闻凤凰复见于邺南①,黄龙双出于清泉②。圣德至理③,以致嘉瑞。将栖凤于林囿,豢龙于陂池④,为百姓旦夕之所观。

【题解】

严可均《全三国文》卷十五题作《贺瑞表》。《三国志·魏书·武文世王公传》:"(黄初三年)其年黄龙见邺西漳水,衮上书赞颂。"又云:"才不及陈思王而好与之侔。"盖本篇亦作于此时,为赞颂黄龙现世之作。古人认为黄龙的隐现体现了现实政权的治乱。

【注释】

①凤凰复见于邺南:延康元年(220)八月,石邑县言凤凰集,故此处云复见。邺南:邺城之南。

②清泉:指漳水。

③至理:治理得很好。

④林囿:林园。豢(huàn)龙:养龙。

谢入觐表

不世之命，非所致思①。有若披浮云而睹白日，出幽谷而登乔木②，目希庭燎，心存泰极③。

【题解】

本篇严可均《全三国文》卷十五题作《又谢得入表》。傅亚庶《三曹诗文全集译注》作《谢入觐表（二首）》，其一为本篇，其二为同题之作"臣得幽屏之城"篇，其云："此表二首，前后写作时间不一，因是同一题目，写作目的大致相同，故并列于此。"张溥本卷二十六亦将同题之作置于本篇之下，题作《又》。今分而置之。本篇当作于黄初四年（223）进京朝见，会节气之时。残佚过甚，难窥全篇大旨。

【注释】

①不世之命：指黄初二年（221）曹丕曾下诏不许诸王入朝，而黄初四年（223）其诏诸王朝京师，会节气，故曰不世之命。非所致思：指非意料中的事。

②披：拨开。睹：见。《艺文类聚》卷三十九作"曬"。曬：远看；远视。幽：深。《诗·小雅·伐木》："出于幽谷，迁于乔木。"比喻由幽暗走向光明。

③希：望。庭燎：指照明的火炬。存：思念。泰极：太极，此指魏宫。

上先帝赐铠表

先帝赐臣铠①：黑光、明光各一领，两当铠一领②，环锁铠一领，马铠一领③。今世以升平，兵革无事④，乞悉以付铠曹自理⑤。

本篇严可均《全三国文》卷十五题作《上铠表》。本篇乃曹植上表陈请上交先帝所赐之铠。其目的在于消除魏文帝对其的疑忌。

【注释】

①先帝:指曹操。铠:古时的铠甲战衣。

②黑光:指铁铠。明光:指铜铠。两当:指古时的半袖衣。

③镖(suǒ):同"锁"。以上九字,《太平御览》卷三百五十六作"两当铠二十领,兜鍪自副,铠百领",严可均《全三国文》作"赤炼铠一领,马铠一领"。

④兵革:指兵器和甲胄的统称,泛指武器装备。此指战争。

⑤铠曹:指掌管铠甲之类的官署。

献文帝马表

臣于先武皇帝世,得大宛紫骍马一匹①。形法应图,善持头尾②。教令习拜,今辄已能③。又能行与鼓节相应④。谨以表奉献⑤。

【题解】

张溥本卷二十六、严可均《全三国文》卷十五均题作《献马表》。《续古逸丛书》本卷八作《献文帝马表》,今从之。黄初年间,曹植遭疑忌。而曹植则诚恳剖白自己并无此心,更以献铠献马等具体的行动,表达自己绝无使用武力的企图,以此换取曹丕的谅解。

【注释】

①大宛:汉西域国名,北通康居,南面和西南面与大月氏相接,以产良马而著称。紫骍:良马名。张溥本脱"马"字。

②形法应图:指曹植所得宝马形状与画中的良马形貌完全相符。善持头尾:保持头尾的姿势。

③辄:每。

④行与鼓节相应:指马行走的疾缓与鼓音的急徐相应和。

⑤表:《艺文类聚》卷九十三、《太平御览》卷八百九十四、严可均《全三国文》皆无此字。

献璧表

臣闻玉不隐瑕①,臣不隐情。伏知所进,非和氏之璞②。万国之币③,璧为充贡。

【题解】

从本篇仅存数句来看,其大旨主要是借献璧之事,表陈自己对文帝绝无隐瞒,亦绝无私心。

【注释】

①瑕:指玉上面的斑点、瑕疵。

②和氏之璞:即和氏璧。

③币:指礼物。

上银鞍表

于先武皇帝世,敕此银鞍一具①,初不敢乘,谨奉上。

【题解】

《续古逸丛书》本无此篇,从张溥本卷二十六、严可均《全三国文》卷十五补入。此处曹植上表请求奉上先帝曹操所敕的银鞍一具,意为剖白自己绝无夺权篡位想法。

【注释】

①先武皇帝:指曹操。敕:尊长或长官对子孙或僚属的告诫,此指诏命。

献牛表

臣闻物以洪珍①,细亦或贵。故不见僬侥之微,不知泱漭之泰②;不见果下之乘,不别龙马之大③,高下相悬,所以致观也④。谨奉牛一头,不足追遵大小之制⑤,形少有殊,敢不献上。

【题解】

本篇严可均《全三国文》卷十五、《续古逸丛书》本卷八俱题作《上牛表》。今从张溥卷二十六题作《献牛表》。本篇言简章短,辞采平正晓畅,凡六十四字,用了四个典故,类于游戏。本篇似旨在劝谏统治者应用辩证的眼光看待事物,不能偏于所谓的"真理",而自己所献虽然只有一头牛,但其中却蕴含了自己的拳拳情意,希望统治者能够消除对自己的猜忌。

【注释】

①洪:大。珍:贵。

②僬侥(jiāo yáo):古代传说中的矮人,以其国名。《列子·汤问》:"从中州以东(西)四(三)十万里得僬侥国,人长一尺五寸。"亦指古代西南少数民族名。《国语·鲁语下》:"仲尼曰:'僬侥氏长三尺,短之至也。'"泱漭:广大貌。

③果下:指果下马,高约三尺,长约三尺七寸,乘之可行于果树之下,故称。龙马:骏马。《周礼·夏官》:"马八尺以上为龙。"

④相悬:差距极大。致观:极目而观。

⑤遵:循。

谢鼓吹表

许以箫管之乐,荣以田游之嬉①。陛下仁重有虞,恩过周旦^②。济世安宗,实在圣德^③。

【题解】

鼓吹,乐名,用鼓、钲、箫、笳等乐器合奏,源于我国古代北狄民族,汉初驻守边关之军用之,以壮声威,后渐用于朝廷及宴飨群臣之时。本篇虽名以鼓吹,但内容则主要为赞颂魏文帝之辞。

【注释】

①箫管:箫笳。田游:田猎。

②有虞:指帝舜。

③济:成功。安宗:指安定皇室。

太和年间

求自试表

臣植言：臣闻士之生世，入则事父，出则事君^①；事父尚于荣亲^②，事君贵于兴国。故慈父不能爱无益之子，仁君不能畜无用之臣^③。夫论德而授官者，成功之君也；量能而受爵者，毕命之臣也^④。故君无虚授，臣无虚受^⑤。虚授谓之谬举，虚受谓之尸禄^⑥，《诗》之素餐^⑦，所由作也。昔二虢不辞两国之任^⑧，其德厚也；旦奭不让燕鲁之封^⑨，其功大也。今臣蒙国重恩，三世于今矣^⑩。正值陛下升平之际，沐浴圣泽，潜润德教，可谓厚幸矣！而窃位东藩^⑪，爵在上列，身被轻暖，口厌百味^⑫，目极华靡，耳倦丝竹者^⑬，爵重禄厚之所致也。退念古之受爵禄者，有异于此^⑭，皆以功勤济国，辅主惠民。今臣无德可述，无功可纪，若此终年，无益国朝，将挂风人彼己之讥^⑮。是以上惭玄冕，俯愧朱绂^⑯。

方今天下一统，九州晏如^⑰。顾西尚有违命之蜀，东有不臣之吴，使边境未得脱甲，谋士未得高枕者^⑱，诚欲混同宇内，以致太和也^⑲。故启灭有扈而夏功昭，成克商、奄而周德著^⑳。今陛下以圣明统世，将欲卒文、武之功，继成、康之隆^㉑，简良授能，以方叔、召虎之臣^㉒，镇卫四境，为国爪牙者^㉓，可谓当矣。然而高鸟未挂于轻缴，渊鱼未悬于钩饵者^㉔，恐钓射之术或未尽也。昔耿弇不俟光武，亟击张步，言不以贼遗于君父也^㉕。

故车右伏剑于鸣毂，雍门刎首于齐境㉖，若此二子，岂恶生而尚死哉？诚忿其慢主而凌君也。夫君之宠臣，欲以除患兴利；臣之事君，必以杀身静乱㉗，以功报主也。昔贾谊弱冠，求试属国，请系单于之颈而制其命㉘。终军以妙年使越，欲得长缨占其王，羁致北阙㉙。此二臣者，岂好为夸主而曜世俗哉？志或郁结，欲逞其才力，输能于明君也㉛。昔汉武为霍去病治第，辞曰：匈奴未灭，臣无以家为㉜！固夫忧国忘家，捐躯济难，忠臣之志也。今臣居外，非不厚也，而寝不安席，食不遑味者，伏以二方未克为念㉝！

　　伏见先武皇帝，武臣宿将年耆即世者㉞，有闻矣。虽贤不乏世㉟，宿将旧卒犹习战也。窃不自量，志在效命，庶立毛发之功，以报所受之恩。若使陛下出不世之诏，效臣锥刀之用㊱，使得西属大将军，当一校之队㊲；若东属大司马，统偏师之任㊳，必乘危蹈险，骋舟奋骊㊴，突刃触锋，为士卒先。虽未能擒权馘亮㊵，庶将虏其雄率，歼其丑类，必效须臾之捷㊶，以灭终身之愧，使名挂史笔，事列朝策㊷。虽身分蜀境，首悬吴阙，犹生之年也㊸。如微才弗试，没世无闻，徒荣其躯而丰其体，生无益于事，死无损于数，虚荷上位而忝重禄，禽息鸟视，终于白首，此徒圈牢之养物㊹，非臣之所志也。流闻东军失备，师徒小衄㊺，辍食弃餐，奋袂攘衽㊻，抚剑东顾，而心已驰于吴会矣㊼！

　　臣昔从先武皇帝，南极赤岸，东临沧海㊽，西望玉门，北出玄塞㊾，伏见所以行师用兵之势，可谓神妙也！故兵者不可豫言㊿，临难而制变者也。志欲自效于明时，立功于圣世。每览史籍，观古忠臣义士，出一朝之命○51，以殉国家之难，身虽屠裂，而功勋著于景钟，名称垂于竹帛○52，未尝不抚心而叹息也。臣闻明主使臣，不废有罪。故奔北败军之将用，而秦鲁以成其功^⑭；绝缨盗马之臣赦，而楚赵以济其难^⑮。臣窃感先帝早崩，威王弃世^⑯，臣独何人，以堪长久。常恐先朝露，填沟壑^⑰，坟土未干，而身名并灭。臣闻骐骥长鸣，则伯乐昭其能^⑱；卢狗悲号，韩国知其才^⑲。是以效之齐楚之路^⑳，以逞千里之任；试之狡兔之捷，以验搏噬之用^㉑。今臣志狗马之微功，窃自惟度，终无伯乐、韩国之举^㉒，是以於邑而窃自痛者也^㉓。

夫临博而企竦，闻乐而窃抃者，或有赏音而识道也^㉔。昔毛遂赵之陪隶，犹假锥囊之喻，以寤主立功^㉕，何况巍巍大魏多士之朝，而无慷慨死难之臣乎^㉖！夫自衒自媒者^㉗，士女之丑行也；干时求进者^㉘，道家之明忌也。而臣敢陈闻于陛下者，诚与国分形同气，忧患共之者也^㉙。冀以尘露之微^㉚，补益山海；荧烛末光，增辉日月。是以敢冒其丑而献其忠，必知为朝士所笑。圣主不以人废言，伏惟陛下少垂神听^㉛，臣则幸矣。

【题解】

此文最初收在《文选》卷三十七，是太和二年(228)曹植写给魏明帝的一篇奏章。李善注引《魏志》曰："太和二年，曹植还雍丘。植常自愤怨，抱利器而无所施，上疏求自试。"在曹丕、曹叡时代，曹植备受疑忌，有志难展，故于太和二年(228)上书求自试。全文围绕希望能够任用自己这一中心，引古说今，叙写渴望在有生之年，受到重用，实现自己的抱负。全文结构整饬，善于用典，叙事抒情，恳切愤怨。

【注释】

①入：居家。出：指到朝廷做官。《论语·子罕》："子曰：出则事公卿，入则事父兄。"

②尚：崇尚。荣亲：指登科及第，使父母光荣。

③畜：同"蓄"，养。《墨子·亲士》："故虽有贤君，不爱无功之臣；虽有慈父，不爱无益之子。"

④毕命:献出自己的生命。李善注:"《孙卿子》曰:论德而定次,量能而授官,君子之所长也。《尸子》曰:君子量才而受爵,量功而受禄。"

⑤虚授:授职给德才不相称者。《后汉书·王充王符仲长统列传》:"故明主不敢以私授,忠臣不敢以虚受。"

⑥谬举:错误举荐。尸禄:空食俸禄而不尽职尽责。

⑦素餐:无功受禄,不劳而食。

⑧二虢:指虢仲和虢叔,均为周文王之弟。虢仲被封在雍地,称西虢(在今陕西宝鸡一带),而虢叔被封在制地(在今河南荥阳),称东虢。

⑨旦:即周公旦。奭:指召公奭。据《史记》记载,周公旦曾封于鲁,召公旦封于燕。

⑩三世:指武帝曹操、文帝曹丕和明帝曹叡。

⑪窃位东藩:指被封为东方藩国之王,即鄄城王与雍丘王。窃位:《文选》作"位窃"。

⑫厌:满足。

⑬华靡:色彩绚丽的东西。丝竹:音乐。

⑭有:《续古逸丛书》本卷八作"则",疑是。

⑮风人:指诗人。彼己之讥:指被讥讽为名不符实。《诗·曹风·候人》:"彼己之子,不称其服。"郑玄笺:"不称者言其德薄而服尊。"

⑯玄冕:指古代天子、王侯所戴的黑色礼帽。朱绂:系官印的红色丝带。

⑰晏如:安定貌。

⑱脱甲:解甲。脱:《文选》作"税"。脱、税古通。高枕:形容心无忧虑。《战国策·齐策》:"今君有一窟,未得高枕而卧也。"

⑲混同:统一。太和:太平清和之时。

⑳启:夏代帝王,夏禹之子。有扈:夏朝的一个部落名。夏禹死后,启继位,有扈氏不服。启发兵讨伐有扈氏,大战于甘,灭有扈氏。启的统治地位得以巩固。昭:昭明。成:指周成王。商:指商纣之子武庚及商之遗民。奄:奄国,古代氏族,约在今山东曲阜境内。参与了周初由管叔、蔡叔和霍叔发动的"三监"叛乱,灭于周公旦东征之时。

㉑卒文、武之功:指消灭吴蜀,统一宇内,以完成先王未竟之业。文、武:

指魏之先王曹操和曹丕。成、康：指周成王、康王之世。

㉒简：选。方叔：周宣王时之贤臣。先后征伐猃狁和蛮荆，建立了赫赫功勋。召虎：史称召穆公，亦为周宣王时之卿士，平定淮夷。

㉓爪牙：勇士。

㉔高鸟：飞鸟，此处比喻蜀国。缴：见《离缴雁赋》注。渊鱼：深渊之鱼，此处比喻东吴。钟会《刍荛论》："吴之玩水若鱼鳖，蜀之便山若禽兽。"渊：《艺文类聚》卷五十三作"潜"。

㉕耿弇：汉光武帝之臣，字伯昭，东汉开国名将，为健威大将军，封好畤侯。俟：等待。亟：急。时耿弇率军与张步军战于临淄城外。陈俊对耿弇说："敌人兵胜，可暂作休息，等皇帝的援军来了再发动进攻。"耿弇说："皇帝到了，臣子当以牛酺酒接待百官，难道要用贼虏来接待君主吗？"

㉖车右：古时立于战车之右的勇士。鸣毂：车轮发出刺耳的声音。雍门：齐人雍门子狄。传春秋战国时期，越军开赴齐国边境，雍门子狄听说后亲赴越军营前刎颈而死。

㉗静：平定。严可均《全三国文》卷十五作"靖"。静、靖义同。

㉘贾谊：西汉著名的政论家、文学家。《汉书》有传。弱冠：指古代男子二十岁行冠礼，以示成年。贾谊为博士时年二十岁。属国：官名，掌管与外族交往之事。《汉书·贾谊传》："贾谊曰：何不试以臣为属国之官，以主匈奴。行臣之计，请必系单于之颈而制其命。"

㉙终军：字子云，西汉著名的政治家、外交家。曾先后成功出使匈奴、南越，死时年仅二十余岁，故世谓之终童。汉武帝时，终军自请出使南越，表示"愿受长缨，必羁南越王而致之阙下"。"请缨"一词即典出于此。羁：捆绑。北阙：指魏宫。

㉚俗：《三国志·魏书》、严可均《全三国文》俱无"俗"字。

㉛输能：献出自己的才能。

㉜霍去病：汉武帝时征伐匈奴的名将。汉武帝曾经为霍去病修建一座豪华的府邸，他却拒绝说："匈奴未灭，何以为家？"

㉝伏：张溥本卷二十六、《续古逸丛书》本俱脱此字。二方：指吴、蜀。

㉞宿将：旧将。年耆：年老。即世：指死亡。先武皇帝武臣宿将：张溥

本、《续古逸丛书》本俱作"先帝武臣宿兵"。

㉟贤不乏世:指当时不缺乏人才。

㊱不世之诏:指黄初四年(223)文帝召诸王朝会京师,会节气之诏。曹丕即位后曾下诏不许诸王入朝,今下诏令入朝,故曰不世之诏。锥刀之用:比喻微小的功用。

㊲大将军:指曹真,字子丹,曹操族人。太和二年(228),魏遣大将曹真击蜀诸葛亮于街亭。校:古代军制,五百人为一校。

㊳大司马:指曹休,字文烈,曹操族子。黄初七年(226),迁大司马,都督扬州如故。太和二年(228),曹休率军征东吴。统:指总揽。

㊴骊:黑色马,此处泛指战马。

㊵权:指孙权。馘(guó):指古代战争中割取敌人的左耳以计数献功,此指擒获。亮:指诸葛亮。

㊶丑类:众类。须臾:片刻。

㊷朝策:朝廷的书策。策:《续古逸丛书》本作"荣"。

㊸犹生之年:指虽死犹生。

㊹荷:承受。忝:受辱,自谦之词。

㊺禽息鸟视:如禽鸟一般生活。圈牢之养物:猪羊等圈养之物。

㊻衄(nù):挫折;损伤,此指败北。太和二年(228),曹休率军前往皖县去接应周鲂,曹休立功心切,孤军深入,遭遇突然袭击,退军,惶恐之下,几乎溃不成军。(见《三国志·魏书·曹休传》)

㊼奋袂:挥袖,常用以形容激动的状态。攘衽:提衣襟,形容奋起貌。

㊽吴会:指吴郡和会稽郡,皆吴国之地。

㊾赤岸:即赤壁。一说指在江苏六合东南的赤岸山。东临沧海:《续古逸丛书》本脱此四字。沧海:东海。

㊿玉门:指玉门关,在今甘肃敦煌西北。据《三国志·魏书·武帝纪》载,建安十六年(211)冬十月,曹操自长安北征杨秋,围安定。安定在今甘肃镇原境内。玄塞:指长城,今河北喜峰口。据《三国志·魏书·武帝纪》载,建安十二年(207)春,曹操北征三郡乌桓,过卢龙塞。

○51豫言:预先谋划。豫:《续古逸丛书》本作"预"。

(52)一朝:一旦,形容短暂。

(53)景钟:指春秋时晋景公所铸之钟,后多以“景钟”作为褒奖的典实。春秋时,晋国将军魏颗击败秦兵,他的功勋被铭刻于景钟之上。古时常将功勋刻于钟上,以垂后世。竹帛:指古代的书写材料,即竹简和丝帛。

(54)奔北:据《史记》记载,春秋时,秦穆公派百里奚之子孟明视、蹇叔之子西乞术和白乙丙率军袭郑,回师途中为晋军伏击而被俘。后穆公仍用其为将,又遣他们伐晋,大败晋军,一雪殽战之耻。败军之将:春秋时鲁国将军曹沫,与齐国交战,三战三败,鲁国割地求和。鲁庄公仍以为将,后鲁庄公与齐桓公在柯地萌会,鲁沫手持匕首挟持齐桓公,使得齐国尽还所割之地。

(55)绝缨:扯断头冠的系带。详见前注。盗马:指春秋时,秦穆公乘马走失,被野人所食。秦穆公不治其罪,还赐其美酒。后秦与晋交战,曾食马肉的三百野人为秦力战,大败晋军。楚、赵:指楚国和赵国。因秦与赵共祖,避免与上文中的“秦”字重复,故曰“楚赵”。

(56)先帝:指魏文帝曹丕。黄初七年(226)五月,曹丕崩于洛阳嘉福殿。威王:指任城王曹彰,死后谥号威,故谓威王。黄初四年(223)六月,曹彰卒于洛阳。

(57)朝露:早晨的露水,此处比喻自己将不久于人世。填沟壑:指死后被埋葬。

(58)骐骥:指千里马。伯乐:春秋时人,善相马。李善注引《战国策》:“楚客谓春申君曰:‘昔骐骥驾车吴坂,迁延负辕而不能进,遭伯乐,仰而长鸣,知伯乐知己也。’”

(59)卢狗:指韩卢,古代韩国有名的猎狗。韩国:相传为齐国善相狗之人。

(60)齐楚:指齐国和楚国,一南一北,相距甚远。

(61)狡兔:“东郭逡”之省称。韩卢追狡兔,皆疲惫而死,最后农夫得利。

(62)惟度:思量。举:选拔。

(63)於悒(yì):叹息。悒:抑郁愤懑貌。

(64)博:古代棋弈之类的游戏。企:踮起脚尖。窃抃:私下打拍子。道:指棋弈之类游戏的路数。

(65)毛遂:战国时平原君的门客。陪隶:家臣。战国时秦军围赵国邯郸,平原君奉命到楚国求救。门客毛遂自荐同往。平原君说："贤士处于世，就像锥子掉到口袋，锥尖立刻露出来。先生在我门下三年，没人称赞过你。你没有才能还是留下吧。"毛遂说："今天就请将我放入囊中。如果早把我放进口袋，我早就像锥尖一样露出来了。"后平原君与毛遂同行往楚。由于毛遂的努力，赵国与楚国订立了合纵抗秦的盟约。寤：通"悟"。

(66)巍巍：盛貌。死难：以死殉国。

(67)自衒：自我吹嘘。自媒：指女子自我作媒。

(68)干：求。

(69)国：代指魏明帝。分形：指从一个身体中分离出来的形体。同气：指气血相同。此指自己与魏明帝的骨肉亲情。李善注引《吕氏春秋》曰："父母之于子也，子之于父母也，一体而分形，同气血而异息，痛疾相救，忧思相感，生则相欢，死则相哀，此之谓骨肉之亲也。"

(70)露：《续古逸丛书》本作"雾"。

(71)神听：即圣听。

【汇评】

清·潘德舆：《求通亲亲表》《求自试表》，仁心劲气，都可想见。（《养一斋诗话》卷二）

清·张文虎：魏武诸子，固以陈思为最贤，然谓其嗣位能远过子桓，未敢必也。其太和二年《求自试表》，见录于昭明，读者每称之。顾当曹仁被围，魏武欲遣往救，为子桓所忌，逼醉以酒，使不能受命，况此时而能授以兵柄乎？其自愤抱利器而无施，乃不知正以此遭忌，可谓智乎？（《舒艺室杂著甲编》卷下）

转封东阿王谢表

奉诏："太皇太后念雍丘下湿少桑[①]，欲转东阿，当合王意！可遣人按行[②]，知可居不？"奉诏之日，伏增悲喜。臣以无功，虚荷国恩[③]，爵尊禄厚，用无益于时[④]，脂车秣马[⑤]，志在黜放。不图陛下天父之恩，猥宣皇太后慈母之念迁之⑥。陛下幸为久长计，圣旨恻隐⑦，恩过天地。臣在雍丘，劬劳五年⑧，左右罢怠，居业向定⑨。园果万株，枝条始茂，私情区区，实所重弃⑩。然桑田无业，左右贫穷，食裁糊口⑪，形有裸露。臣闻古之仁君，必有弃国以为百姓⑫。况乃转居沃土，人从蒙福⑬。江海所流，无地不润；云雨所加，无物不茂⑭。若陛下念臣入从五年之勤⑮，少见佐助，此枯木生华，白骨更肉，非臣之敢望也。饥者易食，寒者易衣，臣之谓矣！

【题解】

《三国志·魏书·陈思王植传》云："(太和)三年，徙封东阿。"则本篇当作于太和三年(229)袭封雍丘之时。曹植在表中陈述了自己徙封雍丘五年来的生活情况，并写对朝廷将自己转封为东阿王，迁徙丰饶之地的谢意，但实质上则通过对雍丘生活的描述，表现自己困顿的生活情境。

【注释】

①太皇太后：指曹操之妻卞氏，曹叡之祖母。下湿：因地势低洼而潮湿。

②按行：指巡视。

③荷：承受。

④爵尊：位尊王爵。禄厚：指食邑之多。用：才能；才干。

⑤脂车：驾车出行。秣马：喂马。

⑥猥：自谦之词。皇太后慈母：指曹植生母卞氏。

⑦恻隐：悲痛；哀伤。

⑧劬(qú)劳：劳累；辛勤。五年：指曹植自黄初四年(223)徙封雍丘至太和二年(228)，共计五年。

⑨罢怠：疲倦懈怠。居业：家业。向定：方定；始成。

⑩区区：指真挚深厚的感情。重：犹言珍惜、不舍。

⑪裁：通"才"，仅仅。

⑫弃国以为百姓：见《庄子·让王》。

⑬沃土:指东阿。人从:奴仆;随从。

⑭江海、云雨:象征曹丕恩泽的广博。

⑮入从:指封雍丘之地。

望恩表

臣闻寒者不贪尺玉而思短褐①,饥者不愿千金而美一餐。夫千金尺玉至贵,而不若一餐短褐者,物有所急也②。

【题解】

本篇张溥本卷二十六题作《望恩表》,今从之。严可均《全三国文》卷作《表》。赵幼文:"此表残脱,仅存如前数语。此与《转封东阿王谢表》:'若陛下念臣入从五年之勤,少见佐助'之语相应。故列于谢表之后。"从仅存四句表文来看,主要表达了自己并无篡权夺位之想,希望魏明帝能消除对自己的疑忌,通骨肉之欢恩。

【注释】

①尺玉:尺璧,常用以比喻珍贵的东西。

②急:迫切之需。

谢赐谷表

诏书念臣经用不足①,以船河邸阁谷五千斛赐臣②。

【题解】

此表仅存此二句,当为曹植上表谢魏明帝赐谷之作。

【注释】

①经用:指常用之物。

②邸阁:指汉魏时所设的储存粮食等物资的仓库。斛(hú):古量器名,十斗为一斛。

乞田表

乞城内及城边好田,尽所赐百年力者①。臣虽生自至尊②,然心甘田野,性乐稼穑。

【题解】

本篇仅此数句,有残缺。然从此数句看来,可以窥见作者之心理,表现出作者对自由的向往,隐约可见其处境的压抑困顿,以及对现实生活的厌倦。赵幼文云:"可以窥见魏代土地制度崖略。疑作于徙东阿时。"

【注释】

①百年:指高龄之人。

②至尊:指皇室。

求通亲亲表

臣植言:臣闻天称其高者,以无不覆;地称其广者,以无不载;日月称其明者,以无不照;江海称其大者,以无不容。故孔子曰:"大哉尧之为君!惟天为大,惟尧则之①。"夫天德之于万物,可谓弘广矣!盖尧之为教,先亲后疏②,自近及远。其《传》曰③:"克明峻德,以亲九族④,九族既睦,平章百姓⑤。"及周之文王,亦崇厥化⑥。其《诗》曰⑦:"刑于寡妻,至于兄弟,以御于家邦⑧。"是以雍雍穆穆,风人咏之⑨。昔周公吊管蔡之不咸,广封懿亲⑩,以藩屏王室。《传》曰⑪:"周之宗盟,异姓为后⑫。"诚骨肉之恩,爽而不离⑬,亲亲之义,实在敦固。未有义而后其君,仁而遗其亲者也⑭。

伏惟陛下资帝唐钦明之德，体文王翼翼之仁⑮，惠洽椒房，恩昭九亲⑯，群后百僚，番休递上⑰，执政不废于公朝，下情得展于私室，亲理之路通，庆吊之情展，诚可谓恕己治人⑱，推惠施恩者矣。至于臣者，人道绝绪，禁锢明时⑲，臣窃自伤也。不敢乃望交气类，修人事，叙人伦⑳。近且婚媾不通㉑，兄弟永绝，吉凶之问塞，庆吊之礼废㉒，恩纪之违，甚于路人，隔阂之异，殊于胡越㉓。今臣以一切之制㉔，永无朝觐之望。至于注心皇极，结情紫闼㉕，神明知之矣。然天实为之，谓之何哉㉖！退省诸王，常有戚戚具尔之心㉗。愿陛下沛然垂诏，使诸国庆问㉘，四节得展㉙，以叙骨肉之欢恩，全怡怡之笃义㉚，妃妾之家，膏沐之遗㉛，岁得再通，齐义于贵宗，等惠于百司㉜。如此，则古人之所叹，风雅之所咏，复存于圣世矣。

臣伏自惟省，无锥刀之用㉝。及观陛下之所拔授，若以臣为异姓，窃自料度，不后于朝士矣。若得辞远游，戴武弁㉞，解朱组，佩青绂㉟，驸马、奉车，趣得一号㊱，安宅京室，执鞭珥笔㊲，出从华盖，入侍辇毂㊳，承答圣问，拾遗左右㊴，乃臣丹情之至愿，不离于梦想者也。远慕《鹿鸣》君臣之宴㊵，中咏《棠棣》匪他之诫㊶，下思《伐木》友生之义㊷，终怀《蓼莪》罔极之哀㊸。每四节之会，块然独处㊹，左右唯仆隶，所对唯妻子，高谈无所与陈，发义无所与展㊺。未尝不闻乐而拊心，临觞而叹息也。

臣伏以为犬马之诚不能动人，譬人之诚不能动天。崩城陨霜㊻，臣初信之，以臣心况，徒虚语耳！若葵藿之倾叶太阳㊼，虽不为之回光，然终向之者，诚也。臣窃自比葵藿。若降天地之施，垂三光之明者㊽，实在陛下。

臣闻《文子》曰："不为福始，不为祸先㊾。"今之否隔，友于同忧⁵¹,而臣独唱言者⁵²,何也？窃不愿于圣代使有不蒙施之物⁵³。有不蒙施之物,必有惨毒之怀⁵⁴。故《柏舟》有"天只"之怨,《谷风》有"弃予"之叹⁵⁵。伊尹耻其君不为尧舜⁵⁶。孟子曰："不以舜之所以事尧事其君者,不敬其君者也⁵⁷。"臣之愚蔽,固非虞伊⁵⁸,至于欲使陛下崇光被时雍之美,宣缉熙章明之德者⁵⁹,是臣偻偻之诚⁶⁰,窃所独守,实怀鹤立企伫之心⁶¹。敢复陈闻者,冀陛下傥发天聪而垂神听也⁶²。

【题解】

本篇严可均《全三国文》卷十六题作《求存问亲戚疏》。史载魏文帝曹丕即位后心存疑忌,排斥诸王,强制兄弟出居藩国,不得往来、通信,不许归京朝觐。明帝即位后,这种状况并无改变。曹植于太和五年(231),向明帝进呈此表。表中多次阐明皇帝与诸王之间应有"骨肉之亲",表述自己独处藩国的惆怅和痛苦,继而表明希望自己能发挥锥刀之用,输力于朝廷,并请求解除禁令,准许诸王与皇帝能正常地通亲往来。情辞恳切,直抒胸臆,怨而不怒。

【注释】

①则:效法。《论语·泰伯篇》:"大哉尧之为君也！巍巍乎,唯天为大,唯尧则之。"

②教:教化。亲:指同姓之人。

③《传》:指《尚书·尧典》。

④九族:指从高祖到玄孙共九代,故称九族。一说指父族四、母族三、妻族二。

⑤平章:平和章明。

⑥崇:崇尚。厥化:指唐尧之教化。

⑦《诗》:指《诗·大雅·思齐》。

⑧刑:通"型",法式、典范、榜样。家邦:指家与国。

⑨雍雍穆穆:和睦貌。《诗·大雅·思齐》:"雍雍在宫,肃肃在庙。"风

人:诗人。

⑩吊:悲伤。咸:同。懿亲:指皇室宗亲,外戚。

⑪《传》:指《左传·隐公十一年》。

⑫宗盟:指同宗之盟。异姓:指姬姓之外的人。

⑬爽:疏远。

⑭遗:忘记。李善注:"《孟子》曰:'未有仁而遗其亲者也,未有义而后其君者也。'"。意指没有讲仁之人却遗弃自己的父母,没有讲义之人却轻慢自己的君王。

⑮资:禀赋。帝唐:指唐尧。翼翼:恭敬貌。《诗·大雅·大明》:"惟此文王,小心翼翼。"

⑯椒房:指皇后所居的宫室。《汉书·车千秋传》颜师古注:"椒房,殿名,皇后所居也。"昭:明。

⑰群后:指列侯、公卿。番休:指轮番休息。递上:指依次入朝当值。

⑱恕己治人:指己欲立而立人,凡事应扩充自己的仁爱之心。

⑲禁锢:指禁止异己入仕或参加政治活动。

⑳乃:语气词。气类:指意气相投者。人事:指亲友之间往来之事。人伦:指君臣、父子、夫妇、兄弟、朋友及各种尊卑长幼关系。

㉑婚媾:婚姻;嫁娶。

㉒塞:杜绝。废:停止。

㉓胡越:胡地在北,越地在南,比喻远隔。《淮南子·俶真训》:"是故自其异者视之,肝胆胡越。"

㉔一切:指暂时、临时。

㉕注心:犹言心属。皇极:指上天,此处比喻宫室。紫闼:天门,此处比喻魏宫。

㉖此二句意为上天注定,我能有什么办法。《诗·邶风·北门》:"天实为之,谓之何哉!"

㉗省:《魏志》、严可均《全三国文》卷十六、《续古逸丛书》本卷八俱作"惟"。戚戚:相亲貌。具尔:亲近貌。《诗·大雅·行苇》:"戚戚兄弟,莫远具尔。"

㉘沛然:广阔貌。垂诏:下诏。庆问:庆吊之礼、吉凶之问。

㉙四节:指立春、立夏、立秋、立冬四节气。

㉚怡怡:和顺貌,此代指兄弟。《论语·子路篇》:"子曰:'朋友切切偲偲,兄弟怡怡。'"

㉛膏沐:指古代妇女作润发之用的脂膏。

㉜百司:百官。

㉝惟省:《文选》作"思惟"。锥刀之用:比喻微薄之力。

㉞辞远游:辞去王侯的爵位。远游:远游冠。秦汉以后历代沿用,至元代始废。李善注:"蔡邕《独断》曰:'远游冠者,王侯所服。'"武弁(biàn):指武将所戴之冠。

㉟朱组:红色绶带。古代达官显贵用以系冠冕、佩玉、佩印。青绶:青色的绶带,用以系官印。李善注:"《汉书》曰:'凡二千石以上,银印青绶。'"

㊱驸马:驸马都尉的简称,掌驸马,汉武帝时始置。奉车:奉车都尉,掌管帝王车舆。一号:指在驸马、奉车二职中任其一。

㊲珥笔:指古代皇帝的近侍之臣常插笔于冠侧,以便记录。此有弃武从文之意。

㊳华盖、辇毂:俱指天子所乘之车。

㊴拾遗:官名,其职责为采录旁人所遗漏的事物,此指纠正过失。

㊵丹情:赤诚之心。

㊶《鹿鸣》:《诗·小雅》篇名,篇旨在于君臣欢宴。

㊷《棠棣》:《诗·小雅》篇名,篇旨在于申述兄弟之间应当相亲爱。

㊸《伐木》:亦《诗·小雅》篇名,篇旨在以宴请亲友来歌颂亲友之间的深厚情谊。

㊹《蓼莪》:《诗·小雅》篇名,此诗表达了子女追慕双亲抚养之德,而不能终养的情思。罔极:指父母无穷的恩德。

㊺四节之会:指四时节日的欢宴聚会。汉魏之制,节气日亲族相聚宴乐,有会节气的习俗。块然:孤独貌。

㊻发义:阐发义理。

㊼崩城:李善注:"《列女传》曰:'杞梁妻者,齐杞梁殖之妻也。齐庄公袭

莒，殖战死。杞梁之妻无子，内外皆无五属之亲。既无所归，乃就其夫尸于城下而哭之。内诚动人，道路过者莫不为之挥涕，十日而城为之崩。'"陨霜：李善注："《淮南子》曰：'邹衍尽忠于燕惠王，惠王信谮而系之，邹子仰天而哭，正夏而天为之降霜。'"

㊽葵藿：偏指葵，以葵向日比喻臣下对圣上的一片赤心。

㊾三光：指日、月、星。

㊿福始、祸先：指不论致福或招祸，绝不率先为之。李善注："《文子》曰：'与道为际，与德为邻，不为福始，不为祸先。'"

(51)否隔：相隔。友于：代指兄弟。

(52)唱言：建议。

(53)圣代：《全三国文》《续古逸丛书》本俱作"圣世"。

(54)惨毒之怀：悲痛怨愤之情。

(55)《柏舟》：《诗·鄘风》篇名。"天只"之怨：指"天不信人"的怨言。《柏舟》诗曰："母也天只！不谅人只。"只：语气词。《谷风》：《诗·小雅》篇名。"弃予"之叹：《谷风》诗曰："将安将乐，女转弃予。"

(56)不为：不如。

(57)此二句意指不以舜侍奉尧的态度和方法来侍奉自己的君主，则为不敬。语见《孟子·离娄上》。

(58)虞、伊：指虞舜、伊尹。

(59)时雍：和善。缉熙、章明：俱指光明。

(60)偻偻：恭谨貌。

(61)企伫：踮起脚尖张望，形容殷切盼望貌。

(62)天聪：对帝王视听的美称。垂：降。

【汇评】

宋·胡仔：曹植《求通亲亲表》云："今之否隔，友于同忧。"晋史赞论中，此类尤多。洪驹父云："此歇后语也。"……苕溪渔隐曰："友于之语，自陶彭泽已自承袭用之，诗云：'一欣侍温颜，再喜见友于。'然则少陵盖承之也。且歇后语，苏、黄亦有之。"(《苕溪渔隐丛话》后集卷七)

清·宋长白：其《求通表》有云："每四节之会，块然独处，左右惟仆隶，所对惟妻子，高谈无所与陈，发义无所与展，未尝不闻乐而拊心，临觞而叹息也。”又曰：“生无益于时，死无损于数，直牢圈中物耳。”其汲汲者以此。（《柳亭诗话》卷十八）

陈审举表

臣闻天地协气而万物生，君臣合德而庶政成。五帝之世非皆智，三季之末非皆愚[①]，用与不用，知与不知也。既时有举贤之名，而无得贤之实，必各援其类而进矣[②]。谚曰：“相门有相，将门有将[③]。”夫相者，文德昭者也[④]；将者，武功烈者也。文德昭则可以匡国朝，致雍熙[⑤]，稷、契、夔、龙是矣[⑥]；武功烈则可以征不庭，威四夷，南仲、方叔是矣[⑦]。昔伊尹之为媵臣[⑧]，至贱也；吕尚之处屠钓[⑨]，至陋也。及其见举于汤武、周文[⑩]，诚道合志同，玄谟神通，岂复假近习之荐[⑪]，因左右之介哉！《书》曰：“有不世之君，必能用不世之臣；用不世之臣，必能立不世之功。”殷周二王是矣[⑫]。若夫龌龊近步[⑬]，遵常守故，安足为陛下言哉！故阴阳不和[⑭]，三光不畅，官旷无人，庶政不整者，三司之责也[⑮]。疆场骚动，方隅内侵，没军丧众，干戈不息者，边将之忧也。岂可虚荷国宠而不称其任哉！故任益隆者负益重，位益高者责益深。《书》称“无旷庶官”[⑯]，《诗》有“职思其忧”[⑰]，此其义也。

陛下体天真之淑圣，登神机以继统[⑱]，冀闻康哉之歌[⑲]，偃武行文之美[⑳]。而数年以来，水旱不时[㉑]，民困衣食，师徒之发，岁岁增调[㉒]。加东有覆败之军[㉓]，西有殪没之将[㉔]，至使蚌蛤浮翔于淮泗，鼲鼬欢哗于林木[㉕]。臣每念之，未尝不辍食而挥餐，临觞而搤腕矣。昔汉文发代，疑朝有变[㉖]。宋昌曰[㉗]：“内有朱虚、东牟之亲㉘,外有齐、楚、淮南、琅邪㉙,此则磐石之宗,愿王勿疑。"

臣伏惟陛下远览姬文二虢之援㉚,中虑周成、召、毕之辅㉛,下存宋昌磐石之固。昔骐骥之于吴坂㉜,可谓困矣!及其伯乐相之,孙邮御之㉝,形体不劳,而坐取千里。盖伯乐善御马,明君善御臣;伯乐驰千里,明君致太平,诚任贤使能之明效也。若朝司惟良㉞,万机内理,武将行师,方难克弭,陛下可得雍容都城,何事劳动銮驾暴露于边境哉㉟!

臣闻"羊质虎皮,见草则悦,见豺则战",忘其皮之为虎也㊱。今置将不良,有似于此。故语曰:"患为之者不知,知之者不得为也。"昔乐毅奔赵,心不忘燕㊲;廉颇在楚,思为赵将㊳。臣生乎乱,长乎军,又数承教于武皇帝,伏见行师用兵之要,不必取孙吴而暗与之合㊴。窃揆之于心,常愿得一奉朝觐㊵,排金门㊶,蹈玉陛,列有职之臣,赐须臾之间,使臣得一散所怀,摅舒蕴积㊷,死不恨矣!

被鸿胪所下发士息书,期会甚急㊸。又闻豹尾已建,戎轩鹜驾,陛下将复劳玉躬㊹,扰挂神思。臣诚辣息㊺,不遑宁处。愿得策马执鞭,首当尘露,撮风后之奇,接孙吴之要,追慕卜商㊻,起予左右,效命先驱,毕命轮毂,虽无大益,冀有小补。然天高听远,情不上通,徒独望青云而拊心,仰高天而叹息耳!

屈平曰:"国有骥而不知乘,焉皇皇而更索㊼。"昔管蔡放诛㊽,周召作弼㊾,叔鱼陷刑㊿,叔向匡国○51。三监之衅○52,臣自当之。二南之辅○53,求不必远,华宗贵族,藩王之中,必有应斯举者。故《传》曰:"无周公之亲,不得行周公之事。"唯陛下少留意焉!

近者汉氏广建藩王,丰则连城数十,约则饷食祖祭而已。

335

未若姬周之树国,五等之品制也㊾。若扶苏之谏始皇,淳于越之难周青臣㊿,可谓知时变矣。夫能使天下倾耳注目者,当权者是矣。故谋能移主,威能慑下,豪右执政㊾,不在亲戚。权之所在,虽疏必重;势之所去,虽亲必轻。盖取齐者田族,非吕宗也㊾;分晋者赵魏㊾,非姬姓也。惟陛下察之!苟吉专其位,凶离其患者,异姓之臣也。欲国之安,祈家之贵,存共其荣,没同其祸者,公族之臣也。今反公族疏而异姓亲,臣窃惑焉!

臣闻孟子曰:"君子穷则独善其身,达则兼善天下㊾。"今臣与陛下践冰履炭,登山浮涧,寒温、燥湿、高下共之㊿。岂得离陛下哉!不胜愤懑,拜表陈情。若有不合,乞且藏之书府㊾,不便灭弃。臣死之后,事或可思。若有毫厘少挂圣意者,乞出之朝堂㊾,使夫博古之士纠臣表之不合义者,如是则臣愿足矣。

【题解】

此表《艺文类聚》卷五十三作《自试表》,疑误。严可均《全三国文》卷十六题作《上疏陈审举之义》。《三国志·魏书·陈思王植传》云:"植复上疏,陈审举之意。"似当题作《陈审举表》。太和年间,司马懿继续夹辅皇室,隐隐浮现夺权篡位的迹象。曹植虽身处藩国,但也洞察到了王朝内部存在的危机,于是上表陈述豪宗强族对魏王朝的稳定有着极大的危害,建议任用皇族成员以藩屏王室,巩固魏王朝的统治地位。文中大量引用前代政权颠覆的事例,引古史以证今,提醒魏文帝要亲皇族、远异姓,后半部分则直言上谏,不加掩饰。

【注释】

①三季之末:指夏、商、周之末代。

②援类:指援引意气相投、关系密切者。

③谚:古代流传的名言。《史记·孟尝君列传》:"文闻:将门必有将,相门必有相。"战国时即有此语,故曰"谚"。

④文德:指礼乐教化等的措施,与"武功"相对而称。

⑤雍熙:和乐升平。

⑥稷、契、夔、龙:皆为辅佐帝舜治理国家的大臣。舜命弃担任后稷,掌管农业;命契担任司徒,推行教化;命夔为乐官,掌管音乐和教育之事;命龙作纳言,负责发布政令,收集意见。

⑦不庭:不臣服的人。南仲:周文王时名将。文王曾命南仲征伐周西猃狁部落。方叔:见《求自试表》注。

⑧伊尹:汤妻有莘氏陪嫁的奴隶,后为商汤大臣。

⑨吕尚:即姜尚。屠钓:姜尚曾在朝歌做屠夫,在磻溪垂钓。

⑩汤武:商汤和周武王的并称。汤武:当作"武汤"。武汤:即商汤,子姓,名履,世人又称其成汤、成唐、天乙,商朝第一位君主。

⑪近习:指君主宠爱亲信之人。

⑫殷周二王:指商汤、周文王。

⑬龌龊:器量局促、拘于小节。

⑭阴阳:指寒暑。

⑮三司:指司空、司徒、司马三个官职。

⑯《书》:指《尚书·皋陶谟》,其文曰:"无旷庶官,天工,人其代之。"庶:众。官:官府。

⑰《诗》:指《诗·唐风·蟋蟀》,诗曰:"无已大康,职思其忧。好乐无荒,良士休休。"职思其忧:指职掌其事者不应只顾眼前,还要考虑将来的忧患。职:指负责有关事务的官员。

⑱天真:与生俱来的天性。神机:比喻帝位。继统:继承帝业。

⑲康哉之歌:指赞颂君明臣良、政和民安之歌。《尚书·益稷》:"乃赓载歌曰:'元首明哉,股肱良哉,庶事康哉。'"后以为歌颂太平之辞。

⑳偃武:停息武备。行文:修明文教。

㉑水旱不时:指水寒灾害时有发生。《三国志·魏书·明帝纪》:"人和二年五月大旱。四年九月大雨,伊、洛、河、汉水溢。五年三月,自去冬十月至此月不雨。"

㉒岁岁增调:指连年与吴、蜀作战。

㉓覆败之军:指曹休战败之事。

㉔殪没之将:指张郃与诸葛亮于祁山而战,在木门中箭身亡之事。据《魏志·张郃传》载,诸葛亮回师保祁山,张郃追至木门,与亮军交战,飞矢击中张郃右膝而死。

㉕蚌蛤:比喻东吴。鼲鼬(hún yòu):比喻西蜀。鼲:鼠的一种,俗称"灰鼠"。鼬:俗称"黄鼠狼"。

㉖汉文:指汉文帝刘恒。发:去、前往。代:汉代所封的诸侯国,即代国,在今山西平遥西北。刘恒幼时与母薄姬为避吕后之害,居住代国。后立为代王。后丞相陈平、太尉周勃等人诛灭诸吕之乱,使人迎代王到长安即位。疑朝有变:指刘恒怀疑陈平等人的诚意。

㉗宋昌:人名,时任代国中尉。

㉘朱虚:汉朱虚侯刘章。东牟:东牟侯刘兴居,刘章之弟。

㉙齐:齐王刘肥,汉高祖长庶子。楚:指楚王刘交,汉高祖同父异母弟。淮南:指淮南王刘长,汉高祖少子。琅邪:指琅邪王刘泽,汉高祖远房兄弟。

㉚姬文:指周文王姬昌。

㉛召:召公奭。毕:毕公高,周文王庶子,武王时封高于毕。成王时为三公之一,故称毕公。

㉜吴坂:即虞坂,古地名,在春秋虞国境内,道狭而险。

㉝孙邮:古代善驾马者,战国时赵简子的御者。

㉞朝司:指朝廷分掌各部的官吏。

㉟銮驾:指天子的车驾。暴露边境:《三国志·魏书·明帝纪》:"太和二年……蜀大将诸葛亮寇边……丁未行幸长安。"

㊱羊质虎皮:刺魏军将领中的怯懦之人。扬雄《法言·吾子篇》:"羊质而虎皮,见草而说,见豺而战,忘其皮之虎矣。"

㊲乐毅:战国时燕国将领。据《史记·乐毅列传》载,乐毅伐齐,攻齐七十余城,皆为燕地,唯独莒、即墨未攻下。燕昭王死后,太子乐资即位,称燕惠王。惠王信齐国的反间计,怀疑乐毅,乐毅深知燕惠王欲加罪于自己,西奔赵,赵王以为上卿。后惠王派人责难乐毅,而乐毅写下《报燕惠王书》以表自己对惠王的一片忠心。

㊳廉颇:指战国时赵国名将。赵悼襄王即位,听信了奸臣郭开的谗言,派乐乘代之。廉颇遂攻打乐乘,乐乘逃生。廉颇于是出奔魏国大梁,未得重用。后入楚,担任楚将,但仍思为赵将。

㊴孙吴:指孙武、吴起用兵之书。

㊵一:发语词。

㊶排:推。金门:指金马门,为学士待诏之处,此指魏宫之门。

㊷摅舒:舒展;抒发。

㊸鸿胪:官署名,掌礼仪之官。士息:魏晋时指士家弟子。期会:期限。

㊹豹尾:指天子车乘上的饰物,悬于最后一车,此指豹尾车。戎轩:指兵车,此指军队。玉躬:玉体。

㊺竦息:惶恐不安貌。

㊻风后:黄帝之相。接:持有。卜商:孔子弟子子夏,姓卜,名商,人称卜子。

㊼屈平:屈原,此处当作宋玉。宋玉《九辩》:"国有骥而不知乘兮,焉皇皇而更索?"皇:通"惶",忙碌不安貌。

㊽放诛:指时周公杀管叔,放逐蔡叔。

㊾周召:指周公旦和召公奭,时召公为太保,周公为太师,共辅成王。弼:辅佐。

㊿叔鱼:指羊舌鲋,一名叔鲋,字叔鱼。据《左传·昭公十五年》载,时叔鱼处理一桩土地纠纷案,当事者皆为晋国地位显赫之人——晋邢侯和雍子,而罪在雍子,但因雍子事先将女儿许配给羊舌鲋为妻,故羊舌鲋不问是非曲直,宣判雍子无罪。邢侯愤怒,杀叔鱼与雍子。韩宣子向叔向请教,叔向认为三人同罪,于是杀邢侯,将三人之尸弃于市。

(51)叔向:指羊舌肸,春秋后期晋国贤臣,政治家、外交家,以正直和才识见称于时。

(52)三监:指管叔、蔡叔和霍叔。

(53)二南:指周成王分陕以东之地,命召公奭管理,以西之地,命周公管理。此处象征曹姓诸王。

(54)五等:指公、侯、伯、子、男等封爵。

(55)扶苏:秦始皇太子,为李斯、赵高、胡亥所害。淳于越:战国时齐国博士,秦朝时曾任仆射。周青臣:秦朝人,曾任仆射。淳于越斥周青臣事见《史记·秦始皇本纪》。

⑤豪右:指士族中有权力的人。

⑤田:指齐国的田氏世族,为齐国的执政者。吕宗:吕太公望的姓氏。

⑤分晋者赵魏:指韩、赵、魏三家同分晋国,史称"三家分晋"。

⑤语见《孟子·尽心上》。此句意指若在政治上失意时,则当修身养性,显达时应兼善天下。

⑥"今臣"三句意指自己的命运与国家休戚相关。

⑥书府:收藏文书图籍的府库。

⑥出之朝堂:指在朝堂上公布。

【汇评】

明·李梦阳:按植《审举表》云:"权之所在,虽疏必重;势之所去,虽亲必轻。"予常抚卷叹息,以为名言。其又曰:"盖取齐者田族……分晋者赵魏。"意若暗指司马氏者。叡号明主,乃竟亦不悟,卒使植愤闷发疾而死。悲夫!(李梦阳、王士贞评点《曹子建集》卷首)

明·张溥:司马氏睥睨神器,魏忽不祀,彼所绸缪者藩防,而取代者他族,思王之言不再世而验,然则《审举》诸文,固魏宗之磐石也。集备众体,世称绣虎,其名不虚。即自然深致,少逊其父,而才大思丽,兄似不如。人但见文帝居高,陈王伏地,遂谓帝王人臣文体有分,恐淮南、中垒不为武、成受屈也。(《汉魏六朝百三名家集题辞》)

清·丁晏:《审举》一疏,极论当权者"谋能移主,威能慑下","取齐者田族,非吕宗也;分晋者赵、魏,非姬姓也。"(《曹集铨评》附录)

请用贤表

昔段干木修德于间阎,秦师为之辍攻,而文侯以安①。穰苴授节于邦境,燕晋为之退师,而景公无患②。皆简德尊贤之所致也。愿陛下垂高宗傅岩之明③,以显中兴之功。

张溥本卷二十六题作《请用贤表》，今从之。严可均《全三国文》卷十五作《又求自试表》；《续古逸丛书》本卷八作《又》，置于《求自试表》文后。《全三国文》《续古逸丛书》本篇首皆有"五帝之世非皆智，三季之末非皆愚……诚任贤使能之明效也"这一段文字，即上《陈审举表》内之文，严可均校语："篇首至此，与《魏志》本传所载《陈审举疏文》同，《艺文类聚》作《又求自试表》。考《文馆词林》载明帝答诏云：'省览来书，至于再三。'则《求自试》，似非一表，盖《艺文》据《植集》本，因与本传异耳，录之不嫌复出。"另《全三国文》于此篇之末又有"夫人贵生者"一段文字，赵幼文《曹植集校注》将此篇置于《陈审举表》下，作《又》，其云："此六十三字，恐系原文，故录附于《陈审举表》后。"此处曹植希冀曹叡能如前代帝王一样选贤任能，不限出身门第。

【注释】

①段干木：战国初期魏国名士，与其师子夏、其友田子方，皆出儒门，先后为魏文侯师，故后人称他们为"河东三贤"。闾阎：指里巷。辍攻：指停止进攻。秦欲伐魏，有人劝秦王说："魏君礼贤下士，且有段干木辅佐朝政，万万不可轻举妄动。"秦王以为然，遂停止对魏国用兵。详见《吕氏春秋·期贤》。文侯：指魏文侯。魏文侯每过段干木家门，都要扶轼向其致敬，以示其诚，终于感动了段干木。

②穰苴(ráng jū)：春秋末齐人，田完的后裔，齐景公时委以将军之职，率军抵御燕、晋的军队，燕、晋之师闻之遂退兵，齐国失地得以收复。授节：指被任为将。邦境：国内。

③高宗：指殷高宗武丁。傅岩：地名，亦称"傅险"在今陕西平陆东。此指傅说。傅说：商王武丁之臣，因曾在傅岩从事版筑，被武丁起用，后擢其为相。

谏取诸国士息表

臣闻古者圣君与日月齐其明，四时等其信。是以戮凶无重,赏善无轻,怒若惊霆①,喜若时雨,恩不中绝,教无二可②。以此临朝,则臣下知所死矣!受任在万里之外,审主之所以授官,必己之所以投命③,虽有构会之徒,泊然不以为惧者④,盖君臣相信之明效也。昔章子为齐将,人有告之反者,威王曰:"不然。"左右曰:"王何以明之?"王曰:"闻章子改葬死母,彼尚不欺死父,顾当叛生君乎⑤!"此君之信臣也。昔管仲亲射桓公⑥,后幽囚,从鲁槛车载⑦,使少年挽而送齐。管仲知桓公之必用己,惧鲁之悔,谓少年曰:"吾为汝唱,汝为和声,和声宜走。"于是管仲唱之,少年走而和之,日行数百里,宿昔而至,至则相齐⑧。此臣之信君也。

　　臣初受封,策书曰:"植受兹青社⑨,封于东土,以屏翰皇家⑩,为魏藩辅⑪。"而所得兵百五十人,皆年在耳顺⑫,或不逾矩⑬。虎贲官骑及亲事凡二百余人⑭。正复不老,皆使年壮⑮,备有不虞⑯,检校乘城⑰,顾不足以自救,况皆复尫耄罢曳乎⑱!而名为魏东藩,使屏翰王室⑲,臣窃自羞矣!就之诸国,国有士子合不过五百人。伏以为三军益损,不复赖此。方外不定⑳,必当须办者,臣愿将部曲㉑,倍道奔赴,夫妻负襁㉒,子弟怀粮,蹈锋履刃,以徇国难,何但习业小儿哉㉓!愚诚以挥涕增河,鼷鼠饮海㉔,于朝万无损益,于臣家计甚有废损。又臣士息前后三送,兼人已竭㉕,惟尚有小儿七八岁已上、十六七已还,三十余人。今部曲皆年耆,卧在床席,非糜不食㉖,眼不能视,气息裁属者㉗,凡三十七人。疲癃风靡、疣盲聋聩者㉘,二十三人。惟正须此小儿,大者可备宿卫㉙,虽不足以御寇,粗可以警小盗。小者未堪大使,为可使耘锄秽草,驱护鸟雀。休候人则一事废㉚,一日猎则众业散,不亲自经营则功不摄㉛,常自躬亲,不委下吏而已。陛下圣仁,恩诏三至,士子给国,长不复发,明诏之下，有若曒日。保金石之恩，必明神之信，画然自固㉜，如天如地。定习业者并复见送，晻若昼晦㉝，怅然失图㉞。

伏以为陛下既爵臣百寮之右㉟，居藩国之任，为置卿士，屋名为宫，冢名为陵，不使其危居独立，无异于凡庶。若柏成欣于野耕㊱，子仲乐于灌园㊲。蓬户茅牖，原宪之宅也㊳；陋巷箪瓢，颜子之居也㊴。臣才不见效用，常慨然执斯志焉！若陛下听臣悉还部曲，罢官属，省监官㊵，使解玺释绂㊶，追柏成、子仲之业，营颜渊、原宪之事，居子臧之庐㊷，宅延陵之室㊸，如此虽进无成功，退有可守，身死之日，犹松乔也㊹。然伏度国朝终未肯听臣之若是，固当羁绊于世绳㊺，维系于禄位㊻，怀屑屑之小忧㊼，执无已之百念㊽，安得荡然肆志㊾，逍遥于宇宙之外哉！此愿未从㊿，陛下必欲崇亲亲(51)，笃骨肉，润白骨而荣枯木者，惟遂仁德(52)，以副前恩。

【题解】

本篇严可均《全三国文》卷十六题作《上书请免发取诸国士息》。《三国志·魏书·陈思王植传》裴松之注引《魏略》曰："是后大发士息，及取诸国士。植以近前诸国士息已见发，其遗孤稚弱，在者无几，而复被取，乃上书。"士息，士人之子。曹叡时期，魏、吴、蜀三国交战频繁，战事不断，造成国内丁壮不足的局面。表文中，作者直言其封国内多老弱病残，壮丁缺乏，不堪任用，而自己虽身为王侯，实则于平民无异，真实地反映了封地内的情况。本篇作于太和五年(231)。

【注释】

①惊霆：惊雷、急雷。

②教：政教教令。二可：二者皆宜。

③投命：舍生；亡命。

④构会之徒：指进谗陷害、挑拨离间之人。泊然：恬淡貌。

⑤章子:匡章,又称匡子,战国时齐将。据《战国策·齐策》所载,时有人进谗说,章子背叛了齐王,齐王很肯定地说:他不会,因为章子的母亲启因得罪其父而被杀,被埋在马棚下。章子在没有得到亡父应允的情况下,不敢改葬其母。作为人子,不敢背弃亡父,又怎会背弃我呢。

⑥管仲:姓姬,名夷吾,字仲,颍上(今安徽颍上)人,春秋时著名的政治家、军事家,齐桓公时任国相,辅佐桓公创立霸业。桓公:即齐桓公,姓姜,吕氏,名小白,春秋时齐国国君,在管仲的辅佐下,成为春秋五霸之首。晚年昏庸,后饿死于战乱。

⑦槛车:囚车。槛车上设栅栏,用于载猛兽或囚禁犯人。

⑧宿昔:早晚,形容时间短。齐襄公时,公子纠携管仲、召忽出奔鲁。襄公死后,齐国内乱,鲁庄公助公子纠回国争位,发现齐桓公已先回国即位,于是鲁与齐交战,鲁军战败。鲁庄公、公子纠与管仲皆归鲁。后鲁庄公在齐国的重压下,杀公子纠,用囚车将管仲与召忽押往齐国,召忽于途中自杀。本文所述之事见《吕氏春秋·顺说》。

⑨青社:指东方之地。东方主木,故以青色代表东方。《史记·三王世家》司马贞《索隐》:“蔡邕《独断》云:皇子封为王,受天子太社之土,若封东方诸侯,则割青土,藉以白茅,授之以立社,谓之茅土。”曹植封地在东,故称青社。

⑩屏翰:保卫。

⑪藩辅:捍卫国家的重臣,此指诸侯、藩王。

⑫耳顺:六十岁的老人。《论语·为政篇》:“六十而耳顺。”

⑬不逾矩:七十岁的老人。《论语·为政篇》:“七十而从心所欲不逾矩。”

⑭虎贲:皇宫中的警卫人员、禁军。官骑:官府的骑兵。

⑮年壮:三十岁。《礼记·曲礼》:“三十曰壮。”

⑯不虞:意料之外的事。

⑰检:察。校:营垒、堡垒。乘:登。

⑱耄耋(mào dié):老年人。七十岁至九十岁的年纪称耄耋。罢曳:行动迟缓无力貌。

⑲王室:指魏朝。

⑳方外:国外,此指吴蜀。

㉑部曲:指古代贵族豪门的家兵。

㉒倍道:指将两天的路程并在一天完成。负襁:背负婴儿。

㉓习业:攻习学业。赵幼文云:"谓学事。"

㉔鼷(xī)鼠:鼠类中最小的一种鼠,又称甘口鼠。《庄子·逍遥游》:"偃鼠饮河,不过满腹。"

㉕兼人:指能力胜过他人的人,此指健壮的男丁。

㉖糜:粥。

㉗裁属:指气息微弱。

㉘疲瘵(zhài):指疾病。赵幼文云:"疑当作罢癃。《史记·平原君传》《索隐》:'罢癃,背疾,言腰曲而背隆高也。'"风靡:赵幼文:"靡疑为痱之形误。(风痱)即四肢麻木不仁,俗谓中风。疣:犹今瘊子。

㉙宿卫:指在宫中值宿的警卫人员。

㉚候人:指古代掌管地方道路整治和稽查奸盗之事,或于道路迎送宾客的官员。

㉛摄:指收敛。

㉜画然:界限分明貌。

㉝晻:昏暗不明貌。昼晦:白天光线昏暗。

㉞失图:失策。

㉟百寮之右:百官之上。右:汉代礼制,以右为尊。

㊱柏成:伯成子高,又称"伯成子皋",传说为尧时高士,立为诸侯。后尧禅舜,舜禅禹,时伯成子高辞去诸侯之位而亲耕于野。柏:通"伯"。

㊲子仲:陈仲子,字子终,战国时齐人,著名隐士、思想家,自谓于陵子仲。其先后推辞不受齐国大夫、楚相等职,避兄离母,迁居于陵,后隐居长白山,终日为人灌园。后因饥饿而死。

㊳原宪:孔子弟子,字子思,七十二贤人之一。他住的是蓬草为门、茅草为窗的家,吃的是粗茶淡饭,一生安贫乐道。

㊴箪:古代盛饭用的圆形竹器。《论语·雍也》:"子曰:贤哉回也!一箪

食,一瓢饮,在陋巷,人不堪其忧,回也不改其乐。贤哉回也!"颜子:颜回,字子渊,春秋时鲁国人。其尊师重道,极富学问,以德行著称。

⑩监官:指监国谒者。

⑪解玺释绂:指辞去王爵。

⑫子臧:公子欣时,字子臧,春秋时曹宣公庶子。

⑬延陵:春秋时吴国公子季札,姓姬,名札,因封于延陵(今江苏常州一带),故称延陵季子。详见《豫章行》注。

⑭松乔:指赤松子和王子乔,俱为传说中的仙人。

⑮羁绊:牵挂。世绳:社会的礼法制度。

⑯禄位:俸禄爵位。

⑰屑屑:不安貌。

⑱无已:无穷尽。百念:各种忧虑。

⑲荡然:放纵、无拘束。肆志:纵情。

⑳从:指实现、成功。

㉑崇:优待;推崇。亲亲:指亲近自己的亲属。

㉒遂:实现;完成。

谢入觐表

臣得出幽屏之城①,获觐百官之美,此一喜也。背茅茨之陋②,登闾阖之阀③,此二喜也。必以有觍之容④,瞻见穆穆之颜⑤,此三喜也。将以梼杌之质⑥,禀受崇圣之训⑦,此四喜也。

【题解】

本篇《太平御览》卷四百六十七题作《礼上表》。张溥本卷二十六将本篇置于前录《谢入觐表》后,题作《又》。严可均《全三国文》卷十五作《入觐谢表》。太和五年(231)八月,明帝诏令诸王入朝。《三国志·魏书·明帝纪》:"太和五年八月诏曰:古者诸侯朝聘,所以敦睦亲亲协和万国也。先帝著令,不欲使诸王在京都者,谓幼主在位,母后摄政,防微以渐,关诸盛衰也。朕惟不见诸王十有二载,悠悠之怀,能不兴思! 其令诸王及宗室公侯各将适子一人朝。"则此表写于是年奉诏之后,入朝之前,主要写自己离开藩属,入朝觐见皇帝的欣喜之情。

【注释】

①出:《太平御览》作"去"。幽屏之城:指东阿城。

②茅茨:茅屋。陋:破败。

③阊阖:指京城门,此指魏宫。潘岳《藉田赋》李善注:"《洛阳宫舍记》曰:洛阳有阊阖门。"闼:指宫中小门。

④靦:羞愧、害羞貌。

⑤穆穆:严肃庄重貌。

⑥梼杌(táo wù):传中的一种猛兽,似虎,毛长,人面虎足,猪牙,尾长一丈八尺,常用来比喻顽固不化、态度凶恶之人。又传说为上古"四凶"之一,恶人。此指凶恶之人,自谦之辞。

⑦崇圣:指魏明帝曹叡。训:教令。

谢明帝赐食表

　　近得赐御食,拜表谢恩。寻奉手诏,愍臣瘦弱。奉诏之日,涕泣横流。虽武文二帝所以愍怜于臣[①],不复过于明诏。

【题解】

本篇严可均《全三国文》卷十五作《答诏表》。《太平御览》卷三百七十八引明帝手诏曰:"王颜色瘦弱,何意耶? 腹中调和不? 今者食几许米? 又啖肉多少? 见王瘦,吾甚惊,宜当节水加餐。"本篇虽简短,但足以表达出作者对于魏明帝赐御食的感激之情,而明帝此举,也是曹植期望已久的,隐射出魏明帝对其的疑忌有所消减。此表系节录,首尾不具。

【注释】

①武：指曹操，谥号"武"。文：指曹丕，谥号"文"。

谢周观表

诏使周观，初玩云盘①，北观疏圃，遂步九华②。神明特处，谲诡天然③。诚可谓帝室皇居者矣！虽昆仑阆风之丽，文昌之居④，不是过也。

【题解】

此表为太和六年(232)正月，曹植奉诏入京，游览魏宫园林时所作。以寥寥数语，写出了魏宫的宏伟气势，并以仙居比喻魏宫之壮丽峻美。语言轻松明快。

【注释】

①周观：游览参观。云盘：指承露盘。云：高貌。

②疏圃：宫殿名，即疏圃殿，在华林园中。九华：指九华台。《三国志·魏书·文帝纪》："黄初七年三月，筑九华台。"

③特处：独居。谲诡：形状怪诞。天然：自然天成。

④阆风：山名，在昆仑山巅，传说中神仙所居之处。文昌：指天帝所居之处，此为赞颂之词。

谢赐柰表

即夕殿中虎贲宣诏，赐臣等冬柰一奁，诏使温啖①。夜非食时，而赐见及。柰以夏熟，今则冬至。物以非时为珍，恩以绝口为厚②，实非臣等所宜荷之。

本篇《白帖》卷九十九作《谢赐冬至奈表》,今从张溥本卷二十六、严可均《全三国文》卷十五、《续古逸丛书》本卷八作《谢赐奈表》。此表作于太和六年(232)。赵幼文云:"窃谓此表作于五年冬。"丁晏《曹集铨评》曰:"《御览》又引答诏曰:'此奈从梁州来,道里既远,来转暖,故奈变色。'"本篇主要表达了作者对魏明帝赐奈之恩的谢意,另一方面,也隐射出位尊处优的统治者的奢侈生活。

【注释】

①臣等:太和五年(231)正月入朝的有曹彪、曹衮等,故称臣等。奈(nài):俗称花红、沙果。奁(lián):盛装器物的小匣子。温啖:指热食。

②绝口:指食物的味道极美。

请赴元正表

欣豫百官之美,想见朝觐之礼①,耳存九成,目想率舞②。

【题解】

本篇乃作者上表请赴元正典礼之作。元正,指元正元日,即元旦。傅玄《朝会赋》云:"采秦汉之旧仪,肇元正之嘉会。"由傅玄赋可知,元旦庆祝典礼自秦汉时始有之,魏承此制。此表残脱太甚,仅存四句。

【注释】

①豫:通"与",参加。百官之美:指百官参加的宴会。想见:仿佛有所见。

②九成:指多次演奏《韶》乐。成:指乐曲终止。率舞:踏着乐曲的节拍舞蹈。

答明帝诏表

奉诏,并见圣恩所作《故平原公主诔》①。文义相扶,章章殊兴②,句句感切;哀动神明,痛贯天地。楚王臣彪等闻臣为读,莫不挥涕③。

【题解】

本篇严可均《全三国文》卷十五作《答诏示平原公主诔表》。《三国志·魏书·文昭甄皇后传》云:"太和六年,明帝爱女淑薨,追封谥淑,为平原懿公主,为之立庙,取后亡从孙黄与合葬,追封黄列侯,以夫人郭氏从弟德为之后,承甄氏姓,封德为平原侯,袭公主爵。"丁晏《曹集铨评》云:"《御览》五百九十六引明帝诏云:'吾既薄才,至于赋诔特不闲。从儿陵上还,哀怀未散,作儿诔,为田家公语耳。'"本篇主要赞颂了魏明帝为其亡女所作诔文的情文并茂,真切感人,读来莫不令人生悲。当作于太和六年(232)。

【注释】

①并见圣恩:张溥本脱此四字。

②文义相扶:指辞藻与情感交相辉映。章章殊兴:指每一章各有不同之处。

③臣彪等:指曹彪、曹衮等人。读:解说。涕:泪。以上二十一字张溥本脱。

谢妻改封表

玺书①:今以东阿王妃为陈王妃②,并下印绶,因故上前所假印,以其拜授书以即日到③。臣辄奉诏拜。其才质低下,谬同受私④,遇宠素餐⑤,臣为其首。陛下体乾坤育物之德⑥,东海含容之大,乃复随例,显封大国⑦。光扬章灼,非臣负薪之才所宜克当⑧,非臣秽衅所宜蒙获⑨。夙夜忧叹,念报罔极⑩。洪施遂隆,既荣枝干⑪,猥复正臣妃为陈妃⑫。光耀宣朗,非妾妇惷愚所当蒙被⑬。葵藿草物⑭,犹感恩养;况臣含气,衔佩弘惠⑮,

殁而后已,诚非翰墨屡辞所能报答。

【题解】

本篇张溥本卷二十六题作《谢妻改封陈妃表》。《三国志·魏书·陈思王植传》云:"其年二月,以陈四县封植为陈王,邑三千五百户。"则此表作于太和六年(232)曹植被封陈王后不久。表文中对自己以及妻子多自谦、贬低之辞,对明帝则多赞颂之语,表达了自己以及妻子对明帝的谢意。

【注释】

①玺书:古代用泥封并加印的文书。秦代以来,玺书专指皇帝的诏书。

②东阿王妃:太和三年(229)十二月,曹植徙封东阿王。

③前所假印:指从前授予的东阿王妃印。其:汉魏诏令常用语。赵幼文《曹植集校注》:"疑当作其以某拜受。……某,曹植妻姓代词。"

④其:赵幼文《曹植集校注》:"其字亦当作某,……某亦为植妻姓氏之代词。"低:严可均《全三国文》作"底"。私:独受恩惠。

⑤遇宠:幸遇恩宠。素餐:无功受禄,不劳而食。

⑥乾坤:天地。

⑦随例:古代的制度,妻凭夫贵,故称随例。大国:指陈国。

⑧负薪:比喻才能薄弱。《礼记·曲礼下》:"问庶人之子。长曰:'能负薪矣。'幼曰:'未能负薪也。'"克:能。

⑨秽衅:指因行为芜秽而招致瑕隙,此指黄初二年(221),监国谒者灌均希指,奏曹植醉酒悖慢、劫胁使者之事。

⑩叹:赵幼文:"案叹疑当作勤。《诗·周南·卷耳》序:'朝夕思念,至于忧勤也。'……此盖曹植句所本。"罔极:指没有穷尽。

⑪洪施:洪恩。枝干:比喻曹植之妻以及曹植本人。

⑫正:定,此指正其名分。

⑬惷(chǔn)愚:愚笨。《淮南子·氾论训》:"愚夫惷妇。"蒙被:承受。

⑭葵藿:偏指葵。葵性向日,古人多用以比喻下对上的忠心。

⑮衔佩:指衔之于口,佩之于身。引申为铭记。

351

请招降江东表

臣闻士之羡永生者，非徒以甘食丽服，宰割万物而已[1]。将有以补益群生[2]，尊主惠民，使功存于竹帛[3]，名光于后嗣。今臣文不昭于俎豆[4]，武不习于干戈[5]，而窃位藩王，尸禄东夏[6]。消损天日，无益圣朝。淮南尚有山窜之贼[7]，吴会犹有潜江之虏[8]，使战士未获归于农亩，五兵未得收于武库[9]。盖善论者不耻谢[10]，善战者不羞走。夫凌云者，泥蟠者也[11]；后申者，先屈者也。是以神龙以为德，尺蠖以昭义[12]。昔汤事葛，文王事昆夷，固仁者能以大事小[13]。若陛下遣明哲之使[14]，继能陆贾之踪者[15]，使之江南，发恺悌之诏[16]，张日月之信[17]，开以降路，权必奉承圣化[18]，斯不疑也。

【题解】

本篇《艺文类聚》卷五十二题作《降江东表》。《续古逸丛书》本卷八题作《自试表》。今从张溥本卷二十六、严可均《全三国文》卷十五题作《请招降江东表》。《三国志·魏书·刘放传》："太和末，吴遣将周贺浮海诣辽东，招诱公孙渊。帝欲邀讨之，朝议多以为不可。"疑此表作于此时。太和末年，曹叡政权面临内忧外患，因此曹植上表阻止曹叡用兵，建议遣使去吴，采取招降的策略，减轻外患问题。此表文义未全，似有佚句。

【注释】

①甘食：美食。宰割：支配。

②群生：百姓。

③竹帛：指竹简和白绢。《墨子·天志中》："又书其事于竹帛，镂之金石，琢之盘盂，传遗后世子孙。"此指功劳簿。

④不昭于俎豆：指不明政教。俎豆：俎和豆，俱为古代祭祀、宴飨时盛食

物的两种礼器。

⑤干戈:武器,此指军旅之事。

⑥尸禄:空食俸禄而不尽其职。

⑦淮南:泛指淮水以南之地,相当于今江苏、安徽两省长江以北、淮河以南地区。山窜之贼:指居住当地的少数民族山越族。

⑧吴会:指秦代的会稽郡,东汉时分为吴郡、会稽郡二郡,合称吴会,在今江浙二省境内。潜江之虏:指孙权。

⑨五兵:五种兵器,此处泛指兵器。

⑩谢:辞穷。此句意指善于辩说者,不以辞屈而惭愧。

⑪泥蟠:指龙屈于污泥中,用以比喻身处困境。蟠:指龙。

⑫尺蠖(huò):蛾的幼虫,屈伸而行,故常用以比喻先屈后伸。昭义:明理。

⑬汤:商汤。葛:葛伯,夏代诸侯,葛国国君。文王:周文王。昆夷:殷周时期我国西方少数民族之一。《孟子·梁惠王下》:"惟仁者为能以大事小,是故汤事葛,文王事昆夷。"昆:《全三国文》《续古逸丛书》本俱作"犬"。

⑭陛下:指魏明帝曹叡。

⑮陆贾:汉初善辩之士。汉高祖时,他奉命出使南越,使赵佗称臣奉汉约。文帝即位后,陆贾再次出使南越,劝说自称南越武帝的赵佗废去帝号,重新恢复与汉朝的臣属关系。

⑯恺悌:和乐简易。《左传·僖公十二年》:"恺悌君子,神所劳矣。"

⑰日月:象征事物之明确。

⑱权:指孙权。

谏伐辽东表

臣伏以辽东负阻之国①,势便形固,带以辽海②。今轻军远攻,师疲力屈,彼有其备③,所谓以逸待劳,以饱待饥者也④。以臣观之,诚未易攻也。若国家攻之而必克⑤,屠襄平之城⑥,悬公孙之首,得其地不足以偿中国之费,虏其民不足以补三军之失,是我所获不如所丧也。若其不拔,旷日持久,暴师于野。然天时难测,水湿无常⑦。彼我之兵,连于城下,进则有高城深池,无所施其功;退则有归途不通,道路灢泏⑧。东有待衅之吴,西有伺隙之蜀。吴起东南,则荆扬骚动⑨;蜀应西境,则雍凉三分⑩。兵不解于外,民罢困于内。促耕不解其饥,疾蚕不救其寒。夫渴而后穿井,饥而后殖种,可以图远,难以应卒也⑪。臣以为当今之务,在于省徭役,薄赋敛,劝农桑。三者既备,然后令伊管之臣得施其术⑫,孙吴之将得奋其力⑬。若此,则太平之基可立而待,康哉之歌可坐而闻⑭,曾何忧于二敌,何惧于公孙乎! 今不恤邦畿之内,而劳神于蛮貊之域⑮,窃为陛下不取也。

【题解】

丁晏《曹集铨评》引《三国志·魏书·明帝纪》之文,谓此表作于景初元年(237)、二年(238)之间。严可均《全三国文》卷十五列此表于太和二年(228)、三年(229)曹植所上诸表之间。赵幼文据《魏志·蒋济传》裴松之注引司马彪《战略》所载,认为此表上于太和六年(232)之时,是。此表为作者劝阻魏明帝出兵攻打辽东之作。公孙渊,曾被曹叡封为辽东太守,后叛魏依附东吴,曹叡震怒,于太和六年(232)遣平州刺史田豫、幽州刺史王雄水陆夹击辽东。在这样的情况下,曹植分析当前局势以及征伐辽东的利弊,认为此时不宜出兵,遂上表以劝阻。本篇重在说理,语言简洁而深刻。

【注释】

①辽东:郡名。汉代辽东郡,即今辽宁省地。负阻:指依恃地理之险。

②辽海:指今之渤海。

③军:张溥本卷二十六作"车"。彼:指公孙渊。

④待饥:《艺文类聚》卷二十四、《全三国文》俱作"制饥"。

⑤之:《艺文类聚》《全三国文》《续古逸丛书》本均无该字。

⑥襄平:襄平县,在今辽宁辽阳一带,为公孙渊政权所在地。

⑦水湿:指雨水。《三国志·魏书·明帝纪》:"会连雨十日,辽水大涨,诏俭引军还。"

⑧瀸洳(jiǎn rú):指雨水积聚、淹渍。

⑨起:《续古逸丛书》本作"越"。荆:指湖北长江以北之地。扬:指今合肥、庐江等地。

⑩雍:即今陕西。凉:指今甘肃。三分:指解体。三:《艺文类聚》《全三国文》俱作"参"。

⑪卒:同"猝",突然出现之事。

⑫伊管:伊尹和管仲的合称。伊尹助商汤建立商朝;管仲助齐桓公称霸,均为贤相。

⑬孙吴:指孙武和吴起。两人分别是春秋、战国时期著名的军事家。

⑭康哉之歌:和乐升平之歌。

⑮蛮貊(mò):此指公孙渊。

逸　文

欧冶表^①

昔欧冶改视,铅刀易价^②;伯乐所盼,驽马百倍^③。

【注释】
①严可均《全三国文》卷十五题作《表》。
②欧冶:欧冶子,春秋时著名冶工,以善铸剑而著称。铅刀:指以铅为刀,谓其质量低劣。
③伯乐:古代善相马者。驽马:劣马。

作车帐表^①

欲遣人到邺,市上党布五十匹^②,作车上小帐帷,谒者不听^③。

【注释】
①严可均《全三国文》题作《表》。
②市:动词,买。上党:地名,在今山西长治。
③谒者:指监国使者。

罢朝表

觐玉容而庆荐,奉欢宴而慈润^①。

①觐:指觐见;朝见。奉:奉承。此二句《文选》陆士龙《大将军宴会诗》
李善注引。

失　题①

情注于皇居,心在乎紫极②。

【注释】

①严可均《全三国文》作《表》。

②紫极:指帝王所居的宫殿。《文选》潘安仁《西征赋》李善注引此二句。

失　题①

诸公熙朝之辅,每作粥食之候,肴惟蔬薤②。

【注释】

①严可均《全三国文》卷十五作《表》。

②熙朝:盛朝。《北堂书钞》未删改本卷一百四十四作"诸公立朝铺作粥
食之,侯卧择薤"。

失　题①

即日奉油囊之赐②。

【注释】

①严可均《全三国文》卷十五题作《表》。

357

②油囊:指涂油的口袋。《北堂书钞》卷一百三十六引此句。

失　题

即日奉手诏,惊喜踊跃也①。

【注释】

①《北堂书钞》卷一百三引此二句。

失　题①

赐迈越纽毂②。

【注释】

①严可均《全三国文》卷十五题作《表》。
②《北堂书钞》卷十九引此句。

失　题①

爵重才轻②。

【注释】

①严可均《全三国文》题作《表》。
②《文选》张茂先《答何劭诗》李善注引此句。

求习业表

虽免大诛,得归本国^①。

【注释】
①《文选》曹子建《责躬诗》李善注引此二句。

诔
建安年间

光禄大夫荀侯诔

如冰之清,如玉之洁;法而不威,和而不亵①。百寮欷歔,天子沾缨②。机女投杼,农夫辍耕③。轮结辙而不转④,马悲鸣而倚衡。

【题解】

荀侯,即荀彧,字文若,颍川颍阴(今河南许昌)人,时为曹操谋臣之一,官至侍中,守尚书令,封万岁亭侯。后因反对曹操称魏公而受疑忌,于建安十七年(212)在寿春病亡,死后被追谥"敬侯",后又被追赠太尉。诔,古代的一种文体,相当于现代的悼词,又称"诔辞""诔状""诔词"等。该文体起源于先秦,定型于西汉,到魏晋以后趋于繁荣,唐以后逐步向骚体、长短句过渡,其主要内容为叙述死者生平,旌德扬功,以回忆的方式寄托哀思。本诔文赞美了荀彧的高尚品德和操行。因残脱太多,致文意不全。

【注释】

①法:遵守法度。亵:轻慢;不庄重。
②百寮:百官。欷歔:抽咽。天子:指汉献帝刘协。
③机女:织女。杼:指织布的梭子。辍:停止。
④结辙:车的辙迹交错。

王仲宣诔

维建安二十二年正月二十四日戊申①,魏故侍中、关内侯王君卒，呜呼哀哉！皇穹神察②，哲人是恃。如何灵祇③，歼我吉士。谁谓不痛！早世即冥④。谁谓不伤！华繁中零。存亡分流，夭遂同期⑤。朝闻夕没，先民所思⑥。何用诔德？表之素旗⑦；何以赠终？哀以送之。遂作诔曰：

猗欤侍中⑧，远祖弥芳。公高建业，佐武伐商⑨。爵同齐鲁，邦祀绝亡⑩。流裔毕万⑪，勋绩惟光。晋献赐封，于魏之疆，天开之祚，末胄称王⑫。厥姓斯氏⑬，条分叶散，世兹芳烈，扬声秦汉⑭。会遭阳九，炎光中蒙⑮。世祖拨乱，爰建时雍⑯。三台树位，履道是钟⑰。宠爵之加，匪惠惟恭⑱。自君二祖，为光为龙⑲。金曰休哉，宜翼汉邦⑳。或统太尉，或掌司空㉑。百揆惟叙，五典克从㉒。天静人和，皇教遐通㉓。伊君显考㉔，奕叶佐时。入管机密，朝政以治，出临朔岱，庶绩咸熙㉕。君以淑懿㉖，继此洪基。既有令德，材技广宣㉗。强记洽闻，幽赞微言㉘。文若春华，思若涌泉，发言可咏，下笔成篇。何道不洽，何艺不闲㉙。棋局逞巧，博弈惟贤。皇家不造㉛，京室陨颠。宰臣专制，帝用西迁㉜。君乃羁旅，离此阻艰㉝。翕然风举，远窜荆蛮㉞。身穷志达，居鄙行鲜㉟。振冠南岳，濯缨清川㊱。潜处蓬室，不干势权㊲。我公奋钺，耀威南楚㊳。荆人或违，陈戎讲武㊴。

君乃义发，算我师旅。高尚霸功，投身帝宇㊵。斯言既发，谋夫是与㊶。是与伊何？响我明德㊷。投戈编郜，稽颡汉北㊸。我公实嘉，表扬京国。金龟紫绶，以彰勋则㊹。勋则伊何？劳谦靡已㊺。忧世忘家，殊略卓峙㊻。乃署祭酒㊼，与军行止。算无遗策，画无失理。我王建国，百司俊乂㊽。君以显举，秉机省闼㊾。戴蝉珥貂，朱衣皓带㊿。入侍帷幄㉑，出拥华盖。荣耀当世，芳风晻蔼㊾。嗟彼东夷，凭江阻湖㊽。骚扰边境，劳我师徒。

光光戎辂,霆骇风徂^⑤。君侍华毂^⑤,辉辉王途。思荣怀附,望彼来威^⑤。如何不济^⑤,运极命衰。寝疾弥留,吉往凶归。呜呼哀哉!翩翩孤嗣,号恸崩摧^⑤。发轸北魏,远迄南淮^⑤。经历山河,泣涕如颓。哀风兴感,行云徘徊。游鱼失浪,归鸟忘栖。呜呼哀哉!吾与夫子,义贯丹青。好和琴瑟,分过友生^⑥。庶几遐年^⑥,携手同征。如何奄忽,弃我凤零^⑥。感昔宴会,志各高厉。予戏夫子,金石难弊^⑥。人命靡常,吉凶异制^⑥。此欢之人,孰先陨越?何寤夫子^⑥,果乃先逝。又论死生,存亡数度^⑥。子犹怀疑,求之明据。傥独有灵,游魂泰素^⑥。我将假翼,飘飘高举。超登景云,要子天路^⑥。丧柩既臻,将反魏京^⑥。灵輀回轨,白骥悲鸣^⑦。虚廓无见,藏景蔽形。孰云仲宣,不闻其声。延首叹息,雨泣交颈^⑦。嗟乎夫子,永安幽冥^⑦。人谁不殁,达士徇名^⑦。生荣死哀,亦孔之荣^⑦。呜呼哀哉!

【题解】

《文选》卷五十六收录此文,是曹植为悼念建安七子之一的著名诗人王粲而作。王粲,字仲宣,山阳高平(今山东邹城)人,东汉末年文学家,"建安七子"之一。汉末战乱中曾南下居荆州达十五年之久。后归顺曹操,被辟为丞相掾属,赐爵关内侯。曹操建魏国后,拜为侍中。建安二十一年(216),从曹操东征孙权,次年春,因病卒于东征途中。故此诔文当作于建安二十二年(217)王粲病卒之后。诔文中,作者历叙王粲的生平事迹,字里行间,充满了敬仰怀念之情。本篇感情真挚,情辞哀婉,体现了二人的笃厚情意。

【注释】

①维:张溥本卷二十六脱此字,严可均《全三国文》卷十九作"惟"。二十二年:《艺文类聚》卷四十八作"二十三年"。

②皇穹:上天。

③灵:天神。祇:地神。

④冥:幽冥,此处比喻坟墓。

⑤存亡:生死。流:行。夭:夭折。遂:寿终。此二句意指即使存亡各有异势,但夭折与寿终都是同期而死。

⑥先民:指孔子。《论语·里仁》:"朝闻道,夕死可矣。"

⑦素旗:指竖于灵柩前写有死者姓名与官职的幡旗,以示区别。

⑧猗欤:叹词,表赞美。

⑨公高:毕公高,姓姬,名高,周文王庶子,周武王弟。助武王伐纣,封于毕方(在今陕西咸阳西北),成王时为三公之一,故称"毕公高"。

⑩齐:指太公望,佐武王灭商,因功封于齐。鲁:指周公旦,周文王子,武王弟,封于少昊之虚曲阜,为鲁公。邦祀绝亡:指毕公高的子孙失其爵位,降为庶人,不能修其祭祀。

⑪流裔:即后裔。毕万:毕公高之后裔,春秋时晋国大夫。

⑫开:启。末胄:指末世。赵幼文:"考魏王假被秦始皇消灭之后,子孙分散,时人谓之王家。或云:魏昭王彤生无忌,封信陵君。信陵君生闲忧,闲忧生卑子。秦灭魏,卑子逃至泰山。汉高祖召为中涓,封兰陵侯。时人因其为王族,谓之王家。"此指春秋时毕万自毕国出奔晋国,因功封于魏,以为大夫,后世文侯始盛。

⑬厥姓:指王姓之家。

⑭兹:严可均《全三国文》卷十九、《续古逸丛书》本卷九俱作"滋"。扬声秦汉:指秦灭魏,信陵君之孙卑子逃至泰山,后汉高祖召为中涓,封兰陵侯。

⑮阳九:指灾荒年景和厄运。炎光:象征汉王朝的统治。蒙:《续古逸丛书》本作"曚"。

⑯世祖:指汉光武帝刘秀。时雍:指时世安定。

⑰三台:即三公。秦汉官制,尚书为中台,御史为宪台,谒者为外台,合称三台。钟:适逢;正当。

⑱患:恩患。恭:指忠于职守,政绩显著。

⑲君:指王粲。二祖:指王粲的曾祖父王龚、祖父王畅。王龚:字伯宗,汉顺帝永建元年(126)迁司空,永和元年(136)拜太尉。王畅:字叔茂,王龚之子,汉灵帝建宁元年(168)官拜司空,居三公之列。龙:指宠。

⑳金:都;皆。休:美好。翼:辅佐。

㉑太尉:指汉代统帅全国军队的首脑。司空:协助丞相处理政务,并负有纠察官吏的职责。东汉时太尉与司空、司徒并称三公。

㉒百揆:百官。叙:次序。五典:指父义、母慈、兄友、弟恭、子孝。一说指封建礼教中的君臣、父子、兄弟、夫妇、朋友之间的人伦关系。克:能。

㉓天静:指无自然灾害。人和:指社会安定。皇教:国家政教。遐:远。

㉔伊:发语词。显考:对王粲父亲的尊辞。

㉕朔:今河北省。岱:今山东省。庶:众多。熙:兴盛。

㉖淑懿:美善。《续古逸丛书》本作"叔懿"。

㉗令:善。广宣:指广为流布。

㉘洽:广博。赞:解读。微言:精深之论。

㉙道:犹今之学术。艺:才能;技能;技术。闲:熟悉;熟练。

㉚博弈:指对棋局。《论语·阳货篇》:"子曰:不有博弈者乎?为之犹贤乎已!"

㉛皇家:指汉王朝。不造:势衰。

㉜宰臣:指董卓。帝:指汉献帝刘协。用:因此。西迁:指自洛阳徙居长安。长安在洛阳西,故称。

㉝离:通"罹",指遭受。

㉞凤举:如凤高飞。凤:赞美王粲之词。荆:荆州。蛮:泛指南方。

㉟身穷:指不被刘表重视。居鄙:地位卑贱。行鲜:行为光明磊落。

㊱振冠:整冠。《楚辞·渔父》:"吾闻之,新沐者必弹冠,新浴者必振衣。"濯:洗。《楚辞·渔父》:"沧浪之水清兮,可以濯我缨。"清川:李善注:"盛弘之《荆州记》曰:襄阳城西南有徐元直宅,其西北八里方山,山北际河水,山下有王仲宣宅。"

㊲潜处:隐居。干:谋求。

㊳我公:指曹操。奋钺:比喻出师。钺:大斧。

㊴讲武:训练军队。

㊵高尚:崇尚;尊重。霸功:霸业之功。帝宇:指汉献帝的宫室。

㊶斯言:指王粲劝刘表子刘琮归降曹操的建议。谋夫:谋臣。与:赞同。

㊷伊:语气词。响:通“向”,敬仰。

㊸投戈:指放下武器。编鄀(ruò):在今湖北宜城东南。《续古逸丛书》本作“编郡”。稽颡(sǎng):古时的一种跪拜礼,以额触地,象征屈服。此指投诚。汉北:汉水之北,此指襄阳。据《魏志》所载,刘琮于襄阳归降曹操。

㊹金龟:黄金所铸的龟纽官印。汉制,金龟官印可为列侯所用。紫绶:紫色丝带,古代为高级官员所用。勋则:奖功法则。

㊺劳谦:勤劳谦虚。靡已:不止。

㊻卓峙:高超卓绝。

㊼署:指赐予。祭酒:李注:“《魏志》曰:后迁军谋祭酒。”

㊽我王:指曹操。建国:指建安十八年(213)五月,献帝策命曹操为魏公,加九锡。七月,魏始建社稷宗庙。百司:百官。俊乂:才能出众。

㊾显举:指光荣选拔。秉:执掌。机:机要之事。省闼:指邺城魏公。

㊿貂、蝉:俱为古代王公或大臣帽子上的饰物,蝉在左,貂在右。皓带:镶玉的腰带。

(51)帷幄:指帝王所居之处。

(52)晻蔼:明盛貌。

(53)东夷:即东吴。江:指长江。湖:指巢湖一带地区。

(54)光光:威武显赫貌。戎辂:指兵车。霆骇:雷霆震荡,此处形容军队的声势浩大。

(55)华毂:彩色的车毂,此指王者所乘之车。

(56)彼:指东吴。

(57)济:成。

(58)孤嗣:指王粲的两个儿子。

(59)发轸:发车。北魏:指邺城。南淮:指居巢,处淮水南,在今安徽巢县东北。据《魏志》所载,建安二十二年(217)正月,曹军驻扎在居巢。

(60)好和琴瑟:此用瑟琴之音的和谐,比喻其与王粲真挚的友情。《诗·小雅·棠棣》:“妻子好合,如鼓瑟琴。”友生:即朋友。

(61)庶几:希冀。遐年:指长寿。

(62)奄忽:突然。夙零:指早逝。

㊳难弊:指不易摧毁。《续古逸丛书》本作"难敝"。

㊸制:《续古逸丛书》本作"志"。

㊹何寤:指没想到。

㊺存亡数度:指生命的长短有其自己的法则。

㊻泰素:指天。

㊼景云:庆云。要:相会。

㊽臻:至;到达。反:通"返",返回。《续古逸丛书》本作"及"。魏京:指邺城。

㊾灵辀:指丧车。回轨:指停止不前。骥:良马。

㊶延首:指伸长脖颈。雨泣:指泪如雨下。

㊷幽冥:指坟墓。

㊸徇名:指为名义而献出生命。

㊹孔:指孔子。《论语·子张》:"子贡曰:(夫子)其生也荣,其死也哀。"

武帝诔

於惟我王,承运之衰①。神武震发,群雄裁夷②。拯民于下,登帝太微③。德美旦奭,功越彭韦④。九德光备,万国作师⑤。寝疾不兴,圣体长归⑥。华夏饮泪,黎庶含悲⑦。神翳功显,身沈名飞⑧。敢扬圣德,表之素旗⑨。乃作诔曰:

於穆我王,胄稷胤周⑩。贤圣是绍,元懿允休。先侯佐汉,实惟平阳⑪;功成绩著,德昭二皇⑫。民以宁一,兴咏有章⑬。我王承统,天姿特生。年在志学,谋过老成⑭。奋臂旧邦,翻身上京⑮。袁与我王,兵交若神⑯。张陈背誓⑰,傲帝虐民,拥徒百万,虎视朔滨⑱。我王赫怒,戎车列陈,武卒虓阚⑲,如雷如震。揽枪北扫,举不浃辰⑳。绍遂奔北,河朔是宾㉑。

振旅京室,帝嘉厥庸㉒,乃位丞相,总摄三公㉓。进受上爵,

366

君临魏邦㉔，九锡昭备，大路火龙㉕。玄鉴灵察，探幽洞微㉖，下无伪情，奸不容非㉗。敦俭尚古，不玩珠玉，以身先下，民以纯朴㉘。圣性严毅，平修清一㉙，惟善是嘉，靡疏靡昵。怒过雷霆，喜踰春日，万国肃虔，望风震栗。既总庶政，兼览儒林㉚，躬著雅颂，被之瑟琴㉛。

茫茫四海，我王康之㉜。微微汉嗣，我王匡之㉝。群杰扇动㉞，我王服之。喁喁黎庶㉟，我王育之。光有天下，万国作君㊱。虔奉本朝，德美周文㊲。以宽克众，每征必举。四夷宾服，功踰圣武㊳。翼帝王主㊴，神武鹰扬，左钺右旄，威凌伊吕㊵。年踰耳顺㊶，体壮志肃，乾乾庶事，气过方叔㊷。宜并南岳㊸，君国无穷。如何不吊，祸钟圣躬㊹。弃离臣子，背世长终。兆民号咷，仰诉上穹㊺。既以约终，令节不衰㊻。既即梓宫，躬御缀衣㊼。玺不存身，唯绋是荷㊽。明器无饰，陶素是嘉㊾。既次西陵，幽闺启路㊿。群臣奉迎，我王安厝(51)。窈窕玄宇，三光不入(52)。潜闼一扃，尊灵永蛰(53)。圣上临穴，哀号靡及(54)。群臣陪临，伫立以泣。去此昭昭，于彼冥冥(55)。永弃兆民，下君百灵(56)。千代万叶，曷时复形(57)。

人事既关，聪镜神理(58)。

【题解】

《三国志·魏书·武帝纪》："二十五年(220)春正月，至洛阳……庚子，王崩于洛阳，年六十六……谥曰武王。二月丁卯，葬高陵。"又据《文帝纪》载，黄初元年(220)十一月，追尊武王为武皇帝。此诔作于葬曹操时。一说当题作《武王诔》，因曹操被葬时尚未被追尊为武皇帝。诔文中历叙曹操之生平、功绩，描写细致，概括全面，内容比一般歌功颂德之作更为充实。

【注释】

①承运:奉国家之命运。

②群雄:指二袁、吕布、刘表等当地割据一方的军阀。截夷:平定。严可均《全三国文》卷十九、《续古逸丛书》本卷九俱作"殄夷"。

③帝:指汉献帝刘协。太微:指天子所居的宫室,此处比喻帝位。此指曹操迎先帝于许都之事。

④旦奭:指周公旦和召公奭。彭韦:大彭和豕韦的并称。《国语·郑语》韦昭注:"大彭,陆终第三子曰籛,为彭姓,封于大彭,谓之彭祖,彭城是也。豕韦,彭姓之别封于豕韦者也。殷衰,二国相继为商伯。"

⑤九德:指古贤人应具备的九种优良品质,对其内容说法不一。《尚书·皋陶谟》:"宽而栗、柔而立、愿而恭、乱而敬、扰而毅、直而温、简而廉、刚而塞、强而义。"《逸周书·常训》:"九德忠、信、敬、刚、柔、和、固、贞、顺。"作师:施行政令教化。

⑥寝疾:久病不愈。长归:逝世。《续古逸丛书》本作"长逝"。

⑦华夏:指全国。黎庶:百姓。

⑧身沈:死亡。

⑨素旗:古代的一种旌幡,上写亡故者姓名、官衔等以示区别。

⑩胄:后代;后裔。稷:后稷,名弃,帝喾长子,周族的始祖。胤:后代。魏武作《家传》,自云曹叔振铎之后。振铎乃周文王之子,故曹植云"胄稷胤周"。

⑪先侯:指曹参,字敬伯,西汉开国功臣。汉高祖时赐爵平阳侯,汉惠帝时官至丞相。汉:《续古逸丛书》本作"仆"。平阳:指曹参受封的食邑。

⑫昭:明。二皇:指汉高祖和孝惠帝。曹参于汉惠帝时任丞相。

⑬宁一:安宁统一。兴咏:指民间产生的歌谣。

⑭志学:指其十五岁之时。《论语·为政》:"吾年十有五而志于学。"老成:年高有德之人。

⑮旧邦:指曹氏父子的故乡。曹操于中平六年在陈留散家财,举义兵,以诛董卓。上京:指洛阳。

⑯袁:指袁绍。《续古逸丛书》本作"表"。兵:《全三国文》作"平"。

⑰张:指张邈。陈:指陈宫。兴平元年(194),时陈留太守张邈与陈宫叛曹操而迎吕布。

⑱朔滨:为黄河以北地区。即今河南北部及山东、山西、河北。

⑲虓(xiāo)阚:指虎暴怒咆哮之貌。此处形容士兵勇猛彪悍。《诗·大雅·常武》:"阚如虓虎。"《续古逸丛书》本作"处阚"。

⑳搀枪:彗星名。古人以搀枪为妖星,主兵祸。浃辰:十二天。古人称地支自子至亥这十二天为"浃辰"。

㉑奔北:溃败。河朔:黄河以北。宾:服从。

㉒京室:指许昌。建安元年(196),汉献帝迁都许昌。张溥本卷二十六、《续古逸丛书》本俱作"师"。庸:功。

㉓摄:统理。三公:指司空、司徒、太尉。建安十三年(208)六月,汉罢三公,置丞相、御史大夫,曹操为丞相。

㉔上爵:指公爵。古时封爵记五等,即公、侯、伯、子、男,以公爵为最尊。此指封魏公之事。建安十八年(213)五月,曹操为魏公,加九锡。临:统治。《续古逸丛书》本作"临君"。

㉕九锡:古时天子赐给诸侯或大臣的九种器物。见《三国志·魏书·武帝纪》。大路:即玉辂,古时天子所乘之车。火龙:指古代帝王礼服上所绘的火形和龙形的图案。《续古逸丛书》本作"光"。

㉖玄鉴:神镜。灵蔡:指神龟。《全三国文》《续古逸丛书》本俱作"灵蔡"。蔡、察古通。

㉗容:掩饰;文饰。

㉘先:做表率。下:指百姓、官吏。以:因此。

㉙圣:指曹操。严毅:严厉果敢。平修:治理国家。清一:公正;正直。

㉚庶政:众多政事。儒林:指其撰述文章。《三国志·魏书·武帝纪》:"御军三十余年,手不舍书,昼则讲军策,夜则思经传。"

㉛躬:张溥本、《续古逸丛书》本俱作"穷",非。雅颂:指诗歌。瑟琴:《三国志·魏书·武帝纪》:"及造新诗,被之管弦,皆成乐章。"《续古逸丛书》本作"琴瑟"。

㉜康:安定。

㉝汉嗣:指汉献帝刘协。匡:指正。

㉞群杰:指当时各地的群雄割据势力。

㉟喁喁:指众口向上,用以形容殷切期待貌。黎庶:百姓。

㊱万国作君:指君临万国。

㊲本朝:指汉朝。周文:指周文王。

㊳踰:超过。《续古逸丛书》本作"夷"。圣武:指周武王。

㊴翼:辅佐。帝:汉献帝。

㊵钺:大斧。旄:指竿顶用牦牛尾装饰的旗子。凌:超越。伊:伊尹。吕:吕尚。伊尹助汤伐桀,吕尚助武王伐纣。

㊶耳顺:指六十岁之时。曹操生于永寿元年(155),死于建安二十五年(220)正月,年六十六岁。

㊷乾乾:精勤不倦貌。方叔:周宣王时卿士。详见前注。

㊸南岳:指秦岭终南山。此句意指与南山同寿。《诗·小雅·天保》:"如月之恒,如日之升,如南山之寿,不骞不崩。"

㊹不吊:不善。钟:正当;逢遇。圣躬:指曹操。

㊺兆民:古时天子之民称兆民,诸侯之民称万民。曹植云"兆民",盖谓曹操实已代汉而有天下。号咷:号啕大哭。

㊻约:节俭。令节:美好的品德。

㊼梓宫:以梓木做的棺材。缀衣:人死入殓时,用两个袋子,各缝合一头,一个袋子自头向下套,另一个从脚向上套,于中间不缝合处钉七条束带,将束带打结,即所谓的缀衣。见《礼记·丧服大记》《正义》。

㊽玺:官印。绋(fú):系印的丝带。

㊾明器:古时随葬的器物,一般用竹、木或陶土制成。陶素:不饰花纹图案的陶器。

㊿西陵:高陵。在邺城西三十里。幽闺:墓门。

(51)我王:指曹丕。安厝(cuò):安葬。

(52)窈窕:深幽貌。玄宇:墓穴。三光:指日、月、星。

(53)潜闼:指墓中小门。张溥本作"幽"。扃:关闭。尊灵:指曹操的魂灵。蛰:潜藏。

(54)圣上:指汉献帝。临:落泪。靡及:无及。

(55)昭昭:指人世间。冥冥:指墓穴。

(56)下:地下。百灵:指百神。

(57)千代万叶:《全三国文》作“千代万乘”。

(58)此二句《文选》谢灵运《述祖德诗》李注引《武帝诔》。

【汇评】

南朝梁·刘勰:陈思之文,群才之俊也,而《武帝诔》云:“尊灵永蛰”;《明帝颂》云:“圣体浮轻”。“浮轻”有似于胡蝶;“永蛰”颇疑于昆虫,施之尊极,岂其当乎!(《文心雕龙》卷九)

北齐·颜之推:陈思王《武帝诔》,遂深“永蛰”之思……是方父于虫,匹妇于考也。(《颜氏家训》)

黄初年间

任城王诔

昔二虢佐文,旦奭翼武①。於休我王!魏之元辅②。将崇懿迹,等号齐鲁③。如何奄忽,命不是与④。仁者悼没,兼彼殊类⑤。矧我同生,能不憯悴⑥!目想官墀,心存平素⑦。仿佛魂神,驰情陵墓。凡夫爱命,达者徇名。王虽薨徂,功著丹青⑧。人谁不没,贵有遗声。乃作诔曰:

幼有令质,光耀珪璋⑨。孝殊闵氏,义达参商⑩。温温其恭,爰柔克刚⑪。心存建业,王室是匡⑫。矫矫元戎,雷动雨徂⑬。横行燕代,威慑北胡⑭。奔虏无窜,还战高柳⑮。王率壮士,常为军首。宜究长年⑯,永保皇家。如何奄忽,景命不遐⑰。同盟饮泪,百寮咨嗟⑱。

【题解】

任城王曹彰,字子文,魏文帝之弟,曹植之兄,武艺过人,不善文章。建安二十一年(216)封鄢陵(今河南鄢陵西北)侯。黄初三年(222)立为任城王。黄初四年(223)朝京都,薨于府邸,谥号"威",故亦称"任城威王"。黄初四年(223),曹植与曹彪、曹彰一同朝京都,会节气,曹彰薨于洛阳。对于曹彰之死,曹植悲伤至极。于诔文中,作者主要赞颂其高尚的品行与超群的武功,而不言其他,似与当时紧张的政治气氛有关。此诔文当作于黄初四年(223)曹彰死后。

【注释】

①二虢:指虢仲和虢叔,皆为周文王时贤士。

②於:赞美之辞。休:美好。元辅:指地位最高的辅佐之臣。

③懿:美好。齐鲁:指吕尚和周公旦。吕尚佐武王灭商,封于齐;周旦封于鲁。

④奄忽:突然。命:指人的寿命。

⑤殊类:指与自己气质不同的人。

⑥矧(shěn):况且。同生:指曹彰。憯悴(cǎn cuì):忧伤貌。《续古逸丛书》本卷九作"憯阻"。

⑦官墀:台阶。平素:指年少之时。

⑧丹青:指史册。丹:丹砂。青:青䑃,可作颜料,不易变色。

⑨令质:美好的品质。张溥卷二十六作"令德"。珪璋:玉器,此处比喻高尚的品德。

⑩闵氏:孔子弟子闵子骞,为七十贤人之一,以孝著称于世。《论语·先进篇》:"孝哉闵子骞!人不间于其父母昆弟之言。"参:曾参,字子舆;商:卜商,字子夏,皆孔子弟子。句意指曹彰之勇毅果敢,兼具曾子、子夏二人之风。

⑪温温:性格温和。克:制服。

⑫建业:建功立业。匡:正。

⑬矫矫:英勇威武貌。元戎:指先启行之车,此处代指将帅。《诗·小雅·六月》:"元戎十乘,以先启行。"雷动:形容场面激烈、声势宏大。雨徂:形容行军的速度迅疾。

⑭燕:今河北。代:今山西东北部地区。《续古逸丛书》本作"氏",非。北胡:指鲜卑族。据《三国志·魏书·任城威王彰传》记载,当时鲜卑族首领轲比能率领几万人马观望双方强弱,看到曹彰奋勇力战,所向披靡,便臣服。

⑮高柳:古县名,治所在今山西阳高西,西汉始置,东汉末废。

⑯究:尽。

⑰奄忽:片刻。景命:寿命。不遐:不长。

⑱同盟:指同姓之族。百寮:百官。

文帝诔

　　惟黄初七年五月七日，大行皇帝崩①。呜呼哀哉！于时天震地骇，崩山陨霜，阳精薄景，五纬错行②。百姓吁嗟，万国悲伤。若丧考妣，恩过慕唐③。擗踊郊野，仰愬穹苍④。今日何辜？早世陨丧⑤。呜呼哀哉！悲夫大行，忽焉光灭⑥。永弃万国，云往雨绝⑦。承问恍惚，悁懵哽咽⑧。袖锋抽刃，欲自僵毙⑨。追慕三良⑩，甘心同穴。感惟南风，惟以郁滞⑪。终于偕没，指景自誓⑫。考诸先纪⑬，寻之哲言。生若浮寄⑭，惟德可论。朝闻夕逝，孔志所存⑮。皇虽殂没，天禄永延⑯。何以述德？表之素旐⑰。何以咏功？宣之管弦⑱。乃作诔曰：

　　皓皓太素，两仪始分⑲。中和产物，肇有人伦⑳。爰暨三皇，实秉道真㉑。降逮五帝，继以懿纯㉒。三代制作，踵武立勋㉓。季嗣不维，网漏于秦㉔。崩乐灭学，儒坑礼焚。二世而歼，汉氏乃因㉕。弗求古训，嬴政是遵㉖。王纲帝典，阒尔无闻㉗。末光幽昧，道究运迁㉘。乾坤回历，简圣授贤㉙。乃眷大行，属以黎元㉚。龙飞启祚，合契上玄㉛。五行定纪，改号革年㉜。明明赫赫，受命于天。仁风偃物㉝，德以礼宣。详惟圣质，岐嶷幼龄㉞。研几六典，学不过庭㉟。潜心无闷，亢志青冥㊱。才秀藻朗㊲，如玉之莹。听察无响，瞻睹未形㊳。其刚如金，其贞如琼。如冰之洁，如砥之平㊴。爵功无私，戮违无轻㊵。心镜万机，揽照下情㊶。思良股肱，嘉昔伊、吕㊷。搜扬侧陋，举汤代禹㊸。拔才岩穴，取士蓬户㊹。唯德是萦，弗拘祢祖㊺。宅土之表，率民以渐㊻。道义是图，弗营厥险㊼。六合是虞，齐契共检㊽。导下以纯，民由朴俭㊾。

恢拓规矩,克绍前人(50)。科条品制,褒贬以因(51)。乘殷之辂,行夏之辰(52)。金根黄屋,翠葆龙鳞(53)。绋冕崇丽,衡紞惟新(54)。尊肃礼容,瞩之若神。方牧妙举(55),钦于恤民。虎将荷节(56),镇彼四邻。朱旗所剿,九壤披震(57)。畴克不若(58),孰敢不臣。县旌海表(59),万里无尘。虏备凶彻,鸟殪江岷(60)。权若涸鱼,干若脯鳞(61)。肃慎纳贡,越裳效珍(62)。条支绝域,众子内宾(63)。德侪先皇,功侔太古(64)。上灵降瑞,黄初俶祜(65)。河龙洛龟(66),陵波游下。平均应绳(67),神鸾翔舞。数荚阶除(68),系风扇暑。皓兽素禽(69),飞走郊野。神钟宝鼎,形自旧土(70)。云英甘露,瀸途被宇(71)。灵芝冒沼,朱华荫渚(72)。回回凯风,祁祁甘雨(73)。稼穑丰登,我稷我黍(74)。家佩惠君,户蒙慈父。图致太和,洽德全义(75)。将登介山,先皇作俪(76)。镌石纪勋,兼录众瑞(77)。方隆封禅(78),归功天地。宾礼百灵,勋命视规(79)。望祭四岳,燎封奉柴(80)。肃于南郊(81),宗祀上帝。三牲既供,夏禘秋尝(82)。元侯佐祭(83),献璧奉璋。鸾舆幽蔼,龙旂太常(84)。爰迄太庙,钟鼓锽锽(85)。颂德咏功,八佾锵锵(86)。皇祖既飨,烈考来享(87)。神具醉止,降兹福祥。

天地震荡,大行康之(88)。三辰暗昧,大行光之(89)。皇纮绝维,大行纲之(90)。神器莫统,大行当之(91)。礼乐废弛,大行张之(92)。仁义陆沈,大行扬之(93)。潜龙隐凤,大行翔之(94)。疏狄遐康,大行匡之(95)。在位七载,元功仍举(96)。将永太和,绝迹三五(97)。宜作物师,长为神主(98)。寿终金石,等算东父(99)。如何奄忽,摧身后土(100)。俾我茕茕(101),靡瞻靡顾。嗟嗟皇穹,胡宁忍务(102)?呜呼哀哉!明监吉凶,体达存亡(103);深垂典制,申之嗣皇(104)。圣上虔奉,是顺是将(105)。乃创玄宇,基为首阳(106)。拟迹谷林,追尧慕唐(107)。合山同陵,不树不疆(108)。涂车刍灵,珠玉靡藏[⑨]。百神警侍，来宾幽堂[⑩]。耕禽田兽[⑪]，望魂之翔。于是俟大隧之致功兮，练元辰之淑祯[⑫]。潜华体于梓宫兮，冯正殿以居灵[⑬]。顾皇嗣之号咷兮，存临者之悲声。悼晏驾之既往兮，感容车之速征[⑭]。浮飞魂于轻霄兮，就黄墟以灭形[⑮]。背三光之昭晰兮，归玄宅之冥冥[⑯]。嗟一往之不反兮，痛阒阒之长扃[⑰]。咨远臣之眇眇兮，感凶讳以怛惊[⑱]。心孤绝而靡告兮[⑲]，纷流涕而交颈。思恩荣以横奔兮，阂阙塞之峥嵘[⑳]。顾衰绖以轻举兮，迫关防之我婴[㉑]。欲高飞而遥憩兮，惮天网之远经。愿投骨于山足兮，报恩养于下庭[㉒]。慨拊心而自悼兮，惧施重而命轻[㉓]。嗟微躯之是效兮，甘九死而忘生[㉔]。几司命之役籍兮，先黄发而陨零[㉕]。天盖高而察卑兮[㉖]，冀神明之我听。独郁伊而莫愬兮[㉗]，追顾景而怜形。奏斯文以写思兮，结翰墨以敷诚[㉘]。呜呼哀哉！

　　附：上文帝诔表[㉙]。

　　阶青云而诞德[㉚]。

【题解】

　　文帝，即曹丕，字子桓，沛国谯县（今安徽亳州）人，曹操次子。少时喜习武、击剑，博贯经史，曾随曹操征乌桓。建安十六年（211）任五官中郎将，副丞相。建安二十二年（217）立为魏王太子。曹操死后，于延康元年即魏王之位，同年代汉称帝，建立曹魏政权。在位七年，黄初七年（226）夏五月病卒。《三国志·魏书·文帝纪》："夏五月丙辰，帝疾笃，召中军大将军曹真、镇军大将军陈群、征东大将军曹休、抚军大将军司马宣王，并受遗诏辅嗣王。……丁巳，帝崩于嘉福殿，时年四十。六月戊寅，葬首阳陵。"本诔文主要叙述魏文帝顺应天命，继承先祖之功业，建立魏国之事迹，赞颂其在位期间治国安邦、开疆拓土的功绩，并抒发了自己深切的哀思，而作者与其兄之间的往日罅隙在文中毫无体现，唯有深沉的哀痛。

【注释】

①黄初七年五月七日:潘眉《三国志考证》:"帝以丁巳日崩,推是年五月辛丑朔,十七日乃得丁巳。诔当云五月十七日,今本脱十字也。"大行:指古时称刚死未有谥号的皇帝。以上十四字,《续古逸丛书》本无。

②阳精:指太阳。薄景:暗淡无光。五纬:指金、木、水、火、土五星。

③唐:唐尧。此二句意指百姓思慕曹丕之情胜过思慕唐尧。

④擗踊:犹言捶胸顿足,形容悲痛万分状。仰愬:张溥本卷二十六、严可均《全三国文》卷十九、《续古逸丛书》本卷九俱作"仰想"。穹苍:苍天。

⑤佥:咸;皆;都。辜:罪行。早世:曹丕死于黄初七年(226)五月,年四十。

⑥光灭:比喻曹丕之死。

⑦万国:张溥本作"万民"。云往雨绝:比喻曹丕一去不复还。

⑧承问:指得知曹丕的死讯。恍惚:神志不清。《全三国文》《续古逸丛书》本作"荒忽",张溥本作"慌惚"。惛懵:迷糊不清。

⑨袖锋:衣袖中藏刀。僵毙:死亡。

⑩三良:见《三良诗》注。

⑪惟:思念。南风:凯风。《诗经》中有《凯风》篇。诗云:"凯风自南,吹彼棘心。棘心夭夭,母氏劬劳。"此时卞太后尚在世,故曹植引以颂卞太后的抚养之德。郁滞:指打消同穴的念头。

⑫自誓:自己发誓。潘岳《寡妇赋》有"独指景而心誓兮"句。

⑬先纪:指前人的记述。纪:《全三国文》《续古逸丛书》本俱作"记"。

⑭浮寄:寄身于天地之间。

⑮朝闻夕逝:《论语·里仁》:"朝闻道,夕死可矣。"

⑯殂没:身没。天禄:指帝位。

⑰素旌:竖在灵柩前的白色旗子,其上可写死者姓名和官衔。

⑱管弦:指乐曲。

⑲太素:天地未分之时的混沌状态。两仪:指天与地。

⑳中和:阴阳冲和。儒家认为如果能达到中和,那么天地万物就能达到和谐的境界。《礼记·中庸》:"致中和,天地位焉,万物育焉。"人伦:指君臣、

父子、夫妇、兄弟、朋友等各种伦理关系。

㉑暨:及。三皇:指伏羲、神农、轩辕(从皇甫谧《帝王世纪》)。秉:持。道真:指顺应自然,无为而治的法则。

㉒五帝:指少昊、颛顼、帝喾、唐尧、虞舜(亦从《皇甫谧《帝王世纪》)。懿:美善。

㉓三代:指夏、商、周三代。制作:制定典章制度。踵武:继承前人的足迹。

㉔季嗣:指东周最后一位皇帝周赧王,姓姬,名延。维:持。网漏于秦:指周朝的统治权力遗失,为秦所得。

㉕二世:指秦二世胡亥。殄:灭亡。汉氏:指西汉王朝。

㉖古训:指先王的遗典。嬴:秦姓。

㉗王纲帝典:三皇五帝时的典章制度。阒(qù)尔无闻:湮没无闻。

㉘末光:指汉献帝刘协之时。究:尽。

㉙历:历数,此指改朝换代的天数。简:选拔。

㉚眷:宠爱。大行:指魏文帝曹丕。属:托付。黎元:黎民;百姓。

㉛龙飞:比喻帝王的兴起或即位。启祚:创立帝业。上玄:上天。

㉜五行:指金、木、水、火、土。古代方士以五行的相生相克,附会王朝的命运。汉代以火德王,魏承之,故以土德王。改号:指改国号为魏。革年:指改延康元年为黄初元年。

㉝偓物:化育万物。

㉞详:审查。《全三国文》《续古逸丛书》本俱作"祥"。惟:思量;思考。圣质:指曹丕的天资。岐嶷:繁茂貌,用以形容幼年聪慧。《全三国文》《续古逸丛书》本俱作"嶷在幼妍"。

㉟六典:指《诗》《书》《礼》《易》《乐》《春秋》。学不过庭:指曹丕读书,未受过曹操的指点、教诲。

㊱罔:蒙蔽;迷惑。亢志:坚定志向。青冥:指高远。

㊲才秀:指才能卓绝。

㊳此二句意指曹丕具有预测事物变化的智慧。

㊴砥:磨石。《墨子·亲士》:"其平如砥。"

㊵爵功:指量功而授爵。私:《艺文类聚》卷十三、张溥本俱作"重"。戮违:惩罚作乱的人。

㊶心镜:心如明镜。万机:指国家的政事。揽:通"览",察。《艺文类聚》、张溥本俱作"鉴"。

㊷股肱:指胳膊和大腿,此处比喻辅佐君主的有力之臣。伊、吕:指伊尹和吕望。

㊸侧陋:指处在隐匿之处而有才能的贤人。举:超过。

㊹岩穴:指隐士所居之地。蓬户:贫士之家。

㊺祢祖:远祖;先祖,此指门第与出身。

㊻宅:居。表:《艺文类聚》作"中"。赵幼文云:"案表疑为衷字之形误。中、衷义同。土中,指洛阳。"渐:进。张溥本、《全三国文》、《续古逸丛书》本俱无此四字。

㊼营:经营。

㊽六合:指上下四方,此指天地。虞:安乐;安宁。齐契:同心合契。检:法度。《全三国文》《续古逸丛书》本俱作"遵"。

㊾导下以纯:《全三国文》《续古逸丛书》本俱作"下以纯民"。民由朴俭:张溥本、《全三国文》、《续古逸丛书》本俱无此四字。

㊿恢拓:扩展。《续古逸丛书》本作"恢折"。规矩:国家制度。绍:继承。

51科条:各种政治法律的条目。品制:等级制度。因:根据。

52殷辂:指木辂,取其俭,殷代帝王所乘之车。夏辰:指夏代的历法。

53金根:金根车,是一种以黄金作为装饰的车子,帝王所乘。黄屋:指古时皇帝车乘之盖以黄缯作为内衬。翠葆:指以翠鸟羽毛所制的车盖。龙鳞:指画有两龙蟠结的旗帜。天子之旗画升龙,诸侯之旗画降龙。

54绂(fú):系印的丝带。冕:皇冠。衡:古代把帽子戴在发髻上用的横簪。紞(dǎn):指用来系冠冕两侧饰物的带子。

55方牧:指各州、郡的地方官。赵幼文云:"谓魏代之刺史、太守统治百姓之官。"举:选拔。

56荷:接受。节:指使臣出使外国的凭证。

57朱旗:指代魏军。剿:消灭。九壤:犹言九州。披震:犹言臣服。张溥

379

本、严可均《全三国文》、《续古逸丛书》本俱作“被”。

(58)畴克：犹言谁能。若：指顺从。

(59)县：指悬挂。海表：海外。

(60)备：指刘备。凶彻：指蜀汉地区凶险的道路。彻：《集韵》：“彻，道也。”江：指长江。岷：岷山。

(61)权：指孙权。脯：干枯。

(62)肃慎：古国名，在今吉林混同江两岸一带。越裳：古南海国名，对于其所在地，说法不一。

(63)条支：西亚古国名，约在今叙利亚境内。绝域：极远之地。众子：《三国志·魏书》裴松之注引作“侍子”，《全三国文》从之。张溥本作“献欵”。

(64)侪(chái)：相等。先皇：指曹操。张溥本作“王”。侔：相等。

(65)俶(chù)：开始。祜：福。《全三国文》《续古逸丛书》本俱作“叔祐”。

(66)河龙洛龟：指伏羲世时龙马负图出黄河，神龟负书出洛水。

(67)应绳：指如墨线一样平直。

(68)荚：蓂荚，传说中的瑞草，夹阶而生，一名历荚。它每月从初一到十五，每日结一荚；从十六日至月末，每日落一荚。若是小月，则一荚卷而不落。(见孙氏《瑞应图》)

(69)皓兽：指传说曹丕受禅时有白虎、白鹿出现。素禽：白色鸟。

(70)旧土：疑指邺城。

(71)瀐(jiān)：浸渍。途：道路。

(72)朱华：指朱草之花，古人以为祥瑞之物。《鹖冠子·度万》：“膏露降，白丹发，醴泉出，朱草生，众祥具。”

(73)回回：微微。凯风：南风。祁祁：和顺貌。

(74)稼穑丰登，我稷我黍：《艺文类聚》作“嫁惟岁丰，登我稷黍”。

(75)洽德全义：指恩德遍施，普及教化。

(76)介山：山名，在今山西闻喜。《汉书·武帝纪》：“太初二年，夏四月诏曰：‘朕用事介山，祭后土，皆有光应。’”张溥本作“泰山”。俪：耦。

(77)瑞：祥瑞。

(78)方：将要。封禅：指封泰山，禅梁父。于泰山上筑坛，报天功，称封；于泰山下祭梁父,报地德,称禅。

⑦百灵:百神。勋:指有功之臣。命:指受天子赐命的人。视规:指参加祭祀大典。

⑧望祭:祭祀名,遥望而祭。《尚书·舜典》孔传:"九州名山、大川、五岳、四渎之属,皆一时望祭之。"四岳:指泰山、华山、恒山、衡山。封:指背土石到泰山之阴筑坛而祭天。奉柴:指祭祀时,堆积柴火,将牛羊等置于其上,进行焚烧。

⑧南郊:指古代天子常于京都南面的郊外筑坛以祭天。

⑧三牲:指用作祭品的猪、牛、羊。夏禘秋尝:指古代天子四时都要在宗庙举行祭祀祖先的仪式,夏祭称禘,秋祭称尝。

⑧元侯:诸侯之长。佐祭:助祭。

⑧鸾舆:指天子的车乘。幽蔼:荟郁貌;茂盛貌。龙旂:见《圣皇篇》注。太常:指天子之旗。

⑧迄:至。太庙:祖庙。锽锽:钟鼓之声。

⑧八佾(yì):指古代天子专用的乐舞。八人一行称一佾,天子的舞队计六十四人,故称八佾。锵锵:指舞步整齐,仪容肃穆之状。锵:通"跄"。

⑧皇祖:指曹嵩。飨:指鬼神享用祭祀用品。烈考:指曹操。

⑧康:安定。

⑧三辰:指日、月、星。光:指照耀。

⑨皇纮:指国家政治纲领。纮:网绳。绝维:系纲之绳断绝。《续古逸丛书》本作"惟绝"。纲:束系。

⑨神器:比喻帝位。当:承担。

⑨废弛:荒废;衰败。张:振兴。

⑨陆沈:指由陆地下沉,此指埋没。沈、沉古通。扬:发扬。

⑨潜龙隐凤:指有才能而沉沦莫显之人。翔:此指重用。

⑨疏:疏远。狄:仪狄。遐:远离。康:杜康。仪狄与杜康俱为古代酒的发明者。此处代指美酒。曹丕即位,曾解除酒禁。匡:纠正。

⑨元功:大功、首功。《艺文类聚》作"九功"。

⑨永:《艺文类聚》作"承"。太和:太平清和之时。绝迹:逾越;超越。三

381

五:指三皇五帝。

⑱物师:指万物之君长。神主:指众神之主。

⑲等算:犹言等同。东父:东王父,传说中的仙人。

⑳奄忽:死亡。后土:指土地神。

⑳茕茕:孤独貌。

⑳嗟嗟:叹词,表示赞美。皇穹:指天神。宁:怎么。务:《艺文类聚》作“予”。

⑳体达:性情通达。《全三国文》《续古逸丛书》本俱作“体远”。

⑳嗣皇:指魏明帝曹叡。曹丕作《终制》时曹叡尚未即帝位,故称。

⑳圣上:指曹叡。时曹叡已即帝位,故称。虔奉:恭敬接受。将:行。

⑳创:《续古逸丛书》本作“刱(chuàng)”。刱:通“创”。玄宇:指坟墓。首阳:首阳山。据《三国志·魏书·文帝纪》记载,黄初三年(222)冬十月甲子,曹丕表首阳山东为寿陵。为:《艺文类聚》作“于”。

⑳谷林:指葬尧之地,在今山东菏泽东北五十里处。曹丕《终制》:“昔尧葬谷林,通树之,禹葬会稽,农不易亩,故葬于山林,则合乎山林。封树之制,非上古也,吾无取焉。”慕:《艺文类聚》作“纂”。

⑳陵:《艺文类聚》作“阪”。不树不疆:《终制》:“寿陵因山为体,无为封树,无立寝殿,造园邑,通神道。”

⑳涂车:指用泥土所做之车。刍灵:指用草制作的人马。涂车、刍灵,俱为古代送葬用的冥器。珠玉靡藏:指入殓时口中不含珠玉。

⑳幽堂:墓室。

⑪耕禽:传说禹葬于会稽,鸟为之耕。田兽:相传舜葬于苍梧,象为之种。(引自赵幼文《曹植集校注》)

⑫俟:等待。大隧:指墓道。致功:指修筑陵墓的工程完成。元辰:吉利的时日。

⑬华体:指曹丕的尸体。梓宫:棺材。正殿:指魏宫崇华殿前。

⑭皇嗣:指魏明帝曹叡。号咷:号啕大哭。

⑮晏驾:古代对帝王死亡的讳称。容车:指载死者衣冠、画像等物品的车驾。

⑯黄墟:犹言黄垆,黄泉。赵幼文云:"疑墟是垆字之形误。"黄垆:即黄泉。灭形:《艺文类聚》作"藏形"。

⑰三光:指日、月、星。昭晰:光亮。玄宅:指坟墓。《艺文类聚》作"窀穸"。

⑱闶闳:指墓室中的小门。扃:关闭。

⑲远臣:曹植自谓。眇眇:遥远。凶讳:指死讯。怛惊:忧伤惊惧。

⑳孤绝:孤独无依之状。

㉑横奔:狂奔。阂:阻隔。阙塞:指洛阳周围的伊阙等群山。峣峥:高峻貌。

㉒衰:古代丧服。绖(dié):指古代丧服上的束带,或孝子所戴的麻冠。关防:犹言关卡。婴:缠绕;围绕,此指阻拦。

㉓愿:张溥本、《续古逸丛书》本俱作"遥"。严可均《全三国文》校语云:"《文选》潘安仁《寡妇赋》注引'愿投骨于山足'。"班婕妤《自伤赋》:"愿归骨于山足兮。"下庭:指曹植所在的藩国。

㉔施重:恩重。

㉕九死:指多次死去。

㉖几:希望。司命:指主管人寿命的神仙。役籍:做生死名册。陨零:死亡。

㉗盖:语中助词。

㉘郁伊:指愁苦貌。愬:同"诉"。

㉙敷诚:指抒发真挚的感情。

㉚此表原当位于诔文之前,但今只有佚文一则,故附之于后。

㉛诞:增大。《文选》沈休文《安陆昭王碑文》李善注引此句。

【汇评】

南朝梁·刘勰:陈思叨名而体实繁缓,文皇诔末,百言自陈,其乖甚矣。(《文心雕龙·诔碑》)

太和年间

大司马曹休诔

　　於穆公侯,魏之宗室①。明德继踵,奕世纯粹②。阐弘泛爱③,仁以接物。艺以为华,体斯亮实④。年没弱冠,志在雄英。高揖名师,发言有章⑤。东夏翕然,称曰龙光⑥。贫而无怨,孔以为难⑦。嗟我公侯,屡空是安⑧。不耽世禄,亲悦为欢。好彼蓬枢,甘此瓢箪⑨。味道忘忧,踰宪超颜⑩。矫矫公侯,不挠其厄⑪。呵叱三军,躬奋雄戟⑫。足蹴白刃,手接飞镝⑬。终弭淮南,保我疆场⑭。

【题解】

　　曹休,字文烈,沛国谯县(今安徽亳州)人,曹操族子,三国曹魏武将。《三国志·魏书·诸夏侯曹传》云:“太和二年,帝为二道征吴,遣司马宣王从汉水下,休督诸军向寻阳。贼将伪降,休深入,战不利,退还宿石亭。军夜惊,士卒乱,弃甲兵辎重甚多。休上书谢罪,帝遣屯骑校尉杨暨慰谕,礼赐益隆。休因此痈发背薨,谥曰壮侯。”本诔文主要叙述了曹休远大的志向以及安于贫贱的品质,赞颂其屡次率兵大破吴军,杀敌立功,为国扬威的英勇事迹。本篇叙事简洁平实,无铺陈。当作于太和二年(228)曹休死后。

【注释】

　　①穆:美好。公侯:黄初七年(226),曹休进封长平侯,迁大司马,故称公侯。宗室:指曹休为曹操族子。

　　②继踵:犹言踵武,指继承先人的功业。奕世:累世。

　　③阐弘:宽大。句意为曹休宽宏博爱。

④体:履行;体验。斯:《艺文类聚》卷四十七、严可均《全三国文》卷十九俱作"兹"。斯、兹义同。亮:确实。实:真实;诚实。

⑤高:恭敬。章:文采。

⑥东夏:指东方吴郡一带。翕然:盛貌。龙光:君子的代称。曹休祖父为吴郡太守,故称。

⑦孔:孔子。《论语·宪问》:"子曰:'贫而无怨难,富而无骄易。'"

⑧空:穷匮。

⑨蓬枢:指穷苦人家居住的简陋房屋。枢:指门斗。此:《续古逸丛书》本卷九作"彼"。瓢箪:指生活简朴。《论语·雍也》:"子曰:贤哉,回也! 一箪食,一瓢饮,在陋巷,人不堪其忧,回也不改其乐。贤哉,回也!"

⑩味道忘忧:体味人生的哲理,忘却忧愁烦恼。宪:孔子弟子原宪,姓原,名思,字宪。颜:颜回,姓曹,名回,字子渊。

⑪矫矫:勇武貌。挠:屈服。厄:困苦。

⑫雄戟:指有刺的戟。

⑬蹴:踏。接:迎射。《续古逸丛书》本作"按"。镝:箭。

⑭弭:安定。淮南:安徽中部地区。此指曹休任征东大将军破吴军之事。场:指边界。

卞太后诔

大行皇太后资坤元之性,体载物之仁①,齐美姜嫄,等德任姒②。佐政内朝③,惠加四海。草木荷恩,含气受润④。庶钟元吉,承育万祚⑤。何图一旦⑥,早弃明朝。背绝臣庶,悲痛靡告⑦。臣闻铭以述德,诔尚及哀⑧,是以冒越谅阴之礼⑨,作诔一篇。知不足赞扬明明,贵以展臣《蓼莪》之思⑩。忧荒情散,不足观采⑪。

率土喷薄,三光改度⑫,陵颓谷踊,五行错互⑬。皇室萧条,羽檄四布⑭。百姓歠歔⑮,婴儿号慕。若丧考妣,天下缟素⑯。

圣者知命，殉道宝名⑰，义之攸在，亦弃厥生⑱。敢扬后德，表之旍旌⑲。光垂罔极⑳，以慰我情。乃作诔曰：

我皇之生，坤灵是辅。作合于魏，亦光圣武㉒。笃生文帝，绍虞之绪㉓。龙飞紫宸㉔，奄有九土。详惟圣善，岐嶷秀出㉕。德配姜嫄，不忝先哲㉖。玄览万机㉗，兼才备艺。泛纳容众，含垢藏疾㉘。仰奉诸姑，降接侪列㉙。阴处阳潜㉚，外明内察。及践大位，母养万国㉛。温温其人，不替明德㉜。悼彼边氓，未遑宴息㉝。恒劳庶事，兢兢翼翼㉞。亲桑蚕馆，为天下式㉟。樊姬霸楚，书载其庸㊱。武王有乱，孔叹其功㊲。我后齐圣，克畅丹聪㊳。不出房闼，心照万邦㊴。年踰耳顺，乾乾匪倦㊵。珠玉不玩，躬御绨练㊶。日昃忘饥，临乐勿谦㊷。去奢即俭，旷世作显㊸。慎终如始，蹈和履贞㊹。恭事神祇，昭奉百灵㊺。蹈天蹐地，祇畏神明㊻。敬微慎独，执礼幽冥㊼。虔肃宗庙，蠲荐三牲㊽。降福无疆，祝云其诚㊾。宜享斯祜，蒙祉自天㊿。何图凶咎，不勉斯年㉕。尝祷尽礼，有笃无痊㉒。岂命有终，神食其言。遗孤在疚，承讳东藩㉕。擗踊郊甸，洒泪中原㉔。追号皇妣，弃我何迁㉕！昔垂顾复㉕，今何不然！空宫寥廓，栋宇无烟。巡省阶涂，仿佛梐轩㉕。仰瞻帷幄，俯察几筵㉕，物不毁故，而人不存。痛莫酷斯㉕，彼苍者天！遂臻魏都，游魂旧邑㉕。大隧开涂，灵魄斯戢㉕。叹息雾兴㉖，挥泪雨集。徘徊辒辌，号咷弗及㉕。神光既幽，伫立以泣。

容车饰驾，以合北辰㉖。

【题解】

张溥本、严可均《全三国文》均将表与诔分而置之，俱分别题作《上卞太后诔表》和《卞太后诔》。《续古逸丛书》本与之同，分别题作《上卞太后诔》和

《卞太后诔》。今人赵幼文《曹植集校注》将表与诔置于一处,题作《卞太后诔有表》。卞太后,曹操之妻,魏文帝曹丕、任城威王曹彰、陈思王曹植、萧怀王曹熊之母,琅琊开阳人。本为娼家,后曹操纳为妾。建安初年,曹操正室丁夫人被废,遂以卞氏为正妻。曹丕即位后,尊其为王太后,践祚后尊其为皇太后,称永寿宫。明帝即位,其被尊为太皇太后。于太和四年(230)五月崩,七月祔葬于高陵。本诔文以叙事为主,间有抒情,表露了作者对生母卞太后的钦佩和怀念之情。

【注释】

①坤元之性:指具柔顺之品德。载物之仁:指有仁爱之心。载物:坤为地,大地载生万物。

②姜嫄:见《姜嫄简狄赞》注。任:大任,周文王之母。姒:太姒,周文王之妻。

③内朝:指后宫。

④含气:指生物。润:恩泽。

⑤钟:适逢;正当。元吉:大吉。承育:《艺文类聚》卷十五、严可均《全三国文》卷十五俱作"永膺"。永膺:永受。祚:福。

⑥图:预料。一旦:形容时间短暂。

⑦臣庶:群臣百姓。

⑧铭以述德:指铭主要记叙亡故之人的德行。诔尚及哀:指诔文主要以陈哀为主。

⑨冒越:冒犯;触犯。谅阴:天子、诸侯居丧之称。张溥本、《续古逸丛书》本俱作"谅闇"。

⑩明明:明德。张溥本、《续古逸丛书》本俱脱一"明"字。《蓼莪》:《诗经》篇名,此诗表达了子女欲报父母养育之德而不能的情思。

⑪忧荒:忧虑慌乱。情散:指意志不能集中。《续古逸丛书》本下有"晋左九嫔"以下八十二字。丁晏亦云:"此下程原有左九嫔《上元皇后诔表》八十一字,非子建之文,系后人妄增,张本无,今删。"

⑫率土:指国境之内,此指全国。喷薄:震荡貌。三光:指日、月、星。改度:指改变原来运行的轨迹。

⑬五行:指金、木、水、火、土五星。错互:指相生相克的顺序错乱。《续古逸丛书》本作"牙错",《艺文类聚》《全三国文》作"互错"。

⑭羽檄:指古代的军事文书,插鸟羽以示紧急。此指讣告,以羽檄宣布之。

⑮歔欷:叹息声;抽咽。

⑯考妣:父母。缟素:丧服。

⑰圣者:指孔子。知命:知晓生命寿夭之理。《论语·为政》:"子曰:'五十而知天命。'"宝名:珍惜名誉。

⑱攸:所。厥:其。

⑲后:指卞太后。严可均《全三国文》据《文选》谢希逸《宣贵妃诔》李注引改作"厚"。旐旌(zhào jīng):铭旌。古代出丧时为棺柩引路的旗子,以死者不可识别,故以之别贵贱,且用来表彰死者之功德。

⑳罔极:无极。

㉑我皇:指卞太后。《续古逸丛书》本卷九作"王"。坤灵:指地神。

㉒作合:指男女结为夫妻。《诗·大雅·大明》:"文王初载,天作之合。"圣武:指曹操。《续古逸丛书》本作"圣代"。

㉓文帝:指曹丕。《全三国文》卷十九、《续古逸丛书》本俱作"帝文"。绍虞之绪:指曹丕代汉建魏。绍:继承。虞:虞舜。绪:指前人未完成的事业、功业。

㉔龙飞:比喻帝王即位。紫宸:比喻天子所居的宫廷。

㉕圣善:称颂母德之词。岐嶷:形容年幼聪慧。秀出:突出。

㉖姜嫄:见《姜嫄简狄赞》注。忝:侮辱。

㉗玄览:远见;洞察。

㉘泛纳:指心胸广博。含垢:容忍耻辱。藏:匿。

㉙诸姑:指曹嵩众妻妾。俦列:指曹操诸夫人。

㉚阴处阳潜:指卞太后初嫁时,安于本分,不与他人争风。《续古逸丛书》本作"阴阳观潜",《艺文类聚》作"阴处阳观"。

㉛践大位:登上帝位。《三国志·魏书·后妃传》:"二十四年拜为王后。……二十五年,太祖崩,文帝即王位,尊后曰王太后,及践祚,尊后曰皇

太后,称永寿宫。"母养:抚育。

㉜人:《艺文类聚》《全三国文》俱作"仁"。替:废。

㉝宴息:安息。

㉞兢兢:精勤貌。翼翼:恭谨貌。

㉟式:模范;榜样。

㊱樊姬:春秋时楚庄王夫人,曾谏止楚庄王狩猎,使之勤于政事,又激时丞相虞邱子举荐孙叔敖。仅数月之久,楚国大治。楚庄王赖以称霸。事见《列女传·楚庄樊姬》。庸:指功劳。

㊲武王:周武王。有乱:指治理国家的大臣。《论语·泰伯》:"武王曰:予有乱臣十人。"孔:指孔子。叹其功:《泰伯》云:"孔子曰:'才难,不其然乎?唐虞之际,于斯为盛,有妇人焉,九人而已。'"妇人指周武王之母太姒,为贤母之典实。

㊳齐圣:指中正通达。丹聪:内心智慧。

㊴房闼:房门。照:明。

㊵耳顺:指六十岁。《论语·为政》:"六十而耳顺。"乾乾:精勤不倦貌。

㊶躬御:身穿。绨:厚绸。练:白绢。据《三国志·魏书》载,卞后生性节俭,不崇尚华丽,衣服皆无珠玉纹饰,所用器物皆漆黑漆。

㊷日昃:指黄昏之时。张溥本作"旰",《续古逸丛书》本作"昊"。讌:通"宴"。

㊸显:《续古逸丛书》本作"检"。

㊹蹈、履:指实行、履行。

㊺事:侍奉;供奉。《续古逸丛书》本作"俟"。百灵:百神。

㊻跼:指屈身。踖(jí):指用极小的步子走路。跼、踖,均含有恭敬之意。祇畏:指敬畏。

㊼慎独:在独处中仍谨慎不苟。《礼记·大学》:"此谓诚于中,形于外,故君子必慎其独也。"执:张溥本、《续古逸丛书》本俱作"报"。幽冥:隐敝之处。

㊽蠲(juān):指清洁。三牲:指作为祭品的牛、羊、猪。

㊾祝:指祭祀时主持祝告之人。诚:《续古逸丛书》本作"神"。

(50)祜:福。《全三国文》《续古逸全书》本俱作“祐”。蒙祉:蒙受福祉。

(51)凶咎:灾祸。勉:通“免”,避免。

(52)尝祷:指祭祷。《尔雅·释诂》:“尝,祭也。”《广雅》:“祷,祭也。”笃:病情加重。痊:痊愈。

(53)遗孤:指曹植自己。在疚:指忧伤之中。讳:指卞太后逝世的凶讯。东藩:植时为东阿王,东阿在洛阳东,故称。

(54)擗踊:捶胸顿足,形容极度悲伤。郊甸:指城外郊区。《艺文类聚》《续古逸丛书》本俱作“畛”。中原:郊野之中。

(55)迁:离去。

(56)顾复:指卞太后对自己的多次顾念。

(57)巡:巡视。棂轩:窗户。

(58)几:指古人席地而坐时有靠背的坐具。筵:竹席。

(59)酷:尤甚。斯:此;这。

(60)臻:至。魏都:指邺城。曹操葬于邺之高陵,卞氏死后与之合葬。旧邑:指邺城。

(61)隧:墓道。开涂:开路,指出丧时举旗在前引路。灵魄:《艺文类聚》《全三国文》《续古逸丛书》本俱作“灵将”,当从改。戢:指入殓。

(62)叹息雾兴:指叹息之气如雾之起,形容人多。

(63)辆(ér):指丧车。柩:指棺材。号咷:见《文帝诔》注。

(64)容车:指送葬时载有死者衣冠和画像的车。北辰:即北斗星。此二句《文选》颜延年《宋元皇后哀策文》李注引《上宣后诔表》。

平原懿公主诔

俯振地纪,仰错天文[1]。悲风激兴,霜飚雪雰[2]。凋兰夭蕙,良干以泯[3]。於惟懿主,瑛瑶其质[4]。协策应期,含英秀出[5]。岐嶷之姿,实朗实一[6]。生在十旬[7],察人识物。仪同圣表,声协音律[8]。骧眉识往,俯瞳知来[9]。求颜必笑,和音则孩⑩。阿保接手,侍御充傍⑪。常在襁褓,不停第床⑫。专爱一宫,取玩圣皇⑬。何图奄忽,罹天之殃! 魂神迁移,精爽翱翔⑭。号之不应,听之不聆⑮。帝用吁嗟,呜咽失声⑯。呜呼哀哉!

怜尔早殁,不逮阴光⑰。改封大郡,惟帝旧疆⑱。建土开家⑲,邑移藩王。琨佩惟鲜,朱绂斯煌⑳。国号既崇,哀尔孤独。配尔名子㉑,华宗贵族。爵以列侯,银艾优渥㉒。成礼于宫,灵輀交毂㉓。生虽异室,殁同山岳。爰构玄宫,玉石交连㉔;朱房皓壁,皓曜电鲜㉕。饰终备卫,法生象存㉖。长埏缮修,神闱启扉㉗。二柩并降㉘,双魂孰依?人谁不殁,怜尔尚微㉙。阿保激感,上圣伤悲㉚。城阙之诗,以日喻岁㉛。况我爱子,神光长灭。扃关一阖,曷其复晰㉜!

【题解】

本篇张溥卷二十六题作《平阳懿公主诔》。据《三国志·魏书·文昭甄皇后传》所载,太和六年(232),魏明帝曹叡之女淑卒,谥为平原懿公主,为之立庙。曹叡作《诏陈王植》,曹植作《答明帝诏表》(一说作《答诏示平原公主诔表》,上文已录)及本诔文。曹叡女淑出生仅两百天,便因病夭折,曹叡悲痛欲绝。本诔文乃应制之作,当作于太和六年(232)曹植及曹彪俱在京都洛阳之时。文中之辞,俱为套语,表达了作者对其夭亡的惋惜之情。

【注释】

①振地纪:指山崩川竭等自然现象。错天文:指打乱了日月星辰的运行规律。

②雪雰(fēn):形容大雪纷飞貌。

③兰、蕙:俱为芳卓名,此处形容曹淑的优秀品质。艮十:比喻曹淑。

④於惟:悲叹之辞。懿主:懿公主的简称。瑛瑶:美玉名,此处比喻曹淑天资纯洁无瑕。

⑤协:同。策:卜筮用的蓍草。应期:承天运。秀出:突出。

⑥岐嶷：见前注。实：语气词。《续古逸丛书》本卷九作"寔"。寔、实古通。一：专情。张溥本卷二十六作"极"，《续古逸丛书》本作"贵"。

⑦生在：指生存的时间。张溥本、《续古逸丛书》本俱作"在生"。十旬：指百日。

⑧圣表：指曹叡之身形容貌。声：指发声。协音律：指与音乐节奏相协和。

⑨骧眉：扬眉。瞳：眼珠。《续古逸丛书》本作"首"。

⑩求颜：指以笑脸逗小孩。孩：《说文》："小儿笑也"。张溥本、《全三国文》、《续古逸丛书》本俱作"该"。

⑪阿保：指古代教育抚养贵族子女的妇女。接手：指抱持在手。侍御：指女侍。

⑫第(zǐ)床：床。第：用竹子编的床席。张溥本作"帏"。

⑬一宫：指为公主准备的宫室。取玩：指讨人喜欢。圣皇：指曹叡。

⑭魂神迁移：指人死后，灵魂与形体分离开来。《礼记·祭义》《正义》："人生时形体与气合共为生。其死则形与气分。"精爽：指灵魂。翱翔：《艺文类聚》卷十六、《全三国文》俱作"翩翔"。

⑮不：《艺文类聚》《全三国文》《续古逸丛书》本俱作"莫"。

⑯用：因此。吁嗟：叹息声。呜咽：《续古逸丛书》本作"呜呼"。张溥本脱此四字。

⑰阴光：指成年。一说指曹淑还未接受曹叡的封爵。

⑱大郡：指平原郡，在今山东德州陵县。旧疆：据《三国志·魏书·明帝纪》所载，黄初三年(222)，曹叡被封平原王，故称旧疆。

⑲建土：建国。开家：建立家庭。

⑳琨：美玉。《艺文类聚》《全三国文》作"绲"。朱绂：指系印的丝带。

㉑名子：《初学记》卷十、《全三国文》作"名才"。名子：指甄黄，曹叡之母甄皇后的从孙。曹淑死后，曹叡下令让甄氏已亡故的从孙甄黄，与其合葬，追封甄黄为黄侯爵。

㉒银艾：指银印和绿色的系印绶带。优渥：丰厚优裕。

㉓成礼：举行婚礼。交毂：并驾而行。

㉔玄宫:指放置棺材的墓室。交连:指交错。

㉕皓:《艺文类聚》《续古逸丛书》本俱作"皜"。电鲜:如电光般耀眼。

㉖饰终:指曹淑死后,曹叡违背当时礼俗,以成人之礼为其隆重治丧,赐其谥号等事。备卫:指为之下葬准备周全。张溥本、《续古逸丛书》本俱作"备位"。位:指爵位。

㉗长埏:长长的墓隧。神闱:墓室的门。启:张溥本、《续古逸丛书》本俱作"掩"。

㉘二枢:指曹淑、甄黄之棺材。

㉙微:小。

㉚感:《艺文类聚》、张溥本、《全三国文》俱作"摧"。摧:忧愁。上圣:《艺文类聚》"圣上"。

㉛城阙之诗:指《诗·郑风·子衿》:"挑兮达兮,在城阙兮;一日不见,如三月兮。"喻:比喻。张溥本作"踰"。

㉜扃(jiōng)关:墓门。复晰:重见光明。

令

黄初年间

写灌均上事令

孤前令写灌均所上孤章^①，三台九府所奏事^②，及诏书一通，置之座隅^③。孤欲朝夕讽咏，以自警诫也^④。

【题解】

《三国志·魏书·陈思王植传》云："黄初二年（221），监国谒者灌均希指，奏'植醉酒悖慢，劫胁使者'。有司请治罪，帝以太后故，贬爵安乡侯。"又《三国志·魏书·周宣传》云："时帝欲治弟植之罪，逼于太后，但加贬爵。"曹丕与曹植为争太子之位，结下仇怨。曹丕即位后，兄弟间的关系仍然紧张。本篇令文虽为对下而发，但实际上是向文帝表达自己的一种态度，其目的在于希望文帝能消除对自己的疑忌，从而缓和两人之间的矛盾，化解积怨。

【注释】

①孤：古代王侯的自称，此为曹植自称。

②三台：指尚书台、御史台、谒者台。九府：指九卿，即太常、光禄勋、卫尉、廷尉、大司农、少府、宗正、太仆、大鸿胪。

③诏书：指魏文帝所作《改封曹植为安乡侯诏》。诏曰："植，朕之同母弟。朕于天下无所不容，而况植乎？骨肉之亲，舍而不诛，其改封植。"座隅：座位旁边。

④讽咏：吟咏诵读。也：张溥本卷二十六、严可均《全三国文》卷十四俱无此字。

毁鄄城故殿令

令：鄄城有故殿，名汉武帝殿。昔武帝好游行，或所幸处也①。梁楣倾顿，栋宇零落②。修之不成良宅，置之终于毁坏，故颇撤取③，以备宫舍。余时获疾，望风乘虚④，卒得恍惚，数日后瘳⑤。而医巫妄说，以为武帝魂神，生兹疾病。此小人之无知，愚惑之甚者也。昔汤之隆也，则夏馆无余迹⑥；武之兴也，则殷台无遗基⑦。周之亡也，则伊洛无只椽；秦之灭也，则阿房无尺桷⑧。汉道衰则建章撤，灵帝崩则两宫燔⑨。高祖之魂不能□未央，孝明之神不能救德阳⑩。天子之存也，必居名邦□土；则死有知，亦当逍遥于华都⑪，留神于旧室。则甘泉通天之台，云阳九层之阁⑫，足以绥神育灵⑬。夫何恋于下县，而居灵于朽宅哉？以生谕死⑭，则不然也，况于死者之无知乎！且圣帝明王顾宫阙之泰，苑囿之侈⑮，有妨于时者，或省以惠人⑯。况汉氏绝业，大魏龙兴，只人尺土非复汉有。是以咸阳则魏之西都，伊洛为魏之东京⑰。故夷朱雀而树阊阖，平德阳而建泰极⑱，况下县腐殿，为狐狸之窟藏者乎！今将撤坏，以修殿舍。恐无知之人，坐自生疑，故为此令，亦足以反惑而解迷焉⑲。

【题解】

此令唯严可均《全三国文》卷十四辑录，其余各本俱无。丁晏《曹集铨评》据《文馆词林》卷六百九十五收录此文，而列于逸文中，今列入集中。丁诗赋中，曹植偶尔会流露出对神仙世界的向往与追求，寻求从现实苦闷中得到解脱，但他从不相信鬼神之说。本令文中，曹植说明鄄城故殿并非鬼神所居，拆除并没有什么损害，故本篇为一篇批判和破除鬼神之说的文章。全篇语言通俗流畅，以理服人，令人信服。本篇当作于黄初三年(222)十一月。

【注释】

①幸处：指古代帝王游行途中所到之处。

②梁桷(jué)：指房屋的梁和椽。倾：斜。顿：坏。零落：坠落。

③颇：少。

④望风：指外出散步。乘虚：登上故殿的废墟。虚：通"墟"。

⑤卒：同"猝"，突然。恍惚：神志不清。瘳(chōu)：病愈。

⑥夏馆：指夏代的屋室。

⑦殷台：指殷时的台观。

⑧阿房：阿房宫，秦始皇所建。秦亡，为项羽所焚。梠(lǔ)：指屋檐。

⑨建章：建章宫，汉武帝时于柏梁台被焚处修建此宫，在未央宫西，长安城外。撤：指地皇元年，王莽令工匠撤建章宫中的宫室十余所，用其材建了九座庙宇。灵帝：指汉灵帝刘宏。两宫：指洛阳城中的南宫和北宫。燔：烧毁。初平元年(190)，董卓见山东兵盛，遂胁献帝迁都长安，纵兵烧毁洛阳宫室。

⑩高祖：指汉高祖刘邦。未央：未央宫，汉高祖在位时建，王莽末年毁于兵火。孝明：指汉明帝刘庄，庙号"显宗"，谥号"孝明皇帝"。德阳：德阳殿，刘庄时所建，与崇德殿相对，为北宫正殿。崇德殿在东，德阳殿处西。后亦为董卓所焚。

⑪华都：繁华的都城。

⑫通天之台：台名，指通天台，在甘泉宫中。云阳：古县名，在今陕西淳化西北。

⑬绥：静。

⑭谕：比方；比喻。

⑮泰：指奢侈。侈：宏大；广大。

⑯妨于时：指妨害农业生产。惠人：惠民。

⑰伊洛：指伊水和洛水流经之地，此指洛阳。《魏略》："改长安、谯、许昌、邺、洛阳为五都。"

⑱夷：削平。朱雀：朱雀门，洛阳宫南城门名。树：建立。阊阖：阊阖门，

魏明帝时新建的洛阳宫正门。泰极：太极殿，魏文帝时修建的洛阳宫正殿。

⑲反惑：指解释疑惑的事情。解迷：破除迷信的说法。

黄初五年令

令①：夫远不可知者天也，近不可知者人也。《传》曰："知人则哲，尧犹病诸②！"谚曰："人心不同，若其面焉③！""唯女子与小人为难养也，近之则不逊，远之则怨④。"《诗》云："忧心悄悄，愠于群小⑤。"自世间人从，或受宠而背恩，或无故而入叛⑥。违顾左右，旷然无信。夫嚼者咋断其舌⑦；右手执斧，左手执钺，伤夷一身之中⑧，尚有不可信，况于人乎！唯无深瑕潜衅、隐过匿愆⑨，乃可以为人君上，行刀锯于左右耳，前后无其人也⑩。谚曰："谷千驽不如养一骥⑪。"又曰："谷驽养虎，大无益也⑫。"乃知韩昭侯之使藏弊袴，良有以也⑬。使臣有三品⑭：有可以仁义化者，有可以恩惠驱者；此二者不足以导之，则当以刑罚使之⑮；刑罚复不足以率之，则明主所不畜⑯。故唐尧至仁，不能容无益之子⑰；汤武至圣，不能养无益之臣⑱。"九折臂知为良医"，吾知所以待下矣⑲！诸吏各敬尔在位，孤推一概之平⑳，功之宜赏，于疏必与；罪之宜戮，在亲不赦。此令之行，有若皎日㉑。於戏，群臣其览之哉㉒！

【题解】

本篇《艺文类聚》卷五十四、张溥本卷二十六、《续古逸丛书》本卷八均题作《黄初五年令》，今从之。《文馆词林》卷六百九十五、严可均《全三国文》卷十四俱作《赏罚令》。今人张可礼《三曹年谱》亦题作《赏罚令》。本令文中，作者重点谈人才的问题。首写人心难知，次写统治者要善于区分贤人和庸人,并且要选贤任能,对人才要采用合理的统御方法,最后写统治者要公正无私,赏罚分明。

【注释】

①令:张溥本、《续古逸丛书》本俱脱此字。

②哲:指聪明。病:苦恼。此二句意指深入了解人之优劣长短,即具有卓绝智慧之人,即使是唐尧仍觉得做到这样很困难。

③若:如同。

④不逊:指无礼。怨:张溥本作"有怨"。语出《论语·阳货》。

⑤悄悄:忧伤貌。愠:指愤怒、怨恨。群小:指君主身旁的奸佞小人。语出《诗·邶风·柏舟》。

⑥人从:左右的仆从。张溥本、《全三国文》、《续古逸丛书》本俱无"从"字,从《文馆词林》补入。入叛:内叛。

⑦夫:张溥本、《续古逸丛书》本俱作"大"。咋断:咬断。

⑧伤夷:即伤痍,指受到创伤的人。

⑨深瑕:指隐蔽缺点。潜衅:指潜藏罪恶。隐过:指不明显的过失。匿愆:指尚未暴露的错误。

⑩为人君上:指做百姓之君。刀锯:指刑罚。自"君上"以下十五字,张溥本、《续古逸丛书》本俱脱,从《文馆词林》补入。

⑪谷:动词,指用谷物饲养。驽:劣马。张溥本"驽"下衍"马"字。骥:良马。古时,驽、骥多用为优劣的代词。骥:张溥本、《续古逸丛书》本俱作"驴"。

⑫又曰:《续古逸丛书》本脱此二字。谷驽养虎,大无益也:严可均《全三国文》作"谷驽马,养虎犬,无益也"。

⑬乃:《续古逸丛书》本脱此字。使藏:张溥本、《续古逸丛书》本俱脱此二字,严可均《全三国文》脱"使"字,"袴"作"裤"。韩昭侯:韩武,又称韩厘侯、韩昭厘王,为韩国君主。弊袴:破旧的裤子。事见《韩非子·内储说》。以:原因。

⑭使:《全三国文》上有"役"字。《说苑·政理》:"政有三品:王者之政化之,霸者之政威之,强者之政胁之。夫此三者各有所施,而化之为贵矣。夫

398

化之不变而后威之,威之不变而后胁之,胁之不变而后刑之;夫至于刑者,则非王者之所得已也。"

⑮此二者:张溥本、《续古逸丛书》本俱脱此三字。刑罚使之:张溥本、《续古逸丛书》本俱脱此四字。

⑯主:《全三国文》作"圣",《续古逸丛书》本脱此字。所不畜:《全三国文》作"所不能畜",《续古逸丛书》本作"所以不畜"。

⑰唐尧:《全三国文》作"尧舜"。仁:《全三国文》作"圣"。无益之子:指帝尧之子丹朱。《墨子·亲士》:"故虽有贤君,不爱无功之臣;虽有慈父,不爱无益之子。"

⑱无益之臣:指对王朝无用之臣。

⑲九:指多次,非确指。此句意指从多次失败中取得经验。屈原《九章》:"九折臂而成医兮,吾至今而知其信然。"待:对待。

⑳在位:《文馆词林》《全三国文》俱无"在"字。孤:张溥本脱此字。一概之平:指对人无高低之别,一致平等。概:平斗器。

㉑皎:张溥本作"皓"。

㉒於戏:犹呜呼。臣:《艺文类聚》《全三国文》均作"司"。

【汇评】

明·张溥:黄初二令,省愆悔过,诗文拂郁,音成于心,当此时而犹泣金枕、赋《感甄》,必非人情。(《汉魏六朝百三名家集题辞》)

黄初六年令

令:吾昔以信人之心无忌于左右,深为东郡太守王机、防辅吏仓辑等枉所诬白,获罪圣朝①。身轻于鸿毛,而谤重于泰山②。赖蒙帝主天地之仁,违百寮之典议③,舍三千之首戾,反我旧居,袭我初服④,云雨之施⑤,焉有量哉!

反旋在国,捷门退扫⑥,形景相守⑦,出入二载。机等吹毛求瑕⑧,千端万绪,然终无可言者!及到雍,又为监官所举⑨,亦以纷若，于今复三年矣⑩。然卒归不能有病于孤者，信心足以贯于神明也。昔熊渠、李广，武发石开⑪；邹子囚燕，中夏霜下⑫；杞妻哭梁，山为之崩⑬；固精神可以动天地金石，何况于人乎！

今皇帝遥过鄙国，旷然大赦⑭，与孤更始⑮，欣笑和乐以欢孤，陨涕咨嗟以悼孤。丰赐光厚，訾重千金⑯，损乘舆之副，竭中黄之府⑰，名马充厩，驱牛塞路。孤以何德，而当斯惠⑱；孤以何功，而纳斯贶⑲。富而不吝，宠至不骄者，则周公其人也⑳。孤小人尔，身更以荣为戚㉑。何者？将恐简易之尤㉒，出于细微；脱尔之愆，一朝复露也㉓。故欲修吾往业，守吾初志。欲使皇帝恩在摩天，使孤心常存入地㉔，将以全陛下厚德，究孤犬马之年㉕。此难能也，然孤固欲行众人之所难㉖。《诗》曰："德輶如毛，民鲜克举之㉗。"此之谓也。故为此令，著于宫门，欲使左右共观志焉㉘。

【题解】

本篇《艺文类聚》卷五十四题作《黄初六年令》，今从之。严可均《全三国文》卷十四题作《自诫令》。丁晏云："《文馆词林》六百九十五作《自诫令》。此篇及逸文内《毁鄄城故殿令》，并见《文馆词林》。孙星衍收入《续苑》卷五。《文馆词林》乃蕃舶之书，疑出后人依托增缀，然《文选》颜延年《赭白马赋》李注引此令'中黄之副'二句。又颜延年《北使洛诗》李注及《书钞》四十二引《毁鄄城故殿令》'周之亡'四句，则非全无根据，故并存之。"曹丕即位后，对曹植心怀疑忌，政治迫害加剧，屡遭迁徙，而曹植为了表明自己绝无篡权夺位之心，屡次上表自陈心迹。《三国志·魏书·陈思王植传》云："六年，帝东征，还过雍丘，幸植宫，增户五百。"故本篇令文当作于此时，文中作者赞颂魏文帝心胸之宽广，对自己的恩德之丰厚，并继续表明心志，希望曹丕能消除对自己的猜忌，给自己建功立业的机会，实现一生的夙愿。

【注释】

①无忌:没有忌讳。东郡:时鄄城属东郡,故东郡太守亦督查鄄城之事。防辅史:三国时期官名,设置于诸侯国中,以监察诸王的行动。枉:严可均《全三国文》作"任",今据赵幼文说改。以上三十五字,张溥本、《续古逸丛书》本卷八俱脱,依《文馆词林》补入。

②身轻于鸿毛:比喻自己的生命如鸿毛一般微不足道。谤:诽谤。司马迁《报任安书》:"人固有一死,或重于泰山,或轻于鸿毛。"

③帝主:指魏文帝曹丕。张溥本作"帝王"。百寮:百官。张溥本作"百司"。典议:此指奏议。

④三千:指刑法条文。《尚书·吕刑》:"五刑之属三千。"首庶:指法律中的第一条罪行。反我旧居:指本传所谓"帝以太后故,贬爵安乡侯。其年改封鄄城侯。三年,立为鄄城王"之事。袭:穿。

⑤云雨之施:指圣恩如云雨之惠施一般,广大无私。

⑥国:指鄄城。揵(qián)门:闭门。

⑦形景相守:指不与他人往来,孤单一人。景:同"影"。

⑧吹毛求瑕:吹毛求疵。瑕:瑕疵,此指过失。

⑨雍:雍丘。

⑩纷若:形容多而杂乱之状。于今复三年:曹植于黄初四年(223)徙封雍丘,至黄初六年(225),前后共三年之久。

⑪熊渠:春秋时楚国国君。昔熊渠夜间赶路,看见一卧石,以为是老虎,引弓射之,箭入石中。后细看,才发现是一块石头(见晋干宝《搜神记》卷十一)。李广:西汉名将。时李广为右北平太守,外出打猎,见草中之石,以为是老虎,射之,箭入石中,近看才发现是石头(见《史记·李将军列传》)。武发:指勇力振发。

⑫邹子:邹衍事见《精微篇》注。

⑬杞妻哭梁,山为之崩:事见《精微篇》注。

⑭遥过鄙国:即《三国志·魏书·陈思王植传》所载"黄初六年,帝东征,还过雍丘,幸植宫"之事。旷然:心胸开阔之貌。

⑮孤:曹植自称。更始:指重温往日的兄弟情谊。

401

⑯訾(zī):钱财。

⑰乘舆:皇帝所乘之车。副:副车。中黄之府:府库名,指皇室的仓库。《后汉书·桓帝纪》李贤注引《汉官仪》:"中黄藏府,掌中币帛金银诸货物也。"

⑱以上一百七十三字,张溥本、《续古逸丛书》本俱脱,今从《文馆词林》补入。

⑲贶(kuàng):赠赐;赏赐。

⑳周公:周公旦。《论语·泰伯篇》:"子曰:'如有周公之才之美,使骄且吝,其余不足观也已。'"

㉑身:《艺文类聚》、严可均《全三国文》均作"深"。戚:忧戚。

㉒简易:指不拘礼节。尤:过失。

㉓脱:轻慢;轻率。复露:重新显露。

㉔入地:比喻低下,指做事小心谨慎。《续古逸丛书》本脱"入"字,张溥本作"此地"。

㉕究:穷尽。犬马:指古代臣民对君上的自谦之词。

㉖孤、人、所:张溥本、《续古逸丛书》本俱脱此三字。

㉗辁:轻。民:张溥本、《续古逸丛书》本脱此字,《全三国文》作"人"。鲜:少。引自《诗·大雅·烝民》。

㉘著:指张贴。以上十六字,张溥本、《续古逸丛书》本俱脱。

文
太和年间

诰咎文

　　五行致灾，先史咸以为应政而作①。天地之气，自有变动，未必政治之所兴致也。于时大风，发屋拔木，意有感焉！聊假天帝之命②，以诰咎祈福。其辞曰③：

　　上帝有命，风伯雨师。夫风以动气，雨以润时④；阴阳协和，庶物以滋⑤。亢阳害苗，暴风伤条⑥，伊周是遇，在汤斯遭⑦。桑林既祷，庆云克举⑧。偃禾之复，姬公去楚⑨。况我皇德，承天统民，礼敬川岳，祗肃百神⑩，享兹元吉，厘福日新⑪。至若炎旱赫羲，飙风扇发⑫，嘉卉以萎⑬，良木以拔。何谷宜填，何山应伐⑭，何灵宜论，何神宜谒⑮？于是五灵振悚，皇祇赫怒⑯，招摇惊怛，欃枪奋斧⑰。河伯典泽，屏翳司风⑱，回呵飞廉，顾叱丰隆⑲。息飙遏暴，元敕华嵩⑳，庆云是兴，效厥年丰㉑。遂乃沈阴块圠，甘泽微微㉒，雨我公田，爰既予私㉓。黍稷盈畴，芳草依依㉔，灵禾重穗㉕，生彼邦畿，年登岁丰，民无馁饥㉖。

【题解】

　　张溥本卷二十六、严可均《全三国文》卷十九、《续古逸丛书》本卷九俱题作《诰咎文》，今从之。本文乃有感于天灾而作。曹植认为大自然有其自身的规律，天灾并非政治治乱所能影响，但社会的动荡给人们带来的危害甚于自然灾异，故统治者应顺天应时，维护社会安定，这样才能年年五谷丰登，民无馁饥。

【注释】

①五行:指金、木、水、火、土。先史:指《左传》及史籍中的《五行志》。应政而作:指古代五行家以五行相生相克的迷信之说比附政治,希图解释天灾人祸形成的原因。作:兴;发声。

②聊:姑且。天帝:《续古逸丛书》本作"六帝"。

③其辞曰:张溥本无"其"字。

④动气:指促使气候变化。润时:指应节气之雨,润泽万物。

⑤阴阳:指寒暑。庶物:万物。张溥本、《续古逸丛书》本俱作"气物"。

⑥亢阳:指高温。苗:指禾。

⑦伊:语气词。周:指周成王之时。详见《怨歌行》注。遇:《全三国文》《续古逸丛书》本俱作"过"。汤:指商汤之时。传殷汤时,大旱七年。

⑧桑林既祷:指相传商汤亲自祭神求雨于桑林,天感其诚,降甘霖,缓解旱情。庆云:即景云。

⑨姬公:指周公旦,姓姬。去楚:详见《怨歌行》注,但《怨歌行》云居东,与此处所说"去楚"相异,盖为二事。

⑩祗肃:恭敬。张溥本作"祈"。祈:求福。

⑪元吉:大吉。厘福:赐福。日新:日日更新。

⑫赫羲:暑气炎热炽盛貌。飙风:暴风。扇发:指如以扇扇风一般,风势猛烈。

⑬嘉卉:指禾苗。萎:张溥本、《续古逸丛书》本俱作"委"。

⑭伐:斫断。盖古代天旱,有斫伐森林以求雨之事。

⑮论:指赏罚。谒:指拜祭。

⑯五灵:指五方天帝。东方青帝灵威仰,南方赤帝赤熛怒,中央黄帝含枢纽,西方白帝白昭矩,北方黑帝协光纪。皇:指天神。祇:指地神。张溥本、《续古逸丛书》本俱作"祇"。赫怒:愤怒。

⑰招摇:星名,即北斗第七星摇光。欃(chán)枪:彗星的别名,古人认为是凶星,不吉利。

⑱河伯:河神。典泽:掌管降雨。屏翳:风神。

⑲回呵:指回旋怒吼。回:《艺文类聚》《全三国文》俱作"右",《续古逸丛书》本作"古"。飞廉:指风神。廉:《全三国文》《续古逸丛书》本俱作"厉"。丰隆:指雷神。《穆天子传》郭璞注:"丰隆,筮师,御云得大壮卦,遂为雷师。"丰:《续古逸丛书》本作"风"。

⑳飙:指暴风。遏:指阻止。暴:指暴雨。元敕:指首先敕戒。华、嵩:指华山和嵩山。古谓高山乃兴云降雨之神。

㉑年丰:《续古逸丛书》本作"丰年"。

㉒坱圠(yǎng yà):云雨漫无边际貌。甘泽:时雨。微微:细雨蒙蒙貌。

㉓予:我。张溥本作"于"。《诗·小雅·大田》:"雨我公田,遂及我私。"

㉔畴:农田。依依:茂盛貌。

㉕灵禾:神禾。重穗:指麦穗成熟。

㉖馁饥:饥饿。

【汇评】

南朝梁·刘勰:至如黄帝有祝邪之文,东方朔有骂鬼之书,于是后之谴咒,务于善骂。唯陈思诰咎,裁以正义矣。(《文心雕龙》卷二)

释愁文

　　予以愁惨,行吟路边,形容枯悴,忧心如焚①。有玄灵先生见而问之曰②:"子将何疾以至于斯?"答曰:"吾所病者,愁也。"先生曰:"愁是何物,而能病子乎?"答曰:"愁之为物,惟惚惟恍,不召自来,推之弗往,寻之不知其际,握之不盈一掌。寂寂长夜,或群或党,去来无方,乱我精爽③。其来也难退,其去也易追,临餐困于哽咽,烦冤毒于酸嘶④。加之以粉饰不泽,饮之以兼肴不肥⑤,温之以金石不消,摩之以神膏不希⑥,授之以巧笑不悦,乐之以丝竹增悲⑦。医和绝思而无措,先生岂能为我著龟乎⑧!"先生作色而言曰⑨:"予徒辩子之愁形,未知子愁何由而生,我独为子言其发矣⑩。方今大道既隐,子生末季⑪,沉溺流俗,眩惑名位⑫,濯缨弹冠,谄谀荣贵⑬。坐不安席,食不终味,遑遑汲汲⑭,或憔或悴。所鬻者名⑮,所拘者利,良由华薄,凋损正气⑯。吾将赠子以无为之药,给子以淡薄之汤⑰,刺子以玄虚之针,灸子以淳朴之方⑱,安子以恢廓之宇⑲,坐子以寂寞之床。使王乔与子遨游而逝,黄公与子咏歌而行⑳,庄子与子具养神之馔,老聃与子致爱性之方㉑。趣遐路以栖迹,乘轻云以高翔㉒。"于是精骇魂散,改心回趣㉓,愿纳至言,仰崇玄度㉔。众愁忽然,不辞而去。

【题解】

在曹丕父子在位期间,曹植政治上追求建功立业、输力明君的凤愿彻底破灭。为了摆脱这种现实的极度苦闷状态,他转而向道家的神仙之道寻求解脱,希冀从现实中超脱出来,在虚无缥缈的世界找到自己心灵的归宿。本文采用虚构人物,采用主客问答的方式,用平白质朴的语言,表达自己的苦闷心情。当是曹植晚年的作品。

【注释】

①行吟:且行且叹息。枯悴:枯槁憔悴。焚:张溥本卷二十六、《续古逸丛书》本卷九俱作"醉"。

②玄灵先生:指曹植假托的道家之士。灵:《艺文类聚》卷三十五、严可均《全三国文》卷十九俱作"虚"。

③党:指集团。精爽:犹言心神。《左传·昭公七年》:"用物精多,则魂魄强,是以有精爽至于神明。"

④退:《续古逸丛书》本作"进"。哽咽:指不能进食。烦冤:烦躁愤懑貌。毒:苦。酸嘶:指头痛剧烈貌。一说指嗓音发哑。

⑤粉饰:指以铅粉敷面,即化妆。泽:脸色润泽。兼肴:指两种以上的菜肴。

⑥金:《艺文类聚》、严可均《全三国文》俱作"火",疑应作"火"字。火石:

取火之石。摩：抚摩。张溥本卷二十六作"麼"。希：指减少。

⑦授：《艺文类聚》作"受"。巧笑：笑貌动人。《诗·卫风·硕人》："巧笑倩兮，美目盼兮。"丝竹：指管弦乐器。

⑧医和：春秋时秦国良医，此处泛指良医。绝思：用尽心思。蓍龟：指古人以蓍草与龟甲占卜吉凶祸福，此处以喻明确指示。

⑨作色：变脸色。

⑩辩：通"辨"，辨明。发：指启发性的话语。

⑪方：《全三国文》《续古逸丛书》本俱脱此字。大道：天道。隐：消失。末季：衰世。

⑫流俗：指社会的不良风气。眩惑：迷乱。

⑬弹冠：指弹去冠上的灰尘，比喻等待知己援己入仕。谘诹（zōu）：询问；征询。张溥本、《续古逸丛书》本俱作"谘趣"。

⑭遑遑汲汲：形容惊慌急切、心神不安貌。

⑮鬻（yù）：谋求。

⑯良：甚。华薄：指虚浮不厚重。凋：《续古逸丛书》本作"雕"。

⑰淡薄：淡泊。《全三国文》作"澹泊"。

⑱灸：中医疗法，用艾叶等制成艾卷，按穴位烧灼，与针法合称针灸。

⑲安：居住。恢廓：广大貌。宇：房屋。

⑳王乔：即王子乔，传说中的仙人。遨游：《艺文类聚》《全三国文》俱作"携手"，《续古逸丛书》本脱此二字。逝：《艺文类聚》《全三国文》俱作"游"。黄公：疑指夏黄公，避秦入商山。见《史记·留侯世家》。

㉑庄子：《全三国文》《续古逸丛书》本俱作"庄生"。馔：饮食。老聃：老子。爱性：指爱惜生命。

㉒遐路：远路。张溥本、《续古逸丛书》本俱作"避路"。栖迹：栖止，此指隐居。高翔：高飞。张溥本、《续古逸丛书》本俱作"翱翔"。

㉓精：灵气。回趣：犹言回心转意。

㉔至言：即善言，此指以上玄灵先生之言。玄度：指玄妙的法理。

时期未定

诘纣文

崇侯何功^①？乃用为辅。西伯何辜？囚之囹圄^②。囹圄既成，负土既盈^③。兴立炮烙，贼害忠贞^④。

【题解】

本文各本俱缺，今据严可均《全三国文》卷十九补入。本篇乃责难商纣之辞，文中历数商纣亲奸臣，远贤人，创立酷刑，残害忠良的昏庸之事，其意图或在以史鉴今，劝谏统治者应选贤任能，远奸避谗，这样政权才能稳固长久。

【注释】

①崇侯：崇侯虎，商末诸侯崇国国君，与周文王为同时期人，是纣王的重要羽翼，中国历史上第一个告密者。

②西伯：即周文王。辜：罪过。囹圄（líng yǔ）：监狱。据《史记·周本纪》所载，崇侯虎向殷纣进谗言，说西伯积善累德，诸侯王们都偏向他，将对殷纣不利。殷纣听后，将西伯囚禁于羑（yǒu）里。

③负土：指古代坟墓隧道上用以挡土的横板。

④炮烙：当作"炮格"，是古代的一种酷刑，指在铜柱上涂上油脂，下烧炭火，令人爬行于柱上，爬不动了就掉入炭火中被烧死。忠贞：如比干、邢侯等忠良之士。

七

七　启

　　昔枚乘作《七发》①，傅毅作《七激》②，张衡作《七辩》③，崔骃作《七依》④，辞各美丽，余有慕之焉，遂作《七启》，并命王粲作焉⑤。

　　玄微子隐居大荒之庭，飞遁离俗⑥，澄神定灵，轻禄傲贵，与物无营⑦，耽虚好静，羡此永生。独驰思乎天云之际，无物象而能倾⑧。于是镜机子闻而将往说焉。驾超野之驷，乘追风之舆，经迥漠⑨，出幽墟，入乎泱漭之野，遂届玄微子之所居⑩。其居也：左激水，右高岑，背洞壑，对芳林。冠皮弁⑪，被文裘。出山岫之潜穴，倚峻崖而嬉游⑫。志飘飘焉，嶢嶢焉，似若狭六合而隘九州⑬，若将飞而未逝，若举翼而中留⑭。

　　于是镜机子攀葛藟而登，距岩而立，顺风而称曰："予闻君子不遁俗而遗名，智士不背世而灭勋。今吾子弃道艺之华⑮，遗仁义之英，耗精神乎虚廓，废人事之纪经⑯。譬若画形于无象，造响于无声，未之思乎？何所规之不通也。"玄微子俯而应之曰："嘻！有是言乎？夫太极之初，混沌未分⑰，万物纷错，与道俱转⑱。盖有形必朽，有迹必穷。茫茫元气⑲，谁知其终？名秽我身，位累我躬。窃慕古人之所志，仰老庄之遗风。假灵龟以托喻，宁掉尾于涂中⑳。"

　　镜机子曰："夫辩言之艳，能使穷泽生流，枯木发荣，庶感灵而激神，况近在乎人情！仆将为吾子说游观之至娱，演声色之妖靡，论变化之至妙㊶，敷道德之弘丽，愿闻之乎？"

玄微子曰："吾子整身倦世，探隐拯沉㊷。不远遐路，幸见光临。将敬涤耳，以听玉音㊸。"

镜机子曰："芳菰精粺，霜蓄露葵㊹，玄熊素肤，肥豢脓肌㊺。蝉翼之割㊻，剖纤析微；累如叠縠㊼，离若散雪，轻随风飞，刃不转切㊽。山鸡斥鷃，珠翠之珍。寒芳莲之巢龟，脍西海之飞鳞㊾，曜江东之潜鼍，腾汉南之鸣鹑㊿。糁以芳酸，甘和既醇○51。玄冥适碱，蓐收调辛○52。紫兰丹椒，施和必节○53，滋味既殊，遗芳射越○54。乃有春清缥酒，康狄所营○55。应化则变，感气而成○56，弹徵则苦发，叩宫则甘生○57。于是盛以翠樽，酌以雕觞，浮蚁鼎沸，酷烈馨香○58，可以和神，可以娱肠。此肴馔之妙也，子能从我而食之乎？"玄微子曰："予甘藜藿○59，未暇此食也。"

镜机子曰："步光之剑，华藻繁缛，饰以文犀，雕以翠绿○60，缀以骊龙之珠，错以荆山之玉○61。陆断犀象，未足称隽；随波截鸿，水不渐刃○62。九旒之冕，散曜垂文○63。华组之缨○64，从风纷纭。佩则结绿悬黎○65，宝之妙微，符采照烂，流景扬辉○66。黼黻之服，纱縠之裳○67，金华之舄○68，动趾遗光。繁饰参差，微鲜若霜○69。绲佩绸缪○70，或雕或错，熏以幽若，流芳肆布○71。雍容闲步，周旋驰曜○72。南威为之解颜○73，西施为之巧笑。此容饰之妙也，子能从我而服之乎？"玄微子曰："予好毛褐○74，未暇此服也。"

镜机子曰："驰骋足用荡思，游猎可以娱情。仆将为吾子驾云龙之飞驷，饰玉辂之繁缨○75。垂宛虹之长绥，抗招摇之华旆○76。插忘归之矢，秉繁弱之弓○77。忽蹑景而轻骛，逸奔骥而超遗风○78。于是磎填谷塞，榛薮平夷○79。缘山置罝，弥野张罘○80。

410

下无漏迹，上无逸飞。鸟集兽屯，然后会围㊿。獠徒云布，武骑雾散㊿。丹旗耀野，戈殳皓旰㊿。曳文狐，掩狡兔，捎鹒鹅，拂振鹭㊿。当轨见藉㊿，值足遇践。飞轩电逝，兽随轮转㊿。翼不暇张，足不及腾。动触飞锋，举挂轻矰㊿。搜林索险，探薄穷阻㊿。腾山赴壑，风厉焱举㊿。机不虚发，中必饮羽㊿。于是人稠网密，地逼势胁㊿。哮阚之兽，张牙奋鬣㊿。志在触突，猛气不慑㊿。乃使北宫、东郭之俦，生抽豹尾，分裂貙肩㊿。形不抗手，骨不隐拳㊿。批熊碎掌，拉虎摧斑㊿。野无毛类，林无羽群。积兽如陵，飞翮成云㊿。于是骇钟鸣鼓，收旌弛旆㊿，顿纲纵网，罴獠回迈㊿，骏骆齐骧，扬銮飞沫㊿，俯倚金较，仰抚翠盖㊿，雍容暇豫㊿，娱志方外。此羽猎之妙也，子能从我而观之乎？"玄微子曰："予性乐恬静，未暇此观也。"

【题解】

七，古代的一种文体。《文心雕龙·杂文篇》："自《七发》以下，作者继踵。……陈思《七启》，取美于宏壮；……自桓麟《七说》以下，左思《七讽》以上，枝附影从，十有余家。或文丽而义暌，或理粹而辞驳。观其大抵所归，莫不高谈宫馆，壮语畋猎。穷瑰奇之服馔，极蛊媚之声色。甘意摇骨髓，艳词洞魄识，虽始之以淫侈，而终之以居正。然讽一劝百，势不自反。子云所谓犹骋郑、卫之声，曲终而奏雅者也。"本文以主问客答的手法，表现作者心中的志向。文中热情地歌颂了曹操"唯才是举"，不限出身的主张，鼓励在野的士子投身到国家的政治事务中来，共同创造太平盛世。

【注释】

①枚乘：西汉武帝时人，辞赋家，字叔，淮安（今江苏淮安）人。《七发》：见《昭明文选》。

②傅毅：东汉章帝时人，辞赋家，字武仲，扶风茂陵（今陕西兴平东北）人。《七激》：讽谏之作，见严可均《全后汉文》。

③张衡:字平子,东汉安帝时人,南阳西鄂(今河南南阳石桥)人。《七辩》:见《全后汉文》。

④崔骃:与傅毅同时人,字亭伯,涿郡安平(今河北安平)人。《七依》:见《全后汉文》。

⑤王粲之作,名为《七释》,见《艺文类聚》卷五十七。

⑥玄微子:曹植假设的道家隐士。大荒之庭:《山海经》:"大荒之中有山,名曰大荒之山,日月所入,是谓大荒之野。"飞遁:即肥遁,指飘然远引,亦作"飞遯"。《文选·张衡〈思玄赋〉》李善注曰:"遯,卦名也。上九曰,飞遯,无不利,谓去而迁也。"

⑦营:指谋求。

⑧物象:指外界事物。倾:超过;越过。

⑨迥:远。

⑩届:到达。

⑪皮弁(biàn):古冠名,用白鹿皮制成。

⑫山岫:山洞。崖:《续古逸丛书》本作"岩"。

⑬峣峣:高貌。六合:指天地四方。

⑭逝:《续古逸丛书》本作"遊"。

⑮道艺:《周礼·天官·宫正》郑司农注:"道,谓先王所以教道民者。艺,谓礼、乐、射、御、书、数。"

⑯人事:指亲朋交往之道。纪经:犹言纲领。

⑰混沌:形容阴阳未分之貌。《全三国文》《续古逸丛书》本俱作"浑沌"。

⑱与道俱转:指天地万物随自然运转的规律而发生变化。转:张溥本、《全三国文》作"隆"。

⑲茫茫:《全三国文》《续古逸丛书》本俱作"芒芒"。

⑳掉尾:摆尾。李善注:"《庄子》曰:'楚庄王使大夫往聘庄子。庄子曰:"吾闻楚有神龟,死已三千岁矣!王巾笥而藏之于庙堂之上。此龟者,宁其死为留骨而贵乎?宁其生而曳尾于涂中乎?"二大夫曰:"宁生而曳尾涂中。"庄子曰:"往矣!吾将曳尾于涂中。"'"

㉑吾子:指镜机子。《续古逸丛书》本作"君子"。演:阐述;讲解。妖:妍

丽,用以形容色。靡:美好,用以形容声。变化:《续古逸丛书》本作"变巧"。

㉒整身:指修正行为。探:寻访。隐:隐居之人。沉:指处于下位的人。

㉓涤耳:洗耳,以示恭敬。玉音:指对别人言辞的敬称。

㉔菰(gū):多年生草本植物,生水边,嫩茎可食,俗称茭白。精粺(bài):精米。蓄:即今之蔓菁菜,霜后味尤为甘美,故称霜蓄。露葵:即冬葵。《本草纲目·草五·葵》:"古人采葵必待露解,故曰露葵。今人呼为滑菜,……古者葵为五菜之主,今不复食之。"

㉕玄熊:黑熊。素肤:白肉。豢(huàn):指用谷类喂养的家畜,如猪、狗。脓:肥。《续古逸丛书》本作"秾"。

㉖蝉翼:形容很薄。

㉗叠縠(hú):重叠的薄绸,形容薄。

㉘转:移动。

㉙鹩(duò):即鹩鸠,又名沙鸡。《尔雅·释鸟》郭璞注:"鹩大如鸽,似雌雉,鼠脚,无后指,岐尾。为鸟憨急,群飞,出北方沙漠地。"斥:通"池"。鹦:鹑的一种。珠翠:李善注:"珠翠,珠柱也。《南方异物记》曰:采珠人以珠肉作鲊也。"

㉚寒:犹今语之"煎肉"。张溥本、《续古逸丛书》本俱作"塞"。莲:《全三国文》作"芩"。巢龟:见《龟赋》注。脍:细切。飞鳞:即飞鱼,指文鳐鱼。《山海经·西山经》:"又西百八十里,曰泰器之山。观水出焉,西流注于流沙。是多文鳐鱼,状如鲤鱼,鱼身而鸟翼,苍文而白首,赤喙,常行西海,游于东海,以夜飞。"

㉛膗(huò):动词,做成肉羹。《续古逸丛书》本作"曜"。鼍(tuó):一名鼍龙,即扬子鳄。爬行动物,体长二米多,背部、尾部均有鳞甲,穴居江河岸边。朘(juǎn):动词,做成少汁的羹。鹑:鹌鹑。

㉜糅:杂。醇:厚。

㉝玄冥:北方之神。李善注:"北方,水也。《尚书》曰:水曰润下,润下作咸。"蓐收:西方之神。李善注:"西方,金也。《尚书》曰:'金曰从革。'从革作辛。"

㉞紫兰、丹椒:均为调味品。和:指调味品。节:适量。

㉟遗芳射越:指香气弥漫得很远。射越:远。

㊱缥酒:指清酒。康狄:杜康和夷狄,俱为古时善于酿酒的人。

㊲气:气候。李善注:"《淮南子》曰:'物类之相应,故东风至而酒泛溢。'高诱曰:'东风,木风也。'木味酸,入酒故酢而泛者沸。盖非类相感也。"

㊳徵、宫:古代的音调。古人五行之说,以为五音感五味,二者相感而生弹徵而苦发:李注:"《礼记》曰:季夏之月……其音徵……其味苦。"叩宫则甘生:李注:"《礼记》曰:"中央土……其音宫……其味甘。"叩:《续古逸丛书》本作"扣"。

㊴浮蚁:指酒米发酵时漂浮在上面的泡沫。酷烈:酒香之浓厚。

㊵藜藿:即藜和藿,俱为野菜。此指粗劣的饭菜。

㊶步光:古宝剑名。藻:纹理。

㊷文犀:有纹理的犀角。翠绿:美玉。

㊸骊龙之珠:指黑龙颔下之珠。《尸子》:"玉渊之中,骊龙蟠焉,颔下有珠。"错:镂;镶嵌。荆山之玉:指楚人卞和所献的玉璞。

㊹隽:卓绝。渐:浸渍。

㊺旒:指冕冠前后悬垂的珠玉串,天子十二,诸侯有九。

㊻华组:指冠上的花带。

㊼结绿、悬黎:俱美玉名。《战国策·秦策三》:"臣闻周有砥厄,宋有结绿,梁有悬黎,楚有和璞。"

㊽符采:美玉的纹理色彩。

㊾黼黻:泛指礼服上所绣的华美花纹。纱縠:精细、轻薄的轻纱。

㊿金华:金质的装饰。舄(xī):鞋子。《续古逸丛书》本作"爲",非。

(51)微鲜若霜:指其光明如霜之洁白。

(52)绲:织成的带子。绸缪:繁密貌。

(53)若:杜若,香草名。肆布:四散。

(54)雍容:舒缓貌。闲步:信步,缓步而行。驰曜:指光彩四射。

(55)南威:春秋时晋国的美女。解:舒展。

56毛褐:用兽毛或粗麻制成的短衣。

57云龙:李善注:"马有龙称,而云从龙,故曰云龙也。《周礼》曰:'凡马八尺以上为龙。'”驷:驾车的四匹马。玉辂(lù):指古代帝王所乘之车,以玉作为装饰。繁:马腹带。

(58)宛:弯曲。緌(ruí):下垂的飘带。《续古逸丛书》本作“绥”。招摇之华旍:画有招摇星图案的旌旗。招摇:古星名,一说属氐宿,一说为北斗第七星摇光。

(59)揷:《续古逸丛书》本作“持”,《文选》卷三十四、《全三国文》作“捷”。忘归矢:良箭名,因其一去不复返而著称。繁弱弓:古良弓名。

(60)蹑景:追蹑日影,比喻速度极快。轻骛:犹言疾驰。《续古逸丛书》本作“鹜”。超:《续古逸丛书》本作“起”。遗风:古代良马名。《吕氏春秋·本味》:“马之美者,青龙之匹,遗风之乘。”

(61)榛:灌木林。

(62)罝(jū):捕兽网。罘(fú):狩猎所用的网。

(63)会围:合围。

(64)獠徒、武骑:俱指田猎的人。獠:围猎。

(65)丹旗:赤旗。戈殳:戈戟。皓旰:洁白光明貌。

(66)曳:从后牵住。掩:袭取。捎:拂掠。鹔鹴(sù shuāng):鸟名,雁的一种,长颈绿身。

(67)见藉:指被车轮所碾压。

(68)飞轩:即飞车。电逝:形容车行迅疾,如电光之逝去。《续古逸丛书》本脱此二句。

(69)飞锋:指箭。举:高飞。罾(zēng):在空中张布的鸟网。

(70)薄:草丛生之地。阻:险阻。

(71)猋举:如火熛般飞射,此处形容迅疾貌。

(72)机:弩机。饮羽:指箭射中目标而深入,尾部羽毛隐没不见。

(73)势胁:势迫。《续古逸丛书》本作“地胁势逼”。

(74)哮阚(kàn)之兽:指猛兽。鬣(liè):指野兽颈上的长毛。

(75)触突:指破网而出。慴:恐惧。

(76)北宫:复姓,即北宫子,古代齐国勇士,即《孟子》中所说的北宫黝。《续古逸丛书》本作“北官”。东郭:复姓,春秋时齐国勇士东郭偃。此处北

宫、东郭俱泛指勇士。侜:类。《续古逸丛书》本作"畴",非。貙(chū):兽名,
一种似狸而大的猛兽。

　　⑦抗手:指野兽不能抵御武士的攻击。隐拳:指猛兽的身骨招架不住武
士的双拳。

　　⑧批:以侧手击打。掌:熊掌。斑:指虎豹的皮。

　　⑨飞翮:指空中飘飞的鸟羽。

　　⑧骇钟:击钟。弛:解。旆(pèi):泛指旌旗。

　　⑧顿:整顿。纲:网上的总绳。纵网:放开网口。罴:熊的一种。

　　⑧骏駥(lù):皆良马。骧:奔驰。扬銮:指马昂首而奔驰,动镳则飞马口
之沫。

　　⑧金较:指车厢上供凭倚的铜饰龙形横木。

　　⑧暇:闲暇。豫:乐。

　　镜机子曰:"闲宫显敞,云屋晧旰①。崇景山之高基②,迎清
风而立观。彤轩紫柱,文榱华梁③,绮井含葩,金墀玉箱④。温
房则冬服缔绤⑤,清室则中夏含霜。华阁缘云,飞陛陵虚⑥,俯
眺流星,仰观八隅⑦,升龙攀而不逮,眇天际而高居⑧。繁巧神
怪,变名异形,班输无所措其斧斤,离娄为之失睛⑨。丽草交
植,殊品诡类,绿叶朱荣,熙天曜日⑩。素水盈沼,丛木成林,飞
翮陵高⑪,鳞甲隐深。于是逍遥暇豫,忽若忘归。乃使任子垂
钓,魏氏发机⑫,芳饵沈水,轻缴弋飞⑬。落翳云之翔鸟,援九渊
之灵龟。然后采菱华,擢水蘋,弄珠蚌,戏鲛人⑭。讽《汉广》之
所咏,觌游女于水滨⑮。耀神景于中沚,被轻縠之纤罗⑯,遗芳
烈而静步,抗皓手而清歌⑰。歌曰:望云际兮有好仇⑱,天路长
兮往无由。佩兰蕙兮为谁修⑲?嬿婉绝兮我心愁。此宫馆之
妙也⑳,子能从我而居之乎?"玄微子曰:"予耽岩穴㉑,未暇此
居也。"

416

【注释】

①云:形容很高。

②景山:即《洛神赋》所言之景山。李善注:"基若景山,言极高也。"

③彤轩:红色的栏杆。紫柱:紫色的殿柱。文榱:绘有图案的屋椽。

④绮井含葩:绘有花形图案的天花板。金墀:用金属包皮的门槛。玉箱:华丽的房子。箱:东西厢之房。

⑤绤绤(chī xì):葛布,精细的叫绤,粗的叫绤。此指用葛布所制的衣服。

⑥华阁:指绘彩的阁道。缘:攀登。飞陛:指阁道的台阶,凌空直上。

⑦眺:《艺文类聚》卷五十七、《续古逸丛书》本卷九俱作"视"。八隅:八方。

⑧升龙:指白云。逮:及。眇:视。

⑨班输:鲁般,姓公输,名般,春秋时鲁国巧匠。离娄:传说中视力极强之人,能于百步之外见秋毫之末。睛:《文选》作"睛",《续古逸丛书》本作"精"。当作"睛"字是。

⑩朱荣:指红色的花。《续古逸丛书》本作"失",非。熙:光。

⑪飞翮:指鸟类。

⑫任子:任公子,善钓者,以大钩巨纶钓于东海。事见《庄子·外物》。魏氏:古代传说中的善射者,羿的第四传弟子。见《吴越春秋》。

⑬缴(zhuó):系在箭尾上的细绳,以便射中后取鸟。弋飞:犹言射飞鸟。弋:射。

⑭擢:引。鲛人:传说中的人鱼,居水底。

⑮《汉广》:是《诗·国风》篇名。李善注:"《韩诗序》曰:'汉广,说(悦)人也。'《诗》曰:'汉有游女,不可求思。'"觌(dí):遇见。游女:指出游汉水边的女子。

⑯神景:指汉水女神的神光。中沚:水中小洲。之:犹言与。

⑰静步:指缓步而行。抗:举。

⑱仇:配偶。

⑲修:装饰打扮。

⑳宫馆:《艺文类聚》作"观",当据改。

㉑耽:喜爱;爱好。岩穴:指隐者所居。

镜机子曰:"既游观中原,逍遥闲宫,情放志荡,淫乐未终。亦将有才人妙伎,遗世越俗①。扬北里之流声,绍阳阿之妙曲②。尔乃御文轩,临洞庭③,琴瑟交挥,左篪右笙④,钟鼓俱振,箫管齐鸣。然后姣人乃被文縠之华袿,振轻绮之飘飖⑤,戴金摇之熠燿,扬翠羽之双翘⑥。挥流芳,燿飞文⑦,历盘鼓⑧,焕缤纷。长袖随风,悲歌入云。骄捷若飞,蹈虚远蹐⑨,陵跃超骧,蜿蝉挥霍⑩,翔尔鸿翥,澉然鸟没⑪。纵轻体以迅赴,景追形而不逮。飞声激尘,依违厉响⑫,才捷若神,形难为象⑬。于是为欢未渫⑭,白日西颓,散乐变饰,微步中闺⑮。玄眉弛兮铅华落,收乱发兮拂兰泽⑯。形婧服兮扬幽若,红颜宜笑,睇眄流光⑰。时与吾子,携手同行。践飞除,即闲房,华烛烂,幄幕张⑱。动朱唇,发清商⑲,扬罗袂,振华裳,九秋之夕,为欢未央⑳。此声色之妙也,子能从我而游之乎?"玄微子曰:"予愿清虚,未暇及此游也㉑。"

【注释】

①遗:离。

②北里之流声:指萎靡淫放的乐曲。北里:唐长安平康里为妓院所在地,在城北,故称北里,后用以泛指娼妓聚居之地。阳阿:古时的名娼,善舞,后因以称舞名。此指乐曲名。

③洞庭:指广阔的庭院。《艺文类聚》《续古逸丛书》本俱作"彤庭"。

④挥:《续古逸丛书》本作"弹"。篪(chí):古管乐器,以竹为之。

⑤姣人:美人。袿:妇女的上服。《续古逸丛书》本作"桂",非。振:《艺文类聚》作"衣"。

⑥金摇:金制的凤形头饰,或称"步摇"。熠燿:光辉灿烂。《续古逸丛

418

书》本作"燿烁"。双翘:见前注。

⑦挥:散发。飞文:指舞伎身佩的饰物,动时发出闪烁的光彩。

⑧盘鼓:古代用于舞蹈伴奏的一种舞曲。赵幼文《曹植集校注》:"盘鼓,汉魏《七盘舞》。地上放置六盘,鼓置于舞伎足下,足踏鼓,鼓声以作舞蹈时之节拍。"

⑨蹍:踏。

⑩超骧:犹言超腾。蜿蝉:形容萦回旋转的舞姿。挥霍:迅疾貌。

⑪翔:《艺文类聚》作"翻"。鸿翥(zhù):鸿鹄高飞。潗(jí)然:迅速貌。凫没:如凫没入水中。

⑫激尘:李善注:"《七略》曰:汉兴,善歌者鲁人虞公发声动梁上尘。"形容声音高亢。依违:徘徊貌,此处形容声音婉转抑扬动听。

⑬形难为象:指其舞姿难以用笔墨描述出来。

⑭未渫(xiè):未停歇。

⑮变饰:更易装束。微步:慢步;缓步。

⑯玄眉:所描的黑色之眉。弛:卸,指去掉所描之眉。铅华:铅粉。兰泽:用兰浸泡制成的润发香油。

⑰形:显露。婑(tuó)服:华美的衣服。睇眄:目光流转;顾盼。

⑱除:台阶。烂:光明貌。张:施。

⑲清商:歌曲。

⑳九秋:指九月深秋,此指夜长。未央:未尽。

㉑及:张溥本、《续古逸丛书》本俱无此字,疑是。

镜机子曰:"予闻君子乐奋节以显义,烈士甘危躯以成仁①。是以雄俊之徒,交党结伦②,重气轻命,感分遗身③。故田光伏剑于北燕,公叔毕命于西秦④。果毅轻断,虎步谷风⑤,威慑万乘⑥,华夏称雄,"词未及终,而玄微子曰:"善!"镜机子曰:"此乃游侠之徒耳,未足称妙也。若夫田文、无忌之俦⑦,乃上古之俊公子也,皆飞仁扬义,腾跃道艺,游心无方⑧,抗志云际,陵轹诸侯，驱驰当世⑨，挥袂则九野生风，慷慨则气成虹蜺⑩。吾子若当此之时，能从我而友之乎？"玄微子曰："予亮愿焉⑪，然方于大道有累，如何？"

【注释】

①奋节：用英勇壮烈的行为显示其节操。显义：明义。成仁：指成就仁人志士的名誉。《论语·卫灵公》："志士仁人，无求生以害仁，有杀身以成仁。"

②交党结伦：指结交意气相投之人。

③气：气节。分：心志。遗身：舍身。

④田光：战国时期燕国处士，学识渊博，智勇双全，被时人誉为"节侠"。因感太子丹不信任他而伏剑自刎。北燕：燕在中国北部地区，故称。公叔：李善注："公叔未详。"刘良注："公叔，荆轲之字。"（见五臣《文选注》）

⑤果毅：果敢。轻断：指轻率做出决定。虎步谷风：《淮南子·天文训》："虎啸而谷风至，龙举而景云属。"象征威武勇猛状。

⑥慑：恐惧。万乘：借指天子。

⑦田文：孟尝君的姓名，战国时齐国贵族，四公子之一，门下食客数千。无忌：魏公子名，号信陵君，魏安厘王的异母弟，延揽食客，养士数千人。

⑧游心无方：指他们涉猎广泛，学识广博。

⑨志：《续古逸丛书》本作"忘"，非。陵轹（lì）：欺蔑。驱驰：驱使。

⑩慷慨：感叹。

⑪亮：确实。

镜机子曰："世有圣宰，翼帝霸世①，同量乾坤，等曜日月②，玄化参神，与灵合契③。惠泽播于黎苗，威灵振乎无外④，超隆平于殷周，蹂羲农而齐泰⑤。显朝惟清，王道遐均⑥，民望如草，我泽如春⑦。河滨无洗耳之士，乔岳无巢居之民⑧。是以俊义来仕，观国之光，举不遗材，进各异方⑨。赞典礼于辟雍，讲文德于明堂⑩,正流俗之华说,综孔氏之旧章⑪。散乐移风,国富民康⑫,神应休臻,屡获嘉祥⑬。故甘露纷而晨降,景星宵而舒光⑭。观游龙于神渊,聆鸣凤于高冈。此霸道之至隆,而雍熙之盛际⑮。然主上犹尚以沉恩之未广,惧声教之未厉⑯,采英奇于仄陋,宣皇明于岩穴⑰,此宁子商歌之秋,而吕望所以投纶而逝也⑱。吾子为太和之民,不欲仕陶唐之世乎?"于是玄微子攘袂而兴曰⑲:"伟哉言乎!近者吾子所述华淫,欲以厉我⑳,祇搅予心。至闻天下穆清,明君莅国㉑,览盈虚之正义,知顽素之迷惑㉒。令予廓尔㉓,身轻若飞。愿反初服,从子而归㉔。"

【注释】

①圣宰:指曹操。翼帝:指辅佐汉献帝刘协。霸世:指曹操总揽朝中政事。

②同量乾坤:指与天地同德。等曜日月:指如日月般光辉灿烂。

③玄化:指深广的教化。参神:比同于神。合契:投合。

④黎苗:黎民百姓。《续古逸丛书》本作"黎蒸"。黎苗、黎蒸义同。无外:国外。

⑤隆平:太平盛世。踵:继承。羲农:伏羲、神农二帝。《全三国文》《续古逸丛书》本俱作"羲皇"。齐泰:齐美。

⑥显:明。清:静。遐:远。均:等同。

⑦民望如草,我泽如春:《汉书·叙传》:"我德如风,民应如草。"

⑧洗耳之士:指许由。昔帝尧欲让禅于许由,许由觉得尧的话侮辱了自己的耳朵,遂跑到河边洗耳。乔岳:指高山。巢居之民:指巢父。帝尧时隐士,筑巢于树而居,故时人称之为"巢父"。

⑨进:指到朝中做官。

⑩赞:赞美。辟雍:周代为贵族子弟设立的学校,西周天子初设,以行礼乐,宣教化。明堂:古时天子宣明政教的地方。

⑪流俗:社会上流行的风俗习惯。华说:华而不实的言论。综:整理。

旧章:旧的典章制度。

⑫散:流布。《孝经》:"移风易俗,莫善于乐。"富:《续古逸丛书》本作"静"。

⑬休臻:吉祥应验。《续古逸丛书》本作"征"。嘉祥:吉祥。

⑭晨:《续古逸丛书》本作"神"。景星:大星;瑞星。古人认为甘露降、景星现都是吉祥的征兆。

⑮霸道:指君主凭借武力、权势等进行统治。雍熙:指上下和乐。

⑯主上:汉献帝刘协。声教:指声威教化。

⑰仄陋:有才德而地位卑微的人。曹操《求贤令》:"二三子其佐我明扬仄陋,唯才是举。"皇明:犹言美明,即德政教化。

⑱宁:《全三国文》《续古逸丛书》本俱作"甯"。宁子商歌之秋:李善注:"《淮南子》曰:'宁戚商歌车下,而桓公慨然而悟。'秋,犹时也。"吕望投纶:吕望曾隐居渭水北岸钓鱼,后被文王启用,时人称之曰"太公望"。

⑲兴:起身。

⑳华淫:指华丽而不正。厉:劝勉。

㉑苃:同"莅",治理;管理。

㉒盈虚:指世之盛衰。顽素:愚质的人。

㉓令:《全三国文》作"今"。廓尔:觉悟;开悟。

㉔初服:指隐居前所穿的衣服,此指愿意重新入仕。

【汇评】

南朝梁·刘勰:至于陈思《客问》,辞高而理疏;庾敳《客咨》,意荣而文悴。斯类甚众,无所取裁矣……陈思《七启》,取美于宏壮;仲宣《七释》,致辨于事理。(《文心雕龙》卷三)

宋·张表臣:古之圣贤,或相祖述,或相师友。生乎同时,则见而师之;生乎异世,则闻而师之……屈原作《九章》而宋玉述《九辩》,枚乘作《七发》,而曹子建述《七启》,张衡作《四愁》,而仲宣述《七哀》,陆士衡作《拟古》,而江文通述《杂体》,虽华藻随时,而体律相仿。(《珊瑚钩诗话》卷一)

清·宋长白:班孟坚记述曰:"我德如风,民应如草。"曹子建《七启》曰:"民望如草,我泽如春。"陆士衡衍而为诗曰:"我静如镜,民动如烟。"愈变愈妙,可谓青出于蓝矣。(《柳亭诗话》卷二)

逸　文

七　咨①

素冰象玉②,难可磨荡。结土成龙③,遭雨则伤。

【注释】

①《曹集铨评》:"程缺。《初学记》十作《七启》。"严可均《全三国文》卷十六亦作《七启》。

②素、象:指其洁白无瑕。

③龙:雕塑。

骚

九　咏

芙蓉车兮桂衡,结萍盖兮翠旌①;骊苍虬兮翼毂,驾陵鱼兮骖鲸②。菌荐兮兰席,蕙帱兮荃床③。抗南箕兮簸琼蕊,挹天河兮涤玉觞④。灵既降兮泊静默,登文阶兮坐紫房⑤。服春荣兮猗靡,云裾绕兮容裔⑥;冠北辰兮岌峨,带长虹兮陵厉⑦。兰肴御兮玉俎陈,雅音奏兮文虞罗⑧。感《汉广》兮羡游女,扬《激楚》兮咏湘娥⑨。临回风兮浮汉渚,目牵牛兮眺织女⑩。交有际兮会有期⑪,嗟痛吾兮来不时。来无见兮进无闻,泣下雨兮叹成云。先后悔其靡及,冀后王之一悟⑫。犹搦辔而繁策⑬,驰覆车之危路。群乘舟而无楫,将何川而能度?何世俗之蒙昧!悼邦国之未静。任椒兰其望治,由倒裳而求领⑭。寻湘汉之长流⑮,采芳岸之灵芝。遇游女于水裔,采菱华而结词⑯。野萧条以极望,旷千里而无人。民生期于必死,何自苦以终身! 宁作清水之沉泥,不为浊路之飞尘。

九咏逸文十六则⑰:
蔓葛滋兮冒神宇⑱。
何孤客之可悲⑲。
皇祇降兮潜灵舞⑳。
灵龙兮衔组,流羽兮交横㉑。
停舟兮焉待?举帆兮安追㉒?

温风翕兮煎沙石,鸟罔窜兮兽无蹠㉓。

乘逸响兮执电鞭,忽而往兮恍而旋㉔。

越江兮刈兰,暮秋兮薄寒,被蓑兮戴笠,置露兮践欢㉕。

徒勤躬兮苦心㉖。

抗玉手吹篪㉗。

瞍文详□素筝,抗玉枑兮骇鼍鼓㉘。

过□穴兮清泠,木鸣条兮动心㉙。

践丹穴兮观鸾居,通朱雀兮息南巢㉚。

运兰棹以速往,□回波之容与㉛。

建五旗兮华采占,扬云麾兮龙凤㉜。

愬流风兮上迈,贝船兮荷盖㉝。

【题解】

本篇《太平御览》卷九百七十五题作《九愁》,乃模拟屈原《九歌》而作。文章的前半部分写主人公准备了车马、服饰、乐舞等来迎接想念的人。文章后半部分则主要通过隐晦的语言,表达了自己的理想难以实现,以及对朝中极尽谄媚的奸佞小人的痛恨。最后写作者欲学古人,行吟于江畔,以期求从现实中解脱出来。

【注释】

①芙蓉:荷花。衡:车辕前端横木。翠旌:用翠鸟羽毛制成的旌旗。

②驷:驾车的四匹马。严可均《全三国文》卷十四、《续古逸丛书》本卷九俱作"四"。苍虬:青龙。翼毂:夹毂,在车轮两旁夹扶。陵鱼:传说中的一种面足似人而鱼身的鱼(见《山海经·海内北经》)。一说指海中大鱼。骖鲸:指以鲸鱼为骖。

③菌:一种香草,朱骏声谓即七里香(见《说文通训定声》)。《全三国文》作"茵"。兰:《北堂书钞》卷一百三十三作"芷"。荐:草席;坐垫。帱:帐子。《北堂书钞》作"帷"。荃:香草。《续古逸丛书》本作"苓"。

④抗:举。南箕:箕宿,共四星,二星为踵,二星为舌,夏秋之间见于南方。琼蕊:传说中琼树的花蕊。挹:舀。

⑤泊:清静貌。文阶:刻有图案的石阶。紫房:犹言紫府,道家所谓仙人所居之处。

⑥春荣:犹言春华。猗靡:婀娜貌。裾:衣服的大襟。《续古逸丛书》本作"居"。容裔:随风飘动貌。

⑦北辰:北斗星。岌峨:高危貌。长虹:《全三国文》《续古逸丛书》本俱作"晃虹"。陵厉:蜿蜒貌。

⑧兰肴:即佳肴。玉俎:玉盘。俎:古代割肉用的砧板。虞:《续古逸丛书》本作"虡"。赵幼文云:"作虡字是。《说文》:'虡,钟鼓之柎也,饰为猛兽。'故曰文虡。"罗:列。

⑨《汉广》:《诗·南风》篇名。游女:汉水女神。《激楚》:古曲名。湘娥:湘水女神,指帝舜二妃娥皇和女英。

⑩回风:狂风。目:凝视。

⑪际:界限。期:常。

⑫后王:张溥本卷二十六作"后士"。一悟:或有感悟。《全三国文》《续古逸丛书》本俱作"一寤"。

⑬搦辔(nuò pèi):持辔;握辔。

⑭任:《续古逸丛书》本作"焚"。椒、兰:椒指楚怀王大夫子椒;兰指楚怀王少弟司马子兰,二人皆为奸佞之人。此处比喻朝中小人。倒裳而求领:比喻本末倒置。

⑮湘汉:指湘江和汉水。

⑯游女:见前注。结词:犹言连词。

⑰丁晏《曹集铨评》:"以上十六条,引为《九咏》者仅八条,外《拟九咏》一条,《九歌咏》二条,《七咏》二条,《拟楚辞》一条,《拟辞》二条。子建盖拟《楚辞》之《九歌》为《九咏》,故称目错出。前正文《九咏》篇首,芙蓉车兮桂衡二句,《书钞》一百四十一即作《拟楚辞》,是其证也。其称七咏者,文误耳。兹掇举明引《九咏》者于前,而余八条附之。"

⑱神宇:神舟。此句《文选》潘安仁《寡妇赋》李善注引《九咏》。

⑲此句《文选》谢灵运《七里濑诗》李注引《九咏》。

⑳皇祇：天地之神。此句《文选》颜延年《三月三日曲水诗序》李注引《九咏》。

㉑组：丝带。此句《文选》颜延年《三月三日曲水诗序》李注引《九咏》。

㉒此二句《北堂书钞》卷一百三十八引《九咏》。

㉓翕：止息。蹑：踏。此二句《太平御览》卷三十四引《九咏》。

㉔此二句《太平御览》卷三百五十九引《九咏》。

㉕践欢：犹言行欢。《太平御览》卷七百六十五引《九咏》

㉖此句《文选》王简栖《头陀寺碑》李注引《拟九咏》。

㉗此句《北堂书钞》卷一百一十九引《九歌咏》。

㉘瞆文详□素筝：傅亚庶本作"骋文犀弹素筝"。抗：执。枹：鼓槌。此二句《北堂书钞》卷一百八引《九歌咏》又一百二十一引作《楚辞》。

㉙此二句《北堂书钞》卷一百五十八引《七咏》。

㉚丹穴：地名。《尔雅·释地》："岠齐州以南，戴日为丹穴。"《尔雅注疏》曰："言去中国以南，北户以北，值日之下，其处名丹穴。"朱雀：星宿名，见前注。此二句《北堂书钞》卷一百五十八引《七咏》。

㉛棹：船桨。此二句《北堂书钞》卷一百三十八引《拟楚辞》。

㉜五旗：五色之旗。占：通"沾"，遍及。龙凤：指旗上所画的龙凤图案。此二句《北堂书钞》卷一百二十引《拟辞》。

㉝愬：疑为"溯"字之误。贝：傅亚庶本作"具"。此二句《北堂书钞》卷一百三十七引《拟辞》。

【汇评】

宋·严有翼：《荆楚岁时纪》曰："七月七日，世谓织女牵牛聚会之日。"晋傅玄《拟天问》云："七月七日，织女、牵牛会天河。"此则其事。杜公瞻注云："此出于流俗小说，寻之经史，未有典据。"……近代有此说耳。曹植《九咏》曰："乘回风兮浮汉渚，目牵牛兮眺织女。交有际兮会有期，嗟吾子兮来不时。"注云："牵牛为夫，织女为妇，各处河之傍，七月七日得一会同。"（《苕溪渔隐丛话》后集卷七）

清·宋长白：曹子建《九咏》曰："临回风兮浮汉渚，目牵牛兮眺织女。交有际兮会有期,嗟痛吾兮来不时。"此思王借以自况,不自觉其沉痛至此。少陵会得此意,故曰:"方圆苟蛆龉,丈夫多英雄。"若沈休文《代织女答牵牛》,王元礼《代牵牛答织女》,总是借面吊丧,虽悲弗哀矣。(《柳亭诗话》卷二十八)

清·洪亮吉:牛、女七月七夕相会,虽始见于《风俗通义》,至曹植《九咏》注,始明言牵牛为夫,织女为妇。自此以后,遂皆以为口实矣。(《北江诗话》卷四)

赵幼文:案《九咏》规摹屈原《九歌》而作,其体制当与之相应,但今本既从类书辑录,已非旧式。而类书所存尚有溢于今本之外者,且与《九愁赋》相乱,是掇拾者之疏也。《文选》李注引曹植《九咏注》,严可均《全三国文》列为植作;古人虽有自注之例,然辄定为植作,究乏确证。又《九咏》句有先后、后王之语,疑谓操、丕。而假椒兰以比况魏朝臣诽谤植者,故疑此篇或作于黄初之际,惜史实难征,姑附于卷三之末。(《曹植集校注》卷三)

428

书

建安年间

与吴季重书

植白:季重足下。前日虽因常调,得为密坐①。虽燕饮弥日,其于别远会稀,犹不尽其劳积也②。若夫觞酌陵波于前,箫笳发音于后③;足下鹰扬其体,凤叹虎视④,谓萧曹不足俦,卫霍不足侔也⑤。左顾右盼,谓若无人,岂非吾子壮志哉⑥!过屠门而大嚼⑦,虽不得肉,贵且快意⑧。当斯之时,愿举泰山以为肉,倾东海以为酒⑨,伐云梦之竹以为笛,斩泗滨之梓以为筝⑩;食若填巨壑,饮若灌漏卮⑪。其乐固难量,岂非大丈夫之乐哉!然日不我与,曜灵急节,面有逸景之速,别有参商之阔⑫。思欲抑六龙之首,顿羲和之辔⑬,折若木之华,闭蒙汜之谷⑭。天路高邈,良久无缘⑮,怀恋反侧,如何如何!得所来讯,文采委曲⑯,晔若春荣,浏若清风⑰,申咏反复,旷若复面⑱。其诸贤所著文章,想还所治复申咏之也。可令憙事小史讽而诵之⑲。

夫文章之难,非独今也,古之君子犹亦病诸!家有千里⑳,骥而不珍焉;人怀盈尺㉑,和氏而无贵矣。夫君子而不知音乐,古之达论谓之通而蔽㉒;墨翟不好伎,何为过朝歌而回车乎㉓?足下好伎,而正值墨翟回车之县,想足下助我张目也㉔。又闻足下在彼,自有佳政。夫求而不得者有之矣,未有不求而自得者也。且改辙而行,非良乐之御㉕;易民而治,非楚郑之政㉖,愿足下勉之而已矣。适对嘉宾，口授不悉^⑰，往来数相闻。曹植白。

【题解】

吴季重，即吴质，兖州济阴（今山东定陶西北）人，三国时著名文学家，出身寒门，因才学博通而与曹丕兄弟交好。建安二十二年（217），曹丕被立为太子，吴质出任朝歌长，又迁元城令。黄初元年（220），曹丕即帝位，任命其为中郎将，使持节都督幽、并诸军事。后迁振威将军，督河北诸军事。太和四年（230），转任侍中，同年，因病卒，谥曰"丑侯"。其子吴应多次上疏申辩称枉，故于正元年间改谥"威侯"。或谓本篇作于吴质出任朝歌长之时，李善注："《典略》曰：'质出为朝歌长，临淄侯与质书。'"本文首叙二人之交情，继而委婉地对其放诞不羁、怙威肆行的作风提出批评，希望对方开阔眼界，善理政事，兼修其身。文辞委婉，情意真挚。

【注释】

①常调：指各地官员在一定时期内集中起来向执政者述职。密坐：指靠近而坐。

②弥日：终日。劳积：郁结于心的思念之情。

③陵波：乘波。严可均《全三国文》卷十六作"凌"。箫笳：即箫和笳。《续古逸丛书》本卷九作"笳箫"。

④鹰扬：形容威武貌。凤叹虎视：李注："凤以喻文也，虎以喻武也。叹犹歌也，取美壮之意。"凤叹：《艺文类聚》卷二十六作"凤翔"，《续古逸丛书》本作"观"。

⑤萧曹：指萧何和曹参。俦：相配。卫霍：指卫青和霍去病，俱为汉武帝时名将。侔：匹敌。

⑥吾子：指吴质。此述吴质骄傲自恃之状。

⑦屠门：肉市。

⑧贵：看重。快：乐。

⑨泰山：《续古逸丛书》本作"太山"。太山：即泰山。倾：尽。

430

⑩云梦:古沼泽名。泗滨:泗水之滨。梓:木名,木质细密,古时常用为乐器的材料。

⑪卮(zhī):古时的一种酒器。

⑫曦灵:指太阳。急节:疾行。面:见。参商:即参星和商星,参星在西,商星在东,此出彼没,永不相见。此处比喻亲友相隔绝,不能相见。

⑬欲:《续古逸丛书》本无此字。顿:停止。羲和:日御。

⑭若木:传说中的神树。《山海经·大荒北经》郭璞注:"生昆仑西附西极,其华光赤下照地。"蒙汜:传说中太阳没入之处。

⑮邈:远。良久无缘:《文选》卷四十二、《续古逸丛书》本俱作"良无由缘"。

⑯来讯:即来信。委曲:指形式多变,用词典雅、工丽。

⑰浏:清。

⑱申咏:反复吟咏。复:《全三国文》《续古逸丛书》本俱作"覆"。复、覆古通。

⑲熹事:犹言喜欢多事。小史:誊写文件的人。

⑳千里:指千里马。

㉑盈尺:盈尺之璧。

㉒达论:赵幼文:"《荀子·解蔽篇》:'墨子蔽于用而不知文。'达论盖谓《解蔽篇》。通而蔽,盖谓其不知文也。"蔽:不知文。

㉓伎:歌舞之事。朝歌:古地名,商代故都,在今河南淇县境内。有纣坐朝歌,朝歌夕舞,新声靡乐,号邑朝歌之说。

㉔而正:《全三国文》《续古逸丛书》本俱无此二字。张目:指开阔眼界。

㉕良乐之御:李善注:"《吕氏春秋》曰:'古之善相马者……若赵之王良,秦之伯乐,尤尽其妙矣。'"

㉖易民而治:《史记·商君列传第八》:"不然。圣人不易民而教,知者不变法而治。"楚、郑:指楚有孙叔敖,郑有子产。

㉗口授:为口述而令人书写。

431

与杨德祖书

　　植白:数日不见,思子为劳^①,想同之也。仆少小好为文章,迄至于今二十有五年矣^②。然今世作者,可略而言也:昔仲宣独步于汉南^③,孔璋鹰扬于河朔^④,伟长擅名于青土^⑤,公干振藻于海隅^⑥,德琏发迹于北魏^⑦,足下高视于上京^⑧。当此之时,人人自谓握灵蛇之珠,家家自谓抱荆山之玉^⑨。吾王于是设天网以该之,顿八纮以掩之^⑩,今悉集兹国矣。

　　然此数子,犹复不能飞骞绝迹^⑪,一举千里也。以孔璋之才,不闲于辞赋^⑫,而多自谓能与司马长卿同风,譬画虎不成反为狗也^⑬。前有书嘲之,反作论盛道仆赞其文^⑭。夫钟期不失听,于今称之^⑮。吾亦不能妄叹者^⑯,畏后世之嗤余也。

　　世人之著述,不能无病。仆常好人讥弹其文,有不善者,应时改定^⑰。昔丁敬礼尝作小文,使仆润饰之^⑱,仆自以才不过若人,辞不为也。敬礼谓仆:"卿何所疑难! 文之佳丽^⑲,吾自得之,后世谁相知定吾文者邪!"吾尝叹此达言^⑳,以为美谈。

　　昔尼父之文辞,与人通流^㉑,至于制《春秋》,游夏之徒乃不能措一辞^㉒。过此而言不病者,吾未之见也。盖有南威之容,乃可以论于淑媛^㉓;有龙渊之利^㉔,乃可以议于断割。刘季绪才不能逮于作者^㉕,而好诋诃文章,掎摭利病^㉖。昔田巴毁五帝、罪三王、訾五霸于稷下,一旦而服千人^㉗。鲁连一说,使终身杜口^㉘。刘生之辩^㉙,未若田氏。今之仲连,求之不难,可无叹息乎! 人各有好尚。兰茝荪蕙之芳,众人之所好,而海畔有逐臭之夫^㉚;《咸池》《六茎》之发,众人所共乐,而墨翟有非之之论^㉛,岂可同哉!

今往仆少小所著辞赋一通相与。夫街谈巷说,必有可采;击辕之歌②,有应风雅,匹夫之思,未易轻弃也。辞赋小道,固未足以揄扬大义,彰示来世也③。昔扬子云先朝执戟之臣耳,犹称"壮夫不为"也④。吾虽薄德,位为藩侯,犹庶几戮力上国,流惠下民⑤,建永世之业,流金石之功,岂徒以翰墨为勋绩,辞赋为君子哉! 若吾志未果,吾道不行,则将采史官之实录⑥,辩时俗之得失,定仁义之衷,成一家之言⑦,虽未能藏之于名山,将以传之于同好⑧,非要之皓首,岂今日之论乎! 其言之不怍,恃惠子之知我也⑨。明早相迎,书不尽怀。曹植白。

【题解】

本文选自《文选》卷四十二。杨德祖,名修,字德祖,华阴(今陕西华阴)人,太尉杨彪之子,建安时举孝廉,除郎中,署丞相主簿,博学多才,机智过人,与曹植关系甚密,后为曹操所杀。本文是建安二十一年(216)曹植写给杨修的一封信,是一篇书信体议论文。文中曹植谈及自己对文学批评的一些看法,都是文学创作与文学批评的一些重要问题,并且谈及为人与为文的关系,曹植认为:大丈夫生于乱世,应追求"戮力上国,流惠下民,建永世之业,流金石之功",如此不成,退而求以翰墨文章来垂名后世。

【注释】

①思子为劳:犹言相思成病。劳:病。

②二十有五年:指曹植生于初平三年(192),至建安二十一年(216),正好二十五岁。

③仲宣:王粲字,东汉末年著名文学家,"建安七子"之一,被称为"七子之冠冕"。汉南:汉水之南,指襄阳。

④孔璋:陈琳字,东汉末年著名的文学家,"建安七子"之一。河朔:黄河之北,指冀州。陈琳曾任袁绍记室。

⑤伟长:徐干字,"建安七子"之一,以诗、辞赋、政论著称。擅名:指享有盛誉。青土:徐干长居北海郡,旧置青州,故云"青土"。

⑥公干:刘桢字,"建安七子"之一,以五言诗著称。海隅:刘桢东平宁阳人。宁阳:战国时入齐地。李善注:"宁阳边齐,故云海隅。"

⑦德琏:应玚字,"建安七子"之一,东汉末文学家。

⑧足下:指杨修。高视:傲视。上京:杨修曾为汉献帝尚书令,后为太常,居许都,故曰"上京"。

⑨灵蛇之珠:即隋侯珠。相传春秋时隋侯出行,见一大蛇受伤,使人用药敷之。后该蛇于大江中衔珠报答他,因谓之"隋侯珠"。事见干宝《搜神记》卷二十。后用以比喻锦绣文才。荆山之玉:见《七启》注。

⑩吾王:指曹操。建安二十一年(216),汉献帝进曹操为魏王,仍以丞相领冀州牧。纮(hóng):绳子。地有八方,故要用八纮。

⑪飞骞:飞行。

⑫辞赋:严可均《全三国文》卷十六、《续古逸丛书》本卷九俱作"辞赋"。

⑬司马长卿:司马相如,字长卿,汉武帝时著名的辞赋家,所作辞藻富丽,结构宏大。为:像。李注:"《东观汉记》曰:马援《诫子严书》曰:效杜季良而不成,陷为天下轻薄子,所谓画虎不成反类狗也。"

⑭嘲:讥讽。仆:谦辞。

⑮钟期:钟子期,名徽,春秋时楚人。史载,俞伯牙鼓琴于江畔,钟子期感叹说:"巍巍乎若高山,荡荡乎若流水。"失听:指错误理解乐曲所蕴含的情感。称:赞誉。

⑯妄叹:指不合实际地评论。

⑰讥弹:讥讽抨击。其:语中助词。应时:当时。

⑱丁敬礼:丁廙之字。润饰:指修改。

⑲佳丽:《续古逸丛书》本作"佳恶"。

⑳达言:指通达之言。

㉑尼父:孔子。通流:变通,此指有可与人相同之处。

㉒游:子游。夏:子夏,皆孔子弟子。《春秋说题辞》:"孔子作《春秋》,一万八千字,九月而成书,以授游、夏之徒,游、夏之徒不能改一字。"

㉓南威:春秋时晋国美女南之威。淑:指仪态端庄。媛:指容貌身形美好。

434

㉔龙渊：宝剑名。

㉕刘季绪：荆州牧刘表子，姓刘，名修，官至东安太守，著诗、赋、颂六篇。

㉖诋诃：诋毁；指责，亦作"诋呵"。掎摭(jǐ zhí)：指摘。

㉗田巴：战国时齐国诡辩家。毁：毁谤。罪：指责。訾(zī)：非议。稷下：战国时齐国都城临淄门西门名，为当时的学术中心。

㉘鲁连：即鲁仲连，战国末齐人，稷下著名的辩论家，又称"鲁仲连子""鲁连子"。事见《史记·鲁仲连传》。杜口：塞口。

㉙刘生：指刘季绪。

㉚兰、茝(chǎi)、荪(sūn)、蕙：俱香草名。逐：追随。李善注："《吕氏春秋》曰：'人有大臭者，其亲戚兄弟妻妾知识无能与居者，自苦而居海上。人有悦其臭者，昼夜随而不去。'"

㉛《咸池》：古曲名。一说为尧作，一说为黄帝所作。《六茎》：古乐名，相传为颛顼所作。墨翟有非之之论：李注："墨子有《非乐》篇。"

㉜击辕之歌：指敲打车辕而成乐声，此指民间的乡曲小调。

㉝小道：犹言小技。揄扬：指宣明；阐明。彰示：显示。《续古逸丛书》本作"章示"。章：通"彰"。

㉞子云：扬雄之字，西汉著名辞赋家。先朝：指西汉。执戟之臣：官职卑下。李注："《汉书》曰：扬雄奏《羽猎赋》，为郎，然郎皆执戟而侍也。"壮夫不为：语出扬雄《法言》："雕虫篆刻……壮夫不为也。"

㉟庶几：希望。戮力：合力。上国：指汉王朝。流惠：流布恩惠。

㊱史：《续古逸丛书》本作"庶"。实录：指史官秉笔直书之文。班固《汉书·司马迁传》曰："迁有良史之才……其文直，其事核，不虚美，不隐恶，故谓之实录。"

㊲衷：中。成一家之言：司马迁《报任安书》曰："通古今之变，成一家之言。"

㊳同好：指志趣相投的人。

㊴怍：惭愧。《续古逸丛书》本作"惭"。惠子：惠施，战国时期著名的政治家、辩客和哲学家，名家思想的开山鼻祖和代表人物。《淮南子·修务训》："惠施死而庄子寝说言，见世莫可为语者也。"

南朝齐·陆厥:至于掩瑕藏疾,合少谬多,则临淄所云"人之著述,不能无病"者也。(《南齐书》卷五十二《陆厥传》引)

明·胡应麟:子建一书云:"仲宣独步于汉南,孔璋鹰扬于河朔,伟长擅名于青土,公干振藻于海隅,德琏发迹于大魏。"余意以兹五士,上系二曹,庶七子之称,彼已无惭,建安之美,于斯为盛。植书末称德祖,而不及阮生,意瑀材具非诸人比。第修制作,今亦寡传。惜也。(《诗薮·外编》卷一)

清·李沂:曹子建与杨德祖书云:"世人著作,不能无病,仆常好人讥弹其文,有不善,应时改定。"夫以曹子建之才,犹欲就正于人,以自知其所不足。今人专自满假,吾不知今人之才与子建何如也?(《秋星阁诗话》)

清·潘德舆:子建人品甚正,志向甚远,观其《答杨德祖书》,不以翰墨为勋绩,词赋为君子。(《养一斋诗话》卷二)

与陈琳书

夫披翠云以为衣,戴北斗以为冠,带虹霓以为绅①,连日月以为佩,此服非不美也。然而帝王不服者,望殊于天,志绝于心矣②!

葛天氏之乐,千人唱,万人和③,因以蔑《韶》《夏》矣④!

骥骡不常一步,应良御而效足⑤。

【题解】

本篇《续古逸丛书》本无,严可均《全三国文》卷十六题作《与陈孔璋书》。本篇残佚太甚,无法窥见其写作时间及文章大概。《三国志·魏书·王粲传》:"干、琳、玚、桢二十二年卒。"则本文当作于此年之前。

【注释】

①北斗:北辰。虹霓:《北堂书钞》卷一百二十九作"蜿虹"。绅:束腰的大带子,垂其余为装饰。

②望:希望。殊:绝;断。志:思想感情。

③葛天氏:指中国传说中"三皇"时期的一方君主,一说为远古部落名。葛天氏之乐:古乐名。《吕氏春秋·古乐》:"葛天氏之乐,三人操牛尾,投足以歌八阕。"千人唱,万人和:司马相如《上林赋》:"奏陶唐氏之歌,听葛天氏之乐,千人唱,万人和。"按:葛天之歌,本唱和只三人,相如推三成万,作唱和千万人。

④蔑:指轻视。《韶》:古乐曲名,相传虞舜时所创的乐舞,周代"六舞"之一,周人用以祭祀四方。《夏》:相传为禹时所创的乐舞,周代"六舞"之一,周人用以祭祀山川。上四句,严可均《全三国文》置于《报孔璋书》中。丁晏《曹集铨评》:"《文心雕龙》八引《报孔璋书》。《文心雕龙》云:陈思,群才之英也,报孔璋书云云。"

⑤此二句《文选》颜延年《赭白马赋》及陆士衡《汉高祖攻城颂》李善注引《与陈琳书》。

【汇评】

南朝梁·刘勰:陈思,群才之英也。《报孔璋书》云:葛天氏之乐,千人唱,万人和,听者因以蔑《韶》《夏》矣。此引事之实谬也。按葛天之歌,唱和三人而已。……夫以子建明练,士衡沈密,而不免于谬。曹洪之谬《高唐》,又曷足以嘲哉!(《文心雕龙》卷八)

太和年间

与司马仲达书

今贼徒欲保江表之城，守区区之吴尔①！无有争雄于宇内，角胜于平原之志也②。故其俗盖以洲渚为营壁，江淮为城堑而已③。若可得挑致，则吾一旅之卒足以敌之矣④。盖弋鸟者矫其矢，钓鱼者理其纶⑤。此皆度彼为虑，因象设宜者也⑥。今足下曾无矫矢理纶之谋，徒欲候其离舟，伺其登陆，乃图并吴会之地⑦，牧东野之民，恐非主上授节将军之心也⑧。

【题解】

本篇《续古逸丛书》本卷九题作《司马仲达书》。司马仲达，即司马懿，河内郡温县孝敬里（今河南焦作温县）人，三国时期魏国杰出的政治家、军事家，历任骠骑将军、大都督、大将军、太尉、太傅等职，后成为掌控魏国的权臣，西晋王朝的奠基者。谥号"宣文"；次子司马昭封晋王后，追封其为宣王；司马炎称帝后，追尊其为宣皇帝。《晋书·宣帝纪》："（太和三年）帝朝于京师，天子访之于帝……二虏宜讨，何者为先？对曰：'吴以中国不习水战，故敢散居东关。凡攻敌，必扼其喉而搤其心。夏口、东关，贼之心喉，若谓陆军以向皖城，引权东下；为水战军向夏口，乘其虚而击之，此神兵从天而坠，破之必矣。'天子并然之，复命屯于宛。"本篇系节录之文。文中陈述对待东吴，应当挑敌而出，聚而歼之，并非等待敌众出其境，然后寻求进攻。

【注释】

①贼：指孙吴。江表：指长江以南地区。区区之吴尔：《续古逸丛书》本作"欧吴尔"。欧吴：指东吴。

②宇内:中原地区。角胜:较量胜负。

③洲渚:水中的小块陆地。营壁:军营壁垒。

④一旅:古代军队五百人为一旅,此指人数少。

⑤弋鸟:射鸟。弋:指用带绳之箭射猎。纶:钓鱼的丝绳。

⑥因象:依据客观形势。设宜:设置应变的措施。

⑦并:兼并。吴会:指吴郡、会稽郡二郡,皆孙吴之境。

⑧牧:治理;管理。东野:指吴国。将军:指司马懿。时司马懿任骠骑大将军,加督荆豫二州诸军事,以御东吴。

逸　文

与丁敬礼书①

顷不相闻,覆相声音亦为怪,故乘兴为书。含欣而秉笔②,大笑而吐辞,亦欢之极也。

【注释】

①《北堂书钞》卷一百三收录此文。丁敬礼:即丁廙。

②秉:持;握。

答崔文始书①

临江直钓,不获一鳞,非江鱼之不食,其所饵之者非也。是以君子慎举擢②。

【注释】

①《太平御览》卷九百三十六收录此文。崔文始:曹植友人。

②举擢:选拔。

哀辞
建安年间

金瓠哀辞

金瓠，予之首女，虽未能言，固已授色知心矣①！生十九旬而夭折②，乃作此辞。辞曰：

在襁褓而抚育，向孩笑而未言③。不终年而夭绝，何见罚于皇天④。信吾罪之所招，悲弱子之无愆。去父母之怀抱，灭微骸于粪土⑤。天长地久，人生几时，先后无觉，从尔有期⑥。

【题解】

哀辞，古代的一种文体，属诔文之流。挚虞《文章流别传》云："崔瑗、苏顺、马融等为之，率以施于童殇夭折不以寿终者。建安中，文帝、临淄侯各失稚子，命徐干、刘桢等为之哀辞。哀辞之体，以哀痛为主，缘以叹息之辞（《太平御览》卷五百九十六）。"金瓠，曹植长女，卒于建安十八年（213）。本哀辞乃曹植哀悼亡女之作，抒发了作者痛失爱女的悲痛心情。

【注释】

①已：《艺文类聚》卷三十四作"以"。授色知心：指识人颜色，知人喜怒。

②十九旬：即一百九十天。十日为一旬。

③向：张溥本卷二十六作"尚"，是。尚：尚且。

④终年：满一周岁。见：《艺文类聚》《续古逸丛书》本卷九作"负"。

⑤灭：掩埋。微骸：指婴儿的尸体。

⑥从尔：比喻死亡。

仲雍哀辞

曹喈字仲雍,魏太子之中子也①。三月而生,五月而亡。昔后稷之在寒冰,斗谷之在楚泽②,咸依乌冯虎,而无风尘之灾③。今之玄第文茵④,无寒冰之惨;罗帏绮帐,暖于翔鸟之翼⑤。幽房闲宇,密于云梦之野⑥;慈母良保,仁乎乌菟之情⑦。卒不能延期于期载,离六旬而夭殂⑧。

彼孤兰之眇眇,亮成干其毕荣⑨。哀绵绵之弱子,早背世而潜形⑩。且四孟之未周,将何愿乎一龄⑪。阴云回于素盖,悲风动其扶轮⑫。临埏阒以欷歔,泪流射而沾巾⑬。

流尘飘荡魂安归⑭?

痛玄庐之虚廓⑮。

【题解】

严可均《全三国文》卷十九题作《曹仲雍哀辞》。自“曹喈字仲雍”以下至“离六旬而夭殂”九十九字,原与正文连在一起,今从严可均《全三国文》卷十九将其移为序文。本篇乃作者为哀悼曹丕中子曹喈夭亡而作。本文主要抒发了作者对曹喈生而不凡,成长环境优渥,反而早夭的不幸遭遇的哀悼之情。

【注释】

①中子:第二个孩子。张溥本卷二十六作“仲”。

②后稷:名弃,帝喾元妃有邰女姜嫄所生,周之始祖,曾被帝尧举为农师。寒冰:相传姜嫄踏巨足而生后稷,以为不祥,弃之于寒冰之上,飞鸟以其羽翼覆盖之。斗谷:字子文,又名斗谷于菟,斗伯比之子,春秋时楚国令尹之一。斗伯比与表妹,郧夫人之女私通生下子文,郧夫人以为不祥,使人弃之于云梦泽。郧子于云梦泽田猎,见虎以乳喂之。后由郧子带回郧国由其女

抚养。楚人称"乳"为"谷",称"虎"为"于菟",故名斗谷于菟。事见《左传·宣公四年》。

③冯:同"凭",依靠。风尘:比喻危难。

④玄第(zǐ):黑色的床席。第:以竹编的床席。文茵:车中的坐褥,以虎皮为之。

⑤翔鸟之翼:指飞鸟以羽翼覆盖后稷,为之取暖。

⑥密:安静。云梦:云梦泽,为春秋时楚国境内的大湖,约在今湖北京山、枝江等县境内。

⑦良保:左右服侍的人。乌菟:即於菟,指虎。

⑧期:指一周岁。张溥本、《续古逸丛书》本卷九俱作"朞"。离:经历。张溥本、《续古逸丛书》本俱作"虽"。六旬:六十天。殁:《艺文类聚》《全三国文》俱作"没",《续古逸丛书》本作"殁"。

⑨兰:象征曹楷的优秀品质。眇眇:微弱。成干:长大成人。毕荣:指盛年事业有成。

⑩绵绵:形容屡弱。背世:比喻死亡。潜形:潜藏身形。

⑪四孟:指孟春、孟夏、孟秋和孟冬,此指一年四季。何:张溥本、《续古逸丛书》本俱脱此字。

⑫扶轮:即蒲轮,指丧车的车轮以蒲草为之,故称。古扶、蒲通用。

⑬埏(yán)闼:墓门。

⑭此句《文选》刘休玄《拟古诗》李注引《仲雍诔》,丁晏《曹集铨评》谓诔疑即此哀辞。

⑮虚廓:空阔。此句《文选》陆士衡《挽歌》李注引《仲雍哀辞》。

行女哀辞

行女生于季秋,而终于首夏①。三年之中,二子频丧②。

伊上灵之降命,何短修之难裁③;或华发以终年,或怀妊而逢灾④。感前哀之未阕,复新殇之重来⑤!方朝华而晚敷,比晨露而先晞⑥。感逝者之不追，怅情忽而失度⑦。天盖高而无阶，怀此恨其谁诉！

家王征蜀汉⑧。

【题解】

建安二十年(215)，曹植行女卒，植作《行女哀辞》，并命徐干、刘桢等为之作哀辞。故本哀辞作于曹植行女卒后不久。《文选》李善注引《行女哀辞》中有"家王征蜀汉"句，据《三国志·魏书·武帝纪》所载："建安二十三年(218)秋七月，治兵，遂西征刘备。"故赵幼文云："则此文之作，或在二十四年首夏后也。"本哀辞抒发了作者对其女夭亡的哀悼之情。

【注释】

①行女：次女。

②二子：指金瓠、行女二女。频：连续；相继。

③上灵：天神。张溥卷二十六作"上帝"。短修：指人寿命的长短。

④华发：花白的头发。怀妊：怀孕。

⑤前哀：指金瓠之死。《续古逸丛书》本卷九作"前爱"。阕：尽。新殃：指行女之死。

⑥方：比如。朝华：即木槿，其花早晨开放，晚上凋谢。晚敷：指日暮始开，花开即败。晞：干。

⑦情忽：恍惚貌。《艺文类聚》卷三十四、《全三国文》卷十九俱作"怅情忽"。失度：失态。

⑧此句《文选》谢灵运《拟魏太子邺中诗》李善注引《行女哀辞》。

论
建安年间

汉二祖优劣论

　　有客问予曰:"夫汉二帝,高祖、光武,俱为受命拨乱之君,比时事之难易①,论其人之优劣,孰者为先?"予应之曰:"昔汉之初兴,高祖因暴秦而起,官由亭长,□自亡徒,招集英雄②,遂诛强楚,光有天下③,功齐汤武,业流后嗣④,诚帝王之元勋,人君之盛事也! 然而名不继德,行不纯道,直寡善人之美称⑤,鲜君子之风采,惑秦宫而不出,窘项坐而不起⑥,计失乎郦生,忿过乎韩信⑦。太公是诰⑧,于孝违矣! 败古今之大教,伤王道之实义⑨。身殁之后,崩亡之际,果令凶妇肆鸩酷之心,嬖妾被人豕之刑⑩,亡赵幽囚,祸殃骨肉⑪。诸吕专权,社稷几移⑫。凡此诸事,岂非高祖寡计浅虑以致□⑬! 然彼之雄材大略,倜傥之节⑭,信当世至豪健壮杰士也。又其枭将莡臣⑮,皆古今之鲜有,历世之希睹。彼能任其才而用之,听其言而察之,故兼天下而有帝位,流巨勋而遗元功也⑯。不然,斯不免于间阎之人,当世之匹夫也⑰。

　　世祖休乾灵之休德,禀贞和之纯精⑱,通黄中之妙理,韬亚圣之懿才⑲。其为德也,聪达而多识,仁智而明恕,重慎而周密,乐施而爱人。值阳九无妄之世,遭炎光厄会之运⑳,殷尔雷发,赫然神举㉑。用武略以攘暴㉒,兴义兵以扫残。神光前驱,威风先逝㉓。军未出于南京，莽已毙于西都㉔。破二公于昆阳，斩阜、赐于汉津㉕。当此时也，九州鼎沸，四海渊涌，言帝者二三，称王者四五㉖，咸鸱视狼顾，虎超龙骧㉗。

光武秉朱光之巨钺，震赫斯之隆怒㉘。夫其荡涤凶秽，剿除丑类㉙，若顺迅风而纵烈火，晒白日而扫朝云也。若克东齐难胜之寇，降赤眉不计之虏㉚；彭宠以望异内陨，庞萌以叛主取诛㉛，隗戎以背信躯毙，公孙以离心授首㉜。尔乃庙谋而后动众㉝，计定而后行师，故攻无不陷之垒，战无奔北之卒。是以群下欣欣，归心圣德㉞。宣仁以和众，迈德以来远㉟。于是战克之将，筹画之臣，承诏奉令者获宠，违命犯旨者颠危㊱。故曰：建武之行师也，计出于主心，胜决于庙堂㊲。故窦融闻声而影附，马援一见而叹息㊳。股肱有济济之美，元首有穆穆之容㊴。敦睦九族，有唐虞之称㊵；高尚纯朴，有羲皇之素㊶；谦虚纳下，有吐握之劳㊷；留心庶事，有日昃之勤㊸。乃规弘迹而造皇极，创帝道而立德基㊹。是以计功则业殊，比隆则事异㊺，旌德则靡愆，言行则无秽㊻，量力则势微，论辅则力劣。卒能握乾坤之休徵，应五百之显期㊼，立不刊之遐迹，建不朽之元功㊽；金石播其休烈，诗书载其勋懿㊾。故曰：光武其近优也。

汉之二祖，俱起布衣㊿，高祖阙于微细，光武知于礼法(51)。

高祖又鲜君子之风，溺儒冠不可言敬(52)，辟阳淫僻(53)，与众共之。诗书礼乐，帝尧之所以为治也，而高祖轻之。济济多士，文王之所以获宁也，高祖蔑之不用(54)。听戚姬之邪媚，致吕氏之暴戾(55)。

将则难比于韩、周，谋臣则不敌于良、平(56)。

【题解】

本篇《太平御览》卷四百四十七题作《汉二祖论》，疑是。评论历史人物的优劣得失，是建安时期邺下文人的活动项目之一，也是当时的社会风气所致。汉高祖刘邦、汉光武帝刘秀俱为历史上有名的君主，生于乱世，都靠武力取得政权。文中，作者将二人进行了横向比较，分析了他们成功的客观条件，评论他们品质德行的优劣。全面衡量二人的优劣，则刘秀优于刘邦。当为建安时期的作品。

【注释】

①高祖：汉高祖刘邦。光武：汉光武帝刘秀。受命：承受天命。比：比较。

②亭：秦汉制度，十里为一亭。亭长掌管亭里的各项事务，兼管停留旅客。时刘邦为泗上亭长。"官由"以下十二字，张溥本卷二十六、《续古逸丛书》本卷十俱脱。亡徒：《史记·高祖本纪》："高祖以亭长为县送徒骊山，徒多道亡。自度比至皆亡之，到丰西泽中，止饮，夜乃解纵所送徒。曰：'公等皆去，吾亦从此逝矣！'"招集英雄：指秦二世元年刘邦等人在沛县起义之事。

③强楚：指项羽。

④汤武：指商汤和周武王，他们皆以武力征伐四方而统一全国，登上帝位。业：指帝王之业。

⑤"直寡"以下五十五字，《续古逸丛书》本脱，今据《全三国文》补入。《全三国文》无"直"字。

⑥惑：留恋。惑秦宫而不出：刘邦进入咸阳城后，对那里的宫室、帷帐、狗马、珍宝和妇女等很留恋，想就此住下，樊哙劝谏他离开，但刘邦根本听不进去。(见《史记·留侯世家》)窘：困。项坐：指鸿门宴之事。

⑦郦生：郦食其。楚汉之争中，刘邦被项羽困于荥阳，郦生为之设谋，欲重新立六国的后代为诸侯，以削弱项羽，后被张良阻止。事见《汉书·张良传》。韩信：淮阴侯韩信，西汉开国功臣，曾先后封齐王、楚王，后贬为淮阴侯，因遭到汉高祖的疑忌，以谋反罪处死。事见《史记·淮阴侯列传》。

⑧太公：指刘邦的父亲。

⑨教：指孝道。义：指封建的人伦关系。

⑩凶妇:指吕后。肆:尽;极。鸩酷:犹言狠毒。嬖妾:指戚夫人。人豕之刑:据《史记·吕太后本纪》载,汉高祖死后,吕后斩断了戚夫人的手脚,挖去她的眼睛,熏聋她的耳朵,逼迫她喝下哑药,让她住在厕所,并称她"人彘"。彘:即豕。

⑪亡赵:指吕后用鸩酒毒死戚夫人之子赵王刘如意之事。幽囚:指赵王刘如意死后,吕后乃徙淮阳王友为赵王。后赵王友因被吕后囚禁而饿死。祸殃骨肉:如逼迫梁王恢自杀,派人杀燕王建之子。骨肉:指刘氏宗亲。

⑫几:几乎。

⑬致囗:《全三国文》"致"下有囗,张溥本、《续古逸丛书》本皆无。

⑭倜傥:卓绝不凡。张溥本、《续古逸丛书》本俱作"俶傥"。

⑮枭将:猛将;健将。此指韩信、黥布、彭越等。荩(jìn)臣:忠臣。张溥本、《续古逸丛书》本俱作"画"。画臣:指设谋略的人。

⑯兼:统一。元功:大功。而:张溥本、《续古逸丛书》本俱脱此字。

⑰闾阎之人:平民。闾阎:民间。"不然"以下十六字,张溥本、《续古逸丛书》本俱脱。

⑱世祖:汉光武帝刘秀的庙号。乾灵:天神。休德:美德。贞和:正直平和。纯精:品质纯粹。

⑲通黄中之妙理:通晓万物精微的道理。黄为中和之色。韬:隐藏;隐蔽。亚圣:稍次于圣者。懿:美。

⑳阳九:灾荒、厄运。无妄:灾祸变乱。炎光:象征汉朝。汉朝以火德王,故曰"炎光"。厄会:《续古逸丛书》本作"巨会"。

㉑殷尔:形容雷声。赫然:盛大貌。

㉒攘暴:除暴。

㉓逝:前往。

㉔南京:指今河南南阳。光武帝建都于洛阳,以洛阳之南的南阳为南都,故称南京。西都:指长安。

㉕二公:指王莽政权时的大司徒王寻、大司空王邑。地皇四年(23),王莽派王寻与王邑征集甲士四十二万(号称百万),与光武帝军战于昆阳,莽军大败,王寻被杀,王邑逃走。(见《后汉书·光武帝纪》)昆阳:指今河南叶县。

阜:甄阜,王莽于南阳的最高军政长官前队大夫。赐:梁丘赐。汉津:沘水,今名泌河,在今河南南阳境内。更始元年(23),汉军与甄阜、梁丘赐军战于沘水西,斩甄阜、梁丘赐。

㉖言帝者二三:指公孙述、王昌、刘永,皆专据一方,自称天子。称王者四五:指董宪称淮南王、卢芳称西平王、延岑称武安王、庞萌称东平王。

㉗咸鸱、狼顾:皆形容凶残贪婪之状。虎超、龙骧:俱形容勇猛之状。

㉘赫斯:盛怒貌。斯:语中助词。语出《诗·大雅·皇矣》:"王赫斯怒,爰整其旅。"自"破二公"以下四十五字,张溥本、《续古逸丛书》本俱脱,依《太平御览》补入。

㉙丑类:指豪强割据势力。

㉚赤眉:指汉末以樊崇为首的农民起义军,他们皆以朱涂眉,故称。

㉛彭宠:汉朝时人,刘秀部将,因不满刘秀对自己的待遇和地位,遂发兵反,率二万余人的大军攻破蓟城,自立为燕王。建武五年(29)春,彭被子密杀死,投降刘秀。(见《后汉书·彭宠传》)庞萌:东汉初年将领,刘秀称帝后,任命其为侍中,后封平狄将军,与盖延等共伐董宪。因诏书只发给盖延,萌以为刘秀已经不信任自己,于是起兵反。后刘秀亲率大军讨伐他,大败之,被杀。(见《后汉书·庞萌传》)

㉜隗戎:隗嚣,字季孟,天水成纪人。建武六年(30),汉军与隗嚣军战于陇坻,汉军大败。不久,隗嚣上疏光武帝,刘秀回复说:"今若束手,复遣恂弟归阙庭者,则爵禄获全,有浩大之福矣。……即不欲,勿报。"隗嚣见此,遂称臣于公孙述,封朔宁王。建武八年(32),双方再战于略阳,嚣受困。建武九年(33),嚣忧愤而死。公孙:指公孙述,字子阳。新末起兵割据巴蜀,于公元25年在成都即帝位,国号"大成"。最后落得身死国灭的下场。见《后汉书·公孙述传》。"若克"以下四十三字,张溥本、《全三国文》、《续古逸丛书》本俱脱,从《金楼子》补入。

㉝庙谋:指预先制定的克敌制胜的策略。

㉞欣欣:喜悦貌。圣德:圣王之德,此指刘秀。

㉟迈德:勉力树立德行。《尚书·大禹谟》:"皋陶迈种德。"

㊱犯旨:违反帝王意旨。颠危:覆灭。

449

㊲庙堂:朝廷。“于是”以下四十二字,张溥本、《全三国文》、《续古逸丛书》本俱脱,从《金楼子》补入。

㊳窦融:字周公,东汉初大将。光武帝即位后,决策归汉,授凉州牧,后封安丰侯,历任冀州牧、大司空等职。详见《后汉书·窦融传》。马援:字文渊,东汉人,累官伏波将军,封新息侯。详见《后汉书·马援传》。

㊴股肱,指胳膊和大腿,此处比喻左右得力之臣。济济:庄严恭敬貌。元首:指皇帝。穆穆:祥和貌。

㊵敦睦:指亲厚。唐虞:指唐尧和虞舜。

㊶羲皇:指伏羲。素:品德。

㊷吐握:指殷勤接待贤士。《汉书·萧望之传》:“恐非周公相成王,躬吐握之礼”。颜师古注:“周公摄政,一沐三握发,一饭三吐哺,以接天下之士。”

㊸庶事:指国家政务、政事。日昃:太阳偏西。

㊹皇极:帝位。德基:德教的基础。《诗·大雅·抑》:“温温恭人,维德之基。”

㊺业殊:成就不一。比隆:比较功绩的大小。

㊻旌:表彰。靡愆:指有过错。秽:不净。

㊼休徵:吉祥的征兆。五百:指古人所说的五百年必有帝王兴之事。

㊽刊:消除;磨灭。遐迹:远迹,此指远大的功业。元功:大功。

㊾金石:钟鼎石碑。播:记载。休烈:美政。勋懿:指美好的功勋。

㊿布衣:百姓。“汉之二祖”以下皆为《金楼子》卷四引曹植语。

(51)微细:小节。丁晏云:“此疑篇首‘予应之曰’下脱文。”

(52)溺儒冠:指将儒生的帽子丢进尿水中,言其不敬。事见《史记·郦生列传》。

(53)辟阳:指刘邦避居芒、砀山之事。淫僻:指刘邦入咸阳,沉溺于宫中生活之事。

(54)济济:盛貌。蔑:轻视,此指刘邦轻视儒生之事。

(55)戚姬:戚夫人。暴戾:残暴酷虐,此指吕后残害刘姓宗亲之事。丁晏云:“原引下接‘果令凶妇肆酖酷之心’句,疑为‘名不继德,行不纯道’下脱文。”

㊶韩:韩信。周:周勃。良:张良。平:陈平。丁晏云:"此二句与上两条不相属。原引云:'诸葛亮曰:曹子建论光武云云。'疑亦此论脱文,姑附于此。下又引武侯语云云,光武上将非减于韩、周,谋臣非劣于良、平,即用子建语诘难。'将'上疑脱'上'字。"

成王汉昭论

周公以天下初定,武王既终,而成王尚幼,未能定南面之事①。是以推己忠诚,称制假号②。二弟流言,召公疑之③,发金縢之匮,然后用寤④,亦未决也。至于昭帝,所以不疑于霍光,亦缘武帝有遗诏于光⑤。使光若周公,践天子之位,行周公之事,吾恐叛者非徒二弟,疑者非徒召公也。且贤者固不能知圣贤,自其宜尔!昭帝固可不疑霍光,周王自可疑周公也⑥。若以昭帝胜成王,霍光当踰周公邪?若以尧、舜为成王,汤禹作管、蔡、召公,周公之不见疑必也。

【题解】

本篇严可均《全三国文》卷十八题作《周成汉昭论》,疑此论原题似作《周成汉昭论》,因曹丕有《论周成汉昭》之文,而《艺文类聚》卷十二、《太平御览》卷八十九亦引有丁仪《周成汉昭论》。建安中期,在邺下文人品评历史人物中,有人提出"方周成于汉昭,金尚成而下昭"的论点,扬成抑昭。曹植不同意该观点,他认为,在知人善任,用人不疑这一点上,汉昭优于周成王。当作于建安中期。

【注释】

①南面:古代以坐北朝南为尊位。帝位面朝南,故以之代称帝位。
②称制:指摄政,代行皇帝的职权。假号:假借天子之名发号施令。
③二弟:指管叔、蔡叔。他们散布流言,说周公摄政,将对成王不利。

④寤:醒悟;觉悟。

⑤霍光:西汉大臣,字子孟,河东平阳(今山西临汾)人,汉昭帝时辅政大臣。遗诏:据《汉书·霍光传》所载,汉武帝命黄门画工画了一幅周公背负周成王朝会诸侯的图画,赐予霍光。后依画所寓,立少子刘弗陵为帝,以霍光为辅政大臣。

⑥周王:指周成王。张溥本卷二十六、《全三国文》俱作"成王",疑是。自可:张溥本脱"可"字。

相　论

世人固有身瘠而志立①,体小而名高者;于圣则否。是以尧眉八彩,舜目重瞳②,禹耳参漏,文王四乳③。然则世亦有四乳者,此则驽马一毛似骥耳!

卫臣有公孙吕者,长七尺,面长三尺,广三寸,名震天下④。若此之状,盖远代而求,非一世之异也。使形殊于外,道合其中,名震天下,不亦宜乎! 语云:无忧而戚,忧必及之;无庆而欢,乐必随之⑤。此心有先动,而神有先知,则色有先见也。故扁鹊见桓公,知其将亡⑥;申叔见巫臣,知其窃妻而逃也⑦。

荀子曰:"以为天不知人事耶? 则周公有风雷之灾,宋景有三舍之福⑧。以为知人事耶? 则楚昭有弗禜之应,邾文无延期之报⑨。由是言之,则天道之与相占,可知而疑,不可得而无也。

【题解】

本篇《艺文类聚》卷七十五引为曹植所作。《太平御览》卷七百三十一自"宋臣有公孙吕"下分为二篇,皆题作《论衡》。丁晏云:"今以《论衡》校之,惟'尧眉八采'四句见《骨相篇》,余文均不见,疑《御览》误引也。"严可均《全三国文》卷十八分为三段，总题《相论》，皆辑自《艺文类聚》，不相连属。本文中，曹植根据历史事件，讨论天道与人事有相左的时候，亦有相应的时候，从而提出"天道之与相占，可知而疑，不可得而无也"，即不可偏信天道的论点，但对天道与人事相感应的论点亦不能全面否定。

【注释】

①世人固有：张溥本卷二十六作"世固有人"。瘠：瘦弱。

②尧眉八彩：指帝尧的眉毛似八字。《抱朴子·祛惑篇》："尧眉八采……直两眉头甚竖，似八字耳。"重瞳：一目之中有两个瞳仁。

③禹耳参漏：传说大禹的每只耳朵有三个窟窿。文王四乳：相传周文王胸上长有四个乳头。《论衡·骨相篇》："文王四乳。"

④公孙吕：《荀子·非相篇》："昔者卫灵公有臣曰公孙吕，身长七尺，面长三尺，焉广三寸，鼻目耳具，而名动天下。"名震天下：张溥本脱此二字。

⑤随：《艺文类聚》《太平御览》《全三国文》俱作"还"。

⑥扁鹊：姓姬，秦氏，名越人，春秋战国时名医。因其医术高明，时人便借用黄帝时的神医"扁鹊"的名号来称呼他。桓公：齐桓公田午，田氏代齐后的第三位齐国国君，时都上蔡，故又称蔡桓公，谥号"齐桓公"。知其将亡：事见《史记·扁鹊列传》。

⑦申叔：申叔跪，春秋时宋国大夫申叔时之子。巫臣：字子灵，又名屈巫。原是楚国大夫，后佐晋景公。公元前589年，晋伐齐，齐大败，向楚求援。出兵前楚王派巫臣到齐国访问，巫臣乘机尽带其家室与财产出行，与申叔跪于路上相遇。申叔跪便说：你这人对肩负的重要军事使命有恐惧之心，又有《桑中》所说的喜好男女欢恋之色，大概是要偷偷地带妻子逃跑吧。（见《左传·成公二年传》）

⑧风雷之灾：《尚书·金縢篇》："秋，大熟，未获。天大雷电以风，禾尽偃，大木斯拔，邦人大恐。"宋景：即春秋时宋国国君宋景公。三舍：指三星宿的位置。一宿为一舍。据《吕氏春秋·制乐篇》所载，宋景公患疾，惊惧，问于子韦，韦说：彗星止于心宿，是上天对您的惩罚，可移于宰相、百姓或时岁。景公念及天下苍生，都不同意。因景公之善言，彗星越过宋国的分野而迁移了三舍。

⑨楚昭:楚昭王熊壬,又名轸,楚平王之子。弗禜(yíng)之应:见《左传·哀公六年》。禜:古代的一种祈神以求消灾免祸的祭祀。邾(zhū)文:邾文公,名籧篨(jǔ chú),邾国(在今山东邹城)较有作为的国君之一,以德政著称。据《左传·文公十三年》所载,邾文公就迁都之事占卜,卜辞说若迁都到绎,于民有利,于君有害,会使国君短命。邾文公却说,上天树立君主,就是为了为民谋利,如果迁都有利于民,当然要迁。于是他毅然将国都迁至绎。不久邾文公死去,后人称其为知天命之人。

辩道论

夫神仙之书,道家之言,乃云傅说上为辰尾宿①;岁星降下为东方朔②;淮南王安诛于淮南,而谓之获道轻举③;钩弋死于云阳,而谓之尸逝柩空④。其为虚妄甚矣哉!中兴笃论之士有桓君山者⑤,其所著述多善。刘子骏尝问⑥:"言人诚能抑嗜欲,阖耳目,可不衰竭乎⑦?"时庭中有一老榆,君山指而谓曰:"此树无情欲可忍,无耳目可阖,然犹枯槁腐朽。而子骏乃言可不衰竭,非谈也。"君山援榆喻之,未是也。何者?……"余前为王莽典乐大夫。《乐记》云:'文帝得魏文侯乐人窦公⑧,年百八十,两目盲。帝奇而问之:"何所施行⑨?"对曰:"臣年十三而失明,父母哀其不及事⑩,教臣鼓琴。臣不能导引⑪,不知寿得何力。""君山论之曰:"颇得少盲,专一内视,精不外鉴之助也⑫。"先难子骏,以内视无益;退论窦公,便以不外鉴证之,吾未见其定论也。君山又曰:"方士有董仲君者,有罪系狱,佯死,数日,目陷虫出,死而复生,然后竟死⑬。"生之必死,君子所达,夫何喻乎⑭!夫至神不过天地,不能使蛰虫夏潜,震雷冬发,时变则物动,气移而事应⑮。彼仲君者,乃能藏其气,尸其体⑯,烂其肤,出其虫,无乃大怪乎!

世有方士，吾王悉所招致⑰，甘陵有甘始，庐江有左慈，阳城有郤俭⑱。始能行气导引，慈晓房中之术，俭善辟谷⑲，悉号数百岁。本所以集之于魏国者，诚恐斯人之徒，接奸诡以欺众，行妖慝以惑民⑳，故聚而禁之也。岂复欲观神仙于瀛洲，求安期于边海㉑，释金辂而顾云舆，弃六骥而羡飞龙哉？自家王与太子及余兄弟㉒，咸以为调笑，不信之矣。然始等知上遇之有恒，奉不过于员吏㉔，赏不加于无功，海岛难得而游，六黻难得而佩㉕，终不敢进虚诞之言，出非常之语。余尝试郤俭，绝谷百日，躬与之寝处㉖，行步起居自若也。夫人不食七日则死，而俭乃如是㉗。然不必益寿，可以疗疾，而不惮饥馑焉㉘！左慈善修房内之术，差可终命㉙。然自非有志至精㉚，莫能行也。甘始者，老而有少容㉛，自诸术士咸共归之。然始辞繁寡实，颇有怪言。余尝辟左右，独与之谈，问其所行；温颜以诱之㉜，美辞以导之。始语余："吾本师姓韩，字世雅。尝与师于南海作金，前后数四㉝，投数万斤金于海。"又言："诸梁时，西域胡来献香罽腰带、割玉刀㉞，时悔不取也。"又言："车师之西国㉟，儿生，擘背出脾㊱，欲其食少而努行也。"又言："取鲤鱼五寸一双，令其一含药，俱投沸膏中㊲。有药者奋尾鼓鳃，游行沉浮，有若处渊。其一者已熟而可噉。"余时问言："率可试否？"言："是药去此逾万里，当出塞㊳，始不自行，不能得也。"言不尽于此，颇难悉载，故粗举其巨怪者。始若遭秦始皇、汉武帝，则复为徐市、栾大之徒也㊴。桀纣殊世而齐恶，奸人异代而等伪㊵，乃如此耶！

　　又世虚然有仙人之说。仙人者，傥猱猿之属与㊶？世人得道化为仙人乎？夫雉入海为蜃，燕入海为蛤㊷。当夫徘徊其翼，差池其羽㊸，犹自识也。忽然自投，神化体变，乃更与鼋鳖为群，岂复自识翔林薄、巢垣屋之娱乎㊹！牛哀病而为虎，逢其

455

兄而噬之⑭。若此者，何贵于变化邪！

夫帝者，位殊万国⑯，富有天下，威尊彰明，齐光日月。宫殿阙庭，等耀紫微⑰，何顾乎王母之宫、昆仑之域哉⑱！夫三鸟被役⑲，不如百官之美也；素女姮娥，不若椒房之丽也；云衣羽裳，不若黼黻之饰也⑪；驾螭载霓，不若乘舆之盛也⑫；琼蕊玉华，不若玉圭之洁也⑬。而顾为匹夫所罔，纳虚妄之辞⑭，信眩惑之说。隆礼以招弗臣⑮，倾产以供虚求，散王爵以荣之，清闲馆以居之⑯。经年累稔⑰，终无一验，或殁于沙丘，或崩于五柞⑱，临时复诛其身，灭其族，纷然足为天下一笑矣！若夫玄黄所以娱目，铿锵所以乐耳⑲，媛妃所以绍先，刍豢所以悦口也⑳。何以甘无味之味，听无声之乐，观无采之色也。然寿命长短，骨体强劣，各有人焉。善养者终之，劳扰者半之，虚用者夭之㉑，其斯之谓欤！

【题解】

本篇张溥本卷二十六载有两篇，分别题作《辩道论》《又辩道论》。丁晏云："此论张载二篇，一与程本略同，而稍增多，一另据《广弘明集》，然与前篇大同小异。《续苑》九所引《辩道论》，系据《辩正论》，并荟萃群书，订补为一篇，其裁鉴极精审。今从其次第录之，删张本之复文，仍分注异同脱误于各文下。"建安时期，曹操召集方术之士，聚集于邺城，其目的在于维护和巩固其统治，防止黄巾起义这类事情再次发生，消除方士在群众中的不良影响，故而加强其对于舆论的控制，禁止这些人到处散播流言。曹植本论是对曹操该做法的一种辩解，着重申明曹操此举是有着政治目的性的。其次，文章揭露了方士的虚伪性，嘲笑秦始皇汉武帝妄信方士的下场。全篇只停留在陈述史实和现象上，缺乏深入的理论性的分析。

【注释】

①傅说：商王武丁时大臣，商王武丁于傅岩得之，后举以为相。史上人

们敬之为"圣人""天神""梦父"及天策星。相传傅说死后,灵魂飞升上天,化作傅说星,即辰尾星。辰尾:尾宿。尾宿有九星,其一名傅说。见《淮南子·览冥训》。

②岁星:木星。东方朔:字曼倩,西汉文学家。汉武帝时任常侍郎、太中大夫等职。相传东方朔乃岁星下凡。应劭《风俗通义·正失篇》:"俗言东方朔太白星精。"

③淮南王安:刘邦之孙,刘长之子,都寿春,与门客共撰《鸿烈》(后世称《淮南子》)。汉武帝时因被告谋反而自杀。民间信仰认为,刘安是炼丹得道成仙的。《太平寰宇记》:"昔淮南王与八公登山,埋金于此,白日升天。"

④钩弋:钩弋夫人赵氏,得幸汉武帝。传说她天生握拳不能展,展开后掌中握有一玉钩,故称之为"拳夫人""钩弋夫人",后封婕妤,汉昭帝刘弗陵之母。据《汉书·外戚传》所载,钩弋夫人死后葬云阳。相传其死后,尸体不臭,数月之后仍散发香气,及昭帝即位,为其改葬他处,打开棺材,棺空无尸,只有衣服鞋子尚存。(详见《神仙传》)

⑤中兴:指汉光武帝即位时。桓君山:桓谭,字君山,东汉哲学家、经学家、琴家。光武帝即位后任议郎给事中,坚决反对谶纬神学,著《新论》二十九篇,早佚。

⑥刘子骏:刘歆,字子骏,刘向之子,西汉末年人。博通经史,为黄门郎,官至中垒校尉。新莽时期为羲和(西汉时太史令)、京兆尹,封红休侯。刘向死后,刘歆继承父业,整理六艺群书,编成《七略》这一目录学著作。

⑦言人:《续古逸丛书》本无"言"字。阖:闭。

⑧文帝:指汉文帝。魏文侯:战国时魏国君主。

⑨施行:指行长寿之法。

⑩不及事:不能做事。

⑪导引:指导引精气,吐故纳新。

⑫内视:指不用目视,以心为眼。精:心神。张溥本作"情"。鉴:察。

⑬董仲君:据晋葛洪《神仙传》卷七载,董仲君,临淮人。服气炼形,二百余岁不老。曾被人诬陷入狱,在狱中假死,很快身体便臭烂生虫。狱吏见状,便将他的尸身抬出去扔掉,其竟忽然之间消失不见。见《新论》。有罪:

张溥本脱此二字。系狱:被捕入狱。

⑭达:通达。喻:说明。

⑮蛰虫:藏在泥土中过冬的虫子。时变:季节变化。物动:万物复苏。

⑯藏:收敛,隐藏。尸:陈列。

⑰吾王:指曹操。

⑱甘陵:地名,故地在今河北清河。甘始:《神仙传》:"甘始者,太原人也。善行气,不食,服天门冬。治病不用针艾。在人间三百岁,乃入王屋山。"庐江:汉郡名,今安徽潜山。左慈:字符放,庐江人,东汉末方士。精通五经,晓房中之术,亦懂占星术。据有关史料记载,他寿至134岁,死后飞仙而去。《后汉书·方术列传》有载。阳城:故地在今河南登封。郗俭:汉末方士,据《峄山志》和《邹县志》记载,郗俭曾在峄山南华观东华阳楼修炼。

⑲辟谷:古称导引之术,即不食五谷,可以长生。

⑳奸诡:为非作歹之人。慝(tè):指隐匿实情而饰非。

㉑瀛洲:传说的渤海三仙山之一,一说是五仙山之一,仙人所居之处。安期:安期生,琅琊阜乡人,先秦时方士。传说他曾卖药东海边,时人皆称他"千岁翁"。秦始皇东游,与之谈论了三天三夜,赐以金璧数千万,皆置于阜乡亭而去,唯留书与赤玉鞋一双作为答谢。书说:数年后,可到蓬莱山找我。事见《列仙传》等。

㉒释:舍弃。顾:念。云舆:仙人所乘之车。六骥:天子所驾的六马。

㉓家王:指曹操。太子:指曹丕。

㉔员吏:军中小吏。

㉕黻(fú):通"绂",系官印的丝带。汉武帝时,栾大曾配五将军和一侯的官印,故称"六黻"。

㉖余尝试郗俭:据《博物志》载,曹植曾于甘始住处观察记录,见甘始百日没进食,但容貌依然如初。此处谓甘始,盖传闻有误。躬:亲自。

㉗乃:竟然。

㉘饥馑:灾荒之年。五谷不熟曰饥;蔬菜不熟曰馑。

㉙房内之术:指古代道士、方士关于节欲养生之术。终命:终其天年。

㉚有志至精:指若想增年延寿,就须知其要——还精补脑之事,得其口

诀之术,方能得长生。

㉛少容:童颜。

㉜诱:引导;启发。

㉝作金:点石成金。数四:犹言数次。

㉞西域胡:汉魏西域在今新疆地区。香罽(jì):华丽、带有香气的毛织物。割玉刀:昆吾刀,能剖玉。

㉟车师:古西域国名,在今新疆吐鲁番一带。

㊱擘:借为"劈",破裂、裂开。脾:脾脏。

㊲令:张溥本作"合",《续苑》作"含"。含:《续苑》作"以",张溥本作"亵",严可均《全三国文》作"著"。《释疑论》:"令甘始以药含生鱼。"

㊳出塞:出长城边关。

㊴徐市:徐福,字君房,齐地琅琊人,秦时著名方士。据《史记·始皇本纪》所载,徐福上书说海中有蓬莱、方丈、瀛洲三仙山,乃仙人所居。于是秦始皇派徐福率领数千童男童女入海求仙。栾大:汉武帝时的药剂师,和文成将军同门学习方术。后巧言欺骗汉武帝,任其重任,拜为五利将军,并在这段时间内得四金印,封乐通侯。后因骗局败露而被腰斩。(见《史记·孝武本纪》)

㊵奸人:指徐市、栾大等人。异代:指秦汉二世。

㊶傥:如果。猱猿:泛指猿类。

㊷蜃、蛤:俱指蛤蜊。大的叫蜃,小的叫蛤。《国语·晋语》:"雀入于海为蛤,雉入于淮为蜃。"

㊸差池:往飞貌。《诗·邶风·燕燕》:"燕燕于飞,差池其羽。"

㊹翔林薄:指雉鸟。巢垣屋:指燕。

㊺牛哀:公牛哀。一说为韩人,一说为鲁人。相传其病七日,化成虎,把去看望他的哥哥吃了。(见《淮南子·俶真训》)

㊻万国:诸侯国。

㊼等:《全三国文》作"焜"。紫微:天帝所居的宫室。

㊽王母之宫:在昆仑山之巅。

㊾三鸟:指神话中西王母身边的三只青鸟,被视为王母的使者。《续古

逸丛书》本作“乌”。被役:《艺文类聚》卷七十八作“备投”,张溥本作“备役”,《全三国文》作“被致”。

(50)姮娥:传说中后羿的妻子,因偷吃了后羿从西王母处求来的不死药而成仙飞升而去,成为月中女神。椒房:后妃居住的宫室。此指后妃。

(51)云衣羽裳:仙人所穿之服。黼黻:绣有华美花纹的礼服,此指天子所穿的礼服。

(52)驾螭:以龙驾车。螭:传说中没有角的龙。载霓:以霓为旌旗。

(53)琼蕊、玉华:道家所谓服食可以长生的玉屑。玉圭:指天子所赐的玉。

(54)顾:反而。罔:迷惑;蒙蔽。

(55)弗臣:指不臣之人。

(56)散:赐。王爵:指栾大为乐通侯之事。清闲馆:指赐栾大列侯甲第等事。

(57)累稔:累年。

(58)沙丘:秦始皇死于沙丘平台,在今河北平乡境内。五柞(zuò):宫殿名,汉武帝崩于五柞宫。因宫中有五柞树,故称。

(59)玄黄:彩色的丝织物。铿锵:音乐。

(60)绍:继承;传承。先:祖先。刍豢(huàn):指牛羊猪狗等牲畜。食草的牲畜叫刍;食谷的牲畜叫豢。

(61)善养者终之:指善于养生之人,自然能终其天年。劳扰者半之:指过于劳累,其寿命就仅有善养者的一半。虚用者殀之:浪费精力而不知节制的人,就唯有夭折了。

【汇评】

南朝梁·刘勰:至如张衡《讥世》,韵似俳说;孔融《孝廉》,但谈嘲戏;曹植《辩道》,体同书钞;言不持正,论如其已。(《文心雕龙》卷四)

黄初年间

魏德论

元气否塞，玄黄喷薄^①，星辰逆行，阴阳舛错^②。国无完邑，陵无掩骼^③，四海鼎沸，萧条沙漠^④。武皇之兴也，以道凌残^⑤，义气风发。神戈退指，则妖氛顺制^⑥；灵弧一举，则朝阳播越^⑦。惟我圣后，神武盖天，威光佐扫，辰彗北弯^⑧，首尾争击，气齐率然^⑨。乃电□北□，席卷千里^⑩，隐乎若崩岳，旰乎若溃海^⑪。愠彼蛮夏，蠢尔弗恭^⑫，脂我萧斧，简武练锋^⑬。星陈而天运，振耀乎南封^⑭。荆人风靡，交益景从^⑮。军蕴余势，袭利乘权^⑯。荡鬼区于白水，擒矫制于遐川^⑰。仰属目于条支，睎弱水之潺湲^⑱，薄张骞于大夏，笑骠骑于祁连^⑲。其化之也如神，其养之也如春。柔远能迩，谁敢不宾^⑳！宪度增饰，日曜月光^㉑。迹存乎建安，道隆乎延康^㉒。于是汉氏归义，顾音孔昭^㉓，显禅天位，希唐放尧^㉔。上犹谦谦弗纳也^㉕，发不世之明诏，薄皇居而弗泰，蹈北人之清节^㉖，美石户之高介^㉗。义贯金石^㉘，神明已兴。神祇致祥，乾灵效祐^㉙。

于是群公卿士、功臣列辟，率尔而进曰^㉚：昔文王三分居二，以服事殷，非能之而弗欲，盖欲之而弗能。况天网弗禁，皇纲圮纽^㉛，一民非复汉萌，尺土非复汉有^㉜。故武皇创迹于前，陛下光美于后^㉝，盖所谓勋成于彼，位定于此者也。将使斯民播秬鬯^㉞，植灵芝，锄六穗，挹醴滋^㉟。遂乃凯风回焱，甘露匪

461

时㊱，农夫咏于田陇，织妇吟而综丝㊲。黄吻之龀㊳，含哺而怡；鲐背之老，击壤而嬉㊴。古虽称乎赫胥㊵，曷若斯之大治乎！于时上富于春秋，圣德汪濊㊶，奇志妙思，神鉴灵察㊷。方将审御阴阳㊸，增耀日月。极祯祥于遐奥，飞仁风以树惠㊹。既游精于万机，探幽洞深㊺；复逍遥乎六艺，兼览儒林㊻。抗思乎文藻之场圃，容与乎道术之疆畔㊼。超天路而高峙，阶清云以妙观㊽。将参迹于三皇，岂徒论功于大汉㊾！天地位矣，九域清矣㊿，皇化四达，帝猷成矣(51)。明哉元首，股肱贞矣(52)。礼乐既作，兴颂声矣。故将封泰山，禅梁甫(53)，历名山以祈福，周五方之灵宇(54)。越八九于往素，蹴帝王之灵矩(55)。流余祚于黎烝，钟元吉乎圣主(56)。

　　纤云不形，阳光赫戏(57)。

　　武创洪基，克光厥德(58)。

　　玄晏之化，丰洽之政(59)。

　　武帝执政日，白雀集于庭槐(60)。

　　栖笔寝牍，含光而不明，蒙窃惑焉(61)。

　　名儒按谶，良史披图(62)。

　　有白鹊之瑞(63)。

　　在昔太初，玄黄混并(64)，浑沌鸿濛，兆朕未形(65)。

　　不能贯道艺之清英，穷混元于太素，亦以明矣(66)。

【题解】

　　本篇作于延康元年（220），乃赞颂曹操的奠基之功与曹丕的文治武功，充满了溢美之词，不乏阿谀之处。严可均云："案《文心雕龙·封禅篇》云：'陈思《魏德》，假论客主，问答迂缓，且已千言，劳深绩寡，飙焰缺焉。'"据此知《魏德论》假客主问答，篇首所辑《书钞》二条（今入佚文），乃客问也，余皆主答。

【注释】

①元气:自然之气。否:指不通畅。玄黄:天地。

②星辰:张溥本卷二十六做"辰星",《续古逸丛书》本卷十作"晨星"。逆行:张溥本、《全三国文》、《续古逸丛书》本俱作"乱逆"。阴阳:寒暑。舛错:指出现反常现象。

③骼:尸体。"国无"以下八字,张溥本、《续古逸丛书》本俱脱。

④鼎沸:动荡不安。萧条:空寂无人。

⑤武皇:指曹操。《三国志·魏书·文帝纪》:"黄初元年,谥操为武皇帝。"凌:指压制。

⑥神戈:比喻军队。退指:指曹操起兵后,由河南转战山东之事。妖氛:指黄巾义军。

⑦灵弧:犹言神旗。张溥本作"灵旗"。弧:张旗所用的木弓,可代指旌旗。一举:《全三国文》作"云",《续古逸丛书》本脱"一"字。播越:迁徙,此指汉献帝刘协流离在外之事。

⑧威:威弧星,在天狼星东南。古代以其象征征伐之意。辰彗:彗星,俗称"扫帚星"。旧称彗星主除旧布新,又为灾难的预兆。

⑨首尾争击:形容曹操用兵灵活多变。率然:传说中的一种蛇。《孙子·九地篇》:"故善用兵者,譬如率然。率然者,常山之蛇也。击其首则尾至,击其尾则首至,击其中则首尾俱至。"

⑩乃电□北□:丁晏《曹集铨评》云:"此句疑脱一字。"严可均《全三国文》引作"乃电□北□",疑脱二字。席卷:此指消灭袁绍的战役。

⑪隐:通"殷",指雷声,此指盛貌。旰:盛大貌。

⑫愠:愤怒。蛮夏:古代中国南方的各民族,此指荆州牧刘表。

⑬脂:以脂膏涂斧,好让其锋利。萧:通"肃",庄重;威严。简武练锋:指挑选勇武之士进行训练。

⑭南封:南邦,指荆州。

⑮交:交州,在今广东、广西及越南北部地区。益:益州,在今四川、云南二省地区。时交州、益州与荆州、扬州相邻,成为众多势力争夺的对象。

⑯袭:因。承权:指把握战机。

⑰鬼区:边远之地。一说指鬼方。白水:水名,白水江。一说疑指汉江。此句即指曹操于建安十八年(213)征讨马超之事。矫制:假托君命的人,此指宋建。汉灵帝中平元年(184),宋建自号河首平汉王,改年号,置百官。建安十九年(214),曹操遣夏侯渊讨伐宋建,被杀。

⑱条支:汉代西域国名,约在今叙利亚境内。弱水:古水名。赵幼文《曹植集校注》:"《山海经》云:昆仑之丘,其下有弱水之川环之。或云:弱水出今甘肃、张掖,即今之张掖河。"一说指西方极远之地。潺湲:水流貌。

⑲张骞:汉武帝时出使西域各国的使者。大夏:汉时西域国名,在今阿富汗北部地区。骠骑:指汉武帝时名将霍去病,曾任骠骑将军,多次率军出击匈奴,远度大漠,深入祁连山。

⑳柔:使用怀柔的手段。迩:近。宾:臣服。

㉑宪:法。

㉒延康:是汉献帝刘协的第六个年号,也是东汉的最后一个年号。延康元年(220)十月,曹丕代汉称帝,改延康元年为黄初元年。

㉓汉氏:指汉献帝刘协。归义:指禅位。音:指禅位的诏书。孔:大。昭:明。

㉔希唐放尧:指像唐尧禅位虞舜一样,刘协逊位曹丕。放:张溥本作"效"。

㉕上:指曹丕。此时曹丕已即帝位,故称。

㉖薄:指迫近,此指居住。北人:北人无择,北人为复姓。帝舜欲禅位于其好友北人无择,无择以为受到侮辱,遂投清泠之渊而死。事见《吕氏春秋·离俗篇》。

㉗石户:指石户之农。帝舜欲禅位于好友石户之农,石户遂携妻子,跳入海中,终身不返。后多指高士。事见《庄子·让王篇》。高介:高尚的节操。

㉘金石:钟磬,言其义之美。

㉙神祇:地神。乾灵:天神。

㉚率尔:相继。

㉛圮(pǐ):崩坏;倾颓。

㉜一民:《孟子·公孙丑》:"尺地莫非其有也,一民莫非其臣也。"刘协《册诏魏王禅代天下诏》:"当斯之时,尺土非复汉有,一夫岂复朕民。"一:张溥本、《续古逸丛书》本俱作"侯"。萌:通"氓",百姓。

㉝武皇:指曹操。《续古逸丛书》本作"皇武"。陛下:指曹丕。

㉞秬鬯(jù chàng):指用郁金草与黑黍所酿的酒。秬:黑黍,古人以为祥瑞之物。

㉟六穗:一茎生六穗,古人视为祥瑞。醴滋:地下涌出的甘泉,古人以为祥瑞。

㊱凯风:南风。匝:围绕。

㊲吟:张溥本作"欣",《续古逸丛书》本作"今"。综:指总集。

㊳黄吻:黄口。龀(chèn):指小孩脱牙。《说文解字》:"龀,毁齿也。男八月生齿,八岁而龀;女七月生齿,七岁而龀。"

㊴鲐(tái)背:老人背上生如鲐鱼之纹的斑,故称。此指老人。击壤:古代的一种游戏。把一块木片侧放在地上,在三四十步外用另一块木片向它投掷,击中者胜。壤:前宽后窄,长四尺,宽三寸,木制。

㊵赫胥:赫胥氏,传说中的帝王名。《庄子·马蹄篇》:"赫胥氏之时,民居不知所为,行不知所之,含哺而熙,鼓腹而游。"

㊶春秋:年龄;年纪。汪濊:深广貌。

㊷神鉴:精明的鉴察力。

㊸审御:谨慎掌握。阴阳:寒暑。

㊹遐奥:遥远偏僻之处。

㊺游精:游神。洞:察。

㊻六艺:指《诗》《书》《礼》《乐》《易》《春秋》六部儒家经典。儒林:儒家著作。见曹丕《典论·自叙》。

㊼抗思:竭尽心力。抗:极;尽。文藻:文章。容与:从容。疆畔:界限之内。

㊽阶:升。妙观:仔细观察。

㊾参迹:指同步。

465

(50)天地位:指天地处于其应有的位置。九域:九州。

(51)皇化:帝王的教化。帝猷:帝道。猷(yóu):道;法则。

(52)元首:指帝王。股肱:朝中重臣。贞:正。

(53)封泰山、禅梁甫:即封禅。在泰山上筑坛祭天称封;在梁父山辟场祭地称禅。

(54)五方:五方天神。

(55)八九:七十二,此指古代祭泰山的七十二帝王。素:昔。帝王:指五帝三王。矩:法度。

(56)祚:福。黎烝:黎民百姓。钟:指聚。元吉:大吉。圣主:指曹丕。

(57)赫戏:光明炎盛貌。此二句《文选》傅休奕《杂诗》李善注引《魏德论》。

(58)武:指曹操。克:能。此二句《文选》王元长《永明九年策秀才文》李善注引《魏德论》,又孙子荆《为石仲容与孙皓书》注引。

(59)玄:指北方。晏:指平安。丰洽:富足平和。此二句《文选》陆士衡《演连珠》李注引《魏德论》。

(60)此二句《艺文类聚》卷八十八引《魏德论》。

(61)栖笔:指停笔。寝牍:埋头读书。蒙:糊涂。此三句《北堂书钞》卷一百四引《魏德论》。

(62)谶:指预言。披图:展阅图籍。此二句《北堂书钞》卷九十六引《魏德论》。

(63)此句《白帖》卷九十五引《魏德论》。

(64)玄黄:指天地。

(65)鸿濛:指宇宙未形成前的混沌状态。兆朕:指能预见事物发展的微小迹象。"在昔"以下四句《太平御览》卷一引《魏德论》。

(66)清英:清正英特。混元:天地。太素:古代指构成宇宙的物质。此三句《太平御览》卷一引《魏德论》。

【汇评】

南朝梁·刘勰:陈思《魏德》,假论客主,问答迂缓,且已千言,劳深勣寡,飚焰缺焉。(《文心雕龙》卷五)

令禽恶鸟论

国人有以伯劳鸟生献者①，王召见之。侍臣曰："世人同恶伯劳之鸣，敢问何谓也？"王曰："《月令》②：'仲夏鵙始鸣。'《诗》③云：'七月鸣鵙。'七月夏五月④，鵙则博劳也⑤。

昔尹吉甫信后妻之谗，而杀孝子伯奇⑥。其弟伯封求而不得，作《黍离》之诗⑦。俗传云⑧：吉甫后悟，追伤伯奇。出游于田，见异鸟鸣于桑，其声嗷然。吉甫动心，曰：'无乃伯奇乎？'鸟乃抚翼，其音尤切⑨。吉甫曰：'果吾子也。'⑩乃顾谓曰：'伯奇，劳乎⑪？是吾子，栖吾舆；非吾子，飞勿居。'言未卒⑫，鸟寻声而栖于盖。归入门，集于井干之上，向室而号⑬。吉甫命后妻载弩射之⑭，遂射杀后妻以谢之。故俗恶伯劳之鸣，言所鸣之家必有尸也⑮。此好事者附名为之说⑯，令俗人恶之⑰，而今普传恶之⑱，斯实否也。

伯劳以五月而鸣，应阴气之动⑲。阳为仁养，阴为贼害，伯劳盖贼害之鸟也⑳。屈原曰："鹈鴃之先鸣，使百草为之不芳㉑。"其声鵙鵙然，故以音名也㉒。若其为人灾害，愚民之所信，通人之所略也㉓。鸟鸣之恶自取憎，人言之恶自取灭，不有能累于当世也㉔。而凶人之行弗可易，枭鵙之鸣不可更者，天性然也㉕。

昔荆之枭，将徙巢于吴㉖。鸠遇之曰："子将安之？"枭曰："将巢于吴。"鸠曰㉗："何去荆而巢吴乎？"枭曰："荆人恶予之声。"鸠曰："子能革子之声则免，无为去荆而巢吴也。如不能革子之音㉘，则吴、楚之民不异情也㉙。为子计者，莫若宛颈戢翼㉚，终身勿复鸣也。"昔会朝议㉛，有人问曰㉜："宁有闻枭食其母乎?"有答之者曰:"尝闻乌反哺,未闻枭食母也。"问者惭,唱不善也。孟春之旦,从太阳方贵放鸟雀者,加其禄也③。得蟢者莫不驯而放之,为利人也③。得蚤者,莫不糜之齿牙,为害身也。鸟兽昆虫,犹以名声见异,况夫吉士之与凶人乎!

【题解】

本篇《太平御览》卷九百二十三题作《贪恶鸟论》。《诗·豳风·七月》《正义》、《尔雅·释鸟》邢昺疏引俱无"令禽"二字。本篇写伯劳鸟因鸣叫声之恶而招人憎恶,实乃依声附会之事,并且说明"人言之恶自取灭"的道理。继而以枭鸟迁徙,比喻不管是何物,只要于人有害的,走到哪里都会遭人厌恶,说明名声于人的重要性。

【注释】

①伯劳:鸟名,又名鵙或鴂,性凶猛,吃昆虫和小鸟,会将捕获的猎物穿挂于荆刺上,故又称名"屠夫鸟"。张溥本卷二十六、《续古逸丛书》本俱脱"鸟"字。生献者:《太平御览》作"献诸庭",严可均《全三国文》卷十八作"生献诸庭者"。

②《月令》:《礼记》篇名。

③《诗》:指《诗·豳风·七月》。

④七月夏五月:指夏历以十一月为正月,故周时的七月即夏历的五月。严可均《全三国文》无"七月"。

⑤博劳:即伯劳。《礼记·月令》郑玄注:"鵙,伯劳也。"自"《月令》"下二十三字,张溥本、《续古逸丛书》本俱脱,依《太平御览》补入。

⑥尹吉甫:姓兮,名甲,字伯吉父(一作甫),尹是官名,是周宣王卿士,封太师,后周幽王因听信谗言,将其杀害。而:张溥本脱此字。伯奇:古代孝子,相传为尹吉甫的长子。生母死后,后母欲立其子伯封为太子,谗害伯奇,吉甫遂将伯奇流放。

⑦《黍离》之诗:《诗·王风》篇名。《韩诗》云:"《黍离》,伯封作也。"《韩诗章句》:"诗人求亡不得,忧懑不识于物,视彼黍离离然,忧甚之时,反以为

稷之苗,乃自知忧之甚也。"此为依托妄言,不足信。

⑧"俗传云"以上十六字,张溥本、《续古逸丛书》本俱脱,依《太平御览》补入。

⑨无乃:张溥本、《续古逸丛书》本俱脱此二字,依《太平御览》补入。鸟:张溥本、《续古逸丛书》本俱脱此字,从《艺文类聚》补入。切:指急切、急迫。

⑩曰果吾子也:张溥本、《续古逸丛书》本俱脱此五字,据《太平御览》补入。

⑪奇:张溥本、《全三国文》、《续古逸丛书》本俱脱此字,据《太平御览》补入。

⑫言未卒:张溥本、《续古逸丛书》本俱脱此字,据《太平御览》补入。

⑬井干:井台上所立的木架。号:啼叫。自"归入门"以下十三字,张溥本、《续古逸丛书》本俱脱,据《太平御览》补入。

⑭载弩:取弩。以上七字,张溥本、《续古逸丛书》本俱脱,今从《太平御览》补入。

⑮尸:陈尸。《全三国文》作"祸"。

⑯附名:附会其名。

⑰令俗人恶之:张溥本、《全三国文》、《续古逸丛书》本俱脱此五字,据《太平御览》补入。

⑱《全三国文》于"今"字后衍"俗人"二字。

⑲阴气之动:古指寒气自夏至始生,阳气渐衰。

⑳阳为仁养:指温暖之气能使万物生长繁茂。张溥本、《续古逸丛书》本俱脱此四字。阴为贼害:指寒气能使万物萧条枯槁。《诗·七月》《正义》:"阴为杀残贼。"伯劳:张溥本、《续古逸丛书》本俱脱此二字。

㉑鶗鴃(tí jué):杜鹃,又叫杜宇、子规、催归。三月始鸣,昼夜不止,发出的声音极其哀切,夏末乃止。自"屈原"以下十五字,张溥本、《续古逸丛书》本俱脱,据《太平御览》补入。

㉒鵙鵙(jú jú):象声词,形容杜鹃的鸣叫声。故以音名也:张溥本、《续古逸丛书》本俱作"故俗憎之",《全三国文》作"故以其音名,俗憎之也"。

㉓略:指略而不察。

㉔累:牵累。

㉕易:变更;变化。枭:指猫头鹰,主要在夜间活动,并发出不祥之声。事见《说苑》。

㉖荆:张溥本于"荆"下衍"人"字。徙:张溥本、《续古逸丛书》本俱脱此字。

㉗安之:去往何处。自"子将"以下十二字,张溥本、《续古逸丛书》本俱脱。

㉘革:改变。无为:不用。自"则免"以下十六字,张溥本、《续古逸丛书》本俱脱,据《艺文类聚》补入。

㉙不异情:感情没有不同。

㉚宛:弯曲;屈曲。戢翼:指收敛翅膀。

㉛朝议:指汉宣帝时,公卿大夫朝会之事。

㉜有人:指丞相魏相,字弱翁,古代政治家,西汉名臣,封高平侯。事见桓谭《新论》。

㉝孟春:指春季的第一个月,农历正月。方贵:严可均《全三国文》作"贵方"。禄:福气。自"孟春之旦"以下十七字,张溥本、《续古逸丛书》本俱脱。

㉞蟢:即蟢子,一种长脚的小蜘蛛,亦作"喜子",被视为吉兆之虫。刘勰《新论》:"野人昼见蟢子者,以为有喜乐之瑞。"

太和年间

辅臣论七首

一

盖精微听察①,理析毫分;规矩可则,阿保不倾②。群言系于口,而研摭是非③;典谟总乎心④,而唯所用之者,钟太傅也⑤。

二

清素寡欲⑥,明敏特达。志存太虚,安心玄妙⑦。处平则以和养德,遭变则以断蹈义⑧,华太尉也⑨。

三

文武并亮,权智时发⑩。奢不过制,俭不损礼⑪。入毗皇家,帝之股肱⑫。出则侯伯,实抚东夏者⑬,曹大司马也⑭。

四

英辨博通,见传异度⑮。德实充塞于内⑯,知谋纵横于外。解疑释滞,剖散盘错者⑰,王司徒也⑱。

五

容中下士,则众心不携⑲;进吐善谋,则众议不格⑳。□□疏达,至德纯粹者,陈司空也㉑。

六

智虑深奥,渊然难测②。执节平敌,中表条畅③。恭以奉上,爱以接下④。纳言左右,为帝喉舌⑤,曹大将军也⑥。

七

魁杰雄特,秉心平直㉗。威严足惮,风行草靡㉘。在朝廷则匡赞时俗,百僚侍仪一㉙。临事则戎昭果毅,折冲厌难者㉚,司马骠骑也㉛。

【题解】

魏明帝即位后,以此七人为辅政大臣,各付以重职。文中作者对每个人的品质、德行、才学、特长等逐一进行分析品评,赞颂之意不言自明。如其赞颂华歆清淡寡欲,聪明机敏,清正廉洁;曹休文能武备;王朗学识渊博,通晓经籍,博洽通达;曹真蹈忠履节,持盈守位等等。当作于黄初七年(226)十二月,钟繇等七人任新职后不久。

【注释】

①精微:细致入微。

②规矩:行为。则:效法。阿保:保护养育。

③撼:《太平御览》卷二百六作“核”。研核:指审查核实。《文选·张衡〈东京赋〉》:“其以温故知新,研核是非。”

④典谟:指《尚书》中《尧典》《大禹谟》等篇章。总:聚束;聚合。

⑤钟太傅:钟繇,字符常,颍川长社(今河南许昌)人。魏明帝时官至太傅,封定陵侯。三国时期著名的书法家、政治家。

⑥清素:清白。

⑦太虚:清虚和谐的境界,形容内心无所思虑。玄妙:深奥微妙的事理。

⑧处平:处于太平之世。以断蹈义:《北堂书钞》作“以义断事”。断:决断;裁决。

⑨华太尉:华歆,字子鱼,平原高唐(今山东禹城西南)人。曹丕即位,拜

华歆相国,封安乐乡侯。魏明帝时,拜太尉,封博平侯。

⑩亮:超群。权智时发:权略智谋因时而生。

⑪过制:指超过制度规定的标准。损:减少。

⑫毗:辅佐。股肱:形容曹休是曹操身旁得力的辅佐大臣。

⑬侯伯:即州牧,指一州之长,掌军政大权。魏文帝时,休领扬州刺史,拜扬州牧。东夏:指扬州。

⑭曹大司马:曹休。《三国志·魏书·明帝纪》:"黄初七年十二月,以太尉钟繇为太傅,征东大将军曹休为大司马,中军大将军曹真为大将军,司徒华歆为太尉,司空王朗为司徒,镇军大将军陈群为司空,抚军大将军司马宣王位骠骑大将军。"

⑮英辨:口才出众。博:博洽。通:通达。异度:标准不同。

⑯德实:道德。

⑰解疑释滞:解疑释难。滞:疑难;困难。

⑱王司徒:王朗,字景兴,东海郯(今山东郯城西北)人。曹丕即位,迁御史大夫,封安陵亭侯,后进爵乐平乡侯。魏明帝时,迁司徒,进封兰陵侯。死后谥"成侯"。

⑲容:宽容。中:平和。下士:指手下的官员。携(xié):指叛离。

⑳格:抗拒;抵触。

㉑陈司空:陈群,字长文,颍川许昌(今河南许昌东)人。曹丕代汉,群任镇东大将军,领中护军,后进群为司空。魏明帝时封颍阴侯。死后谥曰"靖侯"。

㉒渊然:幽深貌。

㉓节:指古代使臣出行,必须执节作为凭证。《三国志·魏书·诸夏侯曹传》:"文帝即王位,以真为征西将军,假节。"中表:即内外,指国内与国外。条畅:指通畅、畅达。

㉔上:指皇帝。接下:指率军与士兵同甘共苦。

㉕纳言:古官名,主上报下达王命。此指给事中之官,其职责为:常在皇帝旁边顾问应对,宣布政令。喉舌:指代言人。《尚书·尧典》孔传:"纳言,喉舌之官。"

㉖曹大将军:曹真,字子丹,沛国谯(今安徽亳州)人,曹操族子,官至大将军、大司马。逝后谥曰"元侯"。

㉗魁杰:魁梧雄健。雄特:英武出众。秉心:持心。

㉘惮:畏惧;害怕。风行草靡:指其才能出众。

㉙匡:正。时俗:社会的风俗习气。百僚侍仪一:指百官们都有一致的仪容举止。

㉚临事:临阵。戎昭:兵戎之事。果毅:果敢坚毅。折冲:指使敌人的战车后退,即取得胜利。厌:阻止;制止。难:犹言敌人。

㉛司马骠骑:司马懿,字仲达,河内温县(今河南温县西南)人,三国时期杰出的政治家、军事家。

释疑论

初谓道术①,直呼愚民诈伪,空言定矣!及见武皇帝试闭左慈等②,令断谷近一月,而颜色不减,气力自若。常云可五十年不食。正尔③,复何疑哉!令甘始以药含生鱼,而煮之于沸脂中,其无药者,熟而可食;其衔药者,游戏终日,如在水中也④。又以药粉桑以饲蚕,蚕乃到十月不老。又以往年药食鸡雏及新生犬子,皆止不复长⑤。以还白药食白犬,百日毛尽黑⑥。乃知天下之事不可尽知,而以臆断之,不可任也⑦。但恨不能绝声色,专心以学长生之道耳。

【题解】

《释疑论》乃《抱朴子·内篇》中篇名。本篇丁晏《曹集铨评》云:"此论中述左慈、甘始事,与《辩道论》略同,然非《辩道论》之文。"曹植到了晚年,由于自身的不幸遭际,现实的苦闷强加于身,无法排遣,转而追求以神仙之道来寻求解脱,从前期对方士的批判,到后期的企羡长生。在本论中,作者否定了

《辩道论》中所作的结论。本篇葛洪认为是曹植晚年的作品,或作于太和年间。

【注释】

①道术:道家的法术。

②武皇帝:指曹操。左慈:见《辩道论》注。

③正尔:犹言正是如此。

④甘始:已见《辩道论》注。

⑤往年药:指能延年益寿的丹药。大人服食后可永葆青春,延年益寿。但小孩儿不可服食,否则,他们就不再长大了。如果将该药给新生的鸡、狗吃了,它们也不再成长。(见《抱朴子内篇·金丹》)

⑥还白药:犹言能使人返老还童的药。据《抱朴子内篇·金丹》载,若用三斤真丹混合六斤白蜜,放在太阳下暴晒,然后做成丸子,令早晨服食十丸,一年之内,可令白发变黑,掉牙的人长出新牙。

⑦臆断:凭主观判断。不可任:不可信。任:相信;信赖。

时期未定

萤火论

《诗》云:"熠耀宵行^①。"章句以为鬼火,或谓之磷^②。未为得也。天阴沈数雨,在于秋日,萤火夜飞之时也,故云宵行。然腐草木得湿而光,亦有明验,众说并为萤火,近得实矣。

【题解】

本篇张文虎《舒艺室杂著》据《诗·豳风·东山》《正义》引补入,今从录入。本文主要讨论了萤火之名的来源。

【注释】

①《诗》:指《诗·豳风·东山》。其诗云:"町畽鹿场,熠耀宵行。"熠耀:光明闪烁貌。《东山篇》毛传:"熠耀,磷也。磷,萤火也。"宵行:即萤,俗称萤火虫。

②章句:疑指《韩诗章句》。磷:《说文》:"粦,兵死及牛马之血为粦。粦,鬼火也。"

【汇评】

清·张文虎:偶记《豳风·东山》《诗正义》引陈思王《萤火论》曰:"《诗》云:'熠耀宵行。'《章句》以为鬼火,或谓之磷,未为得也。天得实矣。"云云。此条未采,恐所辑尚未尽也。(《舒艺室杂著甲编》卷下)

又云:《东山》:"熠耀宵行。"《毛传》:"熠耀,磷也。磷,萤火也。"案《说文》无"萤"字,古盖借"荧"字为之。《集韵》:"萤,萤火虫。或从荧。"《后汉书·灵帝纪》:"帝与陈留王协夜步逐荧火行数里。"字正作"荧"。"萤""蚈"皆后起。《说文》:"熠,盛光也。耀,照也。磷,鬼火也。荧,屋下灯烛之光。"

曰熠耀、曰磷、曰荧，皆状其光之闪烁耳。《广雅·景天》："萤火，磷也。"与毛公合，积血成磷与腐草同类，非真有鬼也。曹子建喻斯旨，强为辨析，疏复引之以纠传，故哉。（《舒艺室随笔》卷一）

仁孝论

且禽兽悉知爱其母，知其孝也。唯白虎、麒麟称仁兽者[1]，以其明盛衰，知治乱也[2]。孝者施近，仁者及远[3]。

【题解】

本篇乃曹植论述仁孝之道之作。他向我们传达出禽兽尚知孝敬其母与治乱之世，何况人乎？而相对于尽孝道，行仁道则更为高尚，更有境界。

【注释】

[1]白虎：驺虞，仁兽。黑纹，尾长于躯，不食生物，不履生草。君王有圣德则现世。麒麟：传说中的一种动物。形状像鹿，头上有角，全身有鳞甲，尾像牛尾。王者至仁则出，古人以为仁兽、瑞兽。

[2]明盛衰、知治乱：指白虎、麒麟皆治世则出，乱世则隐，故称其知国家之盛衰。

[3]施近：指孝者只孝父母。及：达。

征蜀论

今将以谋谟为剑戟，以策略为旌旗[1]，师徒不扰，藉力天师[2]。下碥成雷，榛残木碎[3]。

干戈所拂，则何虏不崩；金鼓一骇，则何城不登[4]。

477

【题解】

本篇乃作者阐发自己对于征蜀之事的看法,其认为在这件事上,应当遵循军队未动,谋略先行的策略,这样才是不劳军力而克敌制胜的法宝。

【注释】

①谋谟:谋略;战略。策略:严可均《全三国文》作"仁义",疑是。

②天师:指不战而屈人之兵。以上八字,张溥本卷二十六脱,依《北堂书钞》卷一百一十七补入。

③礌:通"礌",此指曹操所制的发石车。以上八字,张溥本作为旁注,今移入正文。

④金鼓:用金属所制的战鼓。"干戈"以下十六字《北堂书钞》卷一百十七引《征蜀论》。

讴

魏德论讴六首

谷①

於穆圣皇,仁畅惠渥②。辞献减膳,以服鳏独③。和气致祥,时雨洒沃④。野草萌芽,化成嘉谷⑤。

禾⑥

猗猗嘉禾,惟谷之精⑦。其洪盈箱,协穗殊茎⑧。昔生周朝,今植魏庭⑨。献之庙堂,以昭祖灵⑩。

鹊⑪

鹊之彊彊,诗人取喻⑫。今存圣世,呈质见素⑬。饥食苕华⑭,渴饮清露。异于俦匹⑮,众鸟是慕。

鸠⑯

班班者鸠,爰素其质⑰。昔翔殷邦,今为魏出⑱。朱目丹趾,灵姿诡类⑲。载飞载鸣,彰我皇懿⑳。

甘露㉑

玄德洞幽,飞化上蒸㉒。甘露以降,蜜淳冰凝㉓。观阳弗晞,琼爵是承㉔。献之帝朝,以明圣征㉕。

连理木^㉖

皇树嘉德，风靡云披。有木连理，别干同枝^㉗。将承大同，应天之规^㉘。

【题解】

《魏德论讴》，共六首，丁晏《曹集铨评》将其置于《魏德论》之后。这六首讴歌秉承《魏德论》的主旨，以对古代六种所谓的祥瑞之物的歌颂，赞颂曹丕政治教化大行于世的功绩，所用素材，多出自谶纬之书，多附会之语。

【注释】

①《谷》：严可均《全三国文》卷十七题作《时雨讴》。

②於穆：赞美之词。於：发语词。穆：美好。

③减膳：减少菜肴的数量。鳏：年老而无妻的男子。独：孤独无子的人。

④和气：阴阳调和之气。致：招致。洒沃：《全三国文》作"渗漉"，《续古逸丛书》本作"添洒"。

⑤嘉谷：嘉禾。

⑥《禾》：《全三国文》题作《嘉禾讴》。

⑦猗猗：美盛貌。《诗·卫风·淇奥》："瞻彼淇奥，绿竹猗猗。"嘉禾：奇异之禾，古人以为祥瑞。精：指禾为五谷之长。

⑧箱：指大车。协穗殊茎：同穗而异茎秆。《晋征祥说》："王者盛德则嘉禾生。嘉禾者，仁卉也。其大盈箱，一稃二米，国政质，则同本而异颖；国政文，则同颖而异本。"

⑨周朝：指西周。《尚书·微子之命》："唐叔得禾，异亩同颖，献诸天子。"魏庭：指魏国。《魏略》："黄初元年，郡国三言嘉禾生。"

⑩庙堂：指朝廷。祖灵：指祖先之盛德。

⑪《鹊》：《全三国文》作《白鹊讴》。

⑫彊彊：形容雌雄相追随貌。《诗·鄘风·鹑之奔奔》："鹑之奔奔，鹊之彊彊。"诗人：指《诗·鄘风·鹑之奔奔》的作者。

⑬圣世：指曹丕时代。见：同"现"，指显露。

⑭苕华:凌霄花。《诗·小雅·苕之华》:"人可以食,鲜可以饱。"

⑮俦匹:同类。

⑯《鸠》:《全三国文》作《白鸠讴》。

⑰班班:羽毛鲜艳貌。鸠:鸟名,古以为祥瑞之物。素:指淳朴。

⑱殷邦:指殷汤之时。《文选·剧秦美新》李注引《吴录·孙策使张纮与袁绍书》:"殷汤有白鸠之祥。"魏出:《魏略》:"文帝欲受禅,郡国奏白鸠十九见。"

⑲诡类:异于同类。

⑳载:语气词。皇懿:指曹丕美好的德行。

㉑《甘露》:《全三国文》作《甘露讴》。

㉒上蒸:上升。

㉓蜜淳:甘甜如蜜。《本草纲目·甘露》引孙氏《瑞应图》:"甘露,美露也。神灵之精,仁瑞之泽,其凝如脂,其甘如饴。"

㉔琼爵:玉杯。

㉕圣征:圣德的启示。

㉖《连理木》:《全三国文》作《连理木讴》。连理木:指异根连干的树木,古以为吉祥之兆。汉班固《白虎通·封禅》:"德至草木,朱草生,木连理。"

㉗别干同枝:指生于不同的树干的树枝长合在一起。

㉘大同:犹言天下一家之意。规:原则。

481

说

建安年间

说疫气

建安二十二年,疠气流行①。家家有僵尸之痛,室室有号泣之哀。或阖门而殪②,或覆族而丧③。或以为疫者,鬼神所作。夫罹此者,悉被褐茹藿之子④,荆室蓬户之人耳。若夫殿处鼎食之家⑤,重貂累蓐之门⑥,若是者鲜焉⑦!此乃阴阳失位⑧,寒暑错时,是故生疫。而愚民悬符厌之⑨,亦可笑也。

咸水之鱼,不游于江;淡水之鱼,不入于海⑩。

【题解】

建安二十二年(217),魏国瘟疫流行,很多人在这时死去。曹植以简约的文字,记述了一场严重的疫病之灾。文中特别将贫民与贵族人家加以对照,点明得病的都是贫民,那些富贵人家却极少患病。当时很多人认为,瘟疫的发生是"鬼神所造",曹植则对鬼神之说嗤之以鼻,他嘲笑批判以悬挂符咒来驱赶瘟疫的做法。他指出,瘟疫的发生是因为天地、气候失常造成的,带有朴素的唯物主义色彩。本文主写该年瘟疫盛行、人多死亡的境况。

【注释】

①疠气:恶气,能致疾病盛行。

②阖门而殪(yì):指全家皆亡。殪:死亡。

③覆族:全族。

④茹藿:食豆叶。茹:食。

⑤殿处:指住高大的房屋。鼎食:列鼎而食,形容富贵人家奢侈的生活。

⑥重貂:穿数件貂皮所制的衣服。蓐:通"褥",指铺在床椅上的褥子。

⑦鲜:少。

⑧阴阳:天地。

⑨悬符:指用悬挂符咒来来驱赶瘟疫。厌:止。

⑩此四句《艺文类聚》卷九十六引《说疫气》。

太和年间

藉田说二首

　　春耕于藉田，郎中令侍寡人焉①，顾而谓之曰："昔者神农氏始尝万草，教民种植②。今寡人之兴此田，将欲以拟乎治国，非徒娱耳目而已也。夫营畴万畎，厥田上下③，经以大陌，带以横阡④；奇柳夹路，名果被园；司农实掌，是谓公田⑤。此亦寡人之封疆也。日殄没而归馆，晨未昕而即野⑥，此亦寡人之先下也。菽藿特畴⑦，禾黍异田，此亦寡人之理政也。及其息泉涌，庇重阴，怀有虞，抚素琴⑧，此亦寡人之所习乐也。兰蕙荃蘅，植之近畴⑨，此亦寡人之所亲贤也。刺藜、臭蔚，弃之乎远疆⑩，此亦寡人之所远佞也。若年丰岁登，果茂菜滋⑪，则臣仆小大，咸取验焉。"

【题解】
　　本篇《艺文类聚》卷三十九、《续古逸丛书》本卷十均题作《籍田论》，严可均《全三国文》卷十八、《太平御览》卷八百二十一作《藉田论》。藉田，指古代天子、诸侯借用民力所耕种之田地。严可均："张溥本作'说'，误。"藉，通"籍"。作者借种藉田之事，说明统治者治国要像治理田地一样，辛勤耕耘，以身示下，亲贤人，远佞臣，这样才能更好地维护其统治，且君臣俱可从中受益。赵幼文疑此二篇作于太和四年(230)或太和五年(231)春。

【注释】
　　①郎中令：曹操封魏公后设郎中令，黄初元年(220)，又改称光禄勋，掌

管宿卫宫殿门户。

②神农氏:见《神农赞》注。万:严可均《全三国文》作"百"。

③营:治理。上下:《艺文类聚》作"上上"。上上:最上等,最好。清钱泳《履园丛话·水学·水利》:"江南之田,古为下下,今为上上者,何者?"

④阡陌:田间小路。南北向的叫阡;东西向的叫陌。

⑤司农:负责屯田的官吏。曹魏时屯田属大司农。自"奇柳"以下十六字,张溥本、《续古逸丛书》本俱脱,张本于赋类别列"营畴"二句及此十六字,题为《藉田赋》。今从《曹集铨评》移正。

⑥殄:尽;都;全。未昕:天还未亮。昕:黎明。

⑦菽:豆类的总称。蘽:芄兰,是一种草。此不与菽同类,似应改为"蔖"。

⑧有虞:虞舜,"有虞"为国号。素琴:《礼记·乐记》:"昔者舜作五弦之琴,以歌《南风》。"

⑨兰、蕙、荃、蕨:俱为香草名,此处以喻贤人。自"近畴"以上十七字,《续古逸丛书》本脱,据《艺文类聚》补入。

⑩刺藜:形如赤根菜,子如细菱,有仁,三角四刺。为田间杂草,多生于高粱、玉米、谷子田间。臭蔚:即牡蒿。多年生草本植物,气味浓郁,可供药用。三月生,七月开花,八月生荚。远疆:指边远地区。

⑪滋:繁盛;茂盛。

又

封人有能以轻凿修钩去树之蝎者①,树得以茂繁。中舍人曰:"不识治天下者②,亦有蝎乎?"寡人告之曰:"昔三苗、共工、鲧、驩兜③,非尧之蝎欤?"问曰:"诸侯之国,亦有蝎乎?"寡人告之曰:"齐之诸田④,晋之六卿⑤,鲁之三桓⑥,非诸侯之蝎欤?然三国无轻凿修钩之任,终于齐篡鲁弱⑦,晋国以分⑧,不亦痛乎!"曰:"不识为君子者,亦有蝎乎?"寡人告之曰:"固有之

485

也⑨。富而慢，贵而骄，残仁贼义，甘财悦色⑩，此亦君子之蝎也。天子勤耘，以牧一国；大夫勤耘，以收世禄⑪；君子勤耘，以显令德。夫农者，始于种，终于获。泽既时矣⑫，苗既美矣，弃而不耘，则改为荒畴。盖丰年者期于必收，譬修道亦期于殁身也。"

寡人玉辇登于金商之馆，察田夫之私者。

使习壤者相泽，仁才者播种。

田修种理者，必赐之以巨筋；田芜种秽者，必戮之以柔桑⑬。

名王亲枉千乘于陇亩之中，执锄镢于畦町之侧；尊距勤于耒耜，玉手劳于耕耘者也⑭。

夫凡人之为圃，各植其所好焉！好甘者植乎荠，好苦者植乎荼，好香者植乎兰，好辛者植乎蓼。至于寡人之圃，无不植也⑮。

【题解】

本篇亦以藉田比喻治国，主要说明了害虫从古自今，到处皆有，而奸佞之臣，代代存世，作为君子，应当谦卑待人，行仁义之举，精勤持家、执政，修身贵德，使之终有所得。

【注释】

①封人：指掌守边界小林的官吏。轻凿：小凿。修钩：长钩。蝎：蝎虫。天牛的幼虫，色白身长，蛀食树干。

②中舍人：指诸侯王的侍从者。治：《续古逸丛书》本脱此字。

③三苗：上古氏族之一。共工：传说中的人物，为帝尧之臣。鲧：禹之父，因治水无功，为舜所斥逐。驩兜：上古氏族之一。此四者，并称为舜时的"四凶族"，舜放共工到幽州，放驩兜到崇山，逐三苗到三危，把鲧流放到了羽山。

④诸田:指齐国田氏世族,为齐国的执政者。

⑤六卿:指春秋时晋国的赵、韩、魏、智、范、中行氏这六个世袭卿族。他们共主国政,专擅晋权。

⑥鲁之三桓:指孟孙、叔孙、季孙氏,皆鲁桓公的子孙,专断鲁国之政。

⑦齐篡:齐为田常所篡。鲁弱:三桓专擅鲁国,争权夺利,致使国力衰微,终被齐国所灭。

⑧晋国后为赵、魏、韩三家所分。

⑨固:尝;曾经。

⑩甘:嗜好;喜好。

⑪世禄:古代贵族世代享有的爵禄。

⑫泽:雨泽。

⑬"寡人"以下四十九字《北堂书钞》卷三十九引《藉田论》。

⑭此四句《北堂书钞》卷九十一引《藉田赋》。

⑮此八句《太平御览》卷八百二十四引《藉田赋》。

【汇评】

清·丁晏:《藉田说》以齐诸田,晋六卿、鲁三桓为诸侯之蝎。令陈王得掌朝政,必能戢司马之权而夺其柄。王之见疏,魏之所以速亡,而亦天厌老瞒之奸,摧其贤嗣,促其国祚,天之绝魏也甚矣。(《曹集铨评》附录)

时期未定

髑髅说

　　曹子游乎陂塘之滨,步乎蓁秽之薮①,萧条潜虚,经幽践阻,顾见髑髅,块然独居③。于是伏轼而问之曰④:子将结缨首剑殉国君乎? 将被坚执锐毙三军乎⑤? 将婴兹固疾命陨倾乎? 将寿终数极归幽冥乎⑥? 叩遗骸而叹息,哀白骨之无灵;慕严周之适楚,傥托梦以通情⑦。于是怦若有来⑧,恍若有存,景见容隐⑨,厉声而言曰:子何国之君子乎? 既枉舆驾,愍其枯朽⑩,不惜咳唾之音⑪,而慰以苦言,子则辩于辞矣! 然未达幽冥之情,识死生之说也。夫死之为言归也⑫。归也者,归于道也。道也者,身以无形为主,故能与化推移⑬。阴阳不能更⑭,四时不能亏。是故洞于纤微之域,通于恍惚之庭,望之不见其象,听之不闻其声;挹之不冲⑮,注之不盈,吹之不凋,嘘之不荣⑯,激之不流,凝之不停,寥落冥漠,与道相拘⑰,偃然长寝,乐莫是踰⑱。

　　曹子曰:予将请之上帝,求诸神灵,使司命辍籍⑲,反子骸形。于是髑髅长呻,廓然叹曰⑳:甚矣! 何子之难语也。昔太素氏不仁㉑,无故劳我以形,苦我以生。今也幸变而之死,是反吾真也㉒。何子之好劳,而我之好逸乎? 子则行矣! 予将归于太虚㉓。于是言卒响绝,神光雾除。顾将旋轸㉔,乃命仆夫:拂以玄尘,覆以缟巾㉕,爰将藏彼路滨,覆以丹土,翳以绿榛㉖。夫存亡之异势,乃宣尼之所陈㉗,何神凭之虚对,云死生之必均㉘。

【题解】

曹植的后半生是在抑郁苦闷中度过的,政治理想无法实现,为了寻求解脱,其不得不向道家寻求精神安慰,以此得以从现实中解脱出来。本篇乃借助自己与骷髅的对话,表明作者希望能在太虚之中安乐生活的美好愿望。

【注释】

①曹子:曹植自称。陂塘:池塘;水塘。榛秽:杂草荆棘。薮:丛生之地。

②潜虚:幽静。

③髑髅:头骨。块然:孤独貌。

④伏轼:指双手扶轼以示尊敬。轼:指车前横木。

⑤将:或者;或许。结缨:指系好帽带,表示从容就死。《左传·哀公十五年》:"子路曰:君子死,冠不免。结缨而死。"首剑:疑即手剑,持剑之义。坚:铠甲。锐:锐利的兵器。毙:死。三军:指军队的通称。

⑥固疾:积久难治的病。命陨倾:指死亡。幽冥:阴间。

⑦严周:庄周。事见《庄子·至乐》。

⑧伻(bēng):指使者,于此无义,似误。

⑨恍若:指模糊不清。容隐:隐蔽;隐藏。

⑩枉:屈就;屈尊。舆驾:车。愍:怜悯。

⑪咳唾:指对他人言语的美称,含尊重之意。

⑫归:回归,指精神上返璞归真。

⑬身:犹今语之本质。化:指自然规律。推移:变化。

⑭阴阳:指寒暑。

⑮冲:虚;空。

⑯吹:指吹冷风。嘘:指嘘热气。

⑰寥落:冷清貌。冥漠:幽深貌。拘:限制。

⑱偃然:安息貌。长寝:长眠。逾:超过。丁晏云:"张于诗类又列此四句为《骷髅诗》,寥作牢,漠作寞,拘作驱,偃作隐,末句作其乐无逾。今删。"

⑲司命:掌管人寿命的神。辍:撤销;撤除。籍:名簿。

⑳廓然:忧愁貌。

㉑太素氏:指造化万物者。

㉒反吾真:《说苑·反质》:"归者得至,而化者得变,是物各反其真。"

㉓太虚:玄妙虚空之境。

㉔旋轸:回车。

㉕玄尘:黑色的拂尘。缟巾:白色的头巾。缟:白色的生绢。

㉖榛:丛生的杂草。

㉗宣尼:孔子。汉平帝元始元年(1),追谥孔子为褒成宣尼公。事见《说苑·辨物》。

㉘均:同。

碑

制命宗圣侯孔羡奉家祀碑

维黄初元年,大魏受命^①,胤轩辕之高纵,绍虞氏之遐统^②,应历数以改物,扬仁风以作教^③。于是辑五瑞,班宗彝^④,钧衡石,同度量^⑤。秩群祀于无文,顺天时以布化^⑥。既乃缉熙圣绪,绍显上世^⑦,追存二代三恪之礼,兼绍宣尼褒成之后^⑧。以鲁县百户命孔子廿一世孙议郎孔羡为宗圣侯^⑨,以奉孔子之祀。制诏三公曰:"昔仲尼姿大圣之才,怀帝王之器^⑩,当衰周之末,而无受命之运,□生乎鲁卫之朝,教化乎洙泗之上^⑪。栖栖焉、皇皇焉^⑫,欲屈己以存道,贬身以救世。当时王公终莫能用,乃追考五代之礼,修素王之事^⑬,因鲁史而制《春秋》,就太师而正《雅》《颂》^⑭。俾千载之后,莫不采其文以述作,仰其圣以成谋^⑮。咨可谓命世大圣,亿载之师表者已^⑯。遭天下大乱,百祀堕坏,旧居之庙,毁而不修,褒成之后,绝而莫继,阙里不闻讲诵之声,四时不睹烝尝之位^⑰,斯岂所谓崇化报功^⑱,盛德百世必祀者哉?嗟乎!朕甚闵焉^⑲。其以议郎孔羡为宗圣侯,邑百户,奉孔子之祀^⑳。令鲁郡修起旧庙,置百石卒史以守卫之^㉑。又于其外广为屋宇,以居学者。"于是鲁之父老、诸生、游士,睹庙堂之始复,观俎豆之初设^㉒,嘉圣灵于仿佛,想祯祥之来集^㉓。乃慨然而叹曰:"大道衰废,礼学灭绝卅余年^㉔。皇上怀仁圣之懿德,兼二仪之化育^㉕,广大苞于无方,渊恩沦于不测[26]。故自受命以来，天人咸和，神气烟煴[27]，嘉瑞踵武，休徵屡臻[28]。殊俗解编发而慕义，遐夷越险阻而来宾[29]。虽太皓游龙以君世，虞氏仪凤以临民[30]，伯禹命玄宫而为夏后，西伯由岐社而为周文[31]，尚何足称于大魏哉[32]！若乃绍继微绝，兴修废官，畴咨稽古，崇配乾坤[33]，允神明之所福祚[34]，宇内之所欢欣也。岂徒鲁邦而已哉[35]！”尔乃感殷人路寝之义，嘉先民泮宫之事[36]，以为高宗、僖公[37]，盖嗣世之王、诸侯之国耳，犹著德于名颂，腾声乎千载[38]。况今圣皇肇造区夏，创业垂统[39]，受命之日，曾未下舆[40]，而褒崇大圣，隆化如此，能无颂乎！乃作颂曰：

煌煌大魏，受命溥将[41]。继体黄虞，含夏苞商[42]。降厘下土，廓清三光[43]。群祀咸秩，靡事不纲[44]。嘉彼玄圣，有邈其灵[45]。遭世雾乱，莫显其荣[46]。褒成既绝，寝庙斯倾[47]，阙里萧条，靡歆靡馨[48]。我皇悼之，寻其世武[49]，乃建宗圣，以绍厥后。修复旧庙，丰其甍宇[50]。莘莘学徒，爰居爰处[51]。王教既备，群小遄沮[52]。鲁道以兴，永作宪矩[53]。洪声登遐，神祇来祐[54]，休徵杂遝[55]，瑞我邦家。内光区域，外被荒遐[56]。殊方重译，搏拊扬歌[57]。于赫四圣，运世应期[58]，仲尼既没，文亦在兹[59]。彬彬我后，越而五之[60]。并于亿载，如山之基[61]。

【题解】

本篇严可均《全三国文》题作《孔子庙颂》。丁晏云：“程作《孔子庙颂》，仅载颂内‘修复旧堂’至‘外被遐荒’十四句，今删。张全载此碑，而多脱误，今悉依碑本分书录之，……碑在今曲阜县。《隶释》十九载此碑曹植词，梁鹄书。”碑文在内容上可分为序文与正文两个部分，序文主要记叙了黄初元年(220)曹丕即位，下诏修复孔庙之事的始末，正文主要为赞颂曹丕功德之辞。

【注释】

①受命:承受天命,此指曹丕登帝位之事。

②胤:继承。纵:通"踪",汉碑多以踪作纵。据五德终始论之说,轩辕黄帝以土德王,而曹魏亦以土德代汉而受禅,故曰"继纵"。绍:继承。虞氏:虞舜。遐统:指久远的功绩。

③历数:指天道。改物:改变前代的制度。教:教化。

④辑:敛。五瑞:指古代诸侯用作信物的五种玉。《尚书·舜典》孔颖达疏:"《周礼·典瑞》云:'公执桓圭,侯执信圭,伯执躬圭,子执谷璧,男执蒲璧。'"班:授;给予。宗彝:指古代皇帝封诸侯时,赐予其祭祀的礼器。

⑤钧:平衡。衡石:称重量的器物,此指统一全国度量衡的制度。度量:指标准。

⑥秩:按秩序排列。群祀:小祀,指祭祀群庙。文:赵幼文:"文,《书大传》:'谓尊卑之差制也。'谓厘订群神尊卑高下之祭典。"布化:宣扬教化。

⑦缉熙:光明貌。圣绪:指帝王之业。绍显:继承发扬。绍:继承。

⑧二代:两个朝代,此指夏商二朝。《论语·八佾》邢昺疏:"二代,谓夏、商。"三恪:指黄帝、尧、舜的后代。周得天下,曾封黄帝、尧、舜与夏、殷的后代为诸侯,曹丕即位后,亦封他们的后代为诸侯,故曰追存。恪:同"恪",含尊敬之意。宣尼:孔子,汉平帝元始元年(1),追谥褒成宣尼公,后因称孔子为"宣尼"。褒成:汉平帝时封孔子的后代孔均为褒成侯,光武帝建武十三年(37),封均之子孔志为褒成侯。世代相传,到汉献帝时方止。(见《后汉书·儒林·孔僖传》)

⑨议郎:古代官职名,掌管顾问应对之事。

⑩姿:通"资",凭借。器:才能。

⑪鲁、卫:指鲁哀公、卫灵公,孔子曾仕于二朝。洙泗:洙水和泗水。洙水在北,泗水在南。孔子曾于洙泗之间讲学。

⑫栖栖、皇皇:俱指忙碌不安貌。

⑬五代:指尧、舜、夏、商、周。礼:礼制;典章制度。素王:指具备帝王之才能、德行而未居帝位之人。

⑭因:依据。制:编制;编辑。正《雅》《颂》:指修订《雅》与《颂》的乐谱。

493

⑮俾:使。卬(yǎng):通"仰",仰慕、仰仗。

⑯咨:发语词。命世:指有治世之才的人。已:通"矣"。

⑰阙里:孔子的故里,在今山东曲阜城内,因有两石阙,故名。阙里背洙面泗,孔子曾在此讲学。烝尝:指秋祭和冬祭。秋祭谓尝,冬祭谓烝。

⑱崇化:崇尚教化。《三国志·魏书》作"礼",疑当据之改。

⑲闵:怜悯;哀伤。

⑳其:汉代诏令用词,具命令之意。奉:供给。祀:指祭祀所需的物品。

㉑百石卒史:指古代俸禄为百石的官吏。

㉒俎豆:俎和豆,俱为古代祭祀或宴会时盛食物的礼器,此指祭祀。

㉓圣灵:孔子的魂灵。祯祥:吉祥的征兆。

㉔学:张溥本卷二十六作"乐",疑是。卅(sà):三十。自董卓废立之时至黄初元年(220)大约三十年。张溥本作"三十"。

㉕皇上:指曹丕。懿德:美德。二仪:天地。

㉖苞:包容。无方:没有界限,没有边际。恩:张溥本作"深"。不测:不可测量。

㉗受命:指曹丕即位。咸和:协和。烟煴:云烟弥漫貌。《一切经音义》:"氤氲,祥瑞气也。"按,烟煴即氤氲。

㉘嘉瑞踵武:祥瑞接踵而至。休徵:吉祥的征兆。臻:至;到。

㉙殊俗:远方不同风俗习惯的人。编发:结发为辫。遐夷:指边远地区的少数民族。宾:服从;归顺。

㉚太皓:指伏羲氏。君:治理。虞氏:虞舜。仪:前来。临:君临。

㉛伯禹:夏禹。命:受命。玄宫:赵幼文云:"宫疑为官字之形误。玄,水色。玄官,治水之官。"后:帝王。西伯:周文王,姓姬,名昌,季历之子。季历死后,其继承西伯之位,故又称"西伯昌"。岐社:指岐山之地。周文王在此建国,并立周室神社。

㉜称:相称。

㉝畴咨:访询。咨:咨询;访问。稽古:考察古代事理。崇配:恭敬等同。乾坤:天地。

㉞允:诚信。福祚:指赐福。

494

㉟鲁邦:鲁郡。

㊱殷人:殷商时人。殷人路寝:见《诗·商颂·殷武》。路寝:指古代天子朝会群臣的正厅。先民:指鲁国人。泮宫:指古代诸侯所设的学宫。见《诗·鲁颂·泮水》。

㊲高宗:指殷高宗武丁。《诗·商颂·殷武》言其修治路寝之事。僖公:即鲁僖公。

㊳名颂:指《鲁颂》《商颂》。腾声:指声名显赫。

㊴圣皇:指曹丕。肇造:指创建。区夏:指中国。垂统:指垂续帝王之业。

㊵下舆:下车。

㊶煌煌:光明盛大。溥将:大而长久。《诗·商颂·烈祖》:"以假以享,我受命溥将。"

㊷黄虞:指黄帝和虞舜。

㊸厘:福气。下土:比喻百姓。廓:《全三国文》作"上"。三光:指日、月、星。

㊹群祀:指祭祀群神。纲:治理。

㊺玄圣:指孔子。有:形容词词头。邈:远。

㊻雾乱:昏乱。荣:才能。

㊼倾:倾斜。

㊽萧条:寂寥冷清。歆:以食品祭祀鬼神。馨:指供品的香气。

㊾世武:指后代。

(50)甍宇:屋宇。甍:屋脊。宇:屋檐。

(51)莘莘:众多貌。爰:语气词。

(52)群小:指众小人,此指他们的行为。遄沮:迅速停止。

(53)鲁道以兴:指周公制定的政教制度已经建立起来。宪矩:典范。

(54)神祇:指天神和地神。祐:赐福。

(55)杂遝:众多貌。

(56)区域:指国内。被:覆盖。荒遐:边远之地。

(57)殊方、重译:俱指异域之人。搏拊:古乐器名,软皮里盛糠为之,形如鼓,用手拊拍可发出乐声。

⑧四圣:指黄帝、虞舜、夏禹、周文王。应期:指适应圣王出现的周期。

⑨文:典章制度。

⑥彬彬:指文质兼备貌。我后:指曹丕。五之:指曹丕与黄帝、虞舜、夏禹、周文王一起为五圣。

⑥并:与四圣等同。如山之基:指其所建帝业如同高山之基一般屹立不倒,长存永固。

辨问四条

赫然而日曜之①。

君子隐居以养真也。衡门茅茨②。

游说之士,星流电耀③。

子徒苞怀仁义,锐精诗书④。

【注释】

①《文选》潘安仁《关中诗》李善注引。

②《文选》陶渊明《还江陵诗》李善注引。

③《文选》刘孝标《广绝交论》李善注引。

④《北堂书钞》卷九十七引《辨问》。

全集遗句

明镜于三光①。

探海出珠,举网罗凤②。

群士慕响,俊乂来仕③。

鳞集帝宇④。

奇才美艺,通微入神⑤。

至冶洞和⑥。

国静民康,充实殷富⑦。

泰阶夷清⑧。

仁圣相袭⑨。

天罔不矜⑩。

离宫观画⑪。

野无旨酒,进兹行潦⑫。

【注释】

①此句见《北堂书钞》卷七。

②此二句见《北堂书钞》卷十一。

③此二句见《北堂书钞》卷十一。

④此句见《北堂书钞》卷十一。

⑤此二句见《北堂书钞》卷十二。

⑥洞和:明澈平和。此二句见《北堂书钞》卷十五。

⑦此二句《北堂书钞》卷十五。

⑧泰阶:星名,即三台星。此句见《北堂书钞》卷十五。

⑨此句见《北堂书钞》卷十七。

⑩此句见《北堂书钞》卷二十一。

⑪离宫:指古代帝王在正式宫殿之外另外修建的行宫。此句见《北堂书钞》卷二十五。

⑫潦:积水。此句见《北堂书钞》卷八十九。

附录

曹植传

裴松之　注

陈思王植字子建。年十岁余,诵读《诗》《论》及辞赋数十万言,善属文。太祖尝视其文,谓植曰:"汝倩人邪?"植跪曰:"言出为论,下笔成章,顾当面试,奈何倩人?"时邺铜爵台新成,太祖悉将诸子登台,使各为赋。植援笔立成,可观,太祖甚异之①。性简易,不治威仪。舆马服饰,不尚华丽。每进见难问,应声而对,特见宠爱。建安十六年,封平原侯。十九年,徙封临菑侯。太祖征孙权,使植留守邺,戒之曰:"吾昔为顿邱令,年二十三。思此时所行,无悔于今。今汝年亦二十三矣,可不勉与!"植既以才见异,而丁仪、丁廙、杨修等为之羽翼。太祖狐疑,几为太子者数矣。而植任性而行,不自彫励,饮酒不节。文帝御之以术,矫情自饰,宫人左右,并为之说,故遂定为嗣。二十二年,增置邑五千,并前万户。植尝乘车行驰道中,开司马门出。太祖大怒,公车令坐死。由是重诸侯科禁,而植宠日衰②。太祖既虑终始之变,以杨修颇有才策,而又袁氏之甥也,于是以罪诛修。植益内不自安③。二十四年,曹仁为关羽所围。太祖以植为南中郎将,行征虏将军,欲遣救仁,呼有所敕戒。植醉不能受命,于是悔而罢之④。

【注释】

①《澹阴魏纪》载植赋曰"从明后而嬉游兮,登层台以娱情。见太府之广开兮,观圣德之所营。建高门之嵯峨兮,浮双阙乎太清。立中天之华观兮,连飞阁乎西城。临漳水之长流兮,望园果之滋荣。仰春风之和穆兮,听百鸟之悲鸣。天云垣其既立兮,家愿得而获逞。扬仁化于宇内兮,尽肃恭于上京。惟桓文之为盛兮,岂足方乎圣明! 休矣美矣! 惠泽远扬。翼佐我皇家兮,宁彼四方。同天地之规量兮,齐日月之晖光。永贵尊而无极兮,等年寿于东王"云云。太祖深异之。

②《魏武故事》载令曰:"始者谓子建,儿中最可定大事。"又令曰:"自临菑侯植私出,开司马门至金门,令吾异目视此儿矣。"又令曰:"诸侯长史及帐下吏,知吾出辄将诸侯行意否? 从子建私开司马门来,吾都不复信诸侯也。恐吾适出,便复私出,故摄将行。不可恒使吾以谁为心腹也!"

③《典略》曰:杨修字德祖,太尉彪子也。谦恭才博。建安中,举孝廉,除郎中,丞相请署仓曹属主簿。是时,军国多事,修总知外内,事皆称意。自魏大子已下,并争与交好。又是时临菑侯植以才捷爱幸,来意投修,数与修书,书曰:"数日不见,思子为劳;想同之也。仆少好辞赋,迄至于今二十有五年矣,然今世作者,可略而言也。昔仲宣独步于汉南,孔璋鹰扬于河朔,伟长擅名于青土,公干振藻于海隅,德琏发迹于大魏,足下高视于上京。当此之时,人人自谓握灵蛇之珠,家家自谓抱荆山之玉也。吾王于是设天网以该之,顿八纮以掩之,今尽集兹国矣。然此数子,犹不能飞翰绝迹,一举千里也。以孔璋之才,不闲辞赋,而多自谓与司马长卿同风,譬画虎不成还为狗者也。前为书啁之,反作论盛道仆赞其文。夫钟期不失听,于今称之。吾亦不敢妄叹者,畏后之嗤余也。世人著述,不能无病。仆常好人讥弹其文;有不善者,应时改定。昔丁敬礼尝作小文,使仆润饰之,仆自以才不能过若人,辞不为也。敬礼云:'卿何所疑难乎! 文之佳丽,吾自得之。后世谁相知定吾文者邪?'吾常叹此达言,以为美谈。昔尼父之文辞,与人通流;至于制《春秋》,游、夏之徒不能错一字。过此而言不病者,吾未之见也。盖有南威之容,乃可以论于淑媛;有龙渊之利,乃可以议于割断。刘季绪才不逮于作者,而好诋呵文章,掎摭利病。昔田巴毁五帝,罪三王,呰五伯于稷下,一旦而服千人,鲁连一说,使终身杜口。刘生之辩未若田氏,今之仲连求之不难,

500

可无叹息乎! 人各有所好尚。兰茞荪蕙之芳,众人之所好,而海畔有逐臭之夫;《咸池》《六英》之发,众人所乐,而墨翟有非之之论:岂可同哉! 今往仆少小所著词赋一通相与。夫街谈巷说,必有可采,击辕之歌,有应风雅,匹夫之思,未易轻弃也。辞赋小道,固未足以揄扬大义,彰示来世也。昔扬子云,先朝执戟之臣耳,犹称'壮夫不为'也;吾虽薄德,位为藩侯,犹庶几戮力上国,流惠下民,建永世之业,流金石之功,岂徒以翰墨为勋绩,辞颂为君子哉? 若吾志不果,吾道不行,亦将采史官之实录,辩时俗之得失,定仁义之衷,成一家之言,虽未能藏之名山,将以传之同好,此要之白首,岂可以今日论乎! 其言之不怍,恃惠子之知我也。明早相迎,书不尽怀。"修答曰:"不侍数日,若弥年载,岂独爱顾之隆,使系仰之情深邪! 损辱来命,蔚矣其文。诵读反覆,虽《风》《雅》《颂》,不复过也。若仲宣之擅江表,陈氏之跨冀域,徐、刘之显青、豫,应生之发魏国,斯皆然矣。至如修者,听采风声,仰德不暇,目周章于省览,何惶骇于高视哉? 伏惟君侯,少长贵盛,体旦、发之质,有圣善之教。远近观者,徒谓能宣昭懿德,光赞大业而已,不谓复能兼览传记,留思文章。今乃含王超陈,度越数子;观者骇视而拭目,听者倾首而耸耳;非夫体通性达,受之自然,其谁能至于此乎? 又尝亲见执事握牍持笔,有所造作,若成诵在心,借书于手,曾不斯须少留思虑。仲尼日月,无得逾焉。修之仰望,殆如此矣。是以对鹖而辞,作《暑赋》弥日而不献,见西施之容,归憎其貌者也。伏想执事不知其然,猥受顾赐,教使刊定。《春秋》之成,莫能损益,《吕氏》《淮南》,字直千金;然而弟子钳口,市人拱手者,圣贤卓荦,固所以殊绝凡庸也。今之赋颂,古诗之流,不更孔公,风雅无别耳。修家子云,老不晓事,强著一书,悔其少作。若此,仲山、周旦之徒,则皆有愆乎! 君侯忘圣贤之显迹,述鄙宗之过言,窃以为未之思也。若乃不忘经国之大美,流千载之英声,铭功景钟,书名竹帛,此自雅量素所蓄也,岂与文章相妨害哉? 辄受所惠,窃备暧昧诵歌而已。敢忘惠施,以忝庄氏! 季绪璅璅,何足以云。"其相往来,如此其数。植后以骄纵见疏,而植故连缀修不止,修亦不敢自绝。至二十四年秋,公以修前后漏泄言教,交关诸侯,乃收杀之。修临死,谓故人曰:"我固自以死之晚也。"其意以为坐曹植也。修死后百余日而太祖薨,太子立,遂有天下。初,修以所得王髦剑奉太子,太子常服之。及即尊位,在洛阳,从容出官,追思修之过薄也,抚其剑,驻车顾左右曰:"此杨德祖昔所说王髦剑也。髦今焉在?"及召见之,赐髦谷帛。

挚虞《文章志》曰:刘季绪名修,刘表子。官至东安太守。著诗、赋、颂六篇。

臣松之案《吕氏春秋》曰:"人有臭者,其兄弟妻子皆莫能与居,其人自苦而居海上。海上人有悦其臭者,昼夜随之而不能去。"此植所云"逐臭之夫"也。田巴事出《鲁连子》,亦见《皇览》,文多故不载。

《世语》曰:修年二十五,以名公子有才能,为太祖所器。与丁仪兄弟,皆欲以植为嗣。太子患之,以车载废簏,内朝歌长吴质与谋。修以白太祖,未及推验。太子惧,告质,质曰:"何患?明日复以簏受绢车内以惑之,修必复重白,重白必推,而无验,则彼受罪矣。"世子从之,倚果白,而无人,大祖由是疑焉。修与贾逵、王凌并为主簿,而为植所友。每当就植,虑事有阙,忖度太祖意,豫作答教十余条,敕门下,教出以次答。教裁出,答已入,太祖怪其捷,推问始泄。太祖遣太子及植各出邺城一门,密敕门不得出,以观其所为。太子至门,不得出而还。修先戒植:"若门不出侯,侯受王命,可斩守者。"植从之。故修遂以交构赐死。修子嚣,嚣子准,皆知名于晋世。嚣,泰始初为典军将军,受心脊之任,早卒。准字始丘,惠帝末为冀州刺史。

荀绰《冀州记》曰:准见王纲不振,遂纵酒,不以官事为意,逍遥卒岁而已。成都王知准不治,犹以其为名士,惜而不责,召以为军谋祭酒。府散停家,关东诸侯议欲以准补三事,以示怀贤尚德之举。事未施行而卒。准子峤字国彦,髦字士彦,并为后出之俊。准与裴頠、乐广善,遣往见之。頠性弘方,爱峤之有高韵,谓准曰:"峤当及卿,然髦小减也。"广性清淳,爱髦之有神检,谓準曰:"峤自及卿,然髦尤精出。"準叹曰:"我二儿之优劣,乃裴、乐之优劣也。"评者以为峤虽有高韵,而神检不逮,广言为得。傅畅云:"峤似准而疏。"峤弟俊,字惠彦,最清出。峤、髦皆为二千石。俊,太傅掾。

④《魏氏春秋》曰:植将行,太子饮焉,逼而醉之。王召植,植不能受王命,故王怒也。

文帝即王位,诛丁仪、丁廙并其男口①。植与诸侯并就国。

黄初二年,监国谒者灌均希指,奏"植醉酒悖慢,劫胁使者"。有司请治罪,帝以太后故,贬爵安乡侯^②。其年改封鄄城侯。三年,立为鄄城王,邑二千五百户。

【注释】

①《魏略》曰:丁仪字正礼,沛郡人也。父冲,宿与太祖亲善,时随乘舆。见国家未定,乃与大祖书曰:"足下平生常喟然有匡佐之志,今其时矣。"是时张杨适还河内,太祖得其书,乃引军迎天子东诣许,以冲为司隶校尉。后数来过诸将饮,酒美不能止,醉烂肠死。太祖以冲前见开导,常德之。闻仪为令士,虽未见,欲以爱女妻之,以问五官将。五官将曰:"女人观貌,而正礼目不便,诚恐爱女未必悦也。以为不如与伏波子楙。"太祖从之。寻辟仪为掾,到与论议,嘉其才朗,曰:"丁掾,好士也,即使其两目盲,尚当与女,何况但眇?是吾儿误我。"时仪亦恨不得尚公主,而与临菑侯亲善,数称其奇才。太祖既有意欲立植,而仪又共赞之。及太子立,欲治仪罪,转仪为右刺奸掾,欲仪自裁而仪不能。乃对中领军夏侯尚叩头求哀,尚为涕泣而不能救。后遂因职事收付狱,杀之。

　　廙字敬礼,仪之弟也。《文士传》曰:廙少有才姿,博学洽闻。初辟公府,建安中为黄门侍郎。廙尝从容谓太祖曰:"临菑侯天性仁孝,发于自然,而聪明智达,其殆庶几。至于博学渊识,文章绝伦。当今天下之贤才君子,不问少长,皆愿从其游而为之死,实天所以钟福于大魏,而永授无穷之祚也。"欲以劝动太祖。太祖答曰:"植,吾爱之,安能若卿言!吾欲立之为嗣,何如?"廙曰:"此国家之所以兴衰,天下之所以存亡,非愚劣琐贱者所敢与及。廙闻知臣莫若于君,知子莫若于父。至于君不论明暗,父不问贤愚,而能常知其臣子者何?盖由相知非一事一物,相尽非一旦一夕。况明公加之以圣哲,习之以人子。今发明达之命,吐永安之言,可谓上应天命,下合人心,得之于须臾,垂之于万世者也。廙不避斧钺之诛,敢不尽言!"太祖深纳之。

②《三国志·魏书》载诏曰:"植,朕之同母弟。朕于天下无所不容,而况植乎?骨肉之亲,舍而不诛,其改封植。"

四年，徙封雍丘王。其年，朝京都。上疏曰：

臣自抱衅归藩，刻肌刻骨，追思罪戾，昼分而食，夜分而寝。诚以天网不可重离，圣恩难可再恃。窃感《相鼠》之篇，无礼遄死之义，形影相吊，五情愧赧。以罪弃生，则违古贤"夕改"之劝，忍活苟全，则犯诗人"胡颜"之讥。伏惟陛下德象天地，恩隆父母，施畅春风，泽如时雨。是以不别荆棘者，庆云之惠也；七子均养者，尸鸠之仁也；舍罪责功者，明君之举也；矜愚爱能者，慈父之恩也：是以愚臣徘徊于恩泽而不能自弃者也。

前奉诏书，臣等绝朝，心离志绝，自分黄耇无复执珪之望。不图圣诏猥垂齿召，至止之日，驰心辇毂。僻处西馆，未奉阙廷，踊跃之怀，瞻望反仄。谨拜表献诗二篇，其辞曰："於穆显考，时惟武皇，受命于天，宁济四方。朱旗所拂，九土披攘，玄化滂流，荒服来王。超商越周，与唐比踪。笃生我皇，奕世载聪，武则肃烈，文则时雍，受禅炎汉，临君万邦。万邦既化，率由旧则；广命懿亲，以藩王国。帝曰尔侯，君兹青土，奄有海滨，方周于鲁，车服有辉，旗章有叙，济济隽乂，我弼我辅。伊予小子，恃宠骄盈，举挂时网，动乱国经。作藩作屏，先轨是堕，傲我皇使，犯我朝仪。国有典刑，我削我绌，将置于理，元凶是率。明明天子，时笃同类，不忍我刑，暴之朝肆，违彼执宪，哀予小子。改封兖邑，于河之滨，股肱弗置，有君无臣，荒淫之阙，谁弼予身？茕茕仆夫，于彼冀方，嗟予小子，乃罹斯殃。赫赫天子，恩不遗物，冠我玄冕，要我朱绂。朱绂光大，使我荣华，剖符授玉，王爵是加。仰齿金玺，俯执圣策，皇恩过隆，祇承怵惕。咨我小子，顽凶是婴,逝惭陵墓,存愧阙廷。匪敢傲德,实恩是恃,威灵改加,足以没齿。昊天罔极,性命不图,常惧颠沛,抱罪黄垆。愿蒙矢石,建旗东岳,庶立豪氂,微功自赎。危躯授命,知足免戾,甘赴江、湘,奋戈吴、越。天启其衷,得会京畿,迟奉圣颜,如渴如饥。心之云慕,怆矣其悲,天高听卑,皇肯照微!"

又曰:"肃承明诏,应会皇都,星陈夙驾,秣马脂车。命彼掌徒,肃我征旅,朝发鸾台,夕宿兰渚。芒芒原隰,祁祁士女,经彼公田,乐我稷黍。爰有樛木,重阴匪息;虽有糇粮,饥不遑食。望城不过,面邑匪游,仆夫警策,平路是由。玄驷蔼蔼,扬镳濯沫;流风翼衡,轻云承盖。涉涧之滨,缘山之隈,遵彼河浒,黄阪是阶。西济关谷,或降或升;骈骖倦路,再寝再兴。将朝圣皇,匪敢晏宁;弭节长骛,指日遄征。前驱举燧,后乘抗旌;轮不辍运,鸾无废声。爰暨帝室,税此西墉;嘉诏未赐,朝觐莫从。仰瞻城阈,俯惟阙廷;长怀永慕,忧心如酲。"

帝嘉其辞义,优诏答勉之[1]。

【注释】

[1]《魏略》曰:初植未到关,自念有过,宜当谢帝。乃留其从官著关东,单将两三人微行,入见清河长公主,欲因主谢。而关吏以闻,帝使人逆之,不得见。太后以为自杀也,对帝泣。会植科头负锧锧,徒跣诣阙下,帝及太后乃喜。及见之,帝犹严颜色,不与语,又不使冠履。植伏地泣涕,太后为不乐。诏乃听复王服。

《魏氏春秋》曰:是时待遇诸国法峻。任城王暴薨,诸王既怀友于之痛。植及白马王彪还国,欲同路东归,以叙隔阔之思,而监国使者不听。植发愤告离而作诗曰:"谒帝承明庐,逝将归旧疆。清晨发皇邑,日夕过首阳。伊、洛旷且深,欲济川无梁。泛舟越洪涛,怨彼东路长。回顾恋城阙,引领情内伤。大谷何寥廓,山树郁苍苍。霖雨泥我涂,流潦浩从横。中逵绝无轨,改辙登高冈。修阪造云日,我马玄以黄。玄黄犹能进,我思郁以纡。郁纡将何念?亲爱在离居。本图相与偕,中更不克俱。鸱枭鸣衡轭,豺狼当路衢;苍蝇间白黑,谗巧反亲疏。欲还绝无蹊,揽辔止踟蹰。踟蹰亦何留,相思无终极。秋风发微凉,寒蝉鸣我侧。原野何萧条,白日忽西匿。孤兽走索群,衔草不遑食。归鸟赴高林,翩翩厉羽翼。感物伤我怀,抚心长叹息。叹息亦何为,天命与我违。奈何念同生,一往形不归!孤魂翔故域,灵柩寄京师。存者勿复过,亡没身自衰。人生处一世,忽若朝露晞。年在桑榆间,影响不能追。自顾非金石,咄唶令心悲。心悲动我神,弃置莫复陈。丈夫志四海,万里犹比邻。恩爱苟不亏,在远分日亲。何必同衾帱,然后展殷勤。仓卒骨肉情,能不怀苦辛?苦辛何虑思,天命信可疑。虚无求列仙,松子久吾欺。变故在斯须,百年谁能持?离别永无会,执手将何时?王其爱玉体,俱享黄发期。收涕即长涂,援笔从此辞。"

六年,帝东征,还过雍丘,幸植宫,增户五百。太和元年,徙封浚仪。二年,复还雍丘。植常自愤怨,抱利器而无所施,上疏求自试曰:

臣闻士之生世,入则事父,出则事君;事父尚于荣亲,事君贵于兴国。故慈父不能爱无益之子,仁君不能畜无用之臣。夫论德而授官者,成功之君也;量能而受爵者,毕命之臣也。故君无虚授,臣无虚受;虚授谓之谬举,虚受谓之尸禄,《诗》之"素餐"所由作也。昔二虢不辞两国之任,其德厚也;旦、奭不让燕、鲁之封,其功大也。今臣蒙国重恩,三世于今矣。正值陛下升平之际,沐浴圣泽,潜润德教,可谓厚幸矣。而窃位东藩,爵在上列,身被轻暖,口厌百味,目极华靡,耳倦丝竹者,爵重禄厚之所致也。退念古之受爵禄者,有异于此,皆以功勤济国,辅主惠民。今臣无德可述，无功可纪，若此终年无益国朝，将挂风人"彼其"之讥。是以上惭玄冕，俯愧朱绂。

方今天下一统，九州晏如，而顾西有违命之蜀，东有不臣之吴，使边境未得脱甲，谋士未得高枕者，诚欲混同宇内以致太和也。故启灭有扈而夏功昭，成克商、奄而周德著。今陛下以圣明统世，将欲卒文、武之功，继成、康之隆，简贤授能，以方叔、召虎之臣镇御四境，为国爪牙者，可谓当矣。然而高鸟未挂于轻缴，渊鱼未县于钩饵者，恐钓射之术或未尽也。昔耿弇不俟光武，亟击张步，言不以贼遗于君父。故车右伏剑于鸣毂，雍门刎首于齐境，若此二士，岂恶生而尚死哉？诚忿其慢主而陵君也①。夫君之宠臣，欲以除患兴利；臣之事君，必以杀身靖乱，以功报主也。昔贾谊弱冠，求试属国，请系单于之颈而制其命；终军以妙年使越，欲得长缨缨其王，羁致北阙。此二臣，岂好为夸主而耀世哉？志或郁结，欲逞其才力，输能于明君也。昔汉武为霍去病治第，辞曰："匈奴未灭，臣无以家为！"大忧国忘家，捐躯济难，忠臣之志也。今臣居外，非不厚也，而寝不安席，食不遑味者，伏以二方未克为念。

伏见先武皇帝武臣宿将，年耆即世者有闻矣。虽贤不乏世，宿将旧卒，犹习战陈，窃不自量，志在效命，庶立毛发之功，以报所受之恩。若使陛下出不世之诏，效臣锥刀之用，使得西属大将军，当一校之队，若东属大司马，统偏舟之任，必乘危蹈险，骋舟奋骊，突刃触锋，为士卒先。虽未能禽权馘亮，庶将虏其雄率，歼其丑类，必效须臾之捷，以灭终身之愧，使名挂史笔，事列朝策。虽身分蜀境，首县吴阙，犹生之年也。如微才弗试，没世无闻，徒荣其躯而丰其体,生无益于事,死无损于数,虚荷上位而忝重禄,禽息鸟视,终于白首,此徒圈牢之养物,非臣之所志也。流闻东军失备,师徒小衄,辍食弃餐,奋袂攘衽,抚剑东顾,而心已驰于吴会矣。

臣昔从先武皇帝南极赤岸,东临沧海,西望玉门,北出玄塞,伏见所以行军用兵之势,可谓神妙矣。故兵者不可豫言,临难而制变者也。志欲自效于明时,立功于圣世。每览史籍,观古忠臣义士,出一朝之命,以徇国家之难,身虽屠裂,而功铭著于鼎钟,名称垂于竹帛,未尝不拊心而叹息也。臣闻明主使臣,不废有罪。故奔北败军之将用,秦、鲁以成其功②;绝缨盗马之臣赦,楚、赵以济其难③。臣窃感先帝早崩,威王弃世,臣独何人,以堪长久!常恐先朝露,填沟壑,坟土未干,而身名并灭。臣闻骐骥长鸣,则伯乐照其能;卢狗悲号,则韩国知其才。是以效之齐、楚之路,以逞千里之任;试之狡兔之捷,以验搏噬之用。今臣志狗马之微功,窃自惟度,终无伯乐、韩国之举,是以于邑而窃自痛者也。

夫临博而企竦,闻乐而窃抃者,或有赏音而识道也。昔毛遂,赵之陪隶,犹假锥囊之喻,以寤主立功,何况巍巍大魏多士之朝,而无慷慨死难之臣乎!夫自衒自媒者,士女之丑行也。干时求进者,道家之明忌也。而臣敢陈闻于陛下者,诚与国分形同气,忧患共之者也。冀以尘雾之微补益山海,荧烛末光增辉日月,是以敢冒其丑而献其忠④。

① 刘向《说苑》曰：越甲至齐，雍门狄请死之。齐王曰："鼓铎之声未闻，矢石未交，长兵未接，子何务死？知为人臣之礼邪？"雍门狄对曰："臣闻之，昔者王田于圃，左毂鸣，车右请死之，王曰：'子何为死？'车右曰：'为其鸣鸣君也。'王曰：'左毂鸣者，此工师之罪也。子何事之有焉？'车右对曰：'吾不见工师之乘，而见其鸣吾君也。'遂刎颈而死。有是乎？"王曰："有之。"雍门狄曰："今越甲至，其鸣吾君，岂左毂之下哉？车右可以死左毂，而臣独不可以死越甲邪？"遂刎颈而死。是日，越人引军而退七十里，曰："齐王有臣，钧如雍门狄，疑使越社稷不血食。"遂归。齐王葬雍门狄以上卿之礼。

② 臣松之案：秦用败军之将，事显，故不注，鲁连与燕将书曰："曹子为鲁将，三战三北而亡地五百里，向使曹子计不反顾，义不旋踵，刎颈而死，则亦不免为败军之将矣。曹子弃三北之耻，而退与鲁君计。桓公朝天子，会诸侯，曹子以一剑之任，披桓公之心于坛坫之上，颜色不变，辞气不悖。三战之所亡，一朝而复之。天下震动，诸侯惊骇，威加吴、越。"若此二士者，非不能成小廉而行小节也。

③ 臣松之案：楚庄掩绝缨之罪，事亦显，故不书。秦穆公有赦盗马事，赵则未闻。盖以秦亦赵姓，故互文以避上"秦"字也。

④《魏略》曰：植虽上此表，犹疑不见用，故曰："夫人贵生者，非贵其养体好服，终竟年寿也，贵在其代天而理物也。夫爵禄者，非虚张者也，有功德然后应之，当矣。无功而爵厚，无德而禄重，或人以为荣，而壮夫以为耻。故太上立德，其次立功，盖功德者所以垂名也。名者不灭，士之所利，故孔子有夕死之论，孟轲有弃生之义。彼一圣一贤，岂不愿久生哉？志或有不展也。是用喟然求试，必立功也。呜呼！言之未用，欲使后之君子知吾意者也。"

三年，徙封东阿。五年，复上疏求存问亲戚，因致其意曰：

臣闻天称其高者，以无不覆；地称其广者，以无不载；日月称其明者，以无不照；江海称其大者，以无不容。故孔子曰："大哉尧之为君！惟天为大，惟尧则之。"夫天德之于万物,可谓弘广矣。盖尧之为教,先亲后疏,自近及远。其《传》曰:"克明峻德,以亲九族;九族既睦,平章百姓。"及周之文王亦崇厥化,其《诗》曰:"刑于寡妻,至于兄弟,以御于家邦。"是以雍雍穆穆,风人咏之。昔周公吊管、蔡之不咸,广封懿亲以藩屏王室,《传》曰:"周之宗盟,异姓为后。"诚骨肉之恩爽而不离,亲亲之义实在敦固,未有义而后其君,仁而遗其亲者也。

伏惟陛下资帝唐钦明之德,体文王翼翼之仁,惠洽椒房,恩昭九族,群后百寮,番休递上,执政不废于公朝,下情得展于私室,亲理之路通,庆吊之情展,诚可谓恕己治人,推惠施恩者矣。至于臣者,人道绝绪,禁锢明时,臣窃自伤也。不敢过望交气类,修人事,叙人伦。近且婚媾不通,兄弟乖绝,吉凶之问塞,庆吊之礼废,恩纪之违,甚于路人,隔阂之异,殊于胡越。今臣以一切之制,永无朝觐之望,至于注心皇极,结情紫闼,神明知之矣。然天实为之,谓之何哉!退唯诸王常有戚戚具尔之心,愿陛下沛然垂诏,使诸国庆问,四节得展,以叙骨肉之欢恩,全怡怡之笃义。妃妾之家,膏沐之遗,岁得再通,齐义于贵宗,等惠于百司,如此,则古人之所叹,风雅之所咏,复存于圣世矣。

臣伏自惟省,无锥刀之用。及观陛下之所拔授,若以臣为异姓,窃自料度,不后于朝士矣。若得辞远游,戴武弁,解朱组,佩青绂,驸马、奉车,趣得一号,安宅京室,执鞭珥笔,出从华盖,入侍辇毂,承答圣问,拾遗左右,乃臣丹诚之至愿,不离于梦想者也。远慕《鹿鸣》君臣之宴,中咏《常棣》匪他之诫,下思《伐木》友生之义,终怀《蓼莪》罔极之哀;每四节之会,块然独处,左右惟仆隶,所对惟妻子,高谈无所与陈,发义无所与展,未尝不闻乐而拊心,临觞而叹息也。

臣伏以为犬马之诚不能动人,譬人之诚不能动天。崩城、陨霜,臣初信之,以臣心况,徒虚语耳。若葵藿之倾叶,太阳虽不为之回光,然向之者诚也。窃自比于葵藿,若降天地之施,垂三光之明者,实在陛下。

臣闻《文子》曰:“不为福始,不为祸先。”今之否隔,友于同忧,而臣独倡言者,窃不愿于圣世使有不蒙施之物。有不蒙施之物,必有惨毒之怀,故《柏舟》有“天只”之怨,《谷风》有“弃予”之叹。故伊尹耻其君不为尧舜,孟子曰:“不以舜之所以事尧事其君者,不敬其君者也。”臣之愚蔽,固非虞、伊,至于欲使陛下崇光被时雍之美,宣缉熙章明之德者,是臣偻偻之诚,窃所独守,实怀鹤立企伫之心。敢复陈闻者,冀陛下傥发天聪而垂神听也。

诏报曰:“盖教化所由,各有隆弊,非皆善始而恶终也,事使之然。故夫忠厚仁极草木,则《行苇》之诗作;恩泽衰薄,不亲九族,则《角弓》之章刺。今令诸国兄弟,情理简怠,妃妾之家,膏沐疏略,朕纵不能敦而睦之,王援古喻义备悉矣,何言精诚不足以感通哉?夫明贵贱,崇亲亲,礼贤良,顺少长,国之纲纪,本无禁固诸国通问之诏也,矫枉过正,下吏惧谴,以至于此耳。已敕有司,如王所诉。”

值复上疏陈审举之义,曰:

臣闻天地协气而万物生,君臣合德而庶政成;五帝之世非皆智,三季之末非皆愚,用与不用,知与不知也。既时有举贤之名,而无得贤之实,必各援其类而进矣。谚曰:“相门有相,将门有将。”夫相者,文德昭者也;将者,武功烈者也。文德昭，则可以匡国朝，致雍熙，稷、契、夔、龙是也；武功烈，则所以征不庭，威四夷，南仲、方叔是矣。昔伊尹之为媵臣，至贱也，吕尚之处屠钓，至陋也，及其见举于汤武、周文，诚道合志同，玄谟神通，岂复假近习之荐，因左右之介哉。《书》曰："有不世之君，必能用不世之臣；用不世之臣，必能立不世之功。"殷周二王是矣。若夫龊龊近步，遵常守故，安足为陛下言哉？故阴阳不和，三光不畅，官旷无人，庶政不整者，三司之责也。疆场骚动，方隅内侵，没军丧众，干戈不息者，边将之忧也。岂可虚荷国宠而不称其任哉？故任益隆者负益重，位益高者责益深，《书》称"无旷庶官"，《诗》有"职思其忧"，此其义也。

陛下体天真之淑圣，登神机以继统，冀闻《康哉》之歌，偃武行文之美。而数年以来，水旱不时，民困衣食，师徒之发，岁岁增调，加东有覆败之军，西有殪没之将，至使蚌蛤浮翔于淮、泗，鼲鼬讙哗于林木。臣每念之，未尝不辍食而挥餐，临觞而搤腕矣。昔汉文发代，疑朝有变，宋昌曰："内有朱虚、东牟之亲，外有齐、楚、淮南、琅邪，此则磐石之宗，愿王勿疑。"臣伏惟陛下远览姬文二虢之援，中虑周成召、毕之辅，下存宋昌磐石之固。昔骐骥之于吴阪，可谓困矣，及其伯乐相之，孙邮御之，形体不劳而坐取千里。盖伯乐善御马，明君善御臣；伯乐驰千里，明君致太平；诚任贤使能之明效也。若朝司惟良，万机内理，武将行师，方难克弭。陛下可得雍容都城，何事劳动銮驾，暴露于边境哉？

臣闻"羊质虎皮，见草则悦，见豺则战"，忘其皮之虎也。今置将不良，有似于此。故语曰："患为之者不知，知之者不得为也。"昔乐毅奔赵，心不忘燕；廉颇在楚，思为赵将。臣生乎乱，长乎军，又数承教于武皇帝，伏见行师用兵之要，不必取孙吴而暗与之合。窃揆之于心，常愿得一奉朝觐，排金门，蹈玉陛，列有职之臣，赐须臾之问，使臣得一散所怀，撼舒蕴积，死不恨矣。

被鸿胪所下发士息书，期会甚急。又闻豹尾已建，戎轩鸾驾，陛下将复劳玉躬，扰挂神思。臣诚辣息，不遑宁处。愿得策马执鞭，首当尘露，撮风后之奇，接孙、吴之要，追慕卜商起予左右，效命先驱，毕命轮毂，虽无大益，冀有小补。然天高听远，情不上通，徒独望青云而拊心，仰高天而叹息耳。

屈平曰："国有骥而不知乘，焉皇皇而更索！"昔管、蔡放诛，周、召作弼；叔鱼陷刑，叔向匡国。三监之衅，臣自当之；二南之辅，求必不远。华宗贵族，藩王之中，必有应斯举者。故《传》曰："无周公之亲，不得行周公之事。"唯陛下少留意焉。

近者汉氏广建藩王，丰则连城数十，约则饷食祖祭而已，未若姬周之树国，五等之品制也。若扶苏之谏始皇，淳于越之难周青臣，可谓知时变矣。夫能使天下倾耳注目者，当权者是矣，故谋能移主，威能慑下。豪右执政，不在亲戚；权之所在，虽疏必重，势之所去，虽亲必轻，盖取齐者田族，非吕宗也。分晋者赵、魏，非姬姓也。唯陛下察之。苟吉专其位，凶离其患者，异姓之臣也。欲国之安，祈家之贵，存共其荣，没同其祸者，公族之臣也。今反公族疏而异姓亲，臣窃惑焉。

臣闻孟子曰："君子穷则独善其身，达则兼善天下。"

今臣与陛下践冰履炭，登山浮涧，寒温燥湿，高下共之，岂得离陛下哉？不胜愤懑，拜表陈情。若有不合，乞且藏之书府，不便灭弃，臣死之后，事或可思。若有毫厘少挂圣意者，乞出之朝堂，使夫博古之士，纠臣表之不合义者。如是，则臣愿足矣。

帝辄优文答报[1]。

【注释】

[1]《魏略》曰：是后大发士息，及取诸国士。植以近前诸国士息已见发，其遗孤稚弱，在者无几，而复被取，乃上书曰："臣闻古者圣君，与日月齐其明，四时等其信，是以黜凶无重，赏善无轻，怒若惊霆，喜若时雨，恩不中绝，教无二可，以此临朝，则臣下知所死矣。受任在万里之外，审主之所授官，必己之所以投命，虽有构会之徒，泊然不以为惧者，盖君臣相信之明效也。昔章子为齐将，人有告之反者，威王曰：'不然。'左右曰：'王何以明之?'王曰：'闻章子改葬死母；彼尚不欺死父，顾当叛生君乎?'此君之信臣也。昔管仲亲射桓公，后幽囚从鲁槛车载，使少年挽而送齐。管仲知桓公之必用己，惧鲁之悔，谓少年曰：'吾为汝唱，汝为和，声和声，宜走。'于是管仲唱之，少年走而和之，日行数百里，宿昔而至。至则相齐，此臣之信君也。臣初受封，策书曰：'植受兹青社，封于东土，以屏翰皇家，为魏藩辅。'而所得兵百五十人，皆年在耳顺，或不逾矩，虎贲官骑及亲事凡二百余人。正复不老，皆使年壮，备有不虞，检校乘城，顾不足以自救，况皆复耄耋罢曳乎？而名为魏东藩，使屏翰王室，臣窃自羞矣。就之诸国，国有士子，合不过五百人，伏以为三军益损，不复赖此。方外不定，必当须办者，臣愿将部曲倍道奔赴，夫妻负襁，子弟怀粮，蹈锋履刃，以徇国难，何但习业小儿哉？愚诚以挥涕增河，羉鼠饮海，于朝万无损益，于臣家计甚有废损。又臣士息前后三送，兼人已竭，惟尚有小儿，七八岁已上，十六七已还，三十余人。今部曲皆年者，卧于床席，非糜不食，眼不能视，气息裁属者，凡三十七人；疲瘵风痹，疣盲聋聩者，二十三人，惟正须此小儿，大者可备宿卫，虽不足以御寇，粗可以警小盗；小者

未堪大使，为可使耘鉏秽草，驱护鸟雀。休侯人则一事废，一日猎则众业散，不亲自经营则功不摄；常自躬亲，不委下吏而已。陛下圣仁，恩诏三至，士子给国，长不复发。明诏之下，有若曒日，保金石之恩，必明神之信，画然自固，如天如地。定习业者并复见送，晻若昼晦，怅然失图。伏以为陛下既爵臣百寮之右，居藩国之任，为置卿士，屋名为官，冢名为陵，不使其危居独立，无异于凡庶。若柏成欣于野耕，子仲乐于灌园；蓬户茅牖，原宪之宅也；陋巷箪瓢，颜子之居也：臣才不见效用，常慨然执斯志焉。若陛下听臣悉还部曲，罢官属，省监官，使解玺释绂，追柏成、子仲之业，营颜渊、原宪之事，居子臧之庐，宅延陵之室。如此，虽进无成功，退有可守，身死之日，犹松、乔也。然伏度国朝终未肯听臣之若是，固当羁绊于世绳，维系于禄位，怀屑屑之小忧，执无已之百念，安得荡然肆志，逍遥于宇宙之外哉？此愿未从，陛下必欲崇亲亲，笃骨肉，润白骨而荣枯木者，惟遂仁德以副前恩诏。"皆遂还之。

其年冬，诏诸王朝六年正月。其二月，以陈四县封植为陈王，邑三千五百户。植每欲求别见独谈，论及时政，幸冀试用，终不能得。既还，怅然绝望。时法制，待藩国既自峻迫，寮属皆贾竖下才，兵人给其残老，大数不过二百人。又植以前过，事事复减半，十一年中而三徙都，常汲汲无欢，遂发疾薨，时年四十一①。遗令薄葬。以小子志，保家之主也，欲立之。初，植登鱼山，临东阿，喟然有终焉之心，遂营为墓。子志嗣，徙封济北王。景初中诏曰："陈思王昔虽有过失，既克己慎行，以补前阙，且自少至终，篇籍不离于手，诚难能也。其收黄初中诸奏植罪状，公卿已下议尚书、秘书、中书三府、大鸿胪者皆削除之。撰录植前后所著赋颂诗铭杂论凡百馀篇，副藏内外。"志累增邑，并前九百九十户②。

【注释】

①植常为琴瑟调歌,辞曰:"吁嗟此转蓬,居世何独然!长去本根逝,夙夜无休闲。东西经七陌,南北越九阡,卒遇回风起,吹我入云间。自谓终天路,忽焉下沉渊。惊飙接我出,故归彼中田。当南而更北,谓东而反西,宕宕当何依,忽亡而复存。飘飘周八泽,连翩历五山,流转无恒处,谁知吾苦艰?愿为中林草,秋随野火燔,糜灭岂不痛,愿与根荄连。"

孙盛曰:异哉,魏氏之封建也!不度先王之典,不思藩屏之术,违敦睦之风,背维城之义。汉初之封,或权侔人主,虽云不度,时势然也。魏氏诸侯,陋同匹夫,虽惩七国,矫枉过也。且魏之代汉,非积德之由,风泽既微,六合未一,而彤翦枝干,委权异族,势同瘣木,危若巢幕,不嗣忽诸,非天丧也。五等之制,万世不易之典。六代兴亡,曹同论之详矣。

②《志别传》曰:志字允恭,好学有才行。晋武帝为中抚军,迎常道乡公于邺,志夜与帝相见,帝与语,从暮至旦,甚器之。及受禅,改封鄄城公。发诏以志为乐平太守,历章武、赵郡,迁散骑常侍、国子博士,后转博士祭酒。及齐王攸当之藩,下礼官议崇锡之典,志叹曰:"安有如此之才,如此之亲,而不得树本助化,而远出海隅者乎?"乃建议以谏,辞旨甚切。帝大怒,免志官。后复为散骑常侍。志遭母忧,居丧尽哀,因得疾病,喜怒失常,太康九年卒,谥曰定公。

评曰:任城武艺壮猛,有将领之气。陈思文才富艳,足以自通后叶,然不能克让远防,终致携隙。《传》曰"楚则失之矣,而齐亦未为得也",其此之谓欤①!

【注释】

①鱼豢曰:谚言"贫不学俭,卑不学恭",非人性分也,势使然耳。此实然之势,信不虚矣。假令太祖防遏植等,在于畴昔,此贤之心,何缘有窥望乎?彰之挟恨,尚无所至。至于植者,岂能兴难?乃令杨修以倚注遇害,丁仪以希意族灭,哀夫!余每览植之华采,思若有神。以此推之,太祖之动心,亦良有以也。

图书在版编目（ＣＩＰ）数据

曹植全集：汇校汇注汇评 / 林久贵，周玉容编著
. — 武汉 ：崇文书局，2020.1（2025.1 重印）
（中国古典诗词校注评丛书）
ISBN 978-7-5403-5321-6

Ⅰ．①曹… Ⅱ．①林… ②周… Ⅲ．①古典诗歌－诗
集－中国－三国时代 Ⅳ．① I222.736.1

中国版本图书馆 CIP 数据核字 (2019) 第 112152 号

选题策划　王重阳
项目统筹　程可嘉
责任编辑　刘雨晴
责任校对　董　颖
封面设计　甘淑媛
责任印制　李佳超

曹植全集【汇校汇注汇评】
CAOZHI QUANJI

出版发行　长江出版传媒　崇 文 书 局
地　　址　武汉市雄楚大街 268 号 C 座 11 层
电　　话　(027)87677133　　邮政编码　430070
印　　刷　中印南方印刷有限公司
开　　本　880mm×1230mm　1/32
印　　张　16.875
字　　数　400 千
版　　次　2020 年 1 月第 1 版
印　　次　2025 年 1 月第 3 次印刷
定　　价　75.00 元

（如发现印装质量问题，影响阅读，由本社负责调换）

中国古典诗词校注评丛书

（已出书目）